傅真 著

Zebra

斑马

人民文学出版社

图书在版编目(CIP)数据

斑马/傅真著.—北京：人民文学出版社，2022(2025.4重印)
ISBN 978-7-02-016945-0

Ⅰ.①斑… Ⅱ.①傅… Ⅲ.①长篇小说—中国—当代 Ⅳ.①I247.5

中国版本图书馆 CIP 数据核字(2021)第 241226 号

责任编辑　马林霄萝
装帧设计　李思安
责任印制　王重艺

出版发行　人民文学出版社
社　　址　北京市朝内大街 166 号
邮政编码　100705

印　　刷　三河市鑫金马印装有限公司
经　　销　全国新华书店等

字　　数　382 千字
开　　本　880 毫米×1230 毫米　1/32
印　　张　17.375　插页 3
印　　数　42001—45000
版　　次　2022 年 1 月北京第 1 版
印　　次　2025 年 4 月第 9 次印刷

书　　号　978-7-02-016945-0
定　　价　55.00 元

如有印装质量问题，请与本社图书销售中心调换。电话:010-65233595

一

她知道会很热，但想象它是一回事，感受到几乎是身体上的撞击又是另一回事。走出航站楼的那一瞬间，就像烤箱的门被突然炸碎，那种狂暴的热一举击穿了她。她开始流汗，呼吸变得短促，简直能感觉到自己的体重随着迈出的每一步而减少。现在我知道姜饼人是什么感觉了，她想。

"在曼谷，我们只有三个季节——"出租车司机回头看她一眼，嘴角挂着一丝揶揄，"热！很热！热死人！"显然这是个重复过无数遍的笑话，但他还是再一次被自己逗乐了。

苏昂也配合地笑。她一直都喜欢泰国人那种近乎天真的乐天知命。

"游客？"

"……嗯。"

"第一次来泰国？"

"不是。"

夜幕不知何时已悄然降临，为城市披上了一层优雅的紫色。高速公路从机场笔直地延伸出去，橙色路灯整齐地排列两旁。他们所在的这一侧交通繁忙，相反方向的另一边却空空荡荡。司机用不流利的英语向她解释，那边大概有皇室成员出行，道路被暂时封锁了……但她听得并不认真，高速公路稳定交通的嗡嗡声与司机的喋喋不休渐渐合并为同一个声音，她的心神飘了出去，在车窗外的热风中疑惑地凝视着车内的自己——这个看起来心事重重的女人是谁？她为什么来到这里？

一下高速，城市好像被施了魔法般猛然活转过来。巨大的广告牌耸立在路边：三菱汽车、国泰航空、亚洲之星、普利司通、大众、松下、佳能、日产、百事可乐……一个全球化的世界中所有耳熟能详的名字。出租车经过下一个广告牌，一位披着光滑长发的 Sunsilk 女孩沉静地凝视着他们——用她那全球化的美丽双眼。自从亚洲人开始想要白种人的眼睛和鼻子，自从整容医生有能力满足这种愿望，人类就拥有了此类全新的面孔。

这是一个有些极端的城市。摩登的高楼大厦俯瞰着年久失修的泰式平房，街边的路灯、商铺的霓虹灯和夜间车辆的尾灯共同为这座城市制造了节日般的气氛。Tuk-tuk 司机开着他们玩具般的彩色三轮车穿越混乱的交通，一个无腿乞丐用简陋的滑板支撑着手臂艰难前行。拥挤的街道震颤于音乐的节奏、汽车的喇叭、小贩的叫卖、大巴刺耳的急刹车……人行道上挤满了小吃摊，摊主们摩肩接踵地在灶头煎炒，锅铲敲得当当响，家当占领了每一寸路面。苏昂摇下车窗，然后如愿以偿地闻到了混合着正在腐烂的芒果皮、热油中翻炒的辣椒、罗望子、椰奶、沥青与柴油的气味。这是久违了的曼谷的气味。

当他们经过一家豪华酒店外的佛教神坛时，出租车司机握着方向盘的双手松开了，在胸前合十。他的头埋得很低，口中念念有词。一阵荒谬感朝苏昂袭来，当中还夹杂着一丝惊恐。然而，当他们继续在繁忙的车流中缓慢前进，她也渐渐平静下来——那几乎是一种佛教徒般的平静。她记不清多久没有这样的感觉了，也惊讶于自己竟会在一个不熟悉的喧嚣都市中找到平静。或许是因为终于迈出了第一步吧，她对自己说，而且曼谷似乎比记忆中更有魅力。她放松地靠在椅背上，看着夜市摊位、按摩店、餐馆和酒吧一一被甩到身后，夜色笼罩下的城市好像一幅浓墨重彩的油画。

出租车经过老牌的 Central Chidlom 百货公司和新开张的 Central Embassy 商场，最后停在一个看上去相当高档的住宅小区的门口。行前苏昂已经在 Google Map 上多次查看过这一带的街景地图，她有点享受这种一切尽在掌握的感觉。下车时她给了司机丰裕的小费，拖着箱子走向公寓楼 A 座的入口。

"苏小姐？"

一个苗条的身影从暗处走出。走近时苏昂才看清那张笑意盈盈的脸——修得细细的眉毛和上挑的眼线几乎要斜飞入鬓角去，颧骨很高，有点像好莱坞的亚裔女星，但那凌厉之感又被姣好的五官和热情的笑容冲淡了。苏昂在 Airbnb 的网站上看过她的照片，真人显得年轻些，但年龄还是不好估计，从 35 岁到 45 岁都有可能。

"萨瓦迪卡，我是梅。"

她双手合十，像是在祈祷，指尖紧贴着下巴，姿态恭敬，又不知怎的微微有些轻浮。苏昂知道这是"wai"，一种表示尊重或感谢的泰国手势。

苏昂也学着她的样子回礼。

"我在大厅等了你一会儿。"梅的英文有浓重的泰国口音,但相当流利,"路上还顺利吗,苏小姐?曼谷很热吧?"

苏昂的脖子和后背都汗涔涔的,但她注意到梅披在肩头的浓密卷发一丝不乱,精致化过妆的脸上甚至没有半点油光。她不禁暗暗佩服。

梅是苏昂在曼谷的房东。此前她们通过 Airbnb 的网站联系上,商量好了租期和租金,钱都已经付过,只等着今天入住了。

梅领她去乘电梯,背影凹凸有致。一袭红色无袖连衣裙紧紧贴合着身体,高跟鞋鞋跟一路踩得大理石地面嗒嗒响。公寓在 18 层,小巧的一室一厅,简单的家具装潢以白色为基调,一尘不染。客厅的墙壁上挂着两幅模仿罗斯科的色域绘画,但色块的处理太过松软散淡,看上去就像是颜料商店里的色样。下面是一张白色沙发和玻璃茶几,对面放着一台电视机。屋里还有一个玻璃门的橱柜,里面空空如也,旁边是一张长方形小餐桌和两把椅子。开放式厨房里只有一台冰箱、一个烧水壶和有限的餐具。浴室里放着和酒店里一样大大小小的白色毛巾,一看就是专门租给短期租客的酒店式公寓。

梅打开冰箱,里面竟已放了一堆饮料和水果。"请你的,"她笑着眨眨眼,"不用客气。"

她把门卡和钥匙给苏昂,一一交代注意事项,又絮絮告诉她附近超市、干洗店、餐馆和小吃摊的位置。苏昂耐心地听着,一面悄悄打量梅脸上一丝不苟的妆容。她的眼影深浓,但仍能看出眼睛本身相当漂亮，说话间秋波流转，连眼眶都承托不住。十个指甲被涂成明亮的红色，每做一个动作都有好闻的香水味幽幽飘来。

梅问她以前有没有来过曼谷。

"很多年以前了。"

"这次是来出差？"

"……不是。"

"游客倒是很少一住就一个多月。"

"其实……也不算是来旅游。"

梅扬起一条眉毛，像是在等待她继续说下去，但苏昂的沉默让房间里的气氛变得有点尴尬。梅静静倚在墙边，双臂环抱在胸前，一丝不易察觉的笑意在脸上一闪而逝。

"我常常跟我的租客们讲，"她说，"曼谷是个神奇的城市，人们出于各种各样的原因来这里。"她扳着手指，如数家珍般告诉苏昂，阳光啦，寺庙啦，美食，按摩，性，变性手术，比别处便宜的豪华酒店，或者只是想好好休息一段时间……

她像是想起了什么似的嫣然一笑，说她曾经接待过一位住客，来曼谷只是因为负担不起纽约的牙科保险，但在这里，补十颗牙加两颗根管治疗的价格比美国一年的保险费便宜得多。你看，她说，就这么简单。

苏昂一只手搭在餐椅上，迟疑了一瞬。她张了张嘴，但无数鲜活的痛苦回忆顿时汹涌而来，仿佛下一秒就要冲口而出，于是她只好紧紧把嘴闭上。那并不是什么了不得的秘密，但她知道一旦开口必然会收获同情，而她最不想要的就是同情。

梅马上岔开了话题，说她一定累了，应该赶紧去休息。

"有什么事你就打电话给我——"她说，"对了，你最好买张本地的手机卡。"

"来之前我已经买了。"苏昂扬起手机，"你知道中国有个神奇的网站吗？什么都能买到——像曼谷一样神奇。"

梅的眉毛又扬了起来，这一次是表示赞许。她挽起挎包准备离开，身后却传来苏昂突兀的声音。

"我来曼谷，"她缓慢而谨慎地挑选着字眼，"是为了……等一个奇迹发生。"

一个人往往会忽然对某个刚刚认识的人坦露心迹，在某些毫无准备的时刻，出于某些无法解释的原因。

梅像芭蕾舞演员一样轻盈地转过身来，脸上没有一丝惊讶。

"Jai yen yen，"梅微笑着注视苏昂的眼睛，"我说了，曼谷是个神奇的城市——"她的笑容慢慢变大，牙齿白得发光，"这里正是奇迹发生之地。"

二

夜里苏昂试着关过空调,但很快又被热醒了。天亮得很早,空中挂着一轮白日之月。站在落地玻璃窗前,可以看见早起的曼谷人像一滴滴水珠,争相汇入远处的街道。楼下宽阔的马路横架在一条运河水道之上,形成了一座钢筋水泥的拱桥,当地人常用的水上交通工具长尾船已经开始乘风破浪。不远处造型独特的高楼上挂着 BMW 的巨幅广告,苏昂盯着它看了好一会儿才意识到这高楼就是很受中国游客欢迎的"宝马大厦",据说它 76 层的旋转餐厅是俯瞰曼谷景色的理想地点。

她觉得这一切都很陌生。上次来曼谷还是大学毕业那年的夏天,她带着英国的几个同学来亚洲旅行,在中国尽地主之谊之后,又一起去了东南亚。就是那种典型的毕业旅行——年轻、荒唐、无所畏惧、对一切都感到惊奇。苏昂已经不大记得他们在曼谷去过的具体景点,记忆中残存的画面像一部镜头快速切换的 MV——考山路的迷幻派对气氛,夜市的拥挤和喧嚣,总也吃不够的芒果和榴梿,僧人手臂上的刺青,寺庙直冲云天的金色飞檐,所有人躺成一排接受脚底按摩,深夜里喝得烂醉彼此搀扶着走回旅店……

现在回想起来,他们住的是考山路上几美元一晚的、脏兮兮的青旅床位,也从未在像样的餐厅吃过一顿饭。那时的他们懂得如何享受贫穷中的快乐,欣赏人类生活之美本身。当然,也因为曼谷这个城市汇集了神圣与其他的一切;它为每种特殊需求留有余地,允许各种极端和平共处;它那传奇般的宽容同时接纳着和尚与花花公子、富豪和穷光蛋。在苏昂看来这正是曼谷的魅力——在这里你可以一次看到好几个不同的世界。霓虹灯与摩天大楼的阴影下隐藏着铁皮贫民窟,五星级酒店的后街塞满了背包客聚集的破旧旅店,高档餐厅与街头大排档各行其是且同样美味,感官享乐与佛教清修格格不入却互不干扰……

如今她孑然一身重返曼谷,只能与自己的思绪一道分享一尘不染的高级公寓。苏昂明白她再也回不去了。当年的嬉皮已经长大,考山路上住进了新的年轻人。当然,考山路也不会是从前的考山路,曼谷不可能还是她记忆中的曼谷。城市就像赫拉克利特的河流,尤其是像东京或曼谷这样不在意历史的城市。建筑消失,河流改道,时间更关乎当下而不是曾经。

苏昂看看表,直到下午三点她都无事可做。她知道她得慢慢适应这样的心绪:哪儿也不用去了,没有堆积如山的工作邮件要回了,不再是一根被绷得紧紧的弦了。现在一天也许只有一件"正经事"要做,大把的空闲时间可供消磨。

她决定出去转转,先解决早饭问题。公寓楼下的门卫忙不迭地为她开门,小区门口的保安煞有介事地敬礼,清洁女工正在打扫花坛,金发碧眼的住客已经泡在了泳池里。嘿,苏昂对自己说,欢迎来到另一个曼谷。

小区门外的那条小路静默无声,两旁的树木并排投下灰淡的影子。她走在树丛下,交错感受着凉飕飕的树荫和偶尔透过树叶空隙照进来的灼热日光。一拐出小路进入主干道,车流与热浪一同劈面而来。没有了树荫的遮挡,阳光无情地暴晒着一切,剑一般猛烈地刺向地面,又几乎要反弹起来,令街道为之颤动。她漫无目的地往前走,忽然看见了麦当劳的招牌,几乎是下意识地推门进去点了个早餐。吃完刚出门就后悔了——不远处的人行道上有一溜卖早饭的小摊,其中的烤鸡腿配糯米饭实在不大像是"早饭",盛在大桶里的肉碎粥看上去却十分诱人。上班途中的当地人纷纷驻足,走时还不忘打包一杯泰式冰茶或冰咖啡。第一次来曼谷时苏昂就留意到且震惊于泰国人对冰镇饮料的狂热——时时刻刻,全年无休。女孩也一样,同为亚洲人,她们似乎完全没有中国女性"生理期不沾冰"的禁忌。

然后她看见了梅昨天告诉她的两家超市,较大的 Aeon 超市和 7-11 便利店分别位于马路的两侧。她都进去逛了一圈,再次折服于泰国生活的便利程度。Aeon 里面也有卖小吃和饮料的摊档进驻,还有桌椅可供堂食。超市的熟食区有打包好的各种炒饭、炒面、寿司、炸鱼、蛋羹……她甚至找到了自己在国内常吃的简便早餐——水煮蛋蘸酱油。三个煮熟的鸡蛋和一小袋酱油被整齐地包扎在透明塑料袋里,这样的无微不至令她怀疑泰国人是否很少在家做饭。

7-11 门口躺着三只长得一模一样的流浪狗,脸形瘦长,毛色黄白相间。走近时其中的一只闻了闻她的鞋子。进到店里她立刻发现了它们的父亲——那只黄色的大狗半眯着眼躺在收银台的角落里,全身都结了痂,靠近尾部的皮毛几乎全秃了。这些显然都是它的赫赫战功,或许正是为了保卫自己和孩子们的这片领地,苏昂不无尊敬地看着它。所以它当然有权利独自享受便利店里的冷气,带着满身的伤痕与无愧的良心。躺在门口的小狗们待遇也不差,每当顾客进出,自动门开启,店内的冷气便阵阵沁出。这是一块值得捍卫的风水宝地。

她在脑海中记下需要购买的东西——洗衣液、卫生纸、生理用品,还有晾衣架。或许再买点油和调味料——没准她闲得无聊也会想做饭呢?她决定晚上回家前再来买这些东西。

在接下来的三个小时里,苏昂把之前在 Google Map 上看过的路线走了一遍,摸清了附近所有的地标性建筑、skytrain 车站、百货公司和购物中心。她在 Central 百货里发现了另一个超市,显然更为高档,水果区有价格昂贵的草莓、蓝莓、樱桃……都是热带国家并不生产的东西。

回到 7-11 时已经快 1 点了。正如梅所说,长年驻扎在便利店门前的几个小吃摊此时已热闹非凡。就像几乎所有的泰国小摊那样,他们每家只做一两样食物,是极专业而高效的卖家。附近的上班族挤在遮阳篷下简陋的长椅上吃着汤粉、拌粉或海南鸡饭,闷热天气下仍保持着泰国人那份慢条斯理的优雅,许多男人甚至穿着熨得笔挺的长袖衬衫。

泰国摊主都是手语专家。凭借着"noodle""soup"这两个简单的英文单词,再加上对于食材的指指点点——金边粉、猪肉、猪血、贡丸,摊主很快便端来一碗卖相诱人的汤粉。苏昂是不折不扣的"东南亚胃",几乎没有不合她胃口的泰国菜,这也是她选择来到曼谷的原因之一。

同一张长桌上的所有顾客都停止了咀嚼,用关切的目光看着苏昂,好像随时准备着有所动作——直到摊主在下一刻把装着鱼露、辣椒粉、辣椒水、糖四种调味料的小篮子递给她,大家这才释然地继续低头吃饭。他们全都知道我是外国人,苏昂想,感动中夹杂着一丝惊诧。对面的长发姑娘留意到了,抬起眼来抿嘴一笑,又迅速把目光移开了。

她尝了一口面汤,鱼露那令人怀念的味道顿时从鼻腔吸入大脑,唤醒了沉睡在记忆深处的什么。摊主在升腾的热气中煮着米粉,一边擦拭着额上的汗,向她投来灿烂的笑容。又有一小片封存在记忆褶皱中的东西被激活了。她汗流浃背地吃着汤粉,看着周围的每个人,闻着到处散发出来的气味,听着马路上传来的嘈杂声,心中有种奇妙的感觉,仿佛自己不是昨天刚来到曼谷,而是一直在这座城市里生活。

一个泰语词忽然跃入脑海:Sanuk。上一次泰国之行中学到的词语,通常被翻译为"微笑""愉快""感到美好"。没错,这就是泰国给人留下的第一印象:阳光闪耀,人们微笑,食物棒极了。

棒极了的汤粉一碗只要40泰铢,约合8元人民币。当然,分量也小得可怜。苏昂忽然觉得,在热带国家,人的欲望可能自然而然地就比别的地方少得多——天气那么热,胃口提不起来,几件T恤、一双人字拖便足以应付生活,谁还会苦苦追求"更多、更多"呢?

吃完午餐,她在对面的星巴克里消磨掉了中午最炎热的时段。店内冷气太足,令热咖啡都成了必需品。她坐在墙角的椅子上,手里捧着Kindle,整整一个多小时只看了三页。

直到手表的指针指向两点五十分。

其实只有两分钟的路程，上午她已实地确认过。那是一幢被刷成粉橙色的建筑，和很多泰国的房子一样，门前都安放着神坛。神坛周围有无数大小不一的斑马和大象雕塑，其中又以斑马居多。她停下来盯着看了好一会儿，渐渐明白心中那点奇异的感觉究竟从何而来。

泰国素有"大象之邦"的盛誉，大象在泰国文化中自有其崇高地位，可是斑马？真正的斑马恐怕从未踏足这个东南亚国家——除非是养在动物园里吧？那么，为什么泰国人会如此"器重"这种来自遥远非洲的动物呢？

斑马们密密麻麻地围绕着小小神坛，脸上带着千帆过尽的漠然，就像正在进行某种古怪的仪式。苏昂觉得眼前仿佛是玩具工厂的车间，又或者是某个当代艺术家关于自然环保主题的展览，但无论如何也不像是一间医院。

苏昂深吸一口气，推开了那扇玻璃门。

她没想过会有这么多的人。大厅里横七竖八摆满了沙发和座椅，上面全都坐满了人。一眼望去像是商务酒店的大堂，但苏昂马上嗅到了那股熟悉的、混合着绝望与同病相怜的气息。

百分之九十都是女人，其中又有百分之九十是亚洲面孔。她们抬起头来打量一下刚走进来的她，又漠然地移开目光。有人独自坐着玩手机，有人面无表情地盯着墙上的电视，有人正与男伴小声交谈，有人三五成群地聊着天——清脆响亮的中文不时飘入苏昂的耳朵。她觉得自己就像学校里新来的转学生。

前台穿粉色制服的工作人员核对了她的名字和预约时间，给她拍照并填写了登记表，然后便让她坐下来等待与顾问会面。这一等就是一个小时。她这才发现大厅里所有的人都在等待——等待预约，等待见护士，等待见医生，等待检查结果……墙上挂着院长 Songchai 医生和他手下团队的大幅照片，每个人都微微侧身，双手环抱胸前，目光中流露出自信与容忍，像是在对看着他们的人说："我知道你（或你面临的问题）很难对付，但放马过来吧！"

我也拍过那样的"专业精英"式照片，苏昂想，但那已经像是上个世纪的事了。她打量着大厅里的沙发，觉得它们不应该沿着房间的边缘排列，而是应该像教堂里的座椅一样排成整齐的一行行，就好像大家都在向 Songchai 医生祈祷那样。

她拿出 Kindle 来看，但目光从那些句子中穿过，完全无法集中注意力，因为对面的几个中国女人一直在聊天。苏昂一向认为医院是伤者的聚集地——至少是心伤，但她们正热火朝天地讨论着泰国商场的打折信息和超市里的食物品类，看上去更像是一群快乐的游客。不过，当然，内心的伤口肉眼是看不见的。

"昨天跑到 Central 里面的超市才买到面粉。"说话的是位戴着黑框眼镜的女子，身材高大，长发随便绾成一个髻，"可是没找到花椒面，胡椒倒是很多。"

"你就好了，你妈妈天天换着花样做给你吃。"旁边穿条纹连衣裙的女生羡慕地撇一撇嘴。

"我早就知道吃不惯这里的菜，又酸又辣。"黑框女不断地摇着头，"我跟你说，我连酵母粉和擀面杖都带来了……"

她们的目光忽然齐刷刷地投向正朝她们走来的那位短发女子。

她刚从门口进来，脸色绯红，整个人看起来就快要熔化，刚坐下就不停地用身上原本用来遮挡阳光的大丝巾擦着脸上的汗。

"今天开奖？"黑框女问。

"嗯。"短发女笑笑，眼角的小皱纹像变魔术一样全部现了形。

旁边几个女人也忙不迭地加入进来："你自己测了没有？"

"不敢啦，"她听起来像是南方沿海一带的口音，"上次来也是失败了嘛……"

苏昂看着她那虽然在自嘲，却丝毫没有笑意的眼睛。她只用半个臀部坐在沙发的边沿上，看上去并不舒服，身体却毫无察觉般绷得笔直，一双手不断地拉扯着肩上的丝巾。

连陌生人都看得出她的紧张。

她拿出手机，再次看了看早晨收到的那条微信——只有简单的两个字"good luck"。正是平川一贯的风格，她在心里干笑一声。没有标点符号，没有表情图标，简短，空洞，冷静，不带多余感情。就好像……就好像完全不关他的事一样。

"Ms. Su……An？"

泰国人永远念不准她名字的发音，但无论如何，总算轮到她了。

正冲她微笑的顾问是位身材娇小的中年女性，从脸型五官可以看出年轻时是个甜姐儿，眼睛和嘴角都弯出令人愉悦的自然弧度。她领着苏昂穿过另一扇玻璃门走进一间小小的咨询室，一路上苏昂都在看她白色外袍下露出的纤细小腿和芭蕾舞鞋式样的平底鞋。

她们在沙发上坐下。甜姐儿顾问像采访记者一样拿出了纸和笔。

"那么，"她说，"我们可以怎样帮助你呢？"

三

直到 31 岁那年，苏昂都觉得自己和别的女性不大一样。那时她已与林平川结婚三年，可是对于生儿育女却没有一丝哪怕是假装出来的兴趣。她从未感受到传说中的"母性"，不觉得孩子是多么可爱的小天使，对朋友的宝贝们也没有丝毫热情——如果对方又乖又好看的话，也许可以勉强忍受半个小时吧。

"来，给阿姨抱抱。"初为人母的朋友总是美滋滋的，试图让苏昂也感受她的喜悦。每当这时，苏昂只得机械地张开手臂，以一个僵硬的姿势抱起那小小人儿，直到他因为不舒服而开始大哭。而平川总是站在一旁，双手插进裤袋，努力用一个有距离感的微笑传达出"我为你们感到高兴，但千万别来烦我"的意思。平川也不怎么喜欢孩子。

婚前婚后他们都很享受二人世界。尽管都是独生子女，他们的父母即使暗中盼望孙儿，却也从未明确向他们施加压力。但他们也并非坚定的丁克一族。"别把话说死。记住，人是会变的。"一位由丁克忽然变身父亲的男性朋友给过他们这样的忠告。那就顺其自然吧，苏昂和平川早就达成了共识——先听从自己的心意，直到那个所谓的"变化"悄然发生。

但她没想到"变化"会以这种方式发生。

那时他们刚刚回国一年。出于无法解释的原因，一直严格避孕的他们居然中招了，简直如同灵异事件。苏昂还记得那是一个同事的生日，大家在办公室里嘻嘻哈哈分吃了蛋糕之后，她悄悄溜进洗手间，度过了平生最难熬的三分钟，然后看到了试纸上确凿无疑的两条杠。

她花了整整两个星期的时间来消化这件事。平川似乎接受得比她快些——他一向是个冷静又理性的人。平川冷静又理性地和她分析了目前的局面：打掉是不在考虑范围内的——他们不喜欢小孩，但也做不到轻率地扼杀一条生命。所以，实际上他们没得选择。

怀孕八周时苏昂第一次鼓起勇气去医院产检。大夫没问几句便打发她去做B超，说是这个周数应该能看到胎心搏动了。回国后从未进过医院的她毫无心理准备地在B超室外等了很久，在一群拥挤的大肚子孕妇中感觉自己笨拙而惶惑。后来同样的事一再发生，但这个场景始终在她脑海里挥之不去。第一次做B超的经历是个分界点，她的人生由此被分割成了"之前"和"之后"。

终于轮到她的时候，B超医生用探头在她肚子上划拉几下，面无表情地问："这个是要还是不要？"

"什么？"她反应不过来。

"孩子，打算要吗？"

医生的声音不带丝毫感情，同时朝她投去迅速的一瞥。苏昂看到她眼里有个东西闪了一下，又立刻消失了。

真奇怪，她茫然地想，那是……同情吗？

"看不到胎心，也没有胎芽。八周一般应该都有了啊……你一会儿拿B超单再让大夫看看。"

如果说得知怀孕时一颗心像是坠入深谷，那么苏昂无法判断自己听到大夫说"很可能胚胎停育了，过一周再来看看"时是解脱还是坠落得更深。接下来的一周她像是在真空中度过的。而在那之后情况也没有丝毫改善，一周后的几项检查结果都证实胎儿的确停止了生长。医生向她解释，胚胎停育也被称为"稽留流产"，也就是说，虽然她暂时还没有腹痛和流血的症状，但一切只是时间问题。而为了避免未排出的胚胎组织留在子宫中产生不良后果，她建议苏昂尽快进行人流手术。

躺在手术台上被护士戴上麻醉面罩时，苏昂觉得过去的三个星期就像是一场梦，自己一直恍恍惚惚地被命运推着走，绕了一大圈又回到了原点，自由意志在其中丝毫不起作用。

那是一个周末，来做人流的人很多，巨大的手术室里整齐排放着许多张手术台，病人来来去去，就像工厂的流水线一样。苏昂在另一个房间里醒来，肚子隐隐作痛，提醒着她身体刚刚发生的变化。旁边床上的年轻女孩正在打电话，声音软绵绵的，从对话内容听来，似乎第二天和同学约好的出游照去不误。生猛的年轻人，苏昂有些难以置信。她环顾左右，发觉屋子里的人全都比她年轻。

术后她恢复得很好，平川照顾得也尽心尽责。他很少对这件事发表意见，似乎也被这一连串突如其来又完全陌生的事件惊呆了。"大部分早期流产都是因为胚胎染色体异常，其实这种情况挺常见的，就是运气问题。优胜劣汰，自然选择。"上网查阅过资料后，他似乎很有把握地告诉苏昂。苏昂默默点头,医生也说怀孕就是有一定胎停流产的概率,很多人的第一次都是如此。反正本来就是个意外,她想,除了那个手术,一切都没有改变。就好像上天给了你一件你不想要的东西,又很快改变主意把它收回去了。

又或许她只是假装一切都没有改变。

日子一天天继续,她和平川越来越少提到这件事。但不知从哪一天起,他们偶尔也开始不避孕了。起初只是苏昂的意思,但平川很有默契地没有反对也没有追问原因。她仍然觉得生育这件事离自己很遥远,是巨大的、不可想象的、难以承担的责任,但她发觉自己开始以一种全新的眼光看待那些怀孕或已为人母的女同事,她们忽然不再是经理、法律顾问或销售代表,而变成了母亲——潜在的或真实的母亲。她也开始在公众场所留意挺着肚子的孕妇们,她们总在提醒着她那个失去的孩子,以及那些她也许永远都不会有的孩子。

"你这算是什么?"咖啡店里,她那正在积极备孕的好友丁子慵懒地倚靠着沙发,双手放在小腹上,"避孕还是备孕?想再来一次意外啊?备孕的话是不是应该认真一点?吃叶酸、锻炼、戒酒,也别喝那么多咖啡……喂,你到底是怎么想的啊?"

"我也不知道……"苏昂嗫嚅着。一部分的我不想要孩子,她在心里说,但我最近才发现自己可能还有另一部分。

几个月后她再次怀孕了。与上次不同,她和平川平静地接受了这个结果,她甚至发现自己心中不时泛起一丝隐秘的快乐。但那只无形的手再次操纵了命运,同样的事情再次发生了。这次苏昂足足等到十周,其间还在医生建议下打针吃药来保胎,可那传说中的胎心最终还是没有出现,孕囊也还是异乎寻常地小。

一秒之内,她从世界之巅跌落尘埃。离开医院时她非常努力地试图保持镇定,但发觉自己整个人垮了下去,几乎无法行走,不得不在门外的台阶上坐下来。现在该怎么办?过往的行人都在看她,她只好强迫自己站起来,漫无目的地一直向前走,直到拐进一条无人的小巷,拿出手机打给平川,这才终于哭了出来。

平川请了假开车接她回家。一路上她都无法停止啜泣,觉得一切都令人难以置信地残酷、痛苦和不公平。平川默然地握着她的手,显然他也不知该如何应对再一次的"坏运气"——接连两次都是"坏运气"吗?两个人一回到家就立刻上网搜索"两次胎停"的信息,令人窒息的沉默维持了整整一天。

在做人工流产的前一夜,苏昂早早上了床。但当她数到两百的时候,她知道睡眠已不可能了。曾几何时,她确信自己的一切梦想——出国读书、律师执照、幸福婚姻、崭新而重要的生活——都一定会在某处乖乖地等着她,就像一条训练有素的狗在等待着它的主人。她曾坚定不移地认为自己属于"幸运"的那一类,就像打牌时拿了一手又一手的好牌,你明知那只是偶然,可感觉却是相反的,像是命中注定。这就是人生啊,她盯着黑暗的天花板想,它终究还是由一系列不受控制的意外事件组成,比如青春期,比如坠入爱河,比如孕育生命。

麻醉醒来时,一切都显得那么陌生。整个世界的焦点有所偏移,空间发生了扭曲。所有的颜色都有点错位,就像报纸上印花了的广告。苏昂眯起眼睛,试图将它们调回原位。走出手术室后,她花了一些时间才能认出那个正坐在门外椅子上发呆的男人——她的丈夫。

她无法自控地紧紧抱住平川，当着所有人的面，完全不似她一贯的作风。一位路过的阿姨毫不掩饰地盯着他们看，神情颇不以为然。苏昂能想象得出她眼中的版本。不是你想的那样，苏昂毫不畏惧地迎上她的目光，不是你想的那样。她的眼睛又变得滚烫，就好像在直视着太阳。

没有一本指南手册会告诉你，流产后平均会伤心多少天，才能重启生活。苏昂并没有天天以泪洗面，但她也不禁觉得自己是唯一经历了这些的人。她甚至还有妊娠反应——与她那空空的子宫形成讽刺的对比。她的胸部也依然肿胀疼痛，残酷地提醒着她曾经发生的事情。她变得愤世嫉俗，总是心绪难平：为什么未婚妈妈生孩子就那么容易？为什么有暴力倾向的父母反而生得出孩子来虐待？为什么大多数女性怀孕都没有问题？

在医生的建议下，这一次清宫后的胚胎组织被送去化验了，化验结果是染色体异常。"有可能还是偶然事件，不过……还是做一下检查吧。"医生谨慎地说。于是他们开始出入医院，把包括双方染色体在内的所有能够检查的项目都检查了个遍。没有任何问题，甚至连一丁点无关痛痒的小问题都没有，就算想治疗都无从下手。连医生都有些吃惊，直说他们二人的生理状况都好得出乎意料。

那么，这一次还是"坏运气"？从医生的话中得到了鼓励，苏昂想：好吧，让我们再试一次。

四

后来，当平川发来的信息变得越来越短，当两人关系中的那个破洞初露端倪，苏昂总会想起那段努力造人的日子，觉得那是一切改变的开始。而当改变真正出现时，她自己却浑然不觉，就好像那是发生在别人身上的事似的。

在经历了第二次的打击之后，怀孕忽然变成了生活中的一切。那种欲望一旦降临便驻扎下来，在她体内扩散扫荡，驱逐所有其他的思想。苏昂的大脑在以一百万公里的时速运行，却忘了自己曾经一点也不喜欢孩子，也顾不上考虑平川究竟怎么想——就好像在她脑中发生的事情才是世界上唯一正在发生的事情。她甚至觉得自己就像一个睡过了头的孩子，刚刚从梦中醒来，错过了所有的好事。她决定奋起直追。

她开始痴迷于在网上打捞信息。每当读到什么研究报告或"好孕"传说，她会真的试着去做。尽管医生说一切正常，潜意识里她还是觉得前两次是自己什么地方出了错。她不再随心所欲地对待自己的身体，而是把它视作滋养新生命的土地。她开始每天早晨喝新鲜的小麦草汁，每周去按摩和针灸；放弃酒精和咖啡，切换到有机的食物和清洁用品，把含汞的补牙材料换掉，买了一大堆补品。正如她那终于备孕成功的闺蜜丁子所说："谁知道啊，说不定你没尝试的那件事恰恰就是成功的关键呢？"丁子甚至怂恿她在此期间穿橙色的内裤，因为……据说橙色是生育的颜色。

避孕时意外怀孕，备孕时却屡试不中。人们往往在愿望受阻、生活节外生枝时才蓦然窥见命运女神的黑色斗篷。而所谓命运，或许只是面对现实的无力感。每当月经如期而至，她便会经历一次小型精神崩溃，就像得了间歇性抑郁症。她的排卵期开始控制他们的性生活，而按照指定时间同房就如同面对着一大桌已经准备好的饭菜，但你其实一点也不饿。他们的性生活曾经如此完美——不是恋爱之初的激情四溢，却也如水乳交融般顺畅而亲密——如今却再也无法全情投入，紧张和猜疑贯穿始终。那更像是无爱之爱，并且总是在黑暗之中，也许是为了不用假装享受，也许是为了把对方想象得更好些。他们不再是一对有着正常性生活的正常夫妻，因为过程变得不再重要，她总是惦记着那个最终目标。而每次完事后她都会立刻小心地举高双腿，就像一种古怪扭曲的瑜伽姿势。她知道这让她看起来很可笑，她也知道这只是种想当然的迷信，但她就是无法放弃那自我安慰般的幻想，想象着体内温暖的精液正流入更深处，精子们争先恐后地通过子宫到达输卵管，等待着遇见那个椭圆形的、独一无二的存在。

回首那段日子，备孕几乎成为一份全职工作。每个月的等待令她心力交瘁，可是除了等待之外也无计可施，就像动物静静舔舐着伤口等待痊愈。

当时，身边的朋友们一个接一个地怀孕，苏昂感觉自己似乎被大肚子和婴儿车包围了。那段时期她一直在脑子里为自己制定里程碑，心想：我会在同事小张的婚礼前怀孕。然后是，我会在国庆节前怀孕，然后是我的生日，然后是春节……那真是一段令人沮丧的时光，她简直是在期待自己的人生一个月一个月地过完。

终于，在又一个"开奖"的日子，她看着试纸上的两条杠，狂喜和隐忧在大脑里同时刮起两团旋风。

那是苏昂第一次全心全意地享受怀孕，享受它所带来的新鲜和特殊感。她没有一秒钟觉得这一切理所当然，她希望自己永远都不会抱怨。

第三次怀孕，去医院宛如上刑场。因为害怕再次受伤，医生和B超室变成了某种潜在的危险。她心里的某个部分依然相信：有时无知是种幸运，你不知道的东西不会伤害你。

然而命运之手再次若无其事地伸了过来，抓住了她，摆弄着她。初期的验血指标并未以正常幅度增长，B超医生也态度模糊地说你这个还太小，看不出来什么，过段时间再来。她的胸口顿时一阵冰凉，医生的话语仿佛是从世界尽头传来的。有了前两次的铺垫，她心里明白情况不妙。

疼痛和出血在一个星期后开始。然后，到了那天下午，一阵接一阵密集的腹痛达到了难以忍受的巅峰。当苏昂觉得自己就要昏厥过去时，有什么东西从体内排出了。她挣扎着去了卫生间，震惊地在内裤上看见了一个混合着血液的灰白色小囊——她流产了。

尽管有心理准备，但她从未想过自然流产的可能性。体内有什么迸裂开来，劈开她的心和肺。苏昂希望有人提前警告过她：你有可能会看到自己死去的"孩子"，而那将是触目惊心、残酷可怕、刻骨难忘的场景。可是没有。没有人提醒她，也没有人帮助她。苏昂不得不独自面对这一切——平川在外地出差，那段时间他的工作忽然变得很忙。

她整个人抖成一团，不敢细看那个排出的孕囊，却不得不勉强支撑自己，用纸巾把它包起来，放入一个保鲜袋，第二天带去医院化验。为了保险起见，医生让她再次做了清宫手术。两年内她第三次躺在那张熟悉的手术台上，眼泪静静地淌进耳朵里，一句话也说不出来。她觉得很冷，冷得忍不住瑟瑟发抖。那个房间的寒意一直侵入她的心底，在那里下着雪，绵绵不绝。躺在手术室里的某一刻，她忽然产生了灵魂出窍般的感觉，清醒地意识到自己的生活即将崩溃。很久以后她也依然记得那一刻，就像有人在远处默默拍下了照片。

麻醉醒来时，不同于前两次那种恍如一梦般的空虚，苏昂真真切切地感受到自己在手术台上经历了什么——不只是清宫手术，而是整个人被肢解，又重新拼接起来。重组后的她看似一如往常，但其实已不再是原来的她了。

有医生来到休息室向她们讲解术后注意事项。她环顾四周，几乎能确定除她以外的所有女性都是主动选择的人流。当医生委婉地说出"以后要多爱惜自己"这样的话时，旁边一个大学生模样的女孩立刻低下了头。苏昂心底的委屈渐渐转化为一股难以遏制的怒火——人们总将人流手术和女性的"不自爱""不尊重生命"联系在一起，可是有谁考虑过我们这种人的感受？！我们这些被动的、无奈的、求而不得的人！

平川那天深夜才赶回家。他坐在床边抚摸她的头发，给她一个安慰的微笑。

"你想聊聊吗？"他用一种令人尴尬的温柔语气和她说话，仿佛她是一颗随时可能爆炸的炸弹。

你想聊聊吗？这是平川一贯的沟通方式，但当下的她只觉得这句话听起来是如此疏离而又可笑。如此深刻的、摧毁性的哀痛，有可能只靠"聊聊"与他人分担吗？你是"他人"吗？此时的我不需要你那一直引以为傲的冷静和理性，我更需要的是知道你也感到了和我一样的痛苦——给我一个患难与共的拥抱，或者跟我一起抱头痛哭……

"不想。"她转过身去背对他。

长长的沉默。平川呆坐在那里，似乎不知该如何是好。然后他坐得离她更近了一点，一只手轻轻搭在她的手臂上。

"其实我呢，"他小心翼翼地说，"这辈子没有小孩也没关系，真的……"

这句话在她心上用力开了一枪，泪水毫无征兆地滚滚而下。她把被子拉过头顶，以手遮眼，溃不成军，胸口仿佛烧出了一个洞。你什么都不明白，她想，你什么都不明白。

平川一动不动地坐了很久，他身体的滞重感仿佛透过床单传递到了她那里。不过最后他还是站了起来，走向洗手间，关上了门。那扇他们曾为彼此敞开的心门，也在她面前砰地关闭。刹那间，一切复归于平静，如履薄冰的平静。

五

一夜之间,生活变成了废墟,太阳不再升起。

她崩溃了足足几个星期,感觉被剥掉了一层皮,失去了对所有曾经喜欢的事物的一切兴趣。每天早上刚刚醒来,这种感觉就像本能反应一样找上她,然后她得拼命把自己打醒,心想我得赶紧爬起来洗漱上班去。她无数次幻想能有另一个苏昂,代替她出去上班,代替她继续生活,或者代替她承受这些痛苦悲伤。

悲伤像某种随时可能发作的疾病,每当它如海浪一般袭来,她便感到喉咙发紧,肌肉无力,因透不过气而窒息。这种悲伤超出了苏昂以往的任何经历。在纯度上它与抑郁症不同,在绝望程度上却与它可怕地相似。作为一个被肢解后重新拼接起来的人,她的一部分已经死去,和那几个没有得到埋葬的胚胎一起。她坐下,起身,吃饭,行尸走肉般看着世界在她面前匆匆碾过。有时半夜醒来,满面泪水,不知道自己是在哀悼那几个没有机会出生的孩子,还是在哀悼她曾拥有过的正常生活。

伴随着悲伤的是那沉重的愧疚感。她知道这么想很荒谬,但心底里就是觉得对不起平川。是的，他们曾经不想要孩子，平川说他可以这辈子都不要孩子，但"不想"和"不能"之间有一条巨大的鸿沟。连续的三次失败令苏昂觉得是她自己有问题，就好像冥冥之中有种力量对她从未被发现的罪行进行了审判和惩罚。内疚之下还隐藏着一层难以克服的羞耻感——她没办法做到其他女人都能做到的事，她与她们或许有着本质上的不同。

还有孤独。人们不常谈论这种事情，因为它依然是社会生活中的禁忌。苏昂知道身边认识的人中也不乏有过早期胎停流产经历的，而这一比例据说也是逐年上升。可是连续三次！她不禁觉得自己是世界上唯一如此不幸的女人。三次流产仿佛是一种见不得人的痛苦，她无法和他人诉说这种内心的折磨，连父母和好友都只知道第一次怀孕的事。她早早就从与他们的交流中明白了一件事：在真实的世界里，人们很难谈论诸如流产或死胎这样真实而沉重的话题。迫不得已的情况下，他们会使用"那个""你那时候"之类的委婉语。是的，我的孩子在我体内死去了，她几乎有点愤怒地想，你为什么不直接说出来？尽管她也知道，他们只不过是出于礼貌。

丁子也许是唯一能直言不讳的人。但她那时已经怀孕了，苏昂没法和她说起这个话题。她甚至不大想见到丁子，因为她会忍不住像个变态一样一直盯着她圆滚滚的肚子。而在第二次怀孕之后她决定把一切都只保留给自己，不需要他人的八卦、担心或是同情。她甚至有种迷信般的偏执，仿佛只要不说出来，下一次就有可能成功。当然，结果证明她一次又一次地错了。什么都不曾改变。她又失去了一个孩子。可怕的事情一再发生。

所以她和平川只能彼此依靠。他选择了男性典型的逃避方式——企图通过显示理性、体力和自控能力来掩盖自己的情感需求。然而苏昂的生活开始围绕着看医生、做检查和查资料打转，下班回家，她所有的话题全都是生育，她忘了该怎么谈论别的东西。起初平川非常体贴，但渐渐地他开始沉默以对。他的沉默在他与她之间膨胀，将彼此越推越远。于是那理所当然的"同仇敌忾"的假想崩塌了，他们的悲伤也分开了，隔离了，再也无法汇聚成同一片水域。到了后来，他们不管跟对方说什么都像是错的，两人近乎无话可说。他们开始各行其是：苏昂每天沉浸在深深的自怜自伤之中，平川则已跳入创业的深坑——他和几个朋友正在用业余时间开发一款 App，回家的时间也越来越晚。

要到很久以后，苏昂才能意识到当时的她给予平川的压力。他没有愤怒的余地，没有发泄的通道，因为苏昂把自己看作唯一的受害者。他们默默固守着各自的缺失，而这一缺失又将他们逼到了各自性格的极端。他们发觉自己在一定程度上已无法容忍对方。

那段时间，当他深夜归来，常会发现家里一盏灯都没开，而苏昂蜷在沙发上一动不动，形成一片令人窒息的阴影。

"你要这样到什么时候？"有一天，他终于受够了她那种自我毁灭般的任性情绪。

"不知道啊，"她心中那股怨气腾涌而起，巴不得跟他吵上一架，"我又不像你那么冷血。"

"我冷血？你觉得我不难过？我不就是没像你一样把自己关在家里天天哭嘛！"

"你当然不用哭了,怀孕的又不是你!做了三次人流的也不是你!"

"所以孩子是天底下最重要的事情?"平川看她的神情,就好像她说话的时候还带着病菌,甚至可能具有传染性,"你的人生里就没别的了?你怎么变成这样了呢?"

苏昂的泪水再次滚滚而下。平生第一次她开始恨他,正因为内心深处她明白平川的指责是对的。是的,她发现如今的自己除了生育能力之外很难再专注于别的任何东西,看到街上的孕妇总是觉得嫉妒而苦涩,就连孩子们在公共场所跑来跑去的样子都让她难以忍受,下班后也不再愿意去酒吧或见朋友。于是她变得越来越孤僻,总是独自咀嚼着同一个问题——"为什么是我?为什么是我?"三次流产像鱼饵一样诱出了她身上最糟糕的部分,甚至改变了她对世界的看法——正如平川所说,生孩子变成了唯一重要的事情。那些痛苦时刻的冲击力是如此强烈,就好像她永远只活在那些时刻,其他所有的事情都不再真实。她从一个活泼有趣、生机勃勃的人,变成了容易受伤的偏执狂。而她不知道该怎么变回来。

最痛苦的不仅仅是失去了三个孩子,更在于未来的不确定性。苏昂想知道她的生活将会变成什么样子——她什么时候可以放心地再次怀孕?她是否注定永远无法成为母亲?她和平川会变成怎样的一对夫妻?她是如此渴望一个孩子,可一想到怀孕就会被恐惧淹没,宛如某种创伤后应激障碍。她该如何逾越这种矛盾?更何况,她和平川的性生活已经约等于无了。有一天夜里他们躺在床上,他忍不住伸手过来想爱抚她,但她背过身去,坚决地把他的手甩开。她完全不想让他碰她——她心里也知道这不是他的错,但就是无法控制自己。

　　总之,不孕或不育会带来某种"时不我待"的紧迫感,甚至逼你开始思考人生中那些看似无稽或遥远的问题,比如母性冲动究竟发自本能,还是不孕不育的羞耻感?比如妻子是否比丈夫更有资格做出生育的决定,而这个决定的余波又将怎样影响彼此的未来——你们之间的关系会走向何处?没有孩子的晚年生活会是什么情形?而世上其他的夫妻并不经常受到这样的考验,至少不会来得这么猝不及防吧——仿佛上一刻还在蜜月旅行,下一秒已经在讨论你们的凄凉晚景。

　　如果可以选择,她不止一次苦涩地想,真希望她从未怀孕,或是索性在蒙昧甚至意外中顺其自然地完成身体被赋予的"使命"。

六

作为在互联网伴随下长大的一代人，苏昂早已养成习惯，每逢遇到疑问困惑，去网络上寻求答案。但互联网是一种双面的技术，一方面它是了不起的工具，几乎能够提供所有的知识和数据，这在她父母那辈信息匮乏的时代是难以企及的奢侈和便利；可与此同时它也带来新的挑战，因为面对过剩的信息，你需要有正确的方法去找到自己真正需要的东西，否则便会被数据淹没，或是跌入某些搜索软件制造的陷阱，只能接触到被操纵的信息。

在中文网络上搜索"多次胎停"，源源涌出的是一大堆混合了科学、迷信、广告和私人叙事的东西——什么封闭抗体，什么免疫治疗，什么凝血问题，什么精液筛分，什么"××育胎丸"之类的中药……没有一个标准答案，只有几千条真伪难辨的信息。但作为一名法律从业者，苏昂日常工作的重要组成部分便是在资讯之海中获取有价值的信息碎片，对它们进行分析、取舍与综合。她有耐心，懂英文，接受过专业训练，对科技的强大力量抱有笃定信念，剩余所需的也许只是直觉和一点运气。

苏昂自己的过往经验告诉她：所谓运气，有时更像是偶然性中所蕴含的必然。比如很多年前的那个周末，她被朋友硬拉去参加一个她压根不想参加的伦敦华人聚会，然后在那里遇见了平川；比如她和平川在意大利旅行时坐错了火车，意外抵达的小城却成了整趟行程中最令人难忘的地方；比如那个平淡无奇的夜晚，她一如既往地在茫茫网络之海中打捞信息，"PGS"这个不时出现的缩写词终于开始吸引她的注意。

PGS（Preimplantation Genetic Screening），意为"胚胎植入前遗传学筛查"，是指胚胎植入着床之前，对早期胚胎进行染色体数目和结构异常的检测，通过一次性检测胚胎23对染色体的结构和数目，分析胚胎是否有遗传物质异常的一种早期产前筛查方法。从而挑选正常的胚胎植入子宫，以期获得正常的妊娠，提高患者的临床妊娠率，降低多胎妊娠。

PGS适应人群：

高龄孕妇（年龄≥35岁）；

反复自然流产史的孕妇（自然流产≥3次）；

反复胚胎种植失败的孕妇（失败≥3次）；

生育过染色体异常疾病患儿的夫妇；

染色体数目及结构异常的夫妇。

尽管看得一知半解，但直觉告诉苏昂：这就是那个她一直在寻找的答案。后两次流产的胚胎化验结果都是染色体异常——导致妊娠失败和自然流产最常见的原因；然而她和平川本身的染色体经过检测并没有问题，如果无法用"坏运气"来解释的话，她不禁怀疑是他们身上某种尚未被现代医学发现或证实的因素导致了这种结果。她曾不止一次地与医生讨论"解决方案"，但他们总是不以为然地摇头，说着一模一样的话："你就多试几次呗，就像掷骰子一样，说不定哪次就中了。"

掷骰子？医生轻飘飘的一句话，对她来说却意味着一次次的担惊受怕，忐忑不安，希望与失望交织生长，又再一次被打碎。之前的三次经历已是对身体和心灵的双重折磨，她无法想象自己还要一次又一次地重复这样的痛苦，直到命运决定停止对她的惩罚。而且，身为女性，她还不得不考虑到自己的年龄问题——30岁后，卵子质量与年龄成反比，胚胎染色体异常的风险也越来越高，这时间成本她实在耗不起。

如果染色体异常是她多次失败的原因，那么这传说中的PGS似乎正是为她量身定制的新技术。仿佛看到了黑暗隧道尽头的一束光，苏昂兴奋地屏住呼吸，在一个个网页链接间来回穿梭，最后定格在某个美国论坛上的一个长帖。两个小时后，她终于把所有的回帖全部看完，瘫在椅子上长长舒了一口气。

她的直觉没错。论坛上有不少与她同病相怜的女性现身说法，将自己采用PGS技术的过程和经验一一道来。令苏昂印象最深的是那位名叫"blue09"的帖主，经历了足足八次流产却找不到任何原因的她最后在医生的建议下做了PGS，她每隔一段时间便会登录论坛更新近况，直到顺利诞下一名健康的男婴……两个小时之内，苏昂仿佛跟随"blue09"走过了一段浓缩的人生，在天堂和地狱之间来回游走，看到最后的好消息和婴儿照片时，她听到泪水打在键盘上的"啪嗒"一声，这才惊觉自己已泪流满面。

这个长帖为她打开了一扇窗，见识到最新的科技能够给普通人的生活带来怎样的可能。为了解决不孕不育的难题，试管婴儿（IVF）技术应运而生，又不断更新迭代。第一代技术（体外受精）解决的是因女性因素导致的不孕，第二代技术（单精子卵细胞浆内注射）则解决因男性因素导致的不育，而第三代PGS更是雄心勃勃地致力于帮助人类选择生育最健康的后代。随着分子诊断水平的发展，检测效率和准确度也不断提高，有些先进的实验室仅需24小时便可得出筛查结果。想想看，在严格意义上的"新生命"甚至尚未形成之前，你就有机会偷窥到孩子的遗传密码，选择基因没有缺陷的胚胎进行移植，后期发生悲剧的概率便大大降低——简直是天赐神技！

可是，当然，这一切的前提是"胚胎移植"，这意味着：你必须接受以试管婴儿的方式来受孕。

"试管？"

"你小点声……"苏昂紧张地示意丁子，又忍不住环顾四周。咖啡店里人声嘈杂，似乎没有人在留意她们的对话。她已把一切向丁子和盘托出。尽管不想要同情，但面临重大抉择，她比任何时候都更需要好友的意见。

信息量太大，丁子似乎一时不知该做何反应。好半天她才回过神来，说如果你觉得这是最好的解决方法，那还纠结什么呢？

苏昂咬着下唇，想了半天才模糊地说，她觉得怀孕应该是一种特别的人生体验，而不是一种医学体验。而当丁子问她是不是觉得试管太人工、不够自然时，她却答非所问地嚅嗫道，一般人怀不上才去做IVF，但她的问题并不是怀不上……

丁子好像忽然明白过来了。"那你其实还是觉得不好意思对吧？"她直视她的眼睛，"你怕别人以为你是怀不上才去做试管的，其实你觉得这是种羞耻，对吧？你连'试管'两个字都不好意思大声说。"

她看着她，像是要她回答，尽管这其实是一个设问句。苏昂想否认，但她感觉自己的舌头因为好友的指控而麻木沉重，无法开口。

丁子叹了口气。她说她一直听说生孩子这件事是有歧视链的——做试管的不如打排卵针的，打排卵针的比不上自然受孕的，剖腹产的不如顺产的，喂母乳的看不上喝奶粉的……她的声音忽然提起来，变得很尖锐——"真是莫名其妙的优越感啊！"

苏昂听出了她的潜台词：生殖方面的虚荣心如此愚蠢，你怎能参与这种愚蠢？

丁子移开目光看向别处，然后她的表情松弛了一些。

"你知道吗？"她说，"要不是怀孕，我都没发现我们公司没有哺乳室。"

那么气派的大楼，宽敞的办公室，厨房休息室咖啡茶饮什么都有，同事一个个那么光鲜体面——但是没有一个哺乳室！她看向苏昂，仿佛想从她脸上看出同样的震惊。而且从来没有人向领导提出过这个问题。哺乳期的女同事只能躲在厕所用吸奶器吸奶，有时为了连上电源线，还得站在水池边遮遮掩掩地吸……唉，她摇摇头，表示心酸。"我怀疑这样是不是不卫生，也不好问她们，就上网搜，你猜怎么着？一个男医生回复说：'如果吸奶前有注意卫生就没有关系的，就算不是在卫生间也会有感染的可能。'"

苏昂不知道该说些什么。她也常撞见同样的场景。她的公司也没有哺乳室。

这一切只有一个解释，丁子得出结论，就是关于女性生理机能方面的话题都是禁忌，没法被光明正大地讨论。月经是禁忌，妇科病是禁忌，哺乳是禁忌，不孕不育是禁忌，产后抑郁啊漏尿啊性冷淡啊统统都是禁忌。

她盯着苏昂看，眼神仍带着一丝困惑。

哺乳、月经、生育……全世界几亿人都在经历的事情，凭什么要拼命避讳，要觉得羞耻？就是因为我们不把这些事情拿出来说，别人——好吧，主要是那些男的——可能就真的以为这不是什么大问题。然后呢？那些没法跟"大多数人"一样的人，那些达不到"正常"机能的人就会觉得羞耻。其实有什么可羞耻的呢？生病的人需要去看医生，哺乳的妈妈需要有哺乳室，生育有困难的人需要去做试管。这时她的语气渐渐变得温柔，明显是说到了要紧的部分。

"好吧，你跟别人需要的帮助不一样，但反正都是需要帮助。需要帮助又不是谁的错，为什么要觉得羞耻呢？"

这些话像一块钢板狠狠拍在苏昂身上。但她还是没有说话，只是把嘴唇抿成一条直线。

丁子忽然做了一个即使在她们长达二十多年的友谊中也很少做的动作。她拉起苏昂的手，握在自己的手里。

"不管怎样，我们又不是活在别人的眼光里，"她的声音浑厚，令人安心,"你只是做了当下可以做的选择而已。"

苏昂感到胸口有什么东西在往外涌。她努力压抑住想拥抱丁子的冲动,只是长长舒出一口气。

"我跟你讲啊,"丁子故作严肃地说,"如果有一天这个世界变了,男女角色互换,月经、生育、哺乳都变成男人的事,那就不再是禁忌,而是骄傲。你信不信?男人会炫耀自己月经量有多大,卫生巾和试管婴儿都会被纳入全民医保,大街上哺乳室多得跟便利店似的,电视台可能会找些男艺人来拍真人秀综艺,就叫——"

苏昂扑哧笑了,"'哥哥们的经期生活'?"

"'奶爸去哪儿',"丁子做了个鬼脸,"是真的会喂奶的那种哦!"

她俩大笑了一阵,前仰后合,但讽刺大于快乐。

"哎,不是人人都说自然的才是最好的嘛,"苏昂有些不好意思地说,"我是觉得,自然受孕的胚胎,质量怎么说都比人工的好吧……"

丁子的眼睛像傍晚的路灯那样突然亮了起来。

"嘿,我昨天刚看了一篇科普文,"她身体前倾,露出神秘兮兮的表情,"我们都以为最后成功跟卵子结合的那个精子是最厉害的吧?游泳冠军,对吧?"

"难道不是?"

"可能的确属于最好的那一百个之一吧,因为大部队都在前面几关被淘汰了。不过啊,到了最后一关的时候,那个卵子外面有一层什么膜,单个精子是没法钻过去的,得靠那一百个精子集体合作才能让那个膜慢慢变薄……"丁子眉飞色舞地打着手势,"你懂吗?一个只能钻一点,先到的先钻,边钻边死……然后啊,等到它薄到一定程度,天时地利人和，一个幸运的精子刚好在那附近最后努力一把——"她猛地一拍大腿，"就能冲进去跟卵子会合了！"

苏昂兀自发呆，"也就是说，前面那些跑得快的都是炮灰？"

"可不是嘛！所有人都以为，赢家是最快最健康最强壮的那个，没想到它是最——"

"最鸡贼的那个！"苏昂脱口而出。她俩再次相视大笑。

"所以那些精子只不过是在抽奖，不是什么游泳马拉松冠军，"丁子说，"所以我觉得嘛，现在技术那么发达，做试管其实没什么不好的——当然你可能要打一些针，多一些痛苦——但胚胎还是很优选的啊！医生肯定有办法找到最牛×的精子来跟卵子结合，说不定试管婴儿的质量比自然受孕的还更好呢……所以啊，别瞎担心了。"

苏昂看着她，喉咙又是一阵发紧，说不出话来。

"现在感觉好多了？"

苏昂点点头，终于忍不住上前一步拥抱了她。

"你还记得吗？"丁子任她把头靠在自己的肩上，一只手上下摩挲着她的背，"我们十三四岁的时候，大家都在等'那个'，记不记得？"

苏昂闷声笑了，脸还埋在她的颈窝里。"什么'那个'啊？"

她当然记得。在她们的中学时代，有那么一阵，女同学们怀着好奇又忐忑的心情等待着自己的月经初潮，彼此间总爱悄悄八卦——谁开始了，谁还没有，感觉怎么样……因性教育缺失而益发躁动的男同学们会对女生裤子上的血迹窃窃私语，甚至从女生的包里翻出卫生巾，发出不怀好意的哄笑，令女生面红耳赤，羞愤不已。她们青春少女的身体尚未最后定型，体内那些命中注定了数目的卵子却已开始蠢蠢欲动，它们即将一个接一个地成熟，一个接一个地排出体外——就在她们过分肥大的校服下面——而彼时的她们竟完全没有意识到，它们就是生命的起源……

在人生的真实面目蓦然显现的这种瞬间，光阴流逝带来的所有变化实在叫人难以承受，苏昂想，就好像忽然从自己的生命里走了出去，十三岁的你吃惊地审视着长大后的自己所要经历的一切。

丁子隆起的肚子抵在她的小腹上。

"那时候大家都觉得它多神秘似的，什么自然循环啊月亮潮汐……"她的语气忽然变得很讽刺，"现在想想，月经唯一的用处是什么？"

"什么？"

"就是告诉你：你没有怀孕。"

七

医学给人类带来希望，同时也带来太多的选择。每个月都会有新技术和新突破，但这也意味着你有机会花很多很多的钱，却依然得不到成功的保证。试管婴儿之所以特殊，不仅在于技术手段，也在于你为了一个如此之小的成功机会做出了如此之大的投资。

苏昂从网上无数过来人的经验中学到了一件事："不育"意味着做出决定。很多很多的决定。首先，在三次失败之后，她是应该利用新技术主动争取，还是被动地再掷一次骰子？然后，哪家医院做试管最好？国内的医院有没有 PGS 技术？她应该去一家成功率最高的医院，还是一家服务更人性化的，或者一家离住所最近的？网上的信息铺天盖地。每一个决定都被倾注了太多感情，因为从理论上来说，每一个选择都直接关系着你能否拥有你那渴望已久的小宝贝。

她第一时间咨询了自己最常去的那家医院。医生当场就把她打发了出去，说你这种情况应该去看习惯性流产，不应该来做试管。她感到疑惑，说多次流产难道不可以尝试试管吗？医生没好气地说你懂不懂啊，怀不上才能做试管明白吗？你这种情况不符合试管指征，别瞎折腾了!

她兀自站在那里解释自己的情况,但医生忽然做了一个很奇怪的动作——她摘下眼镜放在桌上,身体往椅背一仰,双臂交叉在胸前。"要不你来当大夫吧,"她嘴角挂着一丝冷笑,"反正你比我们懂得都多。"

苏昂简直是落荒而逃。几天后她去了一家据说具有PGS资质的著名医院。医院里人山人海,门庭若市,排队排到地老天荒。她站在拥挤的走廊上,在脑海里演习着等会进去要说的话,尽量精简,条理分明,又不能漏掉任何重要信息,就像跟领导汇报一样。上次的事给她留下了巨大的心理阴影,苏昂终于明白患者并没有随意表达的权利,她必须懂得察言观色、小心翼翼。

好不容易轮到她,医生听她讲完,看了报告,淡淡地说你们夫妻染色体都没问题,做不了PGS,因为国内对这一技术有诸多限制,必须是符合条件的夫妻才可以做,比如有染色体问题、有遗传病史、多次移植失败之类,并且需要相关资料证明和严格的审核程序。

"为什么呢?"她看着医生,大惑不解,"明明第三代PGS技术比一代二代成功率高,而且满足优生优育的要求,为什么国外都是想做就给做,国内就不行呢?"

"政策规定。"医生在电脑上噼里啪啦地打着字,头都懒得抬一下。

她知道不该追问,却还是没忍住。"为什么会有这样的政策啊?"

医生很不耐烦地抬起头,大概是看到她脸上的失落,愣了一下,施舍般吐出几个字:"性染色体。"

"什么?"

医生挥挥手示意她出去。

排队三小时，对话三分钟。她憋了一肚子火走出医院，回公司的路上忽然恍然大悟：PGS 能够把 23 对染色体全部筛查一遍，其中自然包括性染色体——也就是说，能够预知胎儿的性别。而性别选择在国内是不合法的。

苏昂继续在网上做她的功课，渐渐打消了在国内做 PGS 的念头。国内只有少数几家医院可以做，条件非常严格，手续也很繁复，而且根据她所得到的资料，国内医院无论是技术、实验室还是就医环境都和国外尚有差距。她决定开辟新的"战场"。

就像生活中的"孕妇效应"，自从开始关注此类话题，忽然之间，无数的广告帖和经验谈扑面而来，海外"战场"显然也早有国人去披荆斩棘。苏昂惊诧于出国去做试管的同胞竟如此之多，尤其是美国和泰国。起初她猜想是因为这两个国家的技术最为先进，可是慢慢看下去她就明白了——

性染色体。还是性染色体。

在国内很多地方，重男轻女、延续香火的观念依然根深蒂固。如今医学昌明，许多并无生育问题的女性也不惜大费周章出国求医，借由试管技术来实现生男孩的愿望——在美国和泰国，利用 PGS 技术选择胎儿性别是合法的。

也许真的是家里有皇位需要继承吧——反正苏昂是无法理解这些人对于生儿子的执念。在她看来，能顺利生下一个健康的孩子已经是上天眷顾了。

去美国路途遥远，医疗费和旅费都很昂贵。相比之下，泰国是更经济实惠的选择。虽然异国求医必定有诸多不便,好在技术成熟、流程简单、环境友好。苏昂翻遍了她能找到的所有关于泰国试管的网帖、博客和微博记录,当事人需求不同,经历各异,结局有喜有悲,但几乎都异口同声地称赞泰国的医疗环境和服务态度。这一点格外打动苏昂,因为她再也不愿回到那条拥挤的走廊,不愿听医生训斥的语气,不愿被那种卑微感和负疚感洗劫——就好像生不了孩子是她的错。

她回忆着当年的毕业旅行,那个国家好像有一种天然的度假氛围,人们一到那里就不自觉地放松下来——好心情没准也能增加成功率吧?

去泰国是从未想过的事情,但一念既出,万山无阻,就像火箭势不可当地加速升空,一心一意要将卫星送入既定轨道。苏昂简直从未有过如此强大的行动力,她将自己埋在资料堆里,生活终于开始呈现出新的意义。

泰国医院英文通行,她无须求助任何中介便可与他们直接联系。经过一大堆的研究、比较、邮件和电话往来,苏昂终于在曼谷几家口碑最好的医院之中敲定了那间规模并不算大的 SMB 辅助生殖诊所,并预约了一个月后与院长 Songchai 医生的会面。

工作方面,苏昂费了九牛二虎之力向公司争取到了两个月的无薪事假,上司的脸拉得比驴都长。不过,她只告诉同事自己要回老家处理一些家事,没人知道她的真实去向。

说服平川比想象中容易。或者不如说苏昂并不确定她是否说服了平川,她更像是在通知他自己的决定。那时疲惫已经战胜了他们,几次激烈的争吵之后,他们不再谈起那件事,尽管它仍然隐藏在他们所做的每件事之下嗡嗡作响。他用一种紧绷的理性来应对她随时可能爆发的情绪,小心地绕开任何有可能给他们带来痛苦的话题,只谈论那些浮于生活表面的琐事,于是说出来的话越来越空洞而敷衍。苏昂的沉默也许会让平川以为她已经放弃,可她狂热的心思始终只紧紧抓住一个想法:只要这世上存在某种解决方案,为了怀上一个健康的孩子我可以做任何事情。

"泰国?"他吐出一口牙膏泡沫,看着镜子里的她,眼神微微有些不可置信,仿佛她刚刚讲了个非常荒谬的故事。

平川从未去过泰国。他对一切都抱有疑虑:泰国的政局、泰国的天气、泰国的医疗水平……总而言之,他难以相信她竟然真的打算飞去一个完全陌生的第三世界国家,任凭那里的医生处置她的身体。在他的想象中,泰国就像一片充满海妖与旋涡的海域,每一道水流都可以将她一口吞噬。但他看出苏昂去意已决,只好在沉默中继续刷着牙,避免与她正面冲突。

"听说 IVF 对身体有伤害,"他刷完牙,用纸巾擦了擦嘴角,"促排卵会提前透支卵子,加速衰老——"

"胡说八道。"她不屑地打断他。每次正常排卵都会有一些没成熟的卵泡被排掉,她告诉他,促排卵只不过是让那些本来要被浪费掉的卵泡也能长大成熟被利用而已。只要用药正常合理,一般是不会有问题的。

平川立刻抓住她话里的小空子,"你怎么确定他们会'正常合理'呢?异国他乡的,怎么保证安全?"他顿了顿,神情愈发凝重,甚至开始提起最近看过的关于地下卵子黑市的新闻——"有个女生好像是取了太多卵，最后搞到有生命危险……"

"OHSS。"

"什么？"

"卵巢过度刺激综合征。有些人会对促排卵药物产生过度反应——腹部积水、腹胀、恶心，最严重的可能有生命危险，但概率很低很低，十万分之一吧。"她看他一眼，感觉自己俨然是这一领域的专家，"而且我去的是正规医院——泰国王妃做IVF也是去的那家——不是什么地下黑市。"

"但还是有风险……"

"哪里都有风险。什么都有风险。"她再次打断他，心中火烧火燎，恨不能摔门离开。平川总是这样，只做"正确"的事情，严格规避风险，永远未雨绸缪，思考事情总有提前量。他坚持锻炼，从不抽烟，喝酒绝不过量，买车要配备安全气囊，入住酒店会确认逃生出口，家里总有蜡烛、药物、纯净水、罐头食品和消毒液，出外旅行永远知道现在是何时、自己在哪里、下一步要去做什么……他对"安全可靠"这件事几乎有种病态的追求，一个最令苏昂抓狂的例子是：平川居然一点也不介意剧透，甚至预知结局后再看电影会更令他安心……

看待风险的态度是他们之间永恒的差异与矛盾。有时平川会半开玩笑地讽刺她："亏你还是个律师！"——真奇怪，人们似乎默认法律人都是风险厌恶者，因为他们的工作是在一个不确定的世界里尽力寻求确定性和可预期性。但这件事还有另一面：作为公司法务，她的工作是为商业服务的，识别法律风险只是第一步，如何提供商务上认可的手段去控制风险才是她更重要的职责所在。也就是说,她不能不说No,也不能只说No。比如说吧,如果她的公司要做一笔收购交易,而事前做尽职调查时,发现收购对象的很大一块资产在私有化过程中有一定的程序问题,这笔交易就不能做了吗?当然不是。正确的做法是在充分告知风险的同时给出解决方案,比如要求对方补正程序,或是在合同中添加交易保护条款。同理,做试管有风险,去泰国有风险,但你不能只从风险的角度去看待问题和解决问题。

平川尴尬而短促地笑了一下,走进卧室上了床。她跟了过去,站在床边俯视着他。她感觉自己的人格已变得顶天立地,随时准备压倒与她对抗的人,把他们统统扫荡掉。

他靠在床头,双臂交叉抱在胸前,神情凝重,仿佛正在脑海里小心斟酌词语。他说他对IVF确实不大了解,但听说费用很高,成功率却不高。他听一个同事说,自己的姐姐做了四次都没成功。"你想过没有,"他缓慢地说,"万一失败了——"

"就是在浪费钱。"苏昂飞快地接上他的话,"可是如果成功了,就是最好的投资。对啊,这就是赌博。"

"你想赌一把?"

"赌几把都行。"苏昂斩钉截铁地说,"我算过了,我们负担得起。比起买房,我宁愿要一个孩子。"

平川没再接话,低头拿起了手机。他早已习惯了把沉默当成一种武器,这时他会显得深不可测,但身体却在表明态度;然后恼怒的对手会用语言和情绪填满周遭的空气,于是她说的话会超过自己应当说的话。但在这一刻,苏昂并不打算让他得逞。

"创业也有风险。"她乘胜追击般故意补上一句,又立刻被自己语气中的尖酸刻薄吓了一跳。平川继续滑着手机,嘴角隐约弯曲出某种听天由命的弧度。

出发去曼谷的前一天夜里,平川还是很晚才到家。当所有行业都被所谓的互联网思维搞得天翻地覆,本来就在互联网公司工作的平川也不可避免地受到蛊惑,和朋友一起用业余时间创业开发 App,每天忙得不可开交。

在一定程度上,苏昂能够理解为什么程序员们对创业这件事趋之若鹜。身边大环境热火朝天,本身又懂产品技术,自然蠢蠢欲动,不愿为老板折腰,直想自己创出一片天地,走向人生巅峰——而且最好是一年买房、三年上市、五年冲出亚洲、十年移民火星的效率。但她完全不理解为什么平川也要跟风蹚这摊浑水。在她看来,平川是典型的技术型程序员,对自己的技术非常迷恋,其他方面几乎全是短板——不擅长和人打交道,对商业和管理都缺乏兴趣,更不用说面对风险的态度……简而言之,他完全不具备创业所必需的人格特质。

也许是因为金钱的召唤吧。人人都知道创业成功是极小概率事件,但他们身边的确有这样的幸运儿。记得有一次他们一起看 BBC 拍摄的一部纪录片,讲述的是"亿万富翁的日常生活",其中赫然出现了平川在伦敦时认识的同行朋友!对方已创业成功,脱胎换骨,在镜头里品尝着 2000 美元 100 克的鱼子酱,满脸都写着"人生得意须尽欢"。她甚至还记得平川看着那一幕时若有所思的表情。他不是善妒之人,但显然也受到了某种刺激,从此心态产生了微妙的不平衡,暗暗摩拳擦掌也打算试试水深。话说回来，谁能抵抗金钱的诱惑呢？看纪录片时苏昂也难以自制地一直盯着那些亿万富翁家里的艺术品，幻想着有朝一日也能买得起 David Hockney 的画……

钱钱钱，回国后她发现人们谈论的唯一话题就是钱。古早 TVB 港剧里的台词近些年忽然又成了流行语——"对不起，有钱真的是可以为所欲为！"

但也不一定，苏昂想，不一定能换来一个健康的孩子。

她把足足一打橙色内裤塞进箱子里。那是丁子送给她的临别礼物兼"护身符"，附带还有一张卡片，上面写着："那美好的仗我已经打过了，当跑的路我已经跑尽了。"

她一边收拾行李一边问平川，取精的那天是否能保证抽出时间去趟曼谷。

"具体是哪一天？"

"大概是我下次月经的第十二天，"苏昂找出一支红笔，把日历上的那个日期圈了起来，"不过提前或推后一点都有可能，到时候我再告诉你。"

"我尽量吧。"

她盯着他，目光灼灼。

"应该可以，"他叹口气，"离开一两天应该没问题。"

造物真不公平，她想，明明是夫妻俩共同的"作品"，却偏偏只由女人来承受一切变化和痛苦，男人所做的全部贡献不过是在一个杯子里射精。她当然也希望平川能陪她一起去泰国，在她需要时给予照顾和支持，就像论坛上某些幸运女人的另一半那样。然而她明白这已毫无可能了——这些日子他们两人一直各忙各的,同一屋檐下擦身而过,感觉越来越像是室友而非伴侣。对于她去泰国这件事,他心中的态度显然是反对多于支持,但由于她处在"一点就炸"的状态之中,而且子宫长在她的身体里,他表达不满的方式便只能是消极应对,仅完成生理上不得不参与的部分,也就是提供精子。

平川洗完澡出来,头发湿漉漉的,身上包条浴巾。她忽然发现他瘦了一圈,连脸颊都变得有些骨感。

苏昂说:"你最近太忙了,要注意身体……"

平川飞快地扫了她一眼,目光中有一丝惊异。于是她接下去把话说完:"精子的质量也是很重要的。"

她终于收拾完行李,关上箱子走进卧室。平川已经换好睡衣半躺在床上,手里是一本《虚拟的历史》。那是他雷打不动的睡前阅读时间。苏昂爱看小说,平川却喜欢非虚构类作品,尤其是科普读物和历史书籍。他似乎喜欢想象置身于祖辈所面临的巨大灾变之中,想象面对考验时自己会怎么做。

她在他身边躺下,忽然开口问他,他们做的那个App到底是干什么的。

空气中有一丝微妙的迟疑。几秒后他才回答:"亲子地图。"

"亲子地图?"

他放下书,"说来话长。"

他们原本只想做一款"小而精"的App——平川的搭档老韩几个月前添了二胎儿子,因为太太总抱怨国内既缺乏母婴室也缺乏相关信息,老韩于是决定做个App,为哺乳期的妈妈们提供全国各大城市的母婴室信息。没想到投资人对此大感兴趣,希望可以把它发展为亲子版"大众点评"。也就是说,除了母婴室之外,"亲子地图"不但涵盖室内外游乐场、早教中心和博物馆之类典型的亲子场所,对餐厅、酒店、商场、机场、公共机构等地方的亲子设施也都可以提供信息和点评。今后甚至考虑把国外一些热门城市也包括进来,形成有系统的"亲子游"信息一条龙服务。

"变成'大而全'了。"她说。

"对。"他微微耸了耸肩,有点得意,又带着些许无奈。

"听着不错,"她忽然觉得很难过,"对有孩子的人来说可能是刚需。"她也明白了为什么平川一直避免和她谈起这方面的话题。

但她还是挤出了一个笑容,尽管那更像是苦笑。平川也笑了,那是松了一口气的笑。她看着他的眼角周围聚集起细小的皱纹,此刻他的面部轮廓变得柔和,看起来终于像是她最熟悉的那张脸了。

她忍不住伸出手,摸了摸他的脸颊。平川似乎微微一惊——他们已经很久没有过如此温存的互动了——他难以察觉地退缩了一下,但又马上掩饰过去了。苏昂讪讪地收回手。她也不再能够从中感到那种熟悉的温情了,而更像是对某种共同记忆的笨拙描摹。而那些记忆,那种联系,如今看起来既遥远又渺小,仿佛发生在另一场人生。

"亲子地图"并不是平川的第一个App。他曾做过好几个App——那时大概还被称为"软件"——当作礼物送给她。有一年苏昂生日时收到他做的一个软件,里面有个按钮,每当她想要他的陪伴时按一下,他的书房里就会有一盏灯亮起来提醒他;有一次她说想买条裙子来搭配某件上衣,结果他竟然给她做了一个手机App,可以用它给上衣拍照,得到一个色板,购物时把App对准一条候选的裙子,屏幕下方就会出现这条裙子的色板,于是她就能比较两个色板的匹配程度,令她的女友们惊羡不已;还有某一年的情人节,他事先偷偷录下她常说的一些口头禅和感叹语——诸如"天哪""不会吧""真的假的"之类——然后做了一个有很多按钮的小软件,每个按钮都会发出她的声音,简直令她笑到崩溃……

整夜她几乎无法入眠,不断在脑子里回放记忆,就像随机播放一张张碟片。有时在几秒钟内跳过好几年,从情人节软件跳到"亲子地图",从浑融无间的亲密跳到他刚才那微妙的躲闪——几乎是一个明显的下意识反应。她能感到这些日子他一直在躲着她,这令她想到了另一种可能性:也许他去创业只是为了逃避她。

听着身边平川有规律的呼吸声,许许多多的问题啃啮着她的心:我们到底是在哪里走错了?这一切是怎么错到这个地步的?

还有眼前那一场"美好的仗"。那真的会是一场美好的仗吗?隧道尽头的光亮会不会是一辆迎面而来的火车?

八

"所以，你的问题不是不能怀孕，而是没法……维持？"

整整四个小时的等待之后，苏昂终于见到了传说中的Songchai医生。他比照片看上去年轻，五官轮廓更像是华裔。皮肤很白，但不知怎的有种皮革的质感。他有着苏昂所见过最锐利的眼神，鹰一般的眼睛——一只饥饿的鹰。他整个人散发的气场则让人想起老虎——精壮，专注，充满掠夺性。绝不是和蔼可亲的类型，但那种压迫感却也莫名地让人安心，或许是因为它暗示着某种专业性？

忙碌了整整一天，这会儿理应是最疲惫的时候，可是Songchai医生的发型、衬衫、领带全都一丝不苟，坐姿也依然那么笔挺，好像他就是以这个造型诞生到这世上来的。很难想象他也曾经是个小孩，更不用说曾是个婴儿。只有桌上那杯已经见底的冰咖啡泄露他也是肉体凡胎。医生身后的墙上挂着一连串镶了镜框的学历证书——曼谷，伦敦，波士顿。你可以在考山路的任何一家复印店买到这样的证书，但他的显然是真家伙。

此时她已大致明白了这家医院的就诊流程。为了达到效率最大化，见医生前必须先经过顾问这一关。她们会详细地了解你的情况、问题和要求，把重点记录下来供医生查看，如此便不用再浪费医生的时间。之后她们会指引你去做必要的血液和其他检查，等到苏昂终于见到医生时，这些检查结果也已经全都送到了医生的手中。

苏昂自己也带来了国内的各种检查报告，包括她与平川的染色体检查结果。Songchai 医生戴上眼镜，把所有资料细细翻看一遍，也没说什么，只让苏昂去里面的小房间做个 B 超。

与国内的公立医院不同，在这里做 B 超是由医生亲自操作的。苏昂有些僵硬地半躺在 B 超椅上，下身只围着一条围裙，双腿在围裙下大大张开。Songchai 医生戴上手套，一言不发地将套有安全套的探头送入她的阴道，动作干脆利落。这世上真是存在着各种各样的人生啊，她在心中感叹，每天将 B 超探头送入不同女性的阴道也正是某些人日常生活的固定组成部分。

"很好。"当他们重新坐回办公桌两端，Songchai 医生用笃定的语气说，"一切都非常好，我认为基本上没有问题。不过你明天早上得再来一趟，我们再做一个宫腔镜检查。"

他看到她脸上的迟疑。"别担心，常规检查，就是看看你的子宫里面有没有问题。"他停顿一下，"对了，你的月经规律吧？"

"规律得就像每个月固定时间交房租一样。"

那双深沉而冰冷的眼睛终于泄露一丝笑意，"你的英语很好。"

"你也是。"并非恭维，她惊讶于他的英文竟丝毫不带口音。

他又是微微一笑："我让护士安排明天早上的检查。"他站起来暗示会面结束。

"Songchai 医生，"苏昂坐着不动，"你觉得……以我的情况，为了 PGS 技术特地来做试管婴儿，到底是不是正确的选择？"

"你属于复发性流产患者，PGS 技术对你这样的情况是很有帮助的。"他的回答很程式化。

"我的意思是，既然怀孕对我来说并不是问题，那么有了 PGS 的帮助，我的成功概率是不是应该很高呢？"

医生坐回椅子上。他眯起眼睛，又睁开，目光如手术刀般切割着他们之间的空气。

"做 IVF 之前，你可能会觉得科学太棒了，太先进了，它可以做到任何事情。"他低下头去俯视手边的那杯咖啡，像是在俯视一口深井，"但我也希望你理解，苏女士，科技不是万能的，人类生殖仍有许多未知的领域。我认为你有成功的机会，但这种事情……医生是没法打包票的。"

"就概率上来说——"

医生扬起一只手，打断了她的话。"受精的本质是什么，苏女士？是创造生命。生命有那么容易被创造吗？医生是人，不是神。"

苏昂苦笑一下，"那我只能祈祷奇迹发生了。"

"所有的婴儿都是奇迹，"他摘下眼镜，语气中有难以抑制的自豪，"但试管婴儿是真正的奇迹。"

如今在苏昂眼中，这个世界上只有两类人，一类人懂得 IVF 相关的知识，另一类人不懂。当她躺在手术准备室中，看到身边尽是同病相怜者，不由觉得身心都适得其所。她不再是孤独的例外了。

她原以为宫腔镜只是一个如B超般简单的小检查而已，没想到一早来到医院便被护士领到楼上的手术室更衣准备，这一等又是几个小时。除她以外，等待区还有四个人，左边床上躺着一位棕发的白人女子，右边的三张床则全都被同胞占据了，她们三个不时用中文交谈几句，苏昂很快意识到她们都在等待取卵手术——用药物刺激卵泡发育获得多个卵子后，在阴道B超的引导下，将取卵针穿过阴道直达卵巢吸取卵子，再放在培养液中培养。这是IVF过程中至关重要的一环。

苏昂一直觉得取卵是一个非常超现实的手术——当然，整个IVF的概念其实都很超现实——尤其是事前和事后你都会和陌生人一起待在病房里，分享人生中如此私密而重要的时刻。

护士进来，把其中一位同胞推走，剩下的两位显然有些沉不住气了。

"我们到底要等到什么时候啊？我是十点钟以前一定要取的啊！"广东口音的短发女子说。

"为什么一定要？"旁边身形丰满的那位语气很疑惑。

"我啊，促排那些都是在国内做的嘛，"广东女说，"来泰国前还打了防排针，怕卵泡提前破掉嘛……听医生说打完防排针多少小时内是一定要取卵的，不然就提前排掉啦！"

"应该也不差那一两个小时吧？"

"我算过啦，最晚不能超过十点钟——哎不对！"她惊叫起来，"没算时差！这下死定了！"

苏昂感到整个对话都超出了她的认知范围。

"医生说你有几个卵泡可以用啊?"丰满女转移了话题。

"十二三个吧。"

"那你比我好多了,"声音低落下去,"我才七个。"

"卵泡多少不重要啦,关键还是要看能配成几个胚胎咯……"

苏昂悄悄向她们投去一瞥。她和她们各自过着截然不同的人生,在国内恐怕一辈子也不会相遇。可就在这一刻,在这异国他乡的手术室里,她们的人生发生了一次短暂的交集。她感受着陌生人的担忧与焦虑,猜测着对方身上背负的故事,这种命运际会的感觉令她既震动又恍惚。

在"最后时限"过去二十分钟的时候,两位女士都已先后离开了准备室。苏昂希望她们一切顺利。

一个声音忽然从左边传来:"她们都是来做 egg collection(取卵)的?"

苏昂转过头来看着那张友好的脸和围绕着它的棕色卷发,下意识地点了点头。她怎么知道我会说英语?然后她看到了自己手中 Kindle 屏幕上的英文小说。

对方也点着头,她说起话来有着苏昂再熟悉不过的英国口音。她说,她一直觉得 egg collection 听起来更像是一种乡村劳动,而不应该是医学名词……

苏昂被她逗笑了:"那么,你也是来下乡劳动的?"

棕色卷发轻轻摇摆,"宫腔镜。"

"一样。"

她俩相视一笑,苏昂这才看清了她的脸。面庞瘦削,高鼻薄唇,下颌陡长，鼻梁和脸颊上方有不少小雀斑。看得出她并不那么年轻，可不知怎的仍有种清透的"少女感"，或许是说起话来格外活泼生动，甚至有些孩子气的表情，或许是那双灵气逼人的绿色眼睛——不，是游弋在那眼睛里的某种东西，看起来就像一颗特别明亮的微粒。

"你觉得咱们还要等多久？"棕发女问。

苏昂听天由命地耸了耸肩，换了个姿势，将双手枕在脑后。

"你猜这里是不是每天都有这么多人？"她盯着天花板说，"我以前从没想过 IVF 会有这么大的需求……"

"一点没错。我也去过其他的诊所，每一家都是人满为患。"

"创造生命的地方，"苏昂想起 Songchai 医生的话，"但你很难想象它是这么的……"

"平常？"

苏昂与她交换一个默契的眼神，"不过，要这么说的话，其实女性的子宫也很平常。"

她俩再次相视而笑。

"说出来你可能都不信，"棕发女说，"之前我去过一家诊所，医生第一次给我做 B 超时居然找不到我的右侧卵巢，最后还是护士指给他看到底在哪儿……我活像个猎物似的躺在那儿，双腿大开，感觉无比脆弱，而医生似乎还需要学习。"

苏昂忍不住大笑："天哪。"

她几乎是立刻就喜欢上了临床这位坦率又幽默的女士，她身上有种东西叫你不得不喜欢她。苏昂已经很久没有过如此开怀的时刻了，尤其是很难想象自己正在与一个陌生人讨论生育问题——噢对了，而且可以大大方方地使用"卵巢""子宫"之类的词语，不用担心会招致旁人异样的目光……等待变得不那么难熬了，她甚至希望能和她再多聊上一会儿。

"不过这里的医生好像还不错，成功率也挺高，"棕发女停顿一下，"看门口那么多斑马就知道了。"

"斑马？"苏昂下意识地重复。忽然之间，有些东西自然而然地联系在了一起，她明白了诊所门口那些斑马的来历。

就在这时，护士走进来喊了她的名字。

九

Songchai 医生用了"beautiful"这个词来形容她的子宫。没有问题，他看起来心情很好地向她宣布，你的宫腔状况没什么需要担心的。他安排顾问与苏昂再次见面倾谈，详细解释 IVF 的过程、PGS 的操作、数据与风险等等，然后签了整整一本各种各样的协议。最后顾问告诉她，只要在下个月经周期的第一天打电话来预约，便可以在第二天见到医生，并正式开始 IVF 的疗程。

也就是说，她至少还有十几天的时间需要消磨。

苏昂走进诊所旁边的星巴克，点了一杯低因咖啡，边喝边研究那本她从国内带来的泰国旅游攻略。说来讽刺，她此行的目的并非旅行，却像是赚得了意料之外的假期。

"清迈？"

她抬起头，又看见了那双闪着亮光的绿色眼眸。对方熟络地拉开她对面的椅子坐下，一手指着旅游书上那张金光灿烂的寺庙照片："素贴寺！我去过，在一个山顶，非常美丽！……嘿，不介意我坐这儿吧？"

苏昂忙不迭地摇头。她很高兴再次见到"宫腔镜"女士。尽管连她的名字都不知道,但苏昂早有种莫名的预感:她们之间不止一面之缘。

与手术室相比,咖啡店的确是更适合做自我介绍的地方。对方名叫艾伦,也正如苏昂猜测的那样来自英国。此刻她穿一条深蓝色波点无袖连衣裙,露出被太阳晒黑的修长手臂,棕色头发束成一个马尾。她笑的时候眼睛和嘴唇都在笑,苏昂亲眼看着她用自身的存在点亮了整间咖啡店。

她们的第一个话题自然是IVF。艾伦并非新手,她已经在纽约和伦敦一共试过三次IUI(人工授精)和两次IVF了。

"都没有成功?"苏昂小心地问。

"我所有的生育能力检查结果都不错,本来还以为自己可以一次成功呢。"艾伦苦笑摇头,"年龄恐怕是唯一的阻碍,医生一般希望你在35岁以下,但我已经39了。"

"你看起来可不像39。"艾伦那少女般慧诘的眼神足以让人忽略她眼角的那些小皱纹。

她做了个"噢,你真会安慰人"的表情:"我一向认为一个人的年龄并不是她有多少岁,而是她感觉自己有多少岁……直到开始做生育治疗,才知道那些都是自我安慰。你知道纽约的那个医生跟我说什么?'你是一位勇士,'他说,'你为你的第一个孩子而战,但你也得有心理准备,这是一场你也许永远赢不了的战争,因为你是在与自然开战。'"

"可这难道不正是人们来做IVF的原因?这项技术的最大受益者

不正是大龄女性吗？据我所知，在这些人当中，39岁可真算不上有多老。"

艾伦承认自己也是这么想的。她说她一直在想那些有名的高龄产妇，比如政客或者好莱坞明星。她的信念是：只要还有一个卵子，她就可以怀孕。

艾伦虽然纤瘦，但内心似乎有种不会被轻易扼杀掉的东西。

"你呢？你的故事是什么？"艾伦啜了一口冰咖啡，嘴唇闪闪发亮。

于是苏昂说了，就这样把自己过去一年多的隐秘伤痛和盘托出。潜意识里她似乎一直在等待这样的诉说，说给一个或许懂得的人听，等得可能已经太久了。她径自滔滔不绝地说着，重新回忆起那些她希望能从自己的生存记录中删除的日子，仿佛边说边在碎玻璃碴上奔跑——但谢天谢地，再也没有眼泪了。这件事里其实有更多的东西，比如她与平川的关系，比如她尚未想明白的、自己对于生育的真实态度，她想把它们统统说出来。它们就在舌尖上流连，在词语的间隙中打转，可它们最终还是选择了逃走。

有那么一瞬间，苏昂担心艾伦会满怀同情地抓住她的双手，幸好她并没有——艾伦不是那种类型。"我猜这就是人生，"短暂沉默后她只是耸耸肩，"那句话怎么说来着？'如果你想要彩虹，就得先学会承受雨水。'"

在最痛苦的日子里，苏昂觉得那些心灵鸡汤——"杀不死你的东西会令你更加强大"之类的名言警句——完全是胡说八道。以她的亲身感受来说，杀不死你的东西只会令你益发虚弱，就像拉肚子。更何况,"更加强大"似乎意味着成为一个更好的人,她讨厌被暗示要经过痛苦才能成为更好的人,她宁愿大家承认这世上有些痛苦是无法超越的。但在这一刻,她的确感到分享痛苦令她们两人更加强大,她们被一种只属于女性的经验和勇气团结在一起。

"那么,你也是专门飞来泰国做IVF的?"苏昂把话题拉回到艾伦身上,"就像他们现在拼命推广的那个什么……医疗旅游?"

"事实上,我已经搬来曼谷长住了。"她解释,"我现在在这儿工作,来了快一年了。"

苏昂问她的先生是不是也一起搬来了泰国。艾伦露出一抹耐人寻味的微笑,说她没有结婚。

"那么……是男朋友?"

她的笑意更深:"我也没有男朋友。"

"那你怎么……我是说,你一个人怎么做IVF?"苏昂感到无比困惑,以至于没法问个更有智慧的问题。

"你听说过精子库吧?"她戏谑地眨眨眼,"也就是说,我的卵子有机会和某个陌生人的精子来个一夜情。"

有那么几秒钟,苏昂以为她在开玩笑。然而艾伦有种令人意外的坦率态度。是的,她解释道,39岁的她当然也曾有过好几任亲密男友,但由于种种原因,他们的关系始终未能再进一步,而孩子这个话题几乎没有机会被触及。

"我曾以为'生物钟'什么的都是民间传说,觉得不生孩子也挺好,一个人更自由自在。可是不知道从哪一天开始,忽然开始觉得小孩是世界上最可爱的生物,也忽然开始羡慕有小孩的朋友……太可怕了，简直就像是睡觉时被人植入了这个想法似的！我渐渐意识到与爱情或是婚姻相比，其实我更想要一个孩子。"艾伦说，"我有信心做个称职的单亲妈妈，可是生物钟不等人啊！单身了两年之后，在36岁生日当天，我告诉自己该采取行动了。"

她找到一位女性朋友求助。朋友一年前利用精子库成功地人工受孕，生下了一对健康的双胞胎。那时艾伦在纽约工作，在朋友的介绍下，她找到一家本身有精子库的辅助生殖诊所。这意味着她能够在一个小范围的捐精者群体中选择，省去了运输的费用和麻烦。

一开始，诊所会给你所有捐精者的简单生理描述，再加上他们是否已令其他顾客成功怀孕的信息。从那之后，你就开始为更多的信息付钱。每多付十几美元，就可以得到一份更详细的捐精者信息，比如童年照片、工作人员对此人的印象、心理测试结果……艾伦从中选择了三个她最喜欢的捐精者，每个付了六十美元，然后又得到了三份长达二十页的自我陈述文件——包括五官细节、头发颜色、是否左撇子、手指长度、教育经历、病史、性伴侣等等。

"我最感兴趣的是遗传病史，不过性格爱好对我来说也挺重要，"她笑起来，"我拒绝了一个人，因为他太过痴迷于橄榄球，而我最讨厌橄榄球。"

"这些文件里的信息都被核实过吗？"

"这是个问题，"她摇头，随即又耸耸肩，"不过我也不认为他们会在这些东西上面拼命撒谎。你知道吗？有些人的坦诚简直令我吃惊。有个捐精者承认自己有狐臭，还有个人说他的父亲因酗酒过度而去世，他自己也曾患了重度抑郁……老实说，我本来也不大信任那些把自己说得完美无缺的男人。"

有些人会选择和自己外形更为相似的那类男性，比如金发、碧眼、白肤，但艾伦更喜欢自己在生活中容易被吸引的类型。"我有个弱点，"苏昂感受到她脸上细腻的笑意，"我……好像格外迷恋东方男性。"她说自己有两任男朋友都是亚洲人，没准是因为"大学时代看了太多北野武的电影"。

可是纽约的精子库里有那么多东方男人的"存货"吗？

"很少，"她说，"但我最后还是找到了一个还算理想的。"对方是韩裔美国人，自我陈述写得很好，宣称喜欢读书、看电影、弹吉他，形容自己是一个"理性的思考者""想要认识来自世界各地的人""愿意尝试所有类型的食物"——这些都很对她的胃口。他说他近视，还有青春痘，可是说实话，比起先天性心脏病什么的，近视和青春痘又算得了什么呢？对方当时21岁，文件里还有他当年的SAT考试成绩。她觉得他成绩好像真的很不错，但后来发现计分制已经改了，所以他其实并没有她想象中那么聪明……

苏昂忍不住笑了。她不由自主地在脑海中勾勒着弹吉他的青春痘大男孩。"后来呢？"

三次IUI都没成功，对于曾经信心满满的艾伦是个巨大的打击。后来医生建议她在下一次IUI疗程中注射促排卵药物，也就是IVF中常用的那一种。她查阅了资料，发现即使注射药物后的IUI成功率也不及IVF，于是当即决定改做后者。

"如果你想知道的话，做这些辅助生殖治疗——虽然我讨厌把自己看作一个'患者'——感觉就像在坐过山车。身体不由自主，心情大起大落，只有经历过才会知道那是什么感觉。噢，而且这辆过山车看不到终点。你发现失败的那一天也正是来月经的那一天，所以你本来感觉就糟透了，对吧？但你还得告诉自己：行吧，我们得再试一次……做IVF的时候，工作忙起来没法每天跑诊所，所以我选择自己给自己打针。医生教过方法，但我总怀疑自己哪里做得不对，特别是像我这样总是在深夜筋疲力尽的时候注射。有时候晚上有约，只能躲在厕所里给自己打针，感觉好像瘾君子……"

"与此同时，你的自尊心也渐渐变成一张薄纸，"艾伦感叹，"一开始我还有点忸怩，后来呢？一进入医生的检查室就自动脱掉内裤！"

她俩再次相视大笑。苏昂忽然觉得或许艾伦也一直在等待这个倾诉的机会。虽然来自世界的不同角落，她们之间却连着一条隐形的丝线，彼此都能在对方身上嗅到和自己一样的挫败和孤独。她们选中对方倾诉，是因为两人偶然相遇，也因为两人都正好有心情去理解另一个人。

纽约的IVF失败了。艾伦搬回伦敦工作，换了家诊所继续尝试。再次失败之后，她开始犹豫要不要再试一次，还是干脆考虑领养。在网上搜索海外领养孩子的可行性时，她偶然发现了一篇博客文章，作者详细描述了她在泰国做试管婴儿并最终成功的经历，不仅盛赞曼谷的医疗服务"非常专业、非常安全、非常体贴"，还将整趟经历形容为"一个偷来的美妙假期"——作者和丈夫在泰国度过了轻松愉快的三周，享受着异域风情和空调泳池，最后算下来，把治疗、药物、旅行、食宿全部加在一起的花销也比在美国进行一次试管周期的费用低得多。

"在加州的诊所,有时你连一句'你好'都得不到,就好像他们忙得根本顾不上你。"那位作者写道,"而曼谷的医生和护士会耐心地回答每一个问题,他们让整个过程没有压力。"

为什么不呢?艾伦感到新世界的大门轰然开启。泰国!东方男人!这一切简直完美,她决定干脆搬去曼谷生活一段时间。

"我是个记者,自由撰稿人,"她解释,"工作地点比较自由。"

原来是记者,苏昂盯着她眼中那点异乎寻常的亮光,难怪。

依靠此前工作中积累的人脉,艾伦得以继续为几家英美报纸和杂志供稿,负责东南亚地区的新闻采访和专题报道。她驻扎在曼谷,但也需要经常去附近的国家出差。与此同时,为了办理工作签证的方便,她还找了份本地英文杂志的编辑工作,写点泰国旅游文化方面的小文章和广告软文。

苏昂有点羡慕。对于那些想要在遥远国度谋生的人来说,新闻业是最古老的职业之一。一想到在泰国这样一个充满异域风情的地方当记者,眼前会升起浪漫的图景——外国记者俱乐部里,呼呼作响的吊扇之下,类似于格雷厄姆·格林那样的人物正坐在藤椅上奋笔疾书,一边喝着当地特有的冷饮,偶尔还会卷入政治阴谋,抑或是与当地女士们的浪漫纠葛……

艾伦大笑起来。"醒醒!你说的是七十年以前的事了……这年头,任何拥有笔记本电脑和一定写作能力的人都可以宣称自己是记者,其实我们的工作更像是坐在星巴克里用谷歌搜索……"

这是一个纸媒在没落中挣扎求存的时代,她用一种实事求是、不带丝毫感伤的态度告诉苏昂,纸媒纷纷开始严格控制成本,同时又希望能用独特的东西留住用户；于是它们开始更多地依赖自由撰稿人，因为自由撰稿人更便宜，也更愿意为发表新闻故事承担风险——纸媒不愿让正式员工们去承担的风险。

而且，她说，你得接受这样一个事实：东南亚不符合西方主流读者的利益。很少有人对这个地区的报道感兴趣。在你供稿的刊物上，你永远是太阳系以外的行星。

"那你也还是愿意留在这里？"

"泰国？"艾伦睁大眼睛，"当然！我才不在乎那些所谓的'西方主流读者'怎么想！这里可是泰国——地球上最棒的国家！"

苏昂有点震动——她不知道自己能否以同样笃定的语气表达喜恶。"你以前来过泰国？"

"2006年泰国政变时我来这里做过一段时间的专题报道，之后又来出过好几次差……不过第一次来还是大学毕业当背包客的时候，那会儿已经对它一见钟情了。"

"真巧，我也是大学毕业时第一次来曼谷……你那时是Gap Year？"苏昂知道欧洲年轻人有借由间隔年游历世界的"传统"。

"一年半，"艾伦点着头，"基本都混在中东、亚洲和澳大利亚了。"

"在路上寻找自我什么的？"苏昂调侃她。

"啊哈！"艾伦也笑，"就好像自我是一个独立存在的成品，就躺在草丛里等着你把它捡起来，放进口袋里。"

"所有的这些国家里，你最喜欢泰国？"

"当然！我从来都并不真的明白'异国风情'这个词是什么意思，直到我来到了泰国。它简直是地球上最美丽、最宜居的国家！"她说话的时候带着某种渴望，就像是一个兴奋的孩子。她惊讶于整个泰国文化都如此专注于享受——想想泰国菜和泰式按摩吧！如果不是有泰国的存在，我们这个星球肯定令人难以忍受。英国在夏天是天堂，但在冬天是不折不扣的地狱；再看看宗教……一直是西方文明的灾难，西方文化里那些过分追求个人权利和过分讲求政治正确的部分简直令她作呕。

苏昂悄悄在心里翻了个白眼。当然了，身为一个常背负着"种族歧视"或"白人特权"之类指责的白人或许可以这么说——她的一位白人好友就曾向她吐槽，说政治正确只不过是种族主义的一个隐蔽形式，因为它要求你对不同的人采取不同的行为态度；但在英国生活的那些年里，对她这样属于少数族群的亚裔女性而言，政治正确是真的正确，因为毫不夸张地说，它曾无数次地救过她的命。

但她并不想与艾伦争辩，"所以你欣赏的是泰国的佛教文化？"

"对，但不只是佛教，还有那种'mai pen rai'的态度……"她停顿了一下，发现苏昂毫无反应，于是向她解释，"mai pen rai"就是"没关系"的意思，每个刚到泰国的人都会很快发现，它其实是这个国家的座右铭。

"就算抛开东方男人那个原因，我也一直想来曼谷生活。"艾伦继续滔滔不绝地说，她想要住在一个她可以不断探索却又永远没法真正理解的地方。欧洲的城市太熟悉了，美国的城市太像欧洲的了。她想要一个迷宫、一本她读不懂的书。她需要感到惊奇，她渴望被震撼。而曼谷是深不可测的。泰国从来都不是西方的殖民地，所以这个城市表面上很西化，内里却还是极其东方。她喜欢这种神秘。她没法探清它的底细，永远也不可能。

"Wild East……"苏昂喃喃自语。她并没有深切的同感，却觉得自己正被艾伦那极具蛊惑性的抒情语言吸入一个黑洞——确切地说，是某种黑暗物质发出的亮光。

对于艾伦来说，曼谷不只是 Wild East，更是世界上最伟大、不羁和野性的城市之一。在这里，她告诉苏昂，惊奇就和空气污染、交通拥堵、美女和大米一样常见。你想要的任何东西都有办法搞到也可能负担得起的，甚至包括放纵的幻想。性、毒品、假名牌、走私宝石、武器、濒危物种……泰国是东南亚地区的主要市场。这样的环境很容易吸引那些最好和最坏的事物——传教士和非政府组织来这里解决问题，另一些人则来这里撒欢、犯罪、制造麻烦……

"想想吧，这才是记者的天堂！妓女、盗贼、杀手、骗子、变态……不知为什么，我就是对这些下流场面感兴趣。"艾伦爽朗地仰头大笑，"嗯，我猜我的雇主们也不是无缘无故选中我的吧！"

苏昂咽了口唾沫。她望向窗外，感觉曼谷不再是她印象中那座"sanuk"的城市了，它似乎变得更丰富、更深邃、更……难以捉摸。

一个熟悉的身影从窗前走过，是梅。她们之前通过电话，梅答应了给她送些炊具来，约好了在星巴克交接。

梅推门进店，苏昂刚想站起来，艾伦却抢先她一步。

"梅？"她惊喜地叫出来，"这么巧！"

在来到曼谷的第一天晚上，梅就告诉她这是一座神奇的城市。但这是苏昂第一次见证它的神奇——来到此地不过三天，房东和新朋友居然也认识彼此。

梅把手中的购物袋交给苏昂,里面是一个平底锅和一个汤锅,以及相配的锅铲和汤勺。"还需要什么尽管告诉我。"她今天换了桃红色的唇膏,妆发还是那样一丝不苟,脚上细带凉鞋的鞋跟高得出奇。

苏昂还兀自沉浸在震惊之中。"你们俩是怎么认识的?"她疑惑地转向艾伦,"莫非……你也租过梅的房子?"

艾伦的脸上闪过一丝迟疑。

"这个嘛,我们合作过……梅做过我的……线人。"

她看到梅的肩膀忽然僵硬起来,脸上依然笑着,但笑容少了一半。她手指交叉搭在桌子上,红色的指甲油像一面面明亮的小镜子。

"线人?"苏昂实在无法抑制自己的好奇心,"什么线人?"

梅看着艾伦,艾伦也看着她。谁也没有说话,但两个女人之间显然在迅速地传递着什么,某种心照不宣的东西。苏昂捕捉到了那微妙的一瞬。

"你知道,一个记者最宝贵的财富就是自己的信息源。"此刻艾伦已经换上一副外交表情,两片薄唇紧紧抿在一起,"所以很抱歉,我……"

"Mai pen rai!"一直沉默的梅忽然打断了艾伦。她转向苏昂,嘴角微微上扬,露出某种并非微笑的神情,"艾伦小姐以前做过一个关于性工作者的调查报道,而我刚好有些第一手的信息。"

话音刚落,三个人同时陷入沉默。而沉默像是益发坐实了某种猜测。苏昂懊悔得在桌下直掐自己的大腿,脸上还得努力表现出介乎"不明白你在说什么"和"这也没什么大不了"之间的恰当表情。

但梅似乎并不在意。她的身体周围仿佛环绕着一种气场，一座坚固而自洽的城池。初次见面时苏昂就能看出她有一种特殊的东西——某种同为女性才能看出来的东西，超越了美貌、性感、不自觉卖弄风情的东西——但苏昂无法将那种模糊的直觉转译成恰当的词语。

艾伦问梅要不要喝点东西，但梅嫣然一笑，摇了摇头，长卷发的柔软波浪在她肩上弹跳不止。她站起来和她们告别，说自己有事要先走。

她离开后，苏昂和艾伦再也无法继续之前的话题。

"对不起，"她捧着咖啡，近乎困窘地说，"我不知道……"

艾伦只是简单地挥了挥手，表示这并不是任何人的错。

"可是你是怎样……你是从哪里找到这些线人的呢？各行各业的……"她羞愧于自己无可救药的好奇心，却还是忍不住一再发问，"我的意思是，这里毕竟不是你的主场……"

那抹意味深长的微笑又一次在艾伦的唇边慢慢漾开。

"When in Bangkok, do what your mom told you never to do.（在曼谷，去做你妈妈叫你永远不要做的事。）"

"什么？"

"Talk to a stranger.（和陌生人说话。）"

十

生活重新以许多新鲜愉快的方式向她呈现出来。在阳光灿烂而节奏缓慢的清迈，世界像一条量身定制的连衣裙包裹着她，浑融无间，如此舒适。这是心血来潮的任性之举——白白浪费曼谷的房租，跑来清迈度假。然而苏昂很高兴自己做了这个任性的决定。这座城市是不折不扣的温柔乡，在令人懒散的阳光照耀下，风、树叶、蝉鸣、女孩的裙角、说话的声调都绵软无比。古老的寺庙与时髦的咖啡馆并存，按摩店门前的莲花池水声潺潺，令人同时感到一种慵懒的愉悦和心甘情愿的疲惫。

旅游书上的素贴寺变成了金光灿烂的现实。苏昂和艾伦一人租了一辆摩托车骑上素贴山去，在全然陌生的美景中风驰电掣，有种恍惚，仿佛飘浮在奇迹里，满心欢喜，又不可思议。伴随着陡坡弯道和呼啸风声，她找到了早已被遗忘的冒险的乐趣；而这种乐趣，与金色佛塔所带来的震慑与眩晕感一样，都是某种通过感性而非理性体验到的事物，某种懵懂无知时即深藏心间的未知之美。

清迈真好。天气澄和，风物闲美。停在路边吃烤串时，苏昂全心全意地赞叹。她在一个卖水果的小摊贩前停下脚步，看着面前的篮子。木瓜、菠萝、西瓜、莲雾、芒果、番石榴和椰子。厚厚一层碎冰之上，柔软的果肉被整齐地包装在透明塑料袋里，袋口束着橡皮筋。她挑了一个椰子，卖水果的女人麻利地用刀切掉顶部，给她一根吸管和一个用来挖出果肉的塑料小勺。椰汁冰凉清甜，椰肉滑嫩爽口。苏昂实在搞不懂，为什么当地人还要花钱去买可口可乐——既然神已经慷慨地赠予了他们如此美好的礼物，这礼物甚至自己就会从树上掉下来！

苏昂还惊讶于泰国人天然的好品位。他们都爱美，而且总能在金碧辉煌与清新朴素间找到微妙的平衡。清迈的旅馆、咖啡店和手工艺品大多不俗，这里的人们似乎有大把的时间和意愿来钻研美。

艾伦说她曾在泰国航空的杂志上读到一篇文章，里面提到了一个叫作"看不见的泰国"的概念。作者认为"看不见的泰国"是一种无形的产品，源自传统、文化和对神圣事物的信仰。尽管泰国出产的知名消费品牌并不多，但这个国家本身就是一个极其成功的品牌，连它的佛教信仰体系都已成为品牌的一部分，吸引着那些以游客身份前来拜访的消费者。

没错，苏昂想，而泰国人对美的理解显然也包含在这种看不见的品质和运用这种品质所需要的悟性之中。

"不过他们也有特别随性的一面，"艾伦说，"骑摩托车的人会用树枝做挡泥板，雨季时人们把塑料袋套在头上，植物直接种在轮胎里。没那么多矫揉造作——我最喜欢泰国人这一点。"

苏昂最喜欢的则是他们身上那种无忧无虑的态度，一种天真而感人的善意，仿佛生活中没有黑暗和秘密。他们都那么爱笑。如果你没法让一个泰国人笑，那你的幽默感绝对是负值。

"那都是表面，"艾伦努了努嘴，"看看老板娘吧。"

她们住在老城里的一间客栈，地方不大但相当干净舒适，还有个种满花木的小院子，客人们喜欢在那里围坐聊天。客栈老板娘是位泼辣能干的中年女性，爱穿色彩鲜艳的吊带上衣和牛仔热裤，看人的眼神很直接，半是诱惑半是满不在乎。她有一位胖得宛若一座大山的西方男伴和一个百分百东方面孔的女儿——在泰国这似乎是相当常见的组合。老板娘有十多种不同的微笑方式，但即使不大敏感的人也能觉察到，其中只有不到一半真正意味着快乐。

"人人都有故事。"艾伦说。

"You wan' order one banan' pancake？"每天吃早餐时，老板娘都用典型的泰式英语招呼她们，脸上挂着其中一种并不代表快乐的微笑。

她端来橙汁。"No wan' ice？"

"No wan'."苏昂说，然后开始疑惑，自己为什么要像她一样说话。

有时她可以在客栈待上一整天都不出门。吃过早餐便窝在空调房间里看小说，两顿饭都在附近的餐厅和小摊上解决。她发觉自己并不是唯一在此消磨时光的人。在这座悠闲的小城，对待这种古老的追求，每个人都有自己的方式。客栈里也有和她一样无所事事的住客，就像从毛姆和格雷厄姆·格林小说中走出的人物。有时她与他们闲谈，不知不觉就过了一个下午，也丝毫不用在乎他们聊的东西有无意义。

住在隔壁房间的俄罗斯红鼻子大叔每天只做一件事：坐在客栈

餐厅或邻近的酒吧里,一杯接一杯地喝酒。他告诉她自己对于天气与性格之间关系的理解:"……你知道俄罗斯的冬天有多冷、多漫长吗?人的性格是由天气造就的,所以我们俄罗斯人总是看上去很冷漠,所以我们才需要那么多的伏特加来热身……伏特加不是食物,除非你是俄罗斯人。"

他的大鼻子几乎伸进酒里,就好像在用鼻子喝似的。

"泰国人有一种热带的性格,和我们不是同一世界的生物。我们来到这里,于是也变得更热情、更乐观了……现在每个人都在谈论自由——自由贸易、自由市场、自由言论……但都把它们看作抽象的概念。其实自由同时也是一个目的地,而我们俄罗斯人能感觉到——泰国没有寒冷,没有冬天,就算醉倒路边也不会像在俄罗斯那样冻死,所以你不用担心生命会在某时被突然切断,它一直都在盛开、盛开、盛开……你不这么觉得吗?"

客栈里也有许多年轻人,大多是来亚洲 Gap Year 旅行的背包客,眼睛亮得像煤炭,皮肤统统晒得红肿烂熟,金色的汗毛在阳光下闪闪发光。其中有位一头长发的希腊男生,英俊得令人难以置信,一身嬉皮装扮,给人的观感在耶稣和摇滚明星两极之间摇摆。他喜欢对着客栈里的女孩们大谈特谈他在印度和泰国的"灵修之旅"——他是怎样长途跋涉一路修行,他所理解的印度教和佛教的精髓,他体验到的"天人合一"境界……

"你看,他只不过是去了个东方国家度假,"艾伦翻着白眼,发出干呕的声音,"现在却声称自己理解了整个宇宙……"

但希腊男生的确有其独到的本领。他的口才一流,而且很擅长将自己的背景、经历与心灵层面的东西结合起来。

"在古希腊,时间可以用两个词来表述,"他像个领袖般坐在小院的中心侃侃而谈,身边簇拥着一群年轻姑娘,"一个是 kronos——可测量的时间,时钟和日历的时间;另一个是 kairos——某个合适的时机,神圣的时刻,可以是'那时''那天''那年'……并不需要多么戏剧化,它可以是你生命中成熟、充实、完美的一个小小时刻,具有某种精神意义,令你可以用自己的方式体验时间……"

苏昂看向艾伦。她已经踢掉了鞋,像个孩子似的深陷在藤椅里,假装研究手里那杯西瓜汁。她的嘴唇抿成"一"字,努力按捺着笑意,就好像生怕自己一不小心会说出挖苦话来。

希腊男生对众人说,于他而言,在路上的这段日子就是 kairos。一种当下的体验,仪式般的时间——"就像一幅画的留白,或是乐谱上音符之间的停顿。"世界如此匆忙,kronos 如车轮般辗轧而过,但这种 kairos 式的停顿,这种事物之间的间隔,毫无疑问也是必要的。它鼓励我们寻求内在的平静,与他人和谐相处,并与自然进行更深入的交流……

女孩们听得眼睛发亮,神情如梦似幻——当然,也可能她们只是沉醉于他的美色。

苏昂对艾伦说,他看上去就像一个精神导师。

"远离家园,他们想当谁都可以——我是说这些来到东方的西方人,"艾伦伸了个大大的懒腰,"他们可以尽情地留头发胡子,刺青,在身上打洞,在酒吧弹吉他,当潜水教练,种猫屎咖啡,甚至剃度出家,或者成为一个精神导师……不管怎么说,旅行是业余演员磨炼演技的大好时机嘛。我第一次来亚洲 Gap Year 的时候就遇见了好多业余演员。"

苏昂不无憧憬："那是段好日子吧？"

"现在回想起来，只记得那些可怕的夜间巴士，一大堆的神庙，便宜的啤酒，还有……"艾伦忍不住地微笑，"很多男朋友。"

苏昂大学毕业时，身边有好几个欧洲同学都给自己放了大假，用一年的时间环游世界。她一直遗憾自己的青春里没有此等经历。可是艾伦不以为然地耸耸肩："出发的时候，每个人都大谈特谈什么要认识世界啦寻找自我啦什么的，每个人都自以为是旅行家。可实际上你只不过是每天都在喝啤酒和找便宜旅馆，其实你想要的只是把你经过的地方当作冒险游乐场，就像典型的游客一样。"

"但至少你们玩得很爽，"苏昂说，"毕生难忘的爽。"

"能摆脱爸妈出去玩，顺便花点他们的钱，当然爽啦！但也别太自以为是了。背包客也不过是预算更少、穿得更邋遢的游客而已。他们有更长的假期，因为他们回去也没有工作，就这么简单。"艾伦笑着摇头，"你知道，我并不为那段日子感到羞耻，但那种感觉就像你从未真正爱过的前男友，现在有点后悔当时和他上床。我的意思是那时候是很好玩，不过回想起来，总归还是有点难为情……"

但苏昂还是嫉妒他们，包括那个"精神导师"。她嫉妒他们不用成天往脸上抹防晒霜，可以放任自己被晒成一只烤虾。她嫉妒她们只穿背心短裤都那么好看。她嫉妒他们拥有无穷无尽的时间可供挥霍。她嫉妒他们有发疯和犯错的权利。她嫉妒他们除了青春之外一无所有。他们没有任何可失去的。

头几天的新鲜劲儿过后，孤独失落如一大片乌云悄然而至。艾伦宣布她的小小假期告一段落，"是时候开始干活了"——她是带着采访任务来清迈的，休假结束便一头扎进了工作，整天不是外出采访就是关在房间里写稿。正因为艾伦是个太有趣的旅友，忽然间没了她的陪伴，苏昂也丧失了独自出门的兴趣，整天只待在客栈里闷头读小说。有时她也去院子里坐坐，看着那群无忧无虑的年轻人，想要汲取一些他们的快乐，但是没有效果。

　　她发觉自己已经不那么频繁地忧虑与生育有关的问题了，却也同样不清楚自己在这里做什么。即使在清迈，她也没法真正把自己当成一个游客。她的生活又变得毫无意义，就像过去的两年——只是标记时间，只是徒劳的等待，等待着也许永远不会到来的什么。

　　整整两天没见到艾伦，当她们终于在早餐时碰面，苏昂终于忍不住问起她每天到底在忙些什么。艾伦一边切着盘子里的香蕉松饼，一边神采飞扬地谈起她采访的那家名字叫作"Can Do Bar"的传奇酒吧——据说是全世界第一家，也是唯一一家完全由性工作者自己经营的酒吧。不过，她说，它的存在目的并不仅限于性交易，更在于为性工作者提供一个安全且有尊严的工作环境，同时向公众传递保护性工作者权益的信息。

　　苏昂不得不承认，她能听懂艾伦说的每一个字，但并不明白它们组合在一起究竟是什么意思。

　　"也就是说，Can Do Bar 把性服务业视为一种正当职业，尽力支持那些想留在这个行业工作的女性，"艾伦向她解释，"她们严格遵守泰国的劳动法,酒吧的女侍应——同时也是性工作者——享有正当的社会保障,工资根据劳动法支付,每天只轮班工作 8 小时,每个月有 4 天假期,还有带薪病假……"

艾伦说,泰国估计有 30 万性工作者,但有关这一行业的法律依然很模糊。理论上它是不合法的——至少也是受到严格限制的,但就拿红灯区的酒吧来说吧,那些雇佣酒吧女郎的酒吧往往会付一笔"保护费"给警察,让他们对此熟视无睹。与此同时,性工作者的职业不被承认,自然也就没法得到劳动法的保障。酒吧通常由想赚钱的男人经营,他们又制定了各种规则来变本加厉地剥削这些性工作者。老板一般付给酒吧女郎每月 80 到 350 美元之间的微薄工资,但若想真正拿到这笔薪水,她们必须达成一定配额的"女士饮料"和"酒吧罚款",否则就会被扣工资。此外,迟到、缺席员工会议,甚至体重每增加一公斤都会被扣工资。于是你的工资很有可能在月底变成负数,结果反而还倒欠老板的钱……

苏昂从她的法式吐司上抬起头来。

"等等,"对于一个刚来泰国没几天的门外汉来说,这场对话的步调太快了,"'女士饮料'是什么意思?'酒吧罚款'又是什么意思?"

艾伦怔住片刻,然后放下刀叉,对她露出微笑——一个内行人对门外汉的微笑,带着点屈尊俯就的意味。

"看来你对泰国了解不多,是不是?"

它们都是酒吧的盈利来源,她耐心地给苏昂普及这些"基本常识",男性顾客必须为酒吧女郎购买"女士饮料",而当他们想把某位女郎带走时,也必须向老板支付一笔"酒吧罚款"。而这也正是 Can

Do Bar 的特殊之处,那里完全没有这些强制性规定和配额。性工作者可以随意进出,可以挑选客人,酒吧的利润平均分配给所有在酒吧工作的人。

苏昂眨着眼,尽全力跟上她的思路。"所以它更像是个合作社。"

"一点没错,"艾伦恢复手上的动作,把一块松饼送入口中,"酒吧二楼有点像是教室或者艺术空间,白天举办各种课程和研讨会。总之,那是个很神奇的地方,气氛特别友好,各个国家的性工作者都会在那里聚会,那是她们可以真正放松的场所。"

苏昂似懂非懂地点了点头,啜了一口橙汁。"它背后应该也有 NGO 的支持吧?"

"有个叫 Empower Foundation 的基金会也一起运作这个酒吧,"艾伦目光炯炯地看着她,"Empower 是个倡导性工作者权益的组织,也可能是唯一一个和性工作者合作,而不是凌驾于她们之上的组织。"

艾伦继续解释,别的 NGO 往往把性服务业当成一个问题来看待,它们的议程往往都是从"性服务是不好的,性工作者是受害者"这一前提出发的,总想让这些女性离开这一行,其结果便是做了无用功——不但加深了性工作者的耻辱感,而且根本没有解决她们所面临的实际问题。在大环境短时间内没法改变的情况下,Empower 致力于帮助性工作者生活得更好一点。它认为性剥削往往源于缺乏法律保护,希望能推动性服务在泰国的合法化,让所有性工作者都能受到劳动法的保护……

她口若悬河地说着,脸上焕发着智慧的光芒,几乎令苏昂自惭形秽。有那么一阵，她只是呆呆地盯着艾伦快速开合的嘴唇，却完全听不见她在说什么。她的大脑像陀螺一样飞速旋转，面前的餐桌坍塌下坠，世界变成了橙汁一样的液体。

在苏昂曾经生活的世界里，"性工作者"是个一亿光年以外的话题；甚至连这个词语本身也只存在于书本里，现实中更常见的称呼是"小姐""妓女"，或者更带歧视意味的称呼。当然，苏昂见过她们，在伦敦，在里约热内卢，在阿姆斯特丹，在她眼里她们是作为"他者"被观看的对象，是堕落者与受害者的混合体，可以被理解，被同情，被救赎，但很难被视作国家劳动力的一部分，享有与其他劳动者一样的平等和尊严。这套思维体系居高临下，逻辑自洽，坚如磐石，以至于她从未意识到自己拥有的只是视角和观点，而非事实与真相。她从未想过也许她们根本不想被"救赎"，只希望能够合法地用劳动换取面包。

而此时此刻，透过艾伦的眼睛，她进入了新的现实。苏昂并没有被完全说服，但她感觉头脑里有块石头松动了，它裂着口子准备迎接未知——包括那些她还不知道自己不知道的事情。

"……做了几十年的性工作者——"

苏昂蓦然回过神来，"谁？"

"我在'Can Do Bar'采访到的一位女士，也是Empower的成员。"艾伦用纸巾擦了擦嘴角，"她很自豪地告诉我，她靠这份工作的收入盖了四栋房子，供三个人读完了大学，她为家庭和村庄基建所做的贡献比任何政府、任何NGO都要多。"

苏昂试图去想象那位在性服务业工作了几十年的自豪女士，但她发觉脑海中那幅画面的主角依然是艾伦——正在与酒吧女郎们愉快交谈、不时大笑的艾伦。

有些人就是很容易结交新朋友，不经意间就令对方卸下心防。就像她在等做宫腔镜时也能与苏昂搭讪一样，那是艾伦独有的天赋。来到清迈的这些天，她发现艾伦可以和任何人交朋友——旅店住客、餐厅服务生、塔佩门外卖猪脚饭的老板娘、夜市上卖唱的变性人……如果身边没有人类，苏昂估计她也可以和契迪龙寺古塔上的大象雕塑交朋友。艾伦有种天然让人亲近的真挚坦诚，当她和你说话的时候，你会感到自己就是整个世界最重要的人。她对待所有人都友好而耐心，她与世界的关系完全没有阶级区隔。她能够记得所有服务生和清洁工的名字，并尝试与他们聊天，而且真真切切地对一切都感兴趣——也许不是对所有的话题都感兴趣，但的确是对所有的人都感兴趣。

"Talk to a stranger."艾伦总是这样说。

可是谈何容易？别说与陌生人攀谈了，苏昂甚至做不到独自走进酒吧，自在地喝完一杯酒，而不去在意别人的目光。

早餐快结束时，显然艾伦也感觉到了她的落寞，于是转换话题，建议她出门转转。

"你还没去过帕辛寺吧？清迈最大的寺庙，值得一去。"

苏昂满怀希望地看着她，"一起吗？"

"我得写稿，"艾伦带着点歉意说，"晚上一起吃饭？"

她把盘子推到一边，又安慰般补上一句：一个人也有一个人的乐趣。

对你来说自然如此，苏昂想。艾伦在哪里都能找到乐趣，任何平凡小事都能演变成空前盛况。

自从认识了平川，苏昂就再也没有独自出游的经历了。他们每年都作两次为期一到两周的长途旅行，但旅行方式与艾伦的截然不同。艾伦从不看攻略也不做规划，而总是直接出现在某个地方，然后随意走走看看，与人攀谈，等待着奇妙的机缘与她擦肩。有时候，她甚至故意迷路。

平川是艾伦的反面。他坚持以一种编程般的严谨来对待旅行，目的地早已被研究得滚瓜烂熟，日程被提前计划得滴水不漏——旅游书上说这里的日落是全城最美，那家餐厅一定要提前预订，这里留两个小时的购物时间，买那种通票参观最经济实惠……井井有条，面面俱到。平川的攻略详细到包括行前研究谷歌街景地图，有时连景点周围哪个小店的矿泉水更便宜都尽在掌握。对于像他这样擅长且热衷于看地图的人来说，迷路是种罪恶。只要他还有一口气，他们就永远不用担心丢东西、食宿无着、上当受骗，或是缺少足够的电池和转换插头。苏昂一直觉得很有安全感，直到认识了艾伦才发现，当你提前知晓了一切的时候，意外和惊喜也早已离你而去。

在隔壁小店租自行车时，苏昂一直在想如果是艾伦会怎么做。她或许会称赞一下那个年轻伙计身上的大片刺青，也一定能跟总是笑得像朵花似的老板娘聊得热火朝天，若是遇上其他顾客，她很可能还会邀对方一道骑车出行吧。

苏昂盯着伙计手臂上的老虎图案，嘴唇无声地和那些词语较量着，却足足憋了两分钟都开不了口。

不管怎么说，我又不是专门来泰国旅行的，她跨上自行车自嘲地想，要那么多意外和惊喜做什么？

十一

雨不算大，但也没到可以忽略的地步。雨雾中的帕辛寺内隐隐传来鼓乐梵音。苏昂好不容易找到一个门廊避雨，身旁站满了拿着长枪短炮相机的游客——不，她很快发现他们都说泰语，看上去更像是当地的摄影爱好者团体。

她的兴致并没有被雨水浇灭。或者不如说她对参观帕辛寺这件事本来就没有多大兴趣，这场雨反而给了她又一个停滞和放空的理由，反正她也没有非去不可的地方、非完成不可的事。挤在人群中让她感觉安心——此刻她和所有人一样，都是游客，都盼着雨过天晴。她不再是唯一的例外了，一个在异国他乡浑浑噩噩混日子等待被医治的"患者"——至少看起来不是。

但她是门廊下唯一的女性。摄影大叔们纷纷挪开给她让了个位置，并投以友善而好奇的微笑。她对他们也同样好奇——看他们手持相机急切期待的神色，帕辛寺里有什么重要的仪式正在进行呢？

忽然，苏昂听见一个声音说："葬礼。"

转过身，她看见一双亚洲男子的眼睛，和眼里那一层淡得难以捉摸的笑意。

"公主的葬礼。"他对她说，仿佛正在继续一段交谈。

她有点局促，"你怎么知道我说中文？"

"不知道啊，"对方笑意更深，"就是一种感觉吧。"

苏昂被他的笑容吸引了——慵懒而不轻佻的微笑，令人舒服的微笑，那种你希望保存下来的微笑。还有种强烈的似曾相识感，好像在哪里见过。

她看着他上唇和下巴上薄薄的胡楂，发现自己很难判断这是不修边幅还是精心设计过的。她想到平川，他恨不得每天刮两次胡子——"不然看着邋遢。"他从不知道其实苏昂喜欢男人的胡楂。

"什么公主？"她问。

"泰皇的表姐。其实去年7月就过世了，现在才办葬礼。各大寺庙今天都会有诵经仪式。"

他讲话慢悠悠，咬字懒洋洋，带着点耳熟的广东口音。

"你是特地来看诵经的？"

"路过而已，"他摊开双手，表示自己连相机都没带，"刚好碰到这场雨。"

他穿一件皱皱的白色亚麻衬衫，袖子挽到手肘。橄榄绿短裤和人字拖。眉舒目朗，鬓角毛茸茸的，头发因为淋了雨而有些凌乱，但那凌乱似乎也和整个人的气氛浑然一体。看不出年纪，绝对不是小年轻，但要说是大叔也有失公平。

苏昂转回来，没忍住，又回头再看他一眼。他有一副五官鲜明、清新爽利的好相貌，正符合当下的审美。更奇怪的是，他看起来实在不可思议的面熟。

"来泰国旅游?"

她不知如何回答,只得含糊地"嗯"了一声。"你也是?"

他笑笑:"我在泰国住了很久啦。"

有推着小车的小贩也在廊下避雨。他售卖的是一种苏昂从未见过的小吃——两片面包夹着厚厚一大块冰激凌,像是甜食版三明治。他买了两份,递一份给她:"请你。"

雨渐渐小了。廊下的凉风像是可以直接穿透她的身体,令她觉得自己轻盈如一片羽毛。三明治也意外地香甜可口,冰激凌里还夹着果酱,吃起来有美妙的层次感。有那么几分钟,苏昂好像只活在了当下的快乐之中,把所有烦忧抛诸脑后。"好吃,"她津津有味,"泰国的甜食都太罪恶了!"

他连连点头。"芒果糯米饭!"

"椰子糕!"

"你有没有吃过甜蛋丝?金色的,像面条……"

"椰子冰激凌里面的椰子肉是神来之笔!"

"还有香蕉煎饼!但是吃完需要狠狠跑十公里……"

苏昂笑起来。她意识到这种笑法十年前就停止了。够啦!她对自己说。

那种强烈的似曾相识感又来了,这一幕好像在从前的岁月里发生过——两个人站在屋檐下,嘻嘻哈哈吃着冰激凌。

雨终于停了。苏昂用纸巾擦着自行车坐垫上的水渍,一面与他道别:"谢谢你的冰激凌。"

"不是吧？"他突兀地说，眼里却满是笑意，"还没想起来？"

"什么？"

"美国，加州，旅行团……唔，有十年了吧？"

苏昂呆呆地看着他。有些记忆开始像雪球一样在她的脑海里滚动，由远而近，渐渐清晰。"导游？"她惊呼，"Alex？"

"厉害！"他扬起一条眉毛，"我也记得你的名字蛮特别的……"

"苏昂。"

他故意动作夸张地和她握一下手："Nice to meet you……again."

她重新端详他。"你以前戴眼镜的对吧？"那副眼镜遮盖了他好看的眼睛。

"我做了激光手术。"

"头发也长了，"她继续研究他的脸，"瘦多了。"也沧桑多了，她在心里说。他的相貌隐隐透露出一些陌生而奇怪的东西，就像是将一张新脸重叠在旧日面孔之上。

"你都没什么变化。"

"老啦。"

"少来……"

"真的，"她说，"人只能年轻一次。"

走在帕辛寺的苍松翠柏之间，苏昂竭力回忆着加州艳阳下那个年轻的苏昂。那时她刚加入伦敦的公司就被派到纽约总部培训，结束后有一周的假期，原本和朋友约好一道去西海岸游玩，谁知临时被放了鸽子。满心失望的她懒得自己研究行程，索性"自暴自弃"地加入一个当地华人旅行团，度过了"上车睡觉下车拍照"的假期。她是团里唯一的挂单客。

"还是独行侠啊？"Alex 看着她，脸上是调侃的笑。

当年的 Alex 在加州某所大学念室内设计的研究生，暑假兼职做导游赚点外快。旅行团的行程平庸无奇，但他是个很棒的导游，热情、细心、笑容灿烂，旅行团里 8 岁到 80 岁的女性全都喜欢他——苏昂记得至少三位家有女儿的阿姨对他动过心思。那时他剃着平头，戴副黑框眼镜，讲一口半咸不淡的普通话，总是把"设计"说成"谢记"，"手机"说成"小鸡"，"鹌鹑蛋"说成"安全带"。他总是穿得干净利落，斜背一个红色的邮差包跑前跑后，是个朝气蓬勃的大学男生，完全看不出他来美国读硕士前已在国内工作过好几年。人群中总是一眼就能看见那抹跳动的红色，宛如一朵小小的火焰。

"嗯……"她犹豫着要不要向他提起艾伦，还有平川，但最终什么都没说，"你是第一眼就认出我了吗？"

他摇摇头，说一开始只觉得格外面熟，吃冰激凌的时候突然想起来了。

洛杉矶，雨天，迪士尼乐园。刹那间所有往事历历重现。那座城市几乎从不下雨，但偏偏让他们赶上了。穿着雨衣玩了几个游乐项目，一股巨大的疲倦感忽然如雨水将她淹没，令她瞬间失去了所有兴致。苏昂找了个屋檐避雨，导游 Alex 走过来，递给她一支冰激凌。

他们一起看雨。他们谈天说地。他们交换秘密。时间温柔而亲密地流淌过去。因为团里只有她孤身一人，旅途伊始他便一直绅士地照顾她,她也对他有天然的好感,但那是特别亲密的三个小时。她相信他也感到了那种亲密。三个小时之后,有什么东西不一样了。某种理解与默契达成了。奇妙的暧昧笼罩在迪士尼上空有如一张薄网。话语越来越少,到了最后,他们俩谁都没有说话,只是各自感受着心脏的搏动。他们觉得这一切太快了,却又并不真的感到诧异,因为青春就是这么一回事,因为在年轻人的世界里,时光不是那样计算的。

  时光来过,时光走了,时光一去不回。他们始终没有捅破那张薄网,临别时也只交换了电子邮箱——隔着浩瀚的大西洋,很难对一段关系的前途保持乐观。又或许是因为她看过听过太多无疾而终的暧昧。当他们在旧金山拥抱道别的时候,甚至都没有微笑着假装将来还会重逢。但她记得在那个时刻,自己唯一能做的就是忍住不哭。她真想就那样在原地站一整夜,就那样呆呆地看着他的背影,看着那短暂而珍贵的日子散落成一地残骸。

  苏昂无法告诉别人自己失恋了,因为一切尚未开始就已结束。但她也不喜欢"艳遇"这个词——就好像旅途中的年轻人没有权利拥有任何严肃的感情似的,就好像你没有能力这样做似的。丁子和她先生就是在旅途中相识的。"没成的就是艳遇,成了的就是爱情?"她和丁子曾经讨论过这个问题,"这也忒实际了吧?"

  但她养成了在人群中寻找红色邮差包的怪癖。每次看到相像的包,她会不自觉地心跳加速,手心出汗,直到背着那个包的人转过身来。到了后来,那个包几乎变成了某种生物——也许是一只野狗——随时准备着从街角蹿出来,在她的心尖咬上一口。

  尽管如此,他们很有默契地从未试图联系对方,连电子邮件都没通过一封。甚至合影都不见了——就像一个诅咒,回去后不久她居然不小心删除了美国之行的全部照片。滚热的情绪放凉了,容颜在记忆中消退,人比时间更无情,十年后的他们甚至差一点认不出对方。

此刻她看着他的侧脸,已经能依稀找到一点他当年的影子,仿佛时光在暗处倒转。人生中恐怕注定有那么一段时期,她想,要在错误的时间遇上一些人,要受一些不知道有没有意义的伤。

"这些年还好吗?"

Alex 话音刚落,两个人不约而同地笑了——电视剧台词!

"也没什么特别的。我结了婚,回了国,算是还在做老本行吧。"苏昂说,"你呢?"

"我来泰国很多年了,"他顿了顿,"结过婚,偶尔还做老本行。"

乌云及时散开,一缕阳光照在他脸上,点亮了他眼睛周围的细小皱纹。她默默等他说下去,但他只是挪开了目光。

苏昂问他为什么会从美国跑到泰国来。她还记得那时他说毕业后想留在美国生活。

"Why would anyone do anything?"他忽然改用英文,笑得有点伤感,"I met a girl."

"啊……"她还是忍不住追问,"是同一个人吗?你说结过婚……"

他点点头。"泰国人。"他补了一句,但显然不想再说下去。

"有孩子吗?"他俩几乎异口同声,又同时摇头。

站在帕辛寺刚被粉刷一新的白塔之下,Alex 身上的白衬衫显得有点发黄又有点太皱。苏昂再次注意到他眼角的细纹,还有牙齿上轻微的牙渍——烟还是咖啡?此刻他看起来没那么潇洒不羁了,而更像个落魄的浪子。苏昂在脑海中勾勒着她想象中的版本：中国男生在美国遇见泰国女孩，一起来到她的国度，本以为找到了家，最后却落得孤身一人异乡漂泊……

"我们找个地方坐下来聊吧？"Alex 说，"清迈有好多不错的咖啡店。"

"你住在清迈？"

他摇头："来见个客户。我现在一大半时间都在曼谷。"

"还有一小半呢？"

"说来话长，"他微微一笑，"慢慢告诉你。"

十二

苏昂并非狂热的咖啡爱好者,却也能感觉到尼曼路这家店的咖啡不是寻常货色。留着平头小胡子的老板沉默寡言,却显然受到过咖啡之神的眷顾。也是我喝过最好的,Alex说,听说老板得过什么咖啡比赛的什么大奖。两个人在木头桌子两边相对而坐,有半分钟的沉默,不知从何说起。这里与加州往事之间仿佛隔了一整个银河系。

"这里的室内设计是我们以前做的,"Alex的右手食指在半空画了一个圈,"怎么样?还可以?"

木桌,砖墙,大株绿植,爱迪生复古灯丝灯泡,裸露的天花板,开放式置物架上摆着一打 *Kinfolk* 杂志……它简直具备了一切网红元素,苏昂心想,全世界的时髦咖啡店现在都长得一模一样。她有些厌倦了这种看似审美不俗,其实千篇一律的装修风格,但也并不想发表意见,便只是点了点头。

Alex和朋友合伙在曼谷开了家室内设计公司——"好吧,"不无自嘲地耸耸肩,"一开始是只做室内设计的。"公司很小,生意一般,只够勉强维持运转,客户多是餐厅、咖啡店和私人住宅。有段时间,他们接到的好几个活儿全都是同一个新近竣工楼盘的公寓软装。合伙人嗅觉灵敏，顺藤摸瓜，发现了泰国房地产的增值潜力和国际投资者的热情，果断拉了另一个懂行的朋友入伙，公司转做房产中介，把泰国别墅和公寓介绍给外国买家。

与国内房产主要依靠房屋升值转手获利不同，泰国二手房市场流通很差，房产收益主要来自租金；而大多数买房的外国人并没有在泰国生活，出租房屋等事宜都要靠中介打理。他们公司本来就做室内设计，于是顺理成章地打造出"卖房—收房—装修—出租"一条龙服务。

"之前都是俄罗斯人来买，"Alex 说，"后来卢布贬值，中国买家又来接棒了。"

"真有很多中国人来泰国买房？"苏昂问。和来泰国做 IVF 一样，又是一个"不知道就仿佛不存在"的领域。

主要还是因为便宜，Alex 解释，现在位于核心地段的曼谷公寓每平方米均价也不过 6 万泰铢——约合人民币 1.2 万元。很多同胞来泰国旅游，玩得很开心，然后发现房价还不贵，就干脆买个房子先放租，以后退休了再来养老；也有些富人资产规模已达到一定程度，选择通过海外置业分散风险，一次出手十套甚至五十套的也大有人在；还有很多买家是孩子在这里上学的家庭，因为泰国的国际学校品质不错、费用较低、环境和氛围也更西式……

"听你这么说，"苏昂暗暗算了算价格，在曼谷买套公寓的钱在北京可能只够买个厕所，她忽然有些动心，"在泰国买房好像真的很不错哦？"

Alex 以一种实事求是的口吻告诉她，如果纯为投资赚钱，租金回报率现在的确不错,但以后肯定会跌,在国内踏踏实实买理财收益可能也差不多——当然,如果是曼谷轻轨沿线的黄金地段,增值也比较理想。如果打算以后来泰国养老,现在顺带投资,那也没问题。关键是要找到靠谱的中介帮忙出租打理,因为泰国的房产中介很不规范。他看她一眼,半开玩笑半认真地说:"但你可以相信我啊,你的房子我会特别上心的。"

"难怪你普通话进步这么大,"苏昂调侃他,"完全是磨炼出来的吧?"

Alex不置可否地牵了牵嘴角,说他的客户倒也不都是中国人。"好啦,"他对她粲然一笑,"说说你自己吧——还在做律师?"

"现在做公司法务。"

他问她二者有何不同。她解释说公司法务是甲方思维、成本中心,律所律师是乙方思维、收入中心,但本质上也差不多,都是干的牛的活儿。

他睁大眼睛:"牛?"

在伦敦工作时,她的同事们总是自嘲为"牛群",因为他们不得不像牛一样反复地咀嚼那些冗长枯燥的法律文件,再把半消化的吐出来重新咀嚼。她给他讲述了一个加长版的简历,但讲到一半自己也已觉索然无味,声音不由得渐渐消沉。坐在清迈的咖啡店里给一别十年的故人讲合同审查和风险控制,既无聊又不合时宜,就像跑到月球背面去打高尔夫球。

"其实我还记得,"Alex低着头,不断用吸管搅拌咖啡里的冰块,"十年前你就说过不喜欢你的工作……"

"是吗？"

他小心地看了她一眼，"我记得很清楚。"

"可能是吧，"她木然地说，"很久以前了。"

她已经很久没想过这个问题了。其实早在法学院读书的第一年，甚至是第一堂课，她就隐隐感到自己做出了错误的人生选择。教 Legal Reasoning 的老师发下一个 case，建议 40 分钟内看完。她打开一看两眼一黑——足足 68 页！

大一的感觉是苦海无涯。排山倒海的阅读量，令人窒息的功课压力，伴随着人际交往的难题，令她感觉自己正走在悬崖边上，眼看就要掉下去，却没有人可以拉她一把。第二年开始习惯悬崖上的生活，渐渐找到适合自己的学习方法，但同时也确认自己缺乏成为出庭律师的才能，没法如曾经憧憬过的港剧律师那样，在法庭上慷慨陈词伸张正义。她不敢承认自己对法律丧失了兴趣，因为英国学费昂贵，父母供她读书已相当吃力，这条路走到一半回不了头。她从悬崖上下来，又发现自己置身于一条拥挤赛道，被前仆后继的人群裹挟着推向前方，浑浑噩噩又马不停蹄地写 essay、做 tutorial、申请 vac scheme 和 training contract……当她终于拿到一家"魔术圈"顶级律所的 offer 时，辛苦得到回报的欣慰、光明"钱途"所唤起的虚荣心与失去退路的怅惘混杂交织，令她不知该欢呼庆祝还是痛哭一场。

工作以后，她被埋进了山一样高的文件堆里，有时连续两个月每天只睡四五个小时。身为一家顶尖跨国律所的并购律师，她却觉得自己更像是流水线上的一名装配工，一丝不苟地干着不需要任何想象力和创造力的活儿，并购交易的荣光与成就感统统与她无关——谈着几十亿英镑的交易，一转身就进了地铁，加班时甚至没法回家洗个澡，男同事直接把睡袋铺在办公室里……更何况——很多人都不知道——大部分的并购其实都是失败的。

渐渐地，她甚至忘了自己当初为什么决定学法律，忘了为什么会"选择"做并购律师，忘了自己是否还有重新选择的自由。她穿着黑色西装和长大衣，每一天在同一时间走进地铁站里，然后在文件、咖啡和电脑屏幕之间机械地忙碌着，在看起来一模一样的三明治前纠结午餐的选择，在对周末和假期的盼望中茫然注视着日子的流逝。大家不都是如此吗？她对自己说，身边没有人真正喜欢这份工作，但也很少有人能下决心离开。

回国以后，为了所谓的"工作生活平衡"，她转做公司法务。工作的确没那么忙了，职业归属感却更少了。存钱买房变成了生活动力，梦想和天涯更加遥不可及。她渐渐放弃了心里残存的一点要亲手建造自己生活的想法，某种建筑计划已确然不可能了。

然后她遇到了人生中最大的难关。与之相比，这份乏味的工作倒像是个避风港，只有在变身老牛咀嚼文件的时候，她才能够暂时忘记那些伤痛。

Alex用目光试探着她的沉默，就像在试探湖水到底有多深。但她没法向他倾诉这一切。她没法忍受听见自己向别人解释她的遭遇，没法忍受来自他人的评论。她甚至没法说服自己她走到今天只因别无选择——许多事情之所以发生，都是因为她愿意让其发生。

"你呢？"当觉得自己再也隐藏不住任何东西的时候，她反问他，"你喜欢现在的工作？"

他啜着咖啡，点了点头。

"你喜欢做中介多过做设计？"

Alex 思索片刻，"我喜欢在外面跑，跟人打交道，多过整天坐在办公室里对着电脑。"

"但你不会觉得浪费了那么多年的学业吗？"苏昂对他说，又像是对自己说，"做设计不会比较有成就感吗？"

"成就感？"他用一种荒谬的语气重复这个词，然后笑了起来。室内设计哪有你想的那么有创造性，他说，尤其是做公寓家装的，都是几个风格一堆模板东拼西凑抄来抄去，本质上都是消费主义的符号堆砌。不管是北欧风极简风还是日式美式新中式或者 art deco，业主追求的都不是物件的实用性，而是一种展示性的景观，是那些符号所对应的自我身份感……

苏昂静静听着，看着他快速开合的嘴唇，感觉面前的故人又一点点变得陌生。她忍不住打断他，甚至来不及掩饰语气中的刻薄："所以，卖房子感觉更有意义？更不消费主义？"

他一动不动地凝视着杯子里的某个点，神态平静如水。"有时候，是的，"他说，"我喜欢看到他们来泰国换种活法。"

就像你一样，苏昂在心里说。现在她觉得自己其实从未认识他。

"也不算浪费学业啦，"他抬起头来，脸上带着有所保留的微笑，"至少我开的旅馆是自己设计的。"

作为旅游大国，泰国的旅馆简直比游客还多，但她没想到 Alex 也在其中分一杯羹。他的旅馆开在苏梅岛——泰国第三大岛、水清沙幼的度假天堂。紧邻海滩的小别墅，海景房间，天台餐厅。早晨有切好的新鲜芒果和无限量供应的黑咖啡。他并没说得那么具体，但苏昂几乎可以用想象力补足一切细节。客栈的日常事务都交给一位可靠的经理，遇上旺季或是经理休假的时候，Alex 会从曼谷去苏梅岛帮忙打理一段时间。

苏昂想象着朝阳在安达曼海岸线上升起。一早醒来去海里游泳，在细软的白沙上留下脚印。回到旅馆餐厅吃新鲜水果和松饼当早饭。然后她会打开一本冗长的俄国小说，躺在海边的吊床上，懒洋洋地读着，享受美妙的现实与冷酷的故事所形成的巨大反差。或许她会再去做个全身按摩，之后吃一顿新鲜海鲜烹制的午餐……

"我只去过普吉岛……"她犹自沉浸在自己的幻想中，"为什么会选苏梅岛开旅馆呢？"

Alex 的笑容忽然凝固在脸上。

"她……她喜欢苏梅岛。"

不知为什么，每次一提到他的前妻，他们的谈话内容就摇摇欲坠。那一定是段很不愉快的过往吧，苏昂暗自决定以后要谨慎选择话题。

Alex 却开始问起她的婚姻，"他是个什么样的人？"

保险箱一样的人，她几乎脱口而出。他的整个人，甚至他的声音、他的背影都给人稳定踏实的感觉。苏昂想起她在那个伦敦华人聚会上见到的清瘦腼腆的男生，笑起来眉间有细小的纹路。聚会上的男生们大半是名校出身的金融行业精英，他们口沫横飞地大聊母校和工作，宛如竞技场上的角斗士，每个人都使尽浑身解数，让自己看起来成功、机智、富有魅力；而他和她都扮演着"聆听者"的角色，同时用眼角的余光观察着彼此，就像在人群中相互辨识出不合群的东西。忽然，他转过头来，对她说了第一句话："你饿吗？"

在接下来的时间里，苏昂只觉得四周的人群统统变成模糊的背景，他们的谈话变成毫无意义的嗡嗡声。四十分钟后他俩一起逃走了，没跟任何人打招呼。他们去了唐人街的一家中餐馆吃饭，那家餐馆如今已被转手。她只记得他们一直在聊天。他们谈论父母，谈论家乡，谈论工作，谈论朋友，谈论童年的经历和上过的学校。他们讲着新结识的朋友愿意讲给对方听的私人往事，同时怀抱着对于两人将来可能性的隐隐期待。他们一直聊到餐馆打烊，话语飘浮在深夜的大街上。他们从 Leicester Square 一直走到 Waterloo 地铁站，差一点就错过了最后一班地铁。

苏昂的职业要求她有强悍的记忆力，可是很奇怪，每当回首两人久远的过往，她那超强的记忆力就不再那么超强了。相识的情景依然历历如新，可每当回忆起那一晚之后的那些约会，所能记起的总是冰山一角。她只记得，他喜欢去公园散步，她喜欢逛美术馆，他们都很喜欢吃东西。她只记得那种眩晕的感觉，一天又一天的喜悦和期待，好像在温暖的粉色空气中漫游，确知自己正在恋爱。她只记得，对于当年那个被工作摧残得像蝼蚁般卑微的自己来说，只要一想到他，便已是某种令人感激的安慰。

"结婚以后，有一次去迪士尼玩，"Alex 忽然没头没脑地说，"我突然想起来，说不定你也已经结婚了……一时兴起，还写了封邮件问候你，但一直没有收到你的回复。"

"啊？"苏昂愕然，"可是我从来没有收到过你的邮件……"

"没关系啦！"Alex 摆摆手,"我还记得当时在想,你没有回复我,很可能正说明你过得很幸福。"他的笑容一寸寸展开,"那,你幸福吗？"

这是一个只有极亲近的人才可以问的隐私问题，也许比探问薪水更令人难堪。但更难堪的是，她不知该如何回答。

也许他把她的迟疑当成了默认,"对了，你先生怎么没跟你一起来呢？"

"他没有假期……"她搪塞过去。手机就在此刻嗡嗡震动起来，替她解围的是艾伦的来电。

十三

艾伦和 Alex 都不介意和陌生人一起吃饭。于是他们三人被一辆双条车带往美萍河畔，就像一个临时拼凑的驴友组合。餐厅是 Alex 推荐的，紧邻河边，里面坐满了兴高采烈的当地人。一半是透明的天棚，头顶无数只五颜六色的小灯泡因为映照出真诚的快乐而不显得俗。里面的酒吧区域有现场乐队表演，气氛相当活泼。游客模样的人很多，但服务员几乎不会说英文。

他们在河边的空位坐下。趁 Alex 去找服务生要驱蚊水的空当，艾伦凑近苏昂，仿佛憋了很久似的告诉她，她完全没想到 Alex 长得这么好看。苏昂笑着对她挤了一下眼睛，不知怎的感觉与有荣焉——尽管他的帅法与十年前很不一样，岁月沧桑反倒站在了他那一边。

艾伦盯着他的背影，"单身？"

苏昂警觉地看她一眼。"离过婚，"她小声说，"但他似乎不愿提这事儿。"

就像她也在电话里早早叮嘱艾伦，不要提起她来泰国的真实目的。成年人的世界里有太多禁区，彼此最多只能了解对方愿意呈现给你的那部分自我。

她看着 Alex 熟练地用泰语点菜，听着从他嘴里发出的陌生而流畅的声音，再一次为自己的他乡奇遇感到不可思议。在烛台的光影烘托下，他的双眼波光粼粼，胡楂形成的阴影令嘴唇线条益发鲜明，也为他更添了几分男人味，与软绵绵的泰语形成有趣的反差。她与艾伦心照不宣地对视一眼——是的，Alex 是个非常好看的男人。而比好看更迷人的，是他压根没意识到自己有多好看。

苏昂一向觉得，三到四人的聚餐是最完美的组合。除非是极为亲密的好友，大多数情况下她并不擅长与人一对一地相处。餐桌上只有两个人，气氛不是有些尴尬就是过分严肃。而一旦有了第三个人，谈话就可以源源不断地流淌下去，偶有冷场也不会有心理负担。更何况，她发现两位朋友都比她更擅长与人交流。第一碗冬阴功汤还没喝完，艾伦和 Alex 已经找到了两人最大的共同点——对泰国尤其是对曼谷的爱。艾伦用她那天赋异禀的、既直接又毫不令人反感的好奇语气问他，一个在美国住了很多年的中国人，是怎么会决定在泰国生活的？她的一只手像赶苍蝇一样在空中挥动一下，假装翻了个白眼，"拜托别再提寺庙啊美食啊按摩什么的。"

Alex 放下正在剥的大虾，用餐巾纸擦了擦手。他沉默了足足十秒钟，像是在脑子里努力组织语言。

他说他好像一直都格格不入，无论是在哪里。不知为什么，他就是没法接受大家都觉得理所当然的生活。他曾在香港生活，那里就像是一台机器，早在求学阶段就把人们囫囵扔进去搅拌，最后输出两类人群——会读书的去上大学，以后当医生，当律师，做专业人士，要出人头地，要赚很多钱，要买大房子，要做李嘉诚；其他人就去做别的工作，比如低价值服务业，这辈子几乎没有咸鱼翻身的可能。他属于前者，于是循规蹈矩沿着既定路线从学校到公司，每天无休无止地工作，就像住在跑步机上，没有激情也看不到尽头。他感到自己的不满情绪不断累积，愈演愈烈，再这样下去，总有一天会爆炸。

他想换个环境，看看有没有别的可能，于是拼命攒钱去了美国读书。但美国也一样——或许没有之前的环境那么极端，但本质上并无不同：只要你踏上了那条被视作"主流"的轨道，你就注定要在跑步机上不停奔跑，努力赚钱，买房子，买车子，买保险，付孩子的学费，付前妻的赡养费……无论是什么，你总归要在跑步机上度过余生。而对他来说，转换轨道似乎已经太晚了。还能有什么别的选择？若想跳出这套游戏规则，你要么具有甘愿为之忍受一切的理想，要么索性"自暴自弃"成为世俗眼光中的 loser。

年轻人常误会自己与众不同，得天独厚，Alex 苦笑说，可是某一天蓦然惊醒，发现自己平庸黯淡，一事无成，往后也不大可能再有起色。所以事实上你别无选择，只得在跑步机上继续奔跑。

他没有看她，但苏昂有种奇怪的感觉，觉得他是在对她说话，也许是在补足他们之间的信息差，十年前和十年后都还没来得及告诉她的那些东西。她从不知道，背着红色邮差包、笑口常开的导游 Alex 一直在默默忍受内心的煎熬，就像当年的自己一样。

"跑步机人生。"艾伦饶有兴味地琢磨着这个词，"你的意思是，无差别的生命形式。"

"一旦你意识到这一点，活在其中就是种折磨。非得这样吗？非得套上笼头,像匹马那样奔波一辈子吗?"Alex摇摇头,"太痛苦了。太完美了。如果我想要建立奴隶制,这就是最完美的奴隶制。"

有段时间,她和平川也常讨论类似的话题。但她一直觉得平川无法感同身受——他热爱自己的工作,并且来自一个不如她优渥、可以说比"普通"还略逊一筹的家庭。他内心似乎总有种不安全感,担心自己如果不奋力向前,就会不小心退回那个他曾努力挣脱的世界。或许正因如此,平川一向认为不知道想过什么样的生活是世界上某一类人的特权。叙利亚和巴基斯坦的平民日常遭遇血腥袭击,印度农村的孩子大多中途辍学,非洲的人们饱受饥馑与干旱的折磨……他对苏昂说,这世上有太多年轻人连温饱和教育都难以获得,谈什么人生的迷茫、选择的困惑?每次他占据道德高地,她便无话可说,感觉自己在无病呻吟,像个被宠坏了的孩子。但夜深人静时她内心仍有怀疑,认为他只不过是在娴熟地使用另一套政治正确式的话术。而事实远非如此简单,痛苦并没有优先级。是的,她知道她的生活已经很不错了,但在看似优渥的环境里,生活依然会有贫瘠。

"后来,当我第一次来到曼谷,和我的妻子一起……"苏昂注意到他没有用"前妻"这个词,"我立刻就爱上了它。"

Alex惊讶地发现,曼谷到处都是像他这样的人,正试图寻找另一种活法的人,想把黑莓手机扔进大海的人。他喜欢把他们视为进化失败的物种,就像几亿年前那些没能成功登陆的两栖动物,他们就是没法在跑步机上登陆。幸运的是,对他们来说,曼谷就像地球上最后的庇护所,宽容风气与低廉物价令他们得以在这里自由地生活。其实加州和纽约也有这样的人,你只是碰不到他们;可是在曼谷,每个人都在大街上走来走去，彰显着他们确凿无疑的存在。在这里听到的故事，在其他地方你会和朋友撞撞手肘，交换一个"哥们儿，这家伙绝对是在胡说八道"的眼神；但在这里它的确是真的，你知道自己和他们都没有疯掉。

"这并不是说泰国没有像美国那样的主流价值观，只是在这里你会遇见一个更……更多元化的群体，"他说，"不是所有人都活在跑步机上。"

艾伦一边被辣得倒吸冷气一边点头，"你找到了组织。能够理解你的人。"

"关键是我感觉自己能够被别人宽容，"他对她们笑了笑，一个复杂的、略带伤感的笑容，"我并不奢望被理解或者被接受，只要被宽容就足够了。"

"说到第一次来泰国，"艾伦放下叉子，像是想起了什么似的微笑起来，"那时我住在一个很小的民宿。民宿里有个老人。美国人，应该是。他好像已经在那里住了十年了。Graham？对，他的名字是 Graham。我到达的时候是周五晚上 10 点，可能更晚吧。在那个时间，大部分 75 岁的老人不是应该已经在家里的安乐椅上打瞌睡了嘛，或者是在和他们的猫说话……但那不是 Graham。不是在曼谷。我遇见 Graham 的时候他正要出门，去暹罗广场附近的一个酒吧看一个我从没听说过的乐队表演。"

"这就是曼谷。"Alex 同意地摊一摊手。

苏昂有些诧异。她还以为泰国仍然是东方国家的那一套价值观——集体主义啊从众心理啊什么的。比如说，个人的选择是不合理的，只有当它符合社会规范的时候才合理。

在他们自己人的价值体系里，是的，Alex耐心地向她解释，但泰国本来就是个矛盾的国家，不是吗？想想看，佛教大国同时也是色情业大国，微笑之国的国民运动却是泰拳——和正常的拳击相比，泰拳可能更接近于谋杀吧？主流价值观是被鼓励的，不过只要你不诋毁佛教或者皇室，你想做什么也都随你便。泰国人从不多管闲事，他们崇尚忍让和平，他们很能适应极端。在对一件事发表看法之前，他们会先问自己：我有什么资格来评判这件事？

"'Mai pen rai'，"艾伦忽然插话，转向苏昂，"记得吗？"

Alex点头。"还有'greng jai'——面子。它简直跟生命一样重要。泰国人不喜欢直接说他们想要什么或者想表达什么。他们不擅长处理冲突。他们痛恨冲突。他们最大的希望就是从出生到死亡都不用遭遇尴尬。你看，这就是为什么泰国人总是微笑。"

"对中国人来说倒是很容易理解。"苏昂说。侃侃而谈的Alex令她觉得亲切，他终于又和当年的导游Alex合为一体。她还记得导游Alex曾绘声绘色地向他们描述美国不同地区居民性格上的明显差异，逗得全车人哈哈大笑。

"我喜欢为自己和他人保留面子的想法，但我必须得说，"艾伦缓慢地收起笑容，"泰国人其实一点也不敏感，他们只不过是用这种仪式上的礼貌来掩饰内心的满不在乎。泰国人的微笑并不真实，只是一种自我保护的伪装，一种避免麻烦的方式。出了问题，他们就微笑。不想照你说的做，他们就微笑。"

"有什么不好呢？"Alex反问，"我也不喜欢直面冲突，我就想变得像泰国人一样。"

"这么说吧，泰国是个伟大的国家，如果你接受它和它的人民本来的样子。只要你不期待跟西方一模一样的工艺、效率或者礼貌标准，那你就不会失望。抱怨是毫无意义的，也没有必要让别人知道我的感受——我想这就是我学到的一课。如果我点的菜一个小时都没来，我只会耸耸肩，微笑着说'Mai pen rai'。但在微笑的背后，我也认为泰国永远不会改变，因为倾听批评、从错误中吸取教训并不符合他们的天性。"

"我理解你的想法，不过坦白说，"Alex扫了她一眼，眼神里有些微的不满和更多的耐心，"一心追求进步的人并不适合在泰国生活。如果你选择留在这里，说明你还是受到了足够多的诱惑。至少对我个人而言，跟泰国人打交道比跟西方人要轻松得多——控制自己，表示尊重，付一点钱，经常微笑，你几乎可以处理好任何状况。"

艾伦举起双手，"你说得对，我早已向伟大的泰国文明投降了。"尽管她说话很直接，但有种天赐本能，能迅速辨识出别人不开心的原因，然后顺风转舵，"只是我这简单的西方大脑还需要时间来适应那些差异——你看，他们在西瓜里放辣椒、橙汁里放盐、汤里放糖！"

三个人都如释重负地大笑起来。苏昂啜着椰子汁，看着眼前的新朋友和老朋友。这就是为什么成年人建立友谊如此困难，她不禁暗自感慨，你必须先通过不断地试探来摸清对方的界限，然后才能达到彼此舒适又有弹性的状态。尽管如此，她还是有种说不出的愉快。两位朋友也许并非在所有问题上看法一致，但他们都很敏锐，都擅长表达，而且都散发出一种强烈而奇特的人格魅力。她很享受他们之间机智的对话，感觉就像在阅读一本讲述某种完全不同的生活方式的书。也许还有感动，因为 Alex 坦诚地向她展露出他从未展露的一面，于是他们以一种奇怪的同病相怜之情联合起来。承认吧，他仿佛在对她说，我们俩是同类人。

苏昂从洗手间出来，小心地穿过酒吧区的拥挤人群。四周尽是打扮时髦的红男绿女，情侣们十指紧扣，眉目传情，就像在上演一出出泰国偶像剧。她看看自己，简单的 T 恤短裤和凉鞋，连唇膏都没涂，与周围的夜店气氛格格不入。乐队正在表演，女歌手穿着露脐小背心，大圆圈耳环在长卷发间摇曳生姿。她唱的是一首泰语歌，几乎每一句都以"mai"和"lai"之类的音节收尾，灵魂仿佛长在了嗓子里。两位吉他手中有一位是个光头老外，文着两条大花臂，与她目光相接时立刻露出笑容，半是戏谑半是诱惑，令她吓了一跳，下意识地转过头去。

一出门她就松了口气，河边的昏暗令她得以尽情地隐藏自己。隔着一段距离，她在清凉的晚风中注视两位朋友。他们仍在交谈，脸上漾着笑。艾伦已经踢掉了鞋，双腿盘在椅子上，头微微歪向一侧，脸上是她特有的少女般既好奇又漫不经心的神气。她说了句什么，忽然之间，Alex 的笑容如同被熨斗熨平了一样。他的餐叉悬在半空，仿佛对盘子里的青木瓜沙拉表现出了某种困惑，就好像它们突然间出现在了那里。苏昂隐约感觉到了餐桌上微妙的气氛变化，她加快脚步向他们走去，期待与不安掺杂在一起，令她的心微微紊乱。

"我刚刚在问 Alex，"艾伦转向她，神情泰然自若，"他有没有想过要小孩。"

苏昂僵住了。她迅速扫了艾伦一眼，眼神里有怀疑、不满和努力保持的教养。Alex 朝她投来一个略带茫然的苦笑，于是她确定他并不知道她们的秘密。

但她其实也想知道答案。生不生小孩也许并不重要，可你若想真正了解一个人，它也是其中需要了解的一件事——虽然这几乎称不上是什么事。

"想过，"他说，"但是不想。"

"为什么？"艾伦几乎是脱口而出，"是身体的原因吗？"

Alex 惊讶地看了她一眼，摇了摇头。

"在我更年轻的时候，还以为生小孩是变老的一个不可避免的步骤，就像是……某一天早上醒来，孩子就裹着尿布躺在那儿了。但事实并非如此，"他将几条青木瓜丝送入口中，"事实上你得自己决定是否要生小孩，就像你决定是否要买房子或者换工作一样。如果你永远不做决定，那会怎样呢？"

啊哈，苏昂想，他和我跟平川一样，是那种不会随便"搞出人命"的类型。

他继续说道，人们生小孩可能是出于各种原因——比如说，出于一种纯粹想要见证生命的渴望，或者是基因的本能，或者为了留住另一半……有时是顺其自然，有时是没有选择……"可是我觉得，要生小孩，就应该很想要、很渴望才行，这种事是不能随随便便模棱两可的，"他耸了耸肩，皱起眉头，"问题是我从来都没有这种渴望，我没有动力去做那个决定。"

"所以你是丁克？"

"也许吧。我好像一直都活在当下，对未来没有计划。这种人怎么可能当好一个父亲呢？"Alex的笑声里隐约透出某种孩童有时会有的残酷，眼神却澄澈而直率。他说或许大家都会同意，一个人健康长大并不容易——不只是生理上的健康。成长的经历往往是很痛苦的，人生充满痛苦，他可不想再制造一个受苦的生命。

可人生中也有很多快乐的时刻啊。苏昂提出质疑。

是的，他说，但没被生下来的人享受不到快乐，这算不上是什么损失，可避免受苦却无论如何都是好事。更何况从佛教的观点来看，生老病死喜怒哀乐其实都是痛苦。人生无常，没有任何快乐能够持久，一有变化，痛苦就来……当然，他自己也不是什么虔诚的佛教徒，只不过对这一点很有感触罢了。

艾伦聚精会神地端详着他，一丝一毫都不愿漏掉的眼神让苏昂很不自在。她发现自己本能地想帮Alex多系上一颗纽扣。

"当然也有自私的原因。要把一个小孩照顾好，陪伴他、保护他、教育他，是一件非常耗费时间、精力和金钱的事情。我不知道自己能否做出那么大的牺牲。我很害怕被占有。生小孩就像……就像在脸上刺青，去做这件事之前你必须非常确定这真的是你想要的，因为你回不了头。"

"养育孩子虽然辛苦，"艾伦说，"但也有很多人觉得，缺少这样的体验人生也不完整。"

"真的吗？"Alex笑了，"可是，已经有了小孩的人，也缺少没有小孩的人生体验啊。"他停了一下，看见艾伦露出那种"噢得了吧"的表情，于是耸耸肩，收起调侃之色，"好吧，我承认，为人父母可

111

能是种更深刻、更富有意义的人生体验，但这世上还有太多你没法体验或者宁愿不去体验的体验，比如参军、演戏、攀登雪山、当无国界医生……这么说吧，我觉得大部分的重大决定其实都是出于本能，我们只不过在事后找出一堆大道理来把它合理化。无论要不要孩子，背后真正的理由可能都同样发自本能……"

这些本来都是我的台词啊！苏昂体内某个地方震颤了一下。曾几何时，她也这样理直气壮地回应过别人的质问。

催人生孩子是种恶习。最近几年，苏昂一直生活在这种恶习之下。在伦敦她从未遭遇这个问题。那里没有人认为一个人必须结婚，或是必须生孩子，或是必须在多少岁之前完成这些"任务"。她的身边充斥着快乐的大龄单身男女和明确不想要或不知道自己是否想要孩子的中老年夫妻。然而回国以后，来自亲戚、朋友、同事的或明或暗的询问和试探令她不胜其扰。你们怎么还不要孩子？你们打算什么时候要孩子？很多人单刀直入，语气近乎一种质问。他们的认知里压根不存在另一种选项。

从前的她因着与 Alex 几乎一模一样的理由拒绝生育。而变化是在何时悄然发生的呢？ Alex 说得对：人生无常，一有变化，痛苦即来。她眼睁睁地看着诡谲的命运令她从"不想"变成"不能"，又因为"不能"反而变得"更想"。有时她甚至会生出可怕的念头：是不是以前说过太多次不喜欢孩子不想要孩子的话，被老天听到了，于是受到了惩罚？

"我完全能够理解丁克的想法。我也同意，每个人的选择其实都是自私的。"艾伦令人捉摸不透地笑了笑，"不过呢，我有一个男性朋友,他们夫妻两个都曾是铁杆丁克,养了三只拉布拉多,有一辆房车,假期到处爬山旅行,过得就像时尚杂志里的人一样潇洒。"

她喝了口水,故意停顿一下,"可是,一过45岁,我的朋友忽然变了——他忽然想要孩子了,就好像有人一下子拧开了他身上的什么开关似的。他的太太为了挽救两个人的关系,后来也决定妥协。问题是她那时年纪已经太大了。尝试了几次之后,医生告诉她那是不可能的任务……后来他们就分开了。你猜怎么着?"她冷笑一声,"离婚不到一年,我的朋友就娶了个27岁的女孩,然后马上生了个儿子!"

"那么,你朋友的太太自己究竟是怎么想的呢?"Alex似乎不为所动,"如果丁克是她自己的需求,那丈夫反悔又有什么关系呢?走好不送,祝他再生十个孩子。"

艾伦摇了摇头。"你没搞清楚重点,Alex。我的意思是,丁克这事和别的事不一样,它变化的概率更大。它是两个人的事。而且它对男女来说并不是同样公平。"艾伦往前探探身子,看着Alex,"冒昧问一句,你太太——嗯,你前妻——和你的想法一致吗?"

Alex沉默着转过头去,望着河对岸的点点灯火,好半天才开口说:"反正现在怎么样都无所谓了。"

对话陷入了软绵绵的泥沼。她与艾伦目光交错,相对无言。

"你呢?"Alex忽然看向她,"你准备好了吗?"

"……差不多吧。"她搪塞过去。

"艾伦?"

"我是准备好了,"艾伦作势握紧拳头,又忍不住大笑,"但我连可以一起生小孩的对象都没找到呢。"这也是事实,尽管不是事实的全部。

"那么，"他说，好像忽然开心起来，"至少我们还有自由。"

艾伦却摇了摇头，再一次露出那种不合时宜的微笑——不是针对对方，而是给自己的微笑，带着点困惑，又饶有兴致。

"你有没有听过那句话？'自由总是伴随痛苦，幸福却往往失去自由'，"她挤了一下眼睛，"就看你愿意选哪条路。"

她补偿似的举起杯子。各怀心事的三个人碰一碰杯，将那些没有说出口的话语一饮而尽。他们都知道彼此之间的气氛发生了变化，也都想努力摆脱掉这种古怪的感伤。但不知怎的，也正是这种感伤，这种空虚，令苏昂心满意足。

十四

真可惜。刚和 Alex 告别艾伦就转头对她说。而苏昂也完全明白她在说什么。事实上，当艾伦抛出孩子的话题时她已隐隐觉察到了她的意图。Alex 正是艾伦会选择的那种类型：亚洲人，单身，好看，聪明，性格开朗，看起来很健康——而且不抽烟！坏消息是：他对延续基因似乎毫无兴趣。

搬来泰国后，艾伦给自己设定了一年的期限来寻找理想的精子。如果届时仍未找到，她就进入冻卵流程：打促排卵针，取卵后把合格的卵子都冷冻起来，等找到合适的捐精者后再将它们配成胚胎。这是合乎理性的做法——35 岁以后，女性身体的内在功能开始加速衰老，卵子质量和数量都大不如前，和生物钟赛跑意味着你不能做无限期的等待。

冻卵显然不是最佳选择。目前冻卵技术还不算特别成熟，不如冷冻胚胎技术稳定和保险——一个冷冻卵子从复苏到成功怀孕的成功率只有 2%—12%，这是一个客观事实。所以在过去的一年里，艾伦一直在积极地寻找合适的捐精者。不同于她来泰国前的想象，这个国家基本没有商业化的精子银行,绝大多数生育诊所也不允许匿名捐赠,最为可行的方式是你带上你自己找来的捐精者一起去见医生。

起初她并不觉得这会是什么大问题。我早就不信任精子银行了,她告诉苏昂。且不说捐精者个人信息的匮乏与造假,艾伦还对这一领域缺乏监管感到忧虑。她从媒体报道中得知,精子银行预期每次捐精能生出至少五个孩子,一些捐精者甚至已经生下了多达一百五十个孩子——这意味着相同基因的广泛分布可能会以人为的高速度传播遗传疾病,同父异母的兄弟姐妹也可能会在不知情的情况下意外乱伦……

"我想找一个我认识的人,"她在早前的一次闲聊中说,"我觉得靠谱的人。"

"怎么找?从哪里找?"

"朋友,朋友的朋友,朋友的朋友的朋友,工作生活里遇到的人……一切可能的途径。"

"哈喽这位朋友,可以借你的精子用用吗?"苏昂不可置信地说,"就像这样?"

"看情况嘛。至少可以先做朋友,然后试探着问问看对方对这种事是否反感,还是觉得无所谓……我愿意付一笔合理的费用,而且可以签订合约,让他不用承担任何后果。当然,如果他愿意的话,也可以以父亲的身份与孩子保持联系,甚至成为共同抚养人……"艾伦耸耸肩,"总之,一切都可以商量。就算被拒绝又怎么样呢?苏,这是泰国,没有人真的认识你。这里就是城市版的大溪地。"

"你不会是已经问过人了吧?"

"当然!"艾伦睁大眼睛,"你以为我是来泰国度假的吗?时间紧迫，我得抓紧一切机会。"

苏昂出神地笑了笑，在脑海里试想了一下，像艾伦那样既目标明确又率性而为地活着是一种什么感觉。

起初在她看来，艾伦大海捞针般的"寻精行动"实在是天马行空，甚至荒唐可笑，但她同时也觉得，无论你如何嘲笑她，大多数人永远也不会有像她那样的勇气、想象力和乐观的坚定。渐渐地，她也不再觉得这是天方夜谭。这世上就是存在着各种各样的可能性，你凭什么以为我们如今视作正确的东西，就一定是正确的——或者二十年后依然正确？

和艾伦聊天时，她常有种奇异的感觉，仿佛正眼睁睁看着自己曾为之纠结的那些东西统统化作泡沫。什么月经羞耻、疾病羞耻、不孕羞耻、IVF 羞耻……艾伦似乎早已克服了它们，就像早期人类摆脱了发情期的限制，成功地进化为更新更强的物种。她曾对苏昂说，若是今后孩子或他人问起，她会很自豪地告诉他们，孩子是在实验室中被"创造"出来的。她还半开玩笑地给想象中的两个孩子取了名字：一个叫"Frank"，一个叫"Stein"，合起来就是"弗兰肯斯坦"——那个脍炙人口的、关于人造生命的故事。

而且，就像弗兰肯斯坦一样，艾伦说，无论伦理层面有多大的阻碍，既然技术方面已走得很远了，人类修改自己的基因就是一件必然发生的事情。仅靠人性、道德甚至法律，都不可能约束人类在掌握了这把钥匙之后不去应用。

那是潘多拉的盒子，苏昂摇头，太危险了，太反自然了，人类不能踏足造物主的领域。

艾伦笑了。人类发展史就是改造自然的历史，别忘了，若干年前，连心脏移植手术都不符合伦理和法律呢。转基因刚出来的时候，大众的反应也是恐惧和抗拒，现在呢？如果一定要顺应自然的话，我们既不能堕胎，也不能做试管婴儿，甚至不能用各种医学手段延缓衰老——因为当你不想变老的时候，其实也是在反自然。那为什么这个反自然是好的，那个反自然就是坏的呢？时至今日，界定的标准究竟在哪里？

问题是，苏昂再次质疑，基因编辑一旦开放，平等就不复存在了。尖端技术始终是财富与权力的专享，富人都把自己的孩子拿去强化改造，变成某种超级人类，而穷人只得沦为下等人，阶层之间的不平等进一步被拉大，技术成为一部分人压制另一部分人的工具……

平等本来就不是天然存在的，艾伦平静地说，每次技术革新都会带来伦理挑战和阶层上的巨变，但人类也总会不断地协调解决，令社会趋于稳定。你要相信人类的智慧。告诉我，她盯着苏昂的眼睛说，如果有办法修改基因，让你的孩子更健康、更美貌、更聪明，你真的能抵抗这种诱惑？事实上，你马上要做的这个 PGS，其本质不就是一种基因筛选吗？用 PGS 技术来淘汰掉那些有基因缺陷的胚胎，让你的孩子在出生前就享有天然的优势？这难道不也是一种不公平？

苏昂怔住了，就像挨了一记耳光。她从未以这个角度看待自己的泰国 IVF 之行，然而扪心自问，尽管她言之凿凿地大谈什么平等与道德，可如果医生告诉她，经过 PGS 筛查后，你有 5 个健康正常的胚胎可供选择，而我们通过某种技术手段得以确定，其中 3 号胚胎的基因尤为优秀，你会选择哪一个？答案不言而喻。

很多年前住在伦敦的时候，苏昂注意到一则本地新闻：一位带着婴儿的女子在 Selfridges 百货公司购物，中途婴儿饿了开始哭闹，女子吩咐经理去拿把椅子，然后坦然自若地坐下来，解开上衣开始哺乳。她的行为引发了不少争议：反方认为她众目睽睽下袒露身体有伤大雅，即使没有哺乳室，也完全可以找个更衣室解决问题；正方则认为第一时间哺乳是母亲和婴儿的权利，包括公共场所，需要规避的不是妈妈而是无聊的看客……无论如何，如今在苏昂的脑海里，那位女子的形象已与艾伦不可思议地合二为一——当然，她怀里的婴儿不是一个而是两个，完美无瑕的 Frank 和 Stein，经过精心定制的全新人类。这是种古怪的、下意识的联结，或许来自苏昂凭直觉从艾伦身上抓取的特质，那些她自己并不具备的东西：敢于想象，勇于争取，不必隐藏，接受自己——接受自己的局限，接受自己的野心，接受自己的不优雅与不道德，甚至接受自己的虚伪。

艾伦的"最后期限"眼看就要到了。不出意外的话，她会和苏昂在差不多的时间进入促排卵周期——尽管她尚未决定，究竟是选择冻卵，还是启用后备精子 1 号和 2 号。

1 号的主人是年轻的泰国小哥，长着一张"这么说吧，只有他妈妈会爱他"的脸，更可疑的是他的健康状况，艾伦严重怀疑他有毒瘾或药瘾——或许可以解释他为什么总是急需用钱。2 号来自一位 46 岁的白人男性，外形不错，谈吐粗俗，热爱召妓。他已与一位酒吧女郎生了一个孩子，但还是希望以"共同抚养人"的身份出现在艾伦的生活里——这令她十分为难。"我就是不喜欢他这个人，"她向苏昂吐槽，"而且他的智商显然不高。"

苏昂认真地想了想，如果她是艾伦会做出何种选择。毫无疑问，她宁肯先冻卵子。

尽管"寻精行动"远不如想象中顺利，艾伦依然保持着一贯的乐观。能够亲眼看到捐精者的"质量"——即使令人失望——反倒让她庆幸自己没在精子银行里做盲目的挑选；而在见过 Alex 之后，她更是仿佛重燃了斗志。那天晚上剩余的时间，她俩的话题一直围绕他而展开——不过，不知出于什么心理，苏昂没有吐露十年前他们之间那一小段似是而非的暧昧往事。

"他的条件是很理想，"苏昂说，"问题是他明确说了不想要孩子。"

她们坐在客栈的院子里，吃着从巷口小摊上买来、已经洗净切好的芒果和木瓜，不时挥手赶着蚊子。夜色已深，空气中闻得到树叶与青苔的味道，同时也好似飘浮着兴奋剂，让人心痒难耐，不想睡觉。几个背包客模样的年轻人围坐在院子另一端，人手一瓶啤酒，不时爆发出阵阵大笑。

"是目前不想要，"艾伦纠正她，"不知道自己将来可能会想要。那些没坚持到底的丁克夫妇，大多数都是男人先反悔的。"

她们讨论过这个问题。由于生理上天然被标记的"刻度"——第一次月经、怀孕的最佳年龄、卵子质量陡降的节点、绝经的到来……以及社会话语对女性的"规训"——"25 岁还不保养就晚了""过了 30 岁就很难找到对象了""再不怀孕就生不出了"……女性的生命进程由一系列无法回头的事件所构成，这使得女性对时间更为敏感，总感觉时间像猛兽一样在她们身后穷追不舍。而男性没有这样的压力，自然也就没有这样的敏感。在他们眼里，青春可以像地平线一样无穷无尽地展开——直到有一天如梦初醒，惊觉自己正在老去。所以男性更难接受自己的衰老，也更容易被中年危机打垮。如何应对衰老和死亡？怎样确保人生有其意义？忽然之间，他们想到了一个方便的答案：孩子。

"或者不一定是不想要孩子，"艾伦补充，"是不想承担起要孩子的责任。"

"有什么区别？"

"如果不需要他负责任呢？"她目光炯炯，"如果只需要他贡献精子？"

艾伦是位斗士，苏昂在心里长叹一声，她不会放过任何的可能性，也能把任何事情说得正当合理。

"我觉得还是不能抱太大希望，"她谨慎地说，"不说愿不愿意的事，万一他有什么健康问题呢？"

"或者是个老毒虫，恋童癖，天生杀人狂！"艾伦哈哈大笑起来，"好啦，我当然有心理准备。我失望过太多次了，还差这一次吗？"

"这样吧，"她略微放下心来，"我们再找机会跟他聊聊。"

"嗯，自然一点，别吓着他。"

"自然一点的话，"苏昂半开玩笑地说，"为什么不干脆试着约会交往呢？反正他是你喜欢的类型……"

艾伦惊讶地看她一眼，摇了摇头。

"我只是喜欢他的精子——好吧，我也喜欢作为一个朋友跟他聊天。不过，就算再年轻十岁，我也不会考虑和他约会。"

"为什么？"

"太多心事,太……沉重了。"

"沉重?"苏昂再次大吃一惊,"他是有点散漫,但明明也很开朗健谈啊!"

"他的开朗都在表面上,像面具。你没发现吗?"艾伦说,"他有一双难民的眼睛。"

受折磨的人的眼睛,她解释,孤独的眼睛,就像一头失去了组织的狼,没有目标也没有方向。

苏昂一直很信任艾伦作为一个记者的敏锐——与其说是职业素养,不如说那是一种天赋。此刻她在脑海中将十年前后的Alex进行对比,渐渐意识到或许不是所有的变化都能被简单地归结为"成熟"。他微笑的方式——嘴角先下弯然后再上扬,他走起路来像是已经活了八十年的样子,他说泰语时和当地人一模一样的腔调……统统令她感觉陌生。

而所有变化中最明显的,是他不再试图向人展现哪怕是假装出来的吸引力,无论是对她、对艾伦,或是餐厅的女服务生……而这难道不是男性的本能吗?导游Alex可不一样。导游Alex精力充沛,妙语连珠,使尽浑身解数让每个团员都喜欢他——不仅仅是出于想要获得丰厚小费的目的,而更像是某种天性,或是虚荣心。动物猎食的天性。想要证明自己魅力超群的虚荣心。

"对大多数男人来说,如果不拼命表现身上对女人有吸引力的特质,他们对女人就完全没有吸引力,"艾伦意味深长地看了看那几个正在喝酒的背包客,"但还有那么一类男人,心态超级放松,不尝试吸引任何人,不介意暴露自己的脆弱,就好像完全没有野心和虚荣心,那种消极散漫反倒成了某种魅力，结果女人们反倒前仆后继地朝他们扑去。你的 Alex 就是这种人。我敢打赌他从来不缺漂亮的女朋友。"

"问题是他以前并不是这种人，"苏昂沉吟，"到底发生了什么呢？因为他来到了泰国？"

"哈，泰国才是荷尔蒙大本营呢！"艾伦不以为然地说，"我猜大概还是他前妻的原因吧——失败的婚姻，破碎的心……谁知道呢，反正就是那些破事儿。"

说到"婚姻"的时候，她下意识地皱起鼻子，就好像它是某种腐臭难闻的东西。苏昂知道艾伦完全不相信婚姻，甚至并不相信爱情。我尝试过爱情，她告诉苏昂，语气仿佛她品尝了某种被大肆宣传而自己并不欣赏的食物。你觉得还是得给它一个机会，对吧？她说，但我们最终还是会走出那个阶段。就像在工业化的第一个阶段，婚姻仍然存在，而且一般是终身制的。下一个阶段，人们结婚的时候已经知道他们大概率会离婚。再往后一个阶段，在某种意义上，人们就像是为了离婚而结婚。到了现在，至少在我们西方国家，爱情就像是你职业道路上的一个小插曲，在你克服它以前，它可能会让你疯狂几个月，废寝忘食，上班迟到……你没发现吗？现在结婚的人都不像过去那么多了，现在的人就只是同居，直到他们厌倦了彼此……最可悲的事实是，爱情与自由、金钱和平等格格不入。爱情的本质就是不对等。到底有谁真想一辈子和同一个人在一起？人类是食肉动物，我们喜欢猎食比自己弱小的动物，这样我们才能暂时感到强大。当然，爱情是可行的，里面也有很多美好珍贵的东西，但一旦你完全沉溺其中，它就变成了一场灾难……

苏昂忍不住插话，她理解于艾伦而言，对男性这一群体的抽象的爱情已经结束了，可难道她也能够控制那种冲动而具体的激情吗？哪怕只是偶尔？

"多巴胺分泌的时候，当然。"她用一种科学家般的理性口吻说，她并不排斥爱——更确切地说是亲密关系。婚姻制度可能会消亡，但人永远需要亲密关系，想要跟令自己快乐的人做伴。她只是希望会有更自由、更多元、更具想象力的关系，纯粹发自激情、肉体愉悦或精神共鸣，能包容所有人性，而不是那种包装成爱情的自恋，不是爱自己在那个人身上的投射，也不用跟财产、孩子、责任这些东西拴在一起……

苏昂叉起一块木瓜送入口中，没有说话。

艾伦忽然停下来，小心地看了她一眼。"当然，"她弥补般把一只手搭在她肩上，"我相信这世上也会有幸福的例外，没准你和你先生……"

苏昂有气无力地做了个手势，让她别说了。如果是在几年前，她很可能会顺势开个玩笑自黑一把，但现在她已没了这样的底气。

如果一定要谈论爱，艾伦像宣布重大事实似的说，她觉得谈论父母对孩子的爱可能更有意义，因为其中没有利益动机。养育一个孩子，你才会开始认真思考那些真正深刻的问题——比如说，什么是爱？怎样获得爱？谁拥有权力？如何在爱里保有尊严？宽容的边界在哪里？……

苏昂吐出一粒木瓜籽，小心地在心里笑了笑。

艾伦立刻察觉到了，"怎么？"

"只不过是……那种反差感。你听上去是如此强大、如此'女权'的一个人,但同时你也疯狂地想要一个孩子。"

艾伦大笑起来,"怎么?因为想要孩子,我就成了不合格的女权主义者?"

"一种刻板印象吧,"苏昂说,"大家似乎都默认了生小孩和保持自我水火不容。"

她告诉艾伦自己的观察:近年来随着女性意识的觉醒,中国的网络上有一股日趋壮大的声浪,叫作"不婚不育保平安"。很多女性因为切身感受到来自社会和男性群体的压迫,越来越意识到婚姻以及母亲的身份不但无法保护自己,还可能对自身造成伤害。为了自我保全,她们表示不想和男性结婚生子,不甘屈从于女性主流模式的命运。

艾伦不以为然地摇头,说她认为这里面有个陷阱:"不婚不育保平安",和"女性不要穿着暴露"以及"女性不要独身走夜路",本质上是同一套逻辑——都是受害者的自保指南,而不是对加害者乃至这套压迫系统本身的抗争。你不能用主动放弃权利的方式来争取权利,她说,我们要争取的是超越选择的自由,而不是假装"自由"的个人选择。老娘就是可以穿着吊带裙走在凌晨两点的大街上,而不是自欺欺人地说什么"我有待在家里的自由"。

"好笑的是,"但她的语气中没有一丝笑意,"就好像男人完全没有这个问题。没有人认为男人有了小孩就没法保持自我。"

"就好像他们没有育儿的责任,只是精子提供者。"

"在我的世界里的确如此,"艾伦耸了耸肩,"除了提供精子,他们的确没有必要存在。"

"但你会不会担心呢？"苏昂迟疑片刻，但还是决定说出心中所想，"你的孩子将来可能也会有同样的困惑：世界真的需要男人吗？有妈妈和孩子似乎就足够了。"

艾伦皱起眉头，"担心什么？"

"比如，孩子的心理健康……"

"那你觉得我心理健康吗？"艾伦转过头来，郑重其事地盯着她，直到她在那双绿色眼眸里隐隐看到了答案。

"没错。"她点点头，但没说什么没错。苏昂一向很怀疑时下流行的所谓"原生家庭理论"——其本质不过就是弗洛伊德的"童年创伤理论"的一个变体。倒不是说她认为这套理论毫无道理，或许只是反感人们对它的滥用，那种不假思索将所有问题都归咎于他人的简单粗暴。但此刻她不那么确定了——或许未来就是植根于过去，或许它就是令艾伦成为艾伦的东西。

十五

时间流逝，但也许时间并没有流逝。日子会流逝，时间不会。对于身处异乡的苏昂来说，所有的时间都在这里。时间往往被视为一条河流，她想，但它其实是湖泊，或者也许是海洋，所有过去与未来的事物以及推动它们的力量都蕴藏其中，就像电影《时空恋旅人》里的衣柜，取之不尽，周而复始。

艾伦离开清迈前的那个夜晚，老板娘在客栈餐厅里用投影仪放映了这部披着科幻外衣的文艺片。男主角拥有穿越时空的能力，只要钻进衣柜就能去往自己想要回到的过去。有时这种超能力无比便利，令他得以修正过去发生的某些不完美和不如意；但在另一些更为重要的时刻，修改过去所带来的蝴蝶效应往往会把现在搞砸——比如，为了改变妹妹的命运，让她从一开始就避开渣男，主角带着妹妹穿越回很久以前的过去，再回来却发现自己两岁的女儿变成了儿子。原来精卵的结合有无数种可能，受精前时空的任何一点改变都可能导致孩子的改变。改变时空后出生的儿子于主角而言是个陌生人，于是他只好重走回头路，这一次不改变妹妹的人生，如此才重新寻回了自己熟悉的女儿……

艾伦对这个情节格外敏感，它让她想到自己未来的孩子。使用捐精者的精子当然不是最理想的生育方式，那天晚上她对苏昂说，可一旦你有了你的宝贝，把他抱在怀里，他对你来说就是独一无二的。就算你有机会改变命运，可以选择更完美的对象、更自然的生育方式，你会这么做吗？不，那样你就会失去这个独一无二的孩子。在某种意义上，每个孩子的诞生都是世界的重新开始。只有这时她才暴露出脆弱的一面，不再像一个从 2054 年穿越回来的女战士。

第二天她接到工作任务，临时买了机票飞回曼谷，再从曼谷飞去仰光，采访缅甸大选前的民盟政府。一切发生得很突然，令苏昂措手不及。她甚至想过和艾伦一起回曼谷，但事实上她在曼谷也无事可做。Alex 也走了，飞去了马尼拉出差——尽管她搞不明白，菲律宾和泰国的房产中介生意之间有何关联。每个人似乎都很忙，都因着某个目的飞来飞去，只有她一个人哪里也不用去，不用为任何事情着急。当然，她也是带着某个重大目的来到了泰国，然而在清迈待得久了，沉浸在那种松弛的氛围之中，常感觉自己已弄不清为何来到这里，也不知要去往哪里，要寻找什么。她接受了艾伦的建议，决心在这座城市里多多走动，寻找一个人的乐趣；但有时她在路上走着，或是坐在某间咖啡店里，蓦然抬头，发现长日将尽，暮色四合，还是不免会心下一惊。

日子以一种模糊的方式过去了，她对日期的感觉变得越来越迟钝。时间如童年般漫无尽头，每一天都像是前一天。她的生活停止了流动，就像被拉出了时间之外，进入了一种明亮的空虚。

kronos 和 kairos，苏昂想起那个有着耶稣外形的希腊男生的话。她曾与艾伦一道嘲笑他，但此刻想来，他的话就像是说给她听的。她正在经历的就是后者，不是分秒必争的 kronos，而是停顿与留白的 kairos。在这种特殊的时间里，世界仿佛暂停了呼吸。你知道当它再次呼气时，命运将会改变，不可预见之事将会发生——或许它们正在发生，生活正在沉默地变形，看不见的幽灵穿梭其间；但它也带来某种奇异的宁静，暴风雨中的宁静，就像住在飓风眼里。

这种感觉似曾相识。苏昂想起她曾经历过的"非典"。那时她的大学刚好有个回国交流的项目，她报名参加，结果却被困在北京的一所大学里。坏消息铺天盖地，死亡数字不断攀升，人们生活在巨大的危机之中，相互需要又彼此警惕，孤独地感受着恐惧和焦虑。曾被认为理所当然的未来之流突然干涸，而漫长的等待无边无际。当人们屈服于痛苦，时间便开始扭曲；当人们感到恐惧，时间就慢下来。"非典"的时间仿佛是锯齿形的，不断被磨损又不断被拉长。人类赖以生存的基础正是惊人的适应力，他们渐渐习惯了停留在那样一种空白里，生活在新闻的火烧眉毛与现实的百无聊赖之间。那所大学停课了，封校了，她和同学们每天在校园里晃荡、闲聊、打球、玩游戏，无所事事，习以为常，就像身处虚幻的天国。那时她就隐隐意识到，他们被赋予了一个谁也没有要求过的时空。尽管空气中充满迷茫，却也令她感受到了某种永恒——永恒的现在，过去与未来的间隙。未来看似庞然大物，悬在头顶，在劫难逃，但尚未发生的事情并不真实，她知道她所真正拥有的不过就是现在。

艾伦走后，苏昂看了太多的寺庙。很难说出这座庙与另一座有什么显著的不同,它们往往比邻而建,看上去一模一样。她被寺庙弄晕了,天又那么热,空气湿得像一口深潭,简直能把它喝下去。僧人们打着伞穿过暴烈的日光,伞与僧袍是同样的赭黄色,就像是刻意保持着整体造型的和谐。西方的背包客女孩们穿着吊带背心和超短裤倘徉其间,露出大片被阳光晒得绯红的皮肤。这应该会被视为对寺庙的不敬,可有谁真的会去责备天真漂亮的年轻人呢?

实在热得受不了的时候,她会脱掉鞋子走进大殿,在里面坐上半天,享受风扇带来的清凉和巨大佛像的慈悲微笑,一颗心逐渐变得沉静,宛如坐在湖底。她注意到泰国人与宗教的亲密关系——很难想象穿拖鞋可以进入教堂,可就连僧人们都穿着夹脚拖。而且,就在佛像的眼皮底下,僧侣饮食,游人闲坐,野狗登堂,幼儿嬉笑……她想起艾伦和 Alex 一再说起的"宽容"。是的,泰国寺庙的惯常生活里也充满了令人讶异的宽容。

一般来说,寺庙是一处特别的所在,如同一枚时间的琥珀,将所有古老的声音和气味封存其间,妥善保存。可是很奇怪,泰国的寺庙并不令人感觉古老,就像是昨天才建成的东西。她在里面从来都没有时空穿越的感觉,尽管它们实际上要老得多。然而前几天,她误打误撞地遇见一个藏身于街角的破旧茶室,却在那里感受到了时间倒流——或许正是因为它已被人遗忘。建筑有时更像是某种自然力量,她想,但它们又确是由人类亲手创造的谜团。

迄今为止的人生中,苏昂从未如此密集地在寺庙度过大段时光。那些时光有一种极致的无聊,以至于对她产生了某种奇异的吸引力。她不是佛教徒,但也觉得自己应该抓紧这难得的机会向神明祈祷——

被"听到"的概率一定很高。这是典型的中国式佛教观,她有点惭愧地想。失去了教育的本意,不注重灵性的提升,只是出于功利地求神拜佛,只在意香火旺不旺,许愿灵不灵。请原谅我——佛祖?菩萨?神?我甚至不知该如何得体地称呼你,她在心中默念着,不知从何时起,我就失去了目标和抱负。比起二十岁甚至三十岁的时候,我愈发不知道自己想从生活中得到什么。只有一样东西令我着了魔,而我请求你将他赐给我:一个健康的孩子。

刚说完她就想落荒而逃。听起来实在太可笑、太可悲了。但她还是深吸一口气,又尝试了一次。

然后她继续坐在那里,试着感受来自神的回应,渴望着某种微妙的顿悟。这种事情是作不得假的。要么有,要么没有。时间充裕,她不着急。她在那里坐了很久。可是没有。什么也感觉不到。什么都没有。如果非要说有什么,那就是这一切都有点做作——她自己制造了一个自我感动的氛围,它甚至是伪善的。

佛像的嘴唇依然隐藏着笑意,神秘而洞悉一切的笑意:你是在拜我,还是在拜你自己的私欲?

除了每天早晨吞下一颗叶酸的时候,她发现自己已经很少想起平川了。她和他仿佛身处两个平行世界,当她坐在寺庙里听僧人诵经时,他很可能正堵在北京那令人抓狂的东三环,或是被困在他那永远开不完的会议中。她确信连他们看到的日落都不是同一个太阳。他们仍会打电话给对方,用那个亲切却沉重的问题开头——还好吗?然后他们会说说最近做了些什么——参加了一个老同学的第二次婚礼,买了一台新的咖啡机,有个同事没有任何征兆地辞职了,隔壁邻居丢失的猫自己回了家……平川从未来过清迈，他很难想象这座充满了寺庙和咖啡店的小城——"有点像……暹粒？"苏昂告诉他暹粒是死的，但清迈是活的。但她不确定他明白她在说什么。她也庆幸自己看不到他的表情，他最近常挂在脸上的那种介于冷漠和失望之间的表情。

很多时候，他们一连几分钟都沉默不语，想着各自的心事，从电话线的另一端间或传来对方的呼吸声，两个人共同呼吸着那点残留在彼此之间的温情。那点温情里有习惯性的关心，剩下的还有什么呢？其中有爱吗？艾伦那套爱的理论令她开始审视他们的感情，又或许她只是一直在逃避思考这些问题。即便还有爱，她想，它也已经被埋在他们够不着的地方了。

有时苏昂感到内疚——是她的偏执令他失去耐心，也令他们的关系变得尴尬而疲惫，而她不仅没有做出和解的努力，还偏偏选择离开他这么久，甚至宁可独自在异乡小城里游荡等待。选择离开的人永远是错的，因为另一个被迫接受的人将获得全部的同情。有时她又觉得自己的离开是对的——他自由了，终于可以独处了，无须继续背负一个丧心病狂的妻子。

下午待在客栈里看书，不知不觉睡着又忽然醒来的时候，会有很长时间的恍惚，不知道自己身在何处，不知道自己在人生的哪个阶段。看着阳光透过窗户斜照进房间，白色纱帘随风飘动，在墙上留下一片波动的阴影，她会下意识地去寻找平川沉睡的身影，以为他们还在伦敦，在某个熬夜后一觉睡到下午的星期天。她记得他会在半睡半醒中伸手来找她的手，他的手指在她的手指之间滑动。她记得他后脑勺上那一小簇永不屈服的头发——她甚至能"看"到那簇头发的具体位置，就好像它其实是她的头发，仿佛他身上的某一部分其实属于她。她想起那些被闹钟叫醒的清晨，两人牙都没刷就能给彼此一个吻。她想起加完班回家的深夜，知道有人在地铁站等你，那是一种何等安心的依赖。她想起他们的蜜月旅行，在意大利三十年来最热的夏天。就像一部浪漫爱情片中坠入爱河的蒙太奇，每一个镜头里他们都牵着手。他是左撇子，于是他们就连吃饭时都牵着手。他们在自己和世界之间画了一个圈。他们发明了自己的语言。他们在罗马被偷了钱包，在庞贝遗址晒破了皮，在那不勒斯吃油腻而美味的比萨，在托斯卡纳喝了太多的酒。在威尼斯，每一个倒影里都是他们的幸福。整座城市充满了幸福的倒影。

而幸福确如水中倒影，一碰就碎，转瞬即逝。当她在电话里沉默，梳理着脑子里恨不能对他说的话，却担心一开口就会彻底失控的时候，自己都很难相信电话线的另一端是一个她曾以高昂的激情深深爱过的人。两个曾经那么相爱的人怎么可能如此小心翼翼呢？他们曾结为一体共同对抗世界，如今却仿佛相隔一片巨大的虚空——每次跪坐在佛前祈祷时，她想象它是宇宙中一个婴儿形状的洞。

十六

最先迎接她的是 7-11 便利店门口的流浪狗一家。它们身上的毛脱落得更多了，一片片粉色的皮肤清晰可见。而这一家四口还在不断地发明摇身体各个部分的新方式，就像在练习某种力量瑜伽。苏昂撕下烤串上的一块肉扔过去，它们摇头晃脑的样子是如此兴奋，简直快要从自己的皮肤中挣脱出来。狗就是狗啊。

从昏昏欲睡的清迈回到曼谷，她再次感受到旅行的魔法，就像在几个世界间自由穿梭。摆脱了清迈那地心引力般的沉静，苏昂庆幸有眼前这样一个世界，色彩和噪声都无比繁盛，你的意识与思想完全被喧嚣的一切裹挟，只能用身体去感受，而不用时刻面对自己的内心。令人难以置信的是，泰国人在这样的混乱中依然保持着耐心。人群从四面八方而来，穿越马路也像在悠然踱步，一点也不着急，对周围发生的任何事情都充满好奇。尽管曼谷的交通是一场噩梦，她却很少听到有人按喇叭，或是愤怒地大声嚷嚷。如果有人在公共场合吵架，她怀疑此事可能会登上晚间新闻。

苏昂走在去轻轨站的路上——她几乎是刚放下行李就出了门。

Alex 回来了，和她约好一起去曼谷北部的 Chatuchak 周末集市。一路上她意识到这里事物的更新速度快得可怕，这座城市似乎从未停止改写自身。在她离开的短短十几天里，街角的果汁店不见了，对面又多了一家医疗美容店，门口巨大的广告牌正以诱人的照片和价目表宣传着玻尿酸与肉毒杆菌大优惠。

从 Mo Chit 站下车，车厢里冰冷的空调令下车时扑面而来的热气显得益发暴虐。她一眼就看见了人流之中的 Alex，他倚在墙上，身穿灰色亨利领 T 恤和黑色短裤，双手插在裤袋里，光脚穿双船鞋。曼谷有很多时髦漂亮的男女，可不知为什么，或许是在陌生的城市见到了熟悉的人，苏昂觉得 Alex 简直自带光环，周围的人群全都沦为了背景板。

他迎上来，笑着和她打了个招呼，两人一起走向出口。她已经很久没有和丈夫以外的男人单独约会逛街了，这感觉真奇怪——尤其是和外形如此出色的男人。于是她决心整个过程要表现得极为随意。

苏昂跟在 Alex 身后大步走下台阶，走过天桥，在挤满了小摊的人行道上左穿右突。她留意到他走在曼谷街道上的样子，还有他很自然地给街边乞丐一些零钱的样子，就好像他拥有这座城市，好像这座城市完全是为他而建的。她向他说起她的观感，关于曼谷的善变。Alex 肯定了她的观察。不仅是商业建筑，他说，泰国人相信所有在他们之前有人住过的房屋甚至家具都充满超自然的存在，所以他们总是把房子推倒重建，代之以没有鬼魂的崭新建筑。所以曼谷的东西总是建得比世界上其他地方都要快，建筑工地永远在施工，街上的商店每个星期都有所不同。

看来，修改和重塑这座东方城市的不只是资本主义，苏昂想，古老的迷信同样也在为它添砖加瓦。

"有点讽刺是吧？"Alex像是看穿了她的心思，"佛教徒其实可以是最理想的消费者。"

如果那种佛教的超脱和鼓鼓的钱包结合在一起的话。她忍不住笑了，惊讶于他们之间思维的默契。

当她跟着Alex挤在熙熙攘攘的本地人和游客之间，慢慢穿过无数摊档和店铺，被品种多得令人吃惊的各类商品晃花了眼的时候，才明白为什么Alex执意要带她来到这个全世界最大的集市。Chatuchak足足有十个足球场那么大，按照货品的种类分成二十六个区，从服饰到手工艺品，从家装到园艺，从植物到动物……只有想不到，没有买不到——据说在不算久远的过去，你甚至能在这里买到活蹦乱跳的孟加拉虎。如果没有Alex的指引，她肯定早就迷失在了这个巨大的迷宫。

苏昂没有特别想买的东西，但她还是在服饰区流连了很长时间。泰国时下的最新潮流在这里一目了然，满眼都是超短款的无袖上衣、高腰阔腿裤、印着可爱动物图案的T恤和糖果色的小洋装。质量无法与大商场的东西相比，却也完全对得起那令人心动的价格。苏昂一向不喜欢特别女性化的雪纺蕾丝蝴蝶结，可不知为什么，它们穿在泰国女孩的身上却格外妥帖，并不显得廉价或俗气，或许是因为她们都有纤瘦的身形和斯文温软的气质。男装则流行窄腿短裤和短袖衬衫，第一颗扣子也要扣得严实，胸口往往有个可爱的logo，中和掉那点童子军般的一本正经。男装店多得超乎想象，泰国男生的爱美程度丝毫不比女生逊色。

她对 Alex 说起曾看过的一部泰国电影，里面有个男生总是穿着超级紧身的牛仔裤——到底有多紧呢？他每次骑上摩托车的时候，光抬腿可能就要抬个一分钟。Alex 哈哈大笑，说至少那是长裤。"你不知道，"他压低声音，"有些男生的紧身短裤才吓死人呢……"

"我知道，"苏昂忍俊不禁，"第一次看到的时候我差点想报警！"

在泰国，男性的时髦似乎是正常的，甚至备受肯定。苏昂注意到很多男生都擦了粉底和唇膏，眉毛也经过了精心修饰。空气中弥漫着暧昧的流动感，某种飘忽不定的快乐。Alex 说在泰国的很多学校里，男孩拥有穿裙子的合法权利，除了变性手术，泰国男性也是整容诊所的常客。

或许因为泰国人对人类的弱点——比如性怪癖——格外了解，她猜测，所以他们也对审美癖好异常宽容？

佛教徒是很好的整容医生，他赞同地说，他们是有同情心的实用主义者。

在大量的"复制"潮流之外，也有不少未成名的年轻设计师在 Chatuchak 开铺售卖自己的作品，其中颇有些令人眼前一亮的款式。苏昂买了一件手绘 T 恤和两条连衣裙，尽管有心理准备，结账时还是被价格之便宜吓了一跳。"泰国人也太幸福了吧！"她不禁感慨，"东西那么便宜，而且又没有冬天，什么大衣羽绒服毛衣靴子统统都不需要嘛……"她想起自己家里满坑满谷的衣物，换季整理的麻烦，深感生活简单是一种幸福。

"可是泰国人也会向往秋天的落叶和下雪的圣诞节啊，"Alex 耸耸肩，"很多女孩甚至会特地攒钱买一双 UGG 靴子，就为一次出国旅行——你能想象吗？泰国人买 UGG！像不像个冷笑话？"

"也对，就像英国人向往热带一样。"苏昂说，"你知道吗？我在英国的时候，只要气温一过 20 度，大家就恨不得把自己扒光了去草地上晒太阳。"全世界的人们都一样，永远执着于自己无法得到的东西。

购物热情被激发了，她兴致勃勃地转战另一家店。这间小铺只出售首饰和平底凉鞋，几乎都是令她一见钟情的款式。首饰是略为夸张和戏剧化的几何外形，以有分量的皮革、金属、亚克力为材料，风格有点像收敛版的 Marni，颜色也只有黑白灰和金属色。凉鞋的鞋面则几乎是皮革首饰的翻版，非常别致，鞋底也柔软舒适。苏昂曾认为只有气质浓烈的吉卜赛型女子才适合此类首饰，但在 Marni 店里试戴过一次才发现，正因为自己的风格清简，配上夸张的大首饰反倒有种平衡感，将她从泯然众人中解救出来。

她一口气选了两条项链、三对耳环、一双凉鞋，设计师店主笑开了花。那是位高挑的年轻美女，梳着马尾，穿一身黑色的无袖连体裤装，配以自家的首饰和鞋子，时髦得落落大方。店主用典型的、缺乏助动词的泰式英语与苏昂攀谈起来，自我介绍说刚从设计学院毕业，平时在 Chit Lom 的水门市场也有一个铺位，周末则亲自坐镇 Chatuchak。

"那你很忙吧？"苏昂问，"生意肯定很好？"

"还不错啦，正准备在暹罗广场附近开一家正式的店，过几天就开张了。"她喜滋滋地说，"欧美游客买得特别多，前几天还有芬兰的时装买手想要代理我的品牌呢。"

"真好。"苏昂由衷地赞叹。年轻真好，有才华真好。她的设计其实很实用，尤其是对于非热带的人来说，可以从夏天一直戴到冬天，搭配毛衣卫衣也很好看。

付款时店主主动给她打了八折。她没要纸袋，直接把战利品统统塞进随身背的布袋里。

"太好看了，"店主指着她那个印着江户小纹"青海波"图样的布袋，"你一进来我就看到了，在哪里买的？"

"我自己做的。"

"真的？"她瞪大眼睛，"你也是设计师？"

"不不，个人兴趣而已。"苏昂很不好意思，又心下暗喜，"这个是旧衣服改的，京都的旧货市场淘来的浴衣。"

"太美了吧！"店主女孩犹自啧啧称赞着，手指抚过接缝的部分，"你的手工也很细致，花纹都是对称的，很完整。"

"真的吗？我都是凭感觉瞎弄的……"

"真的，我好喜欢！如果逛街的时候看到这个包，我肯定会买。"

忽然之间，被某股冲动劫持，苏昂做了一件完全出乎自己意料的事。她开始把布袋里的东西往外掏，"送给你好了。"

女孩吓了一跳，连连摆手："那怎么行……"

赞美令人慷慨，苏昂已经把包腾空了塞给她。"拿着吧。我家里一大堆呢。"

女孩不再推辞。她用纸袋把苏昂的东西装起来，再往里多放了一对别致的金色长流苏耳坠。"谢谢你的包。"她双手合十向她道谢，忽然莞尔一笑，看向双手插兜在角落里站了半天的 Alex，"男朋友真有耐心,等好久了吧。"

苏昂刚想解释,Alex 却先微笑着朝女孩说了句泰语。

"啊,"她有点尴尬地笑道,"我还以为……"

炎热是逛 Chatuchak 最大的挑战。当他们终于汗流浃背地走出服饰区,在路边吃了一碗泰式凉粉后,Alex 熟稔地穿街走巷带她来到开在旧书区旁边的一家脚底按摩店。推开玻璃门的那一瞬间,苏昂感觉空调给了她第二次生命。

无处不在的脚底按摩是泰国的名片之一。无论何时何地,甚至是在车水马龙的街边,素不相识的游客们脸上带着那种"我是谁?我在这里干吗?"的表情,四仰八叉躺成一排接受着脚底按摩,就好像那是世界上最平常的事情,就好像他们正在巴黎的露天咖啡座上。

凭借一瓶椰子油和多年的经验,女按摩师悉心照顾着他们脚底和小腿上的每一处肌肉与穴位。她和 Alex 并排半躺在沙发椅上,好半天没有说话,享受着脚底传来的一阵阵混合着酸胀和轻松的愉悦感,从令人虚弱的酷热中渐渐恢复。

"苏律师,"耳边飘来 Alex 幽幽的声音,"我不知道你还有那么特别的爱好。"

苏昂扑哧一笑,仍然闭着眼。"这算特别吗?"

"反正我是很难想象一个爱好做包包的律师……"

这又有什么奇怪呢?苏昂反问他,有几个人的工作是自己真正的兴趣所在?她以前的顶头上司,上班时杀伐决断,下班就一头扎进厨房烤蛋糕。还有个男同事,一到周末就去唱歌剧……

在放弃了画画以后，除了旅行，缝纫的确可算是她人生中最大的热情了。也许是受了她那心灵手巧的妈妈的影响，童年时她的很多衣服都是妈妈用那台蝴蝶牌缝纫机亲手缝制的。甚至直到上了大学，她的衣橱里还有几条"妈妈牌"连衣裙，走在伦敦街头还被陌生人称赞过好几次。

在她还是个小女孩的时候，苏昂就开始学着妈妈的样子剪裁棉布、亚麻或丝绸料子，她喜欢用画粉在布料上画出平整的线，喜欢那种精确的感觉，喜欢那台老式缝纫机发出的嗒嗒声。妈妈教她如何从布料上抽取一根纱线作为裁剪的标记，她也很喜欢。她喜欢蕴藏于这门手艺之中的优雅与端凝。

但她最大的兴趣是缝制布包——或许是因为比做衣服容易，又同样可以接触到她最爱的布料。她爱不同面料的质感，也爱各色各样的印花图案。她喜欢中国织锦的华丽灿烂，喜欢北欧、南亚那些鲜明大胆的色彩，也欣赏日本清雅的配色、与自然季节相呼应的图案和天然纯正的蓝染。零散布料不易购得且成本不菲，她的原材料更多来自古着店和跳蚤市场的旧衣、桌布、靠垫、窗帘。她曾在山西淘到一幅窑洞门帘，由当地妇女用百衲方式制成，色彩搭配之完美令人难以置信，本应在美术馆里展出。海外生活旅行的经历则大大丰富了她的库存——中亚的印经丝绸，非洲的肯特布，印度的扎染色织，苏格兰的粗花呢，日本的蓝染刺子绣，柬埔寨的格罗麻……在伦敦工作最忙的时候，她仍会在深夜孜孜不倦地缝制布包。她固守着七八种款式，遵循简洁的原则，根据图案裁剪，也会因着不同的面料做些小改动。零碎的布料也没有被浪费，它们变成了小小的零钱包。每做好一个包，就算只是放在家里欣赏，那种成就感也无与伦比。它们不需要任何实用的意义，她会自我膨胀地想，它们本身散发的美和愉悦就是全部意义，是生活的基础和本质。说到底，人类是通过感官来体验世界的。有时看着那些包，她甚至会产生某种虚妄的错觉，觉得自己一路走来的人生都是假的；而在真正的人生里，她读了面料设计专业，是一名纺织品艺术家。

那架小小缝纫机被她从伦敦带回了北京，对于缝制布包的热情像一场旷日持久的友谊。尤其是最近几年，当她因为生育的问题越来越感到被命运背叛的时候，美丽的布料在每一个郁郁寡欢的深夜抚慰着她的心灵。专心下去，什么事都忘了，她仿佛被隔离在一个独立的时空里，那里只剩下色彩、印花、剪刀与缝线的走向，魂魄的碎片都飞回体内各就各位。与其说是爱好，不如说更接近于一种治疗。

"确实不错，" Alex 说，"我也喜欢你的包。"

"真的？你只看到了那一个。"

"还有你在清迈背的那个，"他比画着，"上面一个个小圈圈的。"

"皆川明的铃鼓布。"

"当时就觉得很好看，但没想到是你自己做的……你家里还有很多？"

"嗯……大大小小加起来估计一百多个吧。"每次搬家，她和平川都为如何重新安置它们而发愁。

"一百多个！" Alex 吃了一惊，"你这还真不是一般的爱好……"

苏昂的手机里有个专门的相册，里面全都是那些"作品"的照片。她把手机递给 Alex 看。

"娱乐消遣而已,"她说,"就跟……爬山,或者钓鱼一样。"

"那不一样,"他边滑动屏幕边说,"你有天赋。"

她默默给他一个苦笑。说实话,她故意让语气显得漫不经心,你觉得好看,是因为面料本身好看,不是因为我的手艺有多好——我那根本谈不上什么设计,你以为我自己不知道吗?

不不,Alex忽然认真起来,世界上那么多面料,有眼光挑出最美的也是一种天赋。想办法发挥出它的美也是一种天赋。成功的时尚买手也靠天赋,对不对?好审美本身就是天赋。

在大多数时候,苏昂认为称赞不过是一种礼貌,就像是别人给你看他们写的诗或画的画,你似乎必须得挤出点什么好听的话,才不至于令对方尴尬。但她能感觉到Alex的真诚,心上有根弦被悄然拨动。她很少得到这方面的鼓励。平川从未质疑她的爱好,但也谈不上什么鼓励——"还不错"和"挺好的"是他以不变应万变的评语。出国旅行时他偶尔还会抱怨,因为苏昂坚持要在原本就很紧张的行程中抽时间去逛布料市场或旧货市集。苏昂的朋友们对她的包包也没多大兴趣。好看是好看,但没机会背啊,她们说,上班总不能背个布袋吧,逛街也得背个名牌包才有气势,要不sales都懒得搭理你……说实话,你这些包只适合旅游的时候背,可咱们一年到头也没几天假期……要不你干脆开个淘宝店,卖给学生和不用上班的人?

她还真的考虑过这个提议,最终还是因为忙和懒而作罢,更何况她也不知该如何定价。一百多个一针一线缝就的布包就像冬天的大白菜一样堆在角落,变成了一座无用的城堡。有时她也希望自己有个更为"实用"的爱好,她告诉Alex,比如钢琴啊街舞啊法语什么的,不一定是为了动辄露一手绝活艳惊四座,至少可以为理解这个世界增加一个维度吧?懂音乐的人,熟习几门外语的人,他们看到的世界肯定比我们更丰富、更宽广。可是喜欢做布包的人?她不确定。她充其量只是看到了一个……色彩和图案更鲜明的世界?

没必要妄自菲薄嘛,Alex 不以为然地摇头。与其说是理解世界的途径,也许更像是以自己的方式在现实里寻求某种慰藉,或者说是舒适感。有人用画笔,有人用食物,有人用健身,有人用恋爱,有人用网络游戏……对你来说,那可能就是布料和缝纫。每个人都有自己的"那件事",他尝试着解释,用来抵抗这个充满不确定性的世界。它们也是一种控制权,当你被生活牵着鼻子走的时候,你知道总有那么一件事是你完全可以理解和操控的。

恋爱打游戏当然也没问题,但你知道我最羡慕的是什么?Alex 仍不断翻看着手机里的照片,你们的"那件事"刚好是在创造,而不是消耗。你们创造出了一些很棒的东西,那就像是……生命的意义。

苏昂不好意思地嚅嗫着,但他的话令她感激。和 Alex 聊天就像是和一个更自洽的版本的自己聊天。她庆幸能与他重逢,尤其是在异国的土地上,尤其是他们一边聊天还一边享受着购物之后的脚底按摩。泰国的确是地球上最棒的国家,现在她完全同意艾伦的看法。

她问 Alex,这么说的话,那么他的"那件事"又是什么呢?室内设计?房产中介?还是开旅馆?

Alex 沉默片刻。"在泰国生活。"他看向前方,"总的来说,就是在泰国生活。"

他的回答,以及回答时的神态,都让她不知该作何想。

按摩师结束了脚底的活计，示意他们转过身来坐在脚凳上，开始按摩肩颈。

"你有没有想过……嗯，换个跑道？"Alex忽然说，"不当律师，做你真正喜欢做的事？"

"做什么？"她自嘲般地说，"卖包吗？"

苏昂常惊觉自己会无意识地模仿平川的语气和动作，甚至包括那些她并不欣赏的动作。就像此刻，她陷入思索时不自觉地咬着下唇的样子——而且不断来回换着位置微微地咬——完全是平川的复刻版。

其实她不是没想过。回国前她幻想过那种可能性：一个生机勃勃的时代，一个充满机会的竞技场。好风凭借力，猪都能上天。也许她能创立自己的包包品牌？或者在家附近开个咖啡店，顺便出售自己设计的包？回国以后，她很快就被现实扇醒了。设计几个包就能养活自己的事情是不存在的，至少在北京不行。别说她这样的野路子了，有个朋友是正经美院毕业的资深插画师，连她都总要为了生计做各种"乱七八糟"的"联合设计"。咖啡店？她和小区旁边的咖啡店老板攀谈起来，才知道他们每个月都在亏损，目前已经亏了五百万。

"在泰国也许可以，泰国生活成本低，"Alex闭着眼说，"所以才有那么多的farang。""farang"就是"外国人"的意思，他解释，就像粤语里的"鬼佬"。

她问他那些farang究竟在这里做什么。即使在泰国你也得有份工作，对吧？

他说什么样的工作都有——英语老师，酒吧老板，网页设计师，自由记者，潜水教练，房产中介，淘宝卖家，红灯区导游，进出口贸易……

问题是，她质疑道，大部分想认真对待这些职业的人都不会在泰国工作，对不对？教英语在欧洲国家的收入可能是泰国的好几倍，网页设计师和潜水教练也是。他们在泰国赚的钱可能仅够负担他们的生活成本。那他们为什么还愿意留在这里？

Alex 睁开眼睛看了她一眼。"他们来泰国不是为了钱。"

那就是为了性，她开玩笑地说。

也可能是为了过由自己做主的生活，他说，然后笑了笑。当然，这样做是需要勇气的，还有想象力。就像买房子一样，为什么非要挤破头买市中心已经贵疯了的地段呢？明明外面还有很多选择。就像他的中国客户们，很多人的存款在国内买不起房子，但他们用想象力打破了边界。

按摩师开始用手掌边缘噼里啪啦地敲打他们的肩背，就像在砧板上剁肉一样。

她说她不确定是这样。就为了"拥有一套房子"的虚荣，宁可在国外买个压根不会去住的房子，而自己的现实状况丝毫没有改善，听起来实在有些悲哀。同样地，那些 farang 来到泰国教英语，很可能只是因为他们在自己的国家根本找不到工作。得不到和不想要不能混为一谈。中国也有很多这样的英语外教，大家背地里都叫他们"屌丝老外"……

这样讲不公平，Alex 打断她，嘴角的微笑变成了一条细长冷硬的直线。也许有些人就是既得不到也不想要，就是情愿用轻松去交换成功。他们就是想要推翻原来的身份，去一个没有人知道他们是谁的地方，切断所有联系，重新塑造自己。没有参照系，不用和人竞争，不用纠结成功和失败的定义——包括根本不用去思考究竟是得不到还是不想要这样的问题……

她本能地还想和他争论，但发现想象那种可能性也带来奇异的快感，令她的心躁动不安。"但他们肯定也会失去很多东西，"她最终说，就像是在寻求认同感，"对吧？"

"失去也可能是自由的开始。"他说，但语气中没有丝毫的挑衅。

她的按摩师忽然对 Alex 的按摩师说了句什么——估计是个笑话，转瞬之间，人人看上去都像《爱丽丝梦游仙境》里的猫，笑得一口白牙。

这也是她心中永恒的谜团。泰国的贫富差距大得吓人，但即使生活在最底层的人们也总是那么从容快乐，没有不甘，没有戾气，就好像从不曾被生活狠狠辜负过。她常看见路边小店的女员工们聚在一起吃零食聊天，看上去就像一群无忧无虑的中学女生。卖烧烤的小贩在烈日下心平气和地擦着脸上的汗，不时露出笑容。他的顾客们郑重其事地挑选着烤串，就好像那是世界上最重要的事。聚集在 7-11 门口等待生意的摩的司机吃着烤串，笑语喧哗，不时扔一块肉给脚边的流浪狗。就在 Chatuchak 的入口处，卖椰子的大叔头系印第安式的彩带，一边吆喝一边载歌载舞。他的快乐显然发自心底，否则绝对难以支撑长达几个小时的无间断表演……

笑声消解了他们之间微妙的气氛。苏昂告诉 Alex，艾伦和曼谷的出租车司机有过一次有趣的聊天——她问司机:"那些政客和富人拥有那么多,你这么辛苦却只赚这么一点钱,你会不会觉得不公平?"司机耸了耸肩说:"你不明白吗?他们上辈子肯定做了很多好事,这辈子才这么享福。"

"我只好点头,"艾伦对苏昂说,"尽管我不明白,也许永远不会明白。"

Alex 笑了,他说 farang——尤其是那些聪明的 farang——很难真正了解泰国,因为他们不会接受它的单纯性。如果你告诉他们,泰国并不像他们想象的那般复杂,他们可能会认为这是对他们智慧的侮辱。他们选择让它保持神秘,不求甚解,无视它实际上非常简单的构造。

她问那到底是什么样的构造。

泰国社会是一个典型的按等级划分的、极其强调规则秩序的社会,他向她解释,用手比画了一个金字塔的形状。毗湿奴和国王在顶层,贫民在最下面。再加上"因果"和"轮回"作为信仰基础,于是一切都是命中注定。在这种概念的宇宙里,自由意志也没什么空间,因为回报只会在下辈子等你。

苏昂若有所思地点头。她想起小区门口的保安,他们见到驾驶着奔驰宝马进出的富人时总会像军人一样敬礼致意。那并不仅仅是一种礼仪,更像是发自内心的恭敬。保安的白色制服也是军装的式样——高耸的衣领、金色肩章、腰带和纽扣,还有很多绶带。他们站得笔直,帽檐压在眼睛上方,常常手持一根棍子指挥小区门外的交通。他们也总在提醒她:泰国是一个按等级划分的社会。

"你刚才说毗湿奴和国王在顶层，"苏昂知道毗湿奴在印度教中的崇高地位，"但国王是人啊，为什么可以和神平起平坐？"

"因为泰皇是毗湿奴的化身啊，"Alex说，"这意味着他们也是神。"他认为他们比英国女王或瑞典国王更为"神圣"，也比相似性质的神一样的日本天皇更有实权。

苏昂努力回忆着毗湿奴的模样。传说中性情温和的神，不像湿婆那样充满毁灭的力量。他的皮肤深蓝，像一朵积雨云。有四只手臂，肚脐上长着一株莲花。他与泰国随处可见的泰皇照片毫无相似之处——照片上是个表情严肃的清癯老者，戴着眼镜，忧心忡忡。和笑口常开的泰国平民相比，他仿佛是这个国家最不快乐的人。

而且曼谷是毗湿奴建造的城市，Alex告诉她，曼谷其实不是真名，它正式的名字长得不可思议，甚至是吉尼斯世界纪录里最长的地名——总归是"神仙之城，极乐境界，天帝皇都"那一类的话，里面有几个词的意思就是"一座由毗湿奴创造的城市"。

曼谷是个神奇的城市，房东梅曾对她说，这里正是奇迹发生之地。但愿如此，她想，在一个充满神秘力量的城市里，或许奇迹也会以超高的频率发生吧？

十七

她看到他脸上的困惑。斑马？此刻他们终于走出了东南亚最大的迷宫，正享受着 Chatuchak 公园的盎然绿意和习习凉风。热带地区的日落很迅速，整座城市都以感激涕零的心情迎来黄昏。

苏昂刚刚向他抛出了一直令她不解的问题：泰国的寺庙和神社里为什么会有那么多的斑马雕塑？她问过艾伦，以及所有与她有过交集的泰国人，没有一个人能够回答，甚至没有人意识到这件事的不合情理。Alex 似乎对泰国知之甚深，她期待他会知道答案。

应该和大象差不多吧，他猜测，守护神，或者吉祥物。泰国人欣赏大象的品质——善解人意、勤劳、慈悲……

"问题是，"苏昂打断他，"斑马有什么特别的品质吗？没错，大象我能理解，可斑马是怎么回事？千里迢迢从非洲跑到东南亚来当守护神？"

Alex 承认他从来没有想过这个问题。

我们就是容易忽略眼皮底下的东西，她想，就像很多北京人一辈子也没去过长城。

"但我可以给你介绍一个朋友，"Alex若有所思地说，"鲍勃，他肯定知道答案。"

这位鲍勃以前开过一家酒吧，酒吧的名字就叫"曼谷斑马"。"真奇怪，"他自责般摇了摇头，"我们从没问过他那名字的意思。"

没准他只是随便取了个名字，苏昂说。

"你见到他就明白了，"Alex看看手表，"正好也是时候吃晚饭了，如果你有空的话。"

"我觉得，"她说，"我很可能是全曼谷最有空的人了。"

起初出租车司机开了个离谱的价格，但Alex用泰语和他谈了谈，他很快便同意使用计价器。经历了漫长的堵车之后，他们终于缓缓驶入金龙的腹地。唐人街的气息扑面而来——世界上所有大都市的唐人街所共有的气息，某种既亲切又遥远的乡愁，历史衰退与自我沉溺所造就的偶然之美。

到处都是人，到处都是金店和大排档，到处都是劣质古装片中的雕梁画栋。拥挤，俗艳，乱中有序。龙头是中华门，也就是耀华叻路起点的崇圣坊。Alex向苏昂指点着，龙身就是中国城的主路耀华叻路，龙尾则是小商品密集的三聘街。当地人始终相信，中国城能享有如此的财富与繁荣，是因为传说中的金龙——中国人的守护神——几个世纪以来一直在庇护此地。

中国大酒店，银都鱼翅酒楼，和成兴大金行，成发兴大金行，振和兴大金行，塔牌绍兴酒，永发贸易有限公司，正宗广东叉烧云吞面。中泰双语的巨大霓虹灯牌以熟悉的红黄两色轰炸着人类的视觉，下面的街道则挤满了巴士、货车、Tuk-tuk、粉红色的出租车和夜市般无限延伸的大排档。这头巨龙从不沉睡。勤劳的中国人在此埋头过着自己的日子，毫不关心这个国家的统治者致力于将这座城市变为西式都城。

他们在排着长队的 T&K 海鲜餐厅附近下了车，潜入唐人街的夜色，就像在一席流动的盛宴中穿行。塑料桌椅占据了人行道的大部分，正在享用美食的顾客们离滚滚车流不到半米。这是游牧美食家们在城市化进程中幸存的结果，也是西方城市永远无法拥有的乐趣。一切食物似乎都可以穿在竹扦上，放眼望去，那些闪闪发光的竹扦如同树枝一般覆盖了整条街道，下面是云雾般翻腾的蒸汽。这是一股气味与质地的浪潮，令人愉悦又所向披靡，苏昂想，如果涌向欧洲或美国的城市，或许就能将它们从清教徒般的冰冷无聊中解救出来。

"你以前来过唐人街吗？"Alex 回过头来，霓虹灯在他的脸上投下一片粉色光晕。

她来过，但不是在晚上。还是那次毕业旅行，他们在中国城的路边摊美美地享用了鲜榨甘蔗汁和猪血鱼蛋粉——她记得他们全都意犹未尽地再要了一碗，然后花了整个下午迷失在由主路延伸出去的分支小巷。街边小店的炸枣、干姜、花生糖、芝麻饼、果脯、甘菊花统统令她感到自己又回到了童年的故乡，而她的西方同学们则震撼于金店橱窗里一排排帘子般灿烂夺目的金锁金链、巨大金属碗里堆积如山的小螃蟹，还有一袋袋的炸猪皮、鸡爪、晒干的青蛙皮……

"那你肯定没来过 Chiang Yuu，每天下午五点才开，卖完当天的分量就关门。"Alex 轻车熟路地一拐弯，"到了。"

相当老派、毫无特色的门面。唐人街所有的小餐馆看上去都一模一样。门口有十几位顾客正在等位，但 Alex 刚一出现，立刻就被一位身着花裙、体态丰满的阿姨拽了进去。她像对待宠物那样，亲昵地用双手轻轻拍打着他的脸颊，脸上眉开眼笑，两个人热情洋溢地说着泰语。她看上去五十来岁，头发在脑后绾成一个髻，眉毛描得很黑，脸上泛着油光，妆已经花了一半。

他们利用"特权"很快被分到一张桌子。"那是老板娘，"Alex 告诉苏昂，"应该说是老板，因为这是她的家族老店。"

她问他们是否认识很久了。他点点头。"不过我先认识的是鲍勃，他是这里最忠实的顾客。"

Chiang Yuu 只做一种食物，据说是整个曼谷最贵的"khao tom plaa"——鱼粥，或者说是鱼汤泡饭。约合人民币 50 元一碗，贵在新鲜高品质的原材料。据说店主每天都会引入新鲜的大鲈鱼，然后切块煮汤。两碗热气腾腾的鱼粥很快被端上来，苏昂注意到碗里除了鱼块和米饭之外，还有小块的猪肉、牡蛎、虾米、腌萝卜、苦青菜、豆腐干和炸蒜蓉。所有食材都由煮了近八小时的鲈鱼汤来灼热，即叫即煮，分量十足。

两小碟腌豆角也作为佐料随之奉上。苏昂学着 Alex 的样子，把腌豆角倒进鱼粥略为搅拌一下。她喝了一口鱼汤，然后感觉自己的舌头也融化在了汤里，而鱼肉的质感和鲜甜远超想象。"太美味了，"她边吃边口齿不清地说，"难怪……"

"我在唐人街的最爱。"Alex 一脸的与有荣焉。

"可是我从来没有吃过这种东西，广东的鱼片粥和这个不一样。"苏昂说，"老板娘是中国人吗？"

"潮州人。但她已经是第三代移民了，只会说几句潮州话。"Alex解释说，从五百年前开始就有很多华人跑到东南亚，但他们的后代都不怎么在意国家归属，只认自己的省籍或族裔，比如广东人、福建人、客家人……他们各有各的会馆或同乡会，各占各的山头。比如在曼谷，银行十有八九都是潮州人开的，他们还控制了大米贸易。海南人管美容业，客家人管造纸业。

她说，那听起来是潮州人比较有钱。

潮州人可是中国的犹太人，他说，从经济层面来说，事实上他们统治着泰国。

背景音乐是《上海滩》——店铺里一直播放着20世纪的港台金曲。Alex端起碗喝了口鱼汤，发出满足的叹息。他告诉她一个很有意思的现象：住在泰国的华侨后代很多都自愿改了泰国姓，可是其他国家的华侨就很少这样做。

"那说明他们已经完全融入了泰国社会吧？"苏昂说，"才会心甘情愿地变成泰国人。"

"没错，泰国社会对外族的包容度特别高……"Alex忽然停顿了一下，目光投向店外某处，嘴角笑意渐深，"你看，这里就有一个想变成泰国人的美国人。"

鲍勃——Alex的忘年交、老板娘最忠实的顾客、泰国奇闻轶事爱好者、《曼谷邮报》的专栏作家——从外表看不出是个作家。他穿着花哨的夏威夷衬衫，胡须修剪得整整齐齐，戴一副大眼镜，整个人好似卡车司机和退休公务员的综合体。他有一张长脸，瘦削的腿和胳膊；肚子却背叛了他，大得就像那些以饮酒为生的男人一样。他跌坐下来,然后长长舒出一口气,座椅接住他的体重后嘎吱一响。

"鲍勃才是真正的'泰国通',"Alex 用英文对苏昂说,"早在你我出生以前他就住在这里了。"

鲍勃的手大而粗糙,跟他握手就像是把自己的手伸到棒球捕手的手套里。离近了看,他倒是的确有张作家的脸——一头稀疏的灰发,充满嘲讽的淡淡微笑,眼镜后面的细眼睛带着一种精明的、庄严的忧虑。

苏昂表示她很好奇——他们出生之前的曼谷到底是什么模样?鲍勃说他在 60 年代来到曼谷,那时城市里还到处都是运河,但是没过多久,华人就开始建造像中国那样紧挨着的商业区。唐人街拔地而起,空间很快就被填满了,运河统统变成了马路。

Alex 告诉她,正是因为那些运河,曼谷曾经被称为"东方威尼斯"。

"如果不考虑臭味的话。"鲍勃慢条斯理地说,"我觉得,说这话的人可能压根就没有鼻孔吧。"

大家都笑了。

"你去过 Sathorn 吗?"鲍勃看着苏昂,"那条大街曾经是一条运河——直到现在还有好多鸟聚集在那里,就好像还记得那里以前是一片水域。"

现在是鸟比人类更怀念过去,Alex 说。

"我也怀念过去,"鲍勃喃喃自语,"那时唐人街最火辣的姑娘也只要 30 泰铢。"

鲍勃显然属于那一代人,苏昂想,他们相信种族主义和性别歧视都无伤大雅,只要你在说完每句话后眨眨眼,表示你是在开玩笑就

155

行了。

一阵冗长尴尬的沉默中,她看了看Alex。他鼓励般微微向她点了点头,于是她趁机转移话题,向鲍勃提出了斑马之谜。

"你算是问对人了,"他眼睛一亮,"知道我以前的酒吧叫什么名字吗?"

她和Alex同时笑了,"所以才来问你。"

鲍勃审视着她,就像是对她重新发生了兴趣。

他刚来曼谷就注意到了斑马那不合时宜的存在,为此至少请教过一百个泰国人。但本地人对此莫衷一是,这个问题的答案显然不像这种动物本身那样非黑即白。有些人认为这是一个文字游戏:"斑马"的泰语是"ma lai",而献给神社和灵屋的花环被称为"maa lai",这一谐音或许可以解释为什么斑马会成为广受欢迎的祭品;另一种理论则是斑马代表安全——由于斑马线相当于道路上的安全区,把斑马雕像放在神社里能起到类似的庇护作用。据说起初是一位僧人半开玩笑地指引前来祈福的卡车司机,让他把斑马雕像放在车里以保行车安全,渐渐地,其他泰国人也开始效仿并广为传播。

"就像泰国的很多事情一样,可能是真的,也可能不是,但它总归是个有趣的故事。"鲍勃笑道,"虽然在泰国,斑马线是否真是安全区就另当别论了……"

他解释道,斑马雕塑常常出现在事故现场,因为人们相信它们身上那好似斑马线的条纹能够赶走此前交通事故受害者的冤魂,以免他们报复性地制造新的事故。但吊诡之处在于,泰国人宁愿相信斑马和护身符,也不愿采取真正实用的措施来保护自己——比如系上安全带，或者更小心地开车。摩的司机不戴头盔，一边开车一边打电话，汽车司机总是超速和酒驾，泰国的交通死亡率是西方国家的五倍。

"选择性的宿命论者。"苏昂说。

"没错，'que sera, sera'。乍一看它好像很愚昧落后，因为我们西方人——恐怕你们中国人现在也是——看似拥有一大堆武器可以保护自己。可是，只要你在泰国生活一段时间，就会发现自己开始质疑这套逻辑。比方说吧，就算你买了房子和汽车，按时交税，买了各种保险，放弃酒精、毒品和婚外性，吃健康食谱，跑慈善马拉松，为孩子的学费努力存钱，及时武装最新的市场技能……就算你做了所有这些，你也可能常常有上当受骗的感觉，因为你发现所有的保险和预防措施都无法真正有效地令你免于地震、洪水、龙卷风、火灾、裁员、抢劫、恐怖袭击、金融危机，或者你的配偶带走孩子、汽车和你们联名账户里的钱……"

"可是就算在泰国，你也——"

鲍勃扬手打断了她："是的，没错，在没有这些安全网的社会里，一个人可能会被疾病或意外事故彻底打垮，而一个西方人或许能够为自己买到某种程度的保护。可是，在这些意外、这些障碍之间，一个泰国人仍然可以活得像个法外之徒，而一个西方人却得时时刻刻谨小慎微、如履薄冰。当然，也许你会觉得，泰国人是生活在一个傻瓜的天堂里，但泰国人会不会回答说：西方人给自己建造了一个——"

"傻瓜的地狱！"Alex哈哈大笑，伸出手去与鲍勃击掌。

苏昂忽然很希望艾伦在场，听听对宿命论一向不以为然的她会怎样应对鲍勃的诡辩。

"既然如此,"她说,"大家停留在中世纪岂不是更好?那么过去五百年的西方文明究竟是在干吗?"

"如果停留在中世纪,"鲍勃说,"我们可能会像泰国人一样微笑。"

然后他再次与 Alex 对视大笑,笑得前仰后合。而苏昂竟分不清那究竟是赞赏还是讽刺。

老板娘给他们端来三瓶 Chang 牌啤酒。苏昂婉拒了递到她面前的那一瓶。

"不喝酒?"鲍勃假装惊讶地说,"来曼谷不喝酒?"

"作为曾经的酒吧老板,"Alex 对苏昂说,"基本上,鲍勃很难相信世界上有不喝酒的人类存在。"

"我第一次来到泰国时就在想,在这里开酒吧生意一定很好。"苏昂说。

"问问 Alex,"鲍勃喝着啤酒,不停地摇头,"我曾经花了好几个月的时间劝他,告诉他开酒吧并不是一条致富之路,反而是个持续的灾难……你得忍受你的员工吸毒、酗酒、赌博,还有想不来上班就不来上班的坏习惯……你能想象吗——当你要付十五个员工工资,但只有四个人来上班?你能确保员工没有偷喝你的威士忌,收银员没有偷拿现金?找一个愿意为合理薪水而努力工作的员工简直是我人生中最大的难题,一个好员工比长牙齿的母鸡还难得……泰国人实在懒得要死,你以为我为什么每天十六个小时都坐在酒吧里?当然不是为了什么他妈的气氛!因为如果我不坐在那里,他们他妈的什么工作也懒得做!噢,而且你永远无法真正拥有这个酒吧,因为泰国法律规定它的所有者必须是个泰国人,所以万一你的泰国合伙人决定把你踢出局你怎么办?警察的腐败也会让你发疯……而且淡季时你不得不关掉空调,因为那时你的现金流是负的……"

鲍勃曾经的酒吧开在帕蓬,Alex 告诉苏昂,"曼谷斑马"是一家典型的美式酒吧,提供健力士黑啤和各式各样的麦芽啤酒,大屏幕上放着棒球或橄榄球之类的体育节目。当然,酒吧尽头处还有必不可少的飞镖盘和一台老式自动点唱机。附近很热闹,因为有太多的 go-go bar——所谓 go-go bar,原本是指夜店或脱衣舞吧,在泰国则是最普遍的色情场所,里面的舞者通常可以被客人付出台费带走——但很多西方人也喜欢时不时地从肉体交易中抽身而出,走进"曼谷斑马"这样的绿洲,享受几杯黑啤和"男人之间的交谈"。

"还有食物,"鲍勃不无骄傲地说,"我们提供纯正的西方食物——汉堡、牛排、烤鸡、鱼和薯条——你知道,那些可以用牙齿来咬的东西,不是软绵绵湿嗒嗒的泰国菜。有些 farang 就是吃不惯泰国菜,我倒是喜欢,当然。"

"所以你们俩是怎么认识的?"苏昂问,"在鲍勃的酒吧?"

"哦,Joy 带他来的。"鲍勃像是忽然想起什么似的大笑起来,"我当时想,我倒要看看是哪个男人……"

他突然停下不说了。苏昂抬起头来,刚好捕捉到他和 Alex 短暂而锋利的目光交错。

"Joy 是谁?"她问。

Alex 沉默片刻后才说:"我的……妻子。"他喝了一口啤酒,然后似乎刻意岔开话题:"无论如何,我倒是很想念鲍勃的酒吧——也许鲍勃不这么想,但对我来说是美好旧时光。"

"感谢老天!"鲍勃对苏昂说,"Alex 是少数几个我能忍受的顾客之一。"

"忍受?"

"我的酒吧里都是常客,这当然是我想要的——那些真正生活在曼谷的人,每周至少来三个晚上的人,而不是那些傻乎乎的游客。但说实话,大多数常客啊,别说喝醉了,就算他们清醒的时候你也不会想认识他们。他们每个人都会自认为是你最好的朋友,或者想要告诉你该怎样经营酒吧。所以他会不停地跟你说啊,说啊,而你只能听着,因为你还是不想失去他这个老顾客嘛……我总跟 Alex 说,开酒吧啊,就像是一种被谎言、无聊和债务包围的生活,你的周围充斥着你根本不想认识的男男女女,更别说每天晚上都要硬着头皮和他们相处了。你想想,一周七天,一年到头只在佛陀生日和国王生日时休息两天。就算你本来喝得不多,你迟早也会的,"他拍着自己的啤酒肚,"看看我。"

那点精明的忧虑和愤世嫉俗始终在他的表情语调中挥之不去,甚至还有一丝狐疑。这是西方人自成一体的东西,苏昂想,泰国人的脸上就少有如此复杂的表情。泰国人要天真得多。

"恭喜你解脱了,鲍勃,"Alex 和他碰了碰杯,"我同意,还是专栏作家这个身份更适合你。有空你可以看看,苏昂,鲍勃写的东西很有趣。可能有点冷门,但很有趣。"

她问他一般写些什么。

"所有我感兴趣的东西,就好比你那个关于斑马的问题……我已经在泰国住了五十年,但这个地方对我来说还是个谜。"鲍勃说,"拜托,你们难道不会有跟我一样的疑问吗——信仰佛教的土地为什么会成为色情大国?这里为什么会有那么多变性人?Soi Cowboy(牛仔巷)的名字是怎么来的?真的有牛仔住在那里吗?泰国的政变为什么都像是在开玩笑?你可以跟士兵一起自拍,可以爬上坦克,他们还会给你递水,简直是个旅游景点……还有啊,如果佛教徒禁止杀戮,那么泰国人吃的肉又从哪里来呢?……"

"等等,"苏昂惊讶地打断他,"你是说泰国人不可以自己屠宰动物?"

"对啊,但他们可以开开心心地吃那些动物的肉。"

"那……谁来做刽子手呢?"

"根据我的调查,大部分都是迁徙到泰国的越南非佛教徒后裔。"鲍勃说,"他们住在曼谷郊区的贫民窟,那个地方被人们称作'屠宰场',因为每天晚上要宰三千头猪——天黑以后出租车司机都不愿载你去那里……'屠宰场'旁边是 roong gung,每天晚上宰鱼宰虾的地方。"

苏昂眨着眼,张口结舌。她从未想过炭烤猪颈肉和冬阴功虾汤的来历。

"我见过那些屠夫。"鲍勃眉飞色舞地向他们描述着自己的所见:屠夫们住在铁皮屋顶的房子里,每个人都面无表情地吃着 yaa baa——一种混合了咖啡因的安非他命,据说由贫民窟自己生产。Yaa baa 比海洛因更容易制作,一个业余爱好者可以在一个小时内掌握整个化学过程……"噢,亲爱的,不用那么吃惊,"苏昂的表情令他更得意了,"如果你每天晚上也要不停地用锤子杀猪,你也得吃点什么才能熬过这一切。"

Alex 戏谑地拍拍苏昂的肩。"杀猪还算好的,"他转向鲍勃,"你还没给她讲 See Quey 的故事呢。"

"See Quey？我知道啊,"苏昂很高兴终于能加入对话,"是那个华裔变态食人魔吧？"

上次来到泰国时,有个同伴执意要去参观保存在曼谷法医学博物馆的 See Quey 的尸体。他是泰国最臭名昭著的食人魔,吃了六个小男孩的心和肝,被处以绞刑后还被做成干尸陈列在博物馆里——苏昂觉得这件事本身也同样阴森可怖、匪夷所思。最后他们兵分两路,一半人去看郑王庙,另一半人去看食人魔。而据回来的人报告说,博物馆里不但有恐怖的干尸,居然还有拉玛八世（当今泰皇的哥哥）的头骨和验尸工具——当年拉玛八世在宫中被枪杀,至今也无任何定论……将皇室成员的头骨与食人魔的干尸一道放在博物馆里！从那时起她就隐隐感到泰国还有另一面,不仅仅是集海滩、美食、微笑、按摩于一体的人间天堂……

鲍勃正在和 Alex 大聊特聊流传在泰国各所大学的迷信和鬼故事。苏昂觉得他整个人饱含戏剧感,就像一块吸收了大量八卦信息的海绵。他已经喝完了四瓶啤酒,而老板娘刚刚给他送来了第五瓶。难怪他在这里一待就是五十年,苏昂想,如果我是男人,我没准也会享受这种生活。

"你会一直待在泰国吗？"她忍不住问他。

"我猜你是在问我会不会死在泰国？"鲍勃俏皮地说,"当然。因为我想不出一个比它更好的临终地了。"

Alex 苦笑着摇了摇头,就好像拿他没办法似的。

"你知道我最喜欢泰国的什么?"鲍勃说,"医院!别这么看着我,我是认真的。当然,没人真的喜欢医院,但如果你非去不可,那不如去一家看起来像五星级酒店的医院。几年前我住院动手术——小肠里长了个肿瘤——住在 Bumrungrad……"

苏昂知道 Bumrungrad 医院。它是亚洲最大的私立医院,重点接待国际病人,在很多医学领域享有盛名,尤其是整形手术和心外科。那里还有全世界最大的变性手术中心。当然,也是试管婴儿手术的有力竞争者之一。

尽管最终选择了定位为"小而美"的 SMB 诊所,苏昂也曾在网上反复看过 Bumrungrad 的图片和资料,震惊于它五星级酒店般的大厅和专业舒适的医疗环境。她还记得医院里有星巴克、麦当劳、面包房和一流的日本餐厅。医疗水平与欧美一致,费用却至少便宜四分之一,而且基本不用排队。也难怪大批外国人源源不断地涌入泰国,不只是来变性和怀孕,也来体检、做心脏手术、植发、抽脂、激光换肤……很快他们也会来这里死,苏昂记得自己有些残忍地想,因为费用要便宜得多。

"Bumrungrad 里有个酒吧——你知道,毕竟是家泰国的医院嘛——他们有好些真的相当不赖的苏格兰威士忌,"鲍勃兴高采烈地说,"服务生问我,医生是否允许我喝酒,当然!我说。然后,就再没有别的问题了!"

"酒吧?在医院里?"苏昂难以置信。

"还有更棒的呢!你知道,我住在一个双人病房,我的室友跟护士说要两杯香槟。我以为他在开玩笑，但护士真的端来了两杯香槟。你看，这就是为什么我爱泰国。你在一家医院里要两杯香槟，他们就真的给你！这也是为什么对于像我们这样的老人来说，泰国是最好的国家，也最适合死在这里——你真的可以享受你的死亡。我的意思是，至少你可以享受死前的服务。"鲍勃干笑一声，"而且，当你真的死了，也马上就被遗忘，就好像你从未存在过一样……啊哈！这也是有好处的——它鼓励你尽可能地活在当下。"

三个人同时陷入沉默。喝酒聊天常会遇到这样的问题：有时候很难辨别你谈话的对象是陷入了沉思还是已经喝得神志不清了。

"你还欠我两顿酒，鲍勃，我可没那么容易忘记你。"过了大约三个地质年代之后，Alex 才勉强挤出活泼的表情，"而且，嘿，我都不知道你是个老人——"

"下个月我就 80 岁了。"

"说什么我都不相信。"

"两个月以前我还可以碰到我的脚指头。"他忽然站起来，有点踉跄地弯腰去试，可是碰不到。

"已经相当接近了。"Alex 伸手去扶他。

但鲍勃气喘吁吁地挣脱了他的手，重重地跌坐回座位里。

"事实是，只有金钱和青春才能受人瞩目。到了一定年纪，我们就变成了隐形人。人们——不仅仅是女人——他们的目光会直接穿过我们，就好像我们压根不存在一样。而你也只能苦涩地接受，把它当成死亡的预演那样来接受。"他又喝了一口酒。"当然啦，曼谷是一个可以提供暂时性死缓的城市。一旦你发出信号——"他打了个响指，"表示你愿意付钱——为性、为服务、为医疗……一个简单的信号就可以让隐形人现身，让他们重新注意到我们的存在。"

他们后面的那桌年轻人忽然爆发出一阵大笑。

鲍勃回头看了他们一眼，眼神里带着些许愤怒，就好像本该由他们阻拦岁月无情的脚步一般。

"我不是没经历过战争，但衰老是一场毫无胜算的战争。而且在这个过程中，一切都会变得很丑恶。真理随时会改变。你曾经坚信的东西通不过现实的考验。牺牲变成了浪费。意义变成了虚无。英雄变成了老朽的废物。年轻的废物变成了英雄……"

Alex 想插嘴，但鲍勃再次打断了他："我希望你们永远不用承受衰老带来的屈辱，年轻人。"一直笼罩在他脸上的快乐面具融化了，整晚高涨的能量仿佛在一瞬间就消耗殆尽。此刻在苏昂眼中，他从一本行走的泰国奇闻轶事百科全书忽然变成了一位散发着悲剧气味的酗酒老人。店铺里回荡着《英雄本色》，柜台里的老板娘远远地朝他们投来担忧的一瞥。

十八

"是酒精的原因,"Alex 说,"人一喝多就变得脆弱……有时他甚至会把我误认为他在 1969 年认识的人。"

他们已经把鲍勃送上了出租车。他还有雷打不动的下半场,Alex 告诉她,鲍勃每天都要去一家威士忌酒吧喝上两杯。此刻只剩下他们两人,漫步在深夜的唐人街。霓虹灯依然闪烁,天上满月高悬。游客开始散去,有喝醉的人在路边呕吐。空气中有种不新鲜的罗勒和快烧完的大麻混合在一起的气味,深夜的曼谷似乎在用看不见的鼻孔呼出这些气味。

鲍勃是因为越战来到曼谷的吧?苏昂终于问出了整晚都想问的问题。

历史上有些事情并不是秘密,只是很少被人提起。比如,曼谷是靠越战发的财,那场战争使它变成了放纵享乐之都、美国军队的后花园。它曾经被战争、独裁统治、大屠杀所包围,但它仍像淫荡的灰姑娘那样心无旁骛地奋力向前。它是唯一从未被欧洲势力殖民的东南亚城市,也是其中唯一保有秩序和享乐的地方。毋庸置疑,这就是一场不折不扣的交易。

从 Alex 的表情可以看出，他没想到她有超出一般游客的观察力。鲍勃当年的任务"好像主要是保护越南和老挝的边境吧，"他迟疑着说，"破坏越共的胡志明小道……"

"他是不是有很多朋友死在那里？"她近距离观察过他的痛苦，它不可能单纯发自衰老所带来的屈辱，而更像是某种幸存者的负疚。

"现在已经好多了。"Alex 答非所问地说。不过，他又补充道，有过那种经历的人很难真的完全恢复，尤其是精神上。

苏昂好奇他为什么不回美国，为什么还要留在伤心地。

"如果你不知道自己是谁，你会更愿意回到你觉得你知道的那个时候。"他停了一下，盯着前方，那一瞬间仿佛在时空中迷失了方向；但下一秒他马上回归现实，转过头来对她笑了笑，"这里有他的群体啊。他的酒友大部分都是跟他一样老的人，都当过兵，在 CIA 工作过……"

"鲍勃是 CIA？"苏昂吃了一惊。

他用最微小的幅度点点头。"东南亚到处都是老 CIA，尤其是泰国。"他移开了目光，"很多人都回不去了，脑子被越战彻底搞坏了。鲍勃说，偶尔回去一次的时候感觉自己像个外星人一样——看起来和其他人一样，但大脑已经没法适应了。"

"但他们在泰国也是外星人啊。"艾伦曾经告诉她，无论泰语说得多流利，跨越文化障碍有多顺畅，他们仍然是"farang"，可以被包容，但永远无法彻底融入。艾伦还说，中国人的情况不一样，中国人是"konjeen"，你们与泰国的渊源要深得多。

"可是至少泰国人不 care 啊。"Alex 说，"Mai pen rai, 记得吗？

167

这里的人很佛系，不会去深挖别人的过去。你可以重新创造人生，就像转世一样。"

"《安娜与国王》。"苏昂脱口而出。她看过那部由朱迪·福斯特和周润发出演的好莱坞电影，改编自女主角 Anna Leonowens 的回忆录，讲述一位英国女子来到 1860 年代的暹罗皇宫做家庭教师的故事。她很喜欢那部电影，沉醉于画面之美和那一份东方独有的暧昧，可她后来发现，安娜的自传其实极具争议，因为它很大程度上是虚构的。安娜很可能是第一个利用泰国来重塑自身的 farang，她把自己包装成了一个传奇。

"还有 Jim Thompson，泰丝之王。"Alex 说，"是他把泰国丝绸推向国际市场的。但你知道他以前也是 CIA 特工吗？"

Jim Thompson 专卖店无处不在——在商场，在机场，在商业街。Jim Thompson 创立的泰丝品牌是泰国国宝级的产品，是精致和典雅的代名词，令游客们趋之若鹜。

"完美的转世。"她喃喃地感叹。

"也不一定，"Alex 摇头，"后来他离奇地失踪了，在马来西亚的金马伦高原散步时忽然失踪了，尸体也一直没有被找到。"

也许地球上的每个角落都有一两位老 CIA 正在腐朽，苏昂想。不过，地球上有很多地方不适合腐朽，比如巴黎，或者京都，它们太精致了，太完美了。人在阴影中待久了，便成了阴影的一部分，无法忍受自己暴露在光天化日之下，面对那些毫无瑕疵的建筑和街景。然而在狂野的东方，在曼谷这样复杂混乱的城市里，你可以心安理得、无所顾忌地腐朽，就像落叶、汩水、榴梿壳和猪骨头。

更何况，泰国还给予了他们——不只是 CIA 们——肥沃的土壤，可以从一种人生中脱壳而出，去开创另一种人生。她看着身旁的 Alex，他又何尝没有变成另一个人？月光和餐馆的黄色灯光泼洒在破旧的人行道上，他的脸在光晕与阴影中愈发神秘而英俊。她觉得他就像俄罗斯套娃，每次见面都剥开一层，但剥开一层还有一层。她无法不陷入这一切的浪漫中去，也无法不为这一全新的"转世"概念而着迷——不是将生命托付给另一个身体，而是让身体体验另一场生命。这个概念中最迷人的部分是他们主动重塑自我的能力。你必须不断地拷问自己：我是谁？我属于何处？这种对归属的需求如何重新定义我是谁？而我又甘愿去冒什么样的风险？

洗澡洗到一半的时候，苏昂发觉自己正在大声唱歌——甲壳虫乐队的《黄色潜水艇》。这种事至少有三年没发生过了。她用大毛巾包裹住身体走出浴室，刚洗过热水澡的皮肤在空调的冷气中微微收缩，每一个毛孔都散发着惬意。她打开冰箱拿出一瓶巴黎水喝了一口，冰冷的气泡顿时填满了喉咙。她坐回沙发上，看着被关在窗外的疯狂都市，满足地叹了口气。

这是她来泰国以后最快乐的一个夜晚，快乐得远远超出她的意料。此前在清迈无所事事地走着、看着，去掉异国风情的背景，那种愉快就会显露出荒凉的底色。很大程度上，刚刚过去的十个小时弥补了她过去几年的空虚，不仅仅是从第一张验孕试纸开始。它弥补了她在北京的办公室里像头母牛般日夜咀嚼法律文件，将年轻、自由和富有异国情调的生活抛在身后；它弥补了她每次麻醉醒来时那种可怕的感受，一次比一次更一无所有；它弥补了她对自己越来越差的记忆力所怀有的挫败感——她疑心那是多次麻醉手术的后遗症；它弥补了她和平川之间那些辛辣而伤人的话——说的时候还偏要假装心平气和；它弥补了她独自来到异国就诊的孤独与彷徨，一个人在路边摊吃饭，在大街上闲逛，像个傻子似的看着满世界的幸福身影；它甚至弥补了十年前旧金山的那场离别——"迷失的人就迷失了，相遇的人会再相遇"。

来到一个新地方，就好像从此前的生活中脱逃出去，名字和过去都变得毫无意义。她知道自己一直是个带着伪装的人——在高才生、乖乖女和专业人士的面具之下，在礼貌开朗、容易相处、生活健康、婚姻美满、前途光明的年轻女子的外表之下，还有另一个人，她孤独、叛逆、爱幻想、难以满足、渴望冒险，她尝试过香烟、酒精、药物和摇滚乐，她害怕越来越像亲情的婚姻和一眼就能看到头的生活，她拥有那么一丁点可以令自我感觉良好却不足以谋生的才华。这个伪装之下的自我七零八落，脆弱模糊，但的确和那个穿着西装开会、跟同事一起团建、度假时与平川住五星级酒店喝鸡尾酒的自我毫无关系。

有时她很羡慕清迈客栈里的那个俄罗斯邻居。他永远只做两件事——在餐厅喝啤酒或是在房间看电视。他从不读书，连报纸杂志也不读。他从不觉得无聊。他所有的时间都是在做他自己，做一个肤浅的俄罗斯酒鬼。

在帕辛寺与 Alex 重逢时，她以为那只是一桩巧遇，没别的了。就像十年前在加州一样，他们只不过在世界的远方擦肩而过。如今看来却仿佛命中注定。Alex 从不认识那个伪装的苏昂，不只是因为她那具体而虚假的人生完全与他无关,还因为他有种奇异的敏感,可以看清连她自己都看不出来的本质。和他出游的时候,呼吸着曼谷的空气,她觉得自己好像又回到了孩童时代,所有的身份都在一点一点消失——而失去是自由的开始。她感到生命突然被拓宽了,新的自我正在悄悄生长。她的内心深处萌生了变形的欲望,就像那些来到泰国的 farang 一样。

在中国城告别时,Alex 约她第二天再见。他说他很乐意重操"旧业"做她的向导,带她看看一般游客路径之外的曼谷,比如运河,比如金山寺。她喜欢和他在一起——在他面前她可以完全放松,因为他没有企图,从不追问,也很少对任何事情感到惊讶——但也隐隐有些不安,仿佛正面对近在咫尺的美妙深渊。苏昂从小练就了一套自我压抑的机制,总能控制自己不再向前踏出一步。她本应婉拒并表示感谢,可鬼使神差地,她听见自己说,听起来很不错,但是希望不会打扰他的正常生活……

他摇了摇头,说他的工作性质令他得以比较自由地安排时间。然后他忽然笑了一下,但那笑容中透出某种古怪的哀伤。他说像他这样的人,住在异国他乡,已经习惯了在别人不再交新朋友的年纪结交新朋友,难得见到故人,重逢弥足珍贵,他不知有多高兴能略尽地主之谊,好好把握这奇妙的缘分。

他乡遇故人的假象掩盖了他们其实还彼此陌生的事实。但就在那一刻,她忽然明白了艾伦说过的那番话——对 Alex 的评价,关于他的孤独与沉重。看着他的眼睛,她终于意识到孤独是无法伪仿的。虽然没有付诸言语,他的整个身体却无声地吐露出一股巨大的孤独气流,连靠近他身边的人都被卷入其中。与此同时,他的眼神好像穿过了她的眼底,看到了她内心深处的某些东西,也一下子把她带进了他的心里。这种交流来得太突然了,即使她想抗拒也抗拒不了。她明白他们的命运再一次顺其自然地交织在一起了。她明白由于某种无法解释的原因,他们从共同度过的那些时刻里得到了他们共同需要的东西。

十九

SMB诊所坐落在狭长的朗双路上，往南走四百米便是苏昂租住的公寓，向北走七百米则是艾伦的住所。为了就诊方便，她们不约而同地选择住在同一区域，彼此之间只有十几分钟的步行距离。

她们约在诊所旁边的星巴克见面。一些日子不见，艾伦似乎在缅甸经受了猛烈的阳光"洗礼"，整个人被晒成金棕色，连头发和睫毛的颜色都变浅了。"我是一块行走的黄油。"她说着，摘下了太阳镜，露出依然苍白的眼周和鼻梁上被阳光晒出的分界线。她的笑依然是苏昂所见过最友好、最甜美的东西。

苏昂问起她的采访。艾伦说缅甸内外各界的观点都认为民盟肯定会成为第一大党，能够赢得联邦议会总议席的半数以上。她自己也坚信民盟会取得压倒性胜利——"没办法，他们的精神领袖太强大了。"她指的是缅甸人民的英雄偶像昂山素季。"不管她去哪里都万人空巷，简直像个神话……可是，"她用实事求是的口吻说，"这个国家只有六十岁以上的人才见过民主，大多数人从来没有过集权统治之外的经验。他们支持民主，但同时也反对多元主义，支持政治等级制。我的感觉是缅甸人民的宽容度并不太高,他们对'民主'的理解也可能有些误会……无论如何,改变需要时间——几十年,甚至几代人。"

在所有亟待解决的问题之中,电力问题是艾伦最难以忍受的。"你知道吗?仰光的夜晚最亮的是星空。"艾伦举起双手,做了个表示不可思议的手势,"一个自然资源如此丰富的国家,却没有生产电力的能力!大家都对停电习以为常,没有空调没有电扇的时候简直是地狱!我好像还生活在奥威尔的《缅甸岁月》里,过去一百年几乎没有改变……"

所以她很高兴可以回到泰国——文明、便利、舒适的泰国,不用靠蜡烛照明的泰国,有精彩夜生活的泰国,坐轻轨逛商场都需要随身带件小外套抵御冷气的泰国。尽管政局长期动荡,但曼谷早已成为东南亚的非官方首都。从芬兰的联合国官员到越南的 IT 专家,所有人都更喜欢住在这里。

艾伦也问起她的近况。可是与"缅甸大选""昂山素季"这些字眼比起来,苏昂觉得自己的生活实在不值一提。这几天她几乎都在 Alex 的带领下四处观光。他们去了他最喜欢的金山寺,它建在一座山上,三百级台阶像一条蛇缠绕着山体。更有趣的是去金山寺的旅程——他们乘坐的是运河上的 water taxi,一种能容纳上百人的狭长船只,总是以惊人的速度冲向码头。坐这种船需要身手敏捷,Alex 说,上下船时踏错一步,或是错过一个合适的时间点,你就会落入运河水中——不一定会被淹死,但很可能会被臭死。

苏昂跟在穿着短裙和高跟鞋的当地女子后面,学着她们的样子找准时机跳上船,同时小心而迅速地跨过拉着塑料帆布的绳索。船上满载着日常的通勤者，年轻的男人和女人，挤在座位上，或是像沙丁鱼一样站在后面。沉默，坚忍，习以为常。风吹着他们的头发，一只手捂着嘴以抵御水花。

当她站在巨大的柴油发动机旁，被噪音、热气和柴油的味道所吞没，她能感觉到空气中的震颤，将船只推向前方的原始力量。两岸的高楼大厦快速地掠过，她目睹城市在眼前铺展开来，又猝不及防地进入一个充满木质吊脚楼的原始时代，被正在晾晒的衣服、盆栽、垃圾和混乱所包围。她看见一家人坐在水上木屋的前廊向他们微笑挥手，身边是玩偶屋一样的神龛，褪色的棕色木板上放着洗衣机和电饭煲。

这是游客看不见的曼谷，Alex 在发动机的噪音中大声说。他张开手臂，头发在风中飞舞。

考山路则比她记忆中更加混乱、放纵、无法无天。便宜的食宿，五花八门的享乐方式，24 小时无休的狂欢气氛……它仿佛地球上一处纯为满足背包客们的狂野梦想而存在的场所。年轻人如脱缰野马般在那里醉生梦死，沉醉于种种轻狂的乐趣，令地狱之门摇摇欲坠。你几乎能在考山路上买到任何东西——毒品、武器、假证件、假护照……在路边小摊买冰茶的时候，她和 Alex 偷听到身后两位 farang 男生的聊天，他们似乎有意留在泰国从事英语教学的工作，正打算购买伪造的文凭和教师资格证书。

真的不会被查出来吗？她难以置信地问 Alex。他说考山路上的造假手艺一般较为低劣，但取决于各所学校对待那些证书的严肃程度，他们的"大计"也不是不可能成功……不过你知道最好笑的是什么吗？

他告诉她，这些 farang 往往一边购买各种伪造证件，一边却在醉酒狂欢中不小心丢失自己宝贵的护照。泰国的护照黑市一向十分猖獗，对于那些想要偷渡或从事犯罪活动的人们来说，它们是通往自由和机遇的门票。记得前段时间的马航 MH370 失踪事件吗？至少有两名乘客冒用他人护照登上了失联航班，而护照真正的主人都表示他们的护照之前在泰国丢失。更夸张的是，有些 farang 甚至会主动卖掉自己的护照，只为了赚上 200 美元，然后报告护照遗失……

苏昂再次感到匪夷所思。她从不相信伪造护照或身份冒用会像电影里那样轻而易举地成功，尤其是在这个大数据的时代里。难道没有那种遗失证件的数据库吗？难道不能在出入境时使用数据库进行比对？但 Alex 摇了摇头，说这种数据库虽然存在，但真正使用它的国家屈指可数……

艾伦兴致盎然地听着，神情之专注令苏昂觉得很受用——她甚至掏出笔记本，匆匆记下一些关键词，说也许这可以成为她下一篇调查报道的主题。

"看来我应该找 Alex 聊聊，"她合上笔记本，"他好像对泰国无所不知嘛。"

"那是因为你没见过鲍勃。"苏昂说。她给她讲了唐人街的那个夜晚，从斑马到 CIA。艾伦沉吟片刻，说她很可能读过鲍勃在《曼谷邮报》上的专栏文章。

说到 CIA，苏昂告诉她，他们还去了 Jim Thompson 的故居——前 CIA 兼泰丝之王有一个对外开放的、堪称泰国传统建筑模板的故居。精致的红色柚木吊脚楼，热带雨林般丰茂的花园。尴尬的是她参观到一半忽然恶心腹痛，不得不立刻冲去洗手间……Alex还开玩笑说，没准是Jim Thompson的鬼魂徘徊在自己的故居，随机地在参观人群中选人附身……

但她可能只是吃了不该吃的东西。这些天他们去鹅姐饭店吃了咖喱蟹和鹅掌面，在Som Tam享用了美味的北部Issan小吃，还尝试了很多奇怪的食物——不只是foy thong（鸭蛋黄和椰子制成的金色酥条）、炸猪皮、鲨鱼肉以及加了腐烂的鱼酱、滋味难以形容的老挝版青木瓜沙拉，还有那些她从来不敢尝试的、位于禁忌另一端的东西。

第一次走近售卖炸昆虫的小摊贩，心情如同人生中第一次去夜店。这类摊档由摩托车装上托盘和支架改装而成，托盘里是大堆被椰子油炸得金黄或通红的各种昆虫，被悬在上空的白炽灯泡照射着，宛如车轮上的自然历史博物馆。蟋蟀、蚱蜢、沙虫、蝎子、蜘蛛、竹虫、蚕蛹……她手臂上的汗毛竖了起来，但恐惧的另一面是躁动的期待。苏昂最后选择的是巨型水甲虫（giant water bug）。摊主用粉色纸巾裹住一条水甲虫，就像拿着一个蛋筒冰激凌，动作近乎优雅地给它淋上酱汁。

这是苏昂平生第一次吃昆虫。其实并无必要，她只不过是想突破自己——比如，挑战使"我"成为今日之"我"的味觉系统。这些日子她感到很不安分，整个生活好像都在打破边界，而自由在另一端向她招手。食物可以轻易改变你看待世界的视角，这一过程甚至不需要动用大脑。咬一口水甲虫，所谓的"奇风异俗"就灰飞烟灭了。她咽下最后一口，Alex半开玩笑地鼓起掌来。

"所以它到底是什么味道？"艾伦忽然问。

"口感有点像果仁吧，"苏昂回忆着，"有一点点甜。"

"那 Alex 呢？"

"什么？"苏昂警觉起来，"什么 Alex？"但就在话刚出口的瞬间，她如梦初醒，记起了自己的另一重"使命"。

"据我所知，"她换上一副郑重其事的口吻，"他没有健康方面的问题。"

打听这类事情多少有些不自然，但她还是设法套出了一些东西，比如他没有家族遗传病，没有不良嗜好，年初刚去了 Bumrungrad 医院体检，甚至还有长跑的爱好。当然，你没法确定他是否百分百诚实，但她实在看不出他有什么必要在这些方面对她说谎。

她告诉艾伦，他们三个原本计划今天一起吃饭，但 Alex 这两天有工作需要处理。他已和她约好两天后再见面，说要带她和艾伦去个有趣的地方。

艾伦若有所思地点了点头，说他的工作看起来相当自由，而且似乎没有财务上的压力……

"怎么？"苏昂故意和她开玩笑，"你是想找捐精者，还是想找一个父亲？"

"我倒是希望他有财务压力，"她叹口气，"你不知道，不缺钱的人往往更没有捐精的动力……"

苏昂不清楚 Alex 的财务状况，但有一件事她可以确定：他身上没有国内那种像空气一样包围着每个人的焦虑感——要买房买车，要出人头地，要掌控一切，要把小孩送上名牌大学……他的确孤独，但也很放松——也许正是孤独令他放松，因为他不需要和任何人比较，也不需要向任何人证明任何事情。

在某种程度上，他的职业身份和他的消极态度之间有种冲突感。有一天，因为苏昂的好奇，又正好有个机会，他带她去了一个楼盘项目的渠道发布会。会场是开发商在 Thong Lor 的售楼处，里面提供各种酒水饮料和精美小吃，大屏幕上的公寓效果图和宣传视频也令人惊艳——位置优越，装修高端，还有空中花园、无边泳池、健身房、桑拿房、图书馆、户外烧烤区……在场的中介和买家们都专注而兴奋，连苏昂都看得跃跃欲试，只有 Alex 自始至终心不在焉，视频刚放完就拉着她悄悄离开。当然，也许他见过太多类似的楼盘了，她记得自己当时想，但他这样如何开拓生意？他真的是个靠谱的中介吗？

"下一秒我忽然觉得很羞愧，"她自嘲地对艾伦说，"我还是在用那套成功学的逻辑来看待所有事情。"

"你很喜欢他，对不对？"

她蓦然抬头，对上艾伦的双眼，读出了它们想要传达的信息。

"别紧张，"艾伦狡黠地一笑，紧抿着嘴，"我没有评判的意思，只是好奇。"

"对，"苏昂用一种活泼但略微有点不真实的欢快语气说，"作为朋友。"

当然，已婚女性当然可以有自己的异性朋友。无论是在伦敦还是在北京，她和平川都有各自偶尔会单独见面约饭的异性朋友。已婚的身份宛如一种保护屏障，和异性相处时她总是放松而笃定，无须考虑自己的性别，也没有暧昧的气氛流动。但她无法解释自己为什么从未和平川说起 Alex，为什么在金山寺接到平川打来的电话时会感到一阵心虚。

我在一座山顶的寺庙看日落，她对电话另一头的平川说，这里很漂亮，能看到远近很多寺庙的尖顶，包括大皇宫。她没告诉他她是和朋友一起来的。而 Alex 正背对她站在前面的台阶上，看着光影变幻中的风景，夕阳的金色余晖落在他的左肩上。远处的寺庙像巨大的石笋一样耸立着——是毛姆还是某个曾来过东方的作家曾经说过，我们应该为世上存在着如此美妙的东西而心存感激。平川有短暂的沉默，也许他至今仍无法理解她来泰国的决定——而且整天在游山玩水，完全不像是求医就诊的人。也许他过得并不好，苏昂想，不快乐的人都讨厌听到别人过得充实或满足。

挂掉电话，Alex 什么也没问，苏昂什么也没说。她又能够说什么呢？弥漫在两人之间的也许不是暧昧，其复杂程度却也不是一般意义上的"友谊"所能形容——他们的"友谊"像一场意外事故，不断地被更新、被延长。

她又仔细回忆了一遍他们相处的细节，确认双方都没有任何不妥的言行。可是，无论她承认与否，他俩结伴出游这一事实本身就带着暧昧的气息，路上遇见的所有人都会很自然地把他们当作一对情侣。而她在某程度上难道不也享受着别人的误会吗？自带光环的 Alex，俊朗不羁得足以胜任广告模特的 Alex，楼盘发布会上令在场女性不时投来一瞥的 Alex，在她的幻觉中，他的光芒偶尔也会辐射到她的身上。在那些漫长的步行中，她的灵魂偶尔会飞到半空，以一种超然的欣赏眼光打量着他们同行的背影，觉得那画面如电影场景般不真实，散发着某种微妙而危险的美感。

　　他们以无言的默契一起走着，她越走越想跟他相处得更久一点。有时候，当她悄悄凝视着他轮廓分明的侧脸，心中的确会泛起某种异样的感受——一半是虚荣心的满足，一半则是久远得几乎陌生的心动。这是不对的，是危险的信号，她本该为此承受良心的谴责，然而Alex身上那种消极的态度，他整个人所散发的无欲无求，又正好巧妙地中和掉了她的负罪感。只要我不动，他就不会动，她这样宽慰自己，而我是绝不可能动的。

　　"我们只是朋友。"她又重复了一遍，更像是说给自己听。

　　"我相信你。"艾伦说——但她的笑容却又在暗示：我一点也不相信。

二十

隐隐作痛的小腹令她翻来覆去地睡不踏实。不到六点她就起床了,然后并不意外地看见了内裤上的血迹。生理期比预料的早了两天开始,但苏昂并没有猝不及防的感觉,她认为自己早就准备好了。

她用在厨房里找到的方便茶包给自己泡了一杯热茶,然后坐在窗前看着沐浴在晨曦之中的运河。它带来平静。在白天,城市的魔法不见了,但它并没有完全消失——或许只是被推迟了。

命运总是知道该如何运作以完成它神秘的目的。就在她终于开始享受自己的"游客"身份时,身体却及时发出信号,提醒她来到泰国的真正目的。角色的扭转令她有些飘忽。她喝着茶,思考着接下来应该采取的行动。

泰国 IVF 自有一整套严密的流程。外国"患者"需要在月经到来的第一天向诊所预约就诊,然后尽快——最好不晚于第二天——飞到泰国与医生见面做检查,并开始每天打排卵针直到取卵。而苏昂已经身在曼谷,离诊所只有四百米的距离。她本想等到上班时间打电话去预约,可是离得那么近,她又觉得不如干脆自己跑一趟。

从今天开始,她对自己说,你就正式站在了一条传送带上,必须时时刻刻毫不犹豫地遵从医生的指示。你的身体不再只属于你自己,它将受到医生和药物的操纵,发生种种绝非自然的变化。让别人来完成使你怀孕的任务,这其实是很私人,甚至具有"侵略性"的事情,她没法不感到一丝紧张。但更多的是欣慰。坦白说,经过这几年反反复复的怀孕、人流、验血、B超、种种检查和无尽等待,她很欣慰自己终于到达了另一个阶段——这么长时间以来,她头一回确切地知道正在以及将要发生些什么。

去诊所的途中发生了一件事——一个有趣的巧合。她在电梯里遇见一位长发高个女子,起初她不以为意,直到她们一前一后一路相随,又不约而同地在诊所门前停下来。苏昂礼貌性地用手抵住玻璃门,让跟在后面的她也一同进来,而对方就在此时朝苏昂微笑:"你也是中国人吧?"

她叫思思,前天刚到曼谷,就住在苏昂楼上。思思有一种自来熟的态度,一张典型的北方女子的脸——额头饱满,脸形略长,五官姣好,但英气多于艳丽。笑起来能看见门牙间的缝隙,这个小小瑕疵却反而赋予她一种可爱的孩子气,让她显得比不笑时年轻许多。她穿一身简单的T恤和毛边牛仔短裤,苏昂在电梯里就注意到了那两条令人羡慕的长腿。

思思昨天已经开始了IVF疗程,可刷卡时出了点小问题,前台让她今早再来一趟。然而此刻前台根本没有时间搭理她和苏昂——一位华人中介正拿着一大摞文件"轰炸"那几个身穿粉色制服的工作人员。

如今苏昂已能从一屋子黑压压的人头中快速分辨出来自中国的患者，以及她们的中介兼翻译——大多是华人面孔的年轻姑娘，手中一沓文件，像只小鸟般轻快地满场飞，还不时与护士和工作人员嬉笑着聊上几句。她们往往一个人要照管几个中国患者，每天从早到晚都待在医院里。真是奇妙又特别的工作啊，若非亲眼所见，苏昂永远也无法想象世上还存在着这种专门"带中国女人来泰国怀孕"的职业。

"那小姑娘是我们中介公司的，但不是带我们那个，"思思拉着苏昂在沙发上坐下，"你看啊，这些小姑娘一天到晚泡在诊所里，也真是够无聊的——一个个这么年轻，自己都没生孩子呢，成天陪别人看医生生孩子。"

苏昂说，这么多中国患者前仆后继地来，估计她们中介费也挣得盆满钵满吧？

思思露出一个"那还用说"的表情。她问她找的是哪家中介，苏昂表示自己是直接找上门来的。

"哇，那你够可以的啊！英语肯定很好吧？"思思羡慕地说，"省不少钱啊！"

思思告诉苏昂，她住的房子也是中介安排的。三室一厅里住了四个中国女人——两人一间，还有一间卧室空着，随时可能有人会补上来，也可供她们的伴侣来取精时小住几日。"条件还可以，跟去年安排我住的那个'皇家空间'差不多。我感觉应该是他们从物业包年，然后包月转给我们的。他们有好多套房子呢！"思思絮絮叨叨地说，"住公寓还是比住酒店好，自己做点吃的也方便……我们这个中介不包三餐，不过你知道吗？我认识一姑娘找的另外一个中介，每天都有人来给她们做饭吃，连打针都有护士上门给打！不过当然也更贵啦……"

"你去年也来过？"

"去年那次没成。移植了，但没怀上。"她露出一个遗憾中透着豁达的笑容，"所以这不是又来了嘛。"

思思属于典型的 IVF 目标人群。她的先生弱精，她自己又患有子宫内膜结核，已经钙化，很难自然受孕，试管婴儿几乎是理所当然的选择。

"如果不是为了选性别，为什么不在国内做呢？"苏昂有些不解，"国内还是更方便吧？又便宜，技术也可以。"

"朋友推荐的，说这边技术好，医疗环境也好，"思思说，"不比不知道，国内的医院啊，人一多就跟看牲口似的。"她摇摇头，停顿一下，"而且泰国物价便宜嘛，总的来说性价比还可以……泰国菜我是吃不惯啦，那些路边摊我也怕吃坏肚子，好在泰国中餐馆多啊！跟你说，咱们住的附近就有一家，有粥有花卷，味道还行，服务员会讲中文。昨天我们四个人吃了差不多 900 泰铢，但连白开水都跟我们算钱——差不多人民币 4 块钱一杯！你说是不是过分了？！"

苏昂还没来得及反应，思思眼尖，看见中介姑娘正要离开，立刻拉着苏昂直奔前台。她俩的事很快都办好了，苏昂约了第二天下午三点见医生。

诊所里的人开始多起来，但还远远比不上苏昂第一次来的那天下午。思思告诉她这是因为手术一般都安排在上午，医生都在楼上做取卵或胚胎移植手术，下午才是检查和问诊时间。

在一大堆中青年女性当中，一个七八岁的小女孩显得相当突兀，而旁边是同样突兀的一位老太太。"妈妈怎么还不回来啊？"小女孩哭丧着脸，尾音拖得老长。

"你妈妈在看医生，"老太太眉开眼笑地揉搓着她的头发，"医生正在把弟弟放在你妈妈肚子里哦。"

苏昂心中万马奔腾。她和思思对视一下，思思翻了个巨大的白眼。

"跟我同屋的大姐前几天刚做的移植，紧张得不行。"思思说，"已经是第三次了，前两次都没成——连可以移植的胚胎都没有。"

"没成"两个字突然从天而降，像一颗子弹呼啸着穿过苏昂的大脑。并不是所有的IVF都会成功——她似乎一直在刻意屏蔽这一事实。自从决定来曼谷，她始终抱着必胜的信念，从未为可能的失败做过心理建设。

不同年龄段的成功率也不尽相同。SMB诊所对外宣称的平均成功率是40%，然而所有身在其中的人都明白这个数字毫无意义——对于每一个个体而言，你要么成功，要么失败，中间没有任何余地。

"你是第一次做试管？"思思问，"你肯定不到35吧？"

苏昂点点头。"但是我的情况有点特殊……"她简单地将自己的问题解释了一遍。

思思一点也不惊讶。"都一样，"她叹息一声，"家家有本难念的经，做试管真心伤不起。"

苏昂也跟着叹了口气，却同时对自己感到了一丝讶异。来泰国以前，她很难开口对人讲述发生在她身上的事，总觉得自己下一秒就要失控，有强烈的挫败感。自从来到泰国，她不得不一次次重复讲述这件事——向医生，向护士，向顾问，向艾伦，向思思……这仍然不容易，但每一次讲述后，她似乎都恢复得更快。

思思热情地拉她一起去诊所附近的 Central 百货逛逛。刚开门的百货公司里冷冷清清，思思一副轻车熟路的样子，领着苏昂直奔三层的运动服饰区。据她说上次来泰国做试管，把曼谷的各大商场全都逛了个遍。一路上苏昂都在听她滔滔不绝地传授购物心得：四面佛旁边的小商场全是奢侈品店，价格还可以，但款式少；Central World 傻大傻大的，其实没啥好牌子；Siam Paragon 里面有很多本地设计师品牌，但基本欣赏不来；Siam Discovery 走设计路线，年轻人估计喜欢；这个 Central 呢，大牌也不算多，好在近啊，而且游客少，来的都是本地贵妇——那架势！喔！……噢对了，一楼化妆品柜台旁边的超市也很好逛……

"有些牌子在泰国买还是很划算的，"思思拿起一双匡威的帆布鞋查看尺码，"昨天我就屯了两双。两双才 2400 铢，便宜吧？还可以退税！我跟你说，你要是喜欢帆布鞋啊洞洞鞋啊夹脚拖什么的，泰国还真是有好多选择……"

苏昂说，她以前也不知道曼谷那么好逛，连 Chatuchak 里都能淘到好东西。

"Chatuchak？"思思瞪大眼睛，"哎哟那个 Chatuchak 也太破了吧？除了吃东西，完全没得消费嘛！你都淘到什么好东西啦？"

苏昂只是微笑着。思思整个人——包括她说"破"字时的发音——都令她想起自己的一个老同学。她俩的性格品位都很不一样，却一直保持了这么多年的友谊。她们互相调侃也彼此宽容，努力理解着对方的世界。她喜欢她爽朗直率的性格——当然，有时候，直率和嘴贱只有一线之隔。这条分界线如此重要，她目前还无从分辨思思究竟在分界线的哪一端。

思思买了一双 Native 的白色塑料洞洞鞋，又在一楼的 Vivienne Westwood 买了一条项链，收获颇丰。"你知道我最喜欢泰国的什么？"她拿起一个三宅一生的包包揽镜自照，一边自问自答，"服务态度真心好啊！给小费也心甘情愿的。不管在哪儿买东西都很舒服，不会拼命给你推销，大牌店的导购也不会给你脸色看。你也知道的，国内那些导购一个个都是人精，势利得要命！"

"难怪你会再来泰国，"苏昂调侃她，"医疗购物两不误啊。"

思思夸张地叹了口气，"还不是苦中作乐呗。逛逛街买买东西，省得成天瞎想。"

她告诉苏昂，昨天见医生做阴道 B 超，基础卵泡右边有四五个，左边找了好久，居然看不清卵巢。医生也没多说什么，只是照常给她开了三天的促排卵针。

苏昂问她打那个针疼不疼。

"打在肚子上，疼倒不是很疼。"思思忽然冷笑一声，"但我打算每次打针都拍照发给我老公看——哼，我在这儿受苦，他倒好，什么也不用干。"

"那，取卵的时候疼不疼？"

"放心吧，都是全麻，你根本不会有感觉。"思思说，"醒来的时候已经完事儿了。"

苏昂说不清自己究竟是高兴还是不高兴。她已经历过三次全麻，却还得要再经历一次。

她俩像逛公园一般逛着一楼的超市，有一搭没一搭地聊着IVF的事情，就像后辈在向前辈取经。真奇怪啊，苏昂想，没做IVF之前，你会觉得那是一项多么巨大、复杂、精密的工程，需要动用全部的时间和精力来应付，可身在其中时却尽是琐碎的小事和漫长的等待。比如取卵前的那十几天，除了每隔几天见一次医生，她们每天的任务不过是在固定的时间段打一次针而已。从取卵到移植胚胎之间的几天同样是无所事事的等待。移植之后更是漫长忐忑的等待，等待"开奖"的时刻，确知自己的泰国之行是值回票价还是颗粒无收……

当然，这其中当然包含了复杂而精密的操作和技术，但它们全都掌控在医生手中。整件事中最令人无奈的部分，就在于你投资了大量的时间和金钱，却无法预知结果，也无法做点什么去争取更好的结果。这是一份再怎么努力也无济于事的工作——你甚至不知该如何努力！很大程度上，你还是在听天由命。

苏昂运用想象力扫描着深藏在自己体内那些极为精微的东西：心脏、神经、子宫、卵子……它们完全属于她，只属于她一个人，但她却无法看见，不可触摸，难以掌控。这真是太荒谬了；而比这更荒谬的，是你以前根本没意识到这究竟有多荒谬。

思思看了她一眼，说其实也不是没有努力的方法——但有没有用就是另一回事了。

"怎么个努力法？"

"拜佛啊！"思思说，"你没拜过四面佛？"

在清迈时，艾伦和她提起过四面佛，苏昂忽然想起来了，艾伦有时会去向四面佛祈祷。那是 Grand Hyatt 酒店门前一个香火鼎盛的守护神坛，神坛上四张面孔的梵天便是传说中有"世界最灵验佛像"之称的曼谷四面佛。不知为什么——也许是在清迈看了太多的寺庙和佛像——回到曼谷以后，苏昂竟然从未想过要去朝拜四面佛。

你向四面佛祈祷什么呢？苏昂记得自己曾问过艾伦，是赶快找到靠谱的捐精者？还是更具体的——比如，今年之内成功怀孕……

艾伦笑了。恰恰相反，她说，都是些特别不具体的东西——比如说，她希望自己能够有很多很多的耐心来等待合适的机缘，很多很多的勇气去接受也许一无所获的等待。如果最终也无法得到她想要的，她希望自己仍有足够的智慧去感激她已然拥有的一切。

天哪，苏昂当时就感叹道，你简直是圣人。但艾伦苦笑着向她承认：正是因为做不到，才会想要向四面佛祈祷。

她看着身旁正在仔细挑选山竹的思思，问她四面佛真否真如传说中那般灵验。

"听说是的，反正我们中介说一定要去拜拜，"思思迟疑了一下，"其实也就是求个心安呗……也不是拜过就一定会保佑你，要不然人人都心想事成咯——你说对不对？"

她们拎着装满食品的购物袋走出商场，看上去就像两个再平凡不过的本地主妇。除了一般的肉蛋果蔬之外，思思还惊喜地买到了面粉、孜然、辣椒面，一副要在异国土地上大展中国厨艺的架势。在她的感染下，苏昂也破天荒地买了菜，打算回家煮个简单的番茄牛肉米粉——梅给她的厨具终于可以派上用场了。

太阳很大，云彩像被蒸发了似的，走到一半她已经汗出如雨。

苏昂开始烦躁,她一直都没法喜欢上买菜做饭这件事——复杂琐碎,费时耗力,还有种黏糊糊的不清爽感。与艾伦或 Alex 在一起时她总是比较快乐,也许是因为她喜欢在陌生的世界里做一个局外人,既缥缈又疏离,寻找着异国风情那不可测知的魅力。曼谷的大街上挤满了无所事事的闲人、游客、妓女、罪犯,甚至包括落魄的前 CIA……在这里做游客是件令人安心的事,你的百无聊赖或放纵堕落都显得那么合情合理。然而,当她汗流浃背地拎着超市购物袋慢慢走回家时,幻觉如肥皂泡倏忽破灭。她终于意识到这里的人们也有他们的生活,而他们的生活与她在家时的生活其实并无二致——买菜做饭、赶地铁、付账单、看牙医、剪头发,无聊而专注地过着自己的日子。这种相似仿佛是种无声的谴责,令她感到自己背弃了家庭与责任。于是她开始有点明白,为什么有些人度假时更愿意奔向荒野——丢掉名字,摆脱过去,让日常生活显不出丝毫意义。

二十一

当天晚上思思就来敲门了，一边敲一边喊她的名字。苏昂带着九分错愕和一分不爽走去开门，后悔自己没给对方关于人际交往中"距离感"的足够暗示——大家都是成年人了，怎能指望像童年时那样迅速地成为朋友？

"帮个忙，去我们屋一趟。"门一开思思就急不可耐地说。她穿着松松垮垮的大T恤和夹脚拖，戴一副黑框眼镜，披在肩上的头发还湿漉漉的，"你英语好，我们跟他说不清。"

"怎么了？"苏昂一头雾水，"跟谁说不清？"

"好像是物业的人吧，一个劲儿地'警察''警察'的，吓死人了，听又听不明白……"

苏昂不大情愿却又无可奈何地换上鞋子，跟她一起坐电梯到了21楼。门口站着一个黝黑敦实的泰国男人，门里是两张惊惶又困惑的中国女人的脸。隔得老远她已经闻到了一股呛人的气味。

泰国男人的确是这幢公寓的物业管理人员。他的英语不算流利，但足以表达来意：楼下的邻居向他们投诉，说21楼有人聚众吸食大麻，要求他们叫警察来处理。

大麻？苏昂用鼻子努力分辨着空气中的异味。在英国待了那么多年，她当然知道大麻的气味——但这显然不是大麻。

她把物业的话翻译给思思听。思思的反应很奇怪，只见她眉头一松，肩膀一垮，忽然就蹲在地上狂笑起来。

"哎哟！大麻！哎哟这帮泰国人！"她笑得几乎直不起腰来，好半天才憋出石破天惊的一句——

"那是艾灸啦！"

苏昂恍然大悟，一瞬间觉得自己正置身于一部黑色喜剧片。她一边忍笑一边思考要怎么用简单的英文向物业解释"艾灸"这个概念。"是一种草药，中医的草药，用来做治疗，"她搜肠刮肚地说，"点燃以后呢，就会有这种气味……"

那个泰国男人的脸上轮番闪过无数种表情。"也是一种麻醉药？"他看起来还是有点怀疑，"跟大麻差不多？"

"不不！这个是用来，嗯，保健养生的，有点像是那个……药物推拿之类的吧。"苏昂不确定这个类比是否合适，她本想说"针灸"，但估计对方也不会明白。"你再仔细闻闻，"她板起面孔，做斩钉截铁状，"这根本不是大麻的气味嘛！"

思思兀自在一旁笑个不停。"哎呀，咱这中医的玩意儿要怎么向外国人解释呢……"

物业男的表情终于定格在"迷茫"。他迷茫的目光轮番扫过她们每一个人，最后不情愿地开了口："好吧，但是请你们以后不要再烧这种东西了。味道那么重，就算不是大麻邻居也会投诉的。"

她们都忙不迭地点头。

送走了物业男,思思把她拉进门,坚持让她吃点水果再走。多亏了你,她不断拍着苏昂的肩,还是忍不住地哧哧发笑。

"你们搞这个是为了……怀孕?"苏昂记得丁子跟她说过,中医认为艾灸有助于提高怀孕的概率。

"还不是被她俩撺掇的。"思思朝另外两个女人努努嘴。

"听说真的有用嘛……"穿着成套粉色格子睡衣裤的女子朝她们露出一个温和的、怯生生的微笑,这微笑刚才在物业男那里一无所获。她有一张轮廓柔和的小圆脸,脸上散布着许多小小的痣,就像被霰弹枪打过似的。皮肤白而细腻,长发整齐地梳成一个低马尾。个子矮小但身材很圆润。浓重的南方口音。

"跟拜四面佛一样,"思思向苏昂眨眨眼,"求个心安呗。"

她给苏昂端来一盘剥好的山竹,那蒜瓣一般的洁白果肉微微颤动着,宛如某种精美的艺术品。苏昂打量着她们的公寓:整洁小巧的三室一厅,白色家具,酒店风格,和楼下她自己的居所如出一辙。电视打开着,里面正放着中文台。餐桌上有打开的火锅蘸料。她暗自揣测着这里住过多少个满怀希望异国求子的中国女人,其中又有几人能够幸运地梦想成真。

小圆脸名叫陈倩,33岁,福建人。她已经有一个7岁的女儿,来泰国是为了生个儿子。她比思思早两天进入周期。来泰国做试管的女人们相互间有一套自成体系的交际模式,比如初次见面就要吐露自己最深的隐私——这在她们平日生活的那个世界里是不可想象的。从确认彼此身份的那一刻起,她们之间就有了种不大自然的友谊,就像被临时分到同一个战壕的"战友",又或者是"戒酒会"一般的互助小组。

苏昂发现自己很难鼓起勇气直视她的另一位战友——思思口中的"余姐",那个已经第三次来做试管的同屋。那个女人身上有种令人不安的东西。她并不严肃或冷漠,正相反,自始至终,她一直在说话。余姐看上去有四十多岁,她的打扮——bobo 头和少女风格的连衣裙——让她显得比较年轻,也许年轻两个小时吧。短脖子和宽肩膀令她看上去有种肉感,但细看其实并不算胖。她的面孔中有种自相矛盾的东西——小巧的嘴唇与饱满的脸庞不大相称,画着浓黑眼线的眼睛总是流露出受到惊吓的神情。

她持续不断地说着话。她跟思思、陈倩,甚至跟苏昂说着话,但感觉上她更像是在对空气发言。她谈论着艾灸的妙用,中医的好处,叹息着邻居和物业坏了她的"大事",又转而庆幸至少还有艾叶可以用来泡脚。她谈论着医生的态度,她接受胚胎移植的整个过程,移植后的每一天又有怎样的感受。她说不习惯泰国的天气,开空调容易感冒,不开又很快就胸闷出汗。她说移植后永远睡不好觉,很难入睡又总是频繁醒来,平躺的时候腰痛,侧躺又怕压到肚子……她一刻不停地说啊说啊,几乎没注意到小钟——陈倩的同屋、她们的另一位战友——刚从浴室洗完澡出来,穿着条上面有个黄色卡通笑脸的 T 恤睡裙,正用毛巾擦着她的一头长发。小钟洗了个很长的澡,错过了整出大麻荒诞剧。

小钟高挑苗条,有一张年轻得什么都没写上去的脸,但整个人冷冷的,听说了艾灸事件后也只是牵了牵嘴角。"说实话,我也受不了那个味道。"她小心翼翼地用梳子梳理着长发,就像在呵护一个脆弱的小动物。她的五官分开看都很标致，但组合在一起不知怎的有点不协调，也许是因为额头和山根都有人工填充过的痕迹，看上去像个修补过的洋娃娃。

"……腰痛了一天，肯定是今天走了太多路……"余姐把自己的一切感受都像呕血一样倾吐出来，仿佛它们都无与伦比地重要，"刚刚看还有点出血，但也不是很红……"只有陈倩敷衍地咕哝了句什么，其他人甚至都没有假装在倾听。小钟已经转身回了房间，思思低头玩着手机。苏昂也感到精神十分疲劳，但出于礼貌和好奇，她仍在有一搭没一搭地听着。

忽然之间，余姐注意到了她这个唯一的听众。她挪了一下，坐得跟她更近了一些，仿佛想和她说点知心话似的。

"是你的问题还是你老公的问题？"她问。

"不知道，"苏昂佯装镇定地坐着，但她觉得很不自在，"医生查不出来。"

余姐凑得更近了一点，把一只手放在她的膝盖上。她用一种充满疑虑又带点幸灾乐祸的语气继续问道："那你老公生不生你的气？"

她的问题，以及她提问时的眼神，都令苏昂觉得很不舒服。这个问题的某些方面触动了她，甚至激起了她的愤怒。她下意识地迅速摇了摇头，冲着思思那个更安全的方向说，不管是谁的问题，她都不觉得任何人有资格生任何人的气。但在内心深处，她知道就问题的字面意义来说，答案是肯定的：平川的确生她的气，尽管不是出于余姐所认为的原因。

临走的时候，思思邀请她第二天过来一起吃早饭。"明天吃包子，我来做。"她一直把苏昂送到电梯门口。

苏昂犹豫一下，还是忍不住问了："余姐……她一直都是那样的吗？"

"是，"思思迟疑一下，"其实……也是个可怜人。"

她告诉苏昂，余姐年纪大了，卵子不好，老公又严重弱精，国内做了好几次试管都以失败告终。后来来泰国做，用的是捐卵，但前两次也都没成。

"难怪……"苏昂不禁恻然，"那她压力一定很大。"

"换了谁也受不了，"思思重重地叹了口气，"不管成不成，反正她说这是最后一次了。"

二十二

给她开门的是陈倩。小钟才刚刚起床,余姐却已经化好了全套妆——很难想象她的生活中可以不画眼线超过十分钟。在浓黑眼线和亮片眼影的衬托下,她的眼睛越发显得好像着了魔一般,简直带着点刻意而为的幽默感。

思思在小小的开放式厨房里忙碌着,第一批包子刚刚出炉。她举起手,给苏昂看她沾满了面粉的手指头,然后用手腕背面把一绺头发捋到耳后。"为了吃个包子我容易吗!"她的声音里充满自豪,"面粉是在 Central 买的,酵母粉是从家里带的,擀面杖是辣椒酱瓶子,最后用电饭锅蒸出来!"

这是苏昂来泰国以后的第一顿中式早餐。除了皮薄馅大的西葫芦猪肉馅包子,还有红薯、鸡蛋、咸菜和红豆稀饭,五个人吃得心满意足,连余姐和小钟都赞不绝口。于是,当思思提议大家饭后一起去拜四面佛时,谁也不好意思拒绝一个刚刚让她们大饱口福的人。

走去轻轨站的路上,她无法不留意到她们五个女人的队伍是多么显眼。最显眼的是余姐,她走得很慢,而且几乎是全程捧着肚子走路，就像正在押送一件名贵的瓷器。余姐在连衣裙外面穿了一件粉色的防晒衣，戴着宽檐太阳帽，还打着遮阳伞。她仍像昨晚那样喋喋不休地自说自话，说自己对阳光过敏，会晒出水疱和红疹，高温还容易引发她的偏头痛……

她们五个人的气质也截然不同，看上去就像一个东拼西凑的小旅行团。只不过她们谈论的话题丝毫没有旅行的轻松——她们正交流着在国内看医生的痛苦，再次说服自己来泰国是明智之举。

"排队也就算了嘛，好不容易排到了，医生只给你一两分钟就急着打发你出去。"陈倩说。

"这还不算什么，"思思呻吟，"最受不了的是医生办公室里总是挤了那么多人，你一说话，所有的人都在旁边听你的病例！"

小钟说她有一次去做阴道镜检查，医生什么也不说就突然一下子捅了进去。"那玩意儿其实是塑料的，"她说，"但我还以为她插了把刀进去！"

思思承认自己一直都很害怕做阴道B超。第一次做的时候，她问医生会不会痛，得到的却是嘲讽般的反问：你都结婚了还怕这个？——就好像B超探头和男性的阴茎是同一种东西。

每个人都深有同感地点头。尊严，苏昂想，尊严的剥夺是致命一击。她回忆起自己在国内公立医院的经历，每次做B超都是一场精神折磨——脱掉裤子，分开双腿，没有遮挡，卑微地被医生呼来喝去："再躺上来点儿！腿分开啊！哎你机灵点儿啊，动作快点儿，后面那么多人等着呢！"而当她得知听不到胎心，胎儿很可能已经停止了生长的时候，也根本无法奢望能得到丝毫安慰。正相反，医生会冷漠地催促她离开，而下一位就诊者已经推门进来。她一边狼狈地用纸巾清理着自己，手忙脚乱地提上裤子，一边还要在五雷轰顶的绝望中拼命忍住眼泪……

后来她改去私立医院。服务态度的确有天壤之别，但收费之高也常常令她感到另一种五雷轰顶。

"那是你们太娇气了，"陈倩说，"等你们进过产房，才知道什么是没有尊严。从此以后就是一块烂肉了，还有什么尊严。"

大家都讪笑起来。她们之中只有陈倩有孩子，听她讲生产的事，就好像在听传奇故事。

"那时候在国内，我跟医生说我想做这个，"小钟忽然开口，"他觉得我脑子有病。你知道吗？满屋子的人都跟着教训我，就好像我想做什么见不得人的事似的。"

苏昂不解："做试管有什么好教训的？"

列车就在此时呼啸着进站了。一片轰鸣中，小钟大声在她耳边说："不是试管，是冻卵啦！"

苏昂愣在原地。思思从后面轻轻推她一把，进到车厢里才笑道："小钟可前卫了，年纪轻轻就想得特别长远。"

"你这么年轻，"苏昂犹自疑惑着，"其实不用着急……"据她所知，尝试冻卵技术的大多是想要保住生育能力的未婚大龄女性，年龄一般在 30 岁以上。当然，年纪太大了也不行，35 岁以后卵巢储备功能就已明显减退，那时再进行冷冻也就没多大意义了。但小钟还不到 30 岁。

"其实我不想生孩子，估计将来也不想。"小钟又露出她那冷冷的、让人捉摸不透的微笑，就像 skytrain 车厢里的一阵凉风，"不过谁知道呢？万一我40岁的时候又后悔了呢？"她自嘲般翻了个白眼，"冻卵是后悔药啊！反正都要冻，还不如趁早——越年轻越健康不是吗？刚好我现在攒了点假期。"

"国内做不了吧？"

"反正不给有正常生育能力的人做，"她又翻了个白眼，"更不用说未婚女性了。"

"小钟有男朋友，"思思忽然插嘴，"天天打电话来，两人感情可好了！我们都劝她不如直接冻胚胎得了，成功率比冻卵高。"

"没信心啊。"小钟懒懒地说。

"对什么没信心？"

"感情啊！"小钟看她一眼，"人性啊！"

陈倩凑过来说："你不是说你们有结婚的打算吗？"

"结了也可以离啊！"小钟的语气有点不耐烦，"那不就白冻胚胎了吗？而且我40岁以前应该都不会生小孩。"

小钟在一家知名时尚杂志社工作，给主编做助理。冻卵的想法并非心血来潮，而是受到她顶头上司的启发——主编结过两次婚都离了，等到想要孩子的时候已经过了40岁。她最庆幸的是自己三十出头就去美国冷冻了卵子，终于在去年成功怀孕并诞下一对健康漂亮的混血龙凤胎。关于孩子的生父有很多传言，有人说是她的外国好友，也有人说是捐精者。而主编从不解释。以她的年龄、履历和社会地位，她早已强大到无须在意他人的看法，也无须向任何人解释自己的私事。

"啧啧，"陈倩得出结论，"你们时尚圈好前卫哦。"

小钟正在用手机屏幕检查妆容，听见这话，屈尊纡贵般笑了笑。

"现在男女都要拼事业，冻卵的人会越来越多的，"她朝手机侧过脸，扬起尖尖的下巴，"人家苹果和脸书都要给女员工报销冻卵费用了。"

苏昂能看出她在她们面前的优越感。作为更年轻、更"独立自主"的女性，小钟显然觉得自己比她们这些被生育牢牢捆绑的"老女人"更为先进，更能掌控自己的命运。苏昂本人也一向觉得冻卵是件很酷的事，充满了女性主义色彩——直到她在艾伦那里接受了女性主义的另一重教育：如果在大公司的推动下，冻卵"福利"被大范围应用，最终可能导致的结果是雇主都期望女性员工通过冻卵来推迟生育，以便最大限度地"榨取"她们的时间精力，而那些原本希望在最佳育龄期生育的年轻女性迫于同辈压力，不得不推迟生育、选择冻卵。而作为有一定经济实力的精英女性才能享有的"特权"，冻卵也会造成新的不平等，进一步拉大女性群体内部的阶级差异……

也许冻卵技术被发明出来是为了造福女性，但在一个父权社会里，它的本质是延迟生育，是女性别无选择的"选择"，更像个权宜之计。

当然，这并不代表她不认同小钟的决定——在所有的坏选项里，她选了相对好的那一个。

"你男朋友没意见啊？"陈倩问，"不冻胚胎，只冻卵子？"

小钟扑哧笑了："他那个傻子——他哪懂这些！他还以为只能冻卵呢。"

"那他想不想要小孩？"

"他倒是想要。所以听说有后悔药可高兴了，还觉得我特英明神武呢，屁颠屁颠买张机票送我来了——"她放下手机，吐了吐舌头，"其实跟他一点关系没有！"

大家都笑了起来。只有一直没参与她们对话的余姐怔怔地看着小钟，神情既迷惑又恐惧，就像在眺望传说中危险而诱人的远方。

如此年轻，如此清醒，如此果断，如此悲观。苏昂盯着车厢的玻璃窗，那里映照出小钟轮廓分明又不动声色的脸。她一点也不怀疑小钟爱她的男朋友，她说起他时语气中带着一种温柔的、亲昵的贬损。就算是爱他对她的仰慕，她总归用她特意为爱情保留的那一面爱着他；但她显然有很多面，而且每一面都分得清清楚楚。

泰国人也有很多面。一方面，他们温和包容，对信仰无比虔诚——走在 Grand Hyatt 酒店附近的人行天桥上，当地人经过时总会暂停一下，朝着酒店内神坛的方向双手合十，低头膜拜，才继续匆匆赶路；而另一方面，当一个患有精神病的男子在 2006 年毁坏了四面佛塑像，短短几分钟内他就被周围的信众当场殴打致死。

这件事是艾伦告诉她的。惨剧发生后，一位僧人在《曼谷邮报》上发表文章，说死者得到了他的业报。这篇文章收到了很多来自西方读者的愤怒反馈。有些迷信的人们则将佛像的损坏视为灾难的预兆，而当军队一个月后发动政变推翻了他信政府时，他们认为自己的预测被证实了。

眼前的四面佛比苏昂想象中小得多——小到几乎看不清梵天的四张面孔，却是一场充满色彩、声音和气味的"盛宴"，是对"香火鼎盛"这个词的最佳注解。不计其数的万寿菊堆积在神坛前，那鲜艳的橙黄色与莲花和茉莉形成鲜明的对比。一排排香烛在日光下热情地滴洒蜡油，佛像在金色火苗与漫天烟雾中若隐若现。成群结队的善男信女在佛前虔诚跪拜，闭目祈祷，口中念念有词。

她跟着思思她们买了一套花串香烛，先在佛像正面点一支蜡烛，然后按顺时针方向逐面跪拜。每拜一面，都挂一串鲜花，插上三炷香。思思告诉她，许愿时要把自己的姓名、来处、所求之事和还愿方式都说得清清楚楚，而且要让四面佛的每一面都听到相同的话。

苏昂留意到在她们之中，余姐是最虔诚的一个。跪拜时她总是踢掉鞋子，几乎五体投地，以一种超乎寻常的专注祈祷着，嘴唇在阴影中嚅动。小钟则是最敷衍的一个，全程墨镜遮面，所有的动作都如蜻蜓点水——跪拜时她的膝盖甚至都不会碰到地面，而且每拜完一面就忙不迭地起来拍打身上的香灰。苏昂看着小钟俏皮的丸子头和露肩连衣裙，明白自己在内心深处其实很羡慕她——没有压力，来日方长，也不曾尝过挫败的滋味。思思说她成天在外面逛街旅游，很少和她们几个待在一起。在实用的目的之外，她的泰国之行或许更像是某种前卫的宣言。

丝竹之声是永恒的背景音，像一根细线在空气中浮动摇曳。四面佛旁边的空地上，几位身着泰国古代民族服装的女子不断地跟随传统音乐翩翩起舞。相传四面佛喜欢观看舞蹈，前来还愿的人往往聘请这些舞者以舞娱神，感谢神明帮助自己达成愿望。

苏昂出神地看着舞者们轻缓优美的舞姿，以及背对她们跪在前方双手合十的还愿者。她们的舞蹈不是给凡人看的，而是献给高踞在黄金宝座上的、主宰着凡人命运的梵天大神。

"你打算怎么还愿啊？"余姐不知何时踱到了她的身边。

"嗯？"

"你没跟四面佛说啊？如果愿望达成就怎样怎样？"

"哦那个，"苏昂反应过来，"就是一般的呗——请人跳舞，还有香火钱。"

"太普通了，"余姐不屑地摇头，"四面佛可能懒得理你。"

"难道要越特别越好？"

"肯定啊！"她的语气斩钉截铁，"泰国人都这么说。"

"比如呢？"

余姐靠得更近了一点，神秘兮兮地把嘴凑到苏昂的耳边，好像有什么重大的信息要告诉她。

"我们中介讲过哦，以前有个女孩子许愿，说如果买彩票中了头彩就来跳裸舞还愿。后来她真的中了奖，也真的来跳了裸舞——一大清早，趁没几个人的时候，"她的瞳孔因兴奋而放大，"真人真事哦，报纸都有报道。"

哇哦！苏昂惊叹，如此极端的还愿方式，估计也没几个人可以做到……

余姐没有说话，看上去像是在认真思考这件事的可行性。天气太热，眼线和睫毛膏把眼睑晕染得炭黑斑驳，更为她整个人平添了几分戏剧性。

"那你刚才许诺了什么？"苏昂开玩笑地说，"不会也是跳裸舞吧？"

余姐以一种苏昂从未见过的方式笑着走开了，那笑容之诡异甚至打消了她的好奇。

在佛前跳裸舞，苏昂总觉得哪里怪怪的。和神社外面那些卖彩票和卖麻雀的小贩一样，都与她印象中智慧清明的佛教不尽相同。买彩票的人都抱着不劳而获的赌博心态，这难道不会激发强烈的"贪、嗔、痴"念吗？花一笔小钱，令被人为剥夺自由的鸟儿重返自由，这难道不是披着"慈善"外衣的残忍吗？而且，她能想象，要放生麻雀积累功德，某个可怜的家伙得先费老大劲儿捉来那些鸟儿——所以捉麻雀的人的灵魂会被打上一个黑色烙印吗？就为了那些有钱人能够得到所谓的"功德"？这真是一种疯狂的功德。

忽而下一秒她忽然意识到，其实梵天并非佛教神祇，他来自印度，只不过在泰国和其他一些东南亚国家被视为佛教的护法神——佛教的底层包含着许多印度教信仰和万物有灵论。印度教的神祇往往有着和人类一样不完美的性格和命运，也许这能够解释一些事情——比如，为什么四面佛会宽容人类的弱点，而自身的喜恶也历历分明。

思思和陈倩走过来，问她为什么一个人站在大太阳下发呆。

苏昂说出自己的疑惑。思思摇摇头说，她不懂佛教，但她一直觉得泰国人的信仰有种自相矛盾之处。就拿曼谷的出租车司机来说吧，一看到她们这些外国人就不打表，可车里又挂着一堆护身符——"这么坑人，哪个佛会保佑你呀？"

"但你要承认啊，"陈倩说，"泰国司机还是蛮文明的，看到我们要过马路，人家大老远就会减速停车。"

思思说她认为这正是泰国人的另一个矛盾之处：他们看起来斯斯文文、慢条斯理的，开车不按喇叭，还会礼让行人——甚至礼让路上的野狗；可与此同时，他们个个也都是令人心悸的飞车选手，限速50的路就敢开100，开车并线不打灯，没有超车条件也要硬超……

更别提那些摩托党了，跟开火箭没有区别，好像不要命一样……

因为生命是幻觉，苏昂故作幽默地说，以佛教徒的观点来看。

她们两个齐刷刷地看着她，像是想分辨她到底是不是在开玩笑。过了几秒，思思忽然出神地笑了一下，带着点苦涩。

有时我也有这种感觉，她承认，在医院里，或者走在马路上的时候，突然间不知道自己在哪里，在做什么，不知道自己做这些事情到底有什么意义。就像现在，站在这里跟你们说着话，突然就有种奇怪的感觉，就好像是很多年后又来到这个地方一样……

陈倩却已被别的什么吸引了注意力。她努了努嘴，示意她们看不远处一位身材婀娜的"美女"。

"我觉得啊，泰国人就是幻觉——"她笑着，用手掩住嘴，"最漂亮的女孩子有一半都是人妖！"

苏昂也和她们一起笑了。

"试管旅行团"离开四面佛，走上人行天桥——更确切地说，是连接在轻轨、商场、酒店、写字楼之间的、迷宫一般的空中廊道，下面跑着汽车、巴士、摩托车。这一系统的逻辑无懈可击：要想避开交通堵塞，就必须凌驾其上。于是拥挤而危险的底层被留给了疲于奔命的人们，其他人则生活在悬浮于城市之上的另一座城市。站在天桥上俯瞰四面佛的神坛，分享着彼此间波涛暗涌的沉默，苏昂无法不感到这也是她们的正在进行时：悬浮。无论是与这座城市浮于表面的联结，还是思思所描述的那种茫然与空幻——所有的"现在"都是为了模糊不定的"明天会更好"，而"现在"本身失去了意义，悬而未决，好似空中楼阁。

她们学着当地人的样子合十膜拜。距离和高度将方才看见的景物变成幻影，四面佛神秘地漂浮在袅袅烟雾和万寿菊的海洋里，带着隐约的光芒和香气，既不属于尘世，也不属于空中之城。隔了这么远，她们还能听见那些虔诚的、满怀期盼的吟唱。

二十三

针头扎进肘静脉，血经过一根细长的导管流入试管中。黏稠的、深红色的血。苏昂不喜欢看见血，她扭过头去看墙上树枝暗纹的壁纸和粉色圆点的布帘。可是时间长得出乎意料，她疑惑地转回来，发现自己的血已经充满了整整六个试管。"最后一管了。"护士温柔地说。

这些血液将被送去化验，以确保她的身体没有任何会对IVF进程造成阻碍的问题。除了抽血，她还需要填写详细的资料表格，测量身高、体重和血压，跟顾问再一次交代自己的情况，然后是更为漫长的等待。Songchai医生扮演着"送子观音"的角色，他几乎和四面佛一样忙。满屋子的女人都在等待着被他拯救。

渐渐地，苏昂发现了中介的真正作用。因为她们在这里待的时间够长，与护士们的交情够深，她们所负责的患者总是得以"插队"，能够早一点见到医生。但苏昂并不在乎，因为她拥有世界上所有的时间。

她忽然想起来，做了这么多检查，却还没有被要求交钱——和国内太不一样了，泰国社会似乎没有严重的信任危机。

坐在她对面的女人正在跟同伴聊天:"……为了这个儿子多不容易啊!"

同伴讪笑:"你应该说,为了两个儿子。"

"疼死了!真的疼死了!"女人恶狠狠地说,"×他大爷的,连句安慰的话也不会说!"

疼?苏昂有点紧张。打针还是取卵?思思不是说不会痛吗?

"你知道他跟我说什么吗?"女人继续发着牢骚,"他说那我安慰两句有什么用,你会少疼一点吗?"她的怒火忽然喷涌而出,"×他大爷的,去死吧!"

她声音很大,周围人的目光齐刷刷地扫过来。

同伴在一旁赔着小心:"其实他应该说:不要太在意结果,就当是来泰国旅游一趟……"

女人长叹一声。"是啊,"她的怒气忽然像轮胎一样瘪了下去,"那就是最好的安慰了……"

然后她们突然停止了交谈。事实上,所有的交谈都瞬间停止了,就像有人同时捂住了她们的嘴。大厅里的所有人都眼睁睁地看着那个小小的奇迹——他可能才刚出生几天,或者半个月,肯定不到一个月。小得不可思议,几乎不像个人类,此刻正被裹在一条米色的小毯子里,被那个满脸笑意的丰满女子抱在怀里。那个梦想成真的女人。那个幸运的女人。她目不斜视地穿过她们,走向医生的办公室,就像一个活生生的广告在她们的面前上演。

苏昂能感觉到,所有人的精神都被这个小小的生命搅动了。没有人说话,但她们的目光泄露了一切。诊所里的空气陡然一变,仿佛充满了某种电击似的能量。

这场面似曾相识。过了很久她才想起来，那是科幻电影《人类之子》中的一幕。在影片所描绘的未来，整个人类已经丧失生育能力很久了——直到有一天，一位奇迹般身怀有孕的女子在亡命之旅中诞下了地球上十八年来第一个婴儿。当她抱着孩子从激烈交火的难民营里走出来的那一刻，时间仿佛暂停了，交战双方都不约而同地放下了手里的武器，用一种亲眼见证神迹的目光望着那个珍贵的婴儿，有的士兵甚至一边画着十字一边跪倒在地……在这间诊所里，流动在人们心中的情感与电影息息相通。苏昂在对面女人的脸上看到了熟悉的表情——那不只是对母亲的羡慕和对生命的敬畏，更是对于美好未来的憧憬。

终于见到Songchai医生的时候，她想象中推心置腹的交谈完全没有发生——他的时间珍贵得要以秒计算。连声招呼都来不及打，苏昂就被护士直接领到里面的小房间做B超。Songchai医生的风格仍然是那种有所克制的高傲，他将B超探头送入她的阴道，双眼一直紧盯着旁边的屏幕，脸上自始至终保持着严肃的漠然。

"怎么样，医生？"她有点紧张。

"不错，"他的目光仍然没有离开屏幕，"你有16个基础卵泡，左边8个，右边8个。"

医生左右移动着探头，用鼠标在屏幕上圈出一些黑色区域，告诉她那就是她的卵泡。他看着她体内那些大大小小的卵泡，仿佛在看世界上最最寻常的事物，仿佛看到果子在树上生长，该是什么样就会长成什么样。她一头雾水地盯着屏幕，心中充满了对他的敬畏——她在这一边，医生和造物主在那一边。

苏昂整理好裙子，在办公桌前坐下。

"你的 AMH 结果也不错。"Songchai 医生翻着厚厚的一摞资料，头也不抬地说，"所以，我们……"

她打断他："下午好，Songchai 医生。"

"下午好，"他这才抬起头，认真地看她一眼，"所以，我们是确定要开始 IVF 疗程了，对吧？"

"你知道我的情况吧，Songchai 医生？"

"我有记录，"他说，"我记得你。"

"那你一定知道，我不是典型的 IVF 人群……我是专门为了 PGS 技术来的。"她忐忑地说，"我还是想再确认一下，你觉得我的选择是正确的吗？"

"第一，很多人都是专门为了 PGS 技术来的，尤其是你们中国人；"Songchai 医生含蓄地牵了牵嘴角，苏昂明白他指的是性别选择，"第二，PGS 技术的前提是，你必须有足够'强韧'的胚胎来进行 PGS 检测。"

他接着解释道，这意味着他们要把那些成功受精的胚胎放在培养液里五天左右，等到它们发育出足够多的细胞，才能剥取一部分细胞送去检测，看看染色体是否有异常。这个过程中一定会有折损——很多胚胎在体外可能撑不过五天，所以能够被检测的胚胎数量本来就变少了，而如果仅存的那几个检测结果都是异常，这就意味着——

"意味着没有健康的胚胎可以植入，"苏昂接上他的话，"意味着我这一趟白来了。"

"当然,理论上,你还相对年轻,而且各项检查结果都不错,应该不至于一个都没有,"医生郑重地注视她,"但我们得考虑到,你毕竟有过三次不明原因的流产,也许是概率事件,也许说明你或你先生身体里有某个因素导致你们就是无法生成正常的胚胎……如果是后者,我们就无能为力了。现代医学很发达,但它并非无所不能。"

"可是你们有过成功的例子吧?"她急切地说,"跟我情况类似的?"

"对,但也有失败的——每个人的情况不一样。"他看一眼手表,不易察觉地叹了口气。

苏昂径自坐着,怅然若失,无言以对。

Songchai 医生细细看了她一会儿,然后忽然说:"不过,如果你是问我个人看法的话……"

她抬起头看他。

"我会说,你的选择没错。不管怎样,人有时就得做点什么争取一下。时间有限,你不能看着生命白白浪费,对不对?至少你努力过了。"

这并不是她最想听到的话,而且不包含任何医学意义,但不知怎的,从一个医生口里说出,就是有股振奋人心的奇异力量。

于是她点了点头。

"很好,"医生拿起笔,"那我就准备给你开药了……先打三天促排卵针,再来我这里检查——你出去以后找前台护士,她会给你安排好的。还有别的问题吗?"

苏昂有些不好意思地问他，假设——仅仅是假设——染色体检测结果出来，她有多于一个正常胚胎的话，她应该移植一个还是两个呢？据她所知，很多人都是做的双胞胎……

Songchai 医生用不容置疑的语气打断她，说他一向不赞成移植多于一个胚胎，尤其是像她这种情况，没必要去冒无谓的风险。但他的眼神仿佛在说：你想多了，能有一个正常胚胎就要谢天谢地了……

见完医生，开药，交钱，打针——300 单位的果纳芬，从肚皮的脂肪中注射进去，没有明显的疼痛感。但很快她就闻到了药的味道，起初她以为是从肚皮上散发出来的，后来竟连嘴里也始终萦绕着那股独一无二的苦味，就像被打上了 IVF 的烙印。

然后顾问再次把她领进一个小会议室。这次的顾问是位短发高个儿女孩，戴副红色细框眼镜，一口标准的美式英语，态度很爽朗，不似典型的泰国姑娘。她很有耐心地向苏昂说明注意事项，介绍试管流程和价格，在日历上圈出重要的日期，一页一页地指引她在协议上签名。

"你也是想要个男孩吗？"她不经意地问。

"无所谓，健康就行。"

"如果有一男一女可供选择呢？"

"那我选更健康的那个，把另一个冷冻起来备用——"苏昂笑道，"是不是太乐观了？"

顾问也笑了，推一推眼镜。

"那我祝你'好运'，"最后两个字她说的是中文，带着生硬而可爱的口音，"在中文里，'运'和'孕'是一样的发音，对不对？"

就这样开始了啊。回家路上她恍惚地想。她给平川发了一条微信，十秒钟后他就打来了电话。都好吗？他问。都好，她说，日期已经确定，你可以订机票了。平川有片刻的沉默。她觉得他们之间的那种尴尬虽然毫无意义，却仍顽固地存在着。

"那天刚好是周末哦，"她试图破冰，"你不用特地请假了。"

半晌他才开口："我是问你好不好？都说这个过程很痛苦——"

"就打了一针，一点也不痛苦。"

"那是因为你特别能忍。"

"真没那么夸张。"

平川在电话那头叹了口气。"我还有个会，先挂了啊，"他说，"你加油吧。"

我没有任何需要加油的地方，她想，医生怎么做，我只要配合就行了。事实上，无论是你我，还是 Songchai 医生，我们都由远比我们宏大的事物控制着。

上午，从四面佛回来的时候，思思和她聊起夫妻关系的话题。思思说，她发现生育问题有时会使两个人更为亲密，有时则会导致你们之间最激烈的矛盾。当一对夫妻第一次经历试管，她说，那是一个全新的体验，那时你们之间充满了爱与支持。然而，当你们来到第二次、第三次甚至第五次的时候，有些东西就会慢慢变质了。比如说吧，由于正在做试管，你们可能已经没有了正常的性生活。通常情况下，男人还会开始担心钱，还有工作上请假的问题。而裂痕真正开始出现，往往是因为其中一个人——一般是女方——想要再试一次，而另一个人却已开始打退堂鼓。

苏昂不确定自己的情况也是如此。这是她与平川的第一次，但与其说"充满了爱与支持"，不如说它有一种危机四伏的平静。这平静因为那些没有说出口的话语而暂时得以维系，但它们随时可能一触即发。

思思的先生并不十分支持他们的第二次尝试。"他有点不高兴，说我预约第二次试管前没问他的意见，说他没时间请假，"她说，"可能确实是我的错吧——这事儿就跟买彩票似的，一发现没中，马上就想再买一次。"而问题在于，她跟医生啊中介啊朋友啊聊得太多了，却偏偏忘了跟他好好沟通。

因为你潜意识里觉得你们是同一阵线的，苏昂说，但其实不一定，男性和女性对生育以及生殖治疗的看法和感受都不一样。

还有自尊心的原因，思思叹息，男的一般都不大想面对这种事情，更不用说去努力解决问题了。

苏昂曾看过一个国内的调查：在因为男方的问题而不孕不育的夫妻当中，所有的人——几乎所有——都让亲戚朋友以为问题是出在女方。在男性主导的社会里，不孕不育是一种非常耻辱的属性，男性无法忍受这种耻辱，于是所有的污名、嘲讽和指责就都落在了女性身上。平日里男人总爱做一家之主，可当婚姻中遇到问题，第一个躲起来的也往往是男人。别说治疗了，许多丈夫甚至抗拒去做精液常规检查，似乎觉得那是对他们男子气概的某种挑衅。相比之下，妻子往往更有责任感，更愿意做出牺牲，也更有勇气去面对问题和解决问题。

思思用下巴颏示意苏昂看走在她们前面的余姐。余姐的丈夫就不肯面对现实，她告诉苏昂，他们国内试管失败了好几次，来泰国也失败了两次。这样都全军覆没，那肯定是精子的问题嘛！可是你知道吗？余姐她老公一口咬定是余姐太老了身体不行，再好的胚胎在她子宫里也活不了——这不是扯淡呢吗！

苏昂记得思思上次说过他弱精的问题。但这次余姐的确移植了一个胚胎，她问，是不是说明他的精子也不是完全不行？

思思摇了摇头。谁知道呢，男性精液质量的标准是个谜，她带着一种讽刺的笑容说，比如精子密度吧，二十多年前的标准是每毫升6600万个精子算正常，现在已经降到1500万个就算正常了，简直是断崖式下跌——为了照顾男人的自尊心，世卫组织可以把正常标准一降再降，反正最后只要能让女的怀上，就算男的没问题……

那，这一次是不是也……？苏昂想起余姐向四面佛祈祷时虔诚的模样，心中恻然。

但愿有奇迹吧，思思叹口气说，余姐的丈夫一直骂她是"扫把星"，说自己倒了八辈子霉，娶了个"下不出蛋还把家底糟蹋空了的老母鸡"。公公婆婆更不用说了，从不给她好脸色，天天指桑骂槐。余姐来自一个思想观念依然极度保守的小地方，乡亲街坊也都认为是她克得家里断了香火，总在背后议论纷纷，说她早年离家乱搞男女关系，堕过胎造了孽才怀不上，说她生不了孩子迟早被婆家扫地出门，甚至连婚礼、满月酒之类的庆祝活动也不欢迎她参加，怕她带来晦气……因为生不出孩子，余姐成了家庭的负担，于是她只好拼命多做家务，处处忍气吞声。她自己不知跑了多少次医院，吃了多少药，还有各种"生子偏方"——生饮鸽子血、用各种虫子制作的药丸……在余姐看来，不管

217

要忍受多少痛苦屈辱，只要能生下一个孩子——甚至是跟自己毫无血缘的孩子——一切就都是值得的……

苏昂感觉头的一侧因愤怒而神经抽痛。她不理解余姐为何如此逆来顺受。生不出孩子不是她的错——退一万步说，至少也不是她一个人的错啊！即使排除她的原因，她丈夫家的"香火"也无法延续不是吗？为什么没有人责怪男性的不育呢？为什么即使他们被确诊不育，也从不被认为是"霉运"的携带者？

思思说，余姐的丈夫已经把话挑明了——如果这次还不成，回去就跟她离婚。

离了更好！苏昂脱口而出。

但余姐怕呀，思思告诉她，余姐说她死也不要离婚。生不出孩子又离婚，她没法想象将来还能怎样生活。她怕得要死。

所以被欺负不是因为生不出孩子，苏昂怒其不争地想，而是因为自己太懦弱，经济和精神都不独立。如果自己足够独立，离婚又有何惧？她想起余姐画皮一样妆容厚重的脸，那其实可能是她抵御外界的盔甲吧，用来掩饰其下深深的恐惧——对语言暴力的恐惧，对他人眼光的恐惧，对孤立无援的恐惧，对充满不确定的下半生的恐惧。她很想告诉余姐她根本无须恐惧，可是她有什么资格说这句话呢？只凭她比余姐更幸运地投胎在一个更优越的家庭、城市和阶层，所以能够更轻松地逾越那些她无法逾越的障碍？

悲哀像打桩机般击中了她，还有那种"何不食肉糜"的羞耻。为什么要指责余姐不够独立？一个人的眼界和道路往往为自己的境遇所束缚，她明明也是那些结构性问题的受害者，而指责受害者正是苏昂感触最深的现象——被骗是蠢，穷是不努力，脆弱是心理素质太差，没钱就生孩子是自不量力……从这些日子的观察和自我分析中，她渐渐意识到一个事实："不孕不育"这一概念是建立在文化观念上的。社会建构的性别意识形态塑造了男性和女性的角色与规范——在一个以男性为中心的权力结构中，男性的角色是家庭的经济支撑和保护者，女性的身份则是妻子和母亲。于是对女人来说，母职是她们地位和权力的来源，也是确保其婚姻安全的唯一途径；而不育是灾难性的，会削弱她们与丈夫及其家庭的关系，令她们面临严酷的社会后果。相比之下，脆弱的婚姻关系却并不会影响男性的安全感和社会认同，他们可以理所当然地选择离婚、发生婚外情，或者全身心投入工作。甚至，当一对夫妻没有孩子时，虽然妻子明确承担责任，但这也含蓄地损害了丈夫的"阳刚之气"，所以妻子要为丈夫的"缺损"负责，而丈夫和婆家对妻子的暴力是一种重申男子气概的手段，以确保其性别霸权的延续……

不孕不育不仅是医学和心理问题，苏昂想，它同时也应被视为一个社会问题，因为生育问题联结了私域与公域，为人父母实际上也是一种社会角色。夫妻双方也许都身心健康，但在试图与他们的伴侣生育后代时，却变成了一类新的"病人"——不育夫妇。而他们很可能永远不会在与别人的关系中遭遇同样的问题。

与这些同病相怜的女性聊天总给她一种慢慢沉入海底的感觉。她们都在一艘艘正在下沉的船里，都得不停地自救。尽管如此，她们还是在不断地下沉。海水漫过甲板，涌进船舱，桌椅茶几漂浮相撞。她们泡在冰冷的海水里，手划脚蹬，奋力寻找逃生的出口。

忽然，手机铃声在她耳边响起，屏幕上写着大大的"Alex"。

"明天有空吗？"Alex 的声音从水下传来，"带你们去个好地方。"

"有空，"她听见自己迫切的语气，就像终于抓住了一块漂过身边的浮木，"有空。"

二十四

他们三个并肩站在那里，盯着眼前不可思议的景象。

各种形状、大小、颜色的木刻和石刻阳具在正午的热带艳阳下骄傲地耸立着。没有丝毫尴尬，几乎泛滥成灾。

他们看着阳具。阳具看着他们。

苏昂从不知道，离她住所走路不超过五分钟的地方竟然隐藏着这样一个神社——就在瑞士酒店（Swissotel）的后面，除了那个不起眼的小神坛和四周的阳具雕塑，一眼看上去更像个小小公园。"公园"中央那棵高大的菩提树亭亭如盖，树干和树枝上绑着彩色丝带，还有许多像是供奉品的东西——娃娃、梳子、镜子、化妆品……甚至有一套晚装礼服被干洗店的袋子包裹好，整齐地挂在树枝上。

"我的老天啊！这是什么？阴茎神社？"艾伦兴奋地张大嘴，毫无顾忌地走来走去，不时摸一把身边的阳具雕塑。"快看，苏！这里还有个猪的生殖器！"她指着那头猪——确切地说，是一个猪的后半身的雕塑，浑圆的屁股和结实的后腿令它的生殖本领极具说服力。

"湿婆的林伽？"苏昂想起自己曾在那些印度寺庙里看到的林伽，

也就是湿婆神的阴茎。硕大而粗壮的石雕阳具，或者只是圆形底座上一个椭圆的图案，它们是最简单也最古老的图腾，象征着湿婆创世的能力，是寺庙的核心和崇拜对象。它们用不带羞耻的骄傲向世人宣告：这就是生命，这就是我们的所来之径。

"应该说是湿婆的林伽的后代吧——总归都是从印度教来的。"Alex 说，"但这个神社是专门供奉生育女神 Thap Thim 的。"据说 Thap Thim 的灵魂就住在那棵菩提树里，所以树上才会有那么多送给她的礼物。

苏昂心中一动。

"所以这些阳具也都是送给女神的礼物？"艾伦歪着脑袋，绿色眼眸里含着一丝顽皮的狐疑，"就像是……给她提供性方面的满足？"

"也许吧，也许还有象征意义——毕竟是主管生育的女神嘛。"

可是，苏昂提出疑问，如果这里是女性神灵的领地，为什么它唯一女性化的表现只是这些娃娃、衣服和化妆品？她想起吴哥窟的圣剑寺，它最大的看点就是石器"林伽"和"尤尼"——分别代表男性和女性的生殖器。同样是源自印度教的生殖崇拜，为什么生育女神的"领地"上却只有林伽而没有尤尼呢？

"这种问题你得去问鲍勃。"Alex 遗憾地摊手。他个人的看法是：在泰国这样一个典型的男性主导的社会，男人因为害怕丧失性能力，甚至都不会在挂着女性内衣的晾衣绳下走过，当然更不会在光天化日之下崇拜一个女性生殖器了……

"男人也会来这里吗？"

"当然，男女都会来。"他解释，单身女性想要一个忠诚富有的丈夫，男性希望能战胜阳痿，已婚夫妇则祈求女神送给他们一个孩子。

"很多供品都是愿望达成的男女送来的，"Alex 的语气郑重其事，"听说 Thap Thim 女神特——别灵验。"

除非她是在做梦——而她并不认为她是在做梦——一种锐利的、仿佛洞悉一切的表情从他脸上一闪而过。这个反应只持续了一瞬间，但她知道自己看到了什么——他的目光如火舌般扫过她和艾伦，令她感到自己被烧得只剩下骨头，再也藏不住任何东西。

苏昂头晕目眩地别开脸。一阵惊恐攫住了她的心——他是怎么知道的？他不可能知道……那他到底是怎么知道的？

连艾伦都似乎觉察到了空气中的异样。她停下脚步，沉默地站在一旁。

当他和她的目光再次相遇时，苏昂突然想：别猜疑了，别憋着了，一吐为快吧。于是她用中文说："你是什么时候知道的？"

"从清迈一起吃饭开始，但那时不大确定，"他平静地说，"后来知道你住在这个地址，就大概猜到了。"

"地址？"

"游客不会住在这里，而且附近那间诊所很有名。"他微微一笑，"我毕竟在泰国待了这么多年。"

从清迈到曼谷的无数片段走马灯般在她的脑海里闪回，所有与他一起度过的时刻仿佛都有了新的意义。所以他其实一直都知道，她想，所以这件事从来没有影响到他们之间的"友谊"。一种复杂的情绪涌上心头，既怅然若失，又若合心意。

她忍不住问他，既然早就知道，为什么要现在说破呢？

他斟酌了一会，然后说，因为他能理解一个女人想成为母亲的渴望。他看看她，又看看艾伦，脸上表情复杂。Thap Thim 女神很灵验，他说，泰国人都会来这里求子——反正已经来了泰国，为什么不试试呢？而且，它离你们住的地方这么近，简直就像是……天意。

有时候，出人意料的事也像是天意。苏昂无法直视他的眼睛，只能越过他的脸看着他身后的某一点。她觉得他们就像两个在长途火车旅行中偶然坐在一起的乘客，一开始，他们小心翼翼地交谈，彬彬有礼，互不侵犯，先谈论些无关紧要的事情，就某些细节达成共识，再试探着一步步迈入私人领域。而跨越那条真正的分水岭，往往是从分享一个重要的秘密开始。

她转向艾伦，用英文说："他知道了。"

"哦，"艾伦的脸上没有丝毫波澜，"也知道我打过他精子的主意？"

"什么？"Alex 大吃一惊——又或者是假装大吃一惊，"你打过我精子的主意？"

"怎么样？你愿意吗？"

"我……"他顿住了，表情尴尬，"我从没考虑过这个问题……"

艾伦故意大声叹了口气，表示失望。"没关系，"她随即又拍了拍他的手臂，"不介意的话，我们可以找个时间慢慢聊，希望还有机会说服你。"

他有些无奈地笑了，没有同意，也没有拒绝。

神社的后面，在一片树荫所形成的自然遮挡之下，是 Klong

Saen Saeb——曼谷幸存的运河之一，也正是苏昂从公寓窗前看见的那一条。直到 20 世纪 70 年代中期，它仍是这一地区的商业要道——按照鲍勃那带着怀旧之情的、浪漫主义的说法，"在泛滥的洪水中，船只载着蜡烛和雨伞驶向晚宴"。他们三个站在运河边，看着如今只能用来充当 water taxi 的长尾船从他们面前疾驰而过。船舱两边拉起了蓝色和白色的塑料帆布，勉强抵挡着四处飞溅的水花。运河水很臭，是一种浑浊的灰色，船上的乘客与他们对视着，脸上带着漠然的愉快。

Alex 告诉她们，当瑞士酒店于 20 世纪 80 年代末落成时，运河边菩提树下有着几十年历史的神社也被重新整修。一个曾经在这里求子的女人怀孕了，Thap Thim 女神在生殖方面的神力逐渐声名远播。

最初是鲍勃带他来的——当然只能是鲍勃。为了写那篇文章，他甚至软磨硬泡地和酒店的保安交上了朋友。保安告诉他，神社的访客大多是泰国人，但也吸引了一些游客。出于某种误解，有些 farang 以为神社的忠实拥趸是性饥渴的女人们，于是他们来到这里等待这样的女性。

"啊哈！就像我也以为那些阳具是为了满足女神的性需求——"艾伦做了个鬼脸，"我们 farang 的脑回路都是一样的。"

曾一度滞重的空气又流动起来，有点像是回到了三个人在清迈时各怀心事却不失愉快的那顿晚餐。

Alex 说，那些阳具雕塑或许是大型版本的 palad khik——一种阳具形状的图腾柱，被认为具有护身辟邪的作用。有些男人会把它们挂在钥匙串上祈求好运，小商贩则把它们放在装钱的塑料篮子的底部，以保佑自己财源广进。护身符杂志会给那些用象牙雕成的、刻有高棉咒语的 palad khik 做广告，僧人会给它们开光。这类 palad khik 可以卖到几千泰铢，而在 Tha Tien 码头旁边的护身符市场里可以找到大量的"低配"版本，大多只卖十几或几十泰铢。

"我知道 palad khik，"艾伦说，"我认识的一个摩的司机把它系在腰带上，藏在裤子里，就像是一种……超自然的伟哥。"

"其实我觉得，"苏昂笑道，"没有任何身体部位要比阴茎更不适合用来辟邪了。"大多数情况下，它似乎欢迎每一种形式的邪恶与诱惑。

他们都表示同意。"事实上，它本身就有一点点邪恶。"艾伦大笑着补充。

泰国的信仰总是于神秘之下隐藏着某种幽默感，就像神社里那些斑马的来历。或者说，泰国人与宗教、神祇之间有一种界限模糊的亲密关系，这种亲密已经流动在他们的血液里，而外人永远无法真正理解和融入。

那天晚上鲍勃发表了一个观点，他认为一神教最大的共同点就是它们都缺乏幽默感。《圣经》里可有哪怕一个笑话？他竖起一根手指轻轻摇动着。可是多神教——比如印度教——就不一样了，他们的神明就好像一个超级英雄联盟，法力无边却各有弱点——那弱点甚至来源于人性。湿婆性格孤僻暴烈又常发悲悯之心，梵天因对一位女性的爱欲而失态蒙羞，象头神的坐骑是一只小小的老鼠……有时你会觉得可笑，甚至荒唐，然而印度教的奇妙之处在于：它把荒唐这个概念都转化为一个全新的宇宙，荒唐与神圣一体两面，相辅相成。

他们又回到菩提树下，看着被一大堆阴茎包围着的小小神龛——

荒唐与神圣的最佳注解。Alex变魔术般从包里掏出了花环和香烛。他把这些供品交给她们，然后默默踱开。

苏昂和艾伦对视一眼，然后不约而同地跪地合十。当她们再度起身时，苏昂看见艾伦取下了绑住麻花辫的棕色发圈，发辫如有生命般缓慢散开，像一朵花逐渐绽放在她的肩头。

"我也开始了，"她用手指拨弄着发圈，"明天进周期。"

"你确定？"

"是的，"她听懂了苏昂的问题，"我想好了，大不了先冻卵子。"

艾伦踮起脚，郑重地把发圈挂在离她最近的一根树枝上。她再次低头合十，长发倏忽垂下，挡住了半边脸。

二十五

"想去哪里?"Alex 问。艾伦有事回了办公室,于是又只剩下他们两人。

"想喝一杯。"苏昂喃喃地说,然后他们同时笑了。

"你这个情况,是不是不应该喝酒啊?"

"管它呢,"苏昂说,"喝一杯难道会少一个卵子?"她有些吃惊自己会在 Alex 面前说出这个词,却也隐隐感到痛快——无须隐藏任何事情的感觉比想象中更好。

"那我带你去一个好地方。"

"我晚上九点还要打针。"

"来得及。"

他们很有默契地向轻轨站走去。她已经习惯了信任 Alex 的决定,不再追问他要带她去哪里,那里又有何特别之处。她回想起以往和平川的出行,他们总是提前看过了所有景点的攻略、所有美食的推荐、所有酒店的照片。某种程度上,在抵达目的地之前,他们已经在精神上游览过了那个地方,之后的一切不过是重逢和验证。苏昂曾经喜欢那种安全感，但自从认识了艾伦和 Alex，她意识到安全感同时也是一种阻碍——它将未知之美拒之门外。

他们在 Saphan Taksin 站下车，沿着天桥下的长廊走去专供酒店摆渡船停靠的码头。在这个钢筋水泥的大都会，只有湄南河边的风景还能给人一种置身古老城市的幻觉——舢板，吊脚楼，芒果树，贫民窟，远处佛塔的尖顶，拿着雨伞的僧人，浮动码头的滚轮与水桩摩擦发出的吱呀声……她很确定这一切已经持续了几百年。

Alex 认为湄南河有着世界上最棒的城市河景。它最特别之处在于它是"活"的，他解释说，很多城市也有美丽的河流，但它们大多是"死"的，只有一些游船往来其间。湄南河却一直都是曼谷跳动的心脏和脉搏——色彩鲜艳的长尾船每天运载着数千人往来交通，船艉优雅地向上弯曲，上面挂着作为供品献给水神的塑料花；长长的驳船队伍以蜗牛的速度在拖船后面移动，输送着水泥、大米、农产品以及城市所需的一切。船仍是木头的，又老又旧，而河流一如既往地繁忙、活泼、生机勃勃。

是的，苏昂同意，疯狂的二十一世纪并没有夺走它的灵魂，眼前的景象莫名地令人宽慰。

酒店的摆渡船来来往往，顶棚往往被设计成泰国寺庙的飞檐，与朴素的公共渡轮形成对比。半岛酒店的摆渡船顶棚是绿色的，船头举着白旗；文华东方酒店（Mandarin Oriental Hotel）的摆渡船则悬挂黄旗，船体通身都是单一的柚木棕，有种低调的别致。

Alex 招呼她上船。"住就有点贵，"他笑道，"去喝一杯还是可以的。你去过 Oriental 吗？"

苏昂摇头，上次来的时候她穷得只能住在考山路。但她当然听说过曼谷的文华东方。它是泰国历史上第一家豪华酒店，堪称酒店界的传奇。它的传奇之处不止于从水手客栈到国宝级酒店的变身，更在于它接待过的名人雅士。苏昂住过香港的文华东方、新加坡的文华东方，但人们总说，曼谷的东方酒店是不一样的。他们和 Alex 一样，更喜欢称呼它从前的名字——Oriental，也许是因为它给人一种大航海时代的氛围。

"它是那种……作家的酒店。" Alex 说，"你知道 Oriental 里面有毛姆套房吗？我是毛姆的粉丝。"

"知道，"苏昂说，"我也喜欢毛姆。"最近她还在 Kindle 上重读了《客厅里的绅士》，毛姆的远东游记。她知道他当年从缅甸归来时就住在东方酒店，得了疟疾，病得死去活来的时候还听到酒店的女经理跟医生说，不能让这位作家死在房间里，否则会影响酒店的生意。他把这段经历写进了游记，但苏昂不记得他对东方酒店本身有过任何评价。无论如何，如果毛姆在今天把这段经历发布在社交媒体和网络点评上，苏昂想，那才会是对酒店生意的致命一击。

世事总是如此。一个地点成为传奇，往往并非缘于名人的赞美，而是名人的经历本身就赋予了它一种神话般的特质。

整个右岸都是诗意的废墟。昔日的教堂和欧洲大使馆形销骨立，像一排忧郁的老人守望着河水。庄严的旧海关大楼是电影《花样年华》的取景地，年久失修，墙皮剥落，裂开的缝隙里冒出绿意。东亚贸易公司当年富丽堂皇的办公室如今闲置着，你几乎能从空气中嗅到它正在腐朽的气息。

但湄南河正在重生，Alex带着某种自豪宣布，旧时的码头仓库被改建成了全亚洲最大的夜市，餐馆、酒吧、精品酒店和艺术画廊在河岸上遍地开花。当地人又回到了河边，游客紧随其后。他指着左岸某处，告诉她那里是由旧仓库改建而成的 Jam Factory（果酱工厂），一个并不生产果酱的文创园区，咖啡店、餐厅、书店、家具店、艺文展馆和办公室的综合体，由泰国知名建筑大师 Duangrit Bunnag 一手打造。

"那里有家很棒的餐厅，"他说，"工业风，非常美。关键是东西也好吃，鱼松西瓜球和红咖喱鸭都是一绝。"

"叫什么？"

"Never Ending Summer。"

Never Ending Summer。苏昂喃喃地重复。就算只为名字你也会想去那里。

她用余光瞥了他一眼，看着他不无沉醉的神情，被风吹乱的头发，还有晒得有点黑的健壮手臂。湄南河上的浪漫气息忽然令她感觉好像正在约会。这个念头仿佛一位不速之客，让她的心倏忽收紧。但她定了定神，告诉自己：他已知道我来曼谷的目的，这足以排除约会的暧昧。

他们跟在一群穿着拖鞋短裤的美国游客后面下了船。也许曾经的东方酒店是贵族名流荟萃之所，今天的它却显然要对一个更为广大的平民群体敞开大门。然而酒店工作人员的笑容仍是一视同仁又无可挑剔的完美——苏昂再一次惊讶于泰国人的笑容，你明知那只是职业化的礼貌，却并不圆滑造作，你总能从中觉出几分真诚。

但的确如艾伦所说，你永远不知道微笑的下面是什么，Alex 从喉咙口冒出个浅浅的苦笑。他承认自己在泰国住了这么久，还是常感觉它好像海市蜃楼，没有什么是永恒的、实实在在的、直来直去的，很多东西都不是它们看上去的样子——酒吧里的 farang 是老 CIA，最漂亮的姑娘不是女人，最礼貌的清洁工也是最狂热的红衫军，寺庙的停尸房里藏着几百个人流胎儿的尸体……

"但他们对我都很好，"苏昂坚持，"至少我遇到的泰国人都很好。"

他微微一笑，"泰国人是钱能买到的最好的人。"

他们已置身于一个割裂的世界。无处不在的镜子，守护电梯的大象，庙钟式的泰式水晶灯悬在头顶，圆形喷泉里漂浮着不真实的花朵。这是泰国最豪华的酒店，旅游业的标杆，品质与服务的巅峰。很难想象它在一百四十年前开业时的情景——一家宏伟的酒店，一套全新的概念，像直升机一样若无其事地空降在一个没有道路、没有酒店、没有餐厅、没有 farang 的城市里，赤裸裸的西方奢侈直接栽植于赤裸裸的东方贫穷中，那样的文化冲击显然如石破天惊。

还不到五点，他们要去的竹吧（Bamboo Bar）尚未开门。Alex 提议他们去看看东方酒店最出名的作家翼（Authors' Wing）。它在一条石板路的尽头，通体白色的楼房配上百叶窗，透着温和而安全的殖民风情。一层是作家酒廊（Authors' Lounge），被刻意营造出一种静谧优雅的文学氛围：白色藤椅、盆栽棕榈树、竹子、兰花、吊扇、印着绿叶白花的大靠垫……空气中有股若隐若现的香茅幽氛，衣冠楚楚的宾客们在喝英式下午茶，愉快的神情和精致的点心宛如广告画面。墙上挂着泰国皇室和作家们的照片，大厅中央的扶手楼梯通向二层作家们的房间。在传说中,每当下午三时的钟声敲响,他们就会走出房间,在大厅里喝起下午茶,谈论着文学、爱情和穿越世界的旅行。

苏昂注意到下午茶的客人中有一位中国女演员,叫得出名字却又想不起作品的那种。她有一张比荧幕上小两圈的俏脸,一双星眸顾盼生辉,墨镜架在头顶。她正在和同桌的两个朋友聊天,不断地用手拢住头发又放下去。

她悄悄指给 Alex 看。"不认识,"他客气地说,"不过很漂亮。"

他忽然想起了什么,"你知道吗?张国荣以前也常来这里——就是那张桌子,他喜欢坐在最角落的那张桌子。"

"张国荣?"

"在他去世前五年,基本上每隔个把月就会悄悄飞来这里住几天。吃东西,喝咖啡,吹吹风,做做按摩。Oriental 有相熟的工作人员照顾他。"

星光人爱星光地。"他也住在作家楼吗?"

"他喜欢住 Noël Coward 套房——里面都是蓝色调。如果被别人订了,就住旁边的毛姆套房,布局差不多,但颜色是深桃红。"

"你怎么这么清楚啊?"

"我是他的粉丝啊,"Alex 笑着,"而且我有朋友在这里工作……对了,你想看看毛姆的房间吗?如果没人住的话,我朋友应该可以安排。"

苏昂认真地想了想。"算了,"她摇摇头,"我是喜欢毛姆,但我不大相信他。"

Alex 不解地扬起眉毛。

他那趟东方旅行的游记是七年以后才写的，她解释道，一般来说，人们在结束旅行后会马上把书写出来，对吧？可是隔了七年，还有多少东西是真实的？所以那本书里细节不多，写得也更刻意，感觉隐藏了很多东西。你看，也许他的确是住过 Oriental，但他根本没有描述过酒店本身或者房间的细节……再说了，你也不知道他是否真的住过那个房间——她指一指楼上——那个桃红色的房间。

Alex 若有所思。"而且他其实不是一个人旅行，但看他的书你会以为他是独行侠。"

"可能因为他是同性恋吧，不想暴露自己的私生活。"不过，苏昂同意，毛姆的确是个有点狡猾的作家，很清楚自己的局限，所以也很会隐藏自己。

然后她忽然沉默了。她想到了她自己。平川也一直以为她是一个人在泰国。她不想也不知该如何向他提起 Alex。苏昂并不认为他们之间有超越友谊的言行，但人的心理，尤其是男女之间的心理，并不总像小说中那样历历分明，它更加暧昧不清，也时时摇摆不定。

自从她正式开始了 IVF 的疗程，自从她知道 Alex 清楚她的来意，苏昂感到轻松多了——毕竟，她是在为一个宏伟而正当的目的而努力，尽管她也常常想起那句话：与你同行的人比你到达的方向更重要。而在异国他乡的土地上，在这场艰难跋涉的身心苦旅中，与她同行的人并不是平川。

二十六

竹吧位于庭院边的长廊一侧，比苏昂想象中小得多。他们是第一批客人。

"晚上人很多，因为九点有爵士乐队表演。"Alex告诉她，"但我一般都傍晚来，这个时候最清静。"

正如它的名字，酒吧里竹子的元素无处不在。沙发上的丝绸靠垫印着竹子图案，座椅的扶手设计成竹节式样，天花板上复古风格的镜子以黑竹镶边。吊扇、深色木墙和黑色藤椅刻意营造出殖民风格。今时今日，"殖民风格"这个词在某些地方似乎只剩下美好的内涵，历史之痛早已被抛诸脑后。所有"殖民风格"的东西都被视为有型、经典、富有历史气息。竹吧是城中最受观光客喜爱的酒吧，显然，也是最具有"殖民风格"的。

Alex说，竹吧不仅有城中最好的爵士乐，也有最好的鸡尾酒。"它是那种……懂得鸡尾酒不只是Mojito的酒吧。"

竹吧的两位侍者都认识Alex。他们迎上来打招呼，双手合十。如今苏昂已能判断什么是真心诚意的"wai"——合十前后都要有眼神交流。她认为他们的"wai"是出于对 Alex 而非对她的尊重，但仍然回给了他们一个同样正式的"wai"。

调酒师是位戴着眼镜、华裔模样的微胖男子，Alex 称呼他为"Ice"。苏昂在有酒精和无酒精的鸡尾酒间挣扎了一番，最后还是豁出去点了一杯 Pisco Sour。

"好选择。"Ice 礼貌地说，向她投来深深的一瞥。

Alex 要的是竹吧版本的 Negroni，基酒中有他们自制的焦糖金酒，端上来时附送一枚咖啡提拉米苏马卡龙。闻起来很香甜，不像传统的 Negroni 那么"男性化"。

他们似乎已经习惯了在暴烈日光与喧嚣市声中结伴行走，或是在嘈杂的小餐厅里吃一顿地道的美食，这还是头一回在只有他们两人的高级酒吧里相对而坐，各自啜饮着自己面前的那杯酒，两个人都忽然有些局促。

苏昂环顾四周，没话找话地说，这个酒吧确实不错，有种让人静得下来的气氛……

Alex 凝视她。"很像你啊。"

她的心跳加速，忍不住回看他一眼。他又好像忽然有点害羞，侧过脸去，轻轻叹了口气，几乎像是在演戏。

这似乎就是那种时刻了，当你不自觉地谈论起自己的隐私，潜意识里也许只是为了打破尴尬，而身处的封闭空间也令他们得以谈论一些需要具备某种亲密感才能谈论的话题。苏昂发现自己又一次讲起了那个已被重复过很多遍的故事，就像是又一次从自己的心口拔出一把刀。她向他说起那三次不得已的流产，三个从未来到世间的孩子，还有自己通过网络搜索做出的、不被平川看好的决定……她絮絮地说着，既是煎熬，也是释放。

Alex 忽然问她，为什么平川没有和她一起来泰国。

"他工作走不开，而且……"苏昂低头，自嘲地笑了一下，"我觉得他可能根本不想生小孩。"

他愕然，"这么重要的事，你们没有说清楚吗？"

"说清楚的话，很可能我就来不了泰国了……"她咬着下唇，"是我自私吧，我承认。"

"那你呢？你确定了吗？"

"确定什么？"

"你说你之前一直都不喜欢小孩——"他盯着她看，"那现在你是确定了自己真的想要，还是因为得不到才特别想要？"

"有区别吗？"

"当然。你可能不是想要小孩，而是不想自己没有生育能力。"她不自在地笑了笑，"那又怎样？反正结果都是一样的。"

"怎么会一样呢？"

苏昂停顿不语。不知怎的，她忽然又想起了最近重读过的毛姆，他的故事总给人历久弥新的感受。

"如果你看过毛姆的游记，可能记得那个故事……"她沉吟着，等思路清晰，"一个男人……不想跟未婚妻结婚——很多年没见的未婚妻，感觉已经很陌生了。两个人终于快要见面的时候，他却临时逃跑，后来跑到中国的哪里来着……"

"四川还是西藏，好像是。"他说，"还是被她找到了。"

"对。"

"所以呢？"

"我看的时候一直在想，那个未婚妻为什么一定要嫁给他？是因为真的太爱他，还是因为已经等了七年，要是最后还不能嫁就太没有面子了？"苏昂停顿一下，"但原因不重要，不是吗？反正她最后如愿以偿了。"

她小心地转动着杯子，细细观察，然后突然说："我也一样，我想要一个健康的小孩，所以原因根本不重要。"

Alex 有点吃惊地看着她。

"可是得到了以后呢？"他说，"得到了以后，真的会快乐吗？你想过吗？"

苏昂没有回答。她紧紧握着手中的酒杯，就像握着一件武器。

"人偏执起来就会盲目，太想要什么东西，以为得到了就等于幸福。但以后会不会觉得空虚？会不会后悔呢？对，你可能会高兴几天，因为你赢了。然后呢？养育孩子是一辈子的事。"

有新的客人推门进来，但苏昂甚至没有看清他们是男是女。Alex 的话在她脑海里刮起龙卷风，扫过连她自己都不敢触及的角落。是的，她所有的精力都集中在如何实现这个愿望，却从未想过愿望实现之后的人生——她会是个好妈妈吗？她和平川的关系能否通过考验？他们会不会自动成为一个幸福的家庭？

可是……她又喝了一口 Pisco Sour，试图理清自己的思绪——多么可笑，她想，我在靠酒精来理清思绪……"可是，"她字斟句酌地说，"如果不试一试，我也永远会有遗憾。你说得对，心愿达成以后可能也不会快乐,可是反正我现在已经很不快乐了。没办法啊,人就是短视的动物,只能看到眼前的痛苦,只能去想办法解决眼前的痛苦,只能走一步算一步。"她停下来,又抿了一口酒,"后悔又怎么样呢?生小孩可能会后悔,不生小孩也可能会后悔,既然选择哪条路都会后悔,那我只要为自己的选择负责就可以了——"

"你以为你可以负责。"他忽然打断她,"有时候那个代价是很沉重的,可能是你承担不起的,但是你又必须得承担……"

苏昂感到自己全身的刺一下子都竖起来了。她语无伦次又咄咄逼人地告诉他,你和一个生育困难的人说起生育可能带来的负面影响,就像在说亿万富翁肯定也有烦恼一样,都是正确而无用的废话。就像她在公司里听到那些已为人母的女同事们抱怨孩子的顽皮和不省心,在网络上看到大家讨论全职妈妈的困境、育儿与工作的平衡、放开二胎或三胎的争议……这些话题都很严肃,很犀利,很有讨论的价值,但也时常给她带来另一重痛苦——她属于一个更边缘的群体,被排除在了这些公共讨论之外。身为女性,她完全能够理解母职的矛盾与艰辛,却也不免感到被自己的女性群体所忽略甚至轻视。在女性意识逐渐觉醒的大环境里,"不生育"的权利被视为是最急需保障与争取的,但这并不代表它是唯一重要的权利,也不代表生育与不生育是非黑即白的二元对立。谁来"看见"她们这些沉默的少数呢——她,思思,余姐,还有国内医院不孕不育科室外的人山人海,她们的痛苦挣扎不仅不值得被关注,有时还会被冠以"繁殖癌"和"生育机器"的污名……

她吃力地说着,想把那些困惑和委屈统统倾吐出来,但发觉自己总是舌头打结,词不达意。Alex 默默听着,脸上没有表情,像一口无底深井。男人永远无法理解这些——即便是像 Alex 这样的男人——她这么想着，声音渐渐消沉了。

当她终于停下来时，他说："我不是在劝你做什么选择，我的意思是你可以等一等。"

"等什么？"

"等这阵冲动过去，等到你真的想清楚。"

"但生物钟不会等我。"

也许是察觉到了她声音中的紧绷，他沉默着，把酒杯放在两人中间的桌子上。

"是我多管闲事。"他抬起头笑笑。

一阵歉意涌上苏昂的心头——她是不是反应过度了？为什么要把他的关心当作质问？她飞快地摇了摇头，感觉像是在道歉。然后她往前探了探，双臂倚在桌子上，用一种刻意的轻快语气说，"说到生物钟啊——"

她不想再和他争论，最方便的办法便是退出私人领地，回到更安全的中立地带。于是她转了个话题，开始向他说起艾伦的事——她的渴望，她的困境，她的迫切……对艾伦来说，你是她目前所能遇到的最佳人选，她用一副就事论事的口吻做出总结，亚裔、单身、健康、好看、聪明、没有"不良"嗜好——说到这里两人同时笑了。这件事乍一听或许会觉得荒唐，她说，但仔细想来其实并无不可——一切都可以走正规的程序，你只是个捐精者，也不用承担任何后续的责任……

她的话又投进了深井。他似乎听得进去，但没有任何回应。

"当然啦，"苏昂说，"除非你不喜欢有自己的后代这个概念本身。"

他还是没有说话。

"你不喜欢？"她追问。

他往后靠了靠，一只手臂搭在椅子的扶手上，表情很郑重，就像一个演员要开口说一句很有名的台词一样。

"其实我挺喜欢小孩的，"他开口了，"应该比你更喜欢。"

"那为什么……"

"我要得起吗？"他嘴角抽动一下，露出一个略带嘲讽的苦笑，"婚姻也好，孩子也好……对大部分人来说都很好，可是真的适合我吗？我要得起吗？"

苏昂完全不明白他在说什么。可是她记得他在清迈时回答过同样的问题，与当时的答案相比，他此刻的反应似乎更为真实。

"我一直觉得，生小孩应该有个前提，"Alex 解释，"就是你已经证明了人生是快乐的。"

"你不快乐吗？"Alex 是她所见过最潇洒不羁的人，过着无数人梦想中的生活：无须起早贪黑地工作，时间在繁华都市和悠闲岛屿间分割，拥有好相貌和好品位，或许还有很多女朋友——她想起了艾伦对他的评价。当然，她知道他很孤独，但那孤独是自我选择的结果。孤独，与他身上散发的异域情调一样，也成了他魅力的一部分，就像流星、落花、萤火。

她能感觉到他在谨慎地挑选字眼，就像在一片布满地雷的森林里极其缓慢地向前移动。

"快乐不适合我。"

"什么意思？"

"就是不适合像我这样的人吧。"

她皱起眉头看向他。

"我觉得,"她斟酌着说,"没有哪一种人生是完美的。"

"你不会想要我的人生。"

"为什么?"

他沉默片刻。

"我没有家。没有家人。没有爱人。"

"你只不过是离了一次婚……"

"没有离婚,"他突兀地说,"她死了。"

Pisco Sour 的酒劲上来了——它那清新的口感总会让人在一开始掉以轻心。苏昂相信是酒精诱出了她的灵魂,它轻飘飘地飞起来,飞到他们头顶的藤制吊扇上,停在那里俯视着相对无言的两个人。时间也停止了,要么就是在停下的过程之中。也许这就是为什么那场景看上去像是电影,甚至像是照片。她看着照片中的他,像是认不出他似的,像是他不再是从前的他了。

Alex 是个很好相处的人。他从不追根究底,同时又很爽快。他不像很多男人那样,有想把人逗笑的强迫症,或是好为人师,到处指指点点,炫耀自己的学识。Alex 有种漫不经心的态度,不动声色地接纳一切,又对一切都没有明显的渴望。他不怎么好奇,但相当体贴。他愿意倾听,也会适度地分享。当然,苏昂一直知道他有所保留。但她自己不也是如此吗?要说她那会儿就看懂了什么,这并非事实。不过她早就感觉到有一个秘密,某种他不想让别人知道的东西。她甚至能从他的微笑和眼神里感觉出拥有那一类型的秘密所带来的孤独。

又或者这一切都在他计划之内——我揭开你一个秘密，再回报你一个秘密。

"怎么死的？"肉身充满同情地发问，灵魂仍在旁观。

"车祸……摩托车。"

"天哪……"她说，"你……"她没说下去，此刻不管说什么都是愚蠢的。

他摇了摇头。现在连他的脸看上去都不一样了。

"什么时候的事？"

"快一年半了。"

"在曼谷？"

"苏梅岛。"

她大脑里的某些齿轮咔嗒一声对上了。

"所以，那个旅馆是你们一起开的？"

他苦涩地点头："那是她的梦想。"

"你是在泰国认识她的吗？"

"美国，"他说，"也是在美国结的婚。"

"然后一起回泰国开旅馆？"

"说来话长，"他停顿一下，"不过，差不多就是这么回事。"

苏昂犹豫着是否要继续这个话题，但 Alex 似乎并不介意。他似乎早就决定了要和她说说这些事。自从他们在清迈重逢，这是他第一次真正对她敞开心扉，让她也走进他的心里看看。毕竟，友谊的本质就是不断地交换：交换信息，交换情感，交换时间，以及更重要的——交换秘密。

现在她知道为什么他愿意和她待在一起了——两个破碎的人，被生活以不同的方式击碎。她为 Alex 感到难过，但心中也有种微妙的欣喜。她喜欢看到他袒露自己的脆弱与伤痛，这让她隐隐感到，他觉得她很重要。

二十七

晚些时候，当他们在 Saphan Taksin 码头附近的一家小餐厅吃着 Pad Thai（泰式炒金边粉）时，周围的景象与东方酒店的奢华精致形成巨大反差，令人感觉身处另一个时空。这家店只做 Pad Thai，据说非常有名，来买外卖的当地人大排长龙。但苏昂觉得太咸了，不是她印象中酸甜可口的正宗味道。可是谁知道呢？也许这才是泰国人心目中的正宗。给外国人吃的 Pad Thai，和给当地人吃的 Pad Thai，本来就不是同一种东西。

她看着身边正在狼吞虎咽的 Alex。把自己代入他的情境里，她无法想象他怎样能够生活下去，在他的妻子车祸去世之后，在一片已轰然坍塌的土地上，在他不熟悉的人群之中。

"Alex，"她忍不住问，"你没有想过回美国吗？或者中国？"

Alex 停止了咀嚼。

"Joy……走了以后，我回了旧金山一趟，处理点事情……"他皱起眉头，"我以前从没发现旧金山那么冷，风那么大，人的皮肤那么苍白……当然了，旧金山是个好地方，那边的朋友都劝我回美国……"

"后来我飞回曼谷，从机场出来，打了一辆出租车。出租车的空调坏了，所以司机把车窗都打开了。"

他的目光越过她，仿佛在看着她身后的某个地方。

"那些热气，那些熟悉的味道马上冲进来，填满了整辆车……然后我觉得，几个月来我头一次真的感觉到放松，可能是我的大脑自动调到了'回家'模式吧。我可能还偷偷流了眼泪，大概是发现有些事情已经彻底改变了，我再也回不去美国了。"

苏昂被狠狠打动了，她仿佛能看到出租车上的那一幕。对有些男人来说，落泪比挨打还痛苦，但哭泣是合乎人性的好事。

他举起一只手，抹过脸，再往上抹过短发。这手势抹掉他消沉的回忆，他又回复了轻松的态度。

"后来，有一天我发现自己坐在一辆摩的的后座上，一边在超级混乱的车流里面左穿右插，一边还很自然地在用手机回复短信——那一刻我就知道，我已经差不多是个泰国人了……"

"鲍勃跟我说，有一次他回美国，觉得满大街的女人都特别高大，看起来全都像人妖……"Alex 微笑，"他说，可能他的眼睛已经习惯了 S 码。"

苏昂也笑了，但没有忘记他尚未回答的问题。"那香港呢？"

他的笑容消失了，就像一盏烛火忽然被吹熄了似的。

"我和 Joy 决定结婚的时候，我爸坚决反对——我妈很早就去世了……后来彻底闹翻了，他连婚礼都没来参加……之后我们回泰国，一开始我在曼谷一家公司上班，他已经不太高兴了，后来知道我又跑去苏梅岛开旅馆，简直气坏了，觉得我不务正业，浪费了那么多年的学业和事业——你知道，他是很传统的那种家长……到现在基本上已经没有联络了，只是偶尔通过我哥知道一些他的消息——我哥住在加拿大……"他摇摇头，"香港早就回不去了。"

苏昂不解："为什么要反对你们结婚？"

Alex 放下筷子，又露出那种复杂的神情，"他不喜欢 Joy 的……出身。"

她更诧异了，但没有追问，等他解释。

"她没有受过……很好的教育，出国前在酒吧工作。"他有些艰难地说，"而且她是跟一个美国人结婚去的美国，入籍以后又离婚了……我爸觉得她是为了拿美国身份才结的婚，一直很怀疑她的人品。"

她沉默着，心想这怀疑也并非毫无道理。

"我知道她是什么样的人，但我爸不相信。"他停了一下，"我没办法反驳，而且我也觉得不重要。"

"对啊，不管怎样那都是以前的事吧，"她小心地附和着，"只要你们两个幸福就好了。"

他沉默片刻。"我们……也算是幸福过的。"

他的眼睛很坦率。但她当时就已知道，有些事情他还不打算告诉她。俄罗斯套娃又剥开了一层，可他的人生还有很多层。

外面下雨了。那是泰国独有的类型，它同时混合了两种雨——鲁莽的、草率的、啪嗒啪嗒落下来的大颗雨滴，夹杂在一种雾蒙蒙的毛毛细雨中。雨水顺着屋顶的蓝色塑料布流下来，那些塑料布很可能

247

已经挂在那里几十年了。

有一段时间，他们坐在那里，嗅着雨水带来的新鲜气味，各自吃着自己面前的那盘 Pad Thai。邻桌的顾客正在欢快地聊天，不时发出泰语那独特的绵长尾音。种种思绪如雨水倾落在苏昂的脑海里，她想象着当年的 Alex，抛下自己熟悉的一切，飞越半个地球，一头扎进陌生国度，在热带的烈日下汗流浃背地行走，努力练习着泰语的五个声调……某种混合着同情和感动的情愫油然而生，强烈到令她心疼。我们为爱所做的一切，她在心里叹了口气，我们为爱所做的一切。

他们在轻轨的暹罗广场站告别。Alex 要去 Thong Lor，苏昂则换乘前往 Chilom。Chilom 站直接与 Central 百货的三楼相连，苏昂几乎是直接被明亮冰冷的车厢传送到同样明亮冰冷的商场。她下到一楼，推开大门，马上进入了由黑暗、热气、摩托车、小摊贩、流浪狗和乞丐所构成的世界。

路过时她把口袋里的零钱都分给了那些捧着破碗的乞丐们。破碗里除了几个硬币之外，什么都没有。他们还算是幸运的，有些人连碗都没有。这些人也算是幸运的，有些人连手都没有。

诊所里空空荡荡。白天的喧闹过后，医生带走了奇迹魔法，病人带走了痛苦烦恼，这个地方此刻已失去了它宗教场所般的氛围。注射室的电视上正放着大型玛丽苏家庭剧——一位长发高高盘在头顶的中年女子正在哀叹，显然是刚发现自己的丈夫在外面有个情妇。她信任的朋友同情地在一旁点头，拿出一盒纸巾。这时被背叛的妻子忽然哭了起来，瘫倒在沙发上，用一把纸巾轻拍着脸颊。打针的夜班护士目不转睛地盯着电视，她的双手合在一起，紧紧拢在胸前。她几乎也要哭了。

"痛？不痛？"护士终于回到现实，给她打针，努力说着蹩脚的中文。

"不痛。"苏昂恍惚地说。她的大脑还在坐过山车，这一天高低起伏峰回路转，信息量大得难以消化。离开诊所的时候，她忽然非常想念平川。Alex 的遭遇令她意识到她一直以来的自怜自伤何其可笑——你一路抱怨自己的破鞋，直到看见有人断脚。或许这就是人类的原罪，我们总是从大于自己的苦难中得到安慰。

平川还在加班，估计是在捣鼓他的"母婴地图"项目。电话里他的声音听起来有些疲惫，苏昂能够想象他是怎样一边看着电脑屏幕一边回答她的问题——晚饭？已经吃了……吉野家的双拼饭。什么时候回家？可能再过一个小时吧……都好，就是忙。而且北京的雾霾天又开始了……你呢？直到此刻他才想起来问候她：你怎么样？打针了吗？曼谷没有雾霾吧？

苏昂没有回答。此刻她站在 7-11 便利店门口，抱着两大瓶纯净水，看着脚边的流浪狗。它正以一个别扭的姿势舔着背上那块丑陋的粉色伤疤。

"你相信轮回转世吗？"

她能感觉到他的警惕和迟疑。他对她天马行空的问题并不陌生，但那已经是很久以前的事了。经过将近十年的共同生活，如今他们之间的问题只剩下：什么时候回家？交取暖费了吗？垃圾倒了吗？晚上吃什么？……

"我愿意相信,"他谨慎地说,"至少,相信的话会比较幸福吧。"

"如果一个人坏事做多了,下辈子变成了一只狗。那它怎样才能在下下辈子变回人呢?"她疑惑地说,眼睛仍盯着那块伤疤,"做一只好狗?"

他还没来得及回答,她又抛出了另一个问题。

"你觉得,为什么人生在世有那么多的痛苦?各种各样的痛苦?"

平川叹了口气。"释迦牟尼当年在菩提树下思考的也是这个问题,你叫我怎么回答。"他停顿一下,"你喝酒了?"

"就一杯。"

"一个人?"

她迟疑一下,"和一个朋友。"

他想说点什么,又忍住了。但苏昂能感觉到他又在使用沉默的力量,他在用他的沉默谴责她。

"早点睡吧。"

"嗯,"她说,"你也是。"

回家的路上,她想起她和平川已经很久没有一起喝酒了,而那曾经是他们共同的爱好。住在英国很难与酒精绝缘,晚上两人常常浅酌一杯,但每周五晚的 Friday Drink 才是他们最盼望的。她和平川交往以后,他把她带进了他的朋友圈,那帮人有个雷打不动的习惯——每周五下班后在 Charing Cross 的一个酒吧相聚。她喜欢他的朋友们,他们也许谈不上光芒四射,他们的谈话有时略显乏味,但他们谦逊、善良、愉快,与她那些野心勃勃、愤世嫉俗的律所和投行朋友们截然不同。她和平川渐渐成了 Friday Drink 的中坚分子。就算有时要加班,她也总会在工作结束后赶到酒吧喝上一杯。她回忆着那段岁月，感觉像是上辈子的事。她怀念酒吧狭长的过道、抛光的木地板和装在品脱杯里的啤酒，她怀念大家站着喝酒聊天、有时连晚餐都省略掉。她怀念平川和别人说话时也不忘朝她投来的温存一瞥。她怀念伦敦冬天的薄雾、公园里永远不会变黄的草地、广场上雪花般撒落一地的鸽子粪便。她怀念他们之间能够坦诚相对、无须隐藏或有所顾忌的曾经。

二十八

他们也是幸福过的。或者说，是极近似于幸福的一种状态。

有一次，在忘了因为什么理由庆祝而导致的醺然醉意中，苏昂坐在那张他们一起去宜家买回来的红色沙发上，平川躺着，头枕着她的大腿。宜家的茶几上放着宜家的红酒杯。那时他们已经同居一年多——认识三个月后，他们就搬到一起住了——但仍有种热恋之中的晕眩感，简直不合情理。他们以前都恋爱过——不止一次，当然——可这次感觉很不一样，这次像是……像是来真的。

她轻轻抚摸平川的脸，手指滑过他的额头、鬓角和下巴。"你是什么时候知道的？"她带着醉意，问出那个她一直想知道的问题。

"知道什么？"

"知道你爱我啊。"她咻咻地笑，又吻他一下。

"从一开始啊，"平川说，"第一眼看到你就知道。"

"我说的是爱，love，"她用英文强调，"你说的是喜欢。不一样。"

平川闭上眼睛，眼球在眼皮下微微颤动。"你还记得那次你回国唱K吗？"他忽然笑了，仍闭着眼，"还打电话给我？"

她当然记得。她回国度假,和老同学一起去唱卡拉OK,点了一首甲壳虫乐队的 *In My Life*。然后,生活中那个永恒的小讽刺又来了——在家中浴室里你是帕瓦罗蒂,但总是忘了歌词;而唱起卡拉OK时,看着屏幕上的歌词,你却又忘了调子。还有一首歌就轮到她的时候,苏昂的大脑一片空白。当下她不知怎的,立刻拿出手机打电话给平川求助——不顾那是国际长途,也忘了他们之间隔着八小时的时差。

中国的晚上是英国的下午,平川还在上班。可是他只犹豫了两秒钟,就轻声在越洋电话的另一头唱了起来:

> There are places I'll remember
> All my life, though some have changed
> Some forever, not for better
> Some have gone and some remain

"你知道吗?我对着电话唱歌的时候,办公室里特别安静,我那些同事们全都在旁边鬼头鬼脑地笑。"他笑着,微微皱起眉头。自那以后这还是他第一次提起卡拉OK事件,"后来,我挂掉电话的时候,Thomas就过来拍我的肩膀。他说:'You are in such deep trouble, mate.'然后,办公室里的每个人都在点头。"

苏昂也笑了。那的确不是平川的一贯作风。

"可是我居然也没觉得不好意思,"他睁开眼睛看她,"所以我就知道自己完蛋了。应该就是在那一天吧,我就知道了……"

他把她拉向他，手搭在她的后颈上，使劲吻了她。那感觉美妙至极。

而她又是什么时候真正爱上他的呢？平川从没问过这种问题，但苏昂知道答案——不是某时某刻的电光石火，而是点点滴滴日复一日汇聚而成。她爱他的得体和诚实，他与世无争的气质，拍照时脸上别扭的笑容，沉默时那种独特的魅力；她爱他毫不费力却挑不出错的穿衣品位，衬衫和毛衣永远色彩和谐，连牛仔裤裤脚的卷边长短都恰到好处；她爱他在博物方面的知识——能够叫出公园里所有花草树木的名字，而且聊得那么兴致盎然，光是听他的语气就已心神摇荡；她爱他身上那股温和的阳刚气质，修水管、换轮胎、组装家具样样在行，一眼就能看出哪堵是承重墙，家里永远有足够的工具、电池和药品；她爱他的踏实可靠，总是提前很久就开始规划假期和旅行，尽心尽力将他们两人的银行账户、保险和退休金打理得井井有条；她爱他无微不至的细心——每天早上第一件事就是给她煮咖啡，吃外卖时所有的餐具都帮她拆开放好，记得她最喜欢什么食物、书籍、花草，甚至是某种口味的润唇膏；她爱他对她的宽容，宽容她在烹饪上的笨拙，宽容她积在排水孔中的头发、泡在水池里的碗碟、从不清理的烟灰缸、从冰箱里拿出来却总忘了放回去的食物，宽容她可怕的懒惰、无可救药的方向感和爱迟到的坏毛病……

当然啦，其实她也并非那么一无是处。苏昂相信自己也有让平川欣赏佩服的地方，比如说，审美情趣和艺术欣赏水平——很大程度上源自她曾经的十年油画学习经历，尽管后来放弃了，却也足以令这个理工男肃然起敬。她给他讲她读过的书和看过的电影，她逮着机会就放她喜欢的波普爵士和摩城唱片给他听，他们手拉着手去博物馆和美术馆，周末和节假日跑到欧洲看展览，她用她脑海中储存的大量艺术家八卦和传奇故事令他哈哈大笑并五体投地……

有一次，苏昂在网上找出清代任颐的《三友图》，告诉平川自己一早发现的"惊天大秘密"：这幅作于清光绪年间的水墨画，从左到右，难道不正是李连杰、甄子丹和洪金宝吗？她说，这分明是《武坛三友》嘛！平川惊呆了，差一点信以为真。那时他看她的眼神，就像珠宝鉴定师刚刚发现了一颗价值连城的宝石。

她对他进行了相当宏大的"精神文明建设"。他们一起度过了许多聪明、时髦和值得回味的时光。说句公道话，很多文化活动他还是挺喜欢的。平川一直都很愿意学习——或者说，他是那种绝不甘心浪费门票的人，就算是再不对胃口的展览，他也会皱着眉头看完每一幅画和它们的介绍。他能够理解看到一件东西画得栩栩如生时那种肤浅的快感，愿意去了解画作的社会和历史背景，以及是什么让这幅画值这么多钱；但他不明白为什么一个签了名的小便池也能被称为艺术品，不明白蒙德里安那些齐整的原色方块到底是想表达什么，不明白为什么一个人不停地撕纸也可以被称作行为艺术……

在巴黎的蓬皮杜艺术中心，面对着伊夫·克莱因那涂满整个画板的蓝色，他整个人仿佛被闪电击中。苏昂记得他缓慢地转过身来，"好看是好看，"微妙的、蓝色的不忿潜伏在他的眼睛里，"但这样的画我一天能刷二十幅啊！"

在奥赛美术馆里他要自在得多。苏昂听着他如释重负地说"我还是喜欢印象派"，头一回没有泛起翻白眼的冲动——她一直觉得一个人宣称自己喜欢印象派，就像在说诗人里最喜欢李白、歌曲里最喜欢《月亮代表我的心》，只不过是最方便且安全的答案。但平川不一样——反正从她那初堕爱河的眼光看来不一样——他的艺术品位或许相当浅白，但至少是经过了解和选择之后的真诚。

在苏昂推荐给他的画家当中，平川最喜欢的是埃舍尔，那位最擅长制造和呈现空间悖论的荷兰大师。从《手画手》里那相互画出彼此、但无法区分究竟是谁先画出了谁的两只手开始，他沉迷于埃舍尔所构建的那些自相矛盾、无限循环、违背现实规律却又无比严谨自然的奇异空间。这是一个非常"平川"的喜好，苏昂忍俊不禁地想，因为埃舍尔的作品里充满了分形、对称、双曲几何、多面体等数学概念的形象表达。事实上，他喜欢的不一定是埃舍尔，而是数学与逻辑之美。

"但埃舍尔承认自己其实不懂数学。"她告诉他。

"男人天生数学思维好，"他无比确定地说，"他那是一种数学直觉。"

她常发觉自己很羡慕他。人能活得自洽并不容易，但对平川来说似乎毫不费力。他一早就知道自己喜欢什么、想要什么，也从未幻想过自己是别的什么人、在别的任何地方、以别的任何方式长大——就像一条生活在海里的鱼，从不会为陆地和天空而分心。和苏昂不同，他热爱自己的工作，而他的工作与他这个人本身也完美契合。编程于他不仅仅是一种爱好或职业，而是一种生活方式。苏昂经常能在他的日常生活中看到编程的效果，比如用最少的水和洗洁精洗碗，却又能达到最高的清洁度，比如用修复 bug 的专注和耐心来烹饪、打扫、修理家电，比如用数字和逻辑把复杂的决定变得非常简单……

有些时候，她也会对编程塑造他思维方式的事实感到厌烦。他的思想是一曲充满斜杠、点号、算术运算符和逻辑运算符的交响乐，每当他们就某个问题产生分歧，平川总会运用一套令人讨厌的、条理分明的、滴水不漏的逻辑，提出最为"理性客观"的论点。

"这不符合逻辑。"他总是这样说，然后列出要点一二三四五。

"但我们是人，不是代码！"她会这样抱怨，但内心可能已经妥协了。

她崇拜他，也因此信任他的"理性"。要到很久以后，苏昂才会开始反思，她对他的崇拜和信任有多少是因为他本人的说服力，又有多少源自那些根深蒂固的笃信。它并非发生在某个明确的时刻，而是一个缓慢渗透的过程。比如说吧，她从小被灌输理性是好的，非理性是坏的；科学才是第一生产力，文人只会无病呻吟。所有人都默认理科天然比文科优越——"学好数理化，走遍天下都不怕"——除了就业前（钱）景更为光明，就连智力上都存在着鄙视链；与此同时，所有人也都默认女生的智力和理科天赋不如男生——"你们只擅长死记硬背，别看现在成绩比男同学好，"老师和家长都会这么说，"他们后劲足啊，一发力就轻轻松松超过你们。"她甚至从小被父母教育要带着学习的心态跟男生交朋友，因为"你们女孩事儿太多，喜欢说三道四搞小圈子，男孩子心胸宽广知识面开阔"……在成长过程中，尽管她和妈妈的关系非常亲密，但很长时间里她都更崇拜爸爸——他是不容置疑的"一家之主"，在社会意义上更为"成功"。妈妈的角色则是温柔而平庸的奉献者，用劳动、爱和母性来服务家庭，为家人的理想作嫁衣裳。妈妈很辛苦，为这个家牺牲很多，爸爸会这么告诉她，然后推开碗碟站起来，直接跨过掉落地上的纸巾盒。

她从生活的无数缝隙里窥见那种奇怪的笃信。它显露在妈妈征询爸爸意见的眼神之中，显露在物理老师提起文科生的语气之中，显露在周围的人对"女司机""女博士""女强人"的调侃之中，显露在整个法律圈"男性俱乐部"的氛围之中。

还记得大三大四和同学去法院旁听庭审时，苏昂无法不注意到那几乎是一个男人的世界——法官是男性，书记员是男性，出庭律师也大多是男性。她观察着那些"硕果仅存"的女律师，在心里默默做着笔记：中长发或长发最好——但也不能太长；高跟鞋和裙装是首选，但鞋跟不能太高，裙子也不能太短；需要表现得自信，但绝不可咄咄逼人；需要尽可能多地微笑，但切忌"卖弄风情"；愤怒时必须控制自己的动作和语调，以免显得过于情绪化——尽管男律师的情绪化反倒更容易赢得陪审团的心；哦对了，整个庭审过程中还得说上无数次的"谢谢"和"对不起"……女律师总是面临着双重标准和双重约束，如果说男性对手的进攻方式是近身肉搏，她们的战术则更像是击剑。法学院有位女教授曾特地用一堂课的时间提醒所有女生：她们的外表和举止将受到来自法庭每个角落的无情审视，所以必须密切注意自己的穿着、语言和行为方式。"记住，"教授用一种冷静得近乎冷酷的语气说，"要做法庭上每个人都喜欢的人。"

也许这就是为什么她早早打消了成为一名出庭律师的念头——她消化不了这些现实，也无力质疑那种笃信。初入律所时她留心四周，发现工作环境相比法庭的确更可接受。但有些过于强大的事物不会凭空消失，它们只是潜伏在折缝和阴影里，以更微妙的形式呈现。起初是发现没有足够的女性 mentor（导师）可供选择，继而意识到身居高层的女性榜样本来就少得可怜。律师事务所的合伙制结构助长了"男性俱乐部"的风气，如果你不打高尔夫球，你天然就处于劣势。苏昂的女同事中只有极少数人有孩子，这一事实令她察觉到家庭与事业绝无可能兼容。即使你下午 5 点半下班去学校接孩子，然后晚上在家干上四个小时的活儿，你仍然会被认为"没有尽到本分"，或是"自动放弃了晋升的机会"——在这种情况下你根本就接不到大案子，自然也就没法向律所证明你的价值。于是许多女同事"自动"选择了离开，当起了全职妈妈，或是转行去做时间更灵活的工作。但与此同时，她从未听说有哪位男同事为了家庭而离开律所。无数次地，她从他们发号施令的神态、他们相互拍打肩膀的姿势、他们对她们说话的语气中看到那种笃信。"别浪费时间了，"他们仿佛在说，"这终归是一个男人的世界。"

渐渐地，她学会了适应那种笃信。当平川开车时调侃起路边正在倒车的"女司机"，她也和他一起露出心照不宣的微笑；外出开会时遇见挺着孕肚的女律师，她会忍不住在心中嘀咕"你为什么不待在家里"；已为人母的女同事转行去做公司法务，她不仅认为那是明智的选择，还会由此构想自己未来的职业路径……现在想来，其实她们一直被禁锢在一种伪造的生存经验里，以至于自身真正的天赋和潜能已无法被界定与辨识。诱惑是那些难以兑现的承诺——感恩的丈夫、懂事的孩子、幸福的家庭、被照顾的舒适、被认可的尊严、被保护的安全感……但这一切都是海市蜃楼，它们其实并不存在，但当你发现时可能已经太晚了，你已经在走向礁石，再也没法改变方向了。

如今她已能看出自己在多大程度上被海市蜃楼所愚弄和削弱，但在头脑中充满粉色泡泡的曾经，苏昂十分珍惜她与平川之间的差异：男人和女人、科学和艺术、理性与感性……她把他当作学习的对象，迫切地想要自己变得更"好"——比如，更加冷静务实，不那么容易被情绪控制和陷入自我怀疑……随着时间流逝，他们共同塑造一生的习惯和口头禅，兴趣爱好也逐渐融合。她开始喜欢这种井井有条的新生活，把从前那个懒散、混乱、不切实际、常活在幻想之中的自我一点点抛到身后。

遇见平川的那个晚上他们聊了很多，但她从未告诉他，那时她生活得很不开心。工作的繁重只是冰山一角，更大的阴影来自她对自己职业生涯的怀疑。很久很久以前，她曾想过报考艺术院校，但遭到了所有人的反对。所有人都告诉她，只有学习不好的学生才会去上艺术院校，而艺术是付不起房贷的。搞艺术的人是被诅咒的人，他们多半无法养活自己，注定要过着妖怪般的异类人生。作为一个好学生，她理应走上一条更为光明和平稳的道路。于是她再次屈服于那种笃信——公平地说，她也从未抗争过。在那个年代，在她成长的那个地方，视野有限，信息闭塞，成年人的话都如警世恒言。他们所公认的最好的人生就是出国留学，读个能挣钱的专业，毕业后找到工作留下来，然后在当地成家立业，孩子在一望无际的草地上奔跑，制作甜饼干，过圣诞节，去欧洲度假，花大价钱保养牙齿，冬天铲掉门前车道上的雪……

在咨询了几位海外亲友的建议之后，她糊里糊涂地选择了法律专业，心中怀着一丝对港剧中飒爽英姿的律师美好而模糊的幻想。但这幻想在上学期间，尤其是在工作之后就分崩离析了——她发觉自己怎么也没办法喜欢上这一行，尽管出于一个华裔学霸的本能，她能够把不喜欢的事情做到最好；再加上一点点演技，她能够在同事和客户面前扮演一个足以令他们信服的专业人士。这令她处于一场与自己的本性进行的永恒战斗之中。她觉得自己分裂出了两个人格，它们水火不容，彼此痛恨，其结果就是她对自己感觉无比糟糕。她在客户面前微笑着，但她知道自己连灵魂都皱着眉头。

但那都是过去的事了。遇见平川以后，心口一个空虚的大洞被填满，就像某种使人身体衰竭的病症被治愈。情感生活的充实令无趣的工作变得可堪忍受，平川所构建的那个充满理性、秩序和效率的世界为她提供了一种既新鲜又可靠的生活方式，而且与她的职业性质有某种惊人的和谐。渐渐地，她开始接受，甚至开始欣赏自己的"专业人士"身份。有时被人评论说她的工作风格像个男律师，她会将其视为一种赞美，心中暗暗得意。我要更大声，更自信，更能熬夜，更咄咄逼人，她想，我要证明我也能像男人一样，甚至比他们做得更好。

有时她甚至怀疑，过去那场与自己的本性进行的战斗究竟有无意义——一个人的本性显然有很多层面，而既然我们每个人都是好几个人，那个"认识你自己"的追问又怎会有一个确定的答案？

曾经的很多个深夜里，苏昂的大脑一直燃烧着一个疯狂的想法：辞掉工作，用所有的积蓄重回大学读个美术史或艺术品管理之类的学位，然后从零开始，与法律生涯一刀两断，走上一条也许万劫不复的岔路。然而，自从她的两个人格开始合二为一，她就逐渐打消了这个念头，回归旧日自我的最后一座桥终于坍塌，坠入永恒的深谷。渐渐地，她连素描都懒得画了——她早就不画油画了，但旅行、坐车或等待时偶尔还会在小本子上随手勾勒风景或人物肖像来打发时间——只剩下缝制布包这唯一勉强与艺术或审美沾边的爱好，因为还具有一丝实用的目的，得以保留下来，幸存至今。

从前的苏昂也许更像艾伦，如今的她却周身笼罩着平川的影子。某种意义上他重新改造了她，令她变成了一个自己都不大认识的人。她学会了控制情绪，安于现实，不再费心追逐生活之外的东西。她在他的劝说下戒掉了香烟，能做几个拿手菜，打开过的食品袋会用塑料夹子夹住封口，也不再把外套随手扔在地上。她仍然喜欢喝酒，但几乎再也没有宿醉，没有断片儿，没有赶不上最后一班地铁的懊悔。艺术仍能给她带来乐趣和满足，但那不再是求而不得的狂热梦想，而是枯燥工作的一种调剂。就算有时还是会觉得少了点什么，可是——哪里会有完美的人生呢？大家不都是这样吗？

当平川也同意生活中似乎少了点什么的时候，他们做出了回国的决定，认为那是最合乎逻辑的选择——平川一向很擅长将自己的困惑合理化。我们本来就没打算在国外待一辈子，他又开始列举要点，一来父母都在国内，也没有意愿去国外养老；二来英国的生活一眼可以看到尽头，透过在英国的华人朋友的生活，仿佛可以看到自己未来几乎没有差别的人生路径。我们还是想要更多的可能性，对吧？而眼下的中国热闹、蓬勃、一切皆有可能。不是吗？所有的人都在往回走。

现在想来，在英国的那些年月犹如一段漫长的真空期——知道自己不会永居异乡，却尚未决定归期；过着稳定的生活，却从未认真考虑买房、生育、自我实现等"真实"而沉重的人生议题。他们半心半意地飘浮于生活的表层，并不在意命运的暗流将把他们带向何处。那时她还没有意识到：缺乏梦想和目的地的生活，意味着你会抓住任何一根朝你飞来的稻草。别说回国了，就算平川提议他们搬到火星，她也会不假思索地跟着他走。

刚搬回北京时，生活新鲜、忙碌，充满小震惊和小挑战，令人应接不暇。可是，当他们完全安顿下来，一切各就各位，最初的兴奋渐渐褪去，生活又回复了平淡的忙碌。他们仍干着老本行，常常加班，周末和朋友聚餐，传说中各种令人振奋的可能性统统与他们无关，所有的社会角色依然如迪士尼的旋转茶杯一般在原地打转。琐屑的小疑心开始悄悄钻进苏昂的知觉：如果生活并没有实质的改变，他们到底为什么回来？她很少抱怨什么，但她的确常常在心底里怀念伦敦的大片草地和长椅、丰富多样而质量极高的文艺活动、不以金钱衡量成功与否的多元价值观……当她身在其中时，总觉得命运的大幕尚未拉开，真正的好戏还没上演。如今回头看，才发觉那或许才是他们人生最精彩、最快乐的华章，而它已然一去不返。

渐渐地，她能感到心口的那个大洞又开始显露轮廓，嘶嘶冒着凉气，而这一回它很难再被爱的激情填满，因为那激情已不复存在——如今他俩你中有我我中有你，很难再对彼此保持好奇。在很多时候，当她在思索时来回微微咬着下唇，或是不自觉地开始挤压手指关节，会突然意识到，这个动作是从平川那里学来的……随着她自己的放弃，他对她艺术天赋的欣赏似乎也被消磨殆尽。一起吃晚餐的时候，她甚至常常要绞尽脑汁地从最近的新闻里挖掘话题，否则他们之间往往只剩下勺子碰撞碗碟发出的锵锵声。多么天真，多么可笑啊——他在越

洋电话里给她唱 *In My Life* 的时候,他带着醉意躺在她大腿上的那个夜晚,他拿出戒指向她求婚的那一瞬间,她还以为这种事情永远不会发生在他们身上!

接着就发生了意外怀孕事件。另一个大洞出现了,沸腾着生活中所有的不安。他们选择用指责对方的方式来表达自己的不安,于是便再也无法听见彼此的不安。然后,一切都不可遏制地往更坏的方向飞驰而去。

此刻,当她一个人躺在曼谷的深夜里,以一种"后见之明"的超然视角重新审视他们的过往,看那些共同分享的岁月漫步而过,苏昂发现自己第一次看到许多事物的本来面目。她开始直面那些曾被刻意忽略和隐藏的感受,也能够更加真切地看清导致他们走到今天的每一步,就像是沿着龟裂的土地走到了干旱的源头。怀孕流产只是个导火索,更多的伏笔早就埋下了。她曾经相信,命运让我们和某人相遇,是为了从那个人身上寻求圆满。但回忆如一口深井,从幽暗深处发出了回音:你不能只以半个人走入婚姻,怀着对完美另一半的笃信和依赖,幻想红毯那端的人手里握着全部的答案。

二十九

一早起来，苏昂看到手机朋友圈里丁子转发的本周星座运程。如果她相信星座的话，接下来的几天里她的生活将"充满新希望""可能在某特殊领域大放异彩"。她习惯性地继续查看工作邮箱，发现世界少了她依然在正常运转——也许还运转得比以前更好。她在心里笑了笑，把手机扔到一旁。

在真实的异国生活里，没有 Alex 做伴的日子毫无光彩。这两天他有工作要忙，苏昂只好自己消磨时间——她再一次和"战友"们去拜了四面佛。思思依然热情，小钟依然高冷，余姐依然有种诡异的神经质，而陈倩……苏昂本以为陈倩是个最温柔和顺的女子，然而回程时和她聊天，得知她为了二胎能生个儿子，已经打掉了三个女胎——前两次是自然受孕，最后一个是在国内医院做的试管婴儿。

"为什么要做试管？"苏昂仍处于极度的震惊之中，"国内又不能告诉你性别……"

陈倩懊悔地长叹一声："唉，就是有认识的人说，医生看形状就知道是男是女嘛！"

"看……什么形状？"

"受精卵的形状嘛！"陈倩说，"结果被骗了啊！口口声声说一定帮我移植个男的，结果四个月一照 B 超还是女的，只好打掉了嘛！"

她那理所当然的语气几乎令苏昂产生错觉，以为世界就是那样运作的。她张开嘴想说点什么，又艰难地咽了回去。人的悲欢无法相通，很多时候，也许只因为每个人都是基因和环境的产物。不过在那之后，当陈倩邀她一起逛街吃饭时，她还是找了个理由拒绝了，希望对方能听出她悬于舌尖的寒意——我承受着失去三个孩子的痛苦，你却随随便便谋杀三条生命……她苦涩地摇摇头，独自走进灼人的日光。

除了与 Songchai 医生的会面，这几天她几乎都是在暹罗广场度过的。现在苏昂明白为什么泰国人总在建造一个又一个巨大的商场——在这个地球上平均气温最高的大都市，商场就是最完美的避难所。它们与人行天桥和轻轨站相互连接，它们彼此之间也相互连接，形成了一个结构错综复杂的巨型灰色建筑物，宛如一艘停泊在暹罗广场上空的太空飞船，任凭城市在外面隆隆作响。

苏昂逛遍了所有的商场——许多都称得上是世界一流的商场。饿了就在商场里的餐厅吃一碗面，累了就找个咖啡店休息。全球品牌，国际美食，选择无穷无尽，多到几乎令人厌烦。她惊讶于这座城市的时髦与国际化，在保留传统美学的同时，人们物质生活上的西化程度比中国更甚。在许多方面，它可能比伦敦还要精致。当然，她也知道，首都城市都是它们国家的怪物，曼谷只是曼谷。

由于全世界的 Zara、Gap、Armani、Gucci 都长得一模一样，苏昂对那些泰国本土设计师品牌更感兴趣。它们集中在 Siam Centre

的三层，与其说是店铺，其实更像一场光怪陆离的现代艺术展。那些大胆的配色、华丽的刺绣、浮夸的图案、张扬的荷叶边与不对称设计……只适合出现在秀场、杂志和舞台，很难想象真的会有人穿上街去。但她还是逛得乐此不疲。每个爱逛街的人都知道，那种乐趣很大程度上来自于自我幻想——你可以幻想用衣服把自己变成另一个人。很多时候，穿衣装扮是日常生活中仅存的创造性活动——她总会这样为自己的购物欲开脱——尽管那种"创造"往往只发生在头脑里，其成果却很少为旁人所留意。

每次逛完 Siam Centre，她会从四层的空中长廊直接走到 Siam Discovery。那是一间极具设计感的商场，售卖精挑细选的创意商品，像一个巨大的买手店，或是所谓的"生活方式体验馆"。这段时间它正忙着推出一个全新的"生态购物理念"，整个商场四层都被打造成了一个"生态乌托邦"，汇集着几千种"健康和环保生活方式"的潮流单品——食品、时尚、家居装饰等一应俱全。徜徉在这个精美而昂贵的乌托邦里，苏昂无法不感到某种讽刺：环保与消费怎可能兼容？但她依然在这场注定要失败的狂欢中游荡了一个多小时，买下了几件令她爱不释手但其实毫无必要的"绿色"文具——没有为环保做出任何贡献，只不过略为减轻了浪费资源的负疚感。

"生活方式"是当下最热也最被滥用的词，这是苏昂从飞船探索中得出的结论。所有的购物商场都在大肆宣扬着这种稀释人生的见鬼概念——当然啦，他们终于找到了一个可以充当营销工具、听起来又没那么赤裸裸的时髦词语，正好完美覆盖他们售卖的所有商品，从穿衣到护肤，从饮食到运动，从汽车到野营，从家居到旅行……那些"生活方式"展厅和店铺永远完美得无可挑剔,仿佛在鼓励每一位徜徉其中的顾客:你应该过一种更有品位的生活。其背后的潜台词是:你还差得远呢!

她和丁子常吐槽那些常年在社交媒体上塑造完美生活方式的博主们:那些看似拥有"毫不费力之美"的年轻男女,那些会让你相形见绌、觉得自己平庸粗糙的网络红人。她们都关注了一个推崇"极简生活方式"的北欧金发女孩,她有一张精灵般的面孔,永远穿款式简洁(但显然价格不菲)的衣服,头发散乱得恰到好处,泳装照里找不到一丝赘肉,皮肤好到可以任性地只涂凡士林,她的房子、花园、家居装饰,甚至她的狗和她的男朋友都完美得令人难以置信。照片里的她永远笑容灿烂——坐在一尘不染的白色沙发上大笑,手捧一杯咖啡大笑,吃着"百分百有机小麦"制作的百吉饼大笑,在野外徒步时大笑,在向日葵花田里大笑,在后院里抱着她的狗大笑……不得不说,女孩的笑容和"生活方式"的确赏心悦目,但每次欣赏她更新的照片时,苏昂都会感到微微的刺痛——一半是妒忌,一半是怀疑。有一次丁子也承认,她总是想象着有那么一天,极简精灵女孩的男友和狗因被迫完美和被迫大笑而疲惫不堪,终于在半夜结伴偷偷跑掉……噢,她是多么想念丁子!

对美的物件的迷恋仍然支撑着她每天至少两万步的飞船之旅。有些商场实在太大了,它们超乎寻常的面积和布局令她渐渐迷失方向,有时想再回某家店铺看看,但逛了一圈便再也找不到回去的路。到处都是大理石和玻璃幕墙,到处都是扶手电梯和人造灯光。她不知又走了多久,却永远无法抵达目标。或许还是得先回到中庭大厅。她又感到了那种熟悉的迟钝，那种不知今夕何夕的空虚。她停下脚步，靠在墙上，有一瞬间觉得自己再也出不去了——她注定被困在此地，迷失于泛滥成灾的美，品尝更空虚的空虚。

最后依然是美解救了她。出于某种莫名其妙的直觉，苏昂跟在一位拎着名牌购物袋的美女身后，拐了几个弯，坐电梯下到一层，然后奇迹般地看见了出口。门卫殷勤地帮美女拉开了玻璃门，外面很可能有豪车和司机正在等候。泰国的富人们是另一种人类，就像是直接从泰剧里走出来的角色，只有在飞船里才会与普通人发生短暂的交集。

染过头发、穿着紧身范思哲衬衫、脸上打了肉毒杆菌的男人们，拎着名牌包、一身蕾丝裙、刚刚做完美甲的女人们，全都有着一口钱能买到的最白的牙，被昂贵化妆品和发型师打造得神采奕奕。他们的孩子们也在飞船里长大，很可能从来不去户外玩耍。外面太热了，而且阳光会晒黑他们的皮肤——和很多亚洲女性一样，美白也是泰国人毕生的追求。黑皮肤意味着在田间劳作的农民，而苍白是城市生活的颜色，金钱与地位的颜色。所以泰国人时时刻刻都在躲避太阳。而这些孩子长大以后又变成他们的父母，去有空调的商场购物，炫耀自己的白皮肤和新衣服。

黄昏来临时，苏昂会怀着解脱的心情走出飞船，站在连接着两个世界的天桥上俯瞰城市。她看见真实的"生活方式"，还有曼谷的利爪和牙齿。数百万人在无情的生存斗争中挣扎，其中大部分是来自农村的打工者。当交通灯变成绿色，打头阵的摩托车呼啸着冲过斑马线。后座的女人双腿并拢地侧坐着，身体随着车子所画的弧线东歪西倒。紧随其后的是皮卡车、公共汽车、出租车、嘟嘟车和大货车，发动机咆哮着，喷出的烟雾渗入潮热的空气。双腿残疾的男子在人行道上乞讨，有时靠着墙壁睡着。在连接 Paragon 和 Central World 的天桥上，一个女人总是坐在那里，以一种永恒的耐心将万寿菊和茉莉花穿成一串串出售。她的两个小女儿在旁边无所事事地嬉笑打闹，凌乱头发掩盖不了世界上最明亮的眼睛。有一次苏昂看见她俩在合吃一个甜筒，一人一口，珍而重之，小心翼翼。是的，每一点小小的运气都必须好好珍惜，街头生活充满不确定，危机四伏，来日大难。

然而，尽管曼谷居大不易，人们的身上却仍有一种柔软，一种在全球大都市中很可能是独一无二的温和慵懒。当你在人群中等待公交车，或是乘自动扶梯去坐轻轨，大家都自觉地排队，没有人抱怨，没有人互相推挤。即使列车刚刚进站，站在扶梯上的人们都懒得加快脚步。

傍晚是她的户外探索时间，目标是暹罗广场周边的街道。湿润的热风舔舐着脖子，苏昂慢慢走过一家又一家小店，有时进去看看，有时不。店铺里总是播放着缠绵娇柔的泰国流行歌曲，这里似乎并不欢迎愤怒的摇滚乐。忽然间她闯入一个服装市场，看见夕阳余晖泼洒在透明塑料顶棚，市场的无数条通道闪闪发亮。塑料模特们整齐地站成一列，展示着它们身上便宜而时髦的小洋装。一排排凉鞋有着热带丛林花朵般的外形和颜色，迎合着当地人的品位。这里的街道、市场、文字，甚至时尚，她统统都不熟悉，但这似乎正是她想要的：某种不求甚解的神秘。

她注意到每条街都有一大堆纠缠的电缆。也许是因为通信公司从不拿走那些已经停止运作的电缆，他们永远只加新的上去，最终制造出了一大团电缆意大利面。总有一天它们会占领整座城市，就像某种掠食生物。它们和破损的人行道共同组成一幅庞大而粗陋的画面——不美，一点也不，却同样击中了她的心。或许这也是她想要的：不被审美的自由。但这可能又是个悖论，因为不完美其实也是审美的对象。

眼前的景象渐渐与记忆中的电影画面重合。她意识到这里就是很多泰国青春电影的取景地。有那么一段时间，因为身边朋友的推荐，她接连看了好几部泰国电影。这个国家的青春片有种不可思议的清新，即便有时表情夸张、情节狗血，那种清新却是一流的、货真价实的。她也喜欢现实中的泰国青少年，他们穿着校服，如此斯文、干净、友好，不像那些叛逆的、带刺的、被宠坏了的西方孩子们，以及他们油腻腻的长头发和自以为很酷的衣服。

苏昂最喜欢的还是每天下午六点国歌奏响的时刻。泰国人总将"six o'clock"说成"sick o'clock"，她每次听见都在心中莞尔。国歌由泰皇谱曲，听起来更像是某种军乐。每当"sick o'clock"音乐响起的时候，每个人都要停下手头的事情，保持静默以示尊敬。在户外运动场，人们拿着哑铃的手悬在半空，脸上表情扭曲。打太极或跳健美操的人也保持着那个姿势，就像被下了咒语一般。而在暹罗广场，少男少女们安安静静地站在街边，女孩子脸上有种无辜的神情，她们轻轻地攥着手指，书包垂在身侧，长发在风中飘。

她是如此喜爱这座城市，以至于开始相信它也会回报她以同样的爱，尤其是看到那间白色的店铺和那个熟悉的身影。Chatuchak偶遇的设计师店主，暹罗广场的新店……生活中的偶然性有时更像是宿命。潜意识里，或许她也一直在寻找这家店。

店面不大，但与 Chatuchak 的简陋小铺相比简直是云泥之别，俨然已是一家设计师店了。白墙上钉着大块的木板和挂钩，上面整齐地陈列着一件件首饰，顾客可以自行取下试戴。黑色、白色和金属色的凉鞋则看似随意地散落在木地板上。店主 Fai 正坐在柜台后面吃着一袋青木瓜沙拉。她今天穿一条简单的黑色 A 字连身短裙，搭配浅金色长耳坠和同色的绑带凉鞋——在她的世界里，首饰永远是主角。苏昂再次留意到她有多瘦，但优美而挺拔，像一棵树苗。

Fai 立刻就认出了她。"Chatuchak,"她扔下那袋沙拉，上下打量着苏昂，露出欣喜的笑容，"很适合你！"

她这才发现自己正戴着上次在 Chatuchak 买的耳环，脚上也是 Fai 设计的凉鞋。这些日子她一直在穿，走一整天都不累，性价比无敌。

"帅哥男朋友今天没来？"

"他只是朋友……"她有些尴尬，"你知道的吧？"

Fai 不以为然地耸了耸肩，露出一种狡黠的神情，好像在说：现在是朋友，以后可不一定。

"我已经结婚了。"她急匆匆自证清白似的说，向 Fai 举起左手，亮出无名指上的婚戒。

"好吧，"Fai 言若有憾，"好吧。"她忽然移开目光，指一指苏昂手里的椭圆形手袋。"美丽的包包，"她带着点撒娇般的嫉妒语气说，"你总是有美丽的包包。"

"也是我自己做的。"

Fai 张大嘴，难以置信地摇了摇头。她凑近来看，用手指轻轻抚摸点缀在上面的小小镜片。"印度刺绣？"

"这种布料叫 Shisha，"苏昂内心交织着腼腆与自豪，"其实原本是我在印度买的一个抱枕套……"

那天她在斋浦尔发现了两家相邻的服装兼面料店。其中一家足有四层楼，里面堆满了令她欣喜若狂的东西：拉贾斯坦邦特色刺绣的床罩、抱枕和民族服饰，古董蕾丝睡衣，寺庙里供奉用的装饰绣片，用金线缝纫的壁挂，用饰有贝壳的面料制作的钱包……顶楼全都是破旧不堪、比这栋楼还要老、但对她来说宛若宝藏的"垃圾"，其中既有旧窗帘和做降落伞的材料，也有华美惊人的婚礼纱丽和绸缎礼服。她在里面待了足足五个小时，和店主一起喝了两次茶，最后抱着一大包战利品离开。而在一楼等待的平川已经在 Kindle 上读完了一整本书。他看着她和她的那包"破烂"，无奈地抱怨说行李肯定又要超重罚款了……

"抱枕套！"Fai 看上去很佩服，"天哪，你到底做了多少个包包？"

"一百多个吧……"

"出售吗？"Fai 露出不可思议的表情，"不会只是自己做来玩的吧？"

然后一切就这样自然地发生了，仿佛一列火车呼啸着跑上了属于它的轨道。事后，当她开始回忆这一过程，整个人依然好似飘浮在云端。她只记得她拿出手机给 Fai 看相册里的作品照片，而 Fai 惊叹着，不断发出赞美的声音。她感觉一切都发生得很快，记忆就像跳动的片段，她与 Fai 来来去去的对话宛如模糊的背景音，直到 Fai 说出那句话——

"你愿意拿一些来我的店里寄卖吗？"

苏昂的脑子嗡嗡作响，一时无法相信从天而降的运气。她小心地观察着 Fai，不知道她是不是在开玩笑。但 Fai 的眼神诚恳而热切并无半点调侃之意。她转过头去，看着四周的白色背景和墙上那些清冷的首饰。是的，她那些色彩丰富的布包将会是自然又别致的点缀。她听见 Fai 在一旁说，可以在这边加一个挂衣杆，把那些包包整齐地排成一列。然后她眼前就忽然出现了那幅画面——红色几何波点的小手提包，蓝白佩斯利花纹的单肩包，黑底白色数字图案的帆布翻盖斜挎包，野玫瑰刺绣的羊毛材质圆形手包，摩洛哥花纹的大号斜挎包……它们各安其位，各得其所，就在这间纯白的店铺里，感觉再合适不过了。

"愿意，当然，"她努力按捺着声音里的激动，"太愿意了。"她算了算，还有五六天平川就来了，可以让他把那些包包带来曼谷。

她们又一起仔细浏览了一遍她手机里的照片，很快就挑好了二十个不同款式的包。Fai 对那些零钱包也很有兴趣，但因为没有全部的照片，她让苏昂自己挑选一些带来。她们约好一周后来店里"交货"，顺便把合同签妥。Fai 的条件是抽 15% 的佣金，而且给每个包定价时要两人一起商议。

"你可以相信我，"她认真地说，"我了解市场，而且我是真心喜欢你的作品。"

苏昂完全没有意见。她对这类商业操作一无所知，她其实也并不在乎能赚多少钱。对她来说，整件事中唯一重要的，就是她那些包包不再只是一堆无用之物，这个世界上也许的确有人会真心喜欢她的作品，喜欢到甚至愿意付钱来拥有它们——这真的可能吗？她不会是在做梦吧?

"你学过设计吗?或者学过画画?"Fai还在看她手机里的照片,"我猜你应该有美术功底吧?"

苏昂下意识地点头,又随即摇头。"只学过油画,很久以前了……"她想起了那晚的回忆,想起当年放弃了的艺术院校。其实那放弃并不单纯来源于长辈的劝说和世俗的压力,还因为在内心深处,她深知自己不是天才,只是懂得绘画知识,有点普普通通的能力,半吊子的模仿搞得还不错而已。她曾对平川说起自己的困惑:如果你很喜欢艺术,但又早就知道自己只是平庸之辈,还有必要继续在这条路上努力下去吗?会不会太可悲了?

平川思索了一会儿。"不知道,"他承认,"但我觉得天才和平庸之间可能还有很多层吧。"

和平川交往以后,她从他身上看到另一种可能:即使没有横空出世的天才,做一个平凡而称职的专业人士也是不错的选择。只是在一个又一个长夜里,心底还是会有什么蠢蠢欲动,就像无法被完全扑灭的火种。在那样的时刻,她就会找出喜欢的布料,坐到老朋友般的缝纫机前。她曾以为那只是对美的眷恋,然而此时此刻,在这间布满作品的设计师小店里,她终于恍然大悟:那是一种对创造的渴望,与天赋或并无关联。无论是天才还是庸人,这一生总逃不掉某些时刻,不得不与生命的虚无感对抗,想要创造点什么,留下点什么——哪怕只是顺从人类繁衍的天性,创造一个自己的孩子。

一出店门她就给平川打了电话。他听起来并没有想象中惊讶,也答应会按照她发给他的照片把那些包包都找出来。以平川一贯的谨慎，苏昂本以为他会提醒她小心一点，别被人骗了，可他并没有。当然，也许他早已认定她没有什么可失去的——那种无用的爱好，那些无人问津的包包，与其像大白菜一样堆在墙角，还不如去随便什么地方碰碰运气。

"您这是已经在开辟再就业途径了啊，"平川久违地调侃她，"还是海外市场。"

她被逗得扑哧一笑，心里却很受用。

"曼谷生活好像很精彩嘛。"他的语气听起来不像是讽刺。

"还真是，"她承认，"我太喜欢曼谷了。"

她的 IVF 进展也很顺利。两天前她再次见到了 Songchai 医生，阴超结果显示促排卵针效果不错，她卵巢里的那 16 个卵泡正在茁壮成长——身体收到激素，它就知道自己应该干什么，实在不可思议。医生用鼠标在屏幕上比画着，逐个测量卵泡的直径。他用泰语报出各种数据，助理护士在病历本上做着记录。你的卵泡中至少有 13 个的直径已经超过了 8 毫米，他告诉苏昂，而 8 毫米被认为是"好"卵泡的标准之一。然后他根据阴超和验血结果再次给她开药，在促排卵针之外还加上了防排卵针——以防止卵子还没等到预定的取卵日就提前排出。

然而，在与 Fai 讨论合作的那个傍晚，与平川通话的那几分钟，苏昂几乎完全忘记了自己来到曼谷的初衷。曼谷让她想起了人们口中的伦敦：一个人若是厌倦了伦敦，那他必然是厌倦了生活。她抬头望向看不见的毗湿奴，这座城市的造物主。正是华灯初上之时，钢筋水泥的太空飞船奇迹般地变身为灯火辉煌的神仙宫殿。夜市小摊贩们纷纷出动，在人行天桥下排成一条长龙，叫卖着衣服、熟食、凉鞋、旅游纪念品、盗版DVD、成本还不及一杯酒的假劳力士和看起来像彩色药水的香奈儿瓶子。这是一座可以被闻到的城市——烧焦的辣椒和烤肉，香烟的烟雾，未经处理的污水，香蕉煎饼，茉莉花，香薰棒和按摩油，汽车尾气，切开的榴梿，打工妹身上的廉价香水……闪烁的霓虹灯点亮了无数张脸——漂亮的脸，丑陋的脸，farang游客的脸，残疾乞丐的脸，面无表情的脸。她看着身旁背着沉重背囊、显然初来乍到的farang男子露出难以置信的恍惚神情，仿佛正在一个热夜之梦中行走，仿佛见到了他只敢在梦中期待的东西。当异乡人来到这里，如同一条鱼离开了自己的水域，他们在期待着什么呢？

　　也许像一块滚石，颤抖着投入未知，平生第一次，期待着无法预期的故事。

三十

就像商量好了一样,所有的第一次此起彼伏地向她涌来。当天晚上艾伦打来电话,问她是否有兴趣一起去红灯区。

在清迈时艾伦曾经提起,她一直在写一篇关于红灯区的稿子,经常进出那些风月场所做采访。苏昂当即表达了强烈的兴趣——曼谷的色情业举世闻名,她早就想去开开眼界。

一小时后她们在 Nana 站会合,沿着楼梯走到素坤逸路,这条街从曼谷市中心一直延伸至柬埔寨边境。在 Soi 4 的巷口,艾伦示意她左转,三层楼的 Nana Plaza 出现在她们的左手边。

此刻苏昂感到自己已然坠入了一个平行宇宙——它的另一个名字或许是"男人天堂"。人行道上缓慢移动的人流几乎全由男性构成,很多人已经喝醉了,而且醉得厉害,走起路来就像正身处一个重力小得多的星球。一身长袍的阿拉伯人,系着腰包的德国人,头戴牛仔帽的美国人,身穿球队 T 恤的英国人,染着黄头发的日本人和韩国人……他们成群结队,仿佛迁徙的角马和瞪羚正在穿越非洲大草原。穿着三点式的妓女们站在马路对面 Nana Hotel 的门前,像母狮一样目光灼灼地打量着这支迁徙大军，试图从中找出一两只软弱的动物。一看就是皮条客的黑人反戴着棒球帽，手上一大堆金戒指。他们嚼着口香糖，笑得像正在巡游的鲨鱼，不时直接走进兽群，抓住弱者的手臂将他们拽离安全地带。

Nana Plaza 的门口也挤满了小吃摊。半裸的酒吧女郎坐在小矮凳上吃着烤肉串配糯米饭，一个侏儒男人站在一旁懒洋洋地抽着烟。艾伦示意苏昂回头看那个乞丐，他正用残肢拖着身体在马路上移动，牙齿紧咬着一个碗。听说妓女触碰残疾人会带来好运气，艾伦说。她今天似乎刻意打扮得比较"知性"，或许是为了避免误会——黑色紧身裤和浆果色的丝绸衬衫，戴一副小小的钻石耳钉，口红的颜色和衬衫十分相配。

Nana Plaza 是曼谷三大 go-go bar 聚集地之一。"它比帕蓬和牛仔巷要新，气氛也更轻松。"艾伦告诉苏昂，"这里的竞争很激烈，每家店都得有自己的特色。"

苏昂有些局促地问她，两个女人去红灯区会不会有问题。

"你知道我为什么喜欢曼谷？"艾伦眨眨眼，"因为它是唯一一个单身女性很少被骚扰的城市。放心吧，这里无论是男人还是女人都不会对我们有兴趣——反正我们也不去鸭店嘛！只要你乖乖买酒，不随便对着顾客拍照，这里几乎就是百分百的安全。"她安抚似的拍拍苏昂的手臂，"准备好了吗？"

苏昂故作镇定地点头，她的心情在愉快和忐忑之间来回摇摆。她像一只鸭宝宝跟在鸭妈妈身后，摇摆着走进新世界的大门。

性商场也像一般的商场，有自动扶梯上上下下，只是出售的东西更为"自由"。霓虹灯狂乱地扫射，go-go bar 的名字炫耀般在灯牌上闪烁——"Obsession"，"Angel Witch"，"Lollipop"，"San Francisco Strip"……音浪如海啸般从四面八方涌来，隆隆的节奏撞击着身体和大脑，也令整个商场为之震颤。天啊，她在心里不停地说，天啊。此刻她的眼前所见，哪怕在她最荒诞不经的梦里也从未出现。

到处都是长发、高跟鞋、吊袜带、白花花的胸部和大腿。每个女孩都打扮得就像是在面试电影中的特殊角色。她们在酒吧门外走来走去地招揽客人，嘴里不停地喊着"hey papa"和"hello darling"。苏昂看见穿比基尼的女孩用手指钻进一个男人的衬衫底下抚摸，男人垂着下巴，眼睛睁得很大，试图让自己看上去依然冷静。一个 ladyboy 坐在酒吧门外，风情万种地吸着烟，修长的身体被裹在渔网连身衣和长筒皮靴里。她触电般转过头，又注意到一位个子娇小的泰国女孩，有着极丰满的乳房，穿着豹纹热裤，肚皮上的脐环闪闪发光。她发现了苏昂的注视，便冲她嫣然一笑，继而挑逗般地伸出舌头，示意她跟她进入酒吧。苏昂赶紧收回目光，觉得感官已经超载，心脏就要在下一秒爆炸。艾伦回头看她一眼，无声地笑了。

现在她完全能够理解，为什么会有那么多男人沉迷于泰国的红灯区。她和平川去过阿姆斯特丹的红灯区，那里的橱窗女郎同样性感撩人，但毕竟隔着一层玻璃，有点像是在看电影。然而在这里，一切都是现场直播，一切都惊人地真实而直接，你伸出手去就能触碰自己的绮梦。就算是最为羞怯拘谨的外国人，在此地也能尝到风流滋味。这里是狂野的东方、最后的边疆、成人的迪士尼、堕落的乌托邦、地球上最好或最坏的地方。她听说过那些故事——男人们闯入此地，然后消失几天、几周，甚至几个月。有的再也没有回来。有的回来了，但已是从前自我的碎片。苏昂看见很多男人在不同的酒吧门口停下来，脸上始终浮着一层微笑——也许是对身处的环境表示会心的满意，又好像在神游太虚——但暂时还没有选择任何一家进入，仿佛还在体会太多选择这一事实本身的疯狂。

每家店门口都有拉客的工作人员。每当有客人靠近，他们就将门口的布帘掀开，让她们看看店内的景象——全裸或半裸的女孩在高台上跳舞，时不时也会有穿比基尼的女孩从帘子后面探出头来。

"其实没关系的，不喜欢的话直接拒绝就行。"艾伦说，"对了，你有什么偏好吗？"

苏昂有点羞涩："可以的话……能去个美女多一点的 go-go bar 吗？"

艾伦笑了，将她带到二楼的 Rainbow。

这世上有些场所，进去时自我还算完整，出来却发现它已悄然融化，好似肮脏的雪。Rainbow 就是这种地方。掀开门帘的那一瞬间，就像受到外星球的辐射，苏昂遭遇了超现实的灯光、冷气、音乐和裸露皮肤的剧烈冲击。空气中弥漫着啤酒的气味，一半是酵母，一半是尿，与烟草和人的体味混合在一起。当然，还有性的气息，当中掺杂着金钱的呼吸。

到处都是镜子和钢管。大型旋转舞台占据了酒吧的中心。十几个女孩站在舞台上，每个人的白色比基尼内裤上都别着号码牌，有些穿了比基尼上衣，有些没穿。她们倚着钢管扭动身体，偶尔和同伴聊天嬉笑。有几个姑娘激烈地舞动着，身体以一种蜿蜒的节奏与钢管上下摩擦，一边用欣赏的眼光看着自己在镜子里的形象。但大多数人看起来都无聊得要命。

和阿姆斯特丹黄金地段的橱窗女郎一样，她们外表平均水准很高，身材尤其出色，小腹没有一丝赘肉。苏昂无法将视线从 7 号身上挪开，那是个肤色苍白的美人，有着模特的大长腿和电影明星的微笑，胸部的形状完美得几乎不真实，脚踝处有个纤细的小蛇文身。她的旁边站着一个齐刘海的长发美女，裸着上身，神情冷淡，戴一副细边眼镜，有种难以言喻的性感。在另一场人生中，苏昂忍不住想，她也许是个图书管理员，在家里养了三只猫，喜欢侍弄植物，会烤二十几种美味的小饼干。

她和艾伦都点了不含酒精的 mojito。苏昂环顾四周，发觉她们是唯一的女客。几乎所有人都认识艾伦，酒吧女郎们纷纷朝她们投来默契的微笑。艾伦告诉她，为了搜集资料和做采访，她在这里度过了许多个夜晚，连香槟都点过不知多少瓶。就像是在印证她的话，妈妈桑走过来，用敷衍的笑容和艾伦打了个招呼，又忙不迭地走开去催促那些尚未选择姑娘的客人们："挑一个！挑一个！"Rainbow 的女孩颜值过人，顾客显然比别处多。这里那里总有一个酒吧女郎像水钻一样闪烁，坐在请她们喝酒的男人身边。她们之中有些人在敬业地工作——听，笑，露出感激的神情，偶尔触碰男人的手臂或大腿，把头靠在他们的肩上；另一些人则只是被动地坐着，等待着下一阶段的交易。苏昂发现她们都有一模一样的笑容——老练而风骚，但没有感情。卖弄风情已成为一种习惯，就像条件反射。

"这里的女孩都出台吗？"苏昂悄悄问艾伦，犹自沉浸在新鲜的兴奋之中。

艾伦点点头。顾客只要支付一笔"酒吧罚款"便可以带女孩离开——通常会去 Nana 附近步行即可到达的众多时钟酒店之一。之后的收费则差别很大，取决于服务的时长和内容，以及女孩的姿色，或是你有多慷慨。

"那……怎么保证……卫生呢？"苏昂迟疑了一下，"我的意思是，她们会定期体检吗？"

"一般来说，她们每个月检查一次性病，每三个月检查一次艾滋病。"艾伦说，"要定期把健康报告交给妈妈桑。"

她啜一口 mojito，放松地靠在椅背上。苏昂也装作不经意的样子，用余光打量着酒吧里的顾客们。各种国籍，不同年纪，却有着惊人一致的欲望。男人们仔细研究着女孩们的身体曲线，就好像要把它们刻在记忆里，就好像这记忆以后还会被反复测试一样。她们的右手边坐着一个至少重达 150 公斤的老人，有着绯红的脸颊和鼻子，脖子被松垂的下巴遮盖，肚子悬挂在裤腰上，被小一号的衬衣兜着，几乎绷不住。发际线已经后退到头顶，但他固执地将两侧的头发留长，然后拨到中间来遮掩秃顶。为了完成这一"创作"，他还将头发染成黑色——那画面可真不怎么美观。他的手正在女伴裸露的手臂上上下滑动，那女孩有着绿色指甲、过分纤细的四肢和过分伟岸的胸部。老人身上有一种过时的风范，像是那种与年轻模特一起快乐生活的老牌明星，脸上的表情就像是刚刚抽中了人生的彩票——尽管其他人看到的只是一个严重超重的老男人，花钱找了个酒吧女郎。苏昂不禁心想，毫不在意他人的看法肯定也很爽。

"如果说我在这些采访中学到了什么的话，"艾伦轻轻摇头，仿佛看出了她的心思，"那就是尽量不要对他们进行道德评判——他们和她们。"

苏昂默默地点了点头。她看向不远处一位年轻的西方男子，他长得还不错，T恤的一边袖筒空空荡荡，显然少了一只手臂。一个漂亮女孩紧紧黏在他身边，和他说笑着，时不时把手伸进那空空的袖筒，抚弄他的残肢——严重违反了所有的西方社交礼仪。但那独臂男子笑得像只得到了关注的狗，眼里充满感激。即便不是心理学家你也能读懂他的想法——他跨越半个地球来到这里，就是为了像这样被当成一个正常人来对待。女孩那年轻美丽的脸上没有一丝惊异、反感或屈尊俯就，就好像身体有残疾是世界上最最正常的事情。事实上，Nana里充斥着在平常生活中不大可能得到女性青睐的男性：残疾的、秃头的、龅牙的、矮小的、老朽的……但在曼谷他们都能被热情地接纳。

这一切都不像想象中那样非黑即白，苏昂想，它背后肯定有着非常复杂的社会学和心理学渊源……她正想跟艾伦讨论，却发现艾伦忽然眼睛一亮，朝某个方向露出笑容。然后，还没等她反应过来，艾伦微笑的对象已经拉过一把椅子加入了她们这桌。

"保罗。"他向苏昂伸出右手。

保罗是艾伦的朋友，一位年长的英国男人，显然是英国那些公学培养出来的类型——冷静、绅士、极力克制的优越感、装腔作势的活力。苏昂觉得他很可能毕业于哈罗，因为她认识的所有哈罗毕业生一辈子都穿着咖啡色的麂皮鞋，无论天气有多热，无论搭配什么衣服。

他看看苏昂，又看看艾伦。"这回又是在采访谁？"

"不不，"艾伦解释，"苏是我的朋友，第一次来观光。"

"噢！"保罗脸上露出一丝揶揄，"感觉如何？大开眼界？"

苏昂只能点头，说不出更多的话。为了掩饰尴尬，她拿起酒杯喝了一口。

"我看出来了，"保罗转过头对艾伦说，"Bangkok has her now."

苏昂茫然地看向艾伦，艾伦只是微微一笑。

他们简单地交谈了一会儿。如果在大街上遇到保罗，苏昂很难想象他也是寻欢客。她不知道他以前是什么人，只知道他离婚很多年了，一退休就搬来了曼谷。

"为什么搬来这里呢？"她好奇，"不觉得天气太热了吗？尤其跟英国比……"

"我就喜欢热。我就喜欢人多。英国的老年生活太冷清了——而且我住在肯特——你在英国待过，应该明白我的意思。"他看了苏昂一眼，"我是个老人，没错，但我首先是个男人。我没法放弃夜生活，放弃女人。如果放弃了女人你就是个死人了，不是吗？你说我能在肯特找到一个姑娘？开玩笑！一个像我这样领养老金的人谁也找不到。谁会要我呢？可是在这里——"

他停顿一下，示意她看旁边那个生活在成人迪士尼乐园的老人。"是啊，这很不幸，没有尊严，也不高贵，我知道。我也很尴尬。对于我这样年纪的人来说很丢脸吧——但比死了强，是不是？"

苏昂不知该怎么接话。她看着保罗，他年轻时应该是个英俊男人，有一张棱角分明的脸。但那光辉时刻已然消逝，如今只剩下一个依稀的轮廓，由灰色的胡子、深深的笑纹和光滑得像是刚打过蜡的秃顶构成。

保罗掏出一块手帕，擦了擦额头，然后猛灌一大口啤酒。

"我喜欢泰国，一切都很直接、方便，也没有人评判你。在这里你不用处方就能在任何药店买到伟哥，还那么便宜……当然，这是愉悦，不是真正的快乐，但也挺开心的，如果你明白我的意思……找姑娘比什么都容易，而且她们喜欢老人——我们很容易搞定，又不会惹是生非……英国妓女像地狱一样恐怖，但泰国妓女看起来甚至好像享受其中一样——谁会不想要泰国姑娘呢？她们是农民的女儿，年轻，乐观，不是被生活搞得千疮百孔的怨妇。而且她们在你身边时从来不会不停地看手机！"

"我的老天，保罗！你这是几杯了？"艾伦用夸张的语气说，"瞧瞧这表达欲！我要打开我的录音笔了啊！"

"看到台上那个18号吗？长卷发那个。"保罗没理会她，"她的名字叫Porn——你们倒是说说，有哪个男人能拒绝名字叫Porn的姑娘啊？"

她们都努力地克制着，不让自己笑出声来。

保罗是最好的采访对象，艾伦这样告诉苏昂。他惊人地健谈，经验丰富，而且从不喝得烂醉。他们在Nana Plaza相识，他从一开始就很乐意配合采访。她也欣赏保罗对待那些泰国姑娘的态度——礼貌，尊重，不会要求她们做任何他不会要求自己妻子做的事情。有时他甚至会带某个姑娘去度假——去清迈，或是海边，就像一个小小的蜜月。他在所有的酒吧都很受欢迎。

"我们之间是金钱交易，没错，但你无法否认当中也有种友谊，那是最好的部分。我努力让自己配得上她们的友谊。"保罗耸耸肩，"不过，就像佛教说的，生命中的一切都是幻觉，所以也许友谊也是个幻觉——虽然躺在我身边的泰国女孩对我来说已经够真实的了。"他摸了摸鼻子，被自己逗笑了。

苏昂问他有没有考虑过长期的关系。在泰国她看过很多这样的组合：一个中老年的白人男子和一个略为年轻些的泰国女人，像情人又像保姆。有时两人甚至会有孩子。

保罗连连摇头。他说如果需要保姆，他完全可以找个专职的，但在一段长期的关系里，只有钱和友谊是不够的。他会希望两人之间有真正的感情——爱，或是近似于爱的东西。问题是，他讽刺地说，这几乎是不可能的。

苏昂不自觉地挑起一边眉毛，露出探询的表情。

"我不知道你在这里待了多久，年轻的女士，"他耐心地说，"但你可能还不大了解泰国人和他们的文化。别看曼谷这么繁华，其实泰国很多地方还是穷得很，这些女孩基本上都来自东北农村的贫困家庭。对，她们很温柔体贴，但她们也很现实。你要知道，爱对泰国人的意义跟我们不一样。当我们说我们爱一个人，我们的意思是我们认为她们很有趣，我们喜欢她们的样子，我们想和她们建立家庭。但一个泰国女孩说她爱你的时候，她的意思是：我要你照顾我和我的家人——而照顾往往是经济上的。我不是说这是对的，我只是说在泰国事情就是这样。可是我们 farang 呢，如果真的坠入爱河，又总会担心我的泰国女孩并不真的爱我，因为她太热衷于我的钱。而她会认为我不够爱她，因为我不愿意给她钱。泰国女人讨厌小气的男人，而我们想要一个对我们的钱不感兴趣的女人。这是两个无法兼容的概念。"

"我真的要打开录音笔了啊。"艾伦笑着宣布。

"给你们讲个真实的故事吧，"保罗说，"有个 farang 爱上了一个来自东北 Isaan 的女孩，他每年冬天都会来泰国，甚至一起去她的家乡，帮她们家盖房子，资助全家人的生活。但他从未意识到，一个经常在她们家进出的男人其实是她的丈夫。每当这个 farang 出现，丈夫就搬出去，闭上嘴。"

苏昂感到难以置信。泰国的普通家庭对这种事情不介意吗？她疑惑，难道他们可以接受家人在酒吧里裸体跳舞，为了钱和陌生人睡觉？

DJ 换了首泰国舞曲，似乎瞬间就点燃了舞台上的气氛。女郎们相互嬉笑着，随着节拍扭动她们青春诱人的肉体。"那么，这些女孩，她们最后的归宿是什么呢？"苏昂有些迷茫地问，"她们不可能在这里工作一辈子。"

"没什么出路。她们大部分都是受损品，酗酒、吸毒、赌博成瘾，还有个游手好闲的泰国男朋友。"保罗轻蔑地说，"最理想的当然是嫁给一个 farang 啦，跟他去他的国家，或者留在泰国。要么不结婚，但要定期给她的银行账户打钱。"

"这算是奢望吗？"

"奢望？哈，你也太低估这些姑娘的魅力了。"保罗似笑非笑地说，"你知道有多少年轻 farang 爱上一个酒吧女郎，想要娶她回家吗？他们回到自己的国家，继续打钱给她，而她却已经承诺嫁给好几个人，同时管每个人要钱。相信我,我们 farang 对泰国农村的经济实在贡献巨大。"

艾伦调侃地说,看来保罗是有切身的经验啊。

"我来泰国太久了,什么都见识过了。"他用一种带着优越感的超然态度说,"跟你们说实话,我同情那些坠入爱河的 farang。他们来到曼谷的第一天就遇见了一个姑娘,然后每天晚上都和她在一起,假期还没过半,他们就沦陷了。不管姑娘说什么,他们都会相信——妈妈生病了,弟弟没钱上学,爸爸出了车祸,水牛死了,田地被抵押了……我听过一千零一个悲惨的故事。他们坐在酒吧里,手牵着手,眉来眼去,好像真的在约会似的。天啊,我都要吐了。我已经放弃告诉他们真相了。他们根本不想知道真相。他们把自己想象成披着闪亮盔甲的骑士,要去拯救那个为了家人才迫于无奈在酒吧工作的姑娘,以为只要把她带出那个环境,她就会变成另一个人。一派胡言!她们是妓女,她们知道自己在做什么。卷入这种所谓的爱情根本不值得。对这些姑娘来说,farang 只不过是自动提款机。按对了按钮,钱就出来了。他们以为他们可以买到爱吗?不可能的。妓女不会爱上她们的客户。现实不是童话故事,不是理查·基尔和茱莉娅·罗伯茨演的那部电影——叫什么来着?《漂亮女人》,没错。反正我从没见过成功的例子,我也不知道有谁见过。我认识十几个娶了酒吧女郎的男人,有些人把她们带回了自己的国家,有些人就留在了泰国。毫无例外,它们都以灾难告终——不只是破碎的心,还有巨大的经济损失。你不能相信她们,真的不能。她们会毫不犹豫地出卖你,她们不用 48 小时就能把你骗个精光。"

苏昂在座位上挪动一下身体。不知为什么，她有种微妙的感觉，觉得保罗并不像艾伦说的那样尊重这些酒吧女郎——至少，他的尊重只停留在表面上。

妈妈桑再次踱过来，用一种寻找金矿的眼光盯着保罗。她已经来来去去很多次了，也许是碍于艾伦的面子，才一直没有上前催促。这一回，保罗终于回应了她的目光。"7号，谢谢！"他打了个响指，在音浪的震动中大声向她喊道。

妈妈桑满意地离开了。保罗拿起还未喝完的啤酒，起身准备换到另一桌。"就拿7号来说吧，"他还不忘继续之前的话题，"作为一个正处于事业巅峰的酒吧女郎，她知道她可以有一个farang男朋友，她知道她可以嫁给他，她知道她可以和他生孩子，甚至可以去他的国家，见他的家人。但她也知道，她永远不能爱他。这些女孩有标准，这些女孩守规矩。金钱第一，这是这一行永远的规矩。"

她们看着7号踩着高跟鞋款摆腰肢走下台来，走向保罗。如果不是出身寒门，她本来完全可以成为演员或模特，享受众人的掌声与爱慕。保罗为她拉开椅子，脸上带着绅士的微笑。而他的秃顶却像武器一样，在灯光下闪闪发亮。

"咱们也走吧？"艾伦说，"她们快到了。"

三十一

艾伦约的是梅——苏昂在曼谷的房东。之前艾伦已在电话里向她解释过,她的采访中需要包括 ladyboy 的群体,而梅可以帮她找到愿意接受采访、更重要的是愿意袒露心声的采访对象。她向苏昂保证,梅并不介意她们一起见面。

她们原本约在 Cascade,一个 ladyboy 的 go-go bar,但艾伦觉得酒吧里音乐太吵,空气也不好,临时改约在 Nana 入口处的小吃摊见面。"不知道是不是因为在打针,"她指指肚子,"这几天总是很容易累。"

"一切都好?"苏昂问。

"嗯,8 个卵泡,对我来说不算差了。"

"我总觉得很不真实,"苏昂回想着酒池肉林般的景象,仍感觉脸颊滚烫,像是在发烧,"你和我,两个 IVF 患者,却跑来逛 go-go bar,还约了一个 ladyboy——也太刺激了吧!"

"做 IVF 压力大,"艾伦笑道,"更需要别的东西分散一下注意力啊。"

坐在小吃摊等梅的时候，苏昂忍不住对艾伦说了自己的感觉，关于保罗对于性工作者的态度。艾伦点头，承认自己也有同感。她认为保罗对那些女孩的看法随时间而改变，起初他同情她们，视她们为受害者，但渐渐转变想法，认为她们其实是猎食者，选择了一条轻松的捷径——她们每个月从酒吧那里领到一笔工资，还能从客人支付的"女士饮料"和"酒吧罚款"中分一杯羹，再加上出台的收入和从farang"男朋友"那里得到的补贴……一个月赚几万泰铢是很平常的事，而工厂女工或女佣却只有几千泰铢的微薄收入……

在某种程度上，苏昂理解保罗的看法。那些女孩的确像是猎手。她不会说她们在工作中很快乐，但她们也并非真的很痛苦。苏昂能从她们的眼睛里看出一个事实：金钱与性的结合，加上狩猎的刺激、被需要的权力感，无疑会令人上瘾。

"那你的看法呢？"

艾伦思索片刻，手指敲打着油腻腻的桌面，"我认为一概而论是很不公平的……酒吧女郎大多来自 Isaan，泰国东北部的水稻种植区，靠近老挝，天气干燥，极度贫穷，很难靠农业维持生计，所以很多家庭都把他们的孩子送到城市找工作——你不会相信她们工作的时间之长和收入之低。当然啦，她们不一定非得要投身色情业，但她们的选择真的很有限。在我采访过的性工作者中，很多人已经做过女佣或清洁工，在餐厅当过服务员，甚至缝过衣服，开过小摊……什么都做了，但赚的钱还是远远不够用。性工作者也是人，也要每个人都想要的东西，想让自己和家庭过上体面的生活。我一直记得有个采访过的女孩跟我说，她有时觉得当酒吧女郎前做过的其他工作都是在浪费时间，她说她早就该干这个了。坦白说,那些女工或女佣每天工作12个小时,每小时的工资还不到1美元,难道这不也是出卖身体?难道你看着她们刷12个小时盘子就会更心安理得?"

苏昂的大脑里又有一角崩塌了。艾伦总能令她看到她从未看到,也不知道自己从未看到的东西。

真正导致女性纷纷投身色情业的是资本主义和全球化,艾伦总结道,这是一个被媒体忽略的大新闻,因为它政治不正确。俄罗斯大学生在澳门从事性交易,南美洲的女性在世界各地卖身赚钱,美国、英国、西班牙和北欧的年轻姑娘在东南亚当私人伴游……没错,对底层女性来说,所谓的自愿往往并非真正的自愿,而是受到了制度性的剥削和压迫。但为什么没人讨论,即使是在欧美富裕国家的年轻女性中,也有越来越多的人开始参与肉体交易?不是因为她们被迫这样做,而是因为她们选择了这样做。资本主义运行的条件就是要不断鼓励和扩大人们的消费需求,你的欲望和情感都变成了资本操纵的对象。如果消费主义告诉每一个年轻姑娘,说你有权和其他人一样,买漂亮衣服,买名牌包,买一辆车,去国外旅行,受高等教育……那么十有八九只有一个职业——尤其是时间灵活的兼职——才能让你有这么多钱来做这些事情。我们应该回归传统的道德吗?也许吧,但是已经太晚了,腐蚀已经太严重了,我们必须面对现实,尽量减少损害,甚至佛陀也会同意这一点。

真相总是难以触及,苏昂想,而且真相往往不止一个。"但有一点我不明白,"她困惑地说,"为什么被指责的总是女性,而不是那些买春的男人呢?为什么嫖客可以理直气壮地批评妓女好逸恶劳?"

艾伦耸耸肩。

"你知道的，男人一向打心眼里觉得他们比地球上所有其他生物都要优越和聪明。"她翻了个白眼，"他们觉得你是女的，缺乏常识，需要他们来教育。他们自以为看穿了一切，对任何事情都要居高临下地指点一番。我采访过一个 farang，他无比确定地说酒吧女郎是世界上最好的工作——你可以每天都睡到很晚起床，像去 party 那样精心打扮自己。你去酒吧，有人会给你买酒。如果你喜欢一个男人，可以带他去酒店，他早上起来还会付你钱。"

苏昂难以置信地看着她。

"是啊，他们活在自己幻想的世界里，看不到她们的负担，也看不到这一行的风险。"艾伦摇摇头，"有一次，梅带一个被客人打得血肉模糊的女孩去警察局，但是警察一听说这个女孩在帕蓬的 go-go bar 工作，就说他们什么也做不了。这不是特例——任何时候，一个泰国女孩被打，警方通常都会站在男人那一边。"

"是因为理论上性服务业在泰国仍是非法的？"

"没错，其实这正符合那些娱乐场所的利益，因为这样他们就不用向那些女孩提供任何福利保障了。"

她们点的肉丸粥和罗勒叶炒猪肉碎盖饭端上来的时候，梅刚好赶到，熟络地和她们两个打招呼。她今天穿一条 V 领的黑底印花连衣裙，上面有大朵大朵的粉色花朵。眼影比往日更为深浓，涂着玫红色亮泽唇膏的嘴唇湿漉漉的，长发紧紧束成一个高马尾，宛如某种面部提拉术。她的妆容似乎永远不会被热带的烈日融化，身上找不到一滴汗水。而苏昂和艾伦已经像两个流浪汉一样汗流浃背。这太不可思议了，她想，应该有人来调查一下，看看泰国人到底有没有汗腺。

和她一起的是个高挑苗条的长卷发"美女"——如果苏昂事先毫不知情，她绝对不会怀疑她的性别。Nut 长得很美，是那种极具女人味的美，身材凹凸有致，连皮肤都白皙细腻，所以苏昂不明白为什么她还要往脸上扑那么多粉，涂那么艳丽的口红。和几乎所有的 ladyboy 一样，她喜欢性感暴露的衣着——极细极高的鞋跟，黑色露背长裙，除了关键部位，其余全是透明的薄纱，走起路来春光无限。但她的眼神很活泼，泄露了她的年轻。她在大笑之前总是先露出惊讶的表情，就好像对别人会开玩笑这件事感到吃惊。

Nut 开口说话，是普通的女中音。唯一的不和谐只是那个阴影般的喉结，苏昂听说它可以通过手术来消除，但通常是变性过程中很后面的步骤了。刚才她已在 Nana 里看到无数的 ladyboy，恐怕比大多数人一生中看过的还要多。有些只是把自己打扮成女人，另一些则已脱胎换骨，足以令真正的女性自惭形秽。

不过，她无法不注意到她们身上有时有种让人不大舒服的东西——眼里的某种浮夸和冷酷，抑或是臀部的曲线。臀部，苏昂认为，应当要么女性化，要么男性化，而不是介于二者之间。她们所唤起的兴奋大概来自那种混淆不清、边界模糊的神秘感吧，苏昂想。光是看着她们她都觉得自己好像在晕船。

人们常说东京就像《银翼杀手》中的洛杉矶（"天使之城"），但她觉得曼谷才更符合电影中的设定。想想看，临近午夜的素坤逸路上，坐在夜市摊位、大排档、按摩店、色情酒吧和货车后厢改造成的小酒摊之间，与泰国妓女、俄罗斯黑帮和 ladyboy 喝上一杯，看着街道上的霓虹灯、没有窗户的公交车、慵懒的衰败与淫秽的夜生活……更巧的是，曼谷的名字也是"天使之城"。

很长一段时间里，她只是兀自迷失在这幅超现实的画面中，看着她们三个聊得热火朝天。Nut 的英语没有时态也没有章法，但词汇量颇大，沟通不成问题。她说，自己今年 20 岁，来自泰北农村，现在在 go-go bar 工作，也会出台跟客人过夜，最低 4000 泰铢一次。选择这一行，是为了攒钱做变性手术。

"我没有任何其他的机会，也没怎么受过教育，"她丝毫不带自怜地说，不断用手指梳理着长发，"而且我也很少考虑将来的事。"

Nut 告诉艾伦，她很小就开始偷穿妈妈和姐姐的裙子，把泥灰抹在睫毛上充当睫毛膏。她的第一次变装实验在稻田里进行，"kwai"是唯一的见证者。那时她就已知道自己不是一个真正的男孩。

"kwai 是谁？"艾伦有点困惑。

"是泰语里的'水牛'啦！"梅哈哈大笑，用手掩着嘴。

自从星巴克的匆匆一面，这还是苏昂头一次与梅重逢。她一直觉得梅是个有故事的女人，此刻更是以一种欣赏的眼光观察着她出色的社交才能——令两个初相识的人很快就卸下心防。她总是笑声不断，以至于有时让你产生幻觉，以为自己说的那些话真的很有趣。起初，她在艾伦和 Nut 之间充当翻译和润滑剂，令双方适应彼此的语言和节奏。然后，当一切进入正轨，她便转向苏昂，开始照顾她的情绪。

"公寓住着还行？"

"太舒服了，"苏昂笑道，"简直要鼓起勇气才能出门。"

"你知道吗，苏小姐？"梅风情万种地把马尾拨向一边，露出修长的脖颈，"我接待过很多客人，但和你特别有缘。"

她俩不约而同地看一眼艾伦。梅用她的啤酒瓶和苏昂的矿泉水瓶轻轻碰了一下，眼神交汇间，她们都明白对方知道自己的来历——远非全部，却是一个人想在陌生人面前藏起来的那部分。但她们同时也在对方的眼神中读出了坦然，这意味着她们不再视彼此为陌生人。

梅在两人初识的那个晚上便已猜到了她的来意。她知道公寓附近那家鼎鼎大名的诊所，当然，再加上苏昂浑身散发出的焦虑。"我很会看人，"梅盈盈浅笑，"毕竟这曾是我赖以谋生的本领……"她又仔细打量一下苏昂，目光中有些许惊讶，"但是今天看见你，感觉和上次完全不同了，你看起来很放松，也开心多了——发生了什么？"

苏昂感觉这个问题要经过很长的距离才能抵达她大脑中存储答案的部分。

"也许是因为……因为我认识了一些朋友吧，"她含糊地说，"生活那么充实，都没时间去焦虑了。"

"比如说来逛 go-go bar？"梅笑得狡黠。

"比如说来逛 go-go bar。"苏昂也笑了。她告诉梅刚才的见闻，包括与保罗的相遇，以及他那一套"猎食者"理论。而梅边听边喝着啤酒，不断轻轻摇头。这些男人，这些来自另一个世界的 farang，她感叹道，他们永远无法想象贫穷，无法想象一个人愿意付出怎样的代价来逃避贫穷。那么多 farang 辞职来泰国旅行，是因为他们知道回去就能找到工作，但想想泰国农民有多么渴望稳定的收入吧！

苏昂明白她的意思。也许一个农村家庭的女孩最深刻的恐惧是贫穷，所以当她有机会在色情场所工作并养活自己，似乎不能算是多么沉重的牺牲。

"羞耻吗？别跟我谈羞耻。在泰国，唯一的耻辱就是贫穷。做酒吧女郎当然并不伟大，但如果她能存下钱来，早早独立，她可以寄钱回家，给爸妈买块地，或者做点小生意，也许还可以结婚。这样她们就能得到家人和同乡的尊重……"梅的语调中透着淡淡感伤，"这不就是每个泰国女孩想要的吗？其他的选择？种田，带孩子，等酗酒的丈夫回家？"

"但也肯定有很多人没法存下钱来，甚至染上了毒瘾或赌瘾，连自身都难保，不是吗？"

梅没有回答她，因为一群嘈杂的 farang 正经过她们身边，走向 Nana Plaza。那群人由一个光头、花臂、挺着啤酒肚的西方男人带领着，他们在群体之中找到了寻欢之行的正当性，因此格外亢奋，肆无忌惮地大声说笑，每隔几个字就是一句脏话。男人看见了性感的 Nut，他频频回头，用目光揉皱了她的身体。

梅回过神来。"你肯定没种过水稻吧？"她突兀地问。

"……没有。"

她宽宏大量地笑了笑，又带着点苦涩。

"太辛苦了，我是说种水稻。辛苦得就像地狱。普通大米卖 4 泰铢 1 公斤——可是上一次公厕也要 4 泰铢！种水稻花销那么大，还能剩下多少钱？是啊，现在有机器可以提高效率，但也很昂贵。买碾米机，买打谷机，买拖拉机，买种子、肥料、杀虫剂，花钱雇人收割，花钱雇人搬运……一年到头都在工作，卖了米却赚不到钱。有时候年景不好,没有雨水,或者雨水来得不是时候,结果水稻都坏了,一切都完了。"

她点起一根烟,深深吸了一口,留下一个玫红色的唇印。

"最恐怖的是从银行贷款。农民只能在季末出售稻米,所以得先借钱才能支付一切开销。然后遇上坏年景,根本赚不到钱。如果没法偿还贷款,银行就会收回田地,然后这个家庭会失去一切:土地,收入,甚至他们的女儿。"一丝苦笑爬上她的嘴角,"我14岁的时候,爸爸贷了款买小拖拉机耕地,但那年雨水不好,收成很差,所以还不了钱。后来他拼命工作,也只够付利息给银行,好让他们暂时不拿走土地……我是家里的老大,所以我来曼谷工作。一开始在有钱人家做女佣,像水牛那样工作个不停,但赚得太少了,根本不够。再后来,爸爸生病去世,妈妈骑自行车的时候被车撞伤了,弟弟妹妹们都要吃饭,所以我去了帕蓬的 go-go bar 工作——那时还没有 Nana 呢——用一张假身份证,因为我那时还没满18岁。"

她的语调如此平静,就像是在讲述他人的故事。苏昂看着她,不知该如何回应。而梅做出一种表情,被人关心时想让对方放心的那种表情,就像在说"你只能接受这个世界,悲伤愤怒都无济于事"。

性贸易,苏昂心想,就像稻米贸易,推动了泰国的 GDP,给这个国家带来了大量的外汇。而这也意味着,这些贫困的农村家庭正在做出双重奉献——他们的大米和他们的孩子——去支付那些住在豪华别墅里的富人,去支付警察和军人的薪水。这真是一个奇怪透顶的系统啊,就像猎物付钱给牙医来保护猎食者的牙齿。

后来,梅告诉苏昂,赚钱变成了她人生中唯一的目的。她是如此决绝,甚至在业余时间也主动出击。每天傍晚,在开始酒吧的工作之前，她会去那些住客几乎全是 farang 的高级酒店和公寓楼，向他们传递眼神，或者挨户敲门。如果有人愿意开门，她也不提钱，走进去踢掉鞋子，露出灿烂的笑脸，问有没有冰可乐。她很熟悉那些 farang 的心理——他们都是头脑简单的大孩子，心中怀有一丝微妙的负疚感。他们通常都很礼貌，很抱歉，像是觉得自己做错了什么似的。最重要的是，无论发生了什么或是没发生什么，最后他们都会给她钱。

曼谷有不少女孩都在玩这种狩猎游戏，但梅认为自己格外幸运，因为她正是在这一过程中结识了后来成为她丈夫的澳大利亚人大卫。他比她大三十多岁，是个成功的小商人，也是个有高血压和心脏病的胖子，还是她所见过的"最好的人"。他们相识两年后结婚，在一起整整七年——每年有一半时间住在曼谷，另一半住在澳大利亚的珀斯，直到他心脏病突发去世，留给她所有的遗产。

苏昂有股冲动，想把保罗叫来听听梅的故事——看啊，一个罕见的成功案例，现实版的《漂亮女人》。

这笔遗产令梅得以"转世"，成为她想成为的任何人。梅把钱主要投资在房产和美甲店，收入颇为可观。被她资助多年的弟妹也都已独立，她甚至给每个人都存下了结婚的钱。妈妈仍在农村老家，但住在一幢舒适的新房子里。她和大卫没有孩子，这是她的小小遗憾，所以她收养了弟弟的女儿，现在已经在读小学了。

"所以你现在是过着收租和数钱的快乐人生咯？"苏昂调侃她，真心替她感到高兴。

"没那么夸张啦！"梅矜持地笑，低头欣赏自己那点缀着闪烁水钻的深红色指甲，"其实，我还在一个叫 Empower 的 NGO 工作——

一个保护性工作者权益的 NGO。我就是在那里遇见艾伦小姐的。"

苏昂有些意外。原来她并没有打算彻底抹掉过往的痕迹，变成另一个人。

梅说，既然国家没有给女性提供更好的福利和收入，而性服务业已然是泰国最大的产业，她的 NGO 认为她们应该着手将其现代化和规范化，给女孩们更好的待遇，保证她们的安全，让她们因年纪而强制退休后有机会从事新的职业……

"干这一行要承受很大的风险——其实也不只是这一行……我们有数据，差不多一半的泰国女性都曾经被强暴或遭受身体虐待。你以为我们为什么都想嫁给 farang？当然，钱当然是主要原因，但也因为 farang 对待妻子比泰国男人好得多，家庭暴力也少得多。"梅轻轻摇头，"这就是我们的国家，表面上看起来很有礼貌、很开心、很好玩——sanuk sanuk，对不对？谁会知道下面藏着那么多的暴力，那么多的秘密……"

苏昂凝视她的眼睛。她知道梅也有属于她的秘密，不公平的黑暗秘密，但她显然已经超越了那些过往。是的，她仍在举手投足间不自觉地释放魅力，但那当中也有种确凿无疑的力量。

而另一边的艾伦和 Nut 恰好也在讨论相关的话题。Nut 说，她最近在通过学习佛经来寻找一些问题的答案，比如说，为什么她生来就是这样。答案是业力的作用，Nut 边嚼着烤猪肉串边向艾伦解释，她一定是在前世曾经强暴或虐待过女人，因此才不得不反复地转世为 ladyboy 来理解女人的感受，为自己曾经犯下的错忏悔，直到业报偿清，才能再次重生为异性恋者。

然而在这一世，没有恶业会累积到 Nut 身上，她的行为和性取向也不会被视为罪孽，因为取向和命运都早已被注定，在今生无法更改。或许这正是泰国那不可思议的宽容的来源，苏昂怀着不可思议的心情想，或许我们每个人在某个前世都曾经是 ladyboy。

"告诉我，Nut，"艾伦认真地问，"你觉得 ladyboy 和真正的女人有什么不同？"

Nut 歪着头，笑了，"真正的女人有子宫。"

"仅此而已？"

那笑容慢慢漾开。"仅此而已。"

"攒够钱，变性成功以后，你还有什么打算吗？"

"再多攒些钱，做点小生意……也许学做裁缝。"Nut 停顿一下，"最重要的当然还是找个好男人啦——最好是个 farang！"她捂着嘴大笑起来，就像意识到自己刚刚说了个笑话。

梅向苏昂抛来一个眼神，半是赞同，半是调侃，仿佛在说：你看，都一样……"All you need is love..."她用手指轻敲啤酒瓶，跟着旁边酒吧传来的音乐唱起了甲壳虫乐队的那首歌，"Love, love, love, love, love, love, love, love, love..."

Nut 故意噘起嘴唇，摆出一个风骚的姿势，隔空向梅送去一个吻。艾伦在一旁哈哈大笑。苏昂也笑着，但她满脑子一直想着一些事，一些她似乎早该知道或理解的东西，它们通过某种最显而易见又让她无法理解的方式联结在一起。但每当她想揪出那个联结点时，它们又变成了一片混沌。

"你有爱过谁吗，梅？"笑声停止后，她鼓起勇气发问。

"我年轻时太穷了，没有时间玩爱情的游戏。"她又喝了一口啤酒。玫红色唇膏的边界终于有些模糊了。

"那大卫呢？"

她把酒瓶放下，挥手赶走几只苍蝇。

"我只能说，我信任他。"她瞟一眼苏昂，莞尔一笑，"这已经很难得了——一直以来我都只能信任自己……别这么看着我，苏小姐。大卫很快乐，真的，他总说认识我以后的那些年是他人生中最快乐的日子。"

"你呢？你也快乐吗？"

"当然！我做梦也想不到自己有一天能去澳大利亚……我有没有告诉你，我们在珀斯举行了一个真正的婚礼？叫什么来着？对，草坪婚礼——有鲜花和气球的那种。喝香槟，切蛋糕，跟电影里一模一样……"她露出一个想起了什么似的微笑，就像是回到了澳大利亚的某片绿地，"大卫对我很好，给我买衣服，还会做早餐给我吃——跟电影里一样，直接端到床上！我们连在澳大利亚都不怎么吵架——别以为这很容易，farang 和泰国女孩的婚姻结局一般都很糟。两个人住在泰国可能还凑合，一旦去了国外就不行了。我们泰国人不喜欢跟家人朋友分开，在国外人生地不熟，不习惯天气和食物，说不定还要打工赚钱补贴家用。男人的新鲜感过了，看你哪里都不顺眼……离婚率很高，也分不到多少钱……很多女孩最后还是要回来泰国……"

梅絮絮地说着，沉浸在自己的回忆里。就在下一秒，苏昂看见自己脑海里的那片雾气忽然散去，而那个一直蛰伏在意识深处的念头终于灵光乍现，就像一颗射向夜空的照明弹。

303

"我想问你个问题,梅,"她清了清嗓子,不知怎的有点紧张,"你认识很多女孩,对不对?"

"你是说这一行的女孩?"梅扬起一条眉毛,"算是吧。"

"你认识一个叫 Joy 的 Issan 女孩吗?"

她笑了,"那得有十几个吧。"

"有没有一个跟美国人结了婚的 Joy?嗯……应该是至少十几年前就去了美国。"

她呷了一口水,看着梅皱着眉头陷入沉思。

"倒是有那么一个 Joy——"梅忽然说。

她的心砰地撞了一下胸膛,但脸上没有流露任何表情。

"但她不算是酒吧女郎。我的意思是,不是 go-go bar 的那种酒吧女郎。她在一个 farang 的酒吧做侍应——那酒吧叫什么来着?什么动物,好像是……"

苏昂的心快跳到喉咙口了。"老板叫鲍勃?"

梅不无惊讶地点头,一直笑意盈盈的双眼此刻仔细地观察着苏昂。下一秒,像是想起了什么似的,她的表情陡然一变:"不过……"

"嗯?"

她的脸上掠过一丝古怪的神情,"听说那女孩已经死了……"

苏昂几乎屏住了呼吸。

三十二

回家的出租车上,艾伦一直在喋喋不休地谈论着她的那篇报道,还有 Nut 带给她的写作灵感。苏昂却没在听。曼谷的夜色泼满车窗,她在五光十色的阴影中思索着这个晚上发生的事情,梅说的每一句话都在脑海中反复回响。她心里满是疑惑的箭,每支箭都呼啸着回返,飞往更早的某个时空。

除非是不可思议的巧合,否则梅口中的 Joy 和 Alex 的前妻应该就是同一个人。她显然是个令人印象深刻的女子,梅与她并不相熟,但直到今天仍清楚地记得第一次见到她的情形——在帕蓬附近的某个小吃摊上,女孩们常在上工前去那里吃点东西。那天的 Joy 穿着紧身露腰的小背心和牛仔短裤,露出可爱的肚脐和光滑紧致的皮肤,纤细的腰肢盈盈一握。

她的脸只有巴掌大,梅比画着向苏昂形容,笑起来眼睛弯弯,不笑的时候又亮得慑人。她正和另一个女孩说笑,顾盼间眼神勾人魂魄,黑色长发像河水一样在她裸露的肩背上流淌。

"帕蓬有很多漂亮姑娘,"梅看着一个烟圈升起,隐入黏稠的空气中,"其实Joy不是最漂亮的,但她身上就是有股特别的魅力。怎么说呢?随时好像在表演,但又知道自己在做什么……我也说不上来,反正farang都迷她迷得要命。"

那时Joy还在go-go bar工作,也是做侍应。Farang常以为女侍应不出台,其实不是的,梅冷笑道,她们中的很多人也会出台,只是没有强制要求罢了。帕蓬的女孩们有时议论起Joy,说她刚来曼谷的时候也做过酒吧女郎,现在虽然"号称"不出台,身边的farang"男朋友"却也没断过——而且他们都会给她钱。

Joy完全清楚自己的魅力,也因此自视甚高,不甘心屈从于酒吧女郎的普遍命运。当英文水平提高到了一定程度,她就跳槽去了鲍勃的"曼谷斑马"酒吧。那里的女侍应们以外形出色和英文流利闻名,她们的制服是性感的紧身短裙,但你若敢动手动脚,几乎一定会收获耳光。男人们来到"曼谷斑马"是为了酒而不是女人,但Joy的魅力仍为酒吧招揽了不少忠实顾客,传说鲍勃开给她比别人高得多的工资。这使得她成为帕蓬那一带的"名人",女孩们羡慕八卦的对象。

说来也怪,梅感叹道,八卦归八卦,却没有人真的嫉妒她。Joy的人缘一向不错,或许仍应归功于她那独特的魅力。她尝试着向苏昂解释:你可知道这世上有一种人——无论身处哪个阶层——他们天生强大,有致命的吸引力,可以做他们想做的事,而另一些人只能为他们所吸引,根本无从拒绝?Joy毫无疑问就是这种人。

所以当她和一个美国帅哥闪电结婚并移居旧金山时,并没有人觉得意外。男孩比她小好几岁,大学毕业后Gap Year旅行经过泰国,在帕蓬的酒吧里对Joy一见钟情,两个人很快就如胶似漆。"可能是真爱吧——那男的又年轻又帅,"梅莞尔一笑,用手捂着嘴,"要么就是他家里很有钱。"

Joy 走后,梅偶尔从其他女孩那里听到关于她的零星消息:她在旧金山的餐厅打工,她加入了美国国籍,住在 Isaan 的寡母生病去世她也没有回家……后来,有人说她离婚了,又有人说她再婚了。再后来就是她的死讯——好像是死于一场意外事故,而且是在泰国。消息是从老家传来的。"可是没人知道她什么时候回的泰国,"梅摇了摇头,"她一个人都没有联系。"

但重磅炸弹还在后面:在那之后,有人在苏梅岛看见了 Joy。

传说中已经死去的 Joy。

"在一个夜市上。"梅掐灭香烟,强调骇人的事实,"我的朋友很确定那就是 Joy——头发剪得很短,但绝对是她没错。她还跟她说话了,但对方就是不承认,一口咬定她认错了人。"

苏昂感到全身的血液都凝固了。"所以……那到底是不是她?"

"谁知道呢?"梅一本正经地说,"也有可能是她的鬼魂。"

她的第一反应是想笑,但梅的表情很认真。她盯着她的眼睛,想从中找出一丝戏谑的痕迹,却没有成功。

苏昂忽然想起鲍勃跟她讲过的鬼故事:两个大学生同住一间宿舍,一天晚上两个人都饿了,其中一个出门去买吃的,结果被一个疯子用刀劈成两半。但他的鬼魂对于没能给室友带回食物这件事感到内疚,于是又回到宿舍去敲门。室友打开门,看见他那死去朋友的上半身飘浮在半空,手中还拎着一袋打包的面条。这是在泰国各所大学中流传最广的鬼故事。

307

尽管看上去牵强附会，鲍勃说，但这类故事的确很能说明泰国人所理解和看重的友情、对美食的爱，以及——尤其是——他们对于鬼神的信仰。绝大多数泰国人即使不确定是否有超自然的存在，但为了保险起见，也不愿意说自己不相信。

可是……逛夜市的鬼魂？会说话的鬼魂？

"就算是她的……鬼魂，"她艰难地吐出这几个字，仍然不能相信自己在讨论这样的问题，"为什么不承认呢？"

梅翻来覆去地把玩着啤酒瓶。"你想知道我的看法吗？"一段长长的沉默之后，她忽然抬起头来，眼里的笑意神秘而遥远。

"我觉得，不如就当她真的死了——如果这是她所希望的。"

她很清楚梅的意思：也许有些人就是不愿意面对自己的过往，也许他们就是想把曾经的自己——连同所有的人际关系——连根拔起，彻底埋葬。

"就像转世一样？"

"就像转世一样。"

苏昂不自觉地在桌子底下攥紧了拳头。当然，Joy 当然可以选择"转世"，但问题在于到底是谁在说谎。她清楚地记得那天在东方酒店的对话，Alex 脸上无法伪装的哀伤。如果 Joy 真的没死，那 Alex 就是她所见过最高明的演员。可他又到底为什么要对她说谎？如果 Joy 的确死了，时间又完全对不上——梅得知死讯的时间比 Alex 所说的早了至少三年。而从他的话里可以推断，Joy 因摩托车事故去世时，他们已经在苏梅岛待了挺长一段时间。

"你认识 Joy？"梅眼波潋滟，就像喝醉了酒似的。

"我们有一个……共同的朋友。"她含糊地回答。一个有很多秘密的朋友,她想。他知道 Joy 的过去吗?"那不重要。"Alex 很可能会这样说。

一直到她下了车,回到公寓,洗完澡吹干头发上床睡觉,她都不停地在脑海里做算术题,推算着十年的时间线,将几个事实翻过来倒过去地排列组合,想要拼凑出一个更合乎逻辑的故事。她回想着每一次跟 Alex 的对话,寻找他话里的蛛丝马迹,试图赋予它们新的意义,直到一无所获、精疲力尽地睡着。

那天晚上,苏昂梦见了 Joy。她看不清她的脸,但她知道那就是 Joy。她有一个希腊女神般的肚脐,长发如水漫流四溢。梦总是靠白天的经历提供养分,就像一个胎儿。Joy 领着她不断地穿越梦中的街道——更确切地说,是一座本不应该存在的水下城市。街道上满是飞奔的鱼儿和摇摆的水草,但每座房子前面都有小小的神龛,所以苏昂猜想她们应该还在泰国。苏昂时不时地陷入水草的纠缠,Joy 却泰然自若地在她前方漂浮。很久以后她才蓦然惊觉,那不是水草,而是 Joy 的头发。

三十三

被门铃声惊醒的时候，苏昂还在梦中跟着 Joy 穿街走巷。她努力挣脱梦境，床边电子钟显示的时间是 5 点 16 分。她躺在黑暗中，屏住呼吸等待了一会儿，门铃变成了沉闷的敲击声——声音不大，但连绵不绝，机械中透着点歇斯底里，令人毛骨悚然。

她尽量不发出声音地走到门边，从猫眼看见正低头抱膝坐在走道上的思思。苏昂马上有了种预感——她希望自己的预感是错的。那一刻她彻底清醒过来。

思思脸色苍白，目光呆滞，马尾已经散了一半，脸上有干掉的泪痕。她以一种梦游般的姿势进了门，仿佛光是敲门这个动作已令她精疲力尽。"对不起啊，"她僵硬地咧开嘴，"我本来想等到天亮的……但我实在没法一个人待着——陈倩一早就要去诊所了……我好不容易等到五点多，我……"她飘移到沙发上，用双臂环抱住自己。

"是余姐？"她努力保持镇定，渴望一个否定的回答，"没怀上？"但她发觉自己的声音有点颤抖。

思思做了一个奇怪的表情，像是微笑，又像是要哭。

"死了。"她终于惨然一笑,"自杀。"

苏昂感到手臂上的汗毛一根根竖了起来。

来了,她想,终于还是来了。

验血得知自己没有怀孕之后,余姐在 SMB 诊所的洗手间里用一把水果刀割开了手腕的动脉。

一直负责她的医生和中介都表示,那天下午她知道结果后显得很平静,并没有多说什么,临走前还跟医生微笑道别。从诊室出来以后,中介姑娘试图安慰她,并问起她下一步的打算。余姐说她想回家休息,中介还有别的患者要照看,就和她说了再见。

但她并没有回家。没人知道之后的那几个小时她到底去了哪里,唯一可以确定的是:她是在医生护士们纷纷下班、诊所几乎空无一人的时候溜进三楼洗手间割腕自杀的,在那之前还喝掉了一整瓶威士忌。等到楼下值夜班的工作人员发现她和那个 Johnny Walker 的空酒瓶时,一切已经无可挽回。救护车赶到后,当场认定她已经没有了生命体征。

天啊,苏昂心想,天啊。她感觉自己不大对头,仿佛整个脑子都生了锈。

"这几天……"思思停了下来,表情扭曲。苏昂看出她正在百般克制,让自己不要哭出来,"我知道这几天她一直在偷偷用试纸验孕……她肯定是有预感,肯定早就想好了……"

"……没有遗书吗?"

"什么都没有。"

割腕自杀的死亡率其实很低,她不知怎的忽然想起这一点。好像是听丁子说的——她一向热衷于搜集各种奇怪而无用的信息——据说是因为人体的凝血机制什么的。但割破动脉就是另一回事了，因为它位置较深，所以割破可能真的会致死……苏昂忍不住打了个寒战。她知道这不合时宜，却不由自主地对余姐产生了某种近似于"肃然起敬"的感情。

余姐显然是一心赴死，思思说，她的脸上有种受惊过度后的麻木。这诊所第一时间通知了余姐的中介，中介又打电话告诉了思思。她难以置信，不顾中介的劝阻，执意要和她们一同前往医院。一路上她神思恍惚，大脑拒绝接受这整件事，直到看见余姐的遗体——她只看到了肩膀以上的部位。已经有人把一条叠起来的毛巾放在她的头上，掩盖住了因倒在地上而被血浸透的半边头发，但脸上仍有斑斑血迹，已经干涸发黑，看上去就像那种原始部落的文面，在白惨惨的灯光下显得恐怖又诡异。

她一转身就吐了。去洗手间清理的时候，她一想到余姐就是在这种地方割腕自杀，尤其是一想到那个惨烈场面，就忍不住抱着医院的马桶吐了又吐。

我只在电影里看到过这种事情，思思用双手捂住脸说，从没想过会发生在自己身上——而且是在异国他乡认尸，对方还是一个只认识了十几天的人。

她的声音在颤抖，像是在重新经历那个噩梦般的时刻。

年轻的中介姑娘也是头一次遇到这种事，但她表现出了可贵的镇定。她不断地打电话，通知家属，安排事宜，办理各种手续，还要回答医院和警察的问题。警察已经去过现场，之后又跟思思一起去她们的公寓取证……等到思思录完口供从警察局出来，已经是凌晨两点多了。她不想回家，于是在街角一间24小时营业的麦当劳枯坐了半天，熬到天色微明才来敲苏昂的门。

"陈倩她们也知道了？"

"警察都上门了啊！本来不想惊动她的，她今天要取卵嘛——她老公昨天来了。"思思说，"小钟应该不知道，她已经取完卵，昨天就飞去普吉岛玩了。"

苏昂问余姐的家人会不会来。

"她老公会来，估计下午就到了。"思思咬着下唇，从鼻孔里哼出一声，"最好别让我看见他！"

她们同时陷入沉默。两人心里都明白，她们一直没有触及整件事中最艰难的部分——惨剧发生的原因。余姐无疑是因为绝望而自杀，但又是什么造成了如此万劫不复的绝望呢？她是被什么念头逼得无路可走，令生命遭到彻底的颠覆？

思思无法原谅余姐的丈夫，她认为他那个"这次还怀不上就离婚"的威胁是压垮骆驼的最后一根稻草。她老公外面有人——很久了，她告诉苏昂，那女的也是一直怀不上，要不早就上位了。

为什么我一点都不惊讶？苏昂想，什么样的男人会对自己的妻子说出那种话？他显然早就对她没有感情了，说不定现在还暗暗松了一口气呢……他应该被谴责吗？当然。他是罪魁祸首吗？也许吧，但诚实地说，除了自己，没有人能够把一个人赶上绝路。

思思用一种奇怪而空洞的眼神盯着她，半晌才垂下眼睛，疲惫地叹了口气。

"我要搬出去了。"她说,"我已经跟中介说了,反正他们还有别的房子。"

苏昂忽然想起来,再过两天思思也要取卵了。她本应保持好睡眠和好心情,不该被卷入这些可怕的事情,看到那些足以造成一辈子心理阴影的场景。

"你老公什么时候来?"

"后天晚上。"然后,毫无征兆地,她忽然说,"其实,他也出过轨。"

苏昂心里十分震惊,但没有表现出来。她慢慢拖过一张椅子,在思思对面坐下。

"我年轻的时候也挺作的,一点小事就闹分手。自从打算要孩子——应该说是自从知道我怀不上以后,反而变冇了,也可以说变理智了吧。我觉得以前碰上这种事我肯定是要离婚的……生气当然也生气,也跟他吵,他也痛哭流涕,说他鬼迷心窍了,再三保证说跟那女的断了……后来也就这么着了,也没说原不原谅,反正日子也就这么过着。他有没有再犯我也不知道——应该没有,但也无所谓了其实。因为我想明白了啊,这里边我也有责任。怀不上孩子,又折腾着治病,做试管,我对那事儿是一点欲望都没有了,对夫妻生活完全没兴趣了,对他也确实不公平吧——男的跟女的不一样,毕竟。而且说实话,我的问题比他的严重——弱精是可以治的,大不了做试管呗。要真离婚了,他可能很快就能再找到个年轻女孩儿,说不定过一两年就生了。我怎么办呢?一个离过婚的女的,还生不出孩子,再找个跟他差不多条件的基本不可能了……"

苏昂很不自在地坐着,情绪沉甸甸地压在肩上。她仿佛看到那种残酷和庸俗随着生育的问题翻腾到了生活表层，变成了她们日常生活的品质。

"不怕你笑话啊，后来我也喜欢过别人，"她好像管不住自己似的说，"是单位的同事。其实也没怎么样，不知道算不算精神出轨，反正就是小暧昧吧，每天去上班都挺开心的。后来他离职了，也就不了了之了……那以后我反而能理解我老公了。都是人，都经不起考验啊。怎么说呢？喜新厌旧是人性，婚姻其实是挺奇怪的一个东西……刚结婚的时候肯定是有爱的，但荷尔蒙没了就没了，越到后来就越像搭伙过日子的室友了。但你会因为这个就离婚吗？也没有意义吧？就算再找一个，死去活来爱一两年，之后还不是一样？都一样，很可能还不如原来那个。尤其是我还想生孩子。我老公一堆毛病，但优点也不少。他脾气好，喜欢孩子，比我有耐心，应该会是个好爸爸。脑子也挺好使，估计以后还能辅导孩子功课……再现实一点说，他在体制内工作，很稳定，收入也不错。搭伙过日子嘛，说白了就是合作关系——两个人把资源拿出来互相整合，取长补短，互惠互利。我也有我的优势，当然。我勤快，能干，爱收拾，做饭好吃，长得还行，也通情达理，对吧？"

苏昂不由自主地点了点头。

"但只有这些也不够，"思思接着说，"就算是合作，也得有能把两个人紧紧拴在一起的东西，比如说，财产上的捆绑，事业上的互相帮持，或者——"

"孩子。"

她点点头，声音低下来："问题就是我怀不上孩子。"

"那不是你一个人的问题啊。"

她凄然一笑,"但他综合分高啊。"

"那又怎么样呢?"苏昂有些不习惯像做交易似的谈论这种事情,婚姻似乎不应该只是一堆理性的计算。

"那最后可能还是得离,"思思的目光忽然变得像枪口一样幽深,"如果连试管都不行的话。"

某种东西在她体内搅动。"就因为孩子?"

"不然呢?我们都想要孩子啊。"思思倒似乎诧异了,"你不也是吗?"

她一时语塞。她想问思思到底为什么一定要生孩子,孩子对她又究竟意味着什么——是真正发自内心的渴望,还是维系家庭的纽带、无爱婚姻的拯救、"合作"关系的保障?但下一秒她立刻感到了那种讽刺——Alex 不也问过她同样的问题吗?"原因不重要,"她记得自己说,"反正结果都是一样的。"人总是轻易放过自己,剖析起别人倒是犀利。

思思继续说道,试管一次两次不成功倒也没什么,但如果这努力看不到尽头,一般来说,男人会重新评估这段婚姻的价值,开始想象新的关系和新的人生。他们不愿意陷入一场旷日持久的悲剧——女人也不愿意,当然,但男人手里有更多的资源、更多的筹码。如果不孕不育的根源只在于丈夫而非妻子,事情也许会不一样,但若是妻子也有问题,两人最后往往会走向离婚的结局。这是一个普遍的现实。

也许因为对于男人来说,婚姻关系始终是次要的关系,苏昂想,更重要而安全的联系是他们的血缘:父亲,兄弟,孩子。她在心里幽幽地叹了口气。她还一直以为自己活在女性有更多选择的时代呢！如果说余姐的不幸源于她自身的弱小，可难道思思不是独立女性、不够强大和通透？事实上，她可能太过通透了。跟余姐不同，离婚对思思来说并不会是世界末日，她无论是经济还是精神都足够独立，但离婚不符合她的利益。当爱已成往事，她把婚姻乃至人生都看作一个巨大的算式，加加减减都是为了自身的利益。而当生育——更确切地说是不育——以千钧之重落在生活里，她那个巨大的算式算到了底。

但你能说她道德不正确吗？那这个男性作为既得利益者存在的社会又何尝正确？追求利益可耻吗？损人利己才可耻，趋利避害是人的本能。其他的选择适合她吗？像西方人一样，不爱了就干脆利落地离婚，进入新的恋情，然后再结婚，再离婚……一次次的伤筋动骨、前途未卜？

其实她自己也一向是羞于谈论利益的。这不符合她从小受到的教育：婚姻和家庭理应是没有算计和功利的、因爱而生的共同体。苏昂甚至从未从这个角度思考她和平川的关系。什么是把他们两人紧紧绑在一起的东西呢？她确实偷偷想过，如果彼此都换个对象，生育是否就不再是难题，但她发现她完全无法想象和不是平川的任何人孕育一个孩子——也许这意味着他们的婚姻还不至于陷入最深的危机；然而她的确觉得自己在某种程度上能够理解思思，因为她们都是被夺走了珍贵之物、被迫看清自身缺失，也因此需要做出艰难决定的人。对很多人来说，孩子是一个自然而然、水到渠成的爱情或婚姻产物，甚至是伴随着某种偶然或意外、糊里糊涂地就成为父母，彼此间自动多了一条纽带。但她们不一样。当不育动摇了生活秩序，一切都要被重新评估——谁的问题？谁拥有权力？谁愿意做出牺牲？谁的选择更多？……而对这段关系中的弱势者来说，当你被洪流冲下山坡，你的手总会本能地想要抓住点什么。

"希望你这次能成。"她最终只说了这一句。

"但愿吧，"思思说，语气却不大肯定，"其实也该知足了，你看看余姐……"

她的心抽痛了一下。死亡投下的阴影又回到了房间里，她们不愿提及的东西正像群饿狗般围绕着她们打转。

思思说，她和余姐也不过是做了十几天的同屋，谈不上有什么感情，只是因为大家都不喜欢她，甚至避之不及，她才出于同情与她寒暄，听她说话；但在内心深处，她承认自己仍视余姐为异类，认为与她只可能展开那种最最虚伪、最最肤浅的交流，可是说到底，人与人之间又能有多大的不同？表面上看，她无论是婚姻还是自身境遇都比余姐好太多了，但不育这件事就像一把解剖刀，划破表面，暴露出同样阴暗的真相——她们都无法放弃婚姻，因为离婚不是一个真正的自由选择，因为生活里有太多东西建立在婚姻这个基础之上。

这就是为什么余姐甘愿忍受那些对待，苏昂想，再怎么挣扎也哪里都到达不了，去一个熟悉的地狱也好过无处可去。又是一波痛楚袭来。她再次感到她们都团结在一种超越了地域、阶层与生活背景的东西里。那是一种只属于女性的经验，太过普遍，太过深刻。个人的痛苦变成了群体痛苦。她已经不知道她感到的是谁的痛苦了。

"你饿不饿？"她站起来，"我给你煮个泡面吧？"

思思点头。"唉，麻烦你了，"她说，"真不好意思把你吵醒，但跟你聊聊感觉好多了。"她在沙发上躺倒,双手摩挲着自己的小腹,"你说,这下会不会把我的卵子都吓死了几颗?"

"不会啦……"

"唉,本来就没几颗!"

苏昂烧上水,在橱柜里找出一包方便面。

"说实话,我一直有种感觉,"思思盯着天花板,"她是为我着想,才没在我们那房子里那个……她是怕我看到会吓死吧?她虽然有点怪,其实人是很善良的……"

苏昂看着锅里正在慢慢沸腾的水,就好像令人不安的影像混在气泡里浮出了水面。她无法不去想象那幅画面。为什么要选择这么血腥而痛苦的死法呢?为什么不是上吊、吃安眠药,或是从高处跳下?她忍不住想象自己从暹罗广场的人行天桥上纵身一跃,在阳光中下坠,然后往马路上那么一撞,被疾驰而来的车辆卷入轮下。简单,迅速,来不及感受痛苦。

"我就是觉得老天太不公平了,"思思长叹一声,"受了那么多罪,吃了那么多苦,还不能要上一个孩子——其实都不是她自己的孩子。"

"四面佛也不管用……"

"她还那么虔诚,天天都去……"思思顿了顿,"你知道她打算怎么还愿吗?"

"……跳裸舞?"

她们先是轻轻笑了笑,接着不约而同地哈哈大笑起来,前仰后合,简直像两匹歇斯底里的马。一想起余姐当时那副表情,苏昂就笑得越发不可收拾。她们不停地笑啊笑啊,直到两人在泪光中相逢。思思转

319

过身去，用手捂着脸，肩膀无声地颤动不止。

苏昂在那锅方便面上打了个鸡蛋，用筷子将它搅成蛋花——这是她最喜欢的吃法。她小心地将面条连汤一起倒进碗里，端到沙发前才发觉思思已经睡着了。身体略略倾斜着，眼泪顺着脸颊流进了耳朵里。静寂中能听见她微微的鼻息，想必是相当累了。

她从衣柜里找了条薄毯给思思盖上，然后坐到餐桌前开始吃那碗面条。她机械地嚼着，一边望向窗外。天已经亮了，这座城市若无其事地迎来新的一天，在晨光中显得新鲜而无辜，就好像什么都不曾发生。苏昂走进浴室，她只想把这个夜晚从身上洗掉。

突然降临的悲剧该如何理解呢？人们都是如何承受这些的呢？这些你通常只会在报纸上看到的事情，那种你会试着想象，或者竭力不去想象的事情。对于思思带来的噩耗，她虽然震惊，却也一直像在看戏，有种古怪的疏离感——尤其是思思忽然又说起自己的私事。直到此刻，在水声所凸显的静寂里，一切才渐渐变得真实起来。

苏昂抱紧双臂，仰头任水流倾覆而下，直到感觉快要窒息。她在脑海里倒退回那些时刻：余姐得知验孕结果的时候，她正在和 Fai 商议她人生中的第一笔设计合同；余姐坐在洗手间里，用水果刀割开手腕的时候，她正迷醉于红灯区的灯红酒绿；当思思赶到医院认尸、受刺激呕吐不止的时候，她正吃着罗勒叶炒猪肉碎盖饭，和梅谈论着那些离她自己的生活十万八千里的事情……

她和余姐从来不是朋友。什么都不是。她几乎不认识她。她回忆着那些短暂的交集，强烈的内疚像一颗子弹将她的心脏射穿。她知道那种感觉也许并不真实，但就是觉得自己犯了某种难以定义的罪。

难道她没有看到她那些神经质的动作、古怪的说话方式、被阴影环绕的眼睛吗？难道她看不出来，她整个人就像头顶着一块乌云在行走吗？从第一次见面起，她就嗅到了余姐身上悲剧性的气味，甚至预感会有什么事情发生。最终事情真的发生了，以她不敢想象的方式。

不只是她，还有思思、陈倩、小钟……她们这些看见过她却又对她视而不见的人，她们这些为了避免尴尬而装作若无其事的人，她们这些虽无恶意，却没能去关注她、警告她、救她，或至少做点什么的人，早早就已准备让她去独自面对将她攫取的命运。

苏昂换上睡衣走到客厅，思思仍在沉睡，薄毯已被蹬到一边。她把它重新盖好，然后回到卧室，在床上躺下，希望自己也能马上睡着。睡眠可能是最好的逃避方式了，她想，多么方便，就像暂时死去一样。

三十四

思思拒绝跟余姐的丈夫碰面。在他抵达之前,她已经火速收拾好自己的东西搬进了中介提供的另一套公寓——仍在同一个小区,只是隔了几幢楼。做完取卵手术的陈倩也拒绝回去,理由是"风水不好"。她的丈夫取完精后就直接回去收拾行李搬到了酒店。

中介姑娘一个人在空荡荡的公寓里接待了余姐的丈夫,并带他去办理各种善后手续。听说那是个再普通不过的小个子中年男人,十分懂得察言观色,说起话来甚至有些谦恭。看到余姐的遗体后,他流了几滴泪,但并非那种无法把持的悲痛。在中介的建议下,他选择了一家当地的华人殡葬服务公司,打算将遗体在泰国火化后再直接把骨灰带回国。

显然世间的一切都有一套对应的处理程序,苏昂不无感慨,包括借卵生子或身死异乡这样的小概率事件。你以为会很戏剧,实则相当平淡。你以为会很麻烦,却只是标准化的死板。

"可能今天或者明天就要火化了,"电话里思思的声音有点哽咽,"就好像她从来没有存在过一样……"

显然火葬能一次性解决许多问题——至少中介是这么说的。将骨灰运回国内无须繁琐的文书工作，无须密封的棺材，无须防腐消毒处理，也无须将尸体运往境外的许可证。你所需要的只是一张死亡证明和一个小小的铝制骨灰瓮——人们往往直接把它放在头顶的行李架上。苏昂不由得开始想象，机舱里究竟曾有多少幽灵在天空中往来穿梭。有一件事她可以肯定：这将是余姐所乘坐过的最便宜的航班。

"我是真没想到他还有胆子住我们那屋，"思思愤愤地说，"希望余姐的鬼魂半夜显灵吓死他！"

这话倒是提醒了苏昂。

她忘了在哪里看到过，自杀者的灵魂很难解脱，死后仍要承受极大的痛苦，需要生者为其诵经超度。苏昂并非佛教徒，一直抱持着"敬鬼神而远之"的态度，但世上总有科学解决不了的事情，涉及亡者，总觉得应该为她做点什么。更何况，她一直被那挥之不去的内疚所折磨。

她打电话给梅，想知道以泰国的习俗，应当如何为余姐超度。梅一向热情，但听说死者是自杀身亡，却立刻换了口吻。她说在泰国的信仰中，自杀是最严重的罪孽之一——可能比杀人还糟。你没法给自杀的人做功德，他们在地狱的太下层了，收不到你的功德或者祭品。

"所以你的意思是，我这边什么都做不了？"

梅犹豫片刻。"我听一个和尚说过，如果死者的罪孽太深，你可能需要一辈子替他守五戒……嗯，你甚至可能要自己出家才能超度他……"

苏昂当然不打算付出这么大的代价。她犹豫了半天，还是拨通了 Alex 的电话，请他帮忙问问鲍勃——如果真有人知道这些奇怪冷门的事情，她想，也只能是那位"行走的泰国奇闻轶事百科全书"了。

但 Alex 的反应有些古怪——得知前因后果后，他在电话里沉默了足足一分钟。

"不用问他了，"他终于开口，"我带你去吧，我认识一个和尚。"下午苏昂见完医生，和 Alex 在星巴克碰头，然后一起去旁边的 Aeon 超市——泰国超市里能够买到献给僧侣、神社和寺庙的各种供品，它们隐藏在最远处的角落里，位于儿童玩具和宠物食品之间。在 Alex 的建议下，她选了一个橙色的塑料桶，里面装满了僧人的日常必需品：牙膏、沐浴液、纸巾、雀巢咖啡、檀香和橙色僧袍，上面还绑着金色蝴蝶结，就像一个节日大礼包。

全程她都没怎么说话。Alex 也很小心地不主动开口，以为她因为余姐的事心情低落。他不知道苏昂心里真正的芥蒂正是他本人。她明白人人都有点不可告人的事，没有人能够真正了解任何人，可不知怎的，她仍然介意他的那些秘密和谎言。她也知道有些人会单纯为了博取同情而撒谎，真的，她在法学院的课堂上见过太多这样的案例。但她更气的是自己——多么愚蠢，多么容易相信那些自称是你朋友的人！野生动物就不像人类这样容易轻信。我们居然还没从地球上灭绝，简直不可思议。

打车去往寺庙的路上，她的心情渐渐缓和，这才开口说起最近发生的许多事，尤其是那漫长得几乎无法结束的一天：她与 Fai 的生意合作，艾伦的红灯区采访，接下来那个惊心动魄的清晨。当然，她略去了关于 Joy 的部分。Alex 听得很认真。"哇哦！"他不时发出惊叹,"我只不过出了几天差!"他认为苏昂对余姐的内疚之情可以理解,但并无必要。向一个已经落水的人伸出手去,他若有所思地说,其实是徒劳而危险的。

"我的房东说,自杀是很深的罪孽,根本没法被超度。"苏昂说,"你的那个和尚……有办法?"

"至少他会愿意帮你做仪式。"Alex解释,很多泰国人都有自己相熟的寺庙与和尚,而他认识这位和尚很久了,他很有智慧,善于变通,足以依赖。其实谁又真的知道人死了以后是什么情况呢?地狱里会发生什么?他自问自答,我们做这些事情,说到底不过为了自己心安罢了。这正是宗教仪式的作用,它为我们内心那些复杂的情绪创造一个休憩之所,否则我们可能会被这些情绪压得抬不起头来。

"你是佛教徒吗?"

"我只能说,现在我身不由己地依赖佛教。"他苦笑,"你呢?你是无神论者?"

苏昂摇摇头。"一定要说的话,我大概是不可知论者吧——半信半疑,不知道神是否存在的那种人。"

"圆滑。"他开玩笑地撇撇嘴。

他们要去的寺庙在曼谷近郊,而出租车又不出所料地被困在了堵塞的车流之中。司机在用手机和家人视频,不时笑得前仰后合。苏昂发现自己也已习惯了这散漫的节奏,北京那些焦灼的人群和火热的主题宛如上辈子的记忆。

她看向窗外。曼谷仍然令她感到惊讶的一点,就是到处都有空置的建筑。即便是在市中心,很多建筑物要么没被使用,要么已被残酷地遗弃。她听说早在1997年亚洲金融危机时，泰国经济崩溃，许多大规模的高层建筑突然就停止了施工，裸露的骨架在空气污染中渐渐变成黑色。如今它们就像诡异的骷髅，未尽的梦想，仿佛佛陀在提醒世人：即使是建筑也会死亡。然而无数的高楼大厦仍在各处拔地而起——公寓、商场、银行、公司总部……它们雄心勃勃，蔚为壮观；但曼谷似乎只有宫殿和贫民窟，中间什么也没有。

在经历了所有这些事情之后，她对这座城市的看法已不仅限于"微笑国度"的美丽与宽容。从"sanuk sanuk"的表层向下挖掘，这个热带天堂开始向她展露那些迷失在黑暗深处的灵魂——被困囿的、被磨损的、被隔绝的灵魂。

车子的速度慢得像爬行。有一阵子，他们和一个骑摩托车的男人并排同行，他身后坐着两个男孩——应该是兄弟俩，大一点的那个在最后，小的夹在中间。三个人都没有任何保护措施。哥哥手里拿着一个类似游戏机的小玩具，看得如痴如醉，完全没去注意正在打瞌睡的弟弟。弟弟看起来那么小，头一顿一顿地向下耷拉着，身体随之轻轻摇晃。他穿着背心和短裤，脚上是一双人字拖。苏昂透过窗户看着他细细的胳膊，皮肤已晒成棕色，黑头发随风飘动。

她不知道自己是什么时候睡着的。但醒来的那一刻，她发现自己的头正枕在Alex的肩膀上。她下意识地坐直身子，整个人还有点恍惚。阳光撞击着挡风玻璃，冷气微弱，座位滚烫，那股热气穿透连衣裙灼烤着她的后背。她的下一个反应是转头去看Alex的肩膀，担心上面会有她口水的痕迹。但Alex直接迎上了她的目光。他的眼神在用一种她能感受到，但无法理解的语言对她说话，看得她垂下了自己的眼睛。他肩膀的温度仿佛仍在穿透肌肤，直达她的骨头。苏昂整个人被一种下坠感所包围，一种大错特错却难以抗拒的东西，几乎令人感到恐惧——但她仍在不断地下坠。

拯救她的是恰好在此时抵达的目的地。她已不知自己身在何处，他们似乎已经离开了曼谷，四周呈现出典型东南亚小镇的颓败景象——空荡荡的街道，散落在路边的棚屋，树荫下无所事事的男人，躺在寺庙门口的流浪狗。寺庙本身无甚特别，吸引她眼球的倒是门外的十几个小摊位，后面坐着手相大师、算命先生和塔罗牌专家。这些都是颇有口碑的算命师，算是这间寺庙的特色吧，Alex 告诉她，很多泰国人特地大老远赶来咨询。泰国人不大喜欢谈论他们自己的问题，而去看心理医生又太没面子，所以僧侣和算命师实际上身兼多种角色，比如心理咨询师、精神科医生或是社区领袖。

经历过"千庙之城"清迈的洗礼，眼前这座小小的寺庙益发显得平凡无奇。一进门就看见左、中、右三个殿堂，中间的金顶，两边的红顶，外形都十分朴素。他们直接走进中间最大的殿堂，Alex 相识的和尚——也是这里的住持——正坐在侧面的台位上看书。他显然上了年纪，脸上的五官深深地隐藏在刀刻般的皱纹里，皮肤像一件睡衣松垂于身体之外。双眼分得很开，令她联想起某种鱼类，但它们又很有神采，焕发出一种你通常只能在幼儿眼里看到的光亮。他看见 Alex，彼此微笑着合十致意，没有流露出丝毫意外，就好像他们昨天才见过面。

Alex 让她自己说。于是苏昂用英文夹杂着刚学的泰语词汇向住持解释，一个朋友死了，她来为她 tam boon，也就是做功德。

是自杀，她补充道，紧张地咽了口唾沫，差点忘了将那个橙色塑料桶递过去。

住持抿紧嘴唇，郑重地点点头。他转头对另一位僧人说了句话，对方很快拿来一个杯子，里面盛着清水。

住持示意苏昂在他面前跪下，又指指那杯水，做了个手势。她迷惑不解。Alex 告诉她，那是让她把手指浸在水里的意思。然后，出乎她的意料，Alex 也跪下了，就在她的身边。

当她小心翼翼地并拢五指浸入水中，住持开始用某种语言念诵某种祷文，音调婉转起伏，听起来宛若溪水漫过石头。他是个枯瘦的老人，但他的声音是如此深沉动听，令她感觉被某种巨大的东西拥入怀中，内心一片空明。诵经结束时，她几乎有点不舍，想要伸出手去，徒劳地抓住那即将消失在空气中的音符。

住持用英文对她说，现在可以出去，找一棵树，把水倒在树下。倒水的时候想着你的朋友，他忽然咧嘴一笑，露出残缺发黄的牙齿，但眼神充满慈悲。这样就可以把你的祝福给她。

佛殿后面就有两棵枝繁叶茂的大树。苏昂小心翼翼地端着那杯水走到树下，慢慢把水倒在树根上。她遵照住持的话，倒水的过程中一直想着余姐——尽管她连她的全名都不知道。行前她临时抱佛脚地在网上搜索送别逝者的佛经祷文，却发现这种祝福的话在佛经中并不多见，只有诵经结束时的回向文中尚有几句话勉强可用。

水流缓缓而下，苏昂在心中反复念着那句背诵下来的话：愿以此功德回向给余姐，愿其业障消除，离苦得乐，往生净土。

离苦得乐，往生净土。

离苦得乐，往生净土。

当她回到殿内，把空杯子还给住持，以为还有其他的步骤，但住持只是笑着用英语说"下次再见"——那微笑抵消了话语本身的讽刺。

"这样就结束了？"她看着那张鱼一样的脸，兀自有点发苶。

住持愉快地点头。

Alex问她是否想自己再待一会儿。迟疑片刻，她点点头。Alex也点头，然后和住持一同离开。

现在只剩下她一个人了。苏昂像当地人那样，跪坐在佛像前，双腿屈向后方，四周是莲花、供品、塑像和燃着的檀香。已近黄昏时分，暮色将天空染红，佛殿角落里的阴影被拉长了。空间变小，蜡烛更亮。她回想着刚才的仪式，觉得那也许是佛教成为世界上发展最快的宗教的原因之一——整套仪式只用了不到十分钟就已全部完成，礼数很简单，就像给树浇水，既实用又富有诗意。而且在整个过程中，没有人试图向她传教——她一向讨厌那些狂热的传教者，就好像他们觉得其他人的活法统统不对，就好像在神本人出场之前，他们就是替天行道的人。

她想着刚才倒水时默念的祷文，觉得那些词语都无可救药地含糊、玄妙、暧昧不明。其实在上网搜索之前，她唯一能想到的一句话是丁子曾告诉她的："我虽然行过死荫的幽谷，也不怕遭害。因为你与我同在。"但这很讽刺，因为余姐她终究没能穿过那死荫的幽谷。

庞大的空虚感环绕着她。苏昂觉得自己的灵魂也被困在了死荫的幽谷里，在内心的一片荒芜中面对死亡。这一切究竟是为了什么呢？所有这些幸福和苦难，所有这些努力和神伤？单纯只是偶然吗？一切都只是随机的细胞或分子的凝聚吗？还是运作宇宙的至高智慧把所有的人和事安排到一起，而余姐作为总体规划的一部分，命中注定要夺去自己的生命？

如何寻求出路呢？难道只能依赖信仰的支撑？有没有一种可靠的方法，让一个人能够赖以度过平凡而自足的一生，越过一重又一重的痛苦，从人生的一个阶段过渡到另一个阶段——包括那个最终的、不知何处的去处——并且过渡得心平气和？

此时，此地，答案似乎应当是佛教。在所有的宗教中，苏昂的确最喜欢佛教，尤其是它的早期形式。但她一直无法喜欢因果啊业力啊六道轮回啊那些玄妙兮兮的话，它们听起来……听起来就是不像现实真理。她对心灵方面的东西也没什么兴趣。而对她来说最难以接受的，是佛教不承认有灵魂或自我这样的东西，每个人都是各种特性、物质与精神的积聚……可是，宇宙中没有任何东西有独立的自我，那么一个人与一条狗又有何分别？

更何况，如果万法皆空，虚无就是意义，那人活一世又何苦呢？当然，其实她也没有那么无知，她明白佛教的"空"与后现代的虚无主义的区别：佛教超越了虚无主义，因为它找到了一条转身回头的路——放下"妄执"，即可破除烦恼，得到解脱……可问题是，从痛苦、执着、欲望中解脱出来——当你死去的时候，难道这些不都会自然而然地发生吗？难道这解脱不将是确定的、彻底的以及永恒的吗？苏昂觉得这一切简直是个悖论：因为惧怕痛苦和死亡，所以在宗教中寻求解脱的方法，可如果死亡本身就是解脱呢？为什么没有一种宗教能够坦然接受死亡的真实性和终结性？

可是当然，她也知道，在她那点知识分子的优越感下面，在她所有的诡辩、评判、骄傲、愤世嫉俗下面，那种古老的恐惧依然顽固地存在。每当有什么事情发生的时候，潜伏在内心深处的恐惧就会苏醒——正如眼下余姐的死，令她陷入一片空虚永恒的悲哀；正如……她的心又感到了一阵熟悉的绞痛……正如那段生命中最黑暗的日子，肚子里小生命接二连三的夭折刺穿了她一直以来精心为自己建造的保护壳……

苏昂站起来走到门口。她看见住持和 Alex 站在她刚刚洒过水的树荫下，身边聚集了一群正在争抢食物的流浪狗——显然是住持刚刚给它们喂了食。他们两个正在聊天，愉快中透着随意，住持的手指间还夹着一根烟——她简直不敢相信自己的眼睛。Alex 不知说了什么，住持仰头大笑起来——笑得太开，以至于皮肤都被挤到他的光头顶。那怡然自得的神情令她忌妒。

他真的知道宇宙和生命的真相吗？他可曾有对死亡的恐惧？还是说，他的世界其实是一个网络游戏般的仿真世界呢？苏昂有些赌气地想，一个给人诵经祈福和拨弄念珠的平静世界。他不知道普通人生活的庞杂、社会的要求、工作的压力、家庭的负担、账单的紧迫。他不需要面对爱好和温饱的矛盾、梦想和现实的落差、自由与责任的冲突。他只用穿着他的僧袍，安详地打坐、看书、抽烟、喂狗……过着这样的生活，他又怎会不平静、不快乐？

住持邀请她参观寺院。它其实比想象中大，佛殿后面还有一座高大的白塔，在蓝天白云下显得颇为雄壮。白塔挨着一面矮墙，墙上立着许多可爱的娃娃公仔，墙内则活脱脱是个雕塑动物园——各种猫猫狗狗、长颈鹿、斑马、大象、老虎、熊猫……甚至连米老鼠和唐老鸭都一脸欢脱地站在那里，像是有意用几分喜剧色彩冲淡寺庙的肃穆气氛。

她想起了清迈的那些寺庙。以灵魂为主题的迪士尼乐园。艾伦还曾经向她提起清莱著名的白庙，据说其主殿的壁画上居然有蜘蛛侠、超人、哆啦A梦等卡通形象，天马行空，不可思议。

"泰国寺庙里好像常有这些可爱的小东西。"她微笑着瞥了住持一眼，第一次注意到他的个子竟是这么小，但他脸上的神情却给人某种高贵的感觉。

"宗教是我们泰国人的生活方式，"住持愉快地耸耸肩膀，"轻松一点比较好。"

"轻松得可以在寺庙里做脚底按摩。"Alex 插嘴。

"你想试试吗？"住持幽默地说，"我的技术也不错哦！"他再次爆发出欢乐的大笑。苏昂发觉自己开始喜欢这个老和尚，尽管忌妒的酸液依然点点滴滴从心间渗出。

白塔后面原来别有洞天。穿过一道拱门，一片小树林郁郁葱葱，榕树、棕榈树、鱼尾葵、鸡蛋花树和各种攀藤植物在他们的四周热烈生长，曲径通幽处是花木掩映中几间大大小小的禅房。数名白衣人在林间小径上低头踱步，经过他们时目不斜视，一副飘然出尘的样子。Alex 告诉她那是在此参加禅修班的学员们，他们将在十天的时间里静默冥想，静心修行。

"十天都不能说话吗？"苏昂很惊讶，"一句也不能说？"

Alex点头，说他自己也来过，禅修时不只禁言，连手机和书都不能看。他指着远处一幢两层楼的朴素建筑，告诉她那就是他当时所住的宿舍。

"不会想中途逃跑吗？"苏昂无法想象没有手机的日子。

"前几天会啦，"他承认，"但人类的适应能力很强。"

说话间他们已来到一块林间空地，四周散布着石头桌椅，旁边还有一组猴子下棋的趣怪雕像。住持招呼他们坐下，做了个手势就消失了。

见苏昂一直好奇地盯着那些白衣人看，Alex告诉她，泰国有禅修的传统，很多寺庙都提供禅修课程。

"有用吗，这个课？"苏昂问，"十天以后会怎样呢？脱胎换骨？"

Alex笑了——那种你看着自己三岁的女儿天真发问时会露出的笑容。"是啊，我大彻大悟了，马上剃了头，穿上袍子准备出家，拯救天下苍生——"他笑着摇头，"怎么可能！"

"那它到底有什么用呢？"

他把目光从她脸上挪开，望向别处。"它让我……从另一个角度去思考一些事情。"

"什么样的事情？"

他没有正面回答，只是含混地说，你只不过在那十天里学到一些方法，真正的修行还需要在生活中实证，比如说，通过冥想，通过你的生活方式和思考方式……然后——可能要经过很长一段时间——

你看待世界的方式就会慢慢开始有变化……

"冥想。"她重复着这个词,忽然感觉站在她眼前的这个男人无比陌生。

"现在我每天冥想一个小时。"他的神情中有羞怯和自豪交织的印记。

"……冥想些什么呢？"

事实上,他解释,冥想的实质就是什么也不想。把注意力集中在鼻孔附近,观察你的呼吸。看到脑子里的念头,让它飘走。再看到念头,再让它飘走……大抵就是这样。

苏昂的脑海里有幅画面开始形成：Alex 盘腿坐在一张蓝色的瑜伽垫上,双眼紧闭,轻轻呼吸,身体如一块金属板般坚挺静止。背景是一个铺着榻榻米的房间,窗外可能有一片竹林……她得承认她不怎么喜欢那幅画面。她从来都不理解沉浸于"灵性""冥想""上师""心灵觉醒"的那类人群,他们不在她常规的世界观里——她那安全的、熟悉的、被一层厚厚的知识和逻辑所武装的世界观。然而 Alex 忽然出现在她一向抵触的人群里,令她开始反思自己的抗拒是否只是出于某种潜伏在心底的恐惧或傲慢……

"然后你就会感觉很好吗？达到'心灵的平静'什么的？"

"有时候吧。"

她依然疑心重重,但她决定要努力克制自己想质疑想讥讽的那一面。

住持再次出现,身后跟着个小和尚,给他们端来三杯冰茶——加了很多冰块的橙色饮料,盛在不锈钢杯子里,塑料吸管还打成一个漂亮的结。住持热情地向他们竖起大拇指，表示他强烈推荐这款"寺庙自制冰茶"。

苏昂啜了一口。太甜了，不出所料。泰国人就是喜欢如此甜蜜的东西。她礼貌地朝住持笑笑。

他们一度就那样干坐着，慢慢啜饮着自己那杯冰茶，与身旁的石猴面面相觑，四周安静得能听见风动蝉鸣。就在这样的寂静变得快要难以承受时，住持忽然开口："苏女士是来泰国旅游的吗？"

苏昂摇摇头。"我是来怀孕的，或者说试图怀孕吧。"她完全没想到自己会这么直接，而且声音比她预计的大得多，"试管婴儿，你知道吧？"

住持抬头对她微笑。小小的、好奇的微笑。"祝你成功。"他温柔地说，"很好的修行，非常好的修行。"

"……什么？"

"生育，很好的修行，"现在是大大的微笑，他伸出双臂比画着，"能理解到你是更大东西的一部分，而不是单独一个个体。"

她草草点头，似懂非懂。"但我有个问题，"她说，"既然佛教认为人生充满痛苦，那为什么我们还要生育后代，让他们也受苦呢？"

住持脸上有些许惊讶的神情。

"你以为这种事情是由你决定的吗？"他用直率的目光凝视她，"生育是业力作用，孩子与父母之间是一种业缘关系。生，或不生，其实由不得你。"

"由不得我？"

"你看到过一直渴望孩子却怀不上的吗？看到过不想要孩子但意

335

外怀孕的吗？"他棕色的脸庞平静而严肃，"还有那些怀了孩子，却因为先天缺陷还没出生就流产的呢？"

苏昂沉默了一会儿。她看看住持，又看看 Alex。生活有些时刻让人很难相信宇宙万物是随机组合的。

"你的意思是，无论我们怎样选择，结果都是注定的？"

他看了看自己的手背，就好像在研究它们的构造一样，然后点头。"佛教的态度是，一切随缘，不执着，不强求。"

"那我做 IVF 算是强求吗？有没有违背佛教的理念呢？"

住持乐不可支地笑了。"你是在泰国做的 IVF，"他提醒她，"泰国是一个佛教国家。"

"那佛教是怎样解释人工受孕的呢？"她追问。

"佛陀生活的年代还没有这些技术手段，但在我看来这很好解释——当你生病了，就应该去接受治疗；如果是不孕不育的疾病，那么人工受孕就是治疗方法。"他停顿了一下，用右手的手指轻敲膝盖，"就因果而言，也许这家人种下过孕育艰难的因。如果人工受孕成功，那说明还有得到子女的福报，只是过程艰难一点。要是没有这个福报，人工受孕也很难成功——或者连做人工受孕的机会都没有。"

苏昂再次陷入沉默。腹部一阵扭结，某种似曾相识的疼痛击中了她，那是一种被无数母亲承受的古老疼痛。

"种下过孕育艰难的因……"她重复他的话。流动的疼痛在体内扩散开来，"你是说，这一切都是我要还的债？"她看一眼旁边的 Alex，他神情凝重，一言不发。"我要告诉你，我从来没有主动堕过胎……可是，自然流产，胎停流产——一次又一次——也统统都是我的报应？因为我在前世今生做了坏事？用你们的话怎么说来着——造过恶业？"

那个习惯性的笑容还停留在住持的脸上，但后面似乎还有些别的东西，令她想起B超室里医生的目光。

"非佛教徒往往觉得因果报应不公平，那是因为我们没有前世的记忆，不记得在前世做过什么错事。可是，不记得并不代表我们不用为此负责。"

"即便如此，凭什么让一个没出生的孩子为别人上辈子做的错事付出代价呢？"苏昂语气生硬地说，"我觉得任何人都不该因为他人的业力而遭罪。如果这就是佛教的理论，那我不愿意相信这种理论。"

住持从容而刻意地喝了一口他的冰茶，然后再次抬起头来微笑，那双鱼一般的眼睛定在她脸上——不是在看她的五官和表情，就好像是在看藏在下面的什么，某种比人格更深的东西。

"过于简单的解释是有问题的，连佛陀也认为，业力错综复杂，就像宇宙的成因一样深不可测。"

又来了，那些故弄玄虚的屁话！苏昂努力压抑心中的怒火，移开目光去看Alex头顶上的树枝——那里似乎有些异样的东西……她终于看清楚了，原来是一只假鹦鹉和一只假松鼠，远看就像真的一样。这是一个主题公园，她忍不住想，整个曼谷就是一个主题公园。看看他们，他们总是微笑。每个人都永远在微笑。红灯区的那些女孩似乎在酒吧之外没有真实的生活，这个老和尚在寺庙之外也没有真实的生活。每个人都在表演，每个人都很好。这就是为什么他们总在微笑，不是吗？

她深吸一口气，努力平静下来。"那么，你能不能用普通人听得懂的语言解释清楚这个问题呢？"她的话里有刺，"不回避，不绕来绕去，不用太多的术语。"

他又摇头晃脑地笑了，就好像她刚刚说了个笑话。"当然，当然。但我需要你的帮助。"他伸出手，轻拍两下 Alex 的小臂，现在是羞涩的微笑，"我的英语不够好。"

住持以一种混合着英语和泰语的语言开始讲述。这两种语言交织得如此随机和紧密，以至于苏昂已无法分辨出其中英语的部分。伴随着 Alex 的翻译，她渐渐开始明白他的观点，这个观点在她看来是崭新的：尽管我们出生时有一个由宿世业力决定的寿命（或称"业命"），但假如在某个时候，过去所造的某桩严重的恶业恰好成熟，导致你忽然死于非命，这就意味着你会在那个"业命"穷尽前死去。比如说，你的业力本来决定了你可以活到 80 岁，但你在 75 岁死于车祸，那么你还剩下一点点业力需要在人类的生命中消磨。在这种情况下，你往往会转世，但随之会流产，或成为死胎，或是只活了极短的时间便死去。

"所以，你也可以把这种情况理解为胎儿自身的业力所致。"住持说，"就像是他要还的债。"

苏昂思考着他的理论。听起来很有说服力，她没法说自己不被震动——就像头脑里的一堵墙开了一扇窗，一小束光趁势而入——但那丝戒备感依然如影随形。"但也可能是我和我先生的因缘果报，不是吗？"

"当然，你们的悲伤痛苦就是果报。也有可能，胎儿与你们在前世就有共业，或是冤亲债主……还是那句话，业力错综复杂，深不可测。"

"可是，难道佛陀对这种事没有定论吗？难道佛教对同一件事可以有好几种不同的解释？"

住持看着她，神情中有一种老练的慈爱。"你要知道，佛陀的语言和凡人的语言是不一样的，就像东方人和西方人的语言也有很大的差别。西方人相信语言有强大的力量，所以不断追求它的清晰和准确，但我们东方人很早就意识到了语言的局限性，有时越是看似不精确的语言，反而越接近事物的本质……同样的道理，凡人的语言只能做出一种解释，此外就再没有其他含义了。但佛陀的语言中，有直接宣说的意义，也有从直接意义中引申出的间接意义，还有……还有言外之意……如果有人认为自己的解释就是唯一的真理，除此之外再没有其他的解释方法，那这种想法是不好的，在我看来很不好。"

他的英语其实说得不错，但她看得出他的挣扎，用英语"传道解惑"并不是他的强项。

"我知道，我知道，"他微笑着举起双手，"你想让事情简单得就像 ABC，就像一加二等于三。你对你的逻辑、你的头脑很骄傲。但这不是逻辑推理。要思考这些问题，你需要……另一副头脑。而且，不同的层次，有不同的知见。"

她点点头，"所以，你根据我的'层次'做出了一个适合我的解释，对吧？不得罪人的解释，只是为了减轻我的负罪感……"

住持忽然相当严厉地打断了她。"你这种思维方式没有用。"那张总在微笑的脸忽然变得坚硬，声音里有一种不容置疑的权威，"人们总在发生这种事情时责备自己，认为是自己做错了事得到的惩罚——这一世或者上一世——不管你相不相信佛教的理论。但这样的想法没有用——完全没用，因为你没法证实。你也没法改变结果。对不对？而且只会给家庭成员之间带来完全不必要的隔阂和压力——而这本来正该是你们团结起来、互相支持的时候啊！因为每个人都在为失去这个胎儿而悲伤。"

他的话像刀刃一样滑进她心里，既冰冷又炙热，令她的心微微收缩。如果你选择相信他的话，苏昂想，也许真的可以得到一个答案，一个解释，就不用再怀着一颗沉重的心去继续接下来的旅程。

然而，就像听见了她的心声，老和尚摇摇头，用力地啜着吸管，杯子里的冰块已经融化了大半。"你怎么认为，你相信什么，其实有什么用呢？该发生的还是会发生，完全一样，不管你相信什么。"他转头看看 Alex，用一根粗手指戳戳他的手臂，很用力，"你怎么做才是最重要的，你怎么做。"

她感到有什么东西在体内膨胀，一种深切的疲惫和迷茫。

"我……我怎么做？"

"为他 tam boon，为他们，"住持庄严地说，"祈祷他们能有一个更好的转世，更好的人生。遇见优秀的导师，得到智慧和觉悟。"他顿了顿，语气益发严肃，"但更重要的是从这些经历中学习。珍重这些体验——即便是痛苦的体验——把它们当作我们这一世的修行。"

"修行……"

"对死亡的修行。记住死亡和分离随时可能发生，在任何人身上发生，在最意想不到的时候发生，所以我们应该做好准备。"他的声音很坚定，就像在演讲一样，"而当你准备好了，就会明白它只是一个过渡而已，好像出生一样。就会带着乐观和希望继续生活，还有你从过去经历中学到的所有东西。"

她有点明白他的意思。也许在佛教的世界里，对于死亡的思考是健康生活的重要组成部分，不只是因为人类害怕死亡，更因为我们真正害怕的是面对死亡的恐惧。

"但是，"她垂下眼睛，"我觉得我没有那样的智慧。"

住持露齿而笑，表情轻快而真诚。"你有，每个人都有，只不过藏得很深。"他温柔地说，"你只是缺少耐心。你想要知道答案，而且现在就要。你看，我们生活在一个什么都要马上得到答案的世界里，不想为任何事花费时间。但我们需要慢下来。你要知道，所有的一切都是不断转化的过程。"

苏昂别过头去。坐在林间的树影微风之中，她发觉这样的哀伤让她难以承受，可同时又有种古怪的愉悦。她觉得平生从未体会过这样的悲喜交加。

"也许我应该接受前世今生的理论，"她喃喃地说，"就算我上辈子是个坏人。"

"你的遭遇并不意味着你上辈子是个坏人，"他摇摇头，"只意味着那就是你这一世的修行。"

"你真的相信我们不只经历一生一世吗？"

"当然，"湄南河一样宽广的微笑，"当然。"

"你觉得，"她忽然哽咽，说出她从未对人说过的心声，"下辈子我还有可能见到他们吗？"

"是的，"他完全明白她在说什么，"或许，下一世你会成为他们的孩子，再下一世作为朋友相遇……有时是父母，有时是敌人——当然，两者有时是同一回事。"他又一次被自己逗笑了，五指并拢，在空中画圈，"看到吗？你和他们一起穿越轮回。"

苏昂的泪水终于潺潺而下。她明白他已看出她内心被掩埋的秘密之地，她最深刻的障碍与沉迷。

她哭了又哭。到了后来，哽咽和抽泣混在一起，甚至令她不断发出可笑的打嗝声，但这是她第一次哭得如此无所顾忌。长久以来，她和平川之间有一个无法提及又难以忽视的分歧：苏昂把那三个没有出生的胎儿视作真正的生命，平川却认为他们是不存在的人——所以她似乎没有资格如此悲伤。她早就从平川的态度看出，他认为她的自怜自艾是在放任自己沉溺其中，近似于一种人格缺陷，以至于她都开始为自己的痛苦感到羞耻。日子一天天过去，她不再时时流泪，看上去像是已经渡过了痛苦，但她在内心深处明白，她只是花了很多时间学习与痛苦相处，而不是战胜它们。

住持不再说话。他闭上眼睛，面容平静而慈悲，却不再有沟通的可能。苏昂忽然再次被那种强烈的"命中注定"感击中。她是为了余姐才会踏上这趟旅途，但她现在觉得，这其实是由一股更强的旨意推动的。一桩悲剧只有在你真正理解它的时候才能过去。她糊里糊涂地来到这个连名字都不知道的寺庙，其实是为了结束自己人生中的一段过往，为了拆掉心墙，让新的光照进来。她已开始明白老和尚试图告诉她的道理：痛苦虽然不可避免，但除了煎熬，你还可以选择从中收获更多的东西，甚至让它变成你自身的一部分。

她在泪眼模糊中看见 Alex。他移到她身边,很自然地握住她的手。她对他的举动感到意外,但也马上情不自禁地回握他的手。她喜欢他手指的触觉,那种感觉很自然,就像已经握了好多年。

毫无征兆地,对面的住持开始唱诵起来。这回的声调和刚才很不一样,每隔几秒便发出一个悠长的尾音,掷地作金石之声,又好似虎啸龙吟。他的声音仿佛具有一种足以改变物质形态的力量,苏昂能清楚地察觉到自己体内的变化——从前结冰的地方,变成了涓涓细流。它们在她身体里汩汩流淌,就像是在以一种特殊的方式向那失去之人道别。

三十五

他们之间也有什么发生了变化。苏昂不记得她什么时候松开了 Alex 的手,也不记得他们是怎样走出寺庙又上了出租车。她只记得自己瘫坐在车里,精疲力竭却又如释重负。而 Alex 的沉默令她感觉很舒服,就像被包裹在一片安全而辽阔的海洋中。她把头靠向车窗,闭上眼睛。然后她又睡着了,醒来时发现他们已驶入城市,四周霓虹闪烁,灯光不断地掠过他的脸。她茫然地眨着眼,回想起在寺庙里发生的一切,还有自己的激动和眼泪,忽然感到一阵羞赧。她不知道为什么会这样,但剧烈而真挚的感情中似乎总蕴含着某种生而荒谬的东西,就像人们严肃表达内心感受时却总不免被人讥笑。

他们不约而同地开始说话,都装出一副什么也没有发生过的样子。两人不着边际地聊着,从曼谷交通聊到各地房价,又从家居设计聊到泰国政局……与在清迈重逢时相比,他不再像个完美的幻影,苏昂感到他们之间终于渐渐形成一种真实的关系,尽管他的真实是好像被碾蒜器一点一点压榨出来的那种真实。他的真实是如此复杂绵密,你永远不知道还有什么没被放进碾蒜器里。但今晚她有种强烈的直觉:

话题终会像小船漂浮到更为私人的领域,而他也已准备好向她袒露最深的秘密。

没有任何明显的间隔,没有任何刻意的转折,苏昂很自然地开始向他说起平川,从他的早期版本——一丝不苟的得体、雷打不动的沉着、在专业领域的自信、恋爱时超越理性的温柔与热情……一直到他开始让她失望的最近——他的自尊心和冷漠、他那叫人提心吊胆的沉默、以工作为借口的逃避、审视她时带着批评意味的目光……

所有的性格特点都有两面,她说,就像坚毅和固执其实可能是同一回事,胆小还是谨慎、随性还是鲁莽、大方还是浪费……往往都只取决于你的先决立场。在他们的热恋期,平川的一切都被她透过粉色眼镜来看待。她还记得,有一回他们在巴塞罗那参观现代美术馆,她很迷恋其中一个由无数气球构成的装置艺术。徘徊几次之后,出于一股连她自己也无法解释的、神秘的宇宙不可抗力,她忽然伸出手指,轻轻戳了一下离她最近的那个气球。然后那个气球轻飘飘地掉了下来,最终落在了地上某处,整个庞大的艺术品在结构上有了一点微小的、几乎可忽略不计的变化。她并没有慌张,但平川惊呆了,他无法相信她竟然做出如此不负责任的任性之举。

我们应该马上去找工作人员,告诉他这件事。平川说。

他肯定都看不出来哪里有什么不同,她说,别大惊小怪了,艺术家本人也不会奢望它一直保持原状的。

但它不是行为艺术!它当然需要保持原状。

可气球总会漏气啊,位置总会改变——也许时时刻刻都在变。你现在跺一下脚,或者大声咳嗽一声,我敢保证也会有气球掉下来。

她是在强词夺理，当然。错的当然是她。但他最后还是任由她拉着他逃走了。他们拉着手快步走向美术馆的出口，然后跑了起来，一直跑到阳光下的广场上才停下来，面对面地喘着气。她看得出他还在生她的气，也气自己居然为了她违背内心的准则。但她还是忍不住大笑，觉得他一本正经又无可奈何的样子着实有些可爱，就像困在陷阱里的一头牛。也许还掺杂着一丝得意，因为她就是他的陷阱——他栽在了她手里。

　　这件事在后来的日子里一再被提起，但往往是在两个人吵架的时候，被当作指责彼此的证据。我早就知道你骨子里就是自私任性，不顾后果，他说。我也知道你从来都是那么居高临下，刚愎自用，她反击，你永远觉得自己是对的。

　　当然，最后他们总会各退一步，握手言和，承认自己夸大其词，重新做回好朋友和亲密伴侣；但内心深处他们都已知晓彼此的真实看法，暗自惊讶于两人之间难以逾越的差异。火种已经埋下，随时一触即发。比如，她去泰国的决定便是自私任性的再次证明，他早早就用身体语言下了判断。

　　这时他们已在Thong Lor下车。Alex带她来到一家名叫"Sit and Wonder"的小餐馆。那是个很让人舒服的地方，满墙的黑白老照片，有种低调的时髦。音乐也很有品位。他们点了一个冬阴功虾汤，一个炭烤猪颈肉，一个青木瓜沙拉，一个虾酱炒空心菜。不过是寻常泰国菜，但味道好得出奇。Alex吃得津津有味，时不时评论几句虾有多新鲜，青木瓜有多入味。苏昂却一直有些心不在焉，食不知味。

　　他喝着汤，目光在她脸上慢慢滑过。"听起来，你先生好像是很'正经'的那种人？"他笑了一下，似觉不妥，又连忙解释，"我的意思是，比较严肃保守的那种？"

苏昂思忖着，欲言又止。是的——是吧？但真的吗？与艾伦一起去 Nana Plaza 的那个夜晚，她找回了一些曾遗失在时光中的记忆碎片。她想起年轻时与平川同游阿姆斯特丹，红灯区的橱窗女郎们一路对平川搔首弄姿，狂抛媚眼。她觉得有趣，抱着幸灾乐祸的心情，以为他一定会害羞脸红夺路而逃，没想到他竟出奇地老成淡定——他甚至以一种幽默的礼貌朝她们微微颔首，神情落落大方，俨然是一位真正的绅士。她从未觉得他如此魅力四射，无可救药地再一次坠入爱河。

那是一趟眩晕之旅。每一天都仿佛在魔幻现实中飘浮，背景是凡·高的色彩旋涡和伦勃朗的光影魔术。他们和十个陌生人一起喝酒、骑多人自行车，在性爱博物馆里被一个会移动的人体模型吓了一大跳……有天深夜，她和平川醉醺醺地走在路上，忽然看见路边有个被遗弃的破烂蹦床。没有一秒钟的犹豫，他们欢呼雀跃地冲了过去，然后果不其然地双双穿破蹦床摔倒在地——那里已是一群蜗牛的家。于是他们带着一身的蜗牛壳和蜗牛黏液，在《星月夜》般翻卷旋转的幻觉中面对面地傻笑……

多奇怪啊，某个场景深埋在记忆里，连你自己都不知道。直到一道现实的光照亮了前尘往事，你想，啊，原来它一直就在那里，原来平川也曾有过那样的年轻放纵，也曾顺从于本能和激情，愚蠢地咯咯发笑，尽情享受冒险的快活。她居然忘了他们一起做过的那些傻事——至少她以为她忘了。

347

那他是从什么时候开始变的呢?变得永远像钢丝一样紧绷、警醒、深思熟虑,也无法体谅他人冲动或随性的瞬间?苏昂记得,第三次流产之后,她在痛苦的重压之下重拾了香烟。她悄悄背着他抽——其实总共加起来也不到十根——每次抽完都小心地毁灭证据,但平川还是发现了。你真该看看他脸上的忧虑和失望啊——简直就像抓到未成年小孩抽烟或偷窃的家长!

你至于吗?她恼羞成怒,只抽了几根而已!我是个成年人!我爱干什么就干什么。

他只是用那种阴沉的神情凝视着她,然后摇摇头。我还以为你是一个有自制力的成年人,我还以为你真的在意自己的健康……他顿了顿,还有小孩的健康。

你在说什么啊?她惊呆了,怀孕前我完全没有抽!我都戒烟多少年了!

那谁知道呢?他冷冷地抛下一句。

尽管他后来道了歉,但她当时就已决定,她将永远无法原谅他这句话中所蕴藏的暴力。接下来的一切就像一场小型灾难,她伤心气愤、歇斯底里、泪流成河。持续了几天的争吵、纠缠、相互指责。最后,表面上两个人都冷静下来,他尽力粉饰太平,她变得客气而内敛,他们都极力避开任何有可能成为导火索的话题。但他们也都能觉察到彼此的失望。从"抽烟事件"开始,再也没有推心置腹的交谈,再也没有开怀大笑。两个人都心知肚明,他们身上曾令对方神魂颠倒的那股力量,已成过眼云烟。

苏昂没有喝酒,但那个小餐厅里就是莫名其妙地弥漫着一股令人微醺的空气。她发觉自己在座位上以极其缓慢的速度往下滑，滑到几乎只有肩胛骨留在了座位上。

她对他说，她知道婚姻里必然会有瑕疵，或是需要努力克服的矛盾……但她想不通的是，为什么你会开始厌烦那些从前吸引你的东西呢？

然后，当她重新坐好，往后一仰靠在椅背上，猛然直面着 Alex 那令人哑口无言的英俊时，她被自己突如其来的念头吓住了。刚才这一切，她身处其中的那幅画面，多么像是电影和小说里的惯常套路——当一个角色开始向一位异性倾诉自己不如人意的伴侣或婚姻，往往意味着他与她之间已经产生了某种特别的，并且往往被认为是不道德的情愫，俨然是呼之欲出的背叛征兆……她蓦然惊醒，把头转向一边，向侍者再要了一杯柠檬苏打水。

"跟我说说你们的事，"她下定决心般地说，"你和 Joy。"

他放下盛着啤酒的杯子，张了张嘴，又闭上。

"比如，"她忽然变得很坚持，"你们是怎样认识的？"

Alex 微微一笑，但他的笑容里面没有一丝快乐。

"你相信一见钟情吗？"

"唔，这种事应该是有的吧……虽然我自己没遇到过。"初次遇见平川时，苏昂觉得他很顺眼，但诚实地说，他并不是那晚最帅或最有魅力的男生。

当这种事情真的发生，他说，感觉就像是被什么东西附了体。那时他已完成学业，开始在旧金山的一家室内设计事务所工作。公司附近有家日本快餐店，他正是去那里吃午饭时认识的 Joy。那天他遇到工作上的难题，心不在焉地吃完了饭，又把钱包忘在了店里。身为侍者的Joy追出来，把钱包交还到他的手中，然后粲然一笑，露出略不齐整的门牙，双眸亮晶晶的。天正下着小雨，她的头发立刻蒙上了一层细小的雨珠，几缕长发粘在脸上——让他一见钟情的那张脸。

"她一定很美吧？"她想起梅对Joy的描述，心像被一只无形的蜜蜂轻轻蜇了一下。

"嗯，很可爱，很……生动。"起初他想当然地以为她是日本人，但很快就转变了想法。她的脸初看很清纯，但眼睛里有种野性，转动和光闪异于常人，或者可以说是某种邪恶的气息，他说，日本女孩没有这种东西。

很少有人会用"邪恶"来形容自己的伴侣，苏昂想。

那天晚上他清醒地躺着，满脑子都是她。第二天他又去了那家日本餐厅，然后是第三天、第四天……他渐渐摸清了她的排班时间，但直到三个星期后才有勇气约她出去。他们一起去了一家西班牙餐厅，点了一桌子tapas，喝加了冰块的sangria。那天他才知道她是泰国人，原来她不在店里的时候是在社区学校上课，读的是护理。她穿一件曲线分明的连衣裙，化了妆，看起来光彩照人。他整个晚上都在努力控制自己的视线。她说起话来比他想象中成熟，但对自己的事情说得不多。喝第二杯的时候，她忽然说：你怎么过了这么久才约我？她目光斜斜地看着他，脸上半是亲昵半是嗔怪。

就在那一瞬间，故事的发生已成必然。他脸红了，但也恍然大悟：原来她也对他有意。而他同时也意识到，他从来没有约会过这样的女孩，Joy和他以往接触过的所有类型都不一样。

"那她是哪种类型？"苏昂故作不解，暗中期待他能够吐露更多，好与梅提供的信息逐一核对。

Alex看着她。"我一直以为我喜欢的是你这种类型的女生，"他仍在看她，也许只有几秒，苏昂却觉得像是过了很久，直到他的目光忽然垂了下去，"但她……她完全不一样……"

苏昂感觉身体某处有一种撕扯感。有荷尔蒙的冲动，但也有别的什么，像是喜悦和恐惧的混合体。

他继续说下去。自那以后他们开始频繁约会，很快她便搬进他的住所。他被这个和他来自不同世界的女孩深深吸引——她又甜蜜又狂野，又世俗又神秘；她性格泼辣，会无所顾忌地发脾气，骂脏话，也会撒娇示弱，喜欢让别人快乐；她毫不矜持，喝醉了会站在桌上跳舞，时常流露出一种卖弄风情的顽皮劲儿；她极为关注事物的外表，会不停地谈论美甲、卷发棒、唇膏色号、头发分叉之类的问题；她非常非常地在意钱，在意到了可以说是庸俗的地步，却又完全不善于理财……总之，Joy和他以往所约会的那些来自中产家庭、受过高等教育的女生完全不是同一路数青年。

"但我其实也能理解。她是真正的草根啊——"Alex辩护似的说，"泰国农村穷孩子，早早就出来工作养活家人……怎么讲呢？人很难彻底摆脱自己的出身。"

苏昂没有接话。她的大脑在飞速运转——Alex真的知道她是什么样的"草根"吗？

可是与此同时，他试图解释，她又有种鲜活的生命力，像熊熊大火一样照亮了身边的人，常让人感到出乎意料的愉悦。她就像……

就像一个陌生的国度，和她在一起时，他也如同置身异国，变成了和平时迥然不同的人。

"那……你们有共同语言吗？会吵架吗？"她小心地问，"听上去你们完全是两个世界的人……"

当然，他苦笑，当然会吵架。为各种鸡毛蒜皮的事情和对世界的看法吵架。各种成功或不成功的伴侣改造计划。但你可知道，就连两个语言不通的个体都有可能相互理解，爱情这回事无法以逻辑分析。在初始阶段，它其实是一种直觉，一种本能，因违背理性和逻辑而更显神圣。在 Alex 看来，他对 Joy 的爱源于对失落自我的追寻。有些人会爱上自己的影子，他却身不由己地被那些他不具备的东西深深吸引——她的异国风情，她的狡黠机灵，她的野性难驯。一直以来他都觉得身体里有某处缺失，遥不可及，深不可测，无法言说，但它无疑就在那里，仿佛正是为了等待她的出现。

"就像那什么神话里说的圆球人，"他做了个手势，"你知道吧？被切开了两半。"

那是柏拉图的寓言：原本的人分为三种——男男合体、女女合体、男女合体，他们都是球形人，四手四脚，背靠背粘在一起。后来宙斯为了让人类虚弱，将他们个个劈成两半，于是他们毕生都在苦苦寻找自己的另一半。

她问他是否认定 Joy 是他失落的另一半。

他没有回答，却给她讲了个故事。那是他们在曼谷度蜜月的时候，有一天深夜，两人走在回酒店的路上，经过一片没有路灯的僻静区域时，一个男人骑着自行车经过他们身边，忽然伸出手去抢 Joy 肩上的挎包。当下他大脑一片空白，愣在原地，不知所措。但 Joy 反应快得就像一道闪电。她死死抓住挎包的皮带，用力地拉扯，居然把那个男人拉下了车，摔倒在地上。然后她跑过去，用包狠狠地砸向男人的头。对方呻吟着，双手捂着脸。她用泰语大声地斥责他。男人狼狈地扶起自行车，落荒而逃。

他们继续走着。好半天他才缓过神来，开始指责她的鲁莽。"他说不定会掏出刀来！"他说，"万一附近有他的同伙呢？你胆子也太大了！不怕他捅你一刀？！"

"哎呀，我有数，"她若无其事地说，"别这么大惊小怪的。"

也许令他惊异的并非抢劫事件本身，而是 Joy 在回归故土后展露出来的本性。几天后他们去了清迈，正好赶上泼水节，整座城市陷入了一场长达三天的狂欢，人潮汹涌，水花四溅。他们才刚走到大街上，十秒内已全身湿透。忽然之间，几股强劲而冰冷的水柱直击面目，令他睁不开眼睛，冷得直打哆嗦。还没等他反应过来，甚至都没看清谁是"罪魁祸首"，Joy 却已一个箭步跳上了旁边那辆皮卡车。她直接抄起后厢里的冰桶，一只手拎住那个正端着巨大水枪的花臂大汉的后领口，一言不发地把那桶冰水顺着他的脖子从脊背灌了下去……然后，趁那大汉表情扭曲、失去还手之力的当口，她又飞快地跳下车，咯咯笑着，拉着他迅速跑开。那一刻他无比清醒地意识到她究竟是谁，又属于何处。她拥有他完全不具备的勇敢、敏捷和街头智慧，随时准备好迎接任何意外：一个醉鬼，一条野狗，一次冒犯，一场抢劫——这对她来说似乎都是再平常不过的事物。他从未觉得自己如此懦弱无能，同时又对她充满敬畏。

苏昂将自己代入那个情境想了一会儿，不得不承认她也对 Joy 充满敬畏。

"在泰国度蜜月？"她问，"你们那时还没搬回来？"

Alex 摇头，"但那算是一个转折点……"

他在某次争吵又和好之后的巨大情感波动中求婚。他们去了泰国和柬埔寨蜜月旅行，在 Joy 心心念念的苏梅岛留下了极其美好的回忆。但自从回到旧金山，Joy 就开始闷闷不乐。泰国之行令她意识到美国的生活有太多不如人意之处，她发现自己终究是一朵来自热带的花，被连根拔起，最后只会落得在异国的冷风中枯萎凋零的结局。

还有钱的问题，他凝重地说。泰国物价便宜，生活简单，钱很经用。可是在美国，他们的日子总是过得紧巴巴的。他有银行贷款要还，Joy 也需要寄钱回家，还想把弟弟接到美国读书。她自己在读护理，准备考注册护士——这可算是投入产出比值最高的一条路——但她的基础太弱，学得很辛苦，也缺乏真正的兴趣。一想到将来的工作要么是在医院里面对各种痛苦和伤口，要么百无聊赖地在疗养院里发药，她就觉得人生毫无希望。加上考试很难，第一次尝试就被重挫，她陷入了长久的自我怀疑，不管 Alex 如何开导都提不起精神。在现实的重负之下，泰国的阳光海滩就像天堂般的救赎。她第一次动了回国的心思。

心念一起，再难回头。她渐渐说服了 Alex。他本来就对泰国印象极佳，那段时间又陷入了对于"跑步机人生"和"世俗标准的幸福生活"的质疑与迷茫——"那是另一个故事。"刚好他的公司正在裁员，他主动要求被裁，拿到遣散金，准备去泰国试上一试，就当给自己放个长假。到曼谷不久，在鲍勃的介绍下，他去一家本地建筑设计公司面试，并成功拿到了 offer。一切都进展得如此顺利，仿佛整个世界都忽然站在了他们那一边。

苏昂感觉这一切顺利得有点令人难以置信。她本该相信自己的直觉，但当时她大概是被羡慕冲昏了头。她自问：如果有机会让你在曼谷生活几年，你会愿意吗？答案几乎是肯定的。

分歧就是从那时开始的，Alex 苦笑着说下去。他们在曼谷安顿下来，他立刻就爱上了这座城市，可是日子一天天过去，Joy 又开始闷闷不乐。她一直不喜欢曼谷，又嫌他这份工作还是赚得不多，看不到未来，总在幻想着去海岛开旅馆，喜欢给他讲某某人在哪里开店赚了大钱的成功故事。他则觉得她贪心不足，永远在异想天开。他们有过很多争吵，但最终他还是不大情愿地顺从了她。他们一起搬去了苏梅岛。

"总之，后来旅馆是开起来了，"他似乎有意跳过那段日子，"但两个人的问题也越来越多，越来越没法沟通，再也回不到以前……"他再次越过她的脸，看着比她更远的某处，某个大而难以辨识的东西。

时间会沉淀一切，苏昂想，当然也包括爱。更何况，他们是两个来自不同世界的人，在两个世界的分界线最为稀薄的时候相爱，却误以为彼此是命中注定、完美弥合的另一半。相爱的故事往往无可比拟，不幸的故事却总是大同小异。她的心中有苍茫生起，不知是为 Alex 还是为自己感到苦涩。

她又想起那晚与思思的谈话，便忍不住问他，既然如此，两人有没有考虑过分开？

他回过神来，轻轻摇头。"我们……是利益共同体。"

后来，当她和艾伦像滚雪球般把一路上扫过的事实滚动到一起时，她想到她当时应该追问他这句话到底是什么意思。但在当下她只是有些讽刺地想，"利益"这个词最近在她生活里出现的频率实在有些高。

"然后你又回曼谷开了室内设计公司？"

"是以前的同事自己出来创业，拉了我一起。"

"后来呢？"

"后来就转做中介了——我告诉过你的吧？"

"再后来呢？"她追问。

他看着她，眼睛里有惨淡的勇敢，"再后来她车祸死了。"

真的吗？苏昂几乎要脱口而出。她想跟他再确认一遍，至少再确认一遍死亡的时间。她希望是自己在犯傻，要么就是梅搞错了。但这时再继续追问似乎显得太残忍了。她压抑住那股冲动，任由谈话不了了之，陷入心事重重的沉默——直到服务员走过来，用泰国人独有的、面具般的笑容提醒他们，餐厅即将打烊。

她的预感落空了。他显然不打算再说什么——或许他也从未打算向她袒露什么。看着他动作飞快地抢过账单，用流利的泰语和服务员交谈，失望和不甘令她如鲠在喉：我掏心掏肺告诉你所有秘密，你呢？你用什么来交换？

三十六

"真巧,我昨天也去了 Thong Lor——陪一个朋友做治疗,"艾伦将一块椰汁糕送入口中,"那里有家诊所,提供各种奇怪的'创新疗法'——什么'臭氧血液净化',什么'维生素静脉注射'……"

苏昂心不在焉地听着,一边仔细端详面前被做成荷叶形状的三层点心瓷盘,最下层的咸味点心已经被艾伦和她一扫而光。Erawan 的这家泰式下午茶东西合璧,卖相精致,味道也完全对得起价格。她犹豫了一下,最后挑了块英式司康饼。

"还在想昨天的事?"艾伦冷不丁地问,显然已看出她的神不守舍。

她得承认她一直在想,就从她和 Alex 告别的那一秒开始。整个晚上她都感觉世界和她一起陷入一场高烧。她翻来覆去无法入眠,躺在黑暗中想着这一天发生的事,以不同的速度和角度回放当时那些画面,每句对话都在脑海中重复了一遍又一遍。还有他的眼睛,他的苦笑,他手掌的温度,他的欲说还休。

"刚才讲到哪里了?"她问,"寺庙,老和尚,然后去 Thong

Lor 吃饭——对了，我记得 Alex 就住在 Thong Lor 吧？"

苏昂的目光忽然垂了下去。她用餐刀将小碟子里的鲜奶油和果酱抹到司康饼上，动作很慢，小心地抹了一层又一层，就像是在试图抹去心中的疑虑。

"你觉得，"她终于开口，"什么样的人会选择长住在酒店里？"

"Alex 住在酒店里？"艾伦也有些惊讶，"是那种酒店式公寓吧？"

苏昂点头，又随即摇头。她知道 Thong Lor 是曼谷的时髦地带，被视为高品质的理想居住区。吃饭时她本来也只是随口一问，以为他一定是住在附近的某个高档公寓，答案却出乎意料——Alex 说他习惯了住酒店，而且喜欢隔段时间就换个地方住，所以他也只是"目前暂时住在 Thong Lor"而已。

不过，他住的也不是什么五星级酒店，苏昂向艾伦解释，一般是小型精品酒店或特色民宿，偶尔也会住住酒店式公寓。

"他这是在玩什么？假扮游客？"艾伦来了兴趣，"很浪漫嘛！"

我就喜欢当游牧民族，Alex 告诉她，反正我一个人，也没多少家当。再说了，我的工作就是买房卖房装修房，换换地方挺好，就像市场调研。

"永远的'生活在别处'啊，"艾伦若有所思地说，"看来是真的没有财务压力。"

苏昂叉起一块司康饼，刚送到嘴边又放下了。是的，一切都解释得通，但她就是觉得哪里不大对劲。她的脑海里闪过前不久刚看的美剧《国土安全》中的一幕——两个人被派去调查神秘的特工 Peter Quinn，他们闯进他的住所，看见的是一个几乎家徒四壁的小公寓，感觉可以随时被屋主干脆利落地抛弃……她摇摇头，试图把这个荒唐的念头甩开。Alex 当然不是什么秘密特工，他只是……只是有点令人捉摸不透。

她忽然觉得她没法再独自承受这些了。疑念一点点发酵，困惑不断积聚，她仿佛永恒地滞留在某种山雨欲来的气氛里，就等着那一道闪电劈下。告诉艾伦吧，她对自己说，让我知道不是我疯了。

从餐厅出来，Alex 提出要送她回家。她拒绝，但他一再坚持。她承认自己有种罪恶感——还有不到 36 小时，平川的飞机就要降落曼谷，他们即将携手创造新生命，为一个更加完整的家庭而努力……但瞧瞧她现在在干什么？和单身男子待到半夜，一起吃饭，互诉衷肠……

Skytrain 的明亮车厢令人有种蓦然走出日场电影院的感觉——猝不及防，恍若隔世，而真实的生活扑面而来。途中他们开始聊些轻松的话题，但拥挤人群将他们带回之前的暧昧与亲密。玻璃车窗映照出他的脸，她再一次被他的英俊打动——几乎被打伤——以至于她决定开始寻找他的缺点，但就连那被晒伤脱皮的鼻梁也只是增加了他的男性气概，而他自己却似乎毫无察觉。她满心疑惑：十年前他还不曾拥有这样的魅力啊，时光到底对他做了些什么？

Alex 发现了。"我脸上有糯米饭？"

她如实告诉他。他忽然转过头来凝视她。

"你也是啊。"

"也是什么？"

他没有回答，但苏昂立刻反应过来。血液和肾上腺素瞬间以一

359

种陌生的方式涌遍全身,那些她说不清自己是否喜欢的念头开始从车窗、从门缝、从她已经打了封条的地方悄悄地挤进来。

从 Chilom 站出来,他们一道步行去她的公寓。那条路晚上很安静,只有流浪狗懒洋洋地趴在便利店门前,把身体蜷成逗号的形状。每当有人经过,它们的尾巴就轻轻甩动。夜空的颜色好像熟透的李子,雨后的树木散发出混合着土腥气的西瓜味。桥下隐隐传来运河水的呜咽,还有风钻进树叶的声音,好似窸窣作响的丝绸。他们没有交谈,但都很有默契地故意放慢脚步,聆听着街道被夜色灌满的声音。路灯昏暗,走路时他们的手臂和肩膀时不时碰在一起,如遭电击,退缩回去。她意识到有什么在夜色中悄然酝酿,像一股看不见的风在他们耳边轻声叹息。

进入小区,灯光亮了一些。他在她的公寓楼下停住脚步。她莫名地松了口气。

"他……后天到?"他突兀地问。

苏昂看看表。"应该说是明天了。"

"那,我还会再见到你吗?"

她明白他的意思。

"他最近特别忙,只能待一个周末。"其实都不到两天——平川周六下午才到曼谷,周日去诊所取精,当晚他就得飞回北京,因为周一有个重要的会议。

"明天你是要打那个……那个什么针吗?"

"夜针。"那是取卵前的最后一针,也是促排卵最关键的一步——注射一种特殊的药物(HCG)来促进卵泡最终的成熟。夜针的时间精确到几点几分，由医生根据个人的卵泡大小与激素水平等种种因素来确定。

"要我陪你去打针吗？"

"不用啦，"她笑笑，"就几步路。"

然后就到了那个时刻。午夜的静谧里，两个人相对无言，进也不敢进，退也不愿退。他们之间的沉默不是尴尬而是亲密。她的心中有种模糊而焦躁的期待，但她也不知自己究竟在期待些什么。过了一分钟，也可能是一个小时，他上前一步，轻轻握住她的手，就像之前在寺庙里做过的那样——但又不大一样，这一次他靠得更近，呼吸中有啤酒的味道。她忽然惊觉他想要吻她。并不是说他有什么明显的身体语言，但她就是知道。很多年前，在她的公寓楼下，她也是这样看穿了送她回家的平川。那一次她欣然接受，顺其自然地让那个吻发生——一个温柔的、长久的、深深的吻，令她的膝盖酥软——但这次不行。尽管心中有种隐秘的、虚荣的喜悦，一支理性的军队却已集结起来，用整齐划一的口号提醒着她：错误的时间，错误的人。

她镇定得连她自己都有些吃惊，就像是在分析发生在别人身上的事。也许她没有意识到，但其实心中早有准备。也许这件事就像冰山，一直在朝着他们漂来。

在男女感情方面，她从来都不是道德家，承认对他人偶尔心生欲念才是人之本性。心动并不是罪恶，她一直认为关键在于如何筑起防线，抵抗欲望。如果臣服于欲望，一切就都会变质。一旦开头，覆水难收。

从见到 Alex 的第一天起，她就抱着侥幸之心，认为他们之间不会牵扯私人感情——她不是一开始就亮明了已婚的身份吗?他不是早就猜到她来泰国的目的吗?以他的处境和聪明,她一直相信他不可能轻举妄动,而她也可以把这份好感永久地深埋于心。但无可否认,这些天来她的确有一种挥之不去的感觉,觉得有些事情正在慢慢失控。

是的,这些日子就像在做梦一样,但梦总会醒的。她不会忘记自己来泰国的真正目的:一个健康的孩子——她和平川的孩子。尽管他们之间存在着难以忽视的问题,但她从未想过要离开他,或者背叛他。

她往后退了一小步,把手抽开。他的眼里闪过一丝失望,但随即望向一旁。

"Sorry。"他说,仍看着别处。

她飞快地摇了摇头。"我们最好别这样……"她艰难地说,心里又酸又软,"我们……我们的情况不一样,我的生活里面有很多责任……"

如果她还年轻,如果她没有结婚,事情也许会朝另一个方向发展。但事实是她已不再年轻,无论她有多么渴望年轻人的自由放任,她同时也深知那可能会令她堕入万劫不复的境地。

"可是你这样有意思吗?"他忽然忍无可忍般打断了她。

她一愣,"什么?"

他摇摇头,欲言又止。

"说吧。"

他在路灯下看了她一会,半张脸在阴影里。

"在清迈第一天见到你,"他缓慢地说,"我就觉得你不开心。"

一开始他以为是小孩的事，后来觉得也不全是。如果她总是……因为什么责任，什么理性，因为社会的要求，因为跟别人比较，因为惯性，为了证明什么，或者为了赌一口气……因为这些东西活着，那她怎么会开心呢？

他追踪着她逃避的目光，继续说下去。

"比如这个IVF……你跟你先生之间有很多问题，对吧？你们连生小孩这件事都没有共识——但你还是一定要生？你自己都没活明白，怎么生小孩？好吧，我又在多管闲事，但我就是觉得……"

她的脑子里繁星跃动。"觉得什么？"

他沉默片刻才开口道，以他自己的经验来看，赌气的决定，不假思索的决定，一意孤行的决定……往往会被时间证明是错误的。

"错了也不关你的事吧。"她生硬地说。

"干吗又赌气啊？"

一丝疲惫滑过他的脸。但他很快克制自己，仍用一种轻柔的语气对她说，他只是觉得，她不用非得活在那个角色设定里——一定要生小孩，一定要做法律，一定要按照既定的轨迹走下去，不能任性，不能脱轨，不能浪费自己所受的教育……有些人是无可选择，有些人是没有目标，他说，但你不一样。你是幸运儿，知道自己真正喜欢什么，又有与之相称的才华，为什么要浪费生命？为什么不能对自己诚实一点？为什么宁可守着那个被塑造出来的人设，都不肯让自己真正活着？为什么连想象都不敢想象，就先接受了理性的限制？

他的话很长，但不失效果。Alex一向很擅长表达，知道怎样才能直戳痛点。而她也的确被戳中了，里面的物质和能量汩汩流出。然后,伤口迅速被愤怒填满——脆弱伪装成的愤怒。

"那你觉得我应该怎样?"她听见自己尖刻的声音,"不要小孩?辞掉工作?人到中年去寻找一下自我?还是干脆搬来泰国?"

"也不是那个意思,"他试图解释,"我是说……至少你可以停下来想一想——"

"我想好了。"

"你没有。"他脱口而出,又往前挪了一小步,"为什么你不敢承认呢?"他盯着她,目光又准又烫,"我们才是同类。"

她的心跳得很快。那本应是某种心照不宣的感受,但他就这样直接把它说了出来,像砖头一样扔在她脸上,逼她做出回应。她呆站着,既觉得欣慰,又感到羞恼;既有种尘埃落定的释然,又感到无止境的恐慌。她还来不及阻止自己,就借着这股冲动说出她最介意的事情。

"什么同类啊,"她说,"就算我对自己不诚实,至少不会随便编故事博取同情。"

她又惊讶又难过,怎么就这样把心里的话说出来了。

他皱起眉头,"什么意思?"

"问你自己啊,"她带着淡淡的痛苦冷漠地说,"你哪句真哪句假,自己不知道吗?"

一阵短暂的、充满敌意的沉默。"……你在说什么啊?"

"那你告诉我,Joy 真的死了吗?"

不远处传来一阵激烈的狗吠,像是流浪狗正在争夺地盘,在静寂深夜里格外令人心悸。苏昂紧盯着 Alex,他好像忽然被一道闪电劈得难以动弹,无法言语。两秒之内,他的身体仿佛缩小了两个号。

她有种感觉——她相信绝不是错觉——他脸上的表情近乎恐惧。

那一刻她终于确定梅说的是真的。

"有谁跟你说过什么吗?"他终于开口,面色依然僵硬,"鲍勃?"

她摇头。"又不是只有你一个人在泰国有朋友。"

现在她确定她在他眼里看到了焦虑。奇怪的是,这让她感觉很棒,就像手握权力。

"不是……"一滴汗闪烁在他的额角,"不是你想的那样……"他闭上眼睛,很快又睁开,焦虑渐渐退落下去,转为不动声色的冷静。"信不信由你,"他淡然说道,"但我没骗你。"

有那么一瞬,他似乎想再说点什么,但又把嘴闭上了,就像吞了一把刀。

她站在那里,一声不吭地享受着胜利,但心中没有丝毫喜悦。

俄罗斯套娃里一定还有个人在,她对自己说,他里面还有个人想挣脱出来。

艾伦盯着她,两人有一阵子什么都没说。苏昂抿紧嘴唇,等待着她的反应。以艾伦的敏锐,她肯定是在分析她所听到的一切,还有那些藏在话里行间、无法言尽的细节和情绪。

"泰国人讨厌面对自己的错误或谎言,"艾伦终于开口说,"他们的文化里没有指责别人说谎的习惯。"她告诉苏昂,这一切都是因为"greng jai"——面子。显然,苏昂令 Alex 感到没有面子,于是在他眼里,她才是那个犯错的人。在泰国,表面即一切。无论水下有没有怪兽,水面的平静是不可侵犯的。

365

"可他又不是泰国人——"她忽然顿住了。他觉得他是。

"他说他没骗你,"艾伦身体前倾,语气很郑重,"你信吗?"

苏昂局促不安地在座位上挪动一下身体。每次回忆起昨晚发生的事,感觉就像把心脏贴在电线上接受电击。

"我不知道……但我觉得他肯定是有什么苦衷——虽然我想象不到是怎样的苦衷。"

"来,"艾伦兴致勃勃地说,"让我们来理一理。"

她把手边的餐巾纸展开,铺得平平整整,又从包里找出一支圆珠笔。

"Alex 告诉你,Joy 死于一场车祸,时间是一年半以前——没错吧?"

"我记得很清楚。"

她在餐巾纸上画了一条直线,旁边标注上时间。

"然后,梅告诉你,她听说 Joy 五年前就死了——至少是五年前,也可能是六年前——对吧?"

"没错。"

她在直线上方不远处又画了一条直线,再次标上时间。

"但那也可能是假消息,是吧?"艾伦用手指轻轻敲击着第二条直线,"可能某个人听错了,然后一传十十传百,假消息就传开了。"

"有这种可能性,"苏昂承认,"但有两个疑点……"她不无惊讶地发现自己换上了侦探的口吻。疑点之一,是梅的朋友在苏梅岛看见了据说已经死去的 Joy,但对方拒不承认……好吧,也许真的认错了人,也许她只是不想跟她相认。但更可疑的是 Alex 的反应,她告诉艾伦,你真该看看昨天晚上他那副样子——简直就像被抓了个现行的小偷!

艾伦点了点头,又拿起笔,在两条直线下方写起字来:

推论一:梅说谎,Joy 一年半前死了;

推论二:Alex 说谎,Joy 没死;

推论三:没人说谎,Joy 五年前假死,一年半前真死。

她放下笔,研究了一会,皱起眉头。"你觉得呢?"

"我选三。"

"奇怪,"艾伦说,"我也是。最不合常理的反倒可能是事实真相。"

这也是昨夜一直翻涌在她脑海里的念头。她发现自己已经不再生他的气了——她甚至为当时的恼羞成怒感到尴尬——充斥心中的更多是疑惑:就算 Joy 真的"假死"过一次——就像梅所说的那样,为了摆脱过去,重新"转世"——又有什么不能对她说的呢?为什么他表现得就像有什么巨大的难言之隐?他明知道她不是那种会轻易评判他人的类型啊……

可话说回来,他又凭什么要对她毫无保留?

艾伦在"推论三"上画了个圈,又在旁边打下大大的问号。

"我理解你说的'转世',"她若有所思地用手指敲击着那个问号,"泰国的确是个'转世'的好地方。我认识一个越战中的美军上尉——对了,你看过《现代启示录》吗?很多人认为他是《现代启示录》里某个人物的原型——在战场上他看尽了所有的痛苦和荒谬,嗯,简单地说就是受够了,所以越战结束以后,他选择留在曼谷,摇身一变,成了好莱坞在东南亚的牵线人。很长一段时间里,所有在东南亚拍摄

367

的好莱坞电影——几乎所有的，你肯定也看过一些——全部都是由他牵线促成的。"

"不过，"她话锋一转，"在大多数情况下，'转世'的前提是——你有一段丑陋的过去。"

"丑陋的过去？"

"你看过那个新闻吗？Eric Rosser，美国人，著名钢琴演奏家，在曼谷交响乐团独奏，在东方酒店弹钢琴，开音乐学校教有钱人家的孩子……直到有一天，FBI 和泰国警方联手逮捕了他。"艾伦故意卖了个关子，啜了口她的大吉岭红茶，"你猜怎么着？原来他是 FBI 全球十大通缉犯之一，臭名昭著的儿童色情犯——整了容逃到泰国！"

她把杯子放回杯托，发出轻轻的撞击声。

"有些人看起来十足是个绅士，可后来我们才知道，他们在自己的国家是通缉犯——当然，也有很多人在自己的国家人模人样，来到泰国却表现得像个罪犯……唉，不管怎样，我的意思是：泰国很吸引游客，但同时也吸引各种罪犯、骗子、性变态……就算他们被抓住，也知道他们不会，或者只会在监狱里待上很短的时间，因为总可以花钱或找人解决……所以 farang 喜欢在这里避难，就像从前的银行劫匪总爱逃去巴哈马群岛和拉丁美洲一样。"

苏昂忽然感到一阵晕眩。她的脑袋像个被剧烈摇动过的雪花玻璃球。

"你是说……等等……"她定一定神，"Joy 做过酒吧女郎，但不是 go-go bar 的那种——好吧，就算是那种——也算不上是多么丑陋的过去吧？这里毕竟是泰国啊！到处都是……都是酒吧女郎……"

"一点没错！"艾伦两眼放光地说，"所以这事才没那么简单——她根本没有必要假死来'转世'嘛！"

穿着泰式裹裙的女侍应袅袅婷婷地走过来，给她们面前的茶壶添上热水。她们在静寂中长久地对视。

等她走了以后苏昂才开口："你的意思是……"

"我可没下什么结论啊。我只是说，这件事没那么简单，你的好朋友 Alex 也没那么简单。"

在苏昂听来，她说的每个字都像钟声一样响亮。

"但我还是很难相信……"她忽然明白自己一直害怕的是什么，"他们是想换个环境才搬回来的，他还找了工作……他们不是什么逃亡的罪犯……"

"我可什么也没说。"艾伦耸耸肩。她的目光在苏昂脸上移动，像个伪装得和蔼可亲的侦探，"我只是有个小小的疑问——他们哪来的钱开旅馆呢？"

"Alex 被裁员了，有遣散金……"

"他工作了几年？能有几个月的工资补偿？够付多久的房租？有没有贷款要还？"

她看着苏昂。那并非挑战的眼神，也没有敌意或嘲讽，而是一个经验丰富的记者所特有的东西——持续观察，冷静分析，又流露出一种本能的怀疑。她是怎样看我的呢？苏昂想，她会不会在心中感叹：真奇怪啊，人们为什么总喜欢自欺欺人，只相信自己愿意相信的事情……

"Alex 有没有告诉你，我联系过他？"艾伦忽然说。

她茫然地摇头。

"他拒绝了我。"艾伦说,"好吧,他没有明确拒绝我,但一直推说他在出差,没时间见面。当然,我也不是死缠烂打的类型——虽然真的很可惜。不过出于该死的好奇心,我想你也可以说是某种直觉吧,我找人查了他的手机号码。"

她显然在苏昂眼里看到了惊恐,于是立刻摇了摇头,给她一个微笑。

"没有什么不可告人的东西,"她说,"事实上,什么都没有,什么都查不到。但这恰恰就是重点。最近这段时间里,那个手机号就像是专门用来和你我联系的。"

空气里若有电光,在苏昂耳边噼啪作响。

"你的意思是,"她缓慢地说,"他不只有一个手机号码。"也就是说,从一开始他就刻意把她隔绝在他的真实生活之外。

"他好像一个假人,苏。我们其实对他一无所知。"

"但我十年前就认识他了,"她条件反射般地辩解,"我还见过他的朋友,去过他工作的场合……"

"真的吗?"艾伦笑了笑,"你可知道他的全名叫什么?"

她颓然坐着,无言以对。

"单独拎出哪个部分,或许都可以有合理的解释,但所有线索合在一起……唔,没准会是个很精彩的故事。"

她在艾伦脸上看到了危险的狂喜,一个背负秘密、流落异乡、适合充当故事素材的人物正在那双绿色眼眸中渐渐成型。她觉得自己唤醒了一位调查记者的好奇心与好胜心,而她不确定那是不是好事。

苏昂心烦意乱地叹了口气,双手抹过脸庞。他到底是什么人?她的脑海里有个小小的声音在尖叫,你又希望他是什么人?她本能地不相信那种不着边际的夸张猜测——就好像全世界的秘密特工和逃亡罪犯都潜伏在曼谷——但她知道自己更害怕另一种可能:她遇见的是一个功力深厚的情场高手,一个心机深沉的普通人,全然暴露出她自身的轻浮和愚蠢。

她透过落地玻璃窗向外张望,凝视着拥挤人潮和迷宫般的街区。现在她确定他属于这里,这个充满活力、欲望、污秽与陷阱的城市,这个过去与未来的复杂混合体。她想知道他是否真有另一种波谲云诡的人生,她更想知道,他是如何穿梭于两种人生之间的汹涌波涛和曲折航道。

三十七

当平川和他的旅行箱出现在门口的时候，苏昂的第一感觉是错愕，就像走在路上时猝不及防地在反光玻璃里见到自己的影像。平川穿着她买给他的那件亚麻条纹衬衫，身上散发着汗液与薰衣草香皂混合在一起的味道——熟悉的味道，家的味道。他的脸清晰地出现在她面前——眼角的小痣，疲倦的笑意，眉宇间雷打不动的沉着。一切如常，却又无比陌生。她感到自己就像毛姆小说里那些背井离乡来到殖民地的主角，渐渐习惯了热带土地上的新生活，心甘情愿地从旧世界里自我放逐出去，可它此刻派来信使，要将她重新揽入怀抱。

进门后他把箱子放下，然后伸手环住她的肩膀，将她拉近自己。她能感觉到他的胸骨硌着她的脸颊。他低下头，她忽然有些紧张，担心他想吻她，于是假装脖子发痒去挠，从他的臂膀里挣脱出来。她也不知道自己为什么要这样做，但的确觉得他好似一个陌生人，而她暂时还无法接受这样的亲密。

她尴尬而恍惚地走开去给他倒水。平川有点局促地站在客厅里，打量着她在泰国的"家"。

"不错嘛，还挺……现代的。"

他接过水杯一饮而尽，她又给他倒了一杯。

"你是不是瘦了一点？"他问。

她摇摇头，"你吃饭了吗？"

"飞机上吃了。"他看着空空如也的厨房，皱起眉头，"你吃饭怎么解决？叫外卖？"

"外面吃饭很方便，也便宜。"她说，"又不是中国，哪有那么多外卖啊。"

她听到自己的声音，有些奇怪，不大自然，却还要假装一切正常。

"也没有淘宝京东美团什么的……"她觉得平川也在尽最大的努力找话说，"缺什么都得自己出门买？"

"习惯就好。"

他的目光落在墙上的装饰画上。"罗斯科？还是那个什么李安？"

她忍不住笑了，"蒙德里安。"

"对对。"

"但这幅是罗斯科。"

"唉，"他故作懊恼，"我永远分不清——"

"因为你讨厌艺术。"

"我可不讨厌艺术啊，别冤枉我，"他一本正经地说，"但一想到艺术讨厌我，就太讨厌了。"

他俩对视片刻，然后突然同时笑了。

有些记忆又回来了。他和电话里的平川仿佛是两个人。站在她

373

面前的这个男人风尘仆仆，但轻松机智，还有种不动声色的幽默感，这让她回想起与她初相识的他，令她既高兴又有点伤感。

平川的行李箱里塞满了她让他带来的那些布包。他去冲澡的时候，她把它们拿出来一一检视。有一个怎么都找不到，他在浴室里大声地告诉她，所以他自作主张地多拿了三个差不多的，又选出二十个小零钱包。"都是我觉得好看的。"他强调。

她抚摸着自己的作品。丝绒面料的锦囊式小包，自带一种恰到好处的光泽；深蓝色平纹灯芯绒的斜挎包，上面的白色圆圈刺绣摸起来有明显的凹凸感；彩色格子的帆布口金包，她在淘宝上挑花了眼才买到最合适的口金和牛皮手拎带……每个包都有独属于自己的故事，她清楚地记得她是在哪里找到的原材料，她的灵感从何而来，又是怎样一针一线地将它们实现……她感到了一种久违的眷恋，简直有些舍不得将它们送走。

但她早已和 Fai 约好今天下午见面"交货"。平川再次证明了自己的细心——他特地带来了那个容量惊人、常被她戏称为"行军包"的巨大背囊。他们把四十二个大大小小的布包装好，走出公寓，走到大街上，苏昂像个导游一样向平川介绍着他们经过的诊所和店铺，还有她经常光顾的路边摊。她停下来买了两个烤猪肉串，照例让摊主帮她挑选。天气很热，平川背着那个"行军包"，一副游客模样，汗流浃背，直冒傻气。但苏昂自顾自地和摊主用简单的英语闲聊着，她感觉自己仿佛在故意告诉他，她有一个他无法参与的世界，而她在这里适应得有多好。她晒黑了，一身穿戴都是在泰国买的，现在她不相信泰国人能一眼分辨出她是外国人。

平川立刻被烤猪肉串的美味征服了，刚吃完就再要了一串。苏昂指给他看马路对面的粉面摊，告诉他如果明天她取卵耗时太长，他可以自己先在那里解决午饭。他点点头，穿过马路去打探了一番，同意米粉看起来很诱人，但分量实在太小。

"你可以加一碗米饭，"苏昂说，"泰国男的都这样，就着汤粉吃米饭。"

"为了省钱？"

"可能吧，不过，"她辩护似的说，"其实泰国的穷人活得也挺开心。"然后她发现自己是在重复艾伦和 Alex 说过的话。

平川看着粉面摊，陷入若有所思的沉默。这是他第一次来曼谷，就像冬眠的熊一觉醒来，正急切地想探寻周遭的事物。在 skytrain 上他紧盯着车厢上方的屏幕，那里正在放映帅气泰国男明星的止痛片广告。

"这个人怎么那么眼熟？"

"《暹罗之恋》，"她提醒他，"Mario，那个混血帅哥。"

他露出恍然大悟的表情。

那还是在伦敦的时候，她从网上下载了这部电影，很可能是他们看过的第一部泰国片。最初是苏昂的男闺蜜向她推荐的，据说他看了不下五遍，每一次都哭得稀里哗啦。那时她和平川刚在一起不久，她还不大确定平川这种"钢铁直男"对于同性恋的态度。但她暗自决定，如果他表现出了鄙夷或嫌恶，那他就一定不是对的人。

但他看得非常投入，显然也被影片的情愫深深打动。

"存在即合理嘛，"她记得他当时这样说，"虽然我还是觉得当直男比较幸运。"他话锋一转,顺手把她揽进怀里。

苏昂忽然想到 Alex。真奇怪,Alex 就从来不会给人"钢铁直男"的感觉——尽管他也是如假包换的直男。他似乎天然就是那种走在边缘的人,带着暧昧不明的气息,有很多副脸孔,接纳各种可能。

她忽然感到一阵刺痛,针扎似的沿着脊背一路向上。那是一种令她鄙视自己的极度羞耻。坐在自己的丈夫旁边,想着另一个男人。确实是羞耻。羞耻。羞耻。

Fai 已经买好了泰式冰茶等待他们的到来。她穿一件烟灰色的背心裙,展示着晒黑的肩膀和美丽的锁骨。头发松松地编成一根大辫子,露出脖子后面的文身——看上去像是一串梵文。她一如既往地戴着自己设计的首饰,看上去非常漂亮,直接上时装杂志都不足为奇。苏昂忍不住看了一眼平川。

短暂寒暄后,Fai 马上拿出专业的态度,开始挨个清点和检查那些布包,偶尔停下来抚摸一下面料,用泰语发出喃喃地赞叹。

"比照片更美!"检查完毕,她兴奋地说,"你知道吗?我觉得定价还可以再高一些,你这些包包的材料和设计可是独一无二的!"

她又转向平川:"你太太是位艺术家!"

平川腼腆地微微一笑,眼角细纹随之加深。

Fai 也提出了一些建议,比如大号的布包可以在内部增加拉链小袋和隔层袋以收纳小物件;有些斜挎包的内部需要缝上格板,以使它更坚挺有型。她还提议可以给那些小号手拎包装上可拆卸的皮带或链条，这样就增加了一种背法。

苏昂完全同意。在 Fai 的刺激下，她的灵感也源源而至。"你看这两个包，其实是不是换成竹节手柄更有型？"

"竹什么？"

她马上在手机上搜出图片给她看。Fai 恍然大悟，兴奋得拍手。两个人又热烈地讨论了一阵，关于每种类型的包包在设计上的改进空间。苏昂再次感到了那种久违的幸福——创造的幸福。有那么几分钟，她的头脑里上演着一场精神错乱般的狂欢。就像是在亲眼见证自己的新生。那些平庸黯淡的事物快速地向后退去，而闪闪发光的新生活就像波提切利的维纳斯一样踏着贝壳破水而出，它朝她逼近时所散发的那种能量令她昏聩。也许 Alex 说得没错，她的大脑因着这个急切的想法而燃烧，我有才华，我的确是在创造。创造力其实也是对自己的生命想象，现在唯一的问题是：我应该怎么做？

无论如何，她一定要把握住这种新生。

Fai 拿出已经拟好的英文合同，苏昂确认后在上面签了字。那只是一个一年的寄卖合同，范本是从网上找的，已经提前在电话里讨论过细节。两人都清楚，与其说是商业利益的考量，这场合作更多是出于纯粹的彼此欣赏。她们之间有种莫名的信任，但也都努力想把这件事办得更合乎规矩。

"如果卖得还可以，"Fai 诚恳地说，"我真的希望能和你长期合作。"

她正想回应，平川却忽然插嘴说："先确认一下，你知道她的包没法量产吧?"

他说出这句话,就像是将她从很远的地方拉了回来。她的新生从她身上逃开了,宛如受到了惊吓的小动物。那些宏大景象和奇光异彩瞬间消失,苏昂重重地跌落回现实,面对着平川那坚不可摧的逻辑城池。

Fai 有些惊讶地看了平川一眼,又飞快地朝她投去一瞥。"当然,"她回答,"我当然知道。"

"那就好,"他说,"我的意思是,你得降低期望值——无论是盈利还是效率……"

类似的场景和对话曾在她的生活中一再发生,但这是苏昂头一次以旁观者的视角研究着她的丈夫。他大概永远无法理解她们之间不言自明的默契,某种惺惺相惜的"女性创作者联盟",与他那崇尚效率和利益的工具理性全然相反的东西。她咬着下唇,忍不住思忖在过去的岁月里,他究竟有多少次用他的理性杀死了她的创造力。

Fai 不置可否地笑了笑,把长长的发辫拨到一边。"我喜欢的恰恰就是没法量产的部分。"她没多解释,便转向苏昂继续说道,如果长期合作的话,虽然她们不在同一个国家,但她特地了解过中国到泰国的物流公司,其实也是很快的……

"要安全就是 DHL,但很贵,"平川再次插话,"EMS 也不便宜,不过清关能力强。小件的话 FedEx 性价比不错。现在顺丰、中通、申通也开了泰国线,其实也可以考虑快递代理公司……"

Fai 又笑了。"哇哦!你先生什么都知道。"

"没错,他什么都知道,"苏昂看了平川一眼——他那胸有成竹的神情,自鸣得意的嘴角——心头涌上一股熟悉的疲惫,"而且他永远都是对的。"

"幸运的你!"

对此她没能顺利应答。

三十八

泰国很适合你那些包,平川走在天桥上四处打量,告诉她他的"重大发现":街上大部分女孩都背帆布包,不像国内女生人手一个名牌皮包。也许是因为天气热,他推测,要么就是旅游大国自带一种度假般的轻松氛围……然后他忽然凑近她,用一种非同小可的语气说:"而且这里有很多嬉皮士哦!"

苏昂愣了一下,忍不住笑出了声。那是他们之间的一个老梗,主题为"苏昂是个嬉皮士"。平川刚认识她时便说她是个嬉皮士,因为她的自由散漫、她的音乐品位、她对扎染T恤、彩色配饰和各种民族风情装束的迷恋……当然,她其实从来没有真正把自己打扮成嬉皮士,可他仿佛一眼看穿了她的本质。有一次,当他们在一个朋友聚会上讨论起乔布斯年轻时的印度之旅,平川忽然说,如果苏昂生对了时间地点啊,他敢肯定她也会从阿富汗开始,一路抽着大麻,沿着那条"嬉皮之路"一直走到印度……

去印度旅行是她的主意,而平川从下飞机的那一刻起就想立刻搭下一趟航班回去。即使连刷牙都用纯净水,旅途中他还是在不断地拉肚子。他几乎是凭借强大的意志力陪她走完了全程，痛苦地面对着挑战人类极限的贫穷、脏乱、喧嚣、无序，以及他那一向引以为豪的理性和计划在印度全无用武之地的事实本身。每个城市的大街小巷似乎都在售卖一种被平川称为"阿里巴巴裤"的宽松大裆裤，各种颜色材质，裆部几乎垂至脚踝，背包客人手一条，就连政府官员穿上它也会立刻变身为嬉皮士。在瓦拉纳西，苏昂终于没忍住买了一条，结果一路上都不得不忍受平川的抱怨和嘲笑……

当她第一次给他看她做的包时，他只瞥了一眼就说："这是嬉皮士背的吧？"

他说起这三个字时永远带着几分揶揄，令她感觉他并不怎么欣赏她的作品。但现在她又有些不确定了——离开了 Fai 的小店，一路上他不断地说起她的那些布包，看上去像是真心为她感到自豪。不过，显然，当一件事被赋予了商业价值，人们的态度往往也会随之更改。

他们穿过暹罗广场走向 Central World 商场，两边尽是新潮店铺、高楼大厦和购物中心，平川目不暇接，她能看出他的惊讶。他承认他从没想到曼谷这么国际化，这么现代，这么"文明"，完全不是他想象中的"第三世界国家"。苏昂知道，对于包括平川在内的很多人来说，提到曼谷，他们只会立刻联想起红灯区、人妖、破旧的街道和摇摇欲坠的吊脚楼，而在曼谷以外的地方，人们整天穿着纱笼走来走去，坐在海滩上嚼槟榔。他们没想到泰国人也会去时髦的咖啡店喝咖啡，吃牛角包，开着摩托车去豪华商场。

她忽然有点开心起来。曼谷当然并不全是暹罗广场这样的繁华地带，但她很高兴平川能亲身来到这里，见证他自以为是的偏见。她想起他曾担心泰国的政局动荡——在她出发前几个月，泰国刚爆发了一场军事政变，铺天盖地的新闻上了世界各地的报纸头版，照片上是一片红色的海洋：红 T 恤、红头巾、红色横幅、红色的皮卡车，甚至是红色的血……所以当她告诉平川她要去泰国做试管时，他显得忧心忡忡，就好像她在冒一个天大的险，就好像她将要和坦克正面对决。而事实上，泰国政变的本质是一场权力再分配，犹如一场使用了坦克的辩论，既不会改变政治制度，也不会阻碍经济发展，对普通民众的影响更是微乎其微。外国媒体总是把它说得好像天都要塌了，鲍勃曾带着嘲讽的微笑告诉她，其实没什么可担心的。

他们来到 Central World 的七层，餐厅是她早就订好的一家。经过等位的人群，身着泰式裹裙的服务生把他们带到里面的一张桌子。

餐厅以黑色和金色为装修基调，灯光也刻意调得非常昏暗，几乎仅靠桌上的烛台照明。烛光摇曳，愈发衬得邻桌的年轻女孩眼若秋水。她正和对面的男生轻声谈笑，小口小口地抿着一杯橙色饮料，时不时在对方的炽热目光中垂下眼睛。平川也注意到了这漂亮的一对，他看了看他们，又与苏昂对视一眼，无声地摇了摇头。

"我也觉得。"苏昂不禁微笑。这也是他们之间百玩不厌的无聊游戏——在餐厅、酒店、机舱之类的公共场所，猜测身边的人们是不是情侣。

"但是快了。"平川眨了眨眼。邻桌男女之间有明显的化学反应，两人眼中只有对方，全神贯注的暧昧像一张塑料薄膜将他们紧紧包裹，每个眼神每句话都让那张薄膜轻轻颤动，随时可能一戳即碎。他们不知道最美好的就是现在，苏昂不无惆怅地想，之后的一切也许再也配不上此刻的暧昧……

她自作主张点了四个菜：黄咖喱蟹、柠檬蒸鲈鱼、冬阴功虾汤和虾酱四季豆。平川饶有兴致地翻看着菜单，说他们应该多出来吃饭——感觉很久没有找家好餐厅吃饭了。

他工作太忙，而她也早就失去了到处寻觅美食的心情。他们也很少自己下厨，总是叫外卖或在家里楼下的餐厅解决。两个人吃饭的时候也总是相对无言，各自看着各自的手机。

"还记得 Belgo 吗？"

令人怀念的名字。那是一家比利时餐厅，主打青口和啤酒。住在伦敦的时候，那家店在平川的公司附近，下班后他们常在那里碰面。店里的气氛有种大学食堂般的轻松愉快，啤酒有上百种，什么口味都有——甚至有巧克力味道的！每次他们都会点上一大锅青口，就着淡啤酒吃，再用面包或薯条把锅底的最后一滴酱汁吸干。

"我记得他们也有泰式风味的青口。"平川说。

"也不知道 Belgo 还在不在。"

"我一个同事上周才去过，"他忽然笑了，"说现在青口小得可怜，酱汁淡得像刷锅水！"

"哈！"她往后一仰，"那我就心理平衡了。"

服务生给他们端来巴黎水。平川举起杯子，和她的碰了一下。

"恭喜啊，"他的声音里有调侃，但更多的是愉快，"这么快就开辟了海外市场！"

她摇了摇头，按捺住内心的喜悦，告诉他不能把话说得太早——那些包还不一定能卖得出去呢。

他们点的菜陆续上来了。平川满意地看着那些菜，专心吃了起来。他一向爱吃螃蟹，此刻被店里的招牌咖喱蟹彻底征服，大快朵颐之余，还恨不得用米饭把那混合了黄咖喱、泰式香料和秘制蛋汁的酱汁全部搜刮干净。

他在啃螃蟹的忙碌中见缝插针地叹一口气："唉，泰国真好。"

"就因为咖喱蟹？"

"说不好，"他放下一只蟹腿，出神地摇了摇头，"就是那种亲切感吧……那种烟火气。"

他说他一直在想她那句话——"泰国的穷人也活得挺开心。"的确如此，这才是最打动他的东西，那些高楼大厦其实没什么了不起。看看卖给我们烤串的人，在烈日下的火炉边流着汗，但他看起来也挺开心。看看街边那些小店，没有人沉默不语地干活，他们总是说笑个不停。刚才走过天桥的时候，他看到有个男人摆摊在卖不知什么东西做的老鼠、蜥蜴和蟑螂，栩栩如生，有点吓人。天桥底下，有个小胖子穿着缀满亮片的 disco 服装在打鼓，满脸笑容，浑身是劲。还有个女孩在旁若无人地跳舞，地上有一个碗和一个牌子，牌子上写着"跳舞赚学费"……他们都是穷人，可是他们看上去都很大方、很自在。就连那些走在马路上的人都是一副舒服自在的样子，就像是……就像是在享受走路本身的乐趣。

每个人都知道穷人长什么样子，苏昂想，衣着廉价，皮肤早衰，笑容局促，言行举止中泄露出某种坚硬和沉重。即便是出于某种虚伪的礼貌视而不见，但其实每个人都能接收到贫穷的信号。可是很奇怪，泰国穷人的身上似乎没有那种坚硬和沉重，没有额外的野心，没有不甘的戾气。佛教文化赋予了他们一种温顺柔软的态度，还有神权社会里心甘情愿的姿态。前世注定的"业"既是紧箍咒也是保护圈，人们安于现状，习惯了在被划定的生存区域里享受被允许享受的欢愉。

"所以，单比 GDP 的话，中国的确有钱，完全碾压泰国，"平川说，"但比起国民幸福度，可能还是泰国人更幸福吧？每天开开心心地逛吃逛吃。"

可是有时候，痛苦是更容易谈论的话题，苏昂想，幸福反而太过深奥。但她只是点了点头，把手肘支在桌上，半开玩笑地说的确如此，连她都想搬到泰国来住了。

平川想了一下，就好像真的在考虑一些可能性。然后他谨慎地说："可是你在这里能找到什么工作呢？"

"卖包呗！"她自嘲地一笑，"开玩笑啦，退休以后来这里养老还差不多。你知道吗？泰国可以办那个退休养老签证，50 岁以上有点存款就能申请。"

"那咱们干脆在泰国买房得了，"平川半真半假地说，"反正北京也买不起。"

"然后就每天穿着夹脚拖，跟泰国人一样逛吃逛吃。"

"可是这里没有冬天，"他说，"一年到头都很热。"

"我就不需要冬天。我就喜欢热。"

"时间长了还是会无聊吧？"

"无聊的话，咱们就开个民宿什么的。"苏昂也半真半假地说。

"顺便在民宿里卖包。"

他俩又同时大笑起来。有那么一刹那，平川的脸变得十分孩子气，仿佛真的对他们构想的未来憧憬而好奇。四周飘浮着一种熟悉的理解与共情，她的心中忽然泛起一股爱意。当两个人彼此温柔以待的时候，多么愉快啊，谈论着双方都感兴趣的话题，开着只有他们懂得的玩笑，不说一句带刺的话，不用随时剑拔弩张。

是的，她曾经很生他的气，觉得与他无法沟通，觉得他们之间的关系已经变味了，就像牛奶变质了一样。有时她甚至怀疑，她的不育是否预示着更深层的问题，暗示着他们在本质上合不来——在人类最基础、最实质的层面上无法相通。可是当平川重新出现在她的生活里，她独自在泰国经历的一切变得好似一场幻梦。与此同时，异域氛围令一些平时的压力消失了，他们有了时间可以交谈，而深厚的温情凸显出来，久经考验，足以信赖。她怎能忘了呢？平川是她最好的朋友，他们共同经历过那么多的事情，世界上没有别人能够知晓的事情。他知道她的一切——从她没法忍受哪怕只是长长了一毫米的指甲，到她从不穿印着字的衣服，以及如果流落孤岛她会带上哪几本书——他们早已深深地扎根在彼此的生命里了啊！

那种羞耻感再次汹涌而来。这些日子她到底在做什么？就像是在另一个星球度假，冒充土生土长的外星人。那是短暂而病态的冲动，一场鬼迷心窍的轻浮游戏。她怎能如此愚蠢？她怎能忘了自己是谁？赶紧回到现实中来！

"怎么了？"

她用力地摇了摇头，假装不经意地用指尖抹了抹就快要涌出的泪水。太辣了，她故意又喝了一勺汤，做出龇牙咧嘴的样子，这个冬阴功怎么会这么辣啊。

吃饭中途平川接了个电话，是他的合伙人老韩打来的。他说了几句便起身，给她一个抱歉的眼神，然后拿着手机走出了餐厅。十多分钟后他才回来，眉头微蹙，看上去有些神不守舍。苏昂还以为他会跟她讲他们创业项目的事情，但他只是定了定神，便把刚端上来的芒果糯米饭放到两人中间，递给她一个叉子。

"所以，"他往前探了探身子，"医生怎么说？到底靠不靠谱啊？"

她还以为他永远不会问呢。苏昂笑了笑，告诉他泰国的医疗水平没什么可担心的，至于成功率嘛，每家诊所其实相差不大，对个体而言就更没意义了。

"那你的情况算是好的？"

"我的卵泡数量算是不错的，但质量怎样就不知道了。"

"那要多久才能知道？"

"你是说PGS？五天，最多六天。"她翻出保存在手机里的IVF流程图，向他详细解释取卵取精之后将会发生的事情：他们的卵子和精子将会被配成胚胎，放在培养液里培育。这些胚胎之中可能只有20%~50%能够发育到囊胚期——那时的囊胚大概已有100多个细胞，形态结构稳定，生命力也相对旺盛——然后就可以剥取5到10个滋养外胚层细胞，进行基因检测分析，筛查出异常胚胎。

"你说话好像生物老师啊，"平川调侃她，"然后医生就会选一个正常的胚胎放回你肚子里？"

"子宫里，"她纠正他，"如果有正常胚胎的话。"

"然后你就怀孕了？"

"如果胚胎能顺利着床。"

他不置可否地点点头,"也就是说,如果一切顺利的话,五天以后,医生就要——怎么说?给你移植这个胚胎?"

"是啊,怎么了?"

平川用纸巾擦一下嘴角。"五天以后……我可能真没法再过来陪你了,最近忙得昏天黑地的。"

"没关系,"苏昂说,"我自己没问题。移植很快的,休息一会儿就能下地了。"

"可是……如果你真的怀孕了,也很快就要生了吧?"

"九个多月算很快吗?"她警觉,"有什么问题吗?"

平川摇摇头,摩挲着下巴。"就是……有点太突然了……九个月以后,我那个项目很可能刚好是最忙的时候,我是担心……"

"可是我早就告诉过你的啊。"

"是啊,"他讪笑一声,"你通知过我的。"

苏昂一下子就坐直了。这些日子以来,他们努力让对话维持在一种避重就轻又有迹可循的层面,尽管那把利剑始终悬在头顶,随时会斩钉截铁地落下。

她小口地抿着巴黎水,满心烦躁,勉强支撑着不显露情绪。

"没关系,不会太麻烦你,"她说,"我会请月嫂,我妈也可以过来帮忙……"

"月嫂。"他重复。脸上的肌肉抖动了一下,有点像在微笑,但嘴角向下弯,而不是向上,"家里住得下这么多人吗?"

"我们可以搬家,租个大一点的房子。"

"怀着孕搬家?在我这么忙的时候?"

"或者不搬。总有办法解决。"

总有办法解决。他再次重复她的话,又是那种笑容——居高临下,嘲讽中透出谴责的意味,总令她自觉渺小而愚蠢。

"干吗这么阴阳怪气啊?"她有点火大,"反正针也打了,钱也付了,反悔也来不及了。"

她的语气很冲,他也意识到了,于是碰了碰她放在桌上的手,解释说他不是想反悔,只不过想要把之后的事情计划周全。照现在的融资趋势来看,老韩希望他尽快辞掉工作来全职做开发,而在做决定前他得列出时间表和收支计划,把方方面面都考虑清楚。他俯在餐桌上,烛台的光从下面打上来,令他的脸熠熠生辉,仿如充满远见卓识的智者。他说他不想让她陷入无人照顾的境地,也担心自己没有足够的时间精力来参与育儿的宏大工程。所有重大的人生事件似乎都在同时发生,他需要仔细考量才能做出取舍与平衡……

可你不能把一切归咎于我,苏昂在心里说,是你自己选择去创业的。但她什么也没说,只是低头把弄着叉子。两人都没了胃口,芒果糯米饭剩了一大半。他叫来服务员买单,晚餐在沉默中画下句点。

他们走到外面,一层层地下了扶梯。周末的晚上人流如织,情侣们手挽着手走过一家家流光溢彩的店铺。少男少女们嬉笑打闹着,用自拍杆拍下年轻荒唐的合影。苏昂羡慕他们的无忧无虑,更羡慕他们全身心地属于这里。Central World 是曼谷最大的购物中心,她每次来都会迷路,这一次又不出意料地错过了通往天桥和轻轨车站的出口。她踌躇着想找人问路,又不愿在平川面前承认自己的无能,只好硬着头皮带他乱走,最后终于穿过伊势丹百货走出了这座巨大的迷宫。

伊势丹门口有两座香火鼎盛的神坛,一座是爱神 Trimurti,一座是象神 Ganesh。人们向爱神祈求爱情,向象神祈求财运和事业运。他们驻足观看了一会儿,发现还是想要爱情的人更多。传说爱神特别喜欢红色玫瑰,于是神像周围堆满了信众供奉的红玫瑰。就像四面佛一样,泰国的神坛总是安放在购物商场门口,人们膜拜过古老神明后又马上走进消费主义的寺庙。她想起自己曾认真考虑过要不要带平川一起去拜四面佛,现在看来是不可能了。

"你说的这个 PGS——"平川忽然说。

她的目光从那些红色玫瑰上移开了。

"是不是筛选过的胚胎就万无一失了?就能保证生下来的小孩完全健康?"

"不能。"

他显然吃了一惊,"他们不是号称可以检测全部 23 对染色体吗?难道不是可以把所有的问题都检查出来吗?就像排地雷一样?"

苏昂疲惫地叹了口气,转身向街边走去。PGS 并不是万能的,她边走边向他解释,PGS 目前只能筛查单基因、染色体异常等导致的遗传病,能明确筛查的也就 100 多种,比如唐氏综合征、白化病、地中海贫血等等。可是目前人类已知的遗传病至少超过 7000 种,对于一些多基因遗传病,比如唇腭裂、癫痫、精神分裂症,筛查起来就比较困难了。也就是说,你可能连地雷在哪里都不知道。就算知道在哪里,你也不知道它会以何种方式爆炸。而且这颗地雷还会变化。所以,是的,由于技术的局限,PGS 筛查后依然可能生出带有缺陷或疾病的小孩。

那这个根本算不上什么保险嘛,他不以为然地说,费了那么大劲,花了那么多钱,结果还是不能保证有个健康的小孩。想想看,生出来才发现有问题,那比前三个月流产还要可怕多了……

"但风险小了很多。"她纠正他。

"但还是有风险。"

她停下脚步,看着他的眼睛。又开始了,是吧?他那永远居高临下的、"男性说教"式的自鸣得意和挑剔怀疑。其实他从来就没有信任过她的决定,正因为这个决定是苏昂一个人研究并实施的——不理智、不周全、不靠谱的苏昂。啊哈,她算是看明白了,他的灵魂由铜铁打造而成。他对新环境的好奇、他表现出来的轻松幽默全都是故作姿态。其实他对泰国、IVF、PGS 仍统统抱以怀疑,觉得这一切都是她绝望之下自导自演的一趟疯狂之旅。时间流逝,背景转换,北京变成了曼谷,杨树变成了棕榈树,他的思想却依然没变,没有想象的热情,也没有任何反思。

她往旁边挪了几步,避开后面接踵而至的人群,压了压心头火,确保能平静说话后,这才开口道,风险是没法逃避的,生活中到处都是风险,活着本身就是运气。就算胚胎百分百正常,但你能保证整个孕期都安稳度过吗?能保证不受到外界任何的致畸影响吗?就算一切顺利,孩子健康地出生了,你能保证他以后就一定不会患上任何疾病?就算身体健康,你是不是又要担心他意外受伤、学习不好、找不到工作,或者事业失败、家庭破裂的风险呢?

"我只是就事论事,"平川错愕地看着她,"没必要这么上纲上线的。"

"反正,如果你决定了要生孩子,就已经决定了要冒险。如果一点风险都没法接受,那就不要生孩子。"

"我可没决定啊,是你决定的。"

"所以你根本就不想要孩子。"

他沉默了几秒。"说实话,我觉得不用这么着急。没做好准备,时机也不对,"他挠了挠颈背,表示为难,"你看,房子都是租的,又要全职创业,钱和时间都没法保证,怎么想都找不到最优解……"

苏昂的耳朵里刺刺作响,仿佛插着一根点燃的引线。内心深处她早已知道平川的态度,但当他们终于把话摊开来说,她还是一听就爆发了。怒火在她的身体里熊熊燃烧,涌入她的血液和大脑。

"你当然不着急了,"她挤出一个冷笑,"反正你是男的,你60岁都可以生孩子,大不了跟别人生呗。"他怔住了。"我根本不是那个意思。"

她无法自制地打断他,告诉他她觉得他很虚伪。对,很虚伪。嘴上说着什么要考虑清楚,好好规划,其实心中早有打算——他的需求是第一位的,别人的需求都只是绊脚石。他总想让所有事情都按照他的想法来,走每一步前都要计划周全,不能出错,而且对别人也一样要求严格。最让她受不了的,就是他总表现得高人一等。他永远是对的,所以她就是错的。他们根本没法平等地讨论问题。

"你讲话一点都不客观,"平川满脸不悦,"我从来没有……"

"别不承认了,你就是这样,只不过你自己注意不到。"她愈发控制不住自己,想说出她所认为的最丑陋的真相,也许只是为了戳破他那副波澜不惊的外壳，逼他跟她吵上一架。她告诉他，她早就觉得他变得很无趣，也令他们的生活越来越无趣。他太理性了，太喜欢规划了，总想要正确，总想要安全，但他可能忘了，不正确和不安全里也有种东西，那叫人性。

平川盯着她，像是在研究她，想搞清楚一件她没有明说的事。

"我觉得可能是你变了。"他冷冷地开口，说他记得她以前可不是这么说的，那时她明明喜欢那种安全感。

她又向前走去，目光绝望地扫过辉煌灯火和车水马龙，想让自己分心，忍住啜泣。但情绪就像被上了发条，结界已冲破，堤坝已溃决。她最终还是在马路边停下脚步，转头对他说，人生中就是有很多事情无法计划，没有最优解，因为人就是人，不是程序。你得承认逻辑是有限的，理性是有限的，人的见解和力量都是有限的，很多时候全局的利益最大化也未必是真正的最优解。

不时有路人朝他们投去一瞥——欢乐人群中的异类，两张紧绷可悲的脸。更年轻的时候，每当看见人们在路边争吵，她都觉得不可思议，几乎为人类感到尴尬，就好像这样的事情永远不会发生在自己身上。但她此刻终于理解了他们，因为那些本不该说的话仍源源不断地从她口中涌出：你不是喜欢讲逻辑吗，她听见自己说，那我告诉你实话吧，你去创业这件事才最不符合逻辑。看看你那些创业的朋友，如此狂热地坚信自己终有一天会成功，简直到了令人难堪的地步。再问问你自己，你究竟为什么而创业？你是否真心相信你的项目？你从中看到了什么价值？你享受这个过程吗？它可值得你投入所有？

平川避开她的注视，紧紧咬着嘴唇，以沉默维护着尊严。

你真的变了。他最终得出结论。

她感叹了一声，介乎冷笑与抽泣之间。

可能是吧，她说，但我这辈子从来没有比现在更像我自己。

三十九

苏昂的喉咙干得沙沙作响。按照要求,头天夜里 10 点以后她就没有吃过东西,没有喝过一滴水。跟前台确认过信息后,她和平川在大厅沙发上坐下来等待。他们到得很早,诊所里少见的冷清。

旁边沙发上坐着一对有些年纪的夫妻,女人看上去四十多,男人顶着一头不大自然的黑发,但一看就知道至少五六十岁了。他正和身边的中介姑娘有一搭没一搭地聊着,问她在哪里学的泰语。"云南?哦那边的确学起来方便。"他说起话来有种苏昂熟悉的领导口吻,"不错啊,技多不压身嘛……"他的妻子始终一言不发。

"一会儿那个取精是怎么个取法啊?"他又干笑两声,"不会是在厕所里吧?"

"当然不是,"中介姑娘有点尴尬,"有专门的房间……"

苏昂看了平川一眼,他正埋头看手机,对四周充耳不闻。沉默像第三个人坐在他们之间,她无声地叹了口气。昨天晚上,她将那个鬼魂般追逼了他们那么久的话题摊开来说——而且语言像钉子一样尖锐——是不是做错了?整晚她僵硬地躺着,知道他也在装睡,心中半是解脱，半是懊悔。早上起来她没话找话，假装一切如常，但伤害已然造成，现在说什么都无法弥补了。

护士叫了他们的名字，然后示意平川留在原地，苏昂先跟另一个护士离开。临走前平川还是碰了碰她的手，给了她一个微笑。进电梯前她又回头看了一眼平川，他的背影似乎隐隐散发着某种高尚，令她自惭形秽。不得不承认，尽管她昨天刚愤怒地讨伐过他的"理性"，但也正因如此，她不用担心他会意气用事，临阵脱逃。

她跟着护士坐电梯到四楼，在一个小房间里换上手术服——上身是和服式样的开襟系带布衣，下身是开裆裤，但前面有一块裙布作为遮挡。头发用一个浅绿色浴帽全部罩住。自己的随身衣物都要存放在一个寄物柜里，连手机都不能带进去。

然后她被带到里间休息室。墙边立起的小白板上已经写好了当日的手术排序——每个人的名字旁边都有一个具体的时间，一直排到了下午。护士让她在一张移动床上躺下，给她盖上薄被，挂上盐水。旁边还有五张床，只有一张空着。每个人都素着脸，穿戴着一模一样的手术服和浴帽，眼睛盯着天花板，偶尔小声交谈几句。

邻床的中国女生主动和她搭话。她问起苏昂的"情况"，对她有那么多卵泡表示羡慕。她说自己只有6个基础卵泡，怎么促也不长——当她说起"卵泡"这个词的时候，那语气就像是在谈论某种类似金钱的财富。她看上去很年轻，但因为输卵管堵塞的问题，已是第三次尝试IVF了。前两次都是在国内做的，一次没有合适的胚胎可以移植，另一次移植失败。听说泰国诊所因为PGS技术提高了成功率，于是来这里再拼一把。

中介贵是贵，她说，但的确比在国内做试管幸福多了。除了每隔几天看一次医生，其他时间都可以和试管姐妹们一起去逛街血拼，按摩泡脚，要么就是躺在家里看剧刷手机，每天三餐都有人做好送过来……唉，这些日子好像做梦一样，从没享受过这样让别人伺候的生活。她和丈夫本来已经没有预算了，来泰国做试管的费用是她父母资助的，他们心疼她，想尽量为她减轻压力……

靠墙床位的女人被护工推出去了。她们暂时停止了交谈，看着那些忙碌的身影。

"紧张吗？"临床问她。

"还好……你呢？"

"有点儿，"她皱起眉头，"我怕全麻。"

苏昂不明白，"可是全麻就不疼了呀。"

"国内很多医院取卵不打麻药，我觉得其实也还能忍受吧，不过每个人不一样，有个大姐就说她疼得都不想活了。"

"为什么不打麻药呢？"粗长的取卵针，穿过阴道，穿过子宫，穿过膀胱，插入卵巢，光是想想都令苏昂打个冷战。

"谁知道呢，可能全麻成本高吧。也有人说麻醉药会影响卵子质量……"

"这没有科学依据吧……"

"但愿吧，"对方叹口气，"做试管可不就是这样，疑神疑鬼的，生怕哪里有一丁点差错……别人是生蛋，我们是造原子弹啊！"她停顿了一下，又告诉苏昂，就因为怀孕的事，为保"万无一失"，她已经三年没吃过辣椒和油炸食品了——而那些本来是她的最爱，尤其是水煮鱼和麻辣小龙虾……

苏昂躺在那里，既觉得震动，又不免羞愧。她又一次意识到她一直活在一个很自我的世界里，满心不忿，怨天尤人，认为自己被命运亏欠，从不像临床的女生一样，把这一切都当作西天取经般的磨难默默承担下来——挤压家庭预算，放弃最爱的美食，忍受不打麻药的痛苦，还有各种合理与不合理的"禁忌"……她甚至觉得，她们潜意识里或许还有种自我献祭式的迷信，希望自己的痛苦牺牲能够换来相应的回报，就像相信吃素清修禁欲能够积累功德一样……新生命仍遥遥无期，她们的肉体和精神却已经被消耗了，生活严重变形，只能服从于一个目标——而它只是远方灯塔若隐若现的亮光，谁知道她们还要穿越怎样的惊涛骇浪？

她听见另一边的两位"病友"也正在讨论各自卵泡的个数和大小，以及怎样将年假、病假和公共假期最有效率地拼凑起来以达成出国治疗的目标。小小空间里回荡着某种全新的女性语言，还有"患难与共"的姐妹之情，但更多的是迷茫和焦虑，以及习以为常的绝望。苏昂曾无数次想象过这一天——创造生命的日子，里程碑般重大的日子，每个人的脸上都应该洋溢着期盼与欢欣。可现实却是相反的，周遭的一切仿佛都在嘲笑她的天真无知。她想着平川，他还在等待吗？是否已被带去了取精室？长久以来她头一次意识到那种荒诞：男人和女人，分处两个空间，各自完成各自的"任务"，再假他人之手获得所谓"爱的结晶"。没有鱼水交融，没有情不自禁，只有被精确管控的时间和身体，以及无动于衷的释放与采集。勃起也许心如死灰，取卵多半无知无觉，交合在实验室里完成，事后也没有和谐与满足，两人只是麻木地进入下一阶段的等待和焦虑。试管婴儿和自然受孕实在太不一样了，她想知道诊所里有多少"爱的结晶"真的纯然发自爱情。

快到 9 点半的时候，护士让苏昂去小便，然后她终于被推进了手术室，躺在一张刑具般的手术床上，手脚都被牢牢固定。心率，血压，清洗阴道，戴着口罩的护士们忙忙碌碌。手术室里有一个精确到毫秒的钟，持续不断的嘀嗒声制造出一种悬疑片般的紧张感——kronos 时间。

护士反复核对她的身份：你叫什么名字？你的年龄？最后一次 B 超，你有几颗卵泡？重复几次，不容有失。Songchai 医生也出现了，在口罩后冲她笑着打招呼，比平日里热情得多。他用力握她的手，又拍了拍她的肩膀，那意思是让她放心。"祝你好运！"医生用不大标准的中文说。

心情如战士奔赴沙场，肉体却退化为任人"宰割"的动物。这已是她的第四次全麻手术。苏昂读过全麻影响记忆力的科学论文，却也不得不承认，她其实有点享受被麻醉的感觉——就像是进入了一种鹅绒般柔软的时间空洞，甩掉了肉体，超脱了一切。

护士给她戴上氧气面罩。她知道麻醉师正在往她的静脉推注药水。那些戴口罩的人行动开始变得缓慢，说话的声音也拉长了，渐渐融合成混沌的一团。苏昂感到自己越来越轻，仿佛在温软的云朵间飘浮。等到头顶的手术灯变成好几个的时候，她的身体彻底脱离了自己的掌控。

仿佛睡了一个很长很安稳的觉，又似乎只过了一秒钟的时间，苏昂醒来了，脑子里一团糨糊，然后她记起了一切——科技的伟大刚刚在她身上聚焦了片刻。她努力撑起眼皮，看见了熟悉的绿色帘布和头顶的日光灯。她意识到已经换了房间，又回到了之前等待时的休息室。腰腹部传来隐隐的酸胀，像痛经的感觉，但几乎算不了什么。

护士拿来果汁和饼干，把床支起来让她坐着吃喝。在护士搀扶下去上厕所的时候，她看到了之前和她聊天的女生，她们现在隔着两张床。她侧过头，向苏昂投来一个小小的微笑，像是在说"看哪，我们终于打完了第一场仗"。

苏昂继续躺在床上输液，眼看着"战友"们一个接一个地离开。她也想走，但护士说她需要比别人多输一袋药液，因为她刚刚取了"很多卵子"，卵巢受到过度刺激，很有可能会导致腹水。

腹水。她心头一紧。来曼谷前她还跟平川提起过"OHSS"（卵巢过度刺激综合征），尽管它是IVF疗程中较为常见的并发症，轻重和危险程度也不尽相同，但她从未想过自己也有可能"中招"。

"我到底取了多少卵子？"

"31个。"

她吃了一惊。"那……卵子多，是好事吗？"她想知道这是否意味着能配成更多的胚胎。

"嗯……"护士不无为难地笑了笑，"这可不好说。"

其实她也知道，取得多并不代表卵泡质量好——有些很可能是空泡，或者质量不足以成功受精。她呆滞地躺着，心中忐忑不安，想起了艾伦的话：做IVF的感觉就像在坐过山车，心情总是大起大落……

对了，不知道平川那边进展如何？应该早就完事了吧？她又一次感到了那种荒谬：你冒着腹水的风险，每天打针，一次取出很多卵子，而本来你的身体是被"设计"成一个月只排一个；与此同时，男人只需看着 AV 小电影，在一个舒服的房间里自慰射精。真不公平啊，但生活从来就不公平。

她终于被批准离开。换完衣服出来，平川已等在外面，和几个显然也是家属的男人坐在一起。他一见她便立刻站起来，脸上闪过一丝微妙的如释重负。"还好吗？"他说，"我已经交过费了。"

护士把开的药给她，并详细解释了用途——止痛的，消炎的，还有每天两粒塞入下体的黄体酮软胶囊。然后她语气郑重地告诉苏昂，Songchai 医生担心她腹水的问题，无法保证能按原计划五天后移植鲜胚。

她有点蒙。"无法保证是什么意思？"

护士解释说，如果腹水严重的话，移植后情况更不乐观。她的身体会很不舒服，甚至需要住院治疗。考虑到这些风险，不如先暂停移植，把胚胎冷冻起来，等腹水消失，身体好转，下个月——或是随便多久以后——再来移植冻胚更为稳妥。

这完全不在她的计划之内，苏昂一颗心直往下沉。她定了定神，问护士移植冻胚的成功率是否不如鲜胚。

两者其实差别不大，护士告诉她，腹水的情况也要看个人体质，如果只是轻度的话，过几天很可能自然消失，或许还是可以按原计划移植鲜胚。不过，反正她的胚胎要等五天做 PGS 筛查，不如这五天先好好休养——如果有不舒服一定要马上来看医生——五天以后再做决定也来得及。

平川一直神情凝重地听着,这时忽然插话,询问有什么办法可以消除腹水。护士说也没什么好办法,就是要多喝水多排尿,另外要补充高蛋白,让卵巢恢复得快一点。

尽管苏昂一再说自己走路没问题,诊所还是给她安排了轮椅。她像个病人似的坐着轮椅下电梯到了大门口,保安还给叫了出租车——而走路回家本来只需几分钟。在车上,她发现平川一直小心翼翼地用余光观察她,于是主动打破沉默:"你吃饭了?"

"嗯,"他说,"就在马路对面吃的猪血粉。我给你打包了海南鸡饭。"

"看的什么片儿啊?"

"片儿?"他很茫然,下一秒忽然反应过来,"咳……都是美国五级片,怪不习惯的。"

她扑哧一笑:"要求还挺高。"

他却没有笑,忧心忡忡地看着她。

"怎么了?"

"疼吗?"

"哎呀不疼,"她说,"打了麻药的嘛!"

不过,下车走进公寓楼的时候,苏昂还是察觉到了身体的异样——某种轻微的坠痛感,就好像里面有东西在晃动,也许是因为取卵后肿大的卵巢。她不敢走得太快。

吃了一半海南鸡饭,苏昂靠在沙发上,顺手打开了电视。中文台在放无聊的战争纪录片,她换了个频道,化着浓妆的女主播正在用泰语播报国际新闻,各种枪击、轰炸、游行示威的画面——满地碎石瓦砾,哀恸的哭泣,惊慌挥动的手臂……外面的世界显然也是一团糟。但不知怎的,从电视里看到的战乱和灾难仿佛都不是真的,而更像是某种舞台表演,某种生长在客厅的景观。它们的效果也往往不会持久——一旦媒体不再追踪报道,观众马上就将其抛到脑后,也许正因为在我们那理性无法穿透的潜意识里,这些悲剧不是真实的,它们只不过是被盛进屏幕形状的盘子里,端到我们面前,试图唤起我们的情绪。也正因为这些情绪不是真实的,只是被调动了,于是当这些事件淡出视野时,我们也就不再关心了。

她换了一圈台,最后关掉电视,找了个舒服的姿势躺下来。

"你知道吗?"她闭着眼说,"有一天天都没亮,楼上的邻居来敲我的门。"

"邻居?"平川的声音里透出一丝警惕。

"也是来做试管的中国人。"她任由自己的思绪飘荡了一会儿,然后又回到了那个凌晨。当时的思思就像她现在这样,就躺在这张沙发上。

"为什么敲门?"

"因为她的同屋割腕自杀了。"她用一种刀刃般冷静的语气说。

奇怪的是,现在想起余姐,她曾经的存在变得不像真的,如同电视上看到的新闻;可她的死却显得栩栩如生,热带阳光般长盛不衰——尽管两者理应反过来才对。不过短短几天,有关她的记忆画面便渐渐褪色,摇摇欲坠,或许因为她们的"友谊"本身就发育不全，没有支点，宛若空中楼阁。而死亡却变成鲜活的真相，比它所攫取的生命更为真实，像一根线缝进她的皮肤里，与她血肉相连。也许人与人的联结之所以如此重要，其本质就在于它的偶然性：你并不一定要跟这个人成为朋友，但偶然的联结却有可能带给你一些东西，甚至令你永远无法和从前一样——即便在她离去后依然如此。

她的话显然令他如芒在背。平川半靠半坐在沙发扶手上，脸色异常凝重，又似乎不知该说什么好。苏昂知道他在想什么——不是自杀事件的来龙去脉，而是她竟然一直没告诉他这些！他们竟已互不了解到如此地步，令小别之后的重聚变成一条探险之路，一脚脚踩下去步步惊心。

"到底怎么回事？"

于是苏昂给他讲了思思和余姐的事。她讲了她们的相识，短暂的交往，惨剧发生后的那个凌晨。但还不止这些。她还讲了她去寺庙给余姐超度的事——那棵大树，那个智慧的老和尚。她说她一直在思考该如何叩问朋友的厄运之谜——那究竟是宇宙的计划，还是一条环环相扣的责任之链，而她们的袖手旁观又是否构成了链条的某一部分。她说她想知道生者与死者的国度之间有何幸存之物。她说她脑子里偶尔会蹿出疯狂的念头，认为余姐最后终于掌控了自己的生命——然后放手松开了它——而她们活着的人没有一个胆敢这么做……她忍不住想告诉平川一切——并不因为他是她的丈夫，而是把他当成一位聆听告解的神父。她想向他讲述她的遭遇、她遇见的人和发生在她身上的改变，告诉他那有多美妙和多危险。但她总能及时闭嘴，因为她的故事里有太多 Alex 的影子。不过,她也没有隐瞒 Alex 的存在,但只是轻描淡写地提起,把他说成是一个偶遇的老朋友,一起吃了几顿饭而已。提到他的时候,她闭上眼睛转过身去,不想让平川发现她的眼泪都快要流出来了。

四十

　　她一定是讲着讲着就睡着了。可能是头天晚上休息太少，她居然在沙发上就昏睡了过去。其间她似乎醒来过，听见洗衣机嗡嗡响，平川走来走去，衣裤发出窸窣的摩擦声。她想睁开眼睛，但做不到，身体好像正在融化，渗入沙发的深处，任周遭的细碎声响如溪水般潺潺流淌。最后是思思的电话将她彻底叫醒。她终于挣扎着坐起来，机械地把手机贴近耳边，这才发现外面已是晚霞满天。

　　思思给她发了很多条微信，但她睡着了一直没有回复，思思有点担心，特地打来确认。得知苏昂取了31个卵泡，思思表示很羡慕。她两天前取的卵，取了6个，受精成功5个。苏昂迷迷糊糊地听着她大谈特谈受精卵这两天的进展——什么五细胞二级1个，四细胞二级3个……

　　她问那些数字究竟是什么意思。

　　"哎，就是细胞发育的情况，"思思说，"明天比较关键，因为正常的话第3天就能长到6到8个细胞了。一级代表质量最好，二级就是比一般好，三级是一般，四级基本就没戏了。"

新的阶段，新的术语。这是一门学无止境的女性语言。

思思还带来一个八卦，"你猜我取卵那天看见谁了？"

"谁？"

她说了一个名字，是国内相当出名的女演员，结婚多年，有一个儿子。

"她是想要二胎？"

"显然啊！"思思笑了，"那天她就躺在我隔壁床，但我没好意思跟她搭话。哎，也不知道她什么情况……是怀不上？还是想要个闺女……原来明星来做试管也跟咱们一样待遇啊？我还以为有个特殊通道啥的……"

苏昂心不在焉地附和着。她的注意力已被弥漫在空气中的阵阵香味吸引过去，感觉鼻子都快要融化了。她探过身子，看见平川正在开放式厨房里忙碌着。他穿着洗得严重褪色的蓝色T恤和条纹睡裤，面前的锅子正咕嘟咕嘟直冒热气。毫无疑问那是葡式海鲜饭——他的拿手菜。当年他们去葡萄牙旅行时对这道菜惊为天人，回来以后平川马上试着自己做，第二次就已非常成功。诀窍在于，他不无得意地总结，番茄、洋葱和甜椒煎完后要用搅拌机打成酱汁，再倒回锅里和海鲜饭一起炖。对了，还要撒上匈牙利有机红甜椒粉 paprika。

可是烟雾报警器居然没有响？她疑惑地抬头，发现它已被一个塑料袋牢牢套住。苏昂不禁牵起嘴角——他们住在伦敦时一直都是这么干的。

"好久没吃这个了。"铺桌子的时候她对他说。

"可惜没有搅拌机，只能凑合了，"他说，"护士不是说要多吃高蛋白嘛，正好。"

苏昂睡着时他去了趟超市，拎回来一大堆东西，把冰箱塞得满满的。他边吃饭边告诉她各种食物的用途：冬瓜、西红柿、黄瓜、西瓜是利尿的，瘦肉、鸡蛋和鲫鱼富含蛋白质，哈密瓜、酸奶和脉动则用来补充电解质……

"这是在养猪啊！"

"这段时间就别去小摊儿上吃饭了。"

整顿饭他不断地督促她喝水，提醒她腹水的危险。平川总是这样，总是以有点过于郑重其事的态度对待每一个潜在的问题。苏昂剥着虾壳，忍不住地想象未来他和孩子的互动——如果他们会有的话。他在自然与科学方面的渊博知识无疑会让孩子崇拜不已，但他的严肃理性也可能会系统性地瓦解童年的快乐。比如说，在海滩堆沙堡的时候他会给你讲拱顶结构原理，吹肥皂泡的时候则大谈气流压力和表面张力的平衡。等到孩子长大，也肯定不会找他征询关于爱情等私人问题的建议，可是当洗衣机坏了、墙壁漏水或者马桶堵塞的时候，他一定又会变成那个最可信任的老爸。

多不公平啊，当一个人的某些品质对你有用时，你认为他是天底下最棒的人。然后，当你觉得自己不再需要他，又会将这些品质的另一面无限放大，甚至加以嘲讽——沉稳变成了压抑，自律变成了无趣。苏昂咬一口剥了壳的虾尾，看着对面平川身上被汗水洇湿的T恤，强烈的负疚感就像是把一颗心放在火上不停地烤。天哪，她想，我简直是个自私的怪物！

相识之初，她在他身上发现了自己渴盼的一系列品质——从某种意义上说，她对他的爱，源于她已认定自身不完美。渐渐地，从他那里学来的东西开始塑造她的头脑和心灵，他的一部分在她的身上悄然生长。它们带给她一帆风顺的职业生涯和井然有序的家庭生活，同时也为她量身定制了一个牢笼。后来，当不育的问题令她开始察觉此种人生的缺失，当曼谷的奇遇刺激着她内心没有得到释放的能量，她便将这一切归咎于平川，甚至忍不住偷偷问自己：What if he is not the right one？

但这不公平。也许限制她的不是平川，而是她自己。是她想成为符合主流的"社会精英"，是她想扮演一个比真实自我更"正确"的角色，是她想要和平川站在同一个"男性的高度"看事情。那张面具戴久了，差不多已经成了她的脸。她太努力想去成为另一个人，结果都快忘了自己本来的样子。

"怎么了？"平川发现她眼泛泪光。

她摇摇头，把手肘支在桌上，用手捂住眼睛，半天说不出话来。

"我知道，"他轻声说，脸上的平静几乎牢不可破，"荷尔蒙会影响情绪。"

苏昂点点头，感激却并不相信。她向他伸出一只手，放在桌面上。而他也立刻握住了那只手，就像曾经无数次那样。那似乎是一个和解的象征，即便只是阶段性的。他们的紧张关系获得了暂时的纾解，就像潮水适时涌入，扑灭了两人之间的火焰。

她坐在那里，看着平川清理桌面，洗脏盘子，扎垃圾袋，最后泡好两杯红茶。他递给她一杯加了牛奶的，茶包的细绳垂在杯子外沿。他重新在桌边坐下。他们喝着茶，开始心平气和地交谈。

苏昂告诉他，在迄今为止的人生中，她觉得自己好像从来没有采取过主动的姿态——当然，平川也许会称其为自律性和责任感。她毫无异议地接受了按部就班的教育轨迹，法学院毕业顺理成章地进入律所，又理所当然地跟着平川随大流回了国。到了某个年龄，当身边的女性同行都开始注重工作与生活的平衡，她又在某个前辈的引荐下转做公司法务……然后是不断地怀孕又不断地流产，这更让她有种失控的感觉，觉得好像失去了自主力，永远在被动地接受着一切……无论如何，如今她产生了抗争之心，希望能够主动一次——哪怕一次也好——不因为他人的期许，不因为理性的计算，不因为惯性的力量，也不因为身上的责任，而单纯因为自身的欲求去做某件事情。

就是怀孕？平川问，没有放开她的手。

她承认一开始只是出于求而不得的赌气心理，她也承认自己缺少成为母亲的觉悟。但欲求这种东西本来就不一定符合理性，它就是会有冲动的成分，无法被充分论证。她已经很久没有过这种盲目的渴望了。来到曼谷以后，这种盲目冲动与异国奇遇所带来的新鲜刺激融为一体，令她入戏至深犹如重活一次。听起来或许可笑，但努力怀孕这件事变成了某种主动性的象征，它意味着去追随未经深思熟虑的欲望，去对抗安全而被动的人生。

平川就此思索片刻。但这里面有些东西不符合逻辑，他说，你想要不那么被动、不那么安全的人生，但如果有了孩子，你可能才真的被套牢了。看看我们身边的同学、朋友，为人父母的生活里更多责任和牵绊，你会失去自我和自由，就更没机会去主动做些什么了。

她明白他的担心不只是为了她，也是为了将来的他自己。这担心合情合理，其实也正是令她心烦意乱、不得其解的难题。一面是实现自我，一面是失去自我——无法混合的混合，分明是个悖论，就像牙疼难忍去看医生，却暗中希望诊所关门，医生卧病不起。她想到自己格外喜爱的一篇小说，故事中的主人公称许自己的父亲——"花一辈子去做自己厌烦的事，比永远自私地追逐梦想、随心所欲，要勇敢得多"——其实母职不也是这样吗？她是否准备好迎接这痛苦的荣誉？

她不知道答案。但至少有一件事她可以确定：她受不了任何人再来教导她应当怎样生活。

反正已经走到这一步了，她对平川说，让我们把这一步走完吧，行吗？

他问她，如果这次失败了怎么办？难道要一直试下去？

不知道，苏昂叹了口气，三次？四次？也许她还是应该给自己设定一个期限。

平川用右手摩挲着她的手腕，她能感觉到他手掌上因为使用划船机健身而磨出的粗糙茧子。他的脸上是某种被良好教养掩盖了的紧张。是的，他说，就像赌博一样，不能永无止境地下注。

"你是怕我把钱都花光了？"她尖刻地说。也许真的是荷尔蒙的作用，这几天她身上一直有种时进时退的好斗情绪。

"我怕你钻牛角尖，"他抓住她试图抽开的手，"千万不要像……像你楼上的那个邻居那样。"

苏昂花了几秒钟才读懂他脸上的表情。她忽然说不出话来，只是点点头。平川等了好一会儿才再开口。他用一种几乎令人尴尬的温柔语气告诉她，他会支持她——事实上已经在支持她了——但他们也得做好心理准备。谁知道呢？说不定他们就是会失败，说不定他们这辈子就是注定没有小孩。但那也不是世界末日，他们还是可以一起面对，一起承担啊。

他停了一下，又看看她，"还有，有什么事别憋在心里，可以跟我说说，好吗？"

她感到非常不自在，但她还是点了点头。

四十一

平川搭乘的红眼航班在清晨五点半抵达了北京。他显然没怎么睡,回家洗漱后便直奔公司。同时做着两份工作,他的压力可想而知。昨晚苏昂主动提起全职创业的事,让他自己做决定。我没意见,她告诉他。说到底,她才是先一意孤行的那个人,她有什么资格给他意见?

不过,一早起来看到平川的微信,她忽然想到,创业也像是一种转世。与刚加入互联网公司的年轻人相比,像平川这样三十多岁、有过海外经验的程序员几乎一定会遭遇不同程度的中年危机。他们在西方安逸麻木的职业生涯和无形的玻璃天花板下寻找着另一条通往康庄大道的出路,这就是为什么他们纷纷回国——机会多,发展快,薪资也很有竞争力。他们是在追逐财富,当然,但也不止于此。归根结底也许他们寻求的仍是一种自我实现,对于冒险与重生的渴望也许深埋于每一个人的内心。

然而如今的互联网变成了新投行,国内的程序员就像被金钱绑架的劳工。不知从何时起,那些互联网大厂中开始盛传一种"35岁即失业"的"丛林法则",认为这个行业追求的是创新,对经验传承要求不高，而程序员过了35岁脑力和体力就跟不上了，公司只会留下技术最牛的，大批年富力强的新鲜血液将前仆后继地填上空缺。于是对于这些临近危机边缘的中年程序员来说，要么想办法转成产品经理，要么自己出去创业。

平川显然也被这种思潮裹挟，就像追随指南针一样笃信自己应当去往的方向。我和某某大厂的朋友聊过，他会告诉苏昂，他们公司的确鲜有35岁以上的同事，这些人都去哪里了呢？他想象着他们被时代的黑洞吞噬，失去了自己在这个世界上的坐标。苏昂有时能够理解，但也常常心生怀疑。平川目前在一家外企，工作琐碎但剥削较轻，上下级之间也不乏尊重和信任。虽然和那些大厂相比有些"边缘"，但工作颇为顺心，也能施展身手。这还不够吗？她想，敲一辈子代码又有什么问题呢？那些35岁以上的人肯定也有他们的去处。平川只喜欢写代码，那就一直写下去好了，他对技术的真心热爱足以令他自发地与时俱进，为什么非得追求什么事业突破，什么财务自由？没错，世界很残酷，竞争很激烈，但只要降低欲望，怎么都能活下去。更何况，坐标并不是死的，他们还可以考虑退回英国——那么多西方同行写了一辈子程序，不也照样活得好好的吗？他们并没有流落街头，或者从地球上消失，或者变成长了三个脑袋的外星人……当然，她知道平川不会轻易考虑搬回英国，他似乎将之视为某种失败的象征，它意味着他要回归他曾拒绝过的那种人生，也意味着他仔细考量后做出的回国决定是错误的。他从不相信犯错也是一种自由，一场空也有一场空的收获。

但除了那天晚上一鼓作气地发泄，在这个问题上他们从未有过真正的坦诚对话，因为对话下面没有内心的宁静作为支撑。他们像两个在森林里迷路的旅人，手里握着各自的指南针，无法说服对方正确的出路其实是相反的方向。

苏昂握着茶杯站在窗前。天色阴沉，云朵变成水墨色，眼看就要下雨了。她对天气感到满意——这样她就更没有理由出门了。

早饭后她试着读书，但总是心猿意马，直到她终于放弃，走进厨房开始准备午餐。她把平川买的三文鱼头解冻放进一个盆里，用盐和胡椒粉腌着。等待时她切了几片柠檬，给自己做了杯柠檬气泡水，又顺手挤了些柠檬汁在鱼头上。她喝着气泡水，一边玩儿一样把豆腐切成小块。刀划过豆腐的触感总是让她觉得很解压，现在她的一颗心慢慢安定下来了。苏昂并不喜欢下厨，但她发现这些琐碎而熟悉的步骤莫名地予以人慰藉。

等鱼头腌得差不多了，她又切了几片姜，点火，倒油，把姜片扔进锅里。煎鱼头是她最不擅长的步骤，她用筷子小心地夹着鱼头两面煎，直到它变成金黄色。然后倒入沸水，用大火煮。她看着锅里渐渐涌起的水泡，总觉得好像还少了点什么。在冰箱里翻了半天，最后找出一包凤尾菇，把它和豆腐一起丢进锅里炖，这才感觉像是那么回事了。

边吃饭边看电视新闻的时候，她一直在等的那个电话来了。她放下筷子，关掉电视，深呼吸一下才敢拿起手机。另一头是熟悉的美式英语，应该是苏昂之前见过的那位高个儿眼镜顾问姑娘。

"苏女士，你昨天取了 31 个卵泡，其中 18 个是成熟的卵子……"

她屏息凝神地听着，恨不能把数字刻在大脑皮层上。

415

"我们随后进行了单精子注射，一共配成了7个可用的受精卵……"

她的身体变得有点僵，就像突然被一根线拉紧了一样。

"只有7个？"

"呃，是的。"

"可是我有那么多卵子啊，"苏昂辩解般地说，就好像还有挽回的余地，"怎么会这样呢？"

对方不无为难地沉默片刻。"这个……精卵为什么能结合这个问题，在某种程度上说，是生命的奥秘。有可能是精子的问题，有可能是卵子，也有可能它们都没问题，但结合在一起就容易出问题……总之，很难给出一个确切的原因。"

"很难给出一个确切的原因。"她重复着，尽可能让自己听起来冷静镇定。

"那，苏女士，我们会继续观察那些胚胎，后天我再给你报告新的进展。"电话那头停顿一下，"对了，苏女士，身体感觉还好吗？水肿得厉害吗？"

她用手指轻轻按压着肚子——它的确有些胀大，像是平日里便秘的状态。"还好。"她说。

"好的，有什么不舒服一定要马上告诉我们哦。"

挂掉电话，苏昂呆坐在那里，完全丧失了食欲。7个？思思只有6个卵子都配成了5个！忽然之间，她曾经的自信全都消失了。7个里面有几个能撑到第5天的PGS基因检测？而第5天的"幸存者"中又有多少会是染色体异常？尤其是她已经有过三次"不良记录"

了……那个她曾努力挣脱的念头再一次追上了她：也许她和平川就是有什么问题——连试管技术都帮不上忙的问题。也许她仍逃不过统计学的魔爪。也许她的曼谷之行终究还是一场空。

有点想哭，但又觉得还没到哭的时候，不想浪费感情和精力。而这个想法本身又让她觉得好笑——成年人就是这么理智，连流泪都要挑选"正确"的时机。最后她只是又给自己盛了一碗鱼汤。

两天后顾问再次打来时，她本以为自己已做好了心理建设，可一看见那个熟悉的号码，还是忍不住想把手机扔出窗外。

但这次是好消息。她那 7 个宝贵的胚胎据说都在正常生长，而且全部达到了它们在第 3 天应该达到的标准。第 3 天的胚胎一般应该有 6 到 8 个细胞了，顾问语气欢快地告诉苏昂，而你的胚胎中最少的也有 7 个细胞，还有两个已经是 10 个细胞了……至于胚胎的质量等级，除了一个是三级之外，其他全都是二级。

"没有一级？"苏昂问。

"一级很少见的，"顾问笑了笑，"二级已经很好啦。"

几天来她头一次感到如此轻松，不由得想在房间里转圈，或是朝着空气挥拳——挺争气啊，小家伙们！

但顾问还带来了一枚定时炸弹。"Songchai 医生想见你，苏女士，后天上午可以吗？"

Songchai 医生还是担心她腹水的问题，他想面对面地评估她的情况是否严重到影响移植。若是果真如此，他会取消这个周期的移植计划——原本是打算将第 5 天的胚胎剥取细胞送去做 PGS 筛查，等

417

到次日出结果后，直接挑选第 6 天新鲜的健康囊胚进行移植。但如果医生认为她的身体状况不允许当月移植，就会将送检后的胚胎冷冻起来，如果筛查结果显示有正常胚胎的话，等她身体完全恢复正常后再安排冻胚移植——那至少也得是一个月后了。

这完全不在苏昂的计划之内。她预期的是一鼓作气——要么成功，要么失败——却从未想过还有这种可能：中途叫停，来日再战？

这两天她身体的确水肿得更厉害了。公寓里没有体重秤，但她知道自己的腰围和腹围都在一点点增加。每次淋浴之后，苏昂都会站在浴室的落地镜前仔细观察她的身体。她一向颇为满意自己的苗条——不是皮包骨的瘦弱，而是健康轻盈的体态，而且体重波动几乎从不会超过 1 公斤。以往就算坐下时腹部略有脂肪堆积，只需挺直身躯吸一口气，那点不和谐的凸起便会消失。可自从取卵以后，尤其是昨天下午开始，她的小腹越来越明显，还伴随着闷闷的胀痛和腰酸。

除此之外倒也没有别的不适。苏昂特地用手机设置闹钟提醒自己不断喝水，这两天更是每天五瓶运动饮料，尿量没有问题。她从未感到胸闷恶心，睡觉走路也一如往常——昨天她还和思思走路去拜了四面佛呢！尽管腹胀常导致没有食欲，她还是很有意志力地努力补充高蛋白，每天至少两个鸡蛋一罐牛奶，再加上虾、鸡肉、牛肉……一次吃不下就分多次慢慢吃，有时一顿饭就得吃上一个多小时。

这并非小题大做。她查阅过网络资料，完全明白腹水的危险。头天晚上去思思那里吃饭，她也给苏昂讲了几个试管姐妹的腹水经历。其中一个症状特别严重，肚子简直像要炸开，吃什么吐什么，尿也尿不出来，最后只能去医院抽腹水。抽了一次 3000ml，当下舒服了，可第二天又胀起来，最后只能去做腹部穿刺埋管——还得局部麻醉，腹部穿孔后把管子用线固定在肚皮上——每天分几次把腹水抽出来，整整一周后指标才恢复正常。

"那姑娘可太受罪了！"思思感叹，"你取的卵比她还多，你可千万注意！"她给苏昂做了油焖大虾、蒸鸡蛋羹和冬瓜排骨汤，临走前还冲了两勺蛋白粉强迫她喝下去。

苏昂被这个故事吓坏了，第二天也赶紧去超市买了一罐蛋白粉。

和顾问通过电话后，她脱掉衣服，再次站在镜子前打量自己的身体，不断地侧过身来看着那个陌生的凸起。她对着镜子用力吸气，但几乎毫无改善，显然那并不是脂肪，而是某种全然陌生的东西。真像孕肚啊，她想，怀孕四个月时也是这种感觉吗？她从未真正有过身为孕妇的体验，因为她最长的纪录都没超过两个月。

苏昂的手指轻轻抚过肚皮。不，肯定不一样。孕妇抚摸自己的肚子时一定感觉安定而踏实，她却觉得自己的身体像蛋壳一样脆弱，只要在肚子上轻轻一摁，外壳就会裂开，里面所有的秘密都会涌出来。而其中有些事情，甚至对她本人来说也是秘密。

昨晚当她和思思聊到腹水的话题时，思思不大理解她对移植冻胚的抗拒心理。其实冻胚也很好啊，她说，冻胚的成功率好像比鲜胚还高。其实先回家休息一段多好啊！我是没办法，也不好再跟单位请假，而且在泰国待得无聊死了……

和苏昂选择的5天PGS不同，思思做的是3天的PGS，也就是在取卵后的第3天，从还只有大约8个细胞的早期胚胎中抽取一个细胞做筛查，只能查5对染色体（第13对、18对、21对、X和Y）。

如果没发现异常，继续培养到第 5 天进行鲜胚移植。昨天她已经知道了结果，此刻应该正躺在手术室里等待移植呢——一男一女，正好如她所愿。

起初苏昂完全不能理解思思的选择。就准确率而言，3 天的 PGS 显然没有 5 天的高——前者只能查 5 对染色体，后者却可以筛查全部 23 对，一次性把所有的异常统统揪出来，所以移植成功率和怀孕生产成功率也更高。那么理论上，如果没有费用方面的考量，患者当然应该选择技术更先进、成功率更高的 5 天 PGS。

然而很多患者还是坚持只做 3 天的筛查。"我不想查 23 对，"思思说，"一查可能就查没了，3 天查 5 对的话，至少还有胚胎可以移植。"

"什么叫查没了？"

"查 23 对要等它们在实验室里熬过 5 天，你想想，对胚胎质量要求多高啊！很可能最后根本没有胚胎可以用。第 3 天查的话，一般会有更多能用的胚胎。"

"可是如果第 3 天没查出来，移植了染色体有问题的胚胎，最后也是白搭——就算着床了也一定会流产的啊！"

"但你有没有想过，"思思看着她，"如果我有个胚胎本来是正常的，但撑不到第 5 天——中途发育得慢，或者自我淘汰了，最后连筛查的资格都没有。那对我来说就是白白损失了一个正常胚胎啊！我本来就只有 5 个！"

这正是试管治疗的复杂之所在，苏昂想，它不只倚赖科学技术，还关乎个体的选择。技术之上还笼罩着一层"神"的旨意，因此看似更合乎理性的选择也并不一定是真正理性的选择。对个体而言，你需要在成功率和风险之间找出那个你愿意承受的平衡点。

医生也会根据每个人的具体情况做出不同建议。一般对于像思思这样年龄偏大、胚胎数量少，又没有家族遗传病的患者来说，为了避免筛查后无胚胎可用，医生可能会建议做3天的PGS。但像苏昂这样有多次胎停史的患者，5天筛查则是更合理的选择，以减少因胚胎质量导致失败的可能性。

一般来说，如果选择做5天的PGS，医生更倾向于移植冻胚，因为曾经的PGS技术需要7—14天才能出结果，无法实现当月移植。现在SMB诊所有了自己的实验室，技术也已进步到只需24小时便能得到筛查报告，但一般除非患者强烈要求进行鲜胚移植，考虑到刚取完卵的身体条件等情况，医生通常还是认为冻胚移植更加稳妥。

苏昂就是那个强烈要求当月移植的患者。她不知该如何向思思解释自己对于冻胚的抗拒——是时间和费用的考量？内心难以言明的迷信？还是担心一旦医生否决了当月移植的计划，她就没有了继续在曼谷待下去的理由呢？她就得回到北京，回到现实，回到生活为她量身定制的牢笼，把过去这些天里发生的一切都当成一场热带的幻梦？

当然，也许她会再回来，但那时一切都会不一样了。就像咒语解除，夏日终结，还有些别的东西也会随之消逝。没有人比她更了解她自己了，经过一段现实生活的沉淀，她总能找到办法把所有狂热念想统统压制下去。下次再来曼谷的时候，她又会变回那个不敢行差踏错的苏昂，也无法想象自己还能是谁。

最近她常常想起在 Nana Plaza 见到的那些男人，那些沉浸在异国温柔乡中醉生梦死的男人。他们真的只是在买春吗？还是在买一个梦、一场幻觉、天堂的一角？也许都不是。他们买的是逃离，很可能是逃离从前的自己。

所以她和他们其实又有什么不同呢？她也不愿从梦中醒来，她也想在迷狂的旋涡里尽情沉醉。

Alex。她对着镜子无声地念出这个名字。Alex，梦的化身，旋涡的中心，曼谷的浓缩精华，连她自己都不愿承认的秘密。和平川短短一天半的相处令她如梦初醒，当下她发誓要尽全力控制心底深处的魔鬼。下次我一定要跟他说清楚，她颇有些大义凛然地想，用一种礼貌但坚决的方式。可出乎她的意料，那晚的"冲突"过后，Alex就杳无音信。就像一拳打到了空气里，他的冷淡令她惘然若失，又渐渐演变成一种焦躁的渴望。她心中的魔鬼又开始蠢蠢欲动。

昨天她终于忍不住主动发信息给他，却一直没有收到回复。他是在玩欲擒故纵的游戏？她想，还是真的在生我的气？那天晚上她毫不留情地揭露了他，现在想来，那是何其愚蠢无礼之举！他不欠她任何东西——他甚至一直在帮她——她有什么资格对他发火？

她又编辑了一条长长的信息，分了几次才发出去，诚恳地向他道歉，但还是没有得到任何回应。她忍不住直接打电话给他，但每一次都无人接听。这下她才慌了。她从未想过他会真的疏远她——不，看来不是疏远，而是直接把她从他的生活里删除掉。头脑里有个小小的声音告诉她这是最好的结果，但她仍难以抑制地感觉被羞辱、被抛弃了。猜疑和恐慌填满了胸口，她的心像船锚一样沉重。

但更多的是困惑。苏昂打心底里不相信 Alex 会故意如此待她。整件事中还是有什么不对劲的地方。它像一块暗礁等在某处，闪着冷冷的白光。她想起她和艾伦的讨论，他的谎言背后似乎有某种难言之隐，是它在阻止他与她联系吗？那究竟是什么样的秘密？

好奇也是一种可怕的欲望，这欲望像引擎一样拽得她身不由己。他越是没有消息，她就越是想他。而她越是努力不去想他，就越是没法把他从她的心里、脑子里驱赶出去。每当她无所事事地坐着，都会再一次体验到那种熟悉而罪恶的下坠感，堕入一个极深的深处，思念着他。有时夜里躺在床上，她闭上眼睛，依然能感觉他的目光慢慢拂过她的脸，惹得她浑身发麻。人生中总有一些事情会超出我们的掌控能力，她自我弃绝般地想，有些事你只能任其发生。

四十二

就好像还嫌事情不够乱似的，当天下午，苏昂发现通往神社的路被拦断了。

她买好了花环和香烛，打算去拜生育女神 Thap Thim，为自己和正在手术室里移植胚胎的思思祈祷。可是神社门口竖起了一道围栏，附近的保安说现在不对外开放了，但具体原因他说不清楚。神社属于瑞士酒店的领地，她决定试试从酒店的另一个门进去。沿着酒店围墙走了半天，终于看到一扇直通花园餐厅的大门，她走进去，无人阻拦，餐厅的露天草坪上正在举办生日宴会——鲜花，气球，铺着雪白餐布的长桌。衣香鬓影的有钱人边吃边聊，不时发出笑声。服务员动作敏捷地来回穿梭，一只手托着盛有酒水和小吃的托盘，另一只手背在身后。所有人都好像没有汗腺，眼前的画面宛如一场露天表演。她在空旷的酒店园区里走啊走，走得晕头转向，最后好不容易找到了神社——但入口还是被一道围栏挡住，四周戒备森严。她打着手势问保安能不能进去，对方语气礼貌地说不行，但眼神丝毫不加掩饰地对她上下扫射。她想多问几句，但对方听不懂英语。直到她转身离开，还能感觉到那几个保安的目光黏在她的背影上——半是猎奇，半是揶揄，就好像她做了一件不成体统的事，就好像他们已经看穿了她：一个生不出孩子的女人。

苏昂找到一扇小门逃离了酒店，却很快发现自己身陷一条小巷，许多酒店员工聚在那里抽烟聊天。再一次，她不得不接受那些男性目光的洗礼，故作镇定地从他们面前走过，但身后不时传来的口哨和哄笑令她如芒在背。好不容易走到尽头，一拐弯，她忍不住小跑起来。

她小跑了好一阵子才停下来。衣服被汗水牢牢黏在身上，肚子里的液体像瓶中之水一样轻轻摇晃。下午三点半的阳光仍像核放射一样毒辣，透过每一个毛孔渗入皮肤。世界亮到压抑，亮到残酷。她径直走着，经过花花绿绿的广告牌，经过嘤嘤嗡嗡的说话声，经过烤肉摊冒出来的烟，最后在一座桥上停下来——她又看见了浓荫遮蔽下的生育神社，这一回是隔着运河。原来她已经围着它绕了一个巨大的圈。苏昂木然站着，与它遥遥相望，感觉像站在一条船上，船在漂移，离河岸越来越远。

最后她终于决定放弃。闭上眼睛，双手合十，就像天桥上的人们隔空朝拜四面佛那样，苏昂默默向一水之隔的 Thap Thim 女神顶礼膜拜，祈祷自己和思思都能如愿以偿。

她慢慢走回公寓，仍觉得这一切实在诡异凑巧得不可思议。苏昂看过不少那一类故弄玄虚的电影——主角走出家门，发现街道空无一人，世界已翻天覆地；或是车祸后醒来，发现自己被剥除了身份，原先的亲人朋友都不与他相认……好吧，也许没么夸张，但此刻她或多或少体会到了主角的心情：重要的人从她的生活里蓦然消失，连他们曾经一起去过的地方都不得其门而入……种种异象不由得她不胡思乱想，甚至倒推出一个最令人毛骨悚然的假设：她记忆中的一切是否真实存在过？

就像是为了验证什么似的，她忍不住又打给 Alex，可电话那头还是无人接听。苏昂在沙发上呆坐了半天，然后拨通了艾伦的号码。把手机贴近耳边时她才想起来，艾伦应该是昨天取的卵。她们已经好几天没联系了。

艾伦的声音听起来有点不对劲。她得了重感冒，还要赶稿，没法出来和苏昂吃饭。昨天取了 8 个卵子，已经冷冻起来了……嗯……还算顺利吧……之后的打算？没有打算，先冻着再说……

"我刚才去找那个神社，"苏昂切入正题，"就是 Alex 带我们去的，好多……生殖器那个，你还记得吗？"

听筒中突然一片死寂，她一度觉得是断线了，但过了一会儿，艾伦的声音再次传来："是的，当然。"

"现在进不去了，你说奇不奇怪？不知为什么，门口被拦起来了……"

没有回应。

"还有……我也找不到 Alex，他不接我的电话，不回信息……"苏昂咬着下唇，犹豫了两秒，"自从……那天晚上开始，我就一直联系不上他……你觉得他是不是——"

"苏。"艾伦突兀地打断了她。

"嗯？"

"对不起。"

她一怔,"什么?"

"如果——我是说如果——如果你联系上 Alex,告诉他我很抱歉,真的,很抱歉。告诉他我不会那么做的,永远不会。我发誓。"

有几秒钟,苏昂的大脑就像短路了一样。为什么她要提到 Alex?为什么要向他道歉?

艾伦的语速飞快,好似脱口而出,但她能听出那里面有些不同寻常的东西,一种像是事先排演过很多遍的语言,一种只有细心的倾听者才会注意到的、一不小心就会错过的隐秘踪迹——

恐惧。交织着一丝恨意。

"你在说什么啊?"

"我犯了个错误,"艾伦在电话那头喃喃地说,"可怕的错误。"

不知是感冒还是别的什么,她听起来几乎有点哽咽。

"我不明白……你和 Alex——"

"不明白更好,"艾伦忽然笑了,像是苦笑,"知道得越少,你越安全。"

"安全?"她只能像个傻子一样重复着,"安全?"

话筒里传来长长的叹息。"苏,有时我简直羡慕你的天真……你的确对东南亚一无所知,是不是?莫非你从来都不读报纸不看新闻?"

"什么——"

但艾伦只说了声温柔却伤感的"晚安",就把苏昂留给了她自己的疑惑。

手机屏幕黯淡下去,她深深地陷进了沙发里。艾伦似乎暗示了某件她不想明说的事,她和 Alex 之间究竟发生了什么?等等——他们是何时以何种方式产生了联系？无数把锋利的刀子从四面八方捅过来，那是强烈的背叛感。她无法将它合理化，可就是控制不了自己。

艾伦犯了什么样的错误？谁又代表着怎样的危险？疑问的数量有增无减。

什么啊，她当然每天都看新闻！资讯无孔不入，你根本不可能逃避。艾伦的话刺伤了她。她还一直以为她俩在精神上相互欣赏，但也许她在艾伦眼中只不过是这么一个人——天真得可怕，约等于愚蠢。那么，精明无比的艾伦为什么要和一个傻子做朋友？

苏昂努力思考着艾伦出现在她生活中的意义。她们一度走得很近，可才几天没联系，她的心便已向她关闭了一部分。艾伦真的拿她当朋友吗？会不会是带着别的什么心机接近她呢？这别的目的恐怕和Alex脱不了干系。是艾伦和Alex身上那些复杂难解的东西诱惑了她，此刻也激怒了她。苏昂是那种很难想象自己被利用的人，但她也知道，这世上有一类人天生具备猎手般的直觉，能够识别出意志薄弱的人、人生结构不大扎实的人，牵着他们的鼻子走，让他们掉进某个精心设计的圈套。

她反复琢磨着"新闻"两个字，突然灵光一闪——艾伦是个记者！她拿出笔记本电脑，在谷歌搜索页面上打出"Ellen"和"Bangkok Guru"。她已忘了艾伦的姓氏，但知道她为这家本地英语杂志工作。她很快就找到了Ellen Tufts，还有她为Bangkok Guru撰写的那些关于旅行、文化、生活方式的文章。每一篇都很短，很"浅"，有时看起来更像是广告软文。苏昂一个个链接点过去——"流动的盛宴"

（关于曼谷的街头小摊），"JJ：怀旧购物之旅"（介绍 JJ 商场），"另一种非物质遗产"（关于 ladyboy 文化，但浮于表面，里面也没有出现 Nut 的名字），"曼谷的清真寺"（直白的标题），"消失的地标"（即将关门的 Dusit Thani 酒店），"海明威的曼谷"（其实是一家餐厅的名字）……

这就是你写的东西？苏昂盯着屏幕，满心困惑。但她很快想起来，这只是艾伦为办理工作签证的方便而接的"小活儿"，她的主要精力其实都放在为那几家知名报刊撰写的深度报道。可究竟是哪几家？她努力回忆着她们曾经的对话——《卫报》？《纽约时报》？《洛杉矶时报》？还是《国家地理》？

她在谷歌上搜索"Ellen Tufts"与各家刊物名字的组合，结果源源不断地涌现，这回是更长、更深入的报道文章。艾伦显然是个勤奋可靠的作者，在她的专业领域扎根颇深。苏昂试着在搜索栏加上"东南亚"一词来缩小范围，然后去厨房给自己泡了杯茶，回到电脑前继续奋战。她没吃晚饭，可是一点也不饿。她不断地点开一个又一个网页链接，整个人好像被一种犯罪般的冲动给劫持了。

尽管她并不清楚自己是在期待什么，寻找什么，但她有种直觉，一旦它进入她的视线，她一定能立刻将它辨认出来。就像拼图中遗失的一块，只要找到它，所有的一切都会自然而然地相互连接，拼凑出一幅完整的真相。

她必须了解真相——毫无疑问，否则她会发疯的——尽管心中也有一丝矛盾不安的预感：她最不愿意面对的就是真相。

四十分钟后，苏昂找到了那块拼图。一看到那篇文章的标题，她的大脑就拉响了警报。她只读了两段就知道,这正是她一直在寻找的东西,the missing piece.

那篇报道发表在三个月前的《卫报》上:"*You Only Live Twice*(你只活两次)"。

四十三

2007年12月,当约翰·达尔文走进伦敦的一家警察局,他立刻就成为当年的新闻人物。这位英国男子声称自己患了失忆症,不记得五年前划独木舟独自出海后失踪至今的全部经历。此前达尔文已被正式宣告死亡,妻子安妮对他奇迹般的归来表现得欣喜若狂。但很快安妮就受到警方调查,因为夫妻俩在巴拿马与一位房产中介的合影意外遭到曝光。几天后,他们诈死骗保的故事传遍天下。

苏昂对这个案子印象深刻。那时她和平川还住在英国,媒体整天打了鸡血般大肆报道,新闻几乎不间断地滚动轰炸,人人都在谈论这件奇事。她和同事也每天津津有味地八卦,因为不断有新的案件细节被曝出,而且往往超出了普罗大众的想象力。比如说吧,达尔文"失踪"几周后被妻子接回家中,就住在和她一墙之隔的小屋里。他蓄起长须,装瘸拄拐,平日出行自由无人起疑,就连与自己的父亲擦肩而过都没被认出来。再比如,拿到保险赔偿后,他以假名申请到一本护照,飞到巴拿马大肆购置房产,为退休做准备。更夸张的是,他们的两个儿子对父母的骗局一无所知,真心以为父亲已死,得知真相后困惑愤怒，宣布要与他们断绝关系……

艾伦的文章以臭名昭著的约翰·达尔文保险诈骗案开头，渐渐引出正题：假死骗保的可操作性，尤其是近年来高发的海外死亡欺诈。

艾伦采访了几位为保险公司提供调查与咨询服务的调查员和私家侦探，他们每个人都调查过至少上百宗海外死亡欺诈案。按照这些人的说法，与达尔文那类在西方国家假死的中产白人不同，他们调查的诈骗嫌疑人往往符合某种特定的特征：大多来自第三世界国家（或者与这些国家有关联），在西方（通常是美国）生活了若干年，买了大额人寿保险（有时甚至用假名投保），决定回老家探亲访友。然后，在回乡期间，灾难发生，受益人提出保险索赔。

"死"在第三世界国家比在美国容易得多。在这里，你可以贿赂那些薪水极低的政府官员，欺诈可以成为一门合法的生意，甚至是一桩大买卖——不仅对索赔人来说如此，对当地经济也是如此。只要有一点钱和关系，很容易就能搞到死亡证明，以及警方和医院出具的虚假报告。"我已经在5个不同的国家被宣告死亡了，"一位私家侦探对艾伦说，"只是为了向客户展示这有多容易办到。"

美国领事馆也很少会仔细查验当地死亡证明的真实性，而只是机械地签发一份《美国公民海外死亡报告》。私家侦探们抱怨说，他们见过太多此类未经验证的死亡报告。

紧接着，艾伦在文中详细描述了一桩假死骗保案：一对名叫Kongsiri的泰国夫妇移民美国，成为美国公民。和很多新移民一样，天堂的生活并不如他们想象中那般美好。于是他们想到了"经典"的人寿保险诈骗。他们给妻子买了保险，在一次回泰国探亲时伪造了她的死亡。美国领事馆签发了《美国公民海外死亡报告》，保险公司支付了赔偿金。他们一击即中。

Kongsiri女士随后改换名字，在一年后用另一个美国签证回到了美国，并又一次和Kongsiri先生结婚，自称是他的第二任妻子，住在一个新的地方。他们已经大捞一笔，本应金盆洗手，谨慎度日，然而人的贪念永无止境——若干年后，丈夫竟故技重施，这回换成他自己在泰国"死去"，由他的第一任同时也是第二任妻子向九家保险公司申请赔偿。但这次有点麻烦，一家保险公司的调查员发现了一盘在曼谷国际机场拍摄的录影带，Kongsiri先生赫然入镜，而那时他本来应该已经死了。一环接一环，最后几家保险公司全部开始调查——有些已经支付了赔偿金，有些还没有。Kongsiri夫妇终被抓获并被引渡到美国。由于追诉时效已过，第一起假死骗保案不会被起诉，他们最终因第二起案件被判处有期徒刑7到14年。

苏昂盯着屏幕，一口接一口地啜着热茶。有些东西显然一直就在眼前，她只是视而不见。真相开始以一种支离破碎的方式呈现出来，之前曾留意到但不明白含义的细节重又浮现。此刻她竟也失去了惊讶的感觉，但令她自己都感到难以置信的是，她的胃里竟翻涌着某种期待——某种危险业力即将来临的美妙预感。她继续读下去。

泰国一向是骗子们青睐的"死亡"与"轮回"之地，艾伦写道，腐败导致了混乱和无法无天，再加上不爱多管闲事的本地人和街道上成千上万张外国面孔，这个国家俨然是骗子和逃犯的天堂。但泰国在保险诈骗这一领域并无垄断地位，海地、尼日利亚、哥斯达黎加、印度、柬埔寨、缅甸都各具吸引力，而真正的"假死之国"当属菲律宾。

菲律宾有一个蓬勃发展的产业链，专门为客户提供"死亡工具包"，其中包括死亡证明、医院报告、警方报告、目击者证词、尸检报告（如果有"尸体"的话）、埋葬许可证、殡仪馆账单，甚至还可以制作葬礼的视频，或者组织一支假冒的送葬队伍哭号着走在大街上……也就是说，他们提供一条龙全包服务。

在大多数情况下，假死骗保往往是通过伪造文件来进行的，但如果没有尸体，大部分保险公司会等上七年才发放赔偿金。所以，你若想尽快得到大笔现金，就需要一具尸体来加快整个理赔过程。这就是为什么菲律宾在这一行有着无可比拟的优势——你可以在这个国家的私人停尸房里买到无人认领的尸体，方便快捷，物美价廉；你也很容易找到腐败的交通警察并贿赂他们，于是当他们在车祸事故现场遇到一具大致符合客户特征的尸体时，就会神不知鬼不觉地把客户的身份证件放在死人的口袋里。然后尸体顺理成章地被确认为被保险人，死亡报告被签发，索赔开始运转。当然，那个真正的死者的家人会疑惑他为何消失不见，并向警察局报告失踪人口，但这样的案子往往永远得不到解决，因为死者正躺在别人的棺材里。最终他的家人也许会认为他只是单纯地跑掉了——拥有7000多个岛屿的菲律宾是最适合"消失"的地方。

人寿保险诈骗的吸引力一直长盛不衰，艾伦在文中感叹，想想看吧，一个银行抢劫犯，平均只能抢到5000美金，这些钞票会被GPS追踪，然后他的脸会被枪指着，接着被判入狱；然而在保险诈骗中，你可能不会被逮住，没有人会用枪指着你的脸，也许你还可以获得从10万到100万美金不等的"收益"！

如果买的保险低于一个门槛，你很可能不会被追查，尤其是发生在海外的死亡索赔，保险公司往往倾向于与索赔人达成和解，以避免高昂的诉讼费用。只有当超过一定数额的可疑死亡索赔被归档时，调查员或私家侦探们才会跳上飞机，长途跋涉到犯罪现场，想方设法证明当事人其实并没有死。这些人要么极其容易被找到，要么根本找不到，没有中间地带——几乎所有的调查员们都如是说。

所以有些人真的消失了，苏昂的心停跳一拍，他们真的拿到了钱。

当然，在很多情况下，假死的当事人被找到，诈骗案被成功破解，但更多案件从未被起诉。对于保险公司来说，只要没有支付赔偿金，公司就没有遭受任何经济损失。他们不想在这个人身上花更多的钱，也不想将案件细节公之于世，给后来者犯罪灵感。至于执法部门，跨国调查取证是个非常昂贵和耗时的过程，他们通常没有充足的理由去追究"未遂"的欺诈案件。之前提到的 Kongsiri 夫妇骗保案，只不过是用来"杀鸡吓猴"的少数案例之一。

如此说来，如果你有意伪造自己的死亡来赚上一笔，也许唯一的惩罚仅仅是索赔被拒？苏昂觉得匪夷所思。

显然艾伦也有同样的疑惑，但调查员们对此惊人一致地不以为然。他们告诉艾伦，真正的惩罚来自你"新生"的每一天。消失意味着与你此前的生活切断所有联系，你必须致力于保持隐身状态，就像一份终身的工作。一旦"死去"，你就再也不能使用信用卡，不能给家人打电话，不能毫无顾忌地走在街头，也不能使用过去的从业资格来赚钱谋生。带着现金过境将是一件伤脑筋的事情，机场安检将是一场严峻的考验，而你的亲密关系不得不从头开始。从社会意义上说，你真的死了。你失去了你的身份、你的家人、你的朋友。你必须适应这一事实。这就是为什么假死很难成功——我们就是无法切断与过往生活的联系，就像一个人很难挥刀砍断自己的手臂。

看看约翰·达尔文，他成功地导演了自己的死亡，在巴拿马"转世"，过着衣食无忧的退休生活。然而对两个儿子的思念迫使他飞回英国自投罗网——心思缜密的他当然明白"失忆"是个拙劣的借口，只不过仍抱着侥幸之心；再看看 Kongsiri 夫妇，他们不但始终住在一起，还明目张胆地去机场迎接亲戚，并最终因为亲戚拍摄的录影带而败露被捕；还有更多不成功的案例，当事人往往"假死"不到一个月就自动放弃了，因为他们无法忍受孤绝的状态，没有计划好"转世"之后的人生……

"归根结底，我们就是我们。"艾伦总结道，"即使我们幻想离开自己，我们也不知道该如何成为别人。"

苏昂的目光长久地停留在这几行字上。她的思绪飘散出去，落在苏梅岛上的那间小旅馆。Joy 当初是怀着怎样的心情操作自己的死亡？她有没有改头换面？是否整天如履薄冰？她的家人是否知情？她成功了，对吧？但她是否如愿以偿地重塑了自己的人生？她如今究竟人在何处？

是的，Alex，Joy，他们是同谋，是骗子，是投机者，是冒险家。但苏昂的愤怒渐渐退去，一丝微妙的理解浮上心头。不只是因为她理解了 Alex 难以向她言明的苦衷，更因为她无法否认自己也有过同样疯狂放纵的幻想。或许这正是为什么艾伦会写这篇文章，不是吗？消失，然后重新开始——也许顺便捞到一笔钱——这个想法有某种令人不寒而栗的美与诱惑。为什么媒体和大众对达尔文的案件如此痴迷？为什么有那么多人坚信戴安娜王妃、猫王和迈克尔·杰克逊依然活在人世？难道不是因为我们在他们身上寄托了自己内心幽暗深处的渴望？

许多人都有同一个幻想：搬到另一个地方，人生就会变好。现居地的大环境很糟糕，所以如果我搬到新西兰，问题就解决了。我们在网上看着别人晒出来的美好生活，幻想自己身在别处，过着另一种人生。苏昂自己就常在 Airbnb 上搜寻那些漂亮的外国公寓——在伦敦、在巴黎、在纽约、在佛罗伦萨、在菲斯、在里斯本……她会打开谷歌地图，长时间地端详附近的街道和建筑，想象着自己出现在那里。

然后，当生活压得你不堪重负，当猝不及防的危机发生，不切实际的幻想总会悄然而生。债务负担、恋情破裂、家庭压力、牢狱之灾……每个人的故事远比这些词语具体而复杂。"这人生是一所医院，"波德莱尔曾写道，"里头每个病患都渴望换张病床。"绝望会把一个人推向极端，一个念头开始无限膨胀：假如我能放弃一切，卸下肩头的重负，删除此前的错误，那么，或许，我可以作为另一个人重新开始，像明天的日出一般纯洁无瑕。

当然，绝大多数人会很快回归理性，摆脱此类幻想，但每年总会有那么几千个人决定付诸行动。他们在某一天走出家门，从此一去不返，像一滴水消失于沧海之中。

出乎苏昂意料的是，艾伦也决定付诸行动——不过，是从一个记者的角度出发，看看整个过程究竟如何运作。她飞到菲律宾，待了一个星期，通过线人找到两位当地"行家"，他们从一位在政府机构工作的"内奸"那里搞到了她的死亡证明。

根据警方报告，某年某月某日，在马尼拉一条繁忙的街道上，几位路人目睹了艾伦租来的红色大众高尔夫与另一辆黑色本田思域相撞，两辆车都严重受损，司机被紧急送往最近的医院。英国白人女性 Ellen Tufts 到达时即被宣告死亡。

而事实上，这起致命的交通事故并未发生，所有目击者证词和医院报告都是假的，这份死亡证明打折后要价 8000 比索，约合 150 美元。

艾伦背着自己的死亡证明飞回泰国。过境时她有些忐忑，但最终什么也没有发生。她把整个过程描绘得详细而生动，令苏昂见识到了她的文字功底。当然，这只是个实验，她并没有让人把死亡证明带到英国驻马尼拉大使馆进行认证，所以她的实验并不完整，算不上是真正意义上的成功。

但问题依然存在：在 21 世纪的今天，在搜索历史、购买记录、数据统计和监控摄像头的天罗地网之下，假死——或者假死骗保——是否依然可能成功？艾伦承认她只接触到了追踪者而非躲藏者，而有记载的先例们都被抓住了，或者自首了。达尔文和 Kongsiri 夫妇侥幸逃脱了，但只逃脱了几年。可是，艾伦大胆地推测：既然调查员们都曾有过从未开启调查的案子和从未找到的"死者"，那就说明一定有人已经成功地把一段生命抛在了身后。

"尽管我很乐意想象自己成功逃脱，"艾伦写道，"但我心里清楚，我最终会像那些被调查的人一样，因为无法适应自己的新身份而被捕。当然，我会乔装打扮，把头发染成金色，或者放任自己胖上 30 磅。

但很有可能，我在去超市买染发剂，或是在海滩上点第一杯啤酒之前就已经被逮个正着。是的，我们大多数人永远无法摆脱自己的过去，它像会说话的影子一样紧紧跟着我们，时刻提醒我们是什么样的人，直到我们死去为止。

"但奇怪的是，自从拿到死亡证明的那一刻起，我开始时常化名外出，告诉那些在酒吧或俱乐部里遇见的陌生人，我的名字是 Alice Jones，在一家新加坡公司做财务分析。其实我也可以说我是瑞典公主，而他们眼睛都不会眨一下。这种乔装游戏很好玩，但让我有些不安的是，它也会令人上瘾。你所扮演的人格与真实人格之间的落差带来潜在的不稳定性，却也显然唤起了某种兴奋。这种兴奋，在内心深处，并不是因为赚了非法的钱，而是因为你知道自己也许真的可以变成另一个人。"

文章戛然而止。

苏昂把整篇文章重读了一遍，然后合上电脑，走到阳台上。不远处的运河在月色之下波光粼粼，她忽然觉得有点头晕，就像喝了太多的酒。如果现在走出门去，她晕晕乎乎地想，我也可以在人群中消失，融化在热带的潮湿空气里。至少，她可以成为一个 29 岁的单身女郎，剃光头，刺花臂，来自伦敦，不会说中文。没有人会深挖她的过去，这就是这座城市的本质：表面即一切。

面对生活突然呈现出来的暧昧与深邃，至少在纸面上，她头一次意识到自身的存在之轻。晚风阵阵，她觉得自己好像能被它吹走，进入一个没人认识她、她可以成为任何人的世界，等待疯狂，让生命放任自流。

四十四

素坤逸33巷位于富人区Phom Phrong，对面就是传说中曼谷贵妇们最爱的EM District商圈，由EmQuartier和Emporium两个商场组成，里面不仅有众多世界知名设计师品牌、规模巨大的超市和美食街，更有3000平方米的空中花园和人造瀑布。精心修剪过的绿植装饰从楼顶盘旋而下，令人恍如置身一座室内的热带雨林。

上次来Phom Phrong的时候，苏昂就注意到这一带的日本人格外多。工作日的上午到处都是化着精致妆容的日本主妇们，推着婴儿车结伴在商场里闲逛。到了黄昏时分，穿着校服的中学生们成群结队地涌入商场的咖啡店，边喝冰咖啡边做作业，彼此之间以日语聊天。

此刻，站在33巷的巷口，她感觉自己正缓缓步入一个日本社区，嘈杂的曼谷城被隔离在巷外。道路两旁尽是日式食堂、拉面店、居酒屋、日文书店、漫画出租屋和日系小超市，夜晚10点以后的33巷依然生机勃勃。除了住在附近的日本居民，也有不少特地来此喝酒寻欢的夜游客，他们在那几家显然并不"单纯"的酒吧和按摩店门前驻足，比较和评估着店里的漂亮姑娘——其中不少像是来自俄罗斯或乌克兰，白肤长腿，红唇微张，让人挪不开目光。

她在街上走了几个来回，可就是找不到那家酒吧，最后只好向倚在按摩店门口的一个女孩求助。"High five？"那女孩理一理身上丝绸睡袍的领口，露出泰国人的典型微笑，"近在眼前。"她指一指旁边的小门。

原来那是一家地下酒吧，挤在两家按摩店之间，入口处没有任何标识，只有几级台阶通往一扇木门。推门进去，里面是个长方形的房间，墙上挂着古早的威士忌广告画。吧台很长，连接着两侧墙壁，后面顶天立地的酒架上密密麻麻摆满了威士忌酒瓶。

酒吧里灯光昏暗，顾客不多，三个公司职员模样的日本人在用日语热切地交谈，领带已经解开，衬衫袖子卷到手肘；吧台后面，一位身着白衬衫的光头中年男人正背对着她整理酒架；角落里有位老人正端坐独酌，身上的夏威夷衬衫花得刺眼。

苏昂的心怦怦直跳。她走过去，在老人旁边坐下。

"嗨，鲍勃。"

他转过头来，从眼镜上方瞪着她看。"哦，斑马女士，"他认出了她，但并无惊讶之色，"抱歉我忘了你的名字。"

"叫我苏好了。"

"苏，欢迎来到曼谷最好的威士忌酒吧。"他说，然后转向站在吧台里的光头男人，"Jay，给她来一杯。"

老板 Jay 来自大阪，永远面带微笑，说一口流利的英语，热情地向苏昂递上一份详尽的日本和苏格兰单麦芽威士忌、混合威士忌和波本威士忌的酒单。High five 的威士忌收藏不俗，酒架上随便一瓶都可能是六位数。但 Jay 不是那种势利商人,当得知苏昂对威士忌所知不多,也依然表现得热情得体——先是体贴地询问她想要的类别和愿意承受的价格范围,再据此给出他的建议。最后苏昂选择了山崎18年单一麦芽威士忌,价格不便宜,但这一刻她想喝点好东西。

Jay 用一种特殊工具把冰块雕刻成完美的球形。它滚落在琥珀色的酒液里,发出轻快的叹息。苏昂抿一口威士忌,让它在嘴里停留几秒,然后咽下去。这时味道来了:丰富的果香和浓郁的巧克力香味,甘美,醇厚,回味深长。

鲍勃斜眼观察着她的表情。"你喜欢威士忌?"

她犹豫了一下才说:"我一直在学着喜欢它。"

在英国上大学时,对她来说,威士忌只不过是派对上用来与苏打水或可乐混合的烈性酒,帮助你尽快"进入状态"。她甚至有点害怕苏格兰威士忌,觉得它有一种奇怪的咸味和防腐剂的味道,咽下去的时候喉咙都会烧焦。这是为优雅的老绅士准备的酒,肖恩·康纳利的酒,她想,并不适合 30 岁以下的年轻人。

进入律所工作以后,一位热爱威士忌的上司喜欢在 Holborn 的一家威士忌酒吧组织同事聚会。苏昂开始从大家的交谈中偷得一点皮毛——比如说,关于气味和口味的词汇。就像品鉴咖啡和红酒一样,你不仅要具备敏锐的嗅觉和味觉,更要懂得描述这些味道。上司以一种上帝般的口吻说:你得先了解应该闻什么、尝什么,再开始试着在大脑里建立一个气味库。如果走在路上,闻到一些有趣的味道,努力分辨它,记住它。每一种气味都会触发一段回忆,你可以跟它们一起穿越时空。

苏昂仍记得有一天晚上，聚会结束后乘地铁回家的路上，坐在人种混杂得像个小联合国的车厢里，她忽然有股想哭的冲动。那时她已经出国八年了，有时不无得意地觉得自己已经开始融入这个社会，可时常会有什么事物在暗示着她的无知。毕竟，来英国以前，她从没有滑过雪，没参加过酒吧竞猜，没组装过宜家家具，没喝过手冲咖啡，没吃过牡蛎、鹅肝和舒芙蕾，不明白地铁里的广播"mind the gap"是什么意思，以为"Scotlandyard"是苏格兰的一个地方，搞不清吻面礼究竟适用于什么场合、哪个国家的人到底要吻几下、什么时候需要发出声音……好吧，如今网络发达，世界连为一体，现在的孩子们也许早已懂得一切；但在那个年代，她去英国前才刚刚注册了自己的电子邮箱。

无论是同学还是同事，他们总会在闲聊时提起年少时看过的某某电影或情景喜剧，默契十足地笑得前仰后合；他们会聊起曾经组过的乐队、玩过的运动（滑雪、攀岩、皮划艇）、看过的音乐剧、撞坏的车、稀奇古怪的亲戚、糟糕的夏令营、某个荒唐可笑又昙花一现的政客……那是他们真实而平凡的生活，对苏昂来说却是毫无共鸣的经验、全然陌生的文化里程碑。她努力掩饰自己的种种匮乏，跟他们一起大笑、点头、附和，默默在心里记下所有的新事物，但她也很清楚，他们都能一眼看穿她是个冒牌货。

听听上司对她说话的语气——"试着在你的大脑里建立一个气味库"！就好像她没有嗅觉和味觉，就好像她只用黑色和白色。

对苏昂来说，异国的生活像是一场眼花缭乱又永无止境的学习，一种为进入一个新的世界和新的社会阶层所必须完成的自我再教育。

她自认喜欢学习，但或许不是以这种频繁摧残自尊心的方式。然而更令她困惑的是，回国以后，回到熟悉的环境，回到自己人当中，一切就变得更亲切、更轻松了吗？并没有。祖国同样令她陌生。她不再是纯粹的东方人了，但也不是真正的西方人。她被两种截然不同的认同感撕裂。她变成了永远的异乡人。

但有一点上司并没说错：每种气味都会触发一段回忆。她在心里笑了笑，再次举起酒杯，把回忆一口咽下。

"那么，是什么风把你吹到这儿来了？"鲍勃和她碰一碰杯。他的腰板始终那么挺直，眼神明亮又锐利。

"来找你。"

她本指望鲍勃问她怎么会知道他在这间酒吧，因为连她自己都为最近自我发掘的"侦查"能力感到得意——上次见面时，她记得鲍勃和 Alex 几次提起一家常去的日式威士忌酒吧。她不记得酒吧的名字，于是三个小时前特地去了唐人街的那家潮州鱼粥店，在与老板娘的刻意"闲聊"中得到了她想要的答案。

"High five！"老板娘摇头笑道，"鲍勃简直住在那里！"

但鲍勃的脸上没有一丝波澜，仿佛对此完全不感到惊奇；要么就是在他看来，别人对他产生兴趣是再正常不过的事。他只是点点头，又啜了一口，一脸满足。"你知道我喝的是什么？"他陶醉地旋转着酒杯，"羽生扑克牌系列，难得一见！70 美元这么一小杯，但我必须得尝尝。"

Jay 很配合地把那个传奇的羽生酒瓶拿下来给苏昂看。它完全不像一般的威士忌，标签是粉红色的，上面印着一个小丑形象，戴一顶红色帽子，涂着噩梦般的口红。苏昂完全外行，但也配合地做欣赏状。

"日本人！"鲍勃喃喃地说，"现在他们比苏格兰人更懂威士忌。"

"日本人擅长将复杂与微妙结合起来……"

她一开口就后悔了。这是上司对她说过的话。苏昂的大脑里有个地窖，里面塞满了别人曾经告诉她的话，随时准备着派上用场。她轻轻摇头，想把那些话统统甩掉。

鲍勃看了她一眼，没有说话。

"听说你每天都来这里？"

"我倒是想，可我的钱包不允许！"他自嘲地笑笑，抬头迎上老板的目光，"所以我一般都点最便宜的威士忌！"

"你住在附近吗？"

这个问题忽然打开了他的话匣子。是的，他就住在33巷，这里有一些曼谷最好的公寓，国际品质的生活场所。日本社区？是的，但不只是这里，Thong Lor 和 Ekkamai 也住着大量日本人。曼谷是除日本外日本人口最多的亚洲城市之一，官方数据是5万人，但实际上可能是这个数字的两倍。许多日本公司都在这里设有办事处，泰国大约四分之一的工作许可证发放给了日本人。所以这座城市才会有那么多的日本餐厅、酒吧、超市和商铺。但曼谷的日本文化有个特点：它们往往隐藏在游客的视线之外，只有身在其中的人才能看见——就像这间酒吧。

"你几乎是个当地人了啊，"苏昂说，"你一定很适应这里。"

"我只知道，一个人最终得住在能让你快乐的地方。"

"所以曼谷让你快乐。"

445

他爆发出一阵笑声——有点做作，有点刺耳，不大可能是真正的笑。

"这里生活成本不高，你可以住在一个体面的公寓，性需求很容易解决，人们有礼貌又不多管闲事，从我家阳台上还能看到令人难以置信的日落……还能再要求什么呢？噢，更不用提美食了——你知道吗？街头小吃是我们西方根本没有的东西。纽约有多少家餐厅？3万？巴黎可能有4万，但曼谷至少有10万，算上街头小摊也许是20万。不管能活多久，你永远无法尝遍所有的东西，你永远也到不了天使之城的尽头……当然，这只是种快乐，不是幸福——但话说回来，为什么我们不能自行定义我们的幸福呢？"

他开始向苏昂描述自己的一天。他临近中午起床，吃简单的早饭，看报纸，写作，在电脑上查看他的股票和基金走势。傍晚去街上走走，逛书店，在 Let's Relax 按个摩，或者到万豪酒店的健身中心去蒸桑拿，接着在附近的一个酒吧喝几杯，那里常能遇到朋友，和他一样的老 farang。"你看，年轻的女士，这就是退休生活，每天除了娱乐自己之外什么事也不用干。"晚上他在素坤逸大街上散步，有时去唐人街吃饭。10点以后他总会来 High five 喝两杯。以前去的是 Nana Plaza 的酒吧 Lollipop，但现在他受不了那么吵。半夜他会去吃点夜宵——常常是芒果糯米饭，或者炭烤猪颈肉，有时是小摊上加了青橙、又苦又甜的炒面。回到家里，如果没有醉得太厉害，他会继续写作，直到天色发白。

"给报纸写专栏？"

鲍勃翻了个白眼，表示"那个不值一提"。他又抿了一小口威士忌。

"在泰国生活太舒适了，你很容易被天生的拖延和无意识的快乐所主导，需要强大的自制力才能做点严肃的事——当然，这也挺可悲的——比如，写一本小说，或者类似小说的东西。"

"关于什么？"

"在曼谷的异乡人。当然不是那些背包客，年轻的享乐主义者，我对他们不感兴趣。"他挥一挥手，如同赶走一只苍蝇，"就像所有的作家一样，我认为自己的生活无与伦比地重要，值得被写下来。我想写的是和我一样的那些年老的farang、迷茫的中年人和流亡者的故事。你知道吗？他们能来到这里简直是个奇迹。不是因为他们跨越了半个地球，或者下了多大的决心；而是因为他们经历了生活中的一切——羞耻、失望、心痛、错过的机会、糟糕的家庭、糟糕的工作、糟糕的性生活、所有的错误和意外……活到现在，活在这里。"

苏昂忍不住牵起嘴角。她注意到他在像一个作家那样说话——某种拿腔拿调的戏剧口吻。

"……他们被那该死的第一世界文化不公平地压制了太久，需要在异国情调的东方重新体验人类的原始根源……"

"你是说性吗？"

"很大程度上，是的。当然，不包括那些性变态、恋童癖、暴力狂……他们全都只配去地狱！"他从鼻子里发出轻蔑和愤怒混合的声音，然后啜了口酒，"我的意思是，想象你是一个70岁的farang，在过去的二十年里，你的性生活已经从极度无聊变成了不存在——你甚至都很少想到这一点，因为你早就放弃了。你已经习惯了你的家人把你当成一个老不死的蠢蛋，应该自觉地早点死掉，这样他们才能继

447

承你的房子。然后，忽然有一天，你听说你的老朋友最近去了曼谷，在蓝色小药片的帮助下，他每天都和年轻漂亮的泰国女孩快乐地待在一起。你会做何反应？就算冒着心脏病发作的危险你都会马上飞去曼谷！

"然后你才意识到自己一直以来过的是什么样的狗屎日子。此前你之所以忍受，是因为你以为你没得选择。但曼谷为你打开了一扇门，让你知道还有另一种不那么可悲，甚至可能称得上快乐的老年生活。听着，我不想把这些姑娘描绘成英雄，但事实是如果没有她们，我们会死得更快。

"你马上就决定留下来。你情愿死在这里。就算只能再活十分钟，你也想在这里度过这十分钟。好吧，我知道，在你们年轻人眼里，我们只是一群肮脏好色的老怪物，不体面，政治不正确，甚至不道德；但让我告诉你吧，这里根本就不是你们年轻人待的地方。你们知道个屁！只有垂死的人——无论是肉体上还是精神上——才能体会到曼谷真正的美。它让你觉得地球在不停地转啊转啊，而一切都无关紧要。一切都是假象，一切都很快会消失。我们来到这里，我们硬了起来，我们感觉死亡加速了，但它至少能让我们笑，对吧？"

苏昂想起她在 Nana Plaza 见到的那些几乎下一秒就会心脏病发作的老头，还有那个只剩一条手臂的年轻男子。也许那是他们在地球上最后的放纵。也许连佛陀都会同意，有些男人和酒吧女郎之间关系的本质是一种慈悲。她和鲍勃碰了碰杯，尽管她并不认为他留在这里只是因为性。

吧台另一端传来声响，一个喝多了的日本男人不小心从椅子上滑了下去。老板忙不迭地跑过去帮忙。

"看,"鲍勃向那边投去一瞥,"Bangkok has him now."

苏昂心中一动。她在哪里听过类似的话？ Nana, Rainbow, 保罗——对，那个滔滔不绝的保罗。

"为什么你们都在说这句话？"

鲍勃看她一眼。"你没看过《宿醉2》？"

她只看过《宿醉》,一部关于四个男人一起去拉斯维加斯开婚前单身派对的喜剧电影。她和平川在伦敦时看的，当时整个影厅里的人都笑到打滚。听说原班人马以曼谷为背景拍了续集，他们一直想看却没有看过。

鲍勃告诉她,《宿醉2》创造了一句流行语——"Bangkok has him now",一种将曼谷拟人化的说法。曼谷以无法无天著称，神秘莫测，令人迷醉,于是当电影里的一个角色 Teddy 失踪时，有些人认为曼谷抓住了他，他的朋友们再也找不回他了——"Bangkok has him now, and she'll never let him go."

"那么,"苏昂说,"实际上是对曼谷的一种赞美。"

"也许吧。你看,"他若有所思地看着那个喝醉了的日本男人,"这些年轻的外派员工看起来多么满足。白人老头并不是唯一觉得这座城市难以抗拒的人，所以它的魅力不可能只在于性，对吧？"

"但那是什么呢？"苏昂也想知道，究竟是什么令她沦陷至深。

"至少，它是那么地人性化。在这里你觉得很松弛，很自由，就好像你又能随便走动了，不用担心会打碎什么贵重的东西……也许你一直觉得自己是个怪物、loser、异形……但这里到处都是异形，曼

449

谷甚至会用自己的方式来滋养所有的异形……我说的也并不是传统意义上的 loser；许多高尚的人、做着富有意义的工作的人，他们也同样被曼谷滋养着。我认识的人里面，有在曼谷贫民窟一住四十年的神父，也有致力于把红色高棉的官员送进监狱的美国人权律师——因为他整天面对的是恶魔犯下的可怕罪行，所以需要时不时从柬埔寨回到曼谷来感受正常的人性……不过，当然，我最感兴趣的还是那些迷失的灵魂——失败的、失落的、受伤的、自我放逐的，或者甚至只是百无聊赖的……这么说吧，那些被生活严重磨损、宁愿消失或重新开始的人。对于迷失的灵魂来说，在一个神秘的城市里迷失自己可能和找到自己同样有价值。"

苏昂的生活里没有像鲍勃这样说话的人。换个场合，她可能会在心里哧哧地笑；或是忍不住环顾四周，想抓住一个人跟她一同分享这种难以置信的感觉。但在这一刻，她觉得他的语言令她沉迷——一种只会在银幕上出现的语言，让人心甘情愿地跟随它潜入剧情里。

"真想看看……"

"什么？《异形》？"

"你的小说，"她说，"感觉会很好看，至少可以满足人们猎奇或者窥私的心理。"鲍勃一向擅长将平常小事渲染成传奇。

他摇摇头，看上去有些伤感。"但它更像是一种文化档案，或是一种寓言——无法从中学到任何东西或得出任何结论的寓言。"

"那你在其中扮演什么角色呢？一个旁观者？"

"不，我是他们中的一员。"他徒劳地在杯中的冰窟窿里猛吸一通，"我们会一起腐烂，一起死去。"

苏昂将自己杯中残酒一口饮尽，然后让老板再给他们来一杯。"让我请你，好吗？"她对鲍勃说，"我好像一直在等待这样的对话，大学毕业以后就再也等不到了。"她周围的朋友们似乎已失去了闲聊的爱好，连聚会时都将自己囿于那部小小的手机。

"聊天是生活中至高乐趣，可惜只有闲人才能体会，"他高兴地笑了，"但泰国最不缺的就是闲人。"

苏昂对他喝的羽生威士忌很好奇，于是也奢侈地要了一小杯。Jay以一种郑重的手势为她斟上，然后和鲍勃一起饶有兴致地观察着她的反应。苏昂小心翼翼地啜了一口，神秘的羽生世界向她敞开了大门。香草？无花果？蜜枣？或者难道是太妃糖苹果？"哇哦，"她说不出更多赞美的话，只能重复着同样的感叹，"哇哦……"——她并不懂得判断威士忌的价值，所以那也许只是金钱发出的叹息。

鲍勃只点了一杯普通的美国波本威士忌。Jay又殷勤地给每人递上一小块热乎乎的面包，上面抹得厚厚的黄油正开始融化。他们又碰了碰杯。

"说吧，斑马女士。"

"什么？"

"你肯定有问题要问我——总不会又是斑马吧？"他嚼着面包，眼神中有种讥讽，好像已经看穿了一切。

这个时刻已在苏昂的大脑里演练了一天，终于到来时却仍令她想临阵脱逃。她不断摇晃杯子，心跳得很快，担心自己即将毁掉这一刻的完美气氛。而鲍勃只是气定神闲地坐在一旁，脸上那种勉强可以称之为微笑的表情让他看起来精明得可怕。

"刚才你说，"她终于开口，"你感兴趣的是那些想要消失，或者重新开始的人。"

"没错。"

"那么最极端的方法是假装死去。"

他看着她，身体微微往后退。"什么？"

"想象一下，飞到异国他乡，住进一间旅馆，然后你就死了，再以另一种身份回来，继续住在那个国家，告诉所有人你是一个虚构的角色，而他们没有丝毫怀疑。"

他停止咀嚼。"这是终极旅行体验，小说电影里永恒的幻想……"他在继续说下去之前仔细打量了她的脸，就像是在重新认识她这个人，"但现实中它很难操作。"

"可你的确认识这样的人。"苏昂语气平稳地说，"你会写他们吗？"

他不置可否地耸耸肩，但她能看出他已彻底从酒精里挣脱出来。然后他的眼神变得更锐利了一点。"你究竟想说什么？"

"我只是被这种可能性吸引——"她顿了顿，"怎么说呢？我一直认为当骗子也许有一种阴暗的乐趣。"

"抛弃你过去的生活并不违法。"

"如果涉及保险金呢？"

"哦，有备而来。"他点点头，重新开始咀嚼，脸上露出笑容，"恕我直言，你一看就不像能做这种事的人。"

"也许吧，"她字斟句酌地说，"但这并不代表我没有做出这种选择的朋友。"

然后他们两个同时抬起头来。鲍勃紧紧盯着她看,目光专注得近乎诡异,就像是在直视她的灵魂。这一刻她终于确定自己找对了人。

"我猜你们一直认为我是个白痴游客,"她静静地说,"是不是?"

鲍勃又啜了一口,没有说话。

苏昂叹了口气。他们一直在打哑谜,围着房间里的大象绕圈子。现在哑谜打够了,她决定直截了当地向他摊牌。

"但我找不到他了。你知道发生了什么事吗?"

他们一直没有提及那个名字,就像是一种无须挑明的默契。"你觉得发生了什么?"

"我觉得……他担心我们发现了他的秘密。"

"你们?"

鲍勃是受过训练的人,能够在任何文本里看到潜文本——他的第一反应是"你们"而不是"秘密"。

"我的一个记者朋友。我不知道……也许她跟他说了什么,总之结果就是他消失了——从我的世界里消失了。"

他皱起眉头,"而你无法接受?为什么?"

"因为我感激他,甚至也许理解他……在泰国我得到他的帮助,也一同经历过某些事情,但我们的最后一次见面并不愉快,我对他说了些很不客气的话,我的朋友也许还……总之,我很自责,也很后悔。我希望能再见他一面,把误会澄清。"

鲍勃摘下眼镜,用鸟一般警觉的眼神瞥了她一眼。

"你觉得他还会愿意见你吗?"

"是的。"

"为什么？"

"因为你们是对的，我的确是个天真的白痴游客。而天真的白痴游客不构成任何威胁，对吧？或者你可以问问他，为什么一开始要主动接近我呢？"她苦笑一下，"我猜是因为，像他那样的人也仍会渴望与过去的某种联系，而我是安全无害的人选，不是吗？我安全地连接着那个他已经告别的世界。而且我很快就会离开泰国，以后都不会再见……我们的命运只是偶然交织在一起，并且只此一次。"

她忽然很庆幸自己是在用英语对话。说英语时的苏昂具备另一种人格——更积极，更勇敢，更不吝于表达自己的情感，尤其是在喝了酒以后。可就连酒精也无法掩盖她心里的难为情——毫无疑问，他们对话的走向越来越像一本翻译得很烂的蹩脚小说。

"既然只此一次，你又何必执着于再见一面呢？"他犀利的眼神里突然有笑意摇曳了一下，"相信我，他什么都明白，没有什么误会需要澄清。"

她的难为情变成了一股眩晕。她知道鲍勃已经看穿了她。过去的一天里，在忙着做出各种决定的中途，在处心积虑地打探鲍勃行踪的间隙，苏昂也反复问过自己同样的问题：为什么不到此为止？为什么非要再见一面？

因为不甘心啊！看看这些人——Alex、艾伦、鲍勃……由某种特殊材料制成的人。彻头彻尾的异形。他们竟能理直气壮地自行制定规则，有时甚至不择手段。他们想做什么就做什么，想去哪里生活就去哪里生活，想接近谁就接近谁，想欺骗谁就欺骗谁，想抛弃谁就抛弃谁——甚至包括自己的人生——转身离开时决绝得近乎残忍。这既令她气愤困惑，又对她有着莫名的吸引。他们怎能如此随心所欲？是何种经历令他们变成今日的他们？

再看看她自己：像个傻子一样被蒙在鼓里，总是落在后面，总是被动地等待，永远没法像他们一样充满盲目的力量，去主动获取自己想要的东西。至少这是从前的她，他们眼中的她。

可他们不知道苏昂的心中也有恶魔——也可能只是一个学霸、一个律师天然的争强好胜，又或者所有的友谊和关系都牵涉着某种神秘莫测的力量交换。总之，自从苏昂闯进了那个她不曾涉足、此前甚至不知道其存在的世界，这一切就变成了一场权力的游戏。她想让他们知道她是一个比他们更好的玩家——好吧，就算她没法赢，她也不想输得太惨。她渴望着能站在 Alex 的面前，看着他的眼睛说：我知道你是谁。

我知道你是谁。

鲍勃喉管里发出了忍俊不禁的声音，"噢不，亲爱的，我不认为你真的知道。"

"我知道 Joy 是谁，"她心平气和地说，"我还知道她以前是你的员工。"

他沉默了一会儿，然后说："我什么也没法保证。"

"我相信你会尽你所能，"苏昂与他碰杯，竭力展露最甜美的笑容，做着最后的挣扎，"对不对？"

鲍勃唇边浮起淡淡笑意，半是调侃，又带着警告意味。

"在曼谷，永远不要相信坐在你旁边吧凳上的陌生人。"

"我不认为你是陌生人，不过……"她侧一侧头，"为什么我听说的是另一个版本？"

"另一个版本？"

"When in Bangkok, do what your mom told you never to do……"

他扬起一条眉毛。

"Talk to a stranger."

从他的表情她能看出，这的确是一本翻译得很烂的蹩脚小说。

四十五

她站在阳光下，被蔚蓝海水和葳郁树荫所包围。这里毫无疑问是大溪地，树下成群地坐着和高更画中一模一样的女子——棕褐色的光滑皮肤，色彩艳丽的纱笼，鬓边别着大朵鸡蛋花。苏昂走向其中一位女子，就好像知道对方会带她去她想去的地方。她们穿过树林来到一座茅草屋，木头门框上雕刻着两行法文。不知怎的她竟看懂了，也许是因为她曾在巴黎的奥赛美术馆里见过以它们为标题的木雕作品。女子让她等在门外，然后 Alex 出现了，对她微笑着，看上去一如往常。他们一同走到海滩上，她示意他看一只小螃蟹，但手指刚碰到他的衣服，他就像沙子一样瞬间散掉了——好似漫威漫画中的沙人——露出下面的另一个 Alex，只是体形更小一点。她再次伸手，但那个更小的 Alex 也一碰即碎，又露出一个更小的他……同样的过程周而复始，直到她眼睁睁地看着最里面的、那个最小的他也破碎散开，化作一小堆沙子，又被冲上海滩的潮水带走……

苏昂蓦然醒来，心脏犹自颤动不已。她把头靠在舷窗上，看见玻璃上自己的倒影，还有外面海浪般的云层。前排有个婴儿忽然哭了起来，年轻的父亲抱着他不断安抚，指向窗外跟他说着什么。与梦中仿佛蒙上一层滤镜般的画面相比，机舱里的所有细节清晰而真实，她能看见那婴儿胖腿上藕节般的褶皱，还有父亲壮实手臂上被蹭红的一小块皮肤。孩子的妈妈把头靠在丈夫的肩上，伸手摸了摸婴儿光滑无瑕的脸蛋。苏昂感到了一丝妒忌。登机前她已注意到了这个幸福的小家庭，他们看对方的眼里满是温柔和深情。

她从背包里拿出脉动来喝，一只手仍习惯性地放在腹部。这两天腹水似乎缓解了许多，腰围和腹围也正逐渐回复正常。"我本来可以早点给你用药，那样你会舒服很多，"Songchai 医生的话又在她耳边响起，"为什么要拖到现在才做决定？"

上午苏昂去诊所见医生。还没等他给她做检查，她就先行宣布了自己的决定：放弃当月移植，等到身体恢复后再来移植冻胚——如果有"幸存者"的话。

Songchai 医生皱起了眉头。你的腹水不算严重，他做完检查后告诉她，介于可移植与不可移植之间，但为了保险起见，我也不建议你当月移植。可是，你刚取完卵就知道自己的情况了，为什么不早点做决定呢？

"我……只是这两天才想清楚。"她底气不足地回答。

医生深深地看了她一眼，然后拿起了办公桌上的第 5 天胚胎发育报告。他以一种驾轻就熟的、略带歉意又不失乐观的口吻告诉她，7 位"战士"中有 4 位不幸已被淘汰，只剩下 3 个坚强的囊胚（一个扩张，两个正在孵化），实验室专家会提取它们的外部细胞进行 PGS 筛查。不出意料的话，明天她就能知道筛查结果了。

真是过关斩将啊,她感慨地想,每次来见医生都像是在等待彩票开奖,抑或是法官宣读判决。她坐在那里听 Songchai 医生解释囊胚的质量分级,但大脑正兀自做着算术题:已知 31 个卵泡中有 18 个成熟的卵子,受精后配成 7 个胚胎,发育到现在只剩 3 个合格,求解最后会有几个正常胚胎?

1 个?还是 0 个?

正常?还是不正常?

所以想象中的幸运大礼包并没有砸中她。并没有 10 个以上的优质胚胎排成一列任她选择。就算 PGS 筛查出的正常胚胎能保证移植后一定成功怀孕分娩,她也很可能并没有正常的胚胎可供移植。所以,在投入了这么多的时间、金钱和精力以后,一切似乎又回到了原点——与自然怀孕时如出一辙的不确定性:正常,还是不正常?

在 Songchai 医生的办公室里,苏昂又想起了"薛定谔的猫",那个令她着迷的量子理论思想实验。这个实验不仅证明了宇宙的随机和不确定性,从某种意义上说,还强调了参与观测的人的意识对于实验结果的决定性——只有在揭开盖子的一瞬间,你才能确切地知道猫是死是活,否则猫永远处于一种活与不活的叠加态。也就是说,除非进行观测,否则一切都是不确定的。猫既死又活显然违背逻辑,除非你用"多世界理论"进行诠释:两种可能性,活猫或死猫,都并列存在于平行宇宙中,同样的真实。

平川一向反对这个理论,对他来说这太唯心、太虚无主义了。他坚信事物有其内在规律,上帝不会掷骰子,结果早已注定,不以人的意志为转移,只待你去发现。苏昂以往不置可否,然而自从第一次怀孕以后，她渐渐开始欣赏量子理论隐含的不确定性。每次怀孕之初，坐在 B 超室门口满怀焦虑地等待时，她发现自己打心底里拒绝接受"B 超结果（正常或胎停）早已注定"这件事；相反，她站到了薛定谔那边，认为存在一个叠加态——她肚子里的胎儿既正常也不正常，直到医生通过 B 超看看发生了什么。

"那你祈祷又有什么用呢？"平川犀利地指出她的自相矛盾之处，"反正到头来上帝还是会掷骰子啊。"

苏昂想象着实验室培养皿里的那 3 个小小囊胚。是的，她一直在为它们祈祷——向上帝，向四面佛，向生育女神，向宇宙间所有的神——但神真的会掷骰子吗？按照平川的看法，无论 PGS 检测结果是"normal"还是"abnormal"，它们早已独立地存在，只是尚未向她揭晓。

奇怪的是，这两天她陷入了一种陌生的、对一切都感到无所谓的情绪，一种冷静的虚无感，也许就从读到艾伦文章的那个夜晚开始。在她的脑海里，艾伦和 Alex 的形象开始四分五裂，整个世界变成一片虚无——用量子理论的语言来说，一大堆粒子开始按照波函数弥散开去，世界从确定的状态变成无数不确定的叠加。

一个人怎么可能同时既晕眩又清醒？可这正是苏昂的真实感受。她好像一下子就醒了——更确切地说，就像在一场梦中忽然意识到自己在做梦。艾伦并非她想象中的好友，Alex 向她隐瞒了致命的秘密，她那崭新而精彩的异国生活充满了欺骗与幻觉。若她仍有自尊，就应奋力醒来，回到现实，重新成为自己。

这意味着做出决定，一个接一个的决定。首先是放弃"一定要当月移植"的愚蠢信念,她曾经的坚持只不过是想死死拽住幻梦的一角。如今她回归了理性,意识到"延后移植"才是明智的选择——不只关乎风险和成功率,她和平川还可以用这段时间来修复彼此的关系。如果有正常胚胎的话,他们甚至还可以决定到底什么时候来做移植——比如说,避开他工作最忙的时期……

没错,她已决定要做出小小的妥协,不再继续我行我素。是的,她无法控制自己是否被某人吸引,但至少可以选择是否要去维持自己的婚姻。更何况,她和平川是实验室里那几个小东西的父亲和母亲,是已经结盟的战友,唯一正确的选择就是沿着这条路一起走下去。Alex 曾试图迷惑她,指给她另一条道路,另一种生活的可能性。可他有什么权力这样做?他是谁啊?罪犯,骗子,还是一个被疯狂的泰国妻子毁掉了人生的可怜虫?

这正是为什么她还需要再见他一面,苏昂这样告诉自己。若想回到现实,你需要亲手打破幻象——揭开盖子,确认猫是死是活。这两天她一直在汇合所有的信息碎片,试图拼出完整的真相。她曾以为自己做到了,但那拼图并非严丝合缝,这里那里总会出现不和谐的空隙。有什么东西漏掉了,她竭力想象那是什么。而好奇心和好胜心像两只饿狗,在她的大脑里到处扒拉,坚持不懈地寻找着答案。

可如果这是一场法庭辩论,她不知道自己能否经得起对手的层层盘问。"果真如此吗,斑马小姐?"她想象着鲍勃以他洞若观火的犀利向她发起进攻,"这就是你执意纠缠我的当事人的真实动机?只为了厘清过去,没想过构建未来?"

"反对,法官大人!诱导性提问!"

与鲍勃的会面是她的孤注一掷。离开酒吧时，她以为自己把事情搞砸了，一切到此为止；但就在今天早晨，她收到一个陌生号码发来的信息，上面只有一个名字：

The Sunset Beach Resort & Spa, Koh Samui.

那是一个旅馆的名字，地址在苏梅岛。

苏昂盯着手机，又拉远了一点，好像并不相信那就是答案埋藏之地。她用谷歌搜索这个名字，它的确是个真实的存在——有地址，有照片，还有几百条住客点评。她从沙发上站起来，在房间里走来走去，努力消化这突如其来的信息炸弹。先是短暂的胜利感，觉得自己像童话故事里的英雄，刚刚打赢了一场艰难的战争。但这么想其实很荒谬，因为她根本不知道谁是她的敌人；紧接着，一阵不安攫住了她——这是邀请还是陷阱？发信息的人期待她做出怎样的反应？

苏昂一直一厢情愿地以为 Alex 仍在曼谷，甚至幻想着他有一天会突然出现在她面前，却从未想过"通往真相之路"有可能是一趟真正的旅程。看着手机里的那个地址，她几乎能听见 Alex 的声音，八分诚意，两分挑衅：求仁得仁，我敢见你，你敢来吗？

机舱里响起了广播，提醒乘客飞机正在下降。四周一阵小小的骚动，人们忙着重新系好安全带，收起小桌板，调直座椅靠背。空气中洋溢着淡淡的兴奋和疲惫，前排的婴儿咯咯笑了起来，两条胖腿欢快地蹬个不停，仿佛知道自己即将摆脱这狭小空间的束缚。关机前苏昂又一次看了看那条陌生号码的短信。订好机票后她便把航班信息发了过去，但对方再无回应。

她望向窗外。落日熔金，浮云流转，安达曼海上的岛屿如绿色小碗倒扣在水中，持续散发着诱惑的气息。飞机缓缓下降，浓翠的海岸丛林越来越近，伴随着仿佛被完美设计过的白沙碧浪。乘客们兴奋地指点着，就像在海水中见到了天堂的倒影——对苏昂来说却是海妖之歌的所在，Alex 那无人岛般的过去。他们都是理性的游客，只有她是个正在走向边缘的疯女人。她知道在边缘之地，危险会乘虚而入，如影随形；但她也知道，只有边缘才能界定，才能令你看清你所能承受的极限。

尽管潜意识里并不相信会有性命之虞，但她还是买好了第二天回程的机票，并已准备好两封定时发送的邮件——若她果真遭遇不测，后天早晨 8 点便会自动发送到平川和艾伦的邮箱，令他们知道该去哪里寻找她的下落。

写邮件时苏昂再次被那种巨大的荒诞感所包围。她说不清自己为何如此执着，为了接近真相甘愿承受任何风险。也许 Alex 是对的，她想，他们确是同类。又或者人生就是由一种超自然力量早已写好的剧本，你只能懵懵懂懂照之演绎。无论是三次胎停流产，还是提前备好遗嘱般的邮件，其实都是剧中注定的一幕；但入戏至深的渺小人类，还是免不了要对自己的命运规划一番。

苏梅岛机场是她所见过最可爱的机场。一下飞机，外面俨然是一座热带花园。廊桥显然毫无必要，因为整个机场非常袖珍，两三辆摆渡车已经够用。进港大厅和候机室都是四面通透的泰式茅草棚，小小的行李提取转盘被各种绿色植物所环绕，每个人都在微笑，苏昂的心情也忽然轻盈了不少。

有人在出口处等她。一位身穿白色Polo衫的中年本地女子，举着一块纸牌，上面写着"Su Ang"。看到苏昂后她立刻向她微笑招手，像是早已知道她长什么样，并且很高兴见到她。迟疑片刻后苏昂向她走去，她收起纸牌，双手合十："苏小姐，老板让我来接你。"

"Alex？"

她点头，语气很恭敬："Khun Alex。"

"他人在哪里？"

"在酒店等你。"苏昂注意到她的Polo衫是件员工制服，上面印着酒店的名字——她在心里叫它"日落酒店"。

一丝怀疑萦绕在心，但苏昂很快决定跟她走。Nong看起来相当稳重，言行举止利落大方。苏昂喜欢她的眼神，不带任何揣测和评判；还有她的微笑，令人放下戒备的微笑。她决定跟从直觉的指引——尽管直觉也经常把人引入歧途。

她们登上一辆白色七座面包车，车身上同样印着酒店的名字。Nong发动车子，告诉她从机场到酒店大约需要45分钟。路上车很少，太阳已经落山，天空褪成一种柔和的蓝紫色，暮色中的热带丛林也不再绿得那么激烈，那么令人心悸。到处都是椰子树，无穷无尽般绵延至看不见的远方，就像一大群顶着满头乱发的高个子男人。没过多久，车窗两旁就出现了大片农田，花花绿绿的酒店和餐馆广告牌穿插其间。Nong偶尔向她介绍几句岛上的情况，她的英语非常流利。

"苏小姐，你还没吃晚饭吧？"

"没有。"

"Khun Alex想请你共进晚餐，苏小姐，他都安排好了。"

Nong 说起 Alex 的语气，就好像他是这里的国王，令苏昂有些许不适。

　　道路开始变得崎岖不平，四周的景象也越来越荒僻，不时有一两头牛在窗外严肃地与她对视。苏梅岛和曼谷太不一样了。她一直默默留意着每一个转弯和标志性景物，却仍不由自主地在颠簸中渐渐睡着。醒来时天已彻底黑了，车子正转弯驶入酒店。苏昂恍惚地眨着眼，仿佛从原始风情一步迈入现代文明。

　　正如她出发前在网上看到的信息，日落酒店完全不是她此前想象中那种只有几个房间的小民宿，而是真正的小型精品酒店，甚至可以说是个小度假村，泳池、餐厅、酒吧、水疗中心、健身房一应俱全，25 个房间分布在酒店各处——"日落房"位于两层高的主楼，泳池边环绕着一幢幢泰式风格的"花园别墅"，"海滩别墅"则自然坐落在海滩前沿——鲜花绿树蔚然丰盛，点缀了每一处空间。

　　此刻她站在半露天的前台大厅。一位身穿同样制服的女孩送来一杯冷饮和一卷冰镇过的小毛巾。苏昂用毛巾擦着后颈，一面仰头四顾，不自觉地寻找着监控摄像头。她注意到从天花板垂落下来的巨大竹编吊灯，造型抽象而灵动，像鱼类又像蝴蝶，与对面墙上的大型蝴蝶壁画交相呼应。墙壁大胆地刷成一种朱红色，与散落四周的朱红色圆凳座椅相得益彰。小巧的圆形茶几有着原木色的桌面和黑色细腿，落地窗边的黑色大陶瓮里种着绿植，另一面墙上挂了一排木框肖像画。能看出所有的色彩都是经过精心设计的冲突与和谐，在以木材为基础的自然装饰风格中增添了一份现代艺术的趣味。这是 Alex 的手笔？

　　Alex 仍然没有现身，但 Nong 显然是依照他的指示，直接把苏昂带到了海滩别墅。这是日落酒店最好的房型，附带小巧的私人花园和水力按摩池，客厅和卧室都相当宽敞。装潢设计则延续着前台大厅的风格，以红、黑和原木色为基调，墙角放着竹编落地灯，墙上挂着大幅风格抽象的肖像画。从落地窗望出去，大海仿佛近在咫尺，此刻正发出轻柔的呜咽。

"你想什么时候去吃晚餐，苏小姐？"Nong 笑意盈盈，"Khun Alex 那边已经准备好了。"

苏昂请她给自己 30 分钟。然后她简单地收拾一下行李，快速洗了个澡，换上一条在 Chatuchak 买的裙子——有小小金色佩斯利印花图案的蓝色连衣裙。头发往后梳，光着脖子。她对着浴室的镜子化妆，仔细地描了眉毛和眼线——许多天来的第一次。唇膏必不可少，30 岁以后她发觉自己已无法离开唇膏，否则就会被人关切地询问是否身体不适。她不知道自己为什么要为这个场合刻意装扮，但就是本能地这样做了。她审视镜中的自己，觉得还少了点什么，于是决定戴上从 Fai 那里买的金色双圈耳环。她再次望向镜子，终于有点满意了——合适的光线，合适的装扮，也许她仍勉强称得上有魅力。

Nong 准时来接她。穿过一条窄窄的石板小径，沙滩与海水在她们眼前徐徐展开。苏昂有一丝疑惑，因为餐厅显然在另一个方向。走下台阶，细软的沙子立刻淹没了她穿着凉鞋的脚。Nong 示意她把鞋子脱下放在台阶旁，她们光脚走在沙滩上。

夜色四合，椰树上方悬着一弯新月，月光下她看见前方舞台布景般的画面——铺着白色桌布的餐桌，两把藤编沙发椅，立式烛台矗立一旁，燃着稳重而温柔的火焰。桌上已经摆好了餐具和酒杯，出人意料的晚餐地点。

　　Alex 正站在沙滩上看海。独自一人，仍穿着那件常穿的白色亚麻衬衫，同样赤着脚。他有一种融入任何他所在之处的能力。下一秒他转过身来看她走近，镇定自若地扬起一边嘴角，就像舞台上的男主角正在恭迎他的搭档——抑或是对手。

四十六

"我记得这条裙子。"Alex 帮她拉开椅子,语气半是调侃半是欣赏。他看起来好像有点变了样,也许是烛光和白色衣领的比照令他的肤色显得更深,也许只是因为她想他想得太多,反倒令眼前的真人变得不那么真实了。

苏昂心头微微悸动。这就是 Alex 和平川的不同之处:平川永远认不出她新买的衣服,甚至压根不记得她有些什么样的衣服。

"这些,"她扬起手臂,挥走那一抹柔情,同时将海滩、烛台、餐桌包围起来画了一个圈,"会不会有点浮夸啊?"

"不会吧?"他皱起鼻子,假装很受伤,"我们的客人都很喜欢呢!"

Nong 不知何时已消失不见。Alex 说他已自作主张决定了晚餐菜单。他动作利落地把香槟瓶塞拔出来,想给她倒上,但苏昂坚持只喝气泡水。

"听说有人昨天还喝了两杯威士忌,"他故作疑惑,"我还以为……"

尽管移植已被推迟,但理论上只要她仍想怀孕,最好做到滴酒不沾。昨晚她的确破戒了,可她认为那是必要的"牺牲",若非如此,此刻她也不会在这里与他相见。苏昂只是耸耸肩——今夜她想要保持清醒。

两人碰了碰杯,想说点什么又不知从何开始。一周没见,他们之间的默契似乎已渐渐消解。但大自然永远懂得什么场合需要它的帮助,他们不约而同地望向月光下的海面,一条银光闪烁的虚幻之桥。苏昂告诉他,这里的海景美得不可思议,日落酒店也完全超出她的预期。她本以为它像是她在清迈住过的那种小民宿,开在热闹的游客区,周围簇拥着餐馆、酒吧、商店、按摩店、旅行社……

"我知道你说的那种旅馆,"Alex 说,"它们都开在 Chaweng 海滩和 Lamai 海滩附近,但我们这里是安静的 Taling Gnama,原汁原味的苏梅岛。"

当然了,他承认,"安静"和"原汁原味"的另一面是偏僻和不便。这一小段海滨只有两家酒店——另一家是豪华的五星级度假村——附近都是乡野村庄,餐厅商店寥寥无几,更不用说夜生活了。大多数人会更愿意住在便利的游客区,只有真正想要享受宁静海滨和自然风光的游客才会选择这里。为免住客太过无聊,日落酒店也竭力提供各种服务,比如免费租赁自行车、摩托车、皮划艇、冲浪板和浮潜设备;自然,也少不了富有仪式感的海滩烛光晚餐……

穿制服的侍者端来他们的晚餐。搭配泰式酸辣酱汁的生蚝,个大肥美,完全不腥。香茅老虎虾,柠檬蒸红鲷鱼,蟹肉炒饭,大虾冬阴功汤。每道菜看上去都新鲜美味,可惜苏昂这几天一直在腹水的压力下努力进食，几乎丧失了饥饿感和曾经的好胃口。

但她仍努力做出享受的样子，不想辜负他的好意——完美的食物，完美的海风，完美的光线。苏昂慢慢剥着虾壳，脚趾钻进凉爽的沙子里，奇突又惬意的体验。尽管身体经过一天的折腾愈发沉重疲惫，灵魂却被这海岛风情逗引起来，变得轻盈而敏锐。

Alex 没问她任何关于 IVF 进程的事情，她也没有主动提起。他们的话题心照不宣地只围绕日落酒店展开。他告诉她，他们最初接手日落酒店时，它还是一间经营不善的小旅馆，前任老板打算离开苏梅岛另觅投资机会，留下了 24 年剩余租赁期、15 个房间、3 名员工和一个大而无当的花园。Alex 发挥专长，将酒店彻底翻修改造，招聘了更多员工，走精品酒店的路线——当然，房价也涨了三倍。生意比以前好得多，尽管还是比不上 Chaweng 海滩的那些酒店。偏僻的地理位置始终是他们的弱势，好在回头客的数量一直相当稳定。

"我猜，"她不动声色地说，手上继续剥着虾壳，"你们一开始就是看上了这里的偏僻，对吧？"

连自己也没想到会从这里开始，在脑子里预演过的那些开场白统统没有用上。

Alex 笑了，带着一种假装恼怒的表情轻轻摇头，"可怕的好奇心。"

"好奇心是不服从最纯粹的一种形式，"她看着他，"有个作家这样说。"

他喝着汤，没有说话。

"放心，"苏昂摊开双手，"我没有录音笔，连手机都没带。"她想了想，又提议说，如果他仍有顾虑，只要对她的问题点头或摇头就可以了，如果不想回答，就耸耸肩。

他笑出了声，差点被汤呛到。然后他拿起了香槟杯，带点戏剧性地往后一仰，靠着椅背，一条腿搭在另一条腿上。"大可不必，"他啜了一口酒，"我尽量满足你的好奇。"

顺着她开的头，他从日落酒店的选址开始讲起。是的，僻静对他们有利，因为那时 Joy 已经"死"了——他直接用了"死"这个字，语气很自然，仿佛认定这是彼此都清楚的事实，但拒绝透露具体的操作细节——用一个"新身份"开始苏梅岛的新生活，自然不希望出没在人多热闹的地方。他们用保险赔偿金的一部分租下了日落酒店，价格很划算，可以说是捡了个便宜。前任老板的经营策略完全错了，他用一种不无自得的语气说，这里不需要便宜的民宿——穷背包客几乎一定会想住在更方便热闹的地方。他做了研究，发现旁边的五星级度假村生意并不差，显然也有偏爱隐私和静谧的人群。但五星级酒店的房价至少 300 美元起步，他于是决定走中间路线，瞄准那些既看重享受又想要性价比的顾客群。重新开张后的日落酒店虽然比不上邻居的豪华气派，却也是一流的干净和舒适，服务更是力求无微不至。所以住过日落酒店的客人总是源源不断地回来，他说，甚至有些原来住旁边五星级酒店的客人也搬来了这里，毕竟两家酒店共用同一段海滩，享受的是一样的风景——但在我们这里只需要付三分之一到一半的价钱……

苏昂怕他聊着聊着就变成了酒店从业者的专题演说。"继续讲 Joy 吧，拜托。"她说。

对，Joy。他短促而尴尬地一笑。

471

Joy 剪短了头发，戴了眼镜，改变了穿衣风格，甚至把脸上的痣都用激光去掉了。她考虑过整容，但他觉得没有必要——"老实说，她已经判若两人了。"起初一切都挺顺利。当然，开业前的装修筹备很折磨人。申报装修、注册公司、办营业执照、办工作证……更不用提泰国装修工人是出了名的低效。基本上都是他在外面跑，不过也有靠谱的朋友帮忙。Joy 就留在酒店里监督工人干活，跟他们沟通进度啊效果啊什么的。她一向很擅长跟人打交道，所以酒店开张以后也由她负责培训和管理员工——"你觉得 Nong 怎么样？她就是 Joy 一手训练出来的。不是我自夸，我们的员工都是第一流的，每个客人都这么说。我猜她就是有这方面的天赋吧，一开口就叫人难以拒绝，这种天赋解释不来。"

一开始他们非常谨慎，Joy 甚至很少在客人面前露面。万一客人里面有旧相识，或者保险公司派来的调查员呢？其实拿到钱以后，他们还两地分居了快一年——Joy 在苏梅岛，Alex 在曼谷——就是为了确定没人在调查他们。那笔保险金数字不算大，说实话不大可能被盯上，不过以防万一，还是小心为上。

后来酒店生意慢慢上了轨道，一切风平浪静，他们的警惕性也开始下降。Joy 没出过苏梅岛，基本上只在一个小范围里活动，但有段时间她喜欢去 Chaweng 那边的夜市逛逛，没想到有一次真的迎面撞见老朋友——也不算朋友，就是个认识的人吧——而且对方马上就认出了她。那次把她吓坏了，从此以后她就再也不去夜市了。

"现在回想起来，"他的话如同棕榈叶间风的叹息，"从那时起她就又开始不对劲了。"

苏昂看向他。他却转过头去，看着海面上的星光，沉默了一会儿以后才继续说下去。

他说他觉得电影和小说总是在误导人们，甚至新闻也是。你以为生活里会有某种戏剧性的转折点，某种魔法时刻，你以为只要你做到某件事——比如说，如果你决定出国读书，或者把辞职信拍到老板桌上，或者和不爱的伴侣离婚，或者爱上某个特殊的人——一旦那样的魔法时刻到来，你就会得到自由，得到幸福，一劳永逸。王子和公主打破了魔咒，从此过着幸福的生活，对吧？穷光蛋买彩票中了大奖，从此走上人生巅峰。电影到这里就结束了，但真实的世界不是那样的，生活远比那些复杂。你可能会有一些暂时的休息期、小高潮，但永远不可能一劳永逸。幸福不是什么固定不变的东西，不是放在那里等着被找到的宝藏。现在他觉得它其实是一种能力，一种天赋，你有就有，没有就没有——而且不管你做什么都没有用。

苏昂有种预感，他快要说到重点了。她屏息凝神地听着。除了海浪和风，没有别的声音。

也许Joy就缺乏这种能力，他苦涩地说，很久以后他才意识到这一点。她永远都没办法满足，永远把希望寄托在某个转折点、某个魔法时刻。起初是一心要去美国，结果美国也变不出魔法来。然后又觉得还是泰国好，要回来，要在苏梅岛开旅馆。她说那是她的终极梦想，只要梦想成真就一劳永逸了、别无所求了。好吧，终极梦想动用了终极手段，你看，最后她还是开心不起来……

"那当然，"苏昂忍不住插嘴，"你们的梦想成真是用自由交换来的。"非法的交换，她在心里补上一句。

"谁又不是呢?"他眼里闪过一丝嘲弄的笑意,"牺牲现在的自由去换将来的自由。"

强词夺理,她想,却一时语塞。

Alex又给自己斟满了香槟。

"我们的目标是熬过……追诉时效,那几年里肯定要牺牲自由。当然,'死'的是她,她的牺牲更大,好几年没法跟亲人朋友联系。不过其实也没那么夸张——你看,她又不是被关在监狱里,或者躲在地下室,对吧?岛上风景那么好,酒店里那么舒服,每天面朝大海,衣食无忧。这不是很多人都向往的生活吗?这不就是她一直想要的吗?她为什么还不满足?"

他看着苏昂,满眼困惑,像是想要她回答。苏昂一言不发,事实上她也不知该如何回答。

他的声音又变得充满讽刺。有一种可能是,他解释,她根本就不了解自己。其实她根本不想住在一个岛上,其实她根本不想要安逸的生活。但她又不知道自己想要什么,于是只能从和别人的比较中寻找答案,朋友有什么,她也要什么——男友,丈夫,出国,钱,海岛酒店,退休生活……所以她永远得不到满足,然后又开始寻找下一个魔法时刻,比终极更终极的梦想……很久以后他才终于想明白,也许那就是永远无法求全的人生难题啊——你以为得到了想要的东西就会幸福,可是得到的往往并不比失去的多。

还有空虚感,Alex接着说,不知为什么,愿望达成以后永远逃不掉的空虚感……可能这就是人类的劣根性吧。

"贤者时间。"她做了个小小的鬼脸。

他看着她，笑了。"你真的一点都没有变。"

"说不定这就是我们技术进步的根源，"她说，"人类欲壑难填。"

"向前向前向前。"

"所以，她又想要什么？"

他深深地吸了一口气，"你猜。"

"孩子。"

Alex 的震惊持续了几秒。他没说话，但眼神警觉。

"好眼力。"他终于说。

苏昂惨然一笑。因为她吃过一样的苦。

那句谍战名言是怎么说来着？"是朋友总会有破绽，只有敌人才天衣无缝。"Alex 终究还是朋友，尽管她也是直到最近才回想起那些蛛丝马迹。

"你还说自己是丁克。"她嘲讽地说。

"没错，她也知道，结婚前我就告诉过她。那时她可没反对，她从来也没喜欢过小孩……我当然不同意。而且，这也太荒谬了——我们怎么能为人父母呢？我和她，你能想象吗？两个……"

罪犯。逃亡者。她在心里说。

"但她就是有这种本事，我告诉过你。她知道怎样把一件荒谬的事情说得合情合理，让你没法拒绝。就算很不愿意，最后你还是会让步。"

他一口饮尽杯中残酒，然后又给自己斟满。

"我让步了，但没用。试了半年，她就是没法怀孕。她以为是我的问题，拉我去看医生，结果我没问题，是她卵巢早衰。没有卵子，你明白吧？完全没有。连 IVF 都没得做。"

苏昂感到一阵恍惚。忽然之间，所有的巧合都像是命中注定。

然后一切急转而下，Alex 告诉她。自愿不生孩子是一回事，由医生告诉你不能生孩子，又是另一回事。Joy 完全无法接受这一事实。她已经习惯了操控别人来得到自己想要的东西，但她没法操控自己的身体，没法跟自然对抗。这对她是致命一击。从前那么有活力的一个人，总是大笑，充满了对生活的渴望，后来却天天以泪洗面，不想说话，不想动，甚至常常起不了床。看不了电视，听不得声音，吃不下睡不着，整个人瘦成了皮包骨。有时她能够起床，愿意和他说话，那么一开口一定是关于孩子，也一定会演变为又一场激烈的争吵。他原本觉得孩子只是她另一个异想天开的借口，用来转移对无聊生活的厌倦，结果却变成了吞噬她的恶魔，难以逾越的刀山火海。没法生育这件事把她掏空了，磨光了。两人之间的关系自然也深受伤害。

多么熟悉的感受，苏昂酸涩地想。事情已过去这么久，每每想起自己当时的状态，还是忍不住喉头发紧，双眼灼热。那就像是黑暗，当它到来，便无所不在。

Alex 的眼睛里有种令她感到陌生的痛楚，但这种神情很快就消失了。

他早该想到是抑郁症的——很可能是重度抑郁。但他震惊困惑于生育问题的破坏性威力，又被她的好斗情绪所激怒，起初竟丝毫没往那方面想。他只觉得 Joy 故意朝他大吼，推他，甚至打他，是想令他失态，想引出他内心的什么东西——也许是某种懊悔，或是悲伤——表示无法生育孩子这件事对他来说也是巨大的遗憾、永恒的缺失。他能感觉到她甚至并不在乎他是否真的这么想,她只是需要他表现出来……而她越是这样,他就越不想配合,其结果便是令她愈发痛苦暴躁,就像一个恶性循环。

渐渐地,他放弃了与她交流,独自搬去酒店的一间客房,还时常跑到曼谷待一阵再回来。两人仍在同一屋檐下,却开始对彼此视若无睹,直到有一天,他在曼谷看到一则公益广告,"抑郁症"的可能性钻入脑海,他如梦初醒。

他立刻飞回苏梅岛,与她长谈,反复道歉,不断求她去看医生。但抑郁症在泰国还是相当陌生的概念,泰国人不习惯也不好意思去寻求医生的帮助,认为那是丢脸的事情。他们宁可去寺庙做功德,或是聆听僧人的教导。有些人会去禅修,用正念练习来减轻痛苦。后来 Joy 也去过几次,但对她并无效果。再后来她开始自残,半夜偷偷起来,在厕所里用刀割自己的大腿,以为他不知道……

"有一次我们去 Wat Phra Yai,苏梅岛最有名的寺庙。里面有一尊很大的金色佛像,地标性的那种,很壮观,几公里外都能看到。下来以后我们在海滩上走,我走在前面,回头跟她说话的时候,一眼就看到她身后的佛像,好像从天空和海水里出现,好像电影里定格的画面。那一刻我突然就很想哭,那种预感特别特别强烈,就是知道她会死,总有一天她会来真的……"

震惊扭曲了苏昂的视角。一股寒气从她的脖子后面升腾而起,嘶嘶作响。这段对话的走向令她始料未及。她一直相信 Joy 已经死了。没有证据,她就是凭直觉知道——但完全没想到是以这种方式。

"是……自杀?"

Alex 没有抬头。他的坐姿变得有点僵硬，手指用力地握着酒杯，直到指节发白。

事实上，他仿佛咬着牙说，也无法证实是自杀。但你很难想象她有什么别的理由半夜跑出去，骑着摩托车行驶在盘旋陡峭的山路上，没戴头盔，天还下着雨。那是一处集合了多种危险因素的地形道路：雨中道路湿滑，超长上坡后紧接着超长下坡，下坡坡底急转弯，一侧山崖阻挡了转弯的视线。摩托车突然失控，撞破护栏，掉下路旁约 25 米的深沟，Joy 当场死亡。泰国的摩托车交通事故发生率极高，她的死看起来就像一场并不罕见的意外事故。

"那……说不定真的就是意外事故呢？"

他沉默了一会儿才说："你知道她上一次是怎么'死'的吗？"

苏昂花了几秒钟才读懂他的表情。她一下子往后靠在椅背上，倒抽一口冷气，捂住了嘴。

一时间他们都没有说话。但那些未说出口的话语让空气变得诡谲迷离，看不见的鬼魂藏匿其中，缥缈不定，伺机而动。

四十七

认识 Alex 以来的第一次,苏昂感到自己终于走进了他的心里,看到了被隐藏极深的愧疚。他在心房的废墟里翻找有用的材料,把愧疚打扮成另一种东西——也许是某种自我流放式的孤独——于是他才能在这片已轰然崩塌的土地上活下去。有些不为人知的过往太过痛苦难堪,唯有孤独能助你活在那样的阴影之下。

她常觉得他是个飘浮着的人。言语可亲,又漫不经心。有产有业,却无根无凭。现在她终于明白了,那是因为他的生活没有根基。他不属于任何地方,不属于任何人,对一切都三心二意,不为将来做任何打算,就像是在刻意挥霍生命——而其实只是在为自己的罪过服刑。

他们已吃完晚餐,一前一后地走在沙滩上,中间隔着一到两步的距离。月光毛茸茸地晕染着海面,小小的浪花前仆后继般在海岸上粉身碎骨,不时有从餐厅和酒吧里传来的音符飘荡至他们身边。每当晚风悄然拨动椰树叶子,他都好似忍不住似的侧头看看。一对西方老人在远处散步,手挽着手,不知是日落酒店还是旁边五星级酒店的住客。一群半透明的小螃蟹穿过沙滩,向海面游去。她仿佛正行走在自己的梦境之中，心中有股冲动，想上前抓住 Alex 的衣服，看看他是否会化作流沙，被水冲走。但她最终只是用脚蹚了蹚漫上沙滩的海水，并为之感到震惊——不是海水有多凉，而是这一切竟是真的。

他停下脚步，静静看着她蹚完水回来。这场景将苏昂带回不久前的那个夜晚，他消失之前他们的最后一次见面。没有发生的那个吻，被道德感和谎言击碎的暧昧。她忍不住又看了他一眼，正好迎上他的目光。她本可以立刻逃开，但她没有。两个人久久目光相接，如同一场复杂而微妙的相互辨认。

"你本来可以不见我的。"她说。

这句话让他动了一下，好像某种咒语被打破了。

"是鲍勃说服你的吗？证明我确实安全无害？"

他却驴唇不对马嘴地说："鲍勃很喜欢你。"

"我可以向你保证……"

他忽然挥动一下手臂，打断了她。"我也想见你，"他看向远方，"我很想你。"

顷刻间，苏昂身体里一直绷紧的那根弦断了。的确，所有感情的实质都是权力关系，而此时此刻，那股在"权力较量"中落了下风的怨气消融殆尽。我也是，但她只能在心里说。

"有些话我本来觉得不说也罢，反正我们也不大可能再见面了……"

他说得有些艰涩，但他还是说了。他坦然地用了"爱"这个字，说他也许爱上了她，毫无防备，身不由己，但这并不表示他期待她对此有所回应。他说 Joy 走后他从未想过自己还能爱上谁，不该也不配爱上谁，但这恐怕是任何人都无法控制的事。他说他有时觉得她就像是魔法变出来的，是老天派来考验他的——他早已与从前的生活切断了联系，但她是他搬来泰国这些年所见到的第一个故人，况且是概率极低的偶遇。他自己也不明白，他对她日渐萌生的感情是因为当年那段暧昧往事，还是因为她连接着那个他怅望的世界和告别的人生。他说他一眼就看出了她身上的矛盾与悲伤，但正是这一点让她更吸引自己。他说他一直在尽力压抑自己的情感，但那天晚上，她低头转身的样子令他有种说不出的感觉——无法描述，甚至无法赞美——令他的心猛地抽动了一下。那一刻他觉得自己受了蛊惑，竟渴望建立某种联系，于是在他们四目相接的那一刻，他想要与她更为亲近，甚至想说服她挣脱原来的人生。他说他后来想明白了，明白她应该继续过着她正常安稳的日子，他瞬间的贪念需要悬崖勒马，于是他退回自己的世界，等待时间抹去这些记忆，直到他从鲍勃那里确认她真的想要再见他一面。他说他原本没必要也没打算向她解释一切，可是不知怎的，在这晦暗的天色之下，在藏着他过往秘密的小岛一隅，他突然有股冲动，渴望让她了解他，了解他所有的错误和矛盾。他不知道自己为什么会这么想，可就是觉得她能够理解这一切。说到底，被倾听和被理解是人类最大的心理需求，不是吗？

　　他的倾诉很长，说话的时候眼睛一直盯着她。有那么几个瞬间，苏昂觉得如此坦露心迹几乎有一种不得体，她甚至想让他停下来别说了。但在更多的时候，她放任自己深陷在他双眼里，任那种伤感的爱慕将她淹没。很久很久没有人这样看她，她无法否认心中有些享受。当他终于说完时，她却不知该说什么、做什么，于是只好一直保持沉默。

四下寂静，天地不言，连海浪和椰树都沉默着，时间微微膨胀，就好像它也在深呼吸。

他似乎想再说点什么，却又停住了。他看她的目光就像是在记住一张照片。

说不感动不心动是假的，尤其是在这样的夜色里，面对着俊朗若画中人的他。但苏昂大脑里有个声音不断提醒她：别放过直觉告诉你不该放过的事情。你远道而来难道只为了听这番表白？

她突然绷紧了身体，就像一个人要打苍蝇时那样。别放过它，别让它过去。让她分神的东西正在拉扯着她的心——专注的目光，漂亮的脸，星光点点的海面，没发生的吻，虚荣心——但别管那些。别让它过去。

"你对艾伦做了什么？"

她仔细观察他的反应：忽然僵硬了几秒的肩膀，微微上挑的眉毛，那微妙的表情转瞬即逝。他笑了笑，迅速恢复了镇定。

"她都告诉你了？"

"她哪敢啊，"苏昂语带讥讽地说，"她还托我向你道歉呢。"

"你不知道，她——"Alex的语气带上了一点狠劲，又很快把它压了下去，"她要挟我。如果我不配合，她就要把我的事曝光。"

以一名记者的语言功力，艾伦委婉却足够准确地传达了自己的意思。她甚至给了他两个选项，是她一直渴求的两样东西，让他从中择一。一是某"业内人士"的联络方式——她仍在诈死骗保这一领域进行深度调查，她明白他有更靠谱的线人和第一手的信息；二是……他的精子。

多荒唐，他的语气中同时夹杂着困惑和怜悯，多狂妄。

苏昂在心里笑起来，笑得由衷又长久，但脸上没有丝毫波动。艾伦就是艾伦啊，目标明确，不择手段——无论是工作还是私人生活。在某种意义上，她也算是知行合一。苏昂一直很好奇她究竟是如何获得各行各业的线人，其实还能是什么呢？若非许以利益，便是加以要挟。

"可见她多欣赏你啊，"她揶揄他，"人才难得。"

"聪明反被聪明误。"

"然后呢？"

"我让她给我几天时间考虑，"他目光湛然，"然后，她取卵那天，在她被推进手术室的时候，有人在她耳边说：Alex says no……"

苏昂看着他，感觉自己失去控制，好像在看电影，那种"医院里混入了职业杀手"的情节。"谁？"她屏住呼吸，口干舌燥，"什么人？"

"你还记得四楼负责推移动病床的护工吗？个子很高，女人打扮，但有喉结，是个 ladyboy。"

她冻住了，就像血液在血管里凝结成冰。过了很久她才能开口说话："她是你们的人。"

他眨了眨眼，暗示答案很明显。

"其实不算是，不过，"他心平气和地说，"记得吗？泰国人是钱能买到的最好的人。"

苏昂在记忆中捡拾自己取卵那一天的画面碎片：医生，护士，口罩，输液瓶，推动她病床的那双大手骨节分明。她记得自己曾好奇地往上看，注意到那突兀的喉结，低沉的嗓音。啊，ladyboy，她对自己说，泰国到处都是 ladyboy。

但想想艾伦。想想她在那样的情境里蓦然听到仿佛来自魔鬼的话语，而几分钟后她的手脚就被绑住，麻醉药推入静脉。想想她当时所感到的恐惧。想想她麻醉醒来时的心情。

Alex 像是完全明白她在想什么。他摊了摊手，说他不会也不想伤害她，只不过是个小小警告——以其人之道还治其人之身。你看，他解释，我们是爱好和平的民族，我们不喜欢痛苦，所以我们也不喜欢那些制造痛苦的人。从佛教徒的观点来看，法律、性、死亡……只不过是幻觉，其实并不重要，但故意制造痛苦是严重违背佛教教义的。

他朝她微笑。熟悉的、面具般的微笑。

天啊，苏昂对自己说，天啊，他以为他是泰国人。他甚至学会了泰国人的笑。那微笑不是真的，它是一层保护膜，一种伪装，他们以此来隐藏自己的真实感受和真实意图。这就是为什么那么多 farang 一踏上这片土地就缴械投降了——他们看到灿烂的笑脸，于是以为每个人都爱他们。这就是为什么泰国人如此危险，为什么他们美丽的国家从未被殖民。他们微笑着欢迎你的到来，但只要一有机会就会夺走你所拥有的一切。

Alex 的语气中多了某种微妙的轻蔑。

这些 farang 啊，他们什么都想要，什么都想知道。他们明明是自己受到诱惑留在这里，还总是对我们长篇大论地说教。他摇了摇头，喉咙里发出了近乎冷笑的声音。但他们怎么可能赢呢？我们有更多的耐心，更多的历史，更多的法术——我们甚至比他们早十个小时见到太阳。他们怎么可能赢呢?

苏昂茫然地注视着他,海风吹拂着她的迷惑。

"所以,"她把手放在自己的腹部,"你也已经知道我的……情况。"

他又是微微一笑,目光恢复了之前的温柔。

"还剩三个,对吧?"他安慰般地说,"我觉得还是有胜算的。"

四十八

后来,当 Alex 试图向她解释的时候,她什么也没有说。她知道要求别人解释那种事情是徒劳的,正如你没法解释爱或悲哀。你没法用手指着它,就像指着天空说:"那颗星星,对,就是它,就在那儿。"

在他讲述他和 Joy 的事情时,她一直在想:没错,他听起来很坦诚——正如他一贯对她表现的那样——但到底还有些什么隐藏在他的叙述背后秘而不宣?就像海水在他们脚下流淌,平静慵懒,却隐隐有种令人疑惧的刻意与无情。后来,当他们的话题终于触及艾伦时,她一下子就明白了,就好像她的心忽然翻了个身。

"你们的中介公司,"苏昂静静地说,"做的不只是房产生意吧?"

整个晚上的第一次,Alex 如释重负地笑了,就好像他一直在等待这个问题。"什么都瞒不过你啊,苏律师。"

而精明如艾伦竟然漏掉了这一点,直到她在手术室里见到他派来的信使。多么讽刺,她自己的文章里写得明明白白:"死亡欺诈是一门行业,有一大堆的专家和顾问能够帮助你完成这件看似不可能的事。"

"什么时候开始的?"

"两年多了吧。"

那就是在 Joy 自杀之前已经开始了。"生意好吗?"

Alex 微笑着,假装没听出她话里的讽刺。也许出乎你的意料,他说,保险金是永恒的诱惑——不只是人寿保险,还有各种各样的医疗保险。你可以通过旅行社买一份一次性的旅游保险,即时生效,涵盖了旅途中的医疗、意外、财务损失、救援服务等等。然后你在旅行时伪装一起意外受伤事故,通过像他们这样的中介购买伪造的事故报告和住院证明,提交给保险公司。赔偿金也许只是一笔小钱,但也足够支付你的度假费用了……当然,他讨厌且不屑医疗骗保的把戏,一般只负责那些想要消失,或是成为另一个人的客户。除了"传统"的假死骗保者,如今有越来越多的客户只是单纯地想要逃离原来的人生——躲避债务的华尔街银行家、有了外遇的已婚男、想逃离家暴丈夫的无助女性,或是没有任何理由、只不过极度厌倦过去、想和它决裂的人……他们可以消失,也可以孤注一掷地"死去",多条途径任君选择。

"'隐私顾问'——我们的 title。很贴切,是不是?"自嘲与自豪奇异地混合在他的语气中,难以分辨,"我们还可以帮客户在网上隐藏他们想要隐藏的信息——这是个新领域。现在很多操作都通过网络进行,但网络是把双刃剑,就看谁的功力更深了——是找的人还是藏的人。"

"'死'了以后,你们也可以帮忙搞定新身份?"

他点头,做了个数钱的动作。"一切的关键都是要找到对的人。我们是最专业的中间人。"

"如果我想消失，你推荐什么方式？"

Alex看了她一眼，想确定她是不是在开玩笑。他按着下唇思考了片刻。

"徒步吧，"他决定，"常有人在徒步时失踪，特别是年轻女性，在野外徒步时被强奸，被杀害，尸体被藏起来——在我看来这是比较可信的。"

"如果我想要保险金呢？"她追问。

"那就在菲律宾出车祸，那里的交通烂透了。"他停顿一下，看她一眼，"尸体也比较容易搞到……菲律宾的同事很专业，他们还能用生物识别技术做护照——当然价格也更高。"

"如果保险公司派人调查我呢？"

Alex容忍般地笑了笑。

"艾伦那篇报道写得很好，可是你看啊，其实她也知道自己很片面——整篇文章基本上都是调查员在自说自话，"他的目光意味深长，"他们喜欢吹牛，不愿承认自己会犯错，还常常把任务外包出去。还有人会接受贿赂，然后写一份干净的报告。"

他告诉她，他和同事会定期参加一些由保险行业协会主办的保险欺诈研讨会，尤其是那些关于海外索赔的会议。他们声称自己是第三方管理机构的雇员，几乎没人会费事去核查他们的身份。会议期间他们四处走动，和上千名保险理赔专业人员混在一起，从调查机构那里搜集宣传材料——那些小册子把每一家的服务内容、经营地域以及员工名字都列得清清楚楚。回去后他们会立刻更新资料和整理索引，他们数据库中的调查人员信息很可能比大多数保险公司都多得多……

研讨会的主题是如何发现伪造的死亡索赔，可与会人员更为关注的却是如何控制成本。保险公司的高层们急于表现出精明的一面，往往对高昂的海外调查费用大发雷霆，拼命压制那些真正在干脏活的调查员。这可真是一个畸形的竞技场。

"但你们作为一个中介公司，迟早会被盯上。"

"有可能。"但那些真正厉害的调查小组是给高调的玩家准备的，他扳着手指向她列举，毒枭、洗钱者、庞氏骗局……相比之下，他们只不过是小土豆，而小土豆尝起来并不好吃。

"你们也没法在一个腐败穷国作一辈子假，"她挑衅地看着他，"而且在网络时代会越来越难。"

"那当然，"他微笑着，目光却放射出一种令人不安的能量，"但这才更有挑战性啊。"

苏昂忽然感到有些不自在。"那么，"她换了个问题，"如果不涉及保险，这一整套操作下来要多少钱？"

"所有的证明文件加上尸体，大概五六千美元。如果请我们打点所有的事情，包括扫清障碍，拿到新身份……那就要两万五起价了。"戏剧效果十足地停顿片刻之后，他戏谑地说，"当然，如果是你，可以打个大折扣。"

苏昂沉吟着，轻轻踢着脚下的沙子。她知道自己的神经系统已经有些不受控制了——这段对话是否发生在另一个星球上？还是地狱或天堂？她无法抓住这种不真实的感觉。

"两万五千美元，"她说，"转世重生。"

Alex 站在旁边，注视着前方的海面，眼里有种如梦似幻的神情。

"想想看，"他用一种轻若无闻的声音说，"从人生里的小角色变成导演，从监狱里自己挖一条隧道，所有的过去一笔勾销——而且不用真的死掉，你的手里握着生死的往返票……"

苏昂看着他，听出了他声音里的激情。他的眼神灼热，双手兴奋地来回摆动。那是令人头皮发麻的景象，他仿佛卸下躯壳，在她眼前活了过来。

"但不一定成功。也不适合胆小或者粗心的人。"

"是啊，"他转过头来，语气近乎屈尊纡贵，"太刺激了。太危险了。"

"Alex，"她试探性地问，"你做这行……是为了钱？"

他诧异地皱起眉头。

"我能吃多少用多少？"他说，"我赚的够花了，不值得为这点钱冒这么大风险。"

"那，"她追问，"有人威胁你？你有把柄在人家手上？"

他愣住片刻，眼里透出迷惑，就好像无法完全理解她的话。然后他忽然明白了。他移开目光，努力控制脸上肌肉，终于还是爆发出一阵大笑。

"这么说吧，"他的语气半是揶揄，半是自矜，"除了艾伦，还没有人敢威胁我。"

现在一切都清楚了，最后一块拼图已经找到。苏昂不自觉地后退了一小步，心中轰然一声，就像什么东西爆炸了，喷出的碎石纷纷落下又齐齐后退，如同浪头退回海中。如果他们是在一部电影里，她想，此刻天边应该会有一道巨大的闪电，在暗夜里蓦然照亮他们两人，显露出那一小片一直被忽略的真相，清晰得可怕。

四十九

Alex 自顾自地在沙滩上坐下来。苏昂犹豫了一下，也在他身边坐下。他不知朝哪里用力拍了两下手，立刻有人从阴影中走出，端来一个托盘，里面是两个已经冰镇过、开了口、插上了吸管的椰子。他的确是这里的国王，她想，他还拥有日落，拥有大海，拥有月光。它们就像是他的一部分——尽管只是极小的一部分。

你可能会觉得我是在阴沟里打滚，在毁掉自己的人生，他试图向她解释，我也知道我是个骗子、疯子、罪犯。我不会为自己开脱，这种事情连我自己都没法解释，无可奈何。如果我只想要舒服和安全的话，待在旧金山就行了。可是，我觉得有一类人他就是一辈子都在追逐舒服和安全的对立面。随大流做一个循规蹈矩的人太累了，太无趣了，没有任何意义，也可能我就是注定没办法过正常的人生吧。就算不是因为 Joy，也总会有什么东西把我拉到这条路上来，就像是我没法逃避的命运……没错，我做的事情很危险，但所有我觉得有意思的东西都很危险。我选择留在泰国，因为我就是喜欢热，喜欢刺激，喜欢危险。我喜欢它总能让我惊讶。我喜欢有时候分不清男人和女人。

我喜欢这里没人管你以前做过什么。我喜欢帮别人转世重生,感觉就好像终于发现了我的潜能,就好像我在这个过程里也找到了生活的意义……

Alex 向她袒露灵魂的时候,她什么话也没有说,只是默默吸着椰子汁,一只手深深地插进沙子里,摸索着沙粒之中的小贝壳和小石头。也许 Alex 选择了一种荒谬的人生,她想,但要求别人解释自己的选择本身也是荒谬的。

她终于明白的是:Alex 是一个定时炸弹,一个危险的烂摊子,一个已经定型的成品——你没法再做任何改动。与她此前的想象不同,Alex 并非那种不巧遇到一个邪恶而有魅力的女人,被她引入迷途、一去千万里的倒霉蛋。Joy 不是最终目的,而是通往更高理想的手段。为了这个理想他宁愿把人生建立在深渊的边缘。读大学的时候,她在案例分析课中见到过不少这样的犯罪嫌疑人,他们具有某种共性:本能地拒绝安稳,追逐危险和荒唐的事物,想要刺激而不凡的人生。也许这些特质也早就流淌在 Alex 的血液里,也许早在美国时他已隐约产生了怀疑,觉得按部就班的人生就像监狱,时刻无休的奋斗毫无意义。遇见 Joy 以后,他被她和她的生活方式吸引了,她与他内心隐秘黑暗的一面不谋而合。她第一次带他回泰国,那种真实生命的感觉,那种善恶交织的混乱,那种神秘、自由、污秽和浪漫狠狠打动了他,他对另一种人生的模糊概念,如同地下暗流最终冲出地面。他的本性终于追了上来,而他此前的生活就此崩溃。也许他是借了 Joy 的梦想来实现自己的梦想,甚至也许假死骗保并非 Joy 的主意,也许从头到尾都是 Alex 在操控这一切,也许还有更多的故事被他选择性地隐去了。他们成功了，但 Joy 始终没能抓住那可能令她顺利"重生"的东西。当他穿过那扇大门的时候，她还在另外一边。艾伦说得对，我们大多数人永远无法摆脱自己的过去，它像会说话的影子一样紧紧跟着我们。然而 Alex 本来就是个异类，他排斥正常体面的生活契约，毫不犹豫地在异国他乡重新塑造了自我。也许他仍对 Joy 的死心怀愧疚，也许这成为他自我放逐的另一个理由，也许他注定要通过一种冒险的方式实现自我，总之，他选择了走进更深的黑暗里，附身于自己创造出来的新角色。他无比孤独，但孤独也让他得到可以不计后果的自由。他追逐危险，因为危险令他感觉自己正真切地活着，也令他得以忘却他所失去的事物。

他说话的时候没有看她，而是一直盯着海面。他的表情让苏昂想起《奥德赛》故事中正行过海妖岛屿的奥德修斯。女妖塞壬的魅惑歌声不绝于耳，自愿被绑在桅杆上的奥德修斯痛苦地扭动着，挣扎着想要跳入海中，一直一直地下坠，去往海底某处，一个能让他将一颗心妥善安放的地方。

"你可能不同意，"他忽然转过头来，"但我不觉得我是个坏人。"

苏昂扔出一颗小石子，它入水时几乎无声无息。她忽然觉得困惑，对与错在她心中依然泾渭分明，但好人和坏人的界限究竟在哪里？要是所有人都非黑即白，世界该会多简单又多无趣？内心深处，她知道自己喜欢复杂模糊的人——或许每个人都是吧，这就是为什么黑帮电影和犯罪故事如此广受欢迎。听他说话的时候她不止一次地想，有太多人——比如余姐——也许的确需要这种生死的往返票。

"我们行内有种说法，"她说，"刑事律师会看到坏人最好的一面，

493

离婚律师会看到好人最坏的一面。"

"那你呢?"

她故作无谓地耸耸肩。"轮不到我来审判或者谴责。"

他用英语说:"但你不会爱像我这样的人。"

苏昂不知道这是个陈述句还是设问句,但她很确定两人都对答案心知肚明。爱,在她看来,是个庄重而严肃的词,不应被轻易动用。相较之下,英文里的"crush"要实用得多:短暂而强烈的心动,充其量不过是爱情萌发前的一串火花。事到如今她终于肯承认自己对 Alex 有过"crush",也不再为此感到太过羞愧——孤身一人在陌生国度,在消磨意志的热带气候里,人的情感难免会发生些诡异的变化。当 Alex 言之凿凿对她说"爱"的时候,她其实很尴尬,想纠正他那不过是"crush",就像十年前洛杉矶初次相遇,但她忍住了,内心深处还是有些感动。人之所以渴望爱,或许因为爱是孤独与愧疚的解药,是突破生活的希望,让我们活得更像一个人。或许他在她身上看到了自己一心想要看到的东西,可调换角度来看,难道她不也是如此吗?

然而现在一切都没有意义了。不管是"爱"还是"crush",它们都已经死了,或者正在死去。她曾陶醉于各种冒险刺激的念头,对某种别样的人生有所幻想——不这么安全稳妥、不这么理所当然的人生。但当 Alex 作为一个极端的反例被命运送到她面前,当她终于窥探到他的真实世界,她发觉自己的冒险精神摇摇欲坠,她的幻想只是逃避现实而非内心召唤。说到底,她还是太过看重自身的"体面",太忠于她一直被教导的理念和准则。多可笑啊,来到泰国后她一直在试图回归"真实的自我",但这个像成品一样确定无疑的自我很可能并不存在。所有不可调和的元素早已共存于灵魂之中,她注定要承受自相矛盾、反复无常的折磨,在一次次的探索和试错中不断雕刻着永未完成的自我。

"你要知道,"她最终说,带着点歉意,"我是学法律的。"她没说出口的是:你也许不是坏人,但若世上仍有公义,你就应该被关进监狱。

他有些不以为然地抿紧嘴唇。

"但我没有伤害别人,我反而是在帮他们,"他振振有词地说,"那些保险公司才是真的邪恶——千方百计地逃避责任,剥削普通人……我充其量不过是劫富济贫。"

"现代社会的正义是一套规则体系,"她耐心地说,"规则可能比价值还重要。"

"但肯定还有一种更深层次的正义。"

他看上去就像是个在寻求他人认同的孩子,令她不禁有些好笑,"那是漫威电影里的反派理论。"

他轻轻叹了口气,眼里却充满诡异而痛苦的平静。

"好吧,如果用佛教理论来解释,"他自嘲般地说,"可能我上辈子是个坏人。"

苏昂摇摇头。"那并不代表你上辈子是个坏人,"她不由自主地说,就像是有人借她之口说出这句话,"那可能就是你这一世的修行。"

忽然之间,老住持的面容从海面浮现。他咧着嘴,笑容天真,双眼依然分得很开,比任何时候都更像某种鱼类。如果你相信佛教,苏昂想，那么我们都是永恒的弹珠——每个轮回都是对前世中某种不平衡的反应，这种反应又导致了新的不平衡。弹来弹去，周而复始，永不停息。佛陀是历史上最伟大的推销员，他推销的是"无"。为了解决我们称之为"生死"的宇宙级难题，他制定了一套严格的规则仪式，提出了一个反复轮回的人生概念——却没有任何最终的回报！你相信有任何推销员能推销这个吗？可他的确成功了。如今世界上有四亿佛教徒，而且人数还在不断增加。

她想象着推销员形象的佛陀，还有老住持，忍不住扬起嘴角。然后 Alex 终于也笑了，就好像他一直在等着看她的反应来决定自己的情绪。

"好吧，"她清清嗓子，"我还有最后一个问题。"

"你想知道最开始到底是谁的主意。"

她苦笑摇头。纠缠这些细节还有什么意义？

"那么……"

"我还能活着离开苏梅岛吗？"

他假装犹豫了一下。"你很聪明，而且你知道得太多了……"他把脑袋侧向一边，眼神里含着一丝装模作样的怀疑，然后故作惋惜地摇摇头，"但你还不足以构成威胁。"

这次他们同时笑了，但并不由衷。Alex 站起来，向她伸出一只手。她把手交给他，任自己被他拉起来，接着又被轻轻拥入怀中。苏昂的下巴抵在他的肩头，隔着衬衫感受着他温热的背部肌肉。然后他们略略分开，他的手指轻轻拂过她的手指，两个人在月光下相互凝视着对方。她从未与任何人对视如此之久，久到几乎能从他脸上看出他老去时的面容。如果是在一部电影里，也许他们现在就该接吻了，在那一吻里共同度过某个平行世界里的后半生——充满狂喜、悲伤、忠诚、欺骗的日子；又或许导演会认为现在这样更好，比接吻还要亲密。

但他们并不是在一部电影里。没有细节可以模糊，也没有结局可以奔赴。她只是长久地注视他，仿佛在悬崖边凝望深渊。真相令她感到解脱，尽管那些建筑在边缘之上的美妙事物也终于离她而去。两个迷失的灵魂并不会恰好找到彼此，他们最终还是会自以为自由地继续漂泊和迷失。

她忽然泪盈于睫，感慨万千。那是一种奇妙的预感，两个人似乎都全身心地意识到：一切都结束了。

"好吧。"最后他说，打断了他们的注视。她没问："什么好吧？"

他们沿原路走回去，走得很慢，就像是在推迟不可避免之事。沙滩上已空无一人，她在石板小径边穿回留在那里的凉鞋，Alex 依然光着脚。到了她的别墅门口，他们只是相互微笑着，没有告别，因为都知道真正的告别已经发生过了。

他慢慢后退了，双手插在裤兜里，倒退着走向酒店的另一边。她朝他挥了挥手，转过身，上了两级台阶，一张脸这才垮下来，一步步向院子里走去。

"等等。"

她回过头来。

月光照着他半张脸。"有件事你大概还不知道。"

五十

那个电话在吃早餐的时候来了。苏昂看了看号码，意识到决定薛定谔的猫生死的时刻即将到来。有那么几秒钟，她任凭手机在餐桌上嗡嗡震动，恐惧像毒药迅速流遍全身血管，空气惊慌地旋转，她正凭借自己最后一点理智穿越这团疯狂的旋涡。

"苏昂女士吗？"熟悉的美式英语，苏昂能想象她在电话另一边拿着打印出来的报告单，推一推眼镜，"我打来是想告诉你PGS筛查结果……"

她紧紧攥着手机，直到耳朵都被压得有点痛。隔壁桌是有三个小男孩的一家人，桌上好似被飓风刮过，食物纸巾玩具乱七八糟混作一团。这一刻最小的那个刚把橙汁打翻，正好泼了自己的兄弟一身。哭声斥责声此起彼伏，他们的父母绝望地发出呻吟，服务员忙着赶来收拾残局。苏昂看到了，却又没看到。她周围的时间好像停止了。彻底停止。她还在呼吸和聆听，但一切都冻结在那一瞬间。

"……我们对你那3个发育到第5天的胚胎进行了活检，结果是……"

一阵自由落体般的恐惧。猫的生死就在她的舌头边缘。苏昂感觉心脏就快要跳出喉咙,只得低头假装吃东西,把那几块芒果和木瓜在盘子里移来移去。

"长话短说,苏女士,首先要恭喜你,你有一个完全正常的囊胚,性别女,等级为 BB……"

她的鼻头一阵发酸,肚子里也怪怪的,搞不清自己是想哭还是想吐。

"遗憾的是,另外两个胚胎都有染色体异常。一个是 18 号染色体部分缺失,另一个是 2 号和 8 号染色体三体……"

"染色体异常。"她喃喃重复。这恐怕就是杀死她腹中胎儿的凶手,一次又一次。

"是的,"对方顿一顿,"也就是说,没有移植的价值。即使移植后存活了,也很可能在孕早期自然淘汰……"

"我明白,"苏昂回过神来,"BB……是什么意思?"

"简单地说,就是胚胎的质量分级。第一个字母表示内细胞团分级,也就是以后发育成胎儿的部分;第二个字母是滋养层细胞分级,是将来发育成胎盘的构造。从 A 到 C 质量递减,品质越好的胚胎一般着床率也越高。"

做人真惨啊,还在受精卵阶段就已要被评判打分。两个 B,可见质量平平?

"事实上,"顾问轻快地说,"以我们诊所来说,AA 或 AB 都很少见,BB 已经相当不错了呢!"

她抓着手机忙不迭地点头,就好像对方看得见似的。

顾问说稍后会把详细的 PGS 报告发到她的邮箱，她们商定第二天在诊所见面讨论移植的事情。挂上电话后苏昂兀自发了一阵呆，心里翻江倒海，琢磨着这到底算是好消息还是坏消息，直到手边那杯咖啡忽然震动起来——原来是邻桌刚打翻橙汁的熊孩子在地上翻滚着过来，一把抱住了她的桌腿！

熊孩子朝她咯咯地笑，蹬着两条小短腿，半张脸沾满了牛奶橙汁蛋黄酱。以往苏昂会竭力避开这些小魔鬼，连眼神接触的机会都不给；但下一秒她做了一件奇怪的事——她忽然伸出手去，用力捏了捏他脏兮兮的肥脸蛋。

我的是个女孩，她悄悄对自己说，有点自豪又有点鼻酸，身不由己地陷入自我感动的泥沼。她想象着那个独一无二、完全正常的小小囊胚，此刻在实验室里－196℃的液氮中沉睡。而将来某时它会被唤醒，进入她的子宫，也许在那里发育成一个健康的胎儿。

这次猫还活着。尽管下次还要面临生死的考验，但它尚有一段喘息的时间。苏昂轻轻握拳，她已决定将其视为短暂的胜利。没错，一路走来折兵损将，只剩下了一个正常的胚胎；可换个角度想，至少她没有全军覆没，至少还有希望可循。她一直记得那位素昧平生的网友"blue09"分享自己经历时说过的话：如果胚胎质量好，一个其实就够了。

苏昂走出餐厅，想着之后要做的事情。她打给平川，但提示音一直重复"您的电话暂时无法接通"，想必他又在没完没了地开会。她只好用微信告诉他这个消息。阳光刺眼，她戴上墨镜，经过泳池时看见了 Nong。她正专注地听一对美国口音的中年夫妇说话，一脸歉意，不时双手合十。那对夫妇神情夸张，比手画脚，一看就是那种典型的难以被取悦的顾客——会去前台抱怨游泳池水温的类型。

等他们走远后苏昂才过去。她问 Nong 发生了什么事。

"蚂蚁，"她叹了口气，"他们在别墅前面发现了很多蚂蚁。"

苏昂做了个鬼脸，Nong 忍不住笑了。

"对了，"苏昂踌躇着，"Alex……我今天没看见他。"

"Khun Alex 一早有事走了，"滴水不漏的微笑，"他嘱咐我好好照顾你。"

神出鬼没，随心而动，那正是 Alex 一贯的作风。她定了定神，告诉 Nong 她订了下午 5 点 10 分回曼谷的航班，问她是否可以安排车送她去机场。Nong 和她约定 3 点 15 分出发。

"可惜你看不到日落酒店著名的日落了。"

苏昂微笑，"下次还有机会。"

但她心里知道不会再有下次了。

她回房间换上泳衣，披着酒店的大毛巾直接走去海滩，打算抓紧最后的时间享受碧海蓝天。人们说起泰国都是阳光海滩，可这还是她来泰国后第一次去海滩晒太阳。事实上，苏昂已记不清上一次在海里游泳是什么时候了。白天的安达曼海完全不一样，明媚的银蓝色蓝得几乎让人感到痛苦，不断炫耀着它那一波波完美得简直不真实的海浪，令人无从想象下面深不可测的黑暗与激流。苏昂把毛巾放在沙滩椅上，一步步小心地走进海里，松软的沙子温柔包裹着她的双脚。

天空万里无云，海水足够温暖。她扑入水中，一直游到警戒线，再沿警戒线横着游。有人早已游过了警戒线，从远处只能看到他的一团头发，感觉如此孤立无援，让他看起来比实际上更为遥远。苏昂紧盯着他，钦佩而不安，担心他会遭遇不测。当然，以他的能力来说也许算不了什么——有些人天生就爱追逐危险。

她决定不看他了。她仰浮在海面上漂了一会儿，四肢舒展，完全地放松。那种熟悉的感觉让她想起年少时泡在游泳池里的暑假——漂浮在水面，闭着眼，感受阳光的温度，身体仿佛在不断扩张，变成流质，朝四面八方漫延出去，最终与天空和水融为一体。

在海里回望那片纯净无瑕的沙滩，世界好像被分割成了两半。很难想象他们昨夜就是在那里分享了所有的黑色秘密，Alex终于脱掉戏服，向她显露出本来面目。然而日光之下，感觉一切都半真半假：他的名字、来历、故事。恍惚间她甚至有种荒谬的感觉，觉得他或许也早已死在这个岛屿上了，这些天发生的一切都只是她的幻觉。不过，在某种意义上，她的确在心里杀死了他。由他去危险的边缘出生入死吧，她没法跳进黑洞去阻止黑洞。尽管仍无可否认地向往那种自我毁灭中所蕴藏的激情和能量，但她的保护壳已本能地自动升起。她知道自己终究只能躲在屏障后面隔岸观火，就像一个人躺在床上阅读令人心潮澎湃的小说。

她交替地游和漂浮，但是没再看见远处那个小小的头。也许他已经游得太远了，就算发生什么，她怀疑她也看不见。最终她痛快淋漓又筋疲力尽地爬上岸，倒在沙滩椅上，享受着运动后疲惫的愉悦。

服务生走过来，苏昂向他要了一罐冰可乐。确切地说她只想要半罐。她和平川总是共同分享一罐可乐，因为他俩都认为冰可乐只有前三口最令人享受，在那之后不过是弃之可惜。此刻她独自啜饮着可乐，努力回忆着这个想法到底出自谁，何时第一次被提出，又是怎样植入了彼此的头脑——就像婚姻生活中那些在不知不觉中日益趋同的习惯和喜恶。

阳光像廉价香槟一样甜蜜金黄，尽情倾洒在她身旁的沙滩上。可乐已经变热了，它的魔法消失殆尽。那团火球已升到了最高点，但许多住客毫无遮挡地躺在沙滩上暴晒，宛如烤肉叉上的食物，就好像他们从来没有听说过紫外线和皮肤癌。

苏昂躺在沙滩椅上看海。其实她从来都不明白海到底有什么好看的——没错，她承认海很美，但你盯着它看一会儿就觉得无聊了。但因为没有别的东西可看，连手机都没带，只能继续看海。闪亮的水面和炫目的阳光中，海的侵略性进一步扩散，进攻了她的大脑，令她进入一种半睡半醒的蒙眬状态。过往的人生画面飘散在空中，电影特效般旋转着，有时分裂成细小的微粒。有一幕清晰地出现在眼前：她和平川在英国 Cornwall 的海滩上。那是一个清冷冬日，他们在 Cornwall 自驾，车子直接停在一片荒凉的海滩。他们本应下车走走，但谁也不愿离开温暖的车厢。于是两人只是长久地窝在前座，共同分享咖啡和一包已经凉掉的薯条，感受着车身在风中的颤动，看着海浪一波波拍打沙滩，还有那些如神祇般顶着寒风踏水而行的冲浪者们。大海近在眼前，他们却始终没有下车。

这是她和平川的又一个共同点：他们都不是那种热爱阳光海滩的类型，纯粹的海滨假期对他们来说三天已是极限，更不用说在一个海岛上生活了。当然，她懂得欣赏那种天赐的自然之美、海和天的无穷变幻、轻松随意的人际氛围……但她无法想象自己真的住在这里，投身于一种快乐慵懒而不失单调的海滩生活方式，遥望着那个无可救药又仿佛一切皆有可能的世界。谁知道呢？或许 Joy 也是很久以后才意识到这一点。

但她承认这个地方能够疗愈人，尤其是在海边享受着泰式按摩的时候。这是日落酒店的又一项特色服务，海滩上竟配备了半露天的按摩间。她选了 60 分钟的精油按摩。吹着海风，伴着催眠般的海浪声，这些天来疲惫僵硬的身体一寸寸放松，仿佛在与自然共同呼吸。她满足地叹了口气。如果一个人能在这样的阳光下过着这样的日子，热带生活的确是美好的。苏昂一向认为四季更替自有其好处，但此时此刻，她完全想不起这些好处是什么。现在她也完全理解了为什么日落酒店会有那么多的回头客。一处世外桃源般的所在，向人施以魔咒，令他们得以短暂地攫取另一种人生的精华。

她不知道自己睡了多久，但醒来时发现按摩师已经走了，只剩她一个人躺在按摩床上。她披上毛巾离开海滩，路过吧台时顺便问了服务生时间。1 点 15 分。午饭时间，但她一点也不饿。此刻她最想做的是赶紧回到房间洗个澡——身体浸满了海盐、沙子和精油，她觉得自己就像一条被腌制过的海鱼。

洗完澡她一边擦头发一边看手机，这才发现有三个来自平川的未接来电，微信上只有"在吗"两个字。她心下一沉，第一个反应是打开电脑，确认那两封定时发送的邮件尚未发出。她想了想，决绝地把它们删掉。然后她打给平川，只响了一声他就接起来。

"我刚看到手机，"她说，"什么事？"

电话那头背景嘈杂，他的声音好像从海浪中传来："就是……我看到了你发的信息……你还好吧？"

他是在担心她难以接受只有一个正常胚胎的结果。"我很知足了，"她发自内心地说，"真的。"

"那就好。"

"我明天去诊所问清楚移植的事，后天就可以回北京了。"

他顿了顿，"你在家？"

她咬着下唇，没想好要不要如实告诉他。

"我在外面。"

"外面？"

她没正面回答，"一会儿就回去了……"

话音未落，电话另一头突然传来熟悉的广播声。她的大脑嗡嗡作响，惊惧如海潮般冲刷着身体。

"你在机场？"

有好几秒他没说话，接着长长叹了口气。"不带这样的，"他假意抱怨，"本来想给你个惊喜……"

他在曼谷！

她整个人僵在原地，四周的空气像刷了一层胶水。苏昂在大脑里飞快计算着时间——他已经到曼谷了，最多两个小时就能到公寓；而她的飞机5点10分起飞，6点半才到曼谷……就算能把机票改早一班，到曼谷也要4点多了，无论如何都来不及……

"我在苏梅岛，"她向他坦白，"不过很快就回去了。"

她的话语悬浮在空中，似乎无法抵达平川那一头。寂静的空白

505

重新填满他们中间。

"你在苏梅岛干什么？"

"没什么，突发奇想，说走就走，"她故意把语气转得轻快，"你怎么来了？"

他犹豫了一下才说："你不是今天出结果嘛。"

这句话几乎令她站立不稳。她走到床边，慢慢坐了下去。他们在一起太久了，久到能察觉最微小的沉默，久到能听懂对方没说出来的话。她明白他的言外之意：万一筛查结果是全军覆没，他不想让她独自一人在异国承受失望痛苦。他担心她会做出什么傻事。

她的嘴巴变得很干。电话里遥远含糊的人声和广播声在她耳中像擂鼓一般震响。

"心态不错啊，都能说走就走了。"无法分辨他的语气是讽刺还是欣慰。

她的心头微微有些刺痛。还好，她对自己说，还没走太远，还可以回头。

她和平川商议了接下来的计划：她会打电话问梅是否方便送一把备用钥匙到公寓，如果不行的话，平川就在公寓附近的星巴克等她回来。

"别着急，"挂电话前平川说，"等你回来我们再聊。"

是的，她想，我们得好好聊聊。

五十一

　　毋庸置疑，平川永远是他俩之间更谨慎的那一个。他时刻警惕着潜在的危险：没盖严的下水道井盖，致命的汽车盲区，没煮熟的食物导致沙门氏菌感染中毒……妻子非要去一个第三世界国家做试管婴儿自然也是其中之一。苏昂完全可以想象，她莫名其妙地说走就走，飞去一个陌生岛屿，第二天又立刻飞回来，这样的事情绝对足以令他头脑中警铃大作。

　　她深吸一口气才打开公寓的门，却看见平川躺在沙发上睡着了。已经九点了，她的飞机延误了一个多小时。幸亏梅帮了大忙，下午特地跑了一趟，把备用钥匙送到平川手里。当苏昂打电话去感谢她时，梅只是咯咯地笑着。"好男人哦，"她半是调侃半是话里有话地说，"不要到处乱跑啦，好好陪他。"

　　苏昂关掉顶灯，轻轻在沙发边坐下，借着墙角落地灯的柔和光线看着她的"好男人"。平川的头枕在靠垫上，胸口微微起伏，睡得很沉，左手垂落一旁，手指还搭在手机上。她动作很轻地把手机从他手里抽走。这是一张有魔力的沙发，她想，每个人坐上去都会不知不觉睡着。他已经洗过澡，换上了睡衣裤，身上有好闻的香皂味，头发服帖得像个大学男生，右手食指关节上包着一圈创可贴。她坐在那里静静看了他一会儿，想象自己如多年前初次相遇般观察他，试图从他身上看出陌生的东西。但这几乎已不可能。是的，他老了一些，眼角稍稍下垂，发际线略有后退，依然可以称得上有魅力，但他的一切就如同是她自己的那般熟悉。

餐桌上有他给她打包的外卖——泰式炒金边粉，包装袋上印着 Central 百货的 logo。冰箱里还有一杯打包回来的鲜榨西瓜汁。他是不是也在 Central 的美食广场吃的晚饭？她发现冰箱里过期的食物都被扔掉了，简直能想象出他皱着眉双手叉腰站在冰箱前的样子。

她依然毫无胃口，只得靠毅力强迫自己慢慢吃下一定分量的金边粉。平川丝毫不受影响，兀自发出轻微的鼾声，估计真是累坏了。她接着收拾行李去洗澡，但直到从浴室出来他都还在睡。

抵不过阵阵袭来的睡意，等到 11 点多她终于忍不住了。她走过去蹲在他身边，一只手轻轻拨开他额前的头发，然后一路向下滑动，从眉毛到脸颊再到下巴。他的左脸上多了两个她从未见过的斑点，仿佛标识着岁月的流逝。平川的眼皮微微颤动，终于睁开了，茫然地看着她，又看向四周，最后再次回到她的脸。

"你睡了好久啊。"她说。

"我做了个梦，"他的声音有些沙哑，表情渐渐松弛，"感觉好像正在从来世跟你说话。"

真奇怪，她也有同感。"什么梦？"

"梦见我是背包客……在曼谷的酒吧里跟人打架。"

她强忍住不发笑,"打赢了吗?"

"打不过,我赶紧逃,"他笑了,"发现穿着夹脚拖,跑都跑不快。"

"是穿阿里巴巴裤的那种背包客吗?"她故意逗他。

他笑出了声。然后伸出一只手,将她一下子揽入怀中。

"为了你啊,"他小声说,"我可以下半辈子都待在这儿,穿世界上最丑的阿里巴巴裤和夹脚拖。"

这话分明可笑,语气却有点荡气回肠,令她不知想笑还是想哭。他的手指滑过她的脸,然后吻上她的嘴唇。她不由自主地热烈回应着他,昏暗光线令他们感觉亲密而自然。潮湿的空气和荷尔蒙加速了情欲的蔓延,她能感到他立刻勃起了,坚硬地顶住她的小腹。他们的手指同时在对方的衣服之下游移,渴望着彼此的身体。很久没有过如此汹涌澎湃又与生育无关的欲望了,它强烈得让人无法抗拒——却不得不抗拒。她在长吻的间隙停下来,轻轻按住他的手,把他推开一点。

"不行,"她喃喃道,"医生说暂时不行。"

他移开了双手,把头埋在她颈窝里一阵子,微微喘着气。她像安抚小动物一样轻轻拍着他的背。

他们终于从沙发上起来,关掉灯,走进卧室,一直到上床都牵着手。两人面对面地躺着,手指勾着手指,摒除了性欲,孩童般纯洁。包容一切的黑暗和窗外隐约传来的车声令她感到一种宁静的庄严。

"苏梅岛好玩吗?"他问。

"就是一个岛的那种好玩,"她说,"你也知道的。"

他闷声笑了,用力捏了捏她的手,"所以就马上回来了?"

"……嗯。"

这一切与她的想象是如此大相径庭。一路上她都在纠结该如何向平川解释自己的行为——实话实说吗？说到什么程度呢？包括她对 Alex 短暂而虚妄的好感吗？包括 Alex 的真实面目吗？她觉得自己还没准备好完全敞开心扉——尽管也已经快了。她一直想象着那些无法回避的争吵，以及他常用来惩罚她的残酷的冷漠。但这是个奇妙的夜晚，出于某种难以解释的原因，他们仿佛漂浮在水里和雾里，游荡在梦与醒之间，自动避开了任何可能会摧毁这种气氛的话题。这是她想要的吗？也许吧，但也令她觉得有些孤独。

"我在来的飞机上看了《宿醉 2》。"他忽然没头没脑地说。

"这么应景啊，"她笑了，"怎么样？"

"换汤不换药，还是那一套呗，"他微微耸了耸肩，"What happens in Vegas stays in Vegas."

"那就是 what happens in Bangkok stays in Bangkok。"

话一出口她就后悔了，就像突然咬到了舌头。他在黑暗中微笑，她辨认出爱，但还有别的什么。电光石火间，她终于相信了 Alex 临走前告诉她的事。她知道平川在内心深处已经感知到了真相——也许并没有真正意识到自己知道什么，但他凭借某种动物般的直觉感知到了已经发生的事情。更令她讶异的是，他选择了放过这一切，尊重她的沉默，就像是刻意收藏起好奇，宁愿接受残缺不全的真相；或许他只是不敢追问，因为无论她的回答是谎言还是事实，他都同样害怕；又或许他只是选择了让她独自煎熬，直至崩溃或解脱。但无论如何，他所给予她的自由和善意是如此慷慨而明显，令她忍不住想哭出来。一扇门打开了，他从门里向她伸手，邀她重返属于他们的世界。她怎能不跟他走？

他们躺在那里，平川有一搭没一搭地给她讲着电影里的情节：有只贩毒的猴子，居然会抽烟，还抽得像模像样……上次是 Stu 拔牙，这次是个泰国小哥丢了一根手指……哦对了，后来看演员表，才知道那个泰国小哥，那个 Teddy，是李安的儿子演的……

她静静听着，时不时捏捏他的手作为回应，直到他的话语开始含混不清。他又睡着了，呼吸变得缓慢而平稳。现在又只剩下她一个人了。她摸了摸他的脸，然后转向另一侧，任眼泪顺着脸颊流下来，说不清是为自己曾走到悬崖的边缘感到后怕，还是羞愧于自己竟仍拥有全身而退并得到原谅的权利。

五十二

看，这就是你们将要移植的胚胎。这是它的第一张照片，很有意义，对吧？它很健康——没错，哈哈，的确有点像水母……如你们所见，囊胚的一部分已经从透明带中逸出，说得通俗点，就是它已经从壳里出来一半了。

是的，你们只有一个健康的胚胎。但也可以说，感谢老天，你们终于有了一个健康的胚胎！我个人更愿意将其理解为幸运……胚胎解冻？哦，现在技术已经很成熟了，解冻的成功率在 99% 以上。

关于移植的时间，苏女士，你可以选择在下一个月经周期后就移植，也可以间隔更长的时间，等到你们方便的时候再来泰国移植。在此期间，你们的胚胎会被冷冻储存在零下 196 摄氏度的液氮罐中。它可以存储长达 20 年——无论是冷冻 1 年还是 20 年，都不会影响它的质量。上次的收费已经包含了冷冻 1 年的费用，超过 1 年的话，诊所会另外按年收费。

一旦决定移植，你需要在月经的第 1 天打电话给我们预约。一般来说，月经第 10 天就需要来诊所见医生。医生会检查你的身体，从激素水平和子宫内膜厚度等多个方面对你的身体状况进行评估，判断是否适合移植，以及具体哪一天进行移植。

如果把胚胎比喻成种子，那么子宫内膜就是土壤。想要成功怀孕，良好的种子和肥沃的土壤缺一不可。你们已经有了健康的种子，子宫内膜就是另一个重要因素——它的厚度需要在 8 到 14mm 这个范围内。做试管的女性体内激素变化与自然怀孕的女性不同，可能身体还没准备好应对怀孕，所以从月经的第 2 天起，苏女士，你需要服用我们开给你的激素药物来调理身体，促进子宫内膜的生长……

移植过程属于无创手术，你们不用太担心。没有痛苦，不需要打麻药，整个过程也就几分钟。如果移植后留在泰国，第 9 天左右可以来诊所抽血验孕，确定胚胎是否成功着床。当然，也有很多人移植后休息两三天就回国了。这个由你们自己选择……

说话的时候，顾问一直留神观察他们的表情，在恰当的时候做出补充说明。显然她对此类对话驾轻就熟，却依然保有一种诚恳的态度——包括她说话前习惯性推一推鼻梁上眼镜的动作，让人觉得她每句话都经过了深思熟虑，而且是真心在为他们着想。尽管如此，坐在那间小小的会客室里，苏昂仍会忍不住想到那个在手术室里当过"传话人"的 ladyboy，想到 Alex 对她试管进程的了如指掌。那种被人窥视的感觉始终挥之不去，令她不自觉地四处张望，就像是在徒劳地找寻隐藏在什么地方的摄像头。

顾问递过 iPad，给他们放映了一段关于胚胎移植的模拟动画。过程看起来的确简单：在超声仪器的辅助下，用一根细长的管子将胚胎送入子宫。平川问起移植之后的注意事项，顾问笑笑说其实也没有那么多的禁忌，不需要一直卧床，可以适度活动，但要避免剧烈运动和搬提重物。

"那么，两位还有什么问题吗？"

苏昂张了张嘴，又闭上。她的心中仍有太多的担忧和不确定，可它们要么无法被"翻译"为合理的问题，要么知道问了也得不到确定的答案。

一开始是担心身体不过关进不了周期，进周期了又开始担心卵泡长得太多或太少、太快或太慢。快取卵了，担心卵泡会提前排掉。取完卵又担心腹水影响移植，担心胚胎配得不好。每一天都在担心胚胎的生长，直到 PGS 结果显示硕果仅存。等到移植，又要担心解冻是否成功，胚胎能否着床……如果成功怀孕自然是好消息，但怀孕以后的担心她再熟悉不过了：HCG 血值不好怎么办，B 超没有胎心怎么办，再次流产怎么办，唐筛不过关怎么办……

或许这就是母职的本能，也可以说是一种惩罚或诅咒。你没法摆脱这种诅咒，除非切断自己的本能。最"简便"的方法也许是拒绝生育，将自己从母职惩罚中彻底解放出来，但你也并不会从此就获得全然自由的人生。正如 Alex 所说，没有一劳永逸的魔法时刻。自由不是源于某个决定，而是一项需要持续建设的工程。她曾经觉得 Alex 那些让她"想清楚再做决定"的劝告都是振振有词的废话，现在想来却别有深意。自由——包括生育自由——不是自然法则或利益权衡，也不是想干什么就干什么，而是一种探寻内心真实召唤并忠于它的能力。来到泰国时她满怀自怜之心，怨恨上天连生而为人最基本的繁衍能力都吝啬给予，但她现在对这一切有了新的理解。现在她将其视为某种命运的系统性启示：不育令她没有稀里糊涂地"自动"成为母亲，令她得以反思某种不假思索的理所当然，或许也是一种残忍的"馈赠"。

苏昂迎接着来自顾问和平川的目光，长舒一口气，然后摇了摇头。忧虑疑惧绵绵无尽，但她相信她能应付得了，关于痛苦的经验已经成为她自我的一部分。

顾问送他们出门。经过大厅的时候，苏昂无法不去注意她的同类，那些正在等待奇迹发生的女人们。一个试管周期过去了，新的面孔取代了旧人，但她们脸上的焦虑和渴望仿佛某种代代相传的遗产。

她忽然在人群中见到一张熟悉的脸，心中不禁一动。对方向她投以微笑，她微微颔首，用眼神示意她等一等，然后转过身来和顾问告别。平川和顾问握手的时候，苏昂开始称赞她的英文之纯正流利。

"谢谢，"顾问笑了，"我在美国住过很多年。"

"旧金山？"

顾问愣住片刻。"不，"她推一推眼镜，"波士顿。"

苏昂感觉到了平川飞速而疑惑的一瞥。她自嘲般笑了笑——疑神疑鬼也已成为曼谷留给她的"遗产"。

五十三

她的老朋友等在诊所门外。她今天打扮得像个小男生,穿一件天蓝色翻领短袖衬衣,搭配白色百慕大短裤,露出已晒成橄榄色的小腿。她正用手里的文件夹扇着风,额发已被汗水洇湿,但整个人仍有种容光焕发的轻松感。

"这是艾伦,"她为两人介绍对方,"这是我先生平川。"

平川对艾伦有印象,他知道她们一起去的清迈。而艾伦此刻就站在他面前,机智优雅,谈吐不俗,毫不费力地施展着她与生俱来的魅力与社交天赋。苏昂多少带着点观看表演的心情旁观着他们的互动,既身在其中又超然事外,看艾伦用她那炉火纯青的手段与他寒暄,不时爆发出轻快的笑声,接着又用一种活泼的语气问他能不能把妻子"借"给她几分钟。平川看了看苏昂,也很自然地说他正好要去马路对面的7-11买点东西,一会儿再来与她会合。

已是正午时分,她们不约而同地走到旁边的廊檐下躲避毒辣日光。那正是诊所的神社所在之处,两个人被满地的斑马和大象雕塑所包围。她们的目光相接,迸发出一阵尖锐的沉默。苏昂默默地数着时间，艾伦在第六秒时转过头去。

"我想我应该谢谢你。"她轻声说。她的声音现在听上去不一样了。

苏昂看着那双绿色的眼眸，它们情不自禁地闪烁着笑意。那是一个人愿望或将得到满足时表现出来的胜利的喜悦。

"谢我什么？"

"我不知道你做了什么，"艾伦说，"但他是在见到你以后改变了主意。"

她没有说话，心中有种古怪的感觉，不知自己究竟是惊讶还是不惊讶。

那晚她的确曾帮艾伦辩解，也许出于女性之间天然的同理心，也许只是反感 Alex 躲在暗处放出冷箭。她威胁你，你威胁她，你们扯平了，她把这件事的另一面摊开在他面前，但你难道看不出来吗？艾伦并不是真的想摧毁你，那只是她的孤注一掷。她太绝望了，太着急了，太想要一个自己的孩子，但留给她的时间和机会都越来越少了。而你一直假装对孩子不感兴趣，那只是个借口，否则你怎会对 Joy 让步？事实上，你是害怕孩子会把你牢牢钉在某种人生里，更害怕你不值得孩子信任，因为你担心你的基因里有种——

他忽然做了个手势让她停下。别说了，他的语气泄露出一丝恼怒和虚弱。

她并没有劝他重新考虑什么，没想到他竟改变了主意。显然他昨天已飞回曼谷与艾伦见面，并和诊所预约了今天来做体检。这个消息重重地落在她和艾伦之间，令她不知该做何反应。苏昂已确定 Alex 就是苏格拉底所说的那种一辈子都在主动追逐厄运的人，她不禁担心自己再次把艾伦拖进了这摊浑水。

她望向马路对面的 7-11 便利店，强烈的阳光从后面斜照过去，看不清里面的情形。但她知道平川正在店里漫无目的地踱步，琢磨着一张虚拟的购物清单。艾伦犹自在一旁滔滔不绝，畅想着接下来的计划：如果体检一切正常，会将卵子解冻受精，不成功的话也许考虑重新开始下一轮试管周期——Alex 同意配合她 6 个月的时间。鉴于他是已知而非匿名的捐精者身份，在法律问题之外，他们还开始讨论一些相当长远的问题，比如她将来如何向孩子解释父亲的身份，他和孩子是否可以建立联系……

"附加条件是……？"她忍不住打断她。

"我不再写任何有关保险索赔的报道。"

"只有这个？"

艾伦点头，眼神热切。"我本来都已经开始研究领养了，忽然之间，"她举起双手，就像是在赞美命运，"他又变回了那个善解人意的朋友。"

她几乎是用一种受宠若惊的语气谈起 Alex 的种种"善举"：他愿意以朋友的身份捐赠精子，并且签一份放弃共同抚养权的协议。与此同时，他也并不反对孩子将来联系他，愿意在有需要的时候与其见面……

如果他没有中途反悔，苏昂的话就快到嘴边，如果你们的精子卵子真能结成正果。她忽然觉得讽刺——艾伦一直在用"他"来指代 Alex，就好像那是伏地魔的名字。她也很不习惯艾伦提到他时的腔调，当中存在着某种超越了感激的感恩。这实在太不像艾伦了，苏昂还记得艾伦当初吸引她的强大甚至强悍,可她现在却仿佛身不由己地被洗脑,被招安,甚至成为同谋。苏昂想起在 Thap Thim 神社度过的那个下午,站在满地阳具之间的三个人,信众与拯救者,寓言般的意象。她轻轻摇头,想把那点不安甩掉。

"他大概还是对你有所忌惮,"她努力整理着思路,"怕你真的拼个鱼死网破。"

艾伦不置可否地耸耸肩。

"你真的愿意?"她慢慢地说,"在发生了所有那些……以后?"

"我求之不得。"

"我们还是不了解这个人……"

"我以为你已经了解了。"

"毕竟拿到保险金的是他,"她顿了顿,"而死人不会说话。"

谁知道 Joy 是不是自杀呢?谁知道她究竟有没有抑郁症?谁知道 Alex 有没有在其中推波助澜,甚至……比如,在摩托车上做什么手脚……当然,这些只是她阴暗的臆测,但苏梅岛之行后她发觉自己再也没法信任他。

她没说出来的话显然如利箭般射进艾伦的心里。她的表情变幻不定,但最终还是露出笑容,把额前汗湿的碎发捋到脑后。"但精子是无辜的,"她说,"孩子也是。记得吗,那个《时间旅行》的电影?"

"可是,他现在可以改变主意生孩子,你不怕他将来又改变主意争夺孩子?"对 Alex 这样的人来说,合约是一张废纸。

艾伦看了她一会儿,然后下定决心般笑了笑。她的眼睛里终于又出现了那种特别的闪光,那种几乎令苏昂怀念的精明的冷酷。

"我一怀孕就走，"她移开目光，朝一个遥远模糊的地方摆了摆手，"一旦我坐上回伦敦的航班，他们就碰不了我了。不像俄罗斯人和叙利亚人，泰国人看到你飞出丛林就不会再缠着你了，就像鸟儿一样。"

苏昂跟随艾伦的视线，望向在天际线上冉冉升起的模糊未来：一个所有规则都不一样的世界，两个南辕北辙又知己知彼的人的孩子。在她的想象中那是个女孩，有着Alex的眼睛和艾伦的笑容，鬼马精灵，叫人难以抗拒。或许像她的父母一样极端自恋，热衷于追逐危险，更喜欢富于魅力而非合乎道德的事物……又或许她夸大了基因的影响，人与人之间是否真有那么大的差别？谁知道呢？

"反正，"她幽幽地说，"你不是还有一张死亡证明吗？"

她俩目光相接，意味深长，像是在交换秘密消息，然后忍不住同时大笑起来。

"但是艾伦，你是怎样做到如此确定的呢？"她在笑声的余波里问出一直困扰她的问题，"难道你从来没有质疑过自己为什么一定要生孩子吗？"

"为什么要质疑？"艾伦的表情很诧异，"我的生物钟响了，就像烤箱的定时器响了一样。"

"我的意思是，那种渴望真的是自由意志吗？感觉上就好像我们是被什么身外之物推着走一样……"自然以一种剥夺的方式唤醒了她体内本可以一直沉睡下去的本能，那种残忍对她来说无异于外力作用。

"生物性的本能并不是什么身外之物。"

她摇摇头，停了一下才说："想想看，一旦子宫里植入另一个生命，你的身体就开始变成工具，而你作为一个人的情感、欲望和社会角色又与母职完全不兼容。就像大多数女性会为了做一个好妈妈而'自愿'放弃自己其他的属性和价值,你可以说那是一种本能,但它也不一定是真正的自由意志。"

"所以你到底想说什么呢?"艾伦用文件夹扇着风,语气略微有些不耐烦,"选择不生孩子才是真正的自由意志?"

"我只是觉得困惑……生孩子是我的欲望和本能,当妈妈又没法保有自我。我想知道有没有一种真正客观的、摆脱了外界包括经验和情感的判断,因为——"

"因为你不信任你的经验和情感,你认为只有纯粹的理性才是自由,"艾伦打断她,语气带着点调侃,"啊哈,没想到你是康德的粉丝。"

她仍难以相信她们在讨论"纯粹理性"这类词语,却不得不承认艾伦的总结相当到位。

"苏,我猜你从小就是好学生,对自己的要求也特别高,对不对?"

她苦笑着,没有否认。

"而且很少有人告诉你,你已经尽力了,已经做得够好了,就算没得到预期的结果也不是你的错,"艾伦不无同情地盯着她看,"久而久之,连你自己都不相信你已经够好了,你的心里永远有个小人在喋喋不休地指出你的错误。"

苏昂的眼睛忽然变得滚烫,她迅速别过脸去,避开艾伦的注视。

"或许程度不同,"艾伦说,"但这其实是我们女性的共性。我们心里都有这个小人,我们实在太擅长自我反思——一边反思针对女性的身材羞辱,一边反思自己饮食健身没有自控力;一边反思被神圣化的母职,一边反思自己为什么不像其他母亲一样尽职尽责毫无怨言;

一边反思自己不孕不育的原因,一边还要反思生育本能是否违背理性……就像我现在正在做的:自我反思女性太善于自我反思这件事。天啊,难怪我们活得这么累!"

但它既是缺点也是优点,艾伦继续解释道,强大的反思能力,再加上女性的不自洽——比如,不像男性那样有一个稳定清晰又符合主流的性别认知——使得女性更倾向于相信事物变化的无穷可能,相信存在优先于定义,相信人有重塑自我的潜力。于是也不容易陷入男人身上常见的那种理性的自负,那种想要彻底征服无知、消除所有不确定性的妄念。当然,我并不是说康德的理性不好——恰恰是因为很好,才更要警惕对它的滥用……

"生育前深思熟虑当然值得鼓励,但你永远不可能像上帝一样全知全能,"她摇摇头,"相信我,稀里糊涂就生了孩子的人有可能是好父母,最聪明理性做好了一切准备的人也有可能是坏父母。你不能被纸面上那些轻飘飘的哲学概念绑架,被它们带上了天,脱离了现实,失去了作为大地上真实的人的感受力……"

苏昂看着艾伦的右手在空中上下挥舞。她不自觉地闭上眼睛,又随即睁开,仿佛想确认自己仍有感受现实的能力:猛然敲响铜锣般的刺目阳光,后背皮肤上的一层细汗,车辆疾驰而过的噪音,斑马身上令人眼花的黑白条纹……

"你需要做的是感受你的感受,而不是什么都想分析和反思——应该这样,不应该那样——每个人都有那么多'应该'之外的感受,根本不可能有一个所谓'客观'或'正确'的生育理由……"

"那你究竟感受到了什么呢?"苏昂打断她,"是什么令你如此执着？拜托，我们是 IVF 患者，不可能没有反思过这个问题。"

艾伦看向一旁，过了好一会儿才说："因为我知道我真正恐惧的是虚无而不是痛苦。"

这话本身就有些"虚无"。奇怪的是，苏昂觉得自己听懂了。

"而且我也相信我会成为合格的母亲，"她说，"这两点足够支撑我做出决定——至少对我来说足够了。"她的语调昂扬起来，像是从自己的话语中重新汲取了力量，也急于把这种力量传递给她困惑的盟友，"没错，有了孩子以后，你可能会手忙脚乱，生活变得一团糟，也有可能真心喜欢上了这个新角色，甚至反而被它激发出创造力，或是比以前强大一百倍……一切皆有可能，但你不能只因害怕犯错就放弃尝试。我的意思是，你的直觉和本能也是很宝贵、很自然的东西——好吧，自然并不总是值得信任的，但它也包含着一种可能远比理性更深刻的智慧。如果你对一个选择想得太多，它必然会出错。过分相信自由意志的人会把人生变成一个不断制造懊悔、内疚和焦虑的工厂，而不是一个充满神秘与惊喜的宇宙。为什么不能勇敢地去感受变化的神秘呢？难道你认为没有生就没有死，不去爱就不会受伤害，不生孩子就不会丧失自我，什么都不做就不会失败？"

在长篇大论之后的沉默中，苏昂不知道自己是豁然开朗，还是变得更困惑了。

"如果我后悔了呢？"她喃喃道，"如果我发现自己不爱孩子，或者就是当不了一个合格的妈妈呢？"

艾伦佯装恼怒地翻了个白眼，抹去额上的汗珠。"后悔就后悔吧！后悔也是你的自由意志——"她仿佛想到什么似的笑了起来，"嘿，那才是应该好好运用你那该死的'纯粹理性'的时候啊！用理性去承担责任，努力把孩子养到18岁——听起来也不是世界末日，对不对？"

苏昂没有回答，却发现她的喉管自动发出了或许是赞同的声音。

"听我说，"艾伦把一只手搭在苏昂的手臂上，"人生总有遗憾，如果学不会伴着遗憾走下去——"

她的话语悬在半空，就像被按了暂停键。两人齐刷刷地盯着马路对面刚下出租车的一对中年男女——更确切地说，是男人正吃力地横抱着的一尊斑马雕塑。那是一只中等大小的"斑马"，某种被简化过的卡通版本，通体光滑，模样乖萌，四只蹄子踏着一个草绿色的底座。他们穿过马路，朝她们的方向走来。苏昂往旁边让了让，看着他们把雕塑放进神社的斑马群中，小心地左右移动着位置，确保它与邻居们排成整齐的队列。

"Dee jai duay！"艾伦忽然大声对他们说。无须翻译苏昂也知道那是"恭喜"的意思。

那对夫妇有些吃惊地转过身来，随即双手合十，用泰语说着"谢谢"，露出羞涩又由衷的笑容。

"看看，"艾伦轻声对苏昂说，"我们还只是在纸上谈兵。"她的语气中透着羡慕和自嘲，还有些许迷茫。

她们看着那对夫妇拿出花环、香烛和供品，在神坛前跪拜祈祷，口中念念有词。汗水在妻子浅棕色的面颊上闪闪发光，她的小腹在长T恤下面微微隆起，难以分辨是孕中还是产后。新来的斑马已经汇入了黑白条纹的海洋，它们用整齐划一的沉静眼神默默注视着人类。

"其实我一直有个疑问，"艾伦盯着香烛升起的青烟，"佛教到底是不是宿命论？还是说它也承认自由意志？"

"我觉得因果和业力的说法似乎有自由意志的成分，它暗示你可以为自己的行为负责，你的未来是开放的。"

"但自由可能只是一种自由的感觉，觉得自己能够自由地做出选择，"艾伦不以为然地说，"而事实上这个自由也是必然，别的选择是你所不可能选择的。"

"等等，这根本就是一个错误的问题，"苏昂说，"因为佛教根本不承认有一个独立自主的'自我'。真正的问题不是'我是否有选择'，而是谁是那个问我是否有选择的'我'。"

艾伦用一只手捂住脸，发出痛苦的呻吟。"你看，这就是我最讨厌的：虚无。"她摇摇头，"可是，如果没有一个自主的自我，谁要为自己的行为和它导致的业力负责呢？"

"也许我们还是要作为一种存在在现象世界里发挥作用吧——那也是某种意义上的'负责'。"

"然后所有一切都作为一个整体的过程而存在和进行。你所做的就是整个宇宙现在所做的。"

苏昂点点头，"就像一个单独的波浪是整个海洋都在做的事情。"

"那么也没有什么残酷的命运和外部环境在把你推来推去，因为没有人可以被推来推去。换句话说，你同时是推的人和被推的人。"

"也就是说，你正在经历一件事的不同方面，而不是由因果联系起来的独立事件。"

"你生活着生活，生活生活着你。"艾伦说，"每件事的发生都是'顺其自然'的。"

"深刻。"

"或者圆滑。"

两人再一次同时大笑起来。佛教在许多问题上都是这样语焉不详、似是而非，但这种模糊暧昧却恰好暗合了苏昂的心意，就像薛定谔的猫。它令存在成为一种深刻的神秘，而她的确同意：如果没有神秘，生活将会是令人难以忍受的无聊。她也知道她以后一定会想念这样的对话。

她看到平川走出了便利店，手里拿着两瓶饮料。她朝他挥了挥手。

"那么，"艾伦上前一步，紧紧地拥抱了她，"再见了。"

"祝你好运，"离别令她有些伤感，"祝我们都好运。"

"我只能说，"艾伦以一个很酷的姿势戴上太阳镜，"这一刻有这一刻的自由，下一刻有下一刻的命运。"

苏昂从不相信顿悟，或是什么照亮人生的"高光时刻"；但艾伦说出这句话的瞬间，对她来说是种全然陌生、如梦方醒的体验，就像是小小地体会到永恒的滋味。纷纷思绪像大雨冲刷着她，将时空折叠，把她传送回第一天。艾伦。斑马。原点。宇宙呈现出某种秩序，命运形成完美的闭环。一切从这里开始，一切必然会发生。而在这趟旅程中的每个分岔路口，做出选择的既是也不是她本人。

平川穿过马路向她走来，阳光像糖浆一样淋在他的头顶。他整个人透出一种熟悉而真实的东西，令人觉得无比安心。当苏昂看着他时，许多深藏在头脑里的记忆又回来了。多少次她曾这样等在路边，看他谨慎地穿过车流或人群走向她，手里拿着刚买的什么东西——饮料、报纸、刚出炉的烤红薯……但她决定用心感受这一刻，就像从前从未经历过。热气、汗水、尘垢、烧烤摊的食物和艾伦身上香水混合的气味像一层层绷带缠在她脸上,斑马们带着洞悉一切的平静陪伴在旁。两个穿着 Spa 店制服的年轻女孩跨过路边摊的长凳,坐下前小心地理了理裙子。正在等客的摩的司机抽着烟,漫不经心地看向平川的背影。

她站在那里,用大脑按下快门,默默地做了决定。不是顺从命运,也不是打破必然。她自由地选择了自己的必经之路,等待着接下来一定会发生的任何事情。

五十四

从 Saphan Taksin 轻轨站走去 Sathorn 码头，感觉就像正在缓慢地倒回时间。他们在人群中穿行，经过那些摆满了 T 恤、椰子、鱿鱼干、泰拳短裤和煎鹌鹑蛋的摊位，把高楼大厦和广告屏幕甩到身后。通往码头的混凝土台阶上，有位身穿褪色背心的中年男子正不知疲倦地用木杵在一个巨大的石臼里捶打着青木瓜沙拉，肩头摇晃不止。

人到老年的感觉，鲍勃曾经向她形容，就像在异国他乡的最后一天。你终于找到了所有的好地方，知道该去哪里坐地铁、喝咖啡、看展览、吃东西……可是你却必须离开了。此时此刻，她多少体会到了鲍勃的心情。两个世界之间的通道即将关闭，明天一早她和平川就会乘飞机离开，就好像要交付一个她还没有生活过的未来。

他们还有半天的时间，不多不少。思思一早打来电话，邀请他们去她的住所吃一顿告别晚餐，苏昂无法拒绝。但这也意味着她得重新计划今天的行程。平川从未真正游览过曼谷，她在几条游客经典路线之间犹豫不决，最后决定带他去湄南河边走走。

那么多事情发生了，湄南河却一如往常，简直荒谬。各种各样的船只在上下浮动的码头之间穿梭,令人眼花缭乱。很快就来了一艘挂着橙旗的船,这是班次最密集的公共轮渡。浪花拍打着船舷,就像在摆弄一件玩具。平川跟在她身后,动作轻巧地跨入船中。发动机咆哮着,螺旋桨喷出洗涤剂般的白色泡沫。她看见坐在前面的西方情侣喜不自禁地握住了对方的手,平川的头发在风中飞舞,脸上同样漾满笑容——每次船刚开动时,风与浪、动与静、引擎的震颤、河水的气息……一次又一次共同营造出这样的喜悦之情。

河岸上,城市像一只野兽挣扎着离开。他们在船上,摆脱了它的利爪,驶入古旧的时空。湄南河曾是曼谷真正的中心,她告诉平川,但自20世纪60年代以来,人们一直致力于建造一座西式都城,于是无节制的扩张建设完全绕过了这一区域,也令这条河流依然保有旧世界的魅力。她指给他看右岸的那些废墟,带着些许神往与惆怅——其实从未去过,也无可去之处,却又觉得处处可去。船不时与汹涌的水流搏斗,水花飞溅在他们的脸上,每一次都令他们忍不住地微笑。

苏昂本来并无打算,但远远看见郑王庙时,她心血来潮地决定上岸看看。船夫吹出鸟叫般的尖厉口哨,他们在8号Tha Tien码头下船,很快又跳上另一艘小型摆渡船,花3泰铢就到了河的对岸。郑王庙迎面而来。四座小佛塔众星拱月般簇拥着中间格外高大的主塔,绚丽多彩的中央塔尖庄严地指向苍穹,令天空焕然一新。

她一直认为郑王庙是曼谷最美丽的寺庙,它最与众不同之处就在于装饰塔尖的那些彩色陶瓷片、贝壳和玻璃。据说碎瓷片来自当年在英国沉船中打捞上来的中国瓷器,后来被制成华丽花饰镶嵌在尖塔表面，满栏满壁，千重万复。光滑釉彩敏锐地捕捉着日光，像五彩河水在塔身上漫流四溢。

"回头。"平川的声音从身后传来。

他身体后仰，一手扶着栏杆，举起手机给她拍照。他们正在中央主塔的阶梯上奋力攀登，石阶异常陡峭，几乎笔直向上，仿佛一路伸向天堂。游客们小心翼翼地上下，经过她身边时喃喃说声"借过"。其中有位堪称勇猛的年轻妈妈，一身嬉皮打扮，松散的丸子头，大大的斜挎包甩在背后，胸前背带里还坐着个看起来不到一岁的婴儿，口中嘬着奶嘴，圆眼睛左顾右盼。妈妈身负"重任"却脚步轻快，神情泰然自若，令苏昂既啧啧惊叹又为她捏一把汗。

平川跃上几级台阶，给她看刚拍的照片：她倚着布满繁复花纹的扶栏，没看镜头，而是侧着脸望向远处，身后的高塔层叠堆积，像多重的绮梦压向她的头顶；一位经过她身边的年轻僧人也恰好入镜，他身穿烈火一般的橙色僧袍，赤着脚，拖鞋拎在手中。

"怎么样？"他有点得意，"反差美。"

她笑笑，一股令人胸口憋闷的怀旧之情油然而生。他们一起去过太多地方，无数似曾相识的场景在记忆中翩翩回返——埃及、墨西哥、缅甸、印度、佛罗伦萨……一次又一次地登高望远。在缅甸的蒲甘，一座有着万千佛塔的古城，他们总在清晨赤足登上某座佛塔，坐在最高的平台上静待日出。那时平川也是这样给她拍照，走在后面让她回头，或是默默拍下她的侧脸。有一天忽然起风飘来雨点，眼看暴雨将至，他们慌里慌张地往下冲，平川怕她跌倒，一路紧紧抓着她的手。两个人骑着自行车在原野上一路狂飙，最终还是没能逃过被淋成落汤鸡的命运。但在那样的瓢泼大雨里，在那些狼狈到极致反而变成狂喜的瞬间，真的，只想一辈子和他在一起。

"我们上一次一起去旅行是什么时候？"她问他。

"春节回爸妈家？"他说，随即摇了摇头。过年回家时，他们和她父母自驾去邻近城市玩了两天，但那感觉并不像是旅行。近两年里，他们各自参加各自公司的团建和年会出游，却始终没有过只属于他们两个人的旅行。他们与记忆中的快乐之间，仿佛隔了一万光年。

一层又一层，两人向天空徐徐逼近，终于登上塔顶。他们站在扶栏边俯瞰曼谷市景，流着汗，任热风吹乱头发。湄南河穿流而过，两岸风光旖旎，对面的大皇宫和卧佛寺历历分明——一层层金黄与朱红的复杂重檐，高挑的鸱尾伸向蓝天。

他们在塔顶一侧找了个僻静角落坐下休息。那年轻的嬉皮妈妈也坐在不远处，正解下背带，把小婴儿解放出来。小小人儿胖脚丫踩在水泥地上，当即喜心翻倒，咯咯直笑。妈妈从包里掏出个电动小风扇，轮番对着自己和孩子吹，大圆圈耳环与垂落两鬓的几缕长卷发相互纠缠，晃动不止。苏昂这才注意到她左臂上的大幅刺青原来是那小婴儿的肖像。

"女超人。"平川说，显然也在看她。

年轻啊，到底。

他们坐在那里，四周尽是不同肤色的年轻男女。他们不停地换着角度拍照、自拍、拍摄视频，笑容在蓝天下展开，简直无边无际。这是 21 世纪世界运作的方式——没有什么东西是真实的，除非它被拍下来，上传到社交网络或视频网站上。这样的场景会让人觉得也许没有什么是真正的自由意志，只有被时代裹挟着的人与物。一对二十多岁的西方情侣情不自禁地开始接吻，然后似乎意识到寺庙不是个适宜接吻的地方，于是有些不舍地分开，但依然十指紧扣，眼睛紧紧锁定对方，完全无视周围的人。

真年轻啊，她发自内心地感慨，年轻而相爱。青春是人生的夏天，她想，神话般的黄金岁月，你只拥有一季，而它已经结束。也许这就是为什么人人都爱泰国——无穷无尽的夏日，a never ending summer。年龄在曼谷不是什么问题，鲍勃曾经说，人们渴望在这里重新经历人生的某些部分。

平川在手机上搜索郑王庙的介绍，有一搭没一搭地读给她听，就像以往他们的每一次旅行。

郑王庙又称黎明寺，是为纪念泰国民族英雄郑信而建。他是中国二代移民，父亲从广东潮汕来到泰国经商，娶泰国女子后定居此地。1767年，当时的大城王朝被缅甸入侵，都城被围，弹尽粮绝，终至灭国。幸亏郑信在边境集结了一支部队，力挽狂澜，收复失地，最终将强敌逐出国土。此后，如日中天的郑信即位为王，迁都吞武里，励精图治，重振国势。据说当年郑信驱逐缅军后，顺湄南河而下，经过这座寺庙时上岸礼拜。当时正值破晓时分，于是郑王即位后将其改名为"黎明寺"。

苏昂默默听着。平川拧开瓶盖喝了几口水，又继续念下去。

可惜好景不长。1782年，郑信最倚重的大将、当初和他一起打下江山的好兄弟恰克里发动政变，将郑信处死，自立为王，史称拉玛一世。这一脉的皇族传承至今，如今的泰皇便是拉玛九世。而后恰克里对大清自称郑信之子，于是乾隆册封其为暹罗国王。

"赵匡胤的故事。"她说。

"兄弟阋于墙，外御其侮，"平川摇头，"这话反过来说才对。"

有什么东西沉甸甸地垂在她心里。"夫妻也一样啊。"

"哪里一样？"他没头没脑地说，"我这不是来了嘛。"

不管他是在暗示什么，它都像风一样刮走了她的秘密。苏昂感到了难以言喻的安慰和解脱，强烈到几近恐慌。一周前平川来曼谷时，她也感到了同样自我净化般的舒适，并为自己的"背叛"而羞耻。可短短几个小时之后，那些较为安全的话题用尽了，疲惫与厌倦卷土重来。然而这一次有什么不一样了。她感到自己刚刚与一场可怕的灾难擦身而过，幸免于难，现在正怀着重生的感激回到平川邀她重返的世界——它已裂开一道缝隙，只属于他们两人的记忆源源不断地涌出，等着她捡拾起来，认领回去。与这些熟悉的亲密相比，新鲜的激情显得多么虚伪又麻烦啊——向某位新人讲述自己的人生故事，巧妙地对其进行粉饰，时刻注意仪态，避免在对方面前放屁，制造新的玩笑、新的情话、新的记忆，神魂颠倒，装模作样……然后是不可避免的磨合、争吵、倦怠、失望，暴露自己致命的缺陷，相互消磨对方的个人魅力，用言语或沉默伤害彼此，向那些痛苦万分的日子走去……她感到自己像菩提树下的佛陀般看透了这一切。

平川用胳膊肘碰了碰她。她抬起头，这才发现对面的小婴儿一直在盯着她看，咧嘴而笑；此刻发现得到回应，更是忍不住手舞足蹈。他的妈妈也笑了，微微耸了耸肩。那是典型的只属于母亲的笑，令她看起来比实际年龄成熟——略带无奈，幽默、精明又不失耐心。

"我以前一直觉得你会是那样的妈妈。"他忽然说。

她微微一惊。"我？"她笑起来，"因为是嬉皮？"

平川摇了摇头。"或者是艾伦那样的妈妈，"他移开目光，露出笑容，"很独立，很自我，怎么说呢？小孩的同学来家里玩，你会给他们一人一杯啤酒。"

他从未告诉过她，即便在没有考虑过为人父母的那段岁月里，他也偶尔会想象她作为妈妈的样子——往往是在他们一起去有孩子的朋友家做客的时候。他把手放在她的膝盖上，向她描述自己的想象：苏昂不会像他们的朋友那样，让妈妈的身份挤压和侵占她的精神世界；她不会喋喋不休地谈论孩子、学校、夏令营和学区房，也不会嘴里说着只要健康快乐就好，暗地里却逼孩子学钢琴学外语、上各种辅导班，发现成绩欠佳便焦虑得睡不着觉……她会是那种仍保持着某种散漫的酷劲儿的妈妈，理直气壮地拒绝永远把孩子的需求放在第一位；她能体谅孩子成长的艰难，即使争吵不可避免，也不会过分沉溺其中；不过，也有可能，她会把自己成长过程中的遗憾和欲望投射到孩子身上，默许他在不适当的年龄抽烟喝酒，鼓励他虚度最美好的年华，支持他去追寻不符合主流价值观的梦想——玩危险的极限运动，去非洲盖房子，在危地马拉做田野调查，在泰缅边境援救被地雷炸伤的大象……

"徒手攀岩那种我可没法接受。"她笑着打断他，但心中忽然有些不安，不知道他们的对话在往哪个方向发展。

"打个比方嘛。"

"那你觉得是好还是不好？"

他没有回答，只是露出一个浅笑，好像一个孩子感到困惑时的那种笑容。

"也可能都一样，"苏昂说，"没准从孩子出生的那一刻起，你就再也不是原来的你了。统统落入俗套，说不定变本加厉——一切以孩子为中心，还不能接受他只是普通人，一定要学奥数，上名校，当律师，进投行……"

平川的手在她的膝盖上移动着，她再次明显地感到了他心中的焦躁。他似乎早想和她说说某些事情，但苦于无法表达自己，又担心一开口就会出错。

"记得白姐吗？我们法务的同事？"她看到他点头才说下去，"当妈前她最不屑那些鸡娃的家长，现在完全变了个人。拼了命要把儿子送进'海淀六小强'，开会的时候都在偷偷做奥数题，周末从早到晚陪儿子坐在补习班里……"

"我还是希望，"他终于有些吃力地说，"你不会为了孩子变得不像你自己。"

苏昂从他的语调中捕捉到了什么，她只觉得头脑里有一团理不清的线纠缠在一起——他们本来都快要走出森林了，他却忽然转身，朝另一个云山雾罩的未知之处走去。他们沉默着，手也分开了。空气中萦绕着犹豫不决，但两人都小心翼翼地不敢挑明。

他转向她，张了张嘴，又闭上。然后似乎改变主意，说出真正想说的话。

"你知道我不会表达……我就是觉得，怎么说呢？你不是这样的，不是只满足于这样……"他停顿一下，挠了挠后颈，"我一直在想，如果……如果我创业成功，你就可以去画画，去读书，去学那些你喜欢的设计……"

苏昂觉得自己明白他在说什么，又好像一个字也听不懂。他的话简直像洪水从她体内横冲而过，将她推出自己的身体。她不由自主地把手放在脖子上，就像是在人为地模拟她感受到的窒息。他紧张地观察着她的反应。她担心自己会哭出来，于是动作有些夸张地站起来，理了理裙子，冲他笑笑。

他们走下石阶，一前一后，心事重重，就像从灵魂栖居的高处回归人间。他上前几步，把她拉向自己，手臂揽住她的肩膀。"怎么了？"

"不是……"她抽身，"你什么意思啊？"

他的沉默就像是对她的鼓励。一种愤怒的情绪攫住了她——远超实际所需的愤怒。阳光也摇晃着她，带着颤抖的叹息。她口干舌燥，想要爆发，又担心无法组织好准确的语言，把彼此推回各自的洞穴。但苏昂还来不及阻止自己，就问出了那个一直折磨着她的问题："你到底想要我怎样？"

"就做你自己啊，"他竟听懂了，"做原来的你自己。"

他的话一下子打开了她眼睛里的喷泉。"那为什么我做什么你都觉得是错的？为什么我非得像你一样？"她伸手抹去泪水，"已经没有原来的我了，我已经被你改造成了现在这样……"她啜泣着，内心深处却出奇地平静，很欣慰他们终于抵达了这里。

震惊填满了他的脸。他看着她，上排牙齿紧咬着下唇，脸颊微微抽动，然后垂下眼睛。他摇了摇头，仿佛在否认她的指控。但当他终于又抬起头时，她惊讶地发现他的眼里也已蓄满泪水。

"Sorry，"他放弃了解释，把她拥入怀中，"sorry。"

这句话令她又哭了起来。她拼命摇头，想表示这并不是他一个人的错——甚至不能算是他的错——她只是太想得到他的肯定，太想念那种被欣赏的感觉了。但因为哭得太厉害，她一句话也说不出来。她把头埋在他肩上，他不断地抚摸她的头发，他们仿佛在时间的长河里逆流而上，超越了悲伤，超越了原谅。

五十五

他们再次乘摆渡船过河，这一次是去对面喝酒。黄昏时分的阳光像一匹已被驯服的马，不再像几个小时前那样具有攻击性了。

虽然郑王庙又称黎明寺，但据说日落时从河对岸观赏景致更佳。离日落还有一点时间，他们从码头走去 Sala Rattanakosin，一家艾伦向她推荐过好几次的精品酒店。在船上她发信息问艾伦酒店的名字，她很快发来一个谷歌地图上的定位。他们跟随手机里的路线指引，犹豫地走进一条气味难闻、好似本地批发市场的狭窄小巷，直到一面明亮的白墙蓦然出现。那是断壁残垣中一幢不起眼的黑白建筑，但一进去就像登陆了另一个星球——摩登、干净、有序，与外面老唐人街的生活方式形成寓言般的对比。

顺着黑色钢梯，他们爬上四层楼，来到屋顶酒吧。白衣黑裤的侍者立刻迎上来，微笑着双手合十，问她是不是苏女士，说一位名叫艾伦的熟客打电话来帮他们预订了位置。她环顾四周，发现几乎已经满座，而留给他们的竟是景致最佳的临河座位，真不知艾伦是如何做到的。

他们并排坐在小方桌前，像学生时代的同桌那样，胳膊挨着胳膊，看着眼前毫无阻隔的湄南河与对岸的郑王庙，船只如飞鱼般往来于他们脚下的水面。你几乎能体验到吊脚楼里那些水上人家的生活方式——一种一厢情愿的扮演，翻新过的昨日重现。艾伦是对的，很难想象还有比这更棒的观赏日落的地点。更不用说酒店本身极具风格，一切都是黑白色调和极简主义的装饰，并刻意保留了它某些"有碍观瞻"的过去：未经修饰的水泥柱、古旧的木地板、斑驳裸露的砖墙⋯⋯建筑的前世今生历历分明，使人感觉到某种真正的连续性，甚至不动声色地指引你看向未来——几乎是先知性地看向未来，因为它就是未来的样子，未来总是会变成遗址和废墟。

苏昂点了 Sala Sunset，一种混合了泰国朗姆酒、橙皮甜酒和新鲜芒果的鸡尾酒。平川点了一支 Singha 啤酒。他们小口地啜饮，在河水的凝视下敞开心扉，诉说着很久以来都无法谈论的伤害和渴望。他们自己也觉得奇怪，怎么会让逃避和误解持续了那么久。事情其实并不复杂，所需要的只是坐下来喝一杯，诚实地说出自己内心所想。

他们都同意，比起下个月立刻移植，也许他们应该先尽力理清新的现实。一直以来，她沉溺在自己的情绪里，将平川拒之门外，而他的自我克制和拙于表达又不断为误解的高墙添砖加瓦。他对婚姻中新出现的问题感到迷茫，但选择了继续自我压抑，转而向工作中寻找成就感。这愈发令她愤怒不解，无法自制地在心中将他妖魔化。他则把她的改变归咎于生育这件事，觉得是它令她变得面目全非，担心有了孩子就更变不回原来的她了⋯⋯

此刻他们终于能够把这一切都摊在热带阳光下，就像摊开一张

539

地图，共同指认出那些分岔路和死胡同。

她告诉他，她可以等更长的时间，如果他还是觉得没准备好，或是时机不对。他摇摇头，说他意识到他之前所说的"时机不对"其实是指不方便，但时间还有一个更深的结构，它所谓的对与不对并没有那么局限。

kairos 突破了 kronos。她若有所思地盯着河面。

"你觉得呢？"

"至少，"她说，"我们可以等你没那么忙的时候再来移植。"

他喝了一口啤酒，把瓶子放回桌上，左右转动着，然后忽然下定决心般说："其实我在考虑不干了。"

他觉得自己正在做的东西没有价值，他向她坦白，一款可有可无的 App，蹭市场热度的产品。他对它没有信念，无法投入百分之百的热情，很难相信自己能做出什么好东西。更要命的是他越来越清楚自己的局限——缺乏足够的野心，不愿承担压力，担心所有的突发状况和偏离正轨。与创业当老板相比，他感到自己宁愿当一辈子打工族，日子过得有条有理，每天下班便可卸去肩上重担。如果再有空闲时间可以写点自己的代码——没有人写过的那种、通常是纯公益性质的——他对生活就已相当满意了。现在是讲求自我实现的时代，没有野心、自甘平淡会让你显得懦弱无能，但他现在觉得，承认这一点也没什么可羞耻的，他没法扮演一个自己都不认识的人。

苏昂一点也不惊讶，仿佛潜意识里知道她这一天迟早会到来。但直到一个小时前她才明白，他去创业的目的是为了帮她实现梦想。在他一厢情愿的想象中，如果他创业成功，苏昂就不用在她不爱的工作里煎熬，她可以自由地去做任何她想做的事，比如成为一个艺术家，而不只是艺术的爱好者和消费者。她知道这样的表达对他来说很艰难，因为平川一向慎言笃行，不喜欢在事情还看不到结果时就大肆张扬——即便是对他最亲近的人。但他终于也在尝试着表达了，终于可以让感受在两人之间流动起来。他说他一直觉得她身上有一处空虚、一种潜能，但它没法在目前的生活中找到成长空间。别变得像我一样，他说，不要背弃你真正的爱好和才华。

"我哪有这么惨，"嘴上这么说，她其实很感动，"还需要你来拯救。"

"不是拯救，我只是想帮你一把。"

"没有必要为了帮我做那么大的牺牲。"

"也没那么夸张啦，"他说，"我自己也想试试来着。"

"那就不要说是为我，你也是为了你自己。"

他点点头。"不过，"他又喝了一口啤酒，"我一直觉得两个人在一起就是要互相成全。"

"前提是不要牺牲自己。谁也不要牺牲自己。"

"那也不可能，"他说，"总有一部分自我是要牺牲的。"

"那就只牺牲你可以牺牲的部分。"

"问题是，你也不知道到底哪一部分是可以牺牲的，直到——"

"直到牺牲了以后。"

他们看着对方，同时笑了起来。

"成全"肯定不是最恰当的描述，可她隐隐感到，平川下意识选择的词语似乎也有种字面上的准确。这么多年以后她才终于明白，婚姻——或者爱——不是勉强自己迎合对方,也不是勉强对方迎合自己,甚至也不是找寻完美互补的另一半,而是从对方的存在里发现能让自身完整的东西,并完成一个你自己的世界。但这一过程,以及意识到这一切的过程,很可能漫长而痛苦,甚至需要不断的失败才能不断地领悟。

"也别着急做决定,"她对他说,也是对自己说,"先想想,想清楚再说。"

苏昂并不认为她会立刻重新拿起画笔,或是准备开始一种业余艺术家的生活。直觉告诉她应该先带着清醒和鲜活的欲望生活。她需要时不时从枯燥的办公室和谨慎的专业性里走出去,欣赏艺术,探索世界,寻找友谊。她需要从两个自我之间的裂缝中爬出来,弄清她到底是谁,什么才是她最真实的渴望,她愿意为什么而挣扎、忍受痛苦而不放弃,以及剔除了讨好、附和、负气、好胜的因素,她这个人的本质还剩下了些什么。关键是诚实,哪怕最后只剩下一具空壳。

平川默默拿起酒瓶,和她的杯子碰了一下。他们共同做了决定——其实也算不上什么决定——要过一种更真诚的生活。

"更穷的生活。"她咻咻地笑着。酒劲有些上来了,河边的阵阵清风令她感觉轻盈而愉快。

"谁说的?"他转脸看着她,"没准你的包在泰国大获成功,然后横扫东南亚,一路火到欧美,嘿!无数公司抢着代理你的品牌……"

她笑得东倒西歪,又和他碰了一杯。"借您吉言啊。"

他把手伸过来,盖在她的手上,啤酒瓶的水汽弄得两只手都凉津津的。

"听说你的包真的卖得挺好的。"

"听谁说?"

"Fai,"他承认,"昨天我到了以后不是没事儿干吗,就去了她店里一趟。大包卖了七个,零钱包卖了快一半!"他拍了拍她的肩,"相当可以啊——才一个星期!我就说泰国很适合卖你那些包吧?"

她忽然静下来,看着从他们面前驶过的渡轮,隔了几秒才说:"我知道大部分都是朋友买的。"她就那么看着他,直到空气变得又热又重,"你也知道,对吧?"

五十六

　　Fai 一眼就认出了我。她记性太好了，记得我们当时一起去的 Chatuchak。我跟她说我想买几个你的包，她也没说什么，就都拿出来让我自己挑——当时那些包还没全部上架呢。我挑好了，她正在帮我装起来的时候，门被推开，他进来了。

　　我注意到他，是因为 Fai 的表情突然变得有点奇怪。我又仔细看了他一眼，这回认出来了。对，我看过你们的合影，Facebook 上的照片。但我忘了他叫什么——也可能是我故意没去记他的名字吧。我根本不想认识他。然后我想起来他为什么会在曼谷，那天是你取卵的日子。

　　Fai 过去跟他说话。我听到他用英语说他想买几个你的包，但是不打算带走，而且不让 Fai 告诉你是他买的。也就是说，为了多给你一点信心，他打算——不不，不是搞虚假销售，是表示支持，比我更纯粹的支持。

　　这时 Fai 看了看我。对她来说这场面可能有点尴尬。然后他也看到了我，还有柜台上那些包。他就那么站在对面盯着我看，不用

Fai 解释，他好像已经明白了。

"你是苏昂的朋友？"他用中文问我。

"对，"我只好说，"我叫 Alex。"

"哦，我听她说起过你。"

我不知道你跟他提起过我。其实我还挺好奇你是怎么说的。

"她还好吗？"我问。

"挺好的，"他说，"现在在家休息。"

他又看看那些包，然后跟我说"谢谢"。我说没什么可谢的，我是真心喜欢你的设计。

"那我替她谢谢你。"他说。

"你不会告诉她吧？"

"不会，"他笑了，"我懂。"

他虽然笑着，但我在他眼里看到一种神情，那意思是他知道的比我想象的要多。

然后他跟 Fai 说，既然我已经做了他想做的事，那他就不再多此一举了，要不店里都没得卖了。临走前他还跟我握了握手，好像想再说点什么，但最后什么也没有说。

如果你想知道的话，那就是我决定放弃的时刻。如果他表现得更迟钝，更虚伪，或者更咄咄逼人，我可能都不会感觉那么失败。他很聪明，比我想象的聪明得多。他知道生活不是侦探小说，不一定非要查个水落石出，对吧？但这也不是关键。关键是那种感觉……怎么说呢？我从来不相信两个人在一起很久以后还会有爱——不可能的，早就退化了——可是当他站在我面前的时候，那种感觉……让

545

我有点……

所以我决定算了。到此为止吧。我把你删掉了。我知道你会以为是别的原因，其实只是因为见到了他。见到他以后，我就知道你们之间没有问题，至少没有大的问题。我告诉自己不要成为你们的问题。我怕你会放弃你不知道自己想要的东西。

我为什么要跟你说这些？好问题。当然不只是为了告诉你他有多爱你。我希望你幸福，但我也不是圣人——可能刚好相反。那你觉得是为什么呢？你是律师啊，应该很擅长抓住重点才对。

可能是为了让你记住我吧。让你记住，其实是我放过了你。

五十七

平川一动不动地坐着,却并未惊慌失措。显然他心里早已打定主意,不打算听她讲她和另一个男人的事。他不愿为难她,也不想自找伤害。但她既然开了口,他也没法顾左右而言他。于是他问了个问题:

"是 Fai 告诉你的?"

苏昂摇摇头。

"哦……"伏地魔的名字横亘在他们之间。"不是说好了不告诉你嘛,"一种极为窘迫的表情掠过他的脸,"君子一言……"

"不是每个人都是君子。"

"我是吧?"

"你当然是。"

她伸出手去,试图将他后脑勺上那簇永不屈服的头发压平。一股突如其来的感情涌上心头,近似再一次坠入爱河——与自己的丈夫!这种便利令她既欣慰又惶惑。爱自己的战友,真的合乎情理吗?荷尔蒙消退之后,还能有真正的爱吗?她又想起艾伦关于爱情和婚姻的理论,那种言之凿凿的自以为是,把个人命运当成普适真理,假装理解自己并不理解的事物。

如果艾伦和 Alex 都错了呢？他们有什么资格定义爱？定义又怎能优先于存在？为什么爱不能有许多种类，就像曼谷路边摊上的汤面？为什么长久的婚姻中就不可能有爱呢——以一种更具象也更实际的形式？也许爱就是在生活中有一个盟友，是一起说没有意义的废话，是毫无怨言地打扫浴室，是把对方沙拉里的紫甘蓝和甜菜根挑走，是为了让另一半睡个懒觉而自己早起带孩子，是发现婚姻出现问题后，仍选择看到对方身上值得爱的东西，而不是打着爱情已死的名义直接离开。对，不是烈火，不是闪电，不是多巴胺的分泌，不是未经反思的廉价情绪。也许所谓的"退化"其实是一种进化——正因为浪漫之爱本身的单薄，它才选择了自我更新，进化为一种更伟大而深刻的情感。为什么爱就只能是一种感觉，而不是一种意志，一种选择和能力？

她知道她和平川之间仍存在问题，她也知道他们都远非完美——世上压根没有完美这回事；但他们仍有机会，可以有意识地选择看见和付出爱。最难的部分是确认对方是否也有同样的意愿。她终于明白为什么她就是无法想象和不是平川的任何人孕育孩子，因为潜意识里，她一直知道平川是那个有意愿做出努力的人。

"不如我们下次来曼谷就住这家吧？"她转过头对他说，"也太棒了吧，躺在床上就能看见郑王庙。"

平川一言不发地牵起她的手，明显地松了口气。一件事因为有所隐瞒，才会显得重要，一旦挑明便立刻失去了价值。他们就这样肩并肩地坐着，手拉着手，面对生机勃勃的河流，像两个剧终后上台谢幕的演员，再次面对台下的观众。她看着周围的人，大多是游客，情侣和家庭，戴墨镜的男人与衣着清凉的女人，浑身散发着新鲜的泰国气息。他们从惯常的生活里脱逃出来，重新经历人生的夏天，既荒诞又平常的旅程。在别人眼里，她和平川也是一样吧。她忽然感到了一种混合着愉悦与悲伤的完满，世界从环绕在她身边的生机中显现出新的轮廓，犹如一场重生的开始。她甚至再次感到了命运那种无情的力量：也许这些日子以来他们经历的一切，所有的纠结反复，所有的遗憾哀伤，都是为了湄南河边这一刻的到来。她知道平川也有同样的感受。

当然，从表面上看，什么都没有改变。她没有辞职，没有怀孕，没有放弃生育的计划，没有开始禅修打坐，没有改变名字和身份，也没有离开平川，跟危险而有魅力的男人私奔。不过，在思想和心灵的隐秘之处，她知道有些东西彻底不同了。她不会自欺欺人，以为自己通过了考验，保卫了婚姻，厘清了她和平川之间的所有问题。有些东西永远无法复原，有些错误永远无法改正，她的心像一场地震后还未彻底清理干净的废墟，这里那里仍裂着口子，通往一片永恒的孤独与虚空。她知道的确是 Alex 放过了她。幸好他放过了她。他就像她最幽微的欲望和恐惧化作了人形。那样的城市那样的情境里遇到那样的人是一种奇迹，而奇迹是难以抗拒的。这和你听说飓风要来是一个道理，就算害怕担心，你还是想去一探究竟。但也许 Alex 还是高估了他自己，因为奇迹往往就是高潮本身，震撼人心却转瞬即逝，余下的仍是琐碎庸俗而漫长的人生。生活永远不会是持续的惊天动地——真可惜啊，有些人就是不懂或不肯承认这个道理。

但那些自责羞愧再也不会跟着她了，她不会再为自己竟曾想追赶飓风而感到后悔。那样的奇迹自有其价值,她会将它供奉在记忆的神龛,同时也知道它终将被超越、被遗忘;然后她又会迎来新的问题,新的欲望和恐惧。一次顿悟并不足以改变人生,她只是躲过了第一颗子弹,而前路还很漫长。她得学会动态地活着,与她所有的问题共存。

"……消极能力。"她喃喃自语。他们正在讨论实验室里的幸存者,那个有可能成为他们女儿的小小生命。她从未来而来,甚至还没有来,苏昂却已经开始想念她了,就像在想念一个曾经失去的人。她明知不该抱有期望,却仍忍不住和平川讨论她将来的样子——长得像谁多一点,性格活泼还是腼腆,有没有艺术天分,会不会享受孤身,是否像平川那样喜爱花草树木……这一切早已注定,早在他的精子和她的卵子结合的那一瞬间就已板上钉钉——最基本的科学常识,却仍令人难以置信。如果能够选择,她对平川说,她最希望他们的女儿能够具备某种"消极能力"。

"什么?"

那是她大学时在一个关于英国文学的讲座上听来的,她告诉他,据说诗人济慈有一个观点,认为诗人应该安于不确定的、神秘的、怀疑的境遇之中,而不急于追究事实和理由——他将其称为"消极能力"。

平川安静地听着,酒瓶抵在嘴边,掩住一丝纵容的笑意,如同一个宠爱孩子的家长。她忽然意识到他其实是多么喜欢听她天马行空地胡说八道,甚至怀念她那些不着边际的问题,而不是如她所以为的那般冷酷无趣。天啊,她想,我们是多么擅长修饰、增删,甚至巧妙地篡改自己的记忆,只为了让它符合我们想要讲给自己听的故事。时间自有一种美化事物的魔力,十年或二十年后回想起湄南河畔,也许只剩下了伴侣间的相亲相爱，以及 Sala Sunset 的清爽甘甜。对过去的理解变了，对自己的认识也随之更改，我又将会是谁？

他们又要了两杯 Sala Sunset，它的名字和口感完美地配合着观赏日落的心情。在他们的眼前，白日退去余晖，曼谷被暮色浸染，不久前还暴露无遗的一切像冰块一样渐渐融化。这是河流最神秘的时刻，它和它的两岸呈现出新的质地。这其中有种暧昧的浪漫，在潮湿空气里扩散开来，只要伸出手去就能触摸得到。她有种强烈的不舍，想永远活在此时此地：在河流与陆地之间，在曼谷和北京之间，在决定与不决定之间，在过去和未来之间。

第四杯 Sala Sunset 端上来的时候，平川已经有点微醺。他的酒量一向不行，而且酒后比平时话多且密。他带着一种天真迷离的笑容说，现在他有点理解《宿醉2》里的那群人了。在曼谷这样的城市里，如果再喝下去，他没准也会和主角们一样，第二天发现自己在小巷里醒来，脸上多了一个文身，肩膀上站着一只猴子，也许还断了一根手指。

他伸出左手，给她看戴着婚戒的无名指。"那个泰国小哥，Teddy，拉大提琴的，以后还要当外科医生，丢了一根手指！我一直以为最后能找回来接上，结果没有，人家还乐呵呵的，淡定得不行，其他人也都无所谓……哎，看得我这个纠结……"

他纠结的样子怪可爱的，令她忍不住微笑，"电影嘛。"

"电影也得符合逻辑啊！"

"说不定人家其实不想拉大提琴不想当医生呢？"她逗他，"丢了手指正好可以不干了。"

平川愣在那里，徒劳地眨着眼。

"反正比死了强,对吧?"她说,"你不是说大家都以为他死了吗?"

"失踪吧,不一定是死。电影里有句黑话,什么——"

他的话戛然而止,面孔却在同一瞬间被点亮。所有人同时望向河对岸,郑王庙发出了变身的信号——正中最高的主塔塔尖红光闪烁,周围四座小塔则以黄色灯光相呼应。前奏过后,便是华章——万众期待中,整座郑王庙倏忽亮起,勾勒出一片金碧辉煌。那场景几乎是有声的,就像乐曲中高潮来袭。河边建筑低矮,益发凸显出郑王庙的巍峨壮丽,尤其在夜色笼罩之下,真仿佛有佛光万丈。那佛光向上晕染天空,往下渗入河流,烘托出神仙宫阙,顺带也换了人间。人们凝神看着,如痴如醉,发出惊叹,然后纷纷举起了手机。

他们绕着天台走了一圈,360度全方位地观看曼谷的夜景。在郑王庙的对面,大皇宫和卧佛寺也已悄然亮起。它们背后是向远方延展的繁华都市,夜幕中仿佛一片璀璨的黄金之海。摩天大楼变成了萤火虫的森林,街道是从天而降的银河。不想看见之物已被黑暗隐藏,想看之物正被五色斑斓的人造光照亮,无法想象之事不再难以想象,不可能发生之事很可能已然发生。

苏昂感到她的灵魂再次脱离了身体,从半空俯视着她,催促她将眼前的景象一饮而尽,就像它是第五杯 Sala Sunset。灵魂同样俯视着平川,明白他的意识已完全被这一切裹挟,身体不由自主地与这座城市产生了共振。

Bangkok has him now.

她望向天边的紫色虚空,就好像那是穿越时光的隧道。也许这段经历会渗入他们的血肉，让他们迎来一段未知的崭新关系，又或许它仍逃不过日常生活的洗礼，被循环往复的潮汐冲刷殆尽。他们会生活在北京，或者回到伦敦，也可能搬来曼谷。也许孤独终老，也可能会有一到两个孩子，建立幸福的家庭。风和日丽的星期天，他们一起在公园散步，骑车，吃冰激凌，享受家庭生活琐碎的温馨，同时也忍受着为人父母所必须忍受的兵荒马乱与内忧外患，还身不由己地开始担心核泄漏、金融危机、恐怖主义和地球的未来……

但那一切尚未到来。此时此刻，在过去与未来的间隙里，她找到了自己在时间中的位置。过去永远不死，未来犹不可知，但人们总是活在当下，而非过去或未来。永恒正是由每一个当下组成，她得学会居住在永恒的现在。

他们回到座位，喝完杯子里的酒，然后起身离开，走进丝绒般的夜色里。思思正在家中等他们到来，她一定已经准备好了一桌大餐。他们像两个劫后重生的人一样，走得很慢，手牵着手，沿着蜿蜒的巷道一直走到码头。河水依然滔滔不绝，黑色水面反射着过往驳船的灯光，腐物的臭气扑面而来。一班轮渡刚刚离开，但她一点也不着急，有时到达目的地还不如身在旅途。她站在码头上，感受着热带夜晚的潮湿，他手指间的汗水，以及心中因爱而生的疼痛。现在终将过去，但她知道他们还会有更多的现在。一艘轮渡顺流而下，船工的口哨划破夜空。许多天来的头一次，她饿了。